KB084265

※ I ※

꿀이흐르는 장편소설

초판 1쇄 인쇄일 | 2018년 05월 24일
초판 1쇄 발행일 | 2018년 05월 31일

지은이 | 꿀이흐르는
펴낸이 | 박성면
펴낸곳 | (주)동아

출판등록 | 제406－2007－000071호
주소 | 경기도 파주시 문발로 115, 세종출판벤처타운 201-A호
전화 | (031)8071－5201
팩스 | (031)8071－5204
E－mail | bear6370@hanmail.net

정가 | 12,800원

ISBN 979-11-6302-027-1 (04810)
979-11-6302-026-4 (set)

ZERONOVEL

슈공녀

※ I ※

꿀이흐르는 장편소설

동아

‖ 목　　차 ‖

프롤로그

발리아는 기사의 딸이었다.

그녀의 부친은 특출하지도 뒤떨어지지도 않는 딱 중간 정도의 실력을 가지고 있었다.

발리아는 부친이 죽고 난 후에야 이를 들었다. 한몫 벌어 보려고 했던 아버지가 전쟁에서 전사한 탓이다. 궁에서는 유일한 유족인 발리아에게 매달 연금을 지급했다.

발리아에겐 친척이 없었다. 차라리 잘된 일일지도 몰랐다. 탐욕스러운 친척이 없었기 때문에 발리아는 연금을 빼앗기지 않고 모두 지급받을 수 있었으니까.

'하지만…….'

발리아는 기억하고 있었다. 열셋이 될 무렵이었다. 모아 두었던 돈이 모조리 없어졌다. 오래전부터 고용되어 있던 하녀가 범인이었다.

발리아보다 한참 나이가 많았던 하녀는 명색이 귀족인 발리아에게 친절하지 않았다. 어린 나이이고, 돌봐 주는 사람이 없다 보니 무시를 한 것이다.

하지만 나이 많은 사람이 끓여 주는 스튜와 향긋한 빵은 어린 발리아에겐 없어서는 안 되는 것이었다. 그래. 발리아는 그녀를 어머니처럼 여겼다.

'그래 봤자 결과는 참혹했지만.'

하녀는 발리아가 잠들어 있을 때 몰래 도망갔다. 그나마 발리아를 생각한 것인지 며칠간 먹을 빵은 구워 놓은 게 다행이었다.

'그걸 먹는 동안엔 자기를 찾지 않기를 바랐던 거겠지.'

처음에는 하녀가 잠시 외출한 줄 알았다. 그녀는 종종 외출하곤 했으니까. 그러나 하루, 이틀 지나면서 서서히 알게 되었다. 하녀가 도망갔다는 것을.

그날 발리아는 낡은 침대에 앉아 엉엉 울었다. 다른 무엇보다 '버려졌다'는 것이 씻을 수 없는 상처로 다가왔다.

나중에 알게 됐지만, 이 하녀는 지독히도 치밀했다. 매달 지급되는 유족 연금마저도 일시불로 모조리 타 간 것이다.

죽은 아버지의 스승이었던 칼이 아니었으면 발리아는 극심한 영양실조로 병에 걸렸을지도 모른다. 당시 하녀가 구워 놓은 빵을 모두 먹어 버린 발리아는 배가 고팠고, 기억을 더듬어 밀가루와 우유를 대충 섞어 반죽했다. 겉은 타고 속은 설익어 밀가루 질감이 그대로 남은 이 반죽을 대충 뜯어 먹으며 연명했다.

그나마도 우유가 상하자 물로 반죽한 밀가루 덩어리를 익혀 먹어야 했다. 칼은 혀를 차며 이 반죽을 가져갔다. 그리고 다시 화덕에 구워서 내주었다. 그때 발리아는 빵 다섯 개를 쉬지 않고 먹었다. 아마 그때만큼 맛있는 빵은 다시는 먹을 수 없을 것이다.

[제자를 잘못 둬서 노인네가 아이까지 떠맡는구나.]

발리아는 제 부친의 기일에 칼이 홀로 중얼거리는 것을 들었다. 어쨌든 칼은 발리아를 양육했다. 용병이었던 그는 계절에 한 번씩 집에 돌아와 한 달을 쉬고, 또 일을 하러 나갔다.

칼은 다정하지는 않았으나 발리아에게 꼬박꼬박 생활비를 부쳐 주었다. 그랬던 칼이 외국의 전쟁 용병으로 지원한 것은 순전히 자신 때문이라고, 발리아는 그렇게 생각했다. 항상 건강했던 발리아가 죽을병에 걸린 것처럼 크게 앓았던 탓이다.

전쟁 용병이 돈을 많이 지급받는 것은 생명 수당이 포함되어 있어서다. 칼은 죽지는 않았으나 차라리 죽는 게 나을 정도로 큰 부상을 입었다. 외국에서 개발한 독화살이 오른쪽 팔뚝을 관통한 것이다. 이 지독한 독은 생살을 괴사하게 만들었다.

그러나 오른팔은 용병의 생명. 잘라 내지 않고 치료를 하려면 큰 돈이 필요했으나 칼이 벌어 온 돈은 모두 발리아를 치료하느라 써 버린 지 오래였다.

가진 건 하나였다.

바로 발리아 본인.

발리아는 일자리를 구하기 시작했다. 다행히 그녀는 귀족이었다. 미혼의 젊은 귀족 출신 아가씨는 할 수 있는 일이 많았다. 때마침 대륙의 패권을 쥐고 있는 겔 제국에서는 당시 황제의 죽음을 앞두고 귀족 출신의 시녀를 대거 모집했다.

겔 제국만 해도 수많은 귀족들이 있었지만 그들만으로는 원하는 수를 채우기 어려웠던 모양이다. 그도 그럴 것이, 황궁 시녀로 한 번 들어가면, 거의 평생을 나오지 못하고 종신형에 가까운 삶을 살아야 했으니까.

아무리 가난하다고 해도 명색이 귀족인 몸이었다. 선뜻 자원하는 아가씨가 있을 리 만무했다. 왕국에 있는 귀족들까지 싹싹 긁어모으고서야 겔 제국은 원하는 숫자를 맞췄다.

'그 돈으로 칼의 치료비를 충당했지.'

평생을 황궁에서 살아가야 하는 위로비인지 뭔지, 두둑한 금액이 발리아에게 주어졌다. 역시 제국다운 씀씀이였다. 어쨌든 덕분에 발리아는 칼의 목숨을 살릴 수 있었다. 큰돈이긴 했지만 아깝진 않았다. 칼 덕에 살았던 적이 잦았다. 목숨 빚이었다.

'이번에도 그렇게 살아야 할까?'

발리아는 고개를 저었다. 그러고 싶지 않았다. 화려한 황궁을 유지하기 위해서 고용인들은 쉴 새 없이 일해야 했다. 발리아도 예외는 아니었다.

특히 제국에 연고도 없는 소왕국 출신의 여자는 언제 주인의 심기를 거슬려 죽어 나갈지 모르는 존재였다.

'……하루하루가 살얼음판이었지, 정말로.'

발리아는 설사 스스로가 전쟁 용병으로 팔려 가는 한이 있더라도 황궁으로 들어가지 않겠다고 다짐했다. 그때였다. 문이 쾅 하고 열렸다.

"발리아! 나와서 식사하라고 몇 번을 말해요!"

일말의 애정도 없는 이 눈동자. 왜 예전엔 이걸 몰랐을까. 부모를 잃은 소녀는 그저 고분고분 자신의 식사를 챙겨 주는 하녀를 따르기만 했다.

발리아는 무례할 정도로 큰 소리를 내는 하녀를 보며 눈을 깜빡였다. 가장 먼저 해야 할 일은 따로 있었다.

"당신은 해고야."

열셋, 다시 시작한 발리아의 인생은 하녀를 해고하면서부터 시작됐다.

기사의 딸

하녀가 해고되고, 발리아는 하녀 중개 업체를 찾았다. 발리아를 버리고 도망갔던 하녀를 대체해 그녀에게 빵을 구워 주고 따뜻한 스튜를 끓여 줄 사람들은 넘쳐 났다. 발리아는 하녀를 소개해 주는 중개 업체와 계약을 맺었다. 이틀에 한 번 무작위로 변동되는 하녀들은 집을 깨끗이 치우고 따뜻한 식사를 차려 놓았다.

발리아가 변한 점이 있다면, 더 이상 하녀에게 정을 주지 않았다는 거였다.

고용인과 피고용인의 관계. 노동과 자본을 교환하는 사이. 그 정도가 딱 적당하다고 참 늦게도 깨달은 것이다.

발리아의 변화는 자연히 주변인들에게도 영향이 갔다. 가장 많이 변한 사람은 역시 칼이었다. 그는 과거와 똑같은 때에 발리아의 집을 찾아왔다. 죽은 제자가 남기고 간 어린 딸이 혼자 지낸다는 사실에 양육을 하겠다고 결심한 것도 같았다. 다만 과거와 다른 점은 발리아의 성격에 있었다.

[너는 아이처럼 굴지 않는구나.]

발리아는 그 말에 참 많은 의미가 담겨 있다고 생각했다. 하긴, 멋모르고 뛰어다닐 어린애가 중개 업체에서 직접 하녀를 고용하니 놀라는 것도 당연했다.

발리아가 야무지게 구니 칼은 시름을 던 것 같았다. 그는 좀 더 자주 떠났고 집에 머물러 있는 시간을 줄였다. 하지만 발리아는 서운하지 않았다. 과거에도 칼은 기본적으로 발리아를 자립심 있게 키우려고 했다.

발리아는 어느 정도 나이가 들고 난 이후로는 하녀 고용을 그만두었다. 그 돈마저 아까웠기 때문이다. 다행히 집안일은 그리 힘들지 않았다.

과거의 경험 때문일까? 그녀는 빨래와 청소를 하고 빵도 직접 구웠다. 햇볕이 따사로운 한낮, 직접 구운 빵을 한 입 베어 무는 게 발리아의 낙이라면 낙이었다. 고소한 버터는 많이 넣지 못했지만 고운 밀가루로 반죽해 식감이 폭신한 흰 빵. 발리아가 유일하게 망치지 않는 요리였다. 물론 다른 음식들은 하는 족족 냄비를 태워 먹었지만.

입가심으로 차를 마신 발리아는 곰곰이 생각에 잠겼다. 미래에 대한 고민은 언제나 했던 것이지만, 과거에도 이렇게 열렬히 한 적은 없었다. 그녀는 시간이 날 때마다 아직 닥쳐오지 않은 미래에 대해 고민했다.

질문은 하나였다. 무엇을 하며 살 것인가.

가장 먼저 떠오르는 것은 역시 과거와 비슷한 삶이었다.

발리아는 황실의 종신 시녀로 입궁하여 후에는 여성 황족의 호위로 발탁되었다. 정식 기사 서품까지는 받지 못했다. 그녀는 참 어정쩡한 직위로 평생을 살았다. 시녀의 일과 기사의 일을 모두 수행해야 했으니까.

'나는 검사로서는 한계가 있었어.'

아버지의 영향인지 악력은 꽤나 강했지만 소위 말하는 검의 재능은 없었다. 그나마도 귀족 혈통에, 기사 중에선 드문 '여성'이라는 성별 덕분에 여성 황족의 호위 기사는 할 수 있었다. 말이 기사지 가까이서 시중을 드는 검 좀 쓸 줄 아는 시녀에 가까웠다. 먹고 살 만은 했지만 고작 그것 때문에 그 살얼음판으로 다시 걸어가는 건 미친 짓이었다.

'아예 용병의 길로 나갈까?'

발리아는 실없이 생각해 보았다가 그만뒀다. 당장 칼의 악력만 봐도 자신 같은 건 한 주먹 거리였다.

'나는 어떻게 살아야 할까?'

삶을 살아가는 사람이라면 한 번은 하게 되는 이 고민이, 발리아에게 절박하게까지 다가오는 이유는 하나였다.

'……이번에도 그렇게 아프겠지?'

열아홉. 발리아는 그때의 기억조차 흐릿했다. 까무룩 정신을 놓았던 적이 잦은 탓이다. 분명 그 나이가 되면 또 발리아는 푹 쓰러져 사흘 밤낮을 앓을 것이다.

그나마 지금부터 저축하면 치료비 정도는 댈 수는 있는데.

비록 하녀가 요구했던 큰 금액의 퇴직금을 정산했다지만, 차곡차곡 모아 가면 어떻게든 마련할 수 있을 것이다. 그런다면 칼은 전쟁에 참

전하지 않아도 된다. 독화살을 맞을 일도 없고, 발리아가 어마어마한 치료비를 구하러 겔 제국의 황실에 종신 시녀로 들어가지 않아도 된다. 연쇄를 끊어 내니 앞길이 좀 보였다.

'결국 돈이 문제구나.'

깨달음 뒤에 찾아오는 허탈함.

'복권 번호라도 외워 둘걸.'

호위 시녀 일을 하던 당시, 겔 제국 황실에서 주기적으로 발행하는 복권을 몇 번 사 보다가 금세 그만뒀다. 발리아는 그게 무척 후회가 되었다. 번호만 외워 뒀어도 좋았을 텐데. 발리아는 기억나지 않는 복권 번호를 몇 번 상기해 보다가 포기했다.

다행히도 그 외의 기억들은 선명하게 떠오르는 편이었다.

가령 예를 들면.

"신이 내린 여자……."

황실 호수에 등장했던 상앗빛 피부를 가진 아름다운 여자. 검은 머리에 검은 눈, 밤하늘로 빚어낸 것 같은 신비로운 외양. 이 세계가 아닌 다른 세계에서 왔다던 목소리. 후일 황태자비로 책봉되는 그녀는 자신의 이름을 예리라고 했다.

사실 예리가 나타나기 몇 년 전부터 겔 제국에서는 온갖 기현상들이 일어나곤 했다. 제국에서는 이를 안정시키기 위해서 하늘을 달랠 제물을 뽑겠다고 대대적으로 공표했다. 천, 가축, 곡물 등 평범한 제물들 사이에 '귀족 아가씨'가 제물 목록에 포함되어 있었다. 사교계는 당장 난리가 났지만 황실은 견고했다.

일명 공녀 모집의 조건은 간단했다. 준귀족 이상의 귀족 혈통일 것. 미혼일 것.

대체 귀족을 어떻게 제물로 바친다는 것인가? 정확한 내용은 알려지지 않았다. 다만 산 채로 제물이 된다는 괴팍한 소문만 무성했다. 황실에서 소문 단속에 나섰지만 발 없는 말이 천 리를 가는 법. 더군다나 겔 제국은 제국 내부만이 아니라 각 왕국에 협조를 얻어 왕국에서까지 지원을 받았기에 풍문은 더욱 멀리 퍼졌다.

발리아의 기억상 지원자가 나온 것은 첫 공녀 모집 이후 무려 몇 년이 지난 후였다.

하긴, 어느 부모라도 귀한 딸을 자세한 내막도 모르고 신전에 팔아 버리고 싶지는 않을 거였다. 발리아처럼 부모가 없는 경우에도 마찬가지였다. 명색이 귀족의 목숨을 가져가는 판국에 보상금은 꽤 나오지 않을까, 하고 과거 돈에 찌들었던 발리아가 슬쩍 말문을 꺼낸 적 있었다. 그때 칼은 칼같이 거절했다.

'그리고 얼마 후에 아팠지, 내가.'

비록 이후의 운명은 야속하게 흘러갔지만, 발리아는 칼의 그 '확고한 반대'에 감사하고 있었다. 자신을 양육하느라 돈이 적지 않게 들었을 텐데도 칼은 앓는 소리를 한 번 하지 않았다. 발리아는 식탁을 톡톡 두드렸다. 낡은 원목 식탁은 서서히 갈라지고 있었다. 그 후의 일도 그처럼 서서히 떠올랐다.

'그 후에 분명…….'

제국은 물론 왕국들을 몇 번이나 돌았음에도 지원자가 나오지 않았던 의미 불명의 괴상한 공녀 모집에 한 아가씨가 자원했다. 몰락 귀족이었던 그녀의 자원은 왕국의 작은 티타임에서도 화젯거리였다. 과연 그녀가 어떻게 될까, 정말 산 제물로 바쳐지는 건 아닐까. 호기심에 의거한 수다는 끊이지 않았다.

'그리고 얼마 후였지.'

그녀는 놀랍게도 가르트 후작 부인이 되어 있었다.

왜 겔 제국의 후작과 결혼했는지는 모른다. 아무도 몰랐다. 다만 모종의 거래가 있었다는 말이 알음알음 돌았을 뿐. 어쨌든, 순식간에 몰락 귀족의 딸에서 제국 최고 귀족의 안주인이 된 그녀는 한동안 사교계 소문의 중심이었다. 대부분이 시기와 질투였다. 남자들은 역시 여자는 편히 산다며 떠들었다.

발리아는 그 사고방식이 이해가 가지 않았다.

어떻게 될지 모르는 공녀로 자원하기까지, 얼마나 큰 두려움과 머뭇거림이 있었을지 모르면서. 한때 같은 고민을 했던 발리아는 알았다. 과정은 모른 채 어쩌다 얻게 된 운 좋은 결과만 두고 떠들어 대는 입들. 황궁 시녀로 들어간 발리아가 직접 들은 뒷담들이었다. 그 수군거림에 공통점이 있다면 질투에서 기인했다는 거였다.

발리아는 다만 당시의 그녀가 어떤 기분일지 궁금했다.

'세상을 다 가진 것처럼 행복했을까?'

몰락 귀족의 딸이니 자신처럼 가난에 허덕이며 살았을 텐데. 아마 어디로 갈지 모르는 미지의 공녀 모집에 지원한 것도 이렇게 사느니 뭐라도 되자는 심리였겠지. 그러다가 사교계의 정점이라 할 수 있는 가르트 후작 부인이 되었고. 그야말로 바닥에서 꼭대기까지 상승한 모범적인 형태였다.

'돈 걱정 안 해도 되는 건 부럽다고 생각했지.'

값비싼 보석, 섬세한 레이스, 화려한 드레스가 탐나는 것이 아니었다. 궁핍하여 가진 것 없는 자는 사치스러운 생활을 동경할 수 있는 있으나 갈구하지는 않는다.

발리아에겐 그저 최소한의 안전장치가 필요했다. 가족이 생사를 넘나들고 있는데 치료비가 없어 전전긍긍할 때의 서러움을 아는가. 발리아는 그때만큼 참담했던 적이 드물었다.

'그 후엔 후작 부인도 참담해져서 문제지만…….'

제국을 들썩인 신분 상승 신화는 잠시였다.

바로 다음 해에 신탁의 여자, 예리가 나타났기 때문이다.

이 신비로운 여자는 행동, 말투, 눈빛, 웃음, 분위기 그 모든 것이 기존의 귀부인과 달랐다. 사교계를 강타하는 새로운 매력. 많은 귀족 공자들이 그녀를 사모했으며 레이디 중에도 심심찮게 추종자가 나왔다. 동화책처럼 아름다운 성녀의 배필은 겔 제국의 1황자가 되었다.

여기에도 많은 우여곡절이 있었다. 1황자는 황후의 소생이라 입지가 단단한 편이었지만, 황위가 굳건히 보장된 것은 아니었다. 1황자의 상대가 유력한 가문 출신 후궁의 소생이었기 때문에. 발리아는 자세한 내막까지는 몰랐다. 하지만 1황자가 다른 황자를 꺾고 황태자로 봉해진 것은 예리 덕분임은 알고 있었다.

어쨌든 예리는 1황자의 약혼녀가 되었다. 그녀를 사모하던 많은 남성들이 눈물을 머금고 포기했지만 끝끝내 단념하지 못하는 남자들도 있었다. 발리아는 수많은 가십을 접할 수 있는 위치였다. 개중에는 정말로 의아했던 이름도 있었다.

"……가르트 후작."

그래, 가르트 후작이었다.

가르트 후작이 예리를 연모했다고 했다. 사실인지는 알 수 없었다. 다만 후작 부인의 눈 밑이 초췌하니 점점 움푹 들어가는 것이 심상치가 않았다.

그리고 곧 결혼식이 거행되었다. 결혼식이 끝난 지 얼마 되지 않아 예리가 1황자의 아이를 가졌다. 1황자는 제국의 하나뿐인 황태자로 승격되고 예리는 황태자비로 봉해졌다. 성대하게 열린 황실의 축하연에서 사교계에 두고두고 가십 거리가 되는 사건이 터진다.

[내가 당신을 사랑하지 않았으면 이렇게 고통스럽지 않았을 텐데!]

꽤 많은 사람들이 그 이야기를 들었다. 후작 부인이 말하는 '당신'이 누구를 가리키는지 모르는 사람은 적어도 그 자리에 없었다. 가르트 후작은 아무런 말도 없이 눈물만 뚝뚝 흘리던 그녀를 안고 후작가로 돌아갔다. 그 이후로 후작 부인은 사교계에 얼굴을 비치지 않았다.

'……얼마 후에 이혼했다고 들었는데.'

사교계가 워낙 들썩였던 터라 발리아도 알고 있었다. 후작 정도 되는 고위 귀족이 이혼을 하는 경우는 정말 드물었다. 게다가 그 주인공이 화제를 이끌었던 가르트 후작 부인이니 여파는 더했다. 누가 먼저 이혼을 하자고 했는지에 대해서는 의견만 분분할 뿐 제대로 알려지지 않았다. 그러나 '가르트 후작이 먼저 이혼을 제안했다'라는 소문이 훨씬 유력했다.

삼각관계처럼 꼬인 치정극, 끝은 이토록 불행했다.

신탁의 여자, 예리는 신의 선택을 받은 여자라고 했다. 후에는 성녀라고도 불렸다. 그녀는 황족과 동일시되는 최고위층 신분이었고, 항상 많은 사람들에게 둘러싸여 다녔다. 신의 선택을 받은 여자와 신의 제물이었던 여자. 무섭도록 극명한 대비였다.

귀족들은 전(前) 후작 부인을 비웃었다.

소왕국 몰락 귀족 출신에서 가르트 가문의 안주인이 되었으니 감지덕지나 할 것이지. 분수도 모른다는 조롱이 심했다. 그러나 발리아는 그 야유에도 도무지 동의할 수가 없었다. 아내가 남편을 사랑해서 고통스러웠다니, 충분한 비극이 아닌가. 후작 부인은 가르트 후작을 사랑해서 불행했다. 그리고 후작 부인의 말대로라면 가르트 후작 역시 불행했을 것이다.

황태자비를 사랑했으니 평생 가질 수 없었겠지.

이번에도 마찬가지일 것이다. 후작 부인은 남편을, 가르트 후작은 예리를 사랑할 것이다. 세상에는 이토록 예고된 비극이 만연하다.

"그렇게 슬퍼하면서."

발리아는 사랑 이야기에 눈물 흘리는 사람들에게 잘 공감하지 못했다. 그도 그럴 것이 그녀의 삶은 한 걸음 한 걸음이 살얼음판이었기 때문이다. 황궁의 정세는 휙휙 변한다. 주인의 심기를 거슬렀다는 이유로 하루아침에 끌려간 시종 시녀가 한둘이 아니었다. 그리고 그들은 대부분 뒷배가 든든하지 못한, 발리아와 비슷한 처지의 시중인들이었다.

발리아에겐 생존의 문제가 시급했다. 사치스러운 감정은 챙길 겨를조차 없었다.

'……그 사람은 달랐을지도 모르지.'

예리. 신탁의 여자. 성녀. 1황자의 연인. 황태자비. 그녀는 신의 사랑을 받은 사람이었다. 모두가 사랑한 사람이니 가르트 후작 역시 사랑을 느끼고도 남았을 것이다. 사교계의 소문이 틀리지 않았다면.

'결국 전부 불행해졌지만…….'

발리아가 본 사랑이란 전부 그랬다. 마음을 쥐어뜯기는 듯한 고통에 아파하다가 결국은 후회로 끝나고 마는. 그래서일까. 발리아는 이상한 자신감이 있었다. 자신은 사랑에 빠지지 않으리라는 자신감. 그렇게 생각해 보던 발리아가 한숨을 푹 내쉬었다.

'내가 자신 있으면 뭐 어쩌려고.'

발리아는 과거 그를 본 적이 몇 번 없었다. 처음 가르트 후작을 본 곳은 황실 연회장이었다. 신탁의 여자가 제국에 내려옴을 기념하기 위해 황실에서 거대한 축하연을 열었던 것이다. 후작 부인과 함께 참여했던 가르트 후작은 피로에 찌들어 있던 발리아의 눈조차 시원하게 만드는 수려한 외양의 미남이었다.

"그래, 그러면 뭐 어쩌려고 그러는 거야."

발리아는 벽에 기댄 채 중얼거렸다. 그녀의 손에는 황실의 직인이 선명한 편지가 들려 있었다. 몰락 귀족이 받기에는 고급스러운 종이와 은은한 향기.

"공녀 선발……."

발리아가 열여덟이 된 어느 날이었다. 바야흐로 그녀의 이야기의 서두인 셈이었다.

기억대로였다.

발리아는 편지를 훑어보며 그리 생각했다. 편지의 내용까지는 정확히 기억이 나지 않지만, 지금 적힌 것과 별반 다르지 않았다. 이 공녀 선발 편지가 모든 귀족들에게 일괄적으로 간 것은 아니었다. 황실은 대륙의 왕국들을 몇 군으로 나눈 후 편지를 발송했다. 발리아가 살고 있는 이 왕국은 그중에서도 가장 앞 순위로 분류되어 있었다. 기준은 짐작할 수 없었다. 그저 무작위겠거니 생각했다.

'이런 왕국에서도 아무도 지원하지 않았지.'

칼조차도 결사반대했던 일인데, 어떤 귀족이 제 딸을 이런 정체불명의 공녀 모집에 응하게 두겠는가. 게다가 말이 공녀 모집이지 실상 사람들은 이를 '제물 선발'이라고 불렀다. 제물. 그 단어가 주는 섬뜩함은 결코 가볍지 않았다.

발리아는 들고 있던 편지를 몇 번이나 뒤집고 뒤집었다. 미래를 알고 있다고 해도 고민이 되는 것은 마찬가지였다.

"정말로 산 제물이 되지는 않겠지……."

그렇지 않은 걸 알면서도 괜히 그렇게 중얼거려 보았다. 큰일을 앞두면 누구나 마음이 불안해진다. 덕분에 발리아는 온종일 멍한 얼굴로 집안일을 했다.

"발리아. 요리는 하지 말라고 했잖냐."

발리아는 칼의 타박을 듣고 나서야 정신을 차렸다. 저녁 식탁, 칼은 혀가 썩어 가는 표정으로 스튜를 휘휘 저었다. 발리아가 머쓱하게 물었다.

"별로예요?"

"언제나처럼."

칼의 대답엔 망설임이 없었다. 그도 그럴 것이, 발리아는 요리를 정말 못했다. 오늘은 큰 맘 먹고 크림과 버터까지 넣었는데도 완성된 스튜의 맛은 참 오묘했다. 감자와 당근, 양파도 잘 썰어 넣었고 간도 나름대로 맞춘 것 같은데 대체 어디부터 잘못된 건지.

'난 왜 이렇게 요리에 재능이 없지.'

발리아는 한숨을 삼켰다. 그녀도 정상적인 미각은 가지고 있었다. 분명 끓이면서 맛을 볼 때에는 그럭저럭 먹을 만한 맛이 났다. 그런데 식탁에 내오고 한 술 두 술 뜨다 보면 점점 미묘한 맛이 잡히는 것이다. 과거 발리아는 자신이 이런 쪽으로 저주를 받은 게 아닌가 의심도 했었다.

어쨌든, 오늘의 요리도 칼의 몫이었다. 같이 내온 빵은 발리아가 실패하지 않는 유일한 요리였고, 곁들어진 샐러드는 채소만 다듬고 손질해 낸 거라서 맛에 문제가 없었다. 잎채소의 모양이 삐뚤빼뚤했지만 먹을 만하다는 점에서 흠도 아니었다.

발리아를 양육하면서 몇 가지 요리법을 섭렵한 칼은 뚝딱 스튜를 끓여 냈다. 발리아가 끓여 낸 것보다 이백 배는 맛있는 스튜였다. 발리아는 스튜를 한 입 떠먹었다. 그리고 고민하다가 입을 열었다.

"할아버지."

명색이 귀족의 신분인 그녀였지만, 칼에게 '할아버지'라고 호칭하는 것에 약간의 거리낌도 없었다. 칼은 평민이었지만 상관없었다. 듣는 칼 역시 자연스럽게 시선을 맞췄다. 발리아가 물었다.

"여자의 행복이 뭘까요? 역시 좋은 사람을 만나서 결혼을 잘 하는 걸까요?"

"행복이면 행복이지 여자의 행복은 또 뭐냐. 좋은 사람을 만나서 잘 사는 건 여자나 남자나 똑같이 바라는 거야."

"그렇군요."

"기왕 행복을 바랄 거면 좀 더 구체적인 걸로 빌어 봐라. 그런 고리타분한 소원 말고."

"빌면 이루어질까요?"

"내 경우엔 그랬다."

"할아버지는 무슨 소원을 빌었는데요?"

"남한테 말할 만큼 거창한 건 아니지."

"그래요? 전 거창한 소원을 빌고 있는데, 그러면 할아버지한테 말해도 되나요?"

"무슨 소원인데?"

"할아버지 팔이 썩지 않았으면 좋겠어요."

"예끼! 무서운 소리를 하고 있어!"

발리아가 키득키득 웃었다. 그러면서도 한쪽 마음이 시큰했다. 이 소박하지만 평화로운 삶이 1년 정도 후면 박살이 나는 걸 알기 때문일까. 발리아는 정말 생사의 고비를 넘기며 앓았다. 꾸준히 저축한 돈이 있다지만 입이 떡 벌어지는 치료비와 간호비로 쓰고 나면 남는 것도 얼마 없으리라. 자신만 힘들어지는 게 아니었다. 칼도 함께 힘들어진다.

'편지 한 통.'

황실의 직인이 찍힌 이 편지에 답장을 하는 것이 현재로서는 최선의 방법이었다. 인생을 짓누르는 고민일수록 답은 빠르다고 했던가. 발리아는 스튜를 비우는 그 길지 않은 시간 동안 결론을 내렸다. 정확히는, 칼의 한 마디를 듣고 결정을 내렸다.

"할아비는 내일 떠난다."

"아……, 벌써 그렇게 됐네요."

5년간 익숙한 일이었다. 칼은 원래 집에 머무르는 기간이 길지 않았으니까. 그래, 칼도 떠난다. 그러니까 자신도, 한 번쯤 다른 길로 걸어가 보아도 괜찮을 것이다.

"할아버지."

"왜 부르냐?"

발리아는 '저도 떠날 예정이에요.'라고 말하려다가 입을 다물었다.

'어디로 떠나는지는 나도 모르잖아.'

과거대로 흘러간다면 겔 제국으로 가겠지만, 그게 아니라면 어디로 갈지 모른다. 실제 가르트 후작 부인이 겔에 입성하기 전까지만 해도 이 정체불명의 공녀 선발은 목적지조차 불명확했다.

"아니에요."

"뭐냐, 말하다 말고 싱겁기는."

발리아가 빙긋 웃으며 화두를 돌렸다.

"내일 가면 언제 돌아와요?"

"이번엔 좀 길게 있다가 올 참이다. 1년을 넘기진 않을 테니 걱정 마라. 편지하마."

"알겠어요. 조심하세요."

"그래. 돌아오면 크림 스튜를 끓여 먹기 딱 좋은 계절이겠구나."

발리아가 고개를 끄덕였다. 그가 돌아올 즈음 이 집에 발리아는 없을 것이다. 오래지 않아 식사가 끝났다. 칼이 설거지하는 소리를 들으며 발리아는 펜촉에 잉크를 묻혔다. 그녀는 공녀 선발에 응하는 답장을 작성했다.

다음 날이었다.

왕국에서 사람들이 찾아왔다.

⁂

훌륭한 고성이었다. 겔 제국에서도 황궁 다음 가는 규모를 자랑하는 대저택. 고풍스러운 외양과 후원의 광활함은 실로 대단했다. 이 거대한 저택의 주인은 단 한 명이었다. 슈덴 가르트 후작. 그를 마주하고 앉아 있던 대신관이 입을 열었다.

"후작 각하. 아직도 화가 나셨습니까?"

"화가 난 게 아니라 어이가 없는 겁니다."

후작이 짧게 대꾸했다. 가르트 후작가의 접빈실. 주인의 자리에 앉아 있는 후작은 한숨을 삼키며 머리를 쓸어 넘겼다. 그의 손짓을 따라 붉은빛이 감도는 금발이 스르르 흩어졌다. 같은 남자조차 눈을 떼기 힘들 정도로 뛰어난 미남이었지만, 아쉽게도 그의 심기는 무척이나 불편해 보였다.

"각하."

그러나 후작의 저택까지 친히 발걸음 한 대신관은 아무렇지 않은 낯이었다.

"이렇게 명확한 신탁은 긴 역사 동안에도 몇 번 없었습니다. 부디 하해와 같은 아량으로 이해해 주십시오."

신탁은 얼어 죽을. 무표정한 낯과는 달리 후작은 속으로 불경하게 중얼거렸다.

대신관이 신탁을 받은 것은 얼마 전이었다. 사실 신탁이 그리 드물지는 않았다. 하지만 이번 신탁은 단연 특별했다. 물에 물감을 탄 모양새처럼 추상적이던 메시지가 이토록 명확했던 적이 있었던가. 아니, 결코 없었다.

추상적인 신탁마저도 해석하기 위해 밤낮을 뛰는 신관들이다. 이토록 확고한 신의 음성에 대신관이 미적거릴 리가 없었다. 그는 곧바로 겔 제국의 황제에게 알현을 청했다. 심지어 독대였다. 주변을 모두 물리고 귀머거리 시종만 남은 비밀스러운 접빈실에서 대신관이 황제에게 한 말은 한 마디였다.

[가르트 후작의 신부를 구해야 합니다.]

가르트 후작은 미혼이었다. 모두가 탐내는 신랑감이니 혼인을 주선하는 일이야 어렵지 않았다. 다만 그 방법이 무척 까다로웠다. 신관에서는 이상한 방법을 제시했다. 비용도 모두 신전에서 지불할 것이며, 황실에서는 그저 공표만 해 주면 된다고 했다.

신관은 신의 뜻을 받들기 위해서는 무엇이든 하는 이들이다. 아마 그보다 더한 보상도 남몰래 바쳤을 것이라 후작은 추측했다. 실제로 그에게도 귀한 성물들이 몇 점 바쳐진 상태였다. 수도에 있는 성 하나를 가뿐히 사고도 남을 것들이었다.

[후작이 이번 한 번 양보하게.]

[각하. 신의 말씀입니다. 부디 한 번만 협조해 주십시오.]

게다가 황제와 대신관은 또 얼마나 끈질겼는지. 그때를 생각하자 후작의 미간에 주름이 졌다. 신탁은 무슨. 후작은 신을 믿지 않았다. 아니, 그는 애초에 아무도 믿지 않았다. 본인 자신도 믿지 못하는데 타인을 믿을 수 있을까.

어쨌든 이미 일어난 일이다. 하루가 멀다 하고 찾아오는 대신관에게 살의 비슷한 것까지 솟구친 적도 있었지만 실행에 옮기지는 않았다. 사실, 귀찮게 한 것 외에는 잘못이 없기도 했고. 결국 후작은 본인에게 이로운 조건들을 수도 없이 빽빽하게 걸고 나서야 신전의 제안을 받아들였다. 어차피 아쉬운 건 신전 쪽이었지, 자신은 잃을 게 없었다.

"각하, 이틀 전 우선 선발한 왕국으로 공녀 모집 우편을 발송했습니다."

후작도 알고 있었다. 비단 사교계뿐만이 아니라 제국 전체가 그 이야기로 떠들썩했다. 후작이 이 일의 당사자가 아니었다면 역시 흥미로워했을지 모른다. 하지만 지금은 아니었다. 그는 다만 이 상황이 괴이쩍을 뿐이었다.

"대신관. 우리 툭 터놓고 이야기합시다."

등을 기대고 있던 후작이 몸을 조금 일으켰다. 그는 비단 잘생기기만 한 남자가 아니었다. 머리카락과 같은 색을 띠고 있는 속눈썹 사이에 자리하고 있는 붉은색 눈동자는 지독히도 매력적이었다. 후작의 탄탄한 허벅지에 다리 한 번 감아 보는 게 소원인 여자들이 수도 없이 널린 이유가 따로 있는 것이 아니었다. 붉은색 눈동자에는 뜨거운 정사를 연상하게끔 하는 유혹적인 퇴폐미가 머물러 있었다.

"그런 정체불명의 공녀 선발에 지원하는 여자가 있을 것 같습니까?"

"혹시 모르지요. 신앙심이 깊어 신에게 평생을 바칠 고귀한 마음씨를 가진 분이 나타나실 수도 있습니다."

"그런 사람이라면 내가 남편이라고 나타나는 게 더 이상하겠군요."

"각하는 매력적이니 걱정하지 않으셔도 됩니다."

후작이 한쪽 입꼬리를 끌어올렸다.

"내가 모든 여자들의 이상형에 부합하는 건 아닙니다. 대부분이라면 모를까."

대단히 오만하게도 들릴 수 있는 말이지만, 그는 적어도 그런 말을 당당히 할 수 있는 몇 안 되는 남자였다. 아니, 몇 안 되는 게 아니라 유일한 남자가 아닐까. 속세와는 거리가 먼 대신관이지만 인정할 수밖에 없었다. 무엇보다 그는 겔 제국 가르트 후작가의 유일한 주인이다.

"그래서 오늘은 무슨 일로 내 저택을 찾았습니까, 대신관. 그런 정체불명의 공녀 모집에 벌써 지원자가 나왔을 리는 없을 텐데."

대신관이 찻잔을 내려놓았다. 이 젊고 잘생긴 후작은 여타 귀족들과는 다른 남자였다. 한담을 나눌 거면 사교계에서 나누면 된다. 함께 사냥이라도 나가고 싶은 것이면 사냥터에서 만나면 된다. 그는 선이 명확한 남자였다. 아무리 넉살 좋은 귀족이라고 해도 후작의 붉은 눈동자가 번뜩이면 기를 못 펴기 일쑤였다. 속세에서 일찍이 멀어져 오랜 세월 수련을 반복한 대신관 정도는 되어야 미소를 잃지 않을 수 있었다.

"각하."

그 아가씨가 지레 겁을 먹고 도망가면 안 될 텐데. 신전에 연락이 당도한 것은 바로 어젯밤이었다. 대신관이 빙긋 웃었다.

"자원하신 분이 나왔습니다."

***

발리아는 뜨거운 물에 몸을 담그고 있었다. 집에서 사용하던 낡은 나무 욕조가 아니었다. 대리석을 깎아 조각한 욕조에는 미온수가 찰랑였고, 목욕 시중을 드는 시녀들까지 있었다. 왕궁의 시녀였다.

시녀들은 능숙한 손길로 입욕제를 풀었다. 꿀을 머금은 듯 달콤한 꽃향기가 금세 퍼졌다.

'향기 좋다…….'

꽃잎을 하나하나 뜯어 띄우는 사치까지는 없었지만, 누군가가 목욕 시중을 들어 준다는 것 자체가 발리아에겐 충분한 호사였다. 그녀는 찰랑이는 물에 몸을 맡긴 채 생각에 잠겼다. 생각할 것은 수도 없이 많았지만 가장 먼저 든 의문은 하나였다.

'예전엔 어떻게 그렇게 빨리 사교계에 소문이 퍼진 거지?'

발리아를 만나러 온 왕궁 시종은 평범한 차림을 하고 있었다. 시종은 간단한 것을 묻고 무언가를 기록하더니 추후 다시 오겠다며 떠났다. 말하는 것으로 봐선 며칠은 걸릴 모양이다. 편하게 생각한 발리아는 오랜만에 시장에 가서 치즈가 듬뿍 들어간 샌드위치와 레모네이드를 샀다. 큰일을 결심한 스스로에게 주는 상이었다.

그녀는 레모네이드를 홀짝이며 집으로 돌아왔다. 그리고 문고리에 막 손을 올린 때였다.

[기다리고 있었습니다.]

기척도 없이 나타나 말을 거는 시종 때문에 발리아는 심장마비로 사망할 뻔했다. 그녀는 놀라서 오르락내리락하는 가슴을 진정시키며 그를 보았다. 고작 몇 시간 전에 봤던 시종이 작은 목소리로 말했다.

[오늘 밤에 다시 모시러 올 테니 그때까지 준비를 끝마쳐 주십시오.]

발리아는 얼떨떨한 상태로 고개를 끄덕였다. 여전히 가슴이 쿵쾅댔다. 시종은 아까보다 훨씬 더 공손하게 고개를 조아린 후 떠났다. 발리아는 시종이 떠난 후로도 한동안 그 자리에 굳은 듯 서서 움직이질 못했다.

'잠시만, 오늘 밤이라고?'

약간의 시간이 흐르고서야 그녀는 정신을 차렸다. 생각보다 시일이 촉박했다. 발리아는 발을 동동 굴렀다. 과거 제국 황실의 시녀로 떠나야 했을 때도 2주간 정리할 시간이 주어졌다. 그런데 오늘 밤이라니?

머리가 펑 터져 버릴 것 같았던 발리아는 일단 집부터 치웠다. 쓰레기를 비우고 창문을 걸어 잠근 후 칼이 돌아오면 읽을 편지를 적어 식탁 위에 얌전히 올려놓았다. 그 이후에 짐을 챙겼다. 원체 챙겨 갈 게 없어서 그런지 한 손으로도 들 수 있는 작은 보따리가 완성되었다.

그리고는 얌전히 기다렸다.

원체 긴장이 된 탓인지 배도 고프지 않았다. 무언가를 해 먹을 시간도 없었고. 아까 샌드위치와 레모네이드를 먹기 잘했다는 생각이 들었다. 아니었으면 기력이 없었으리라.

[가시지요.]

발리아를 데리러 온 것은 흔히 볼 수 있는 평범한 마차였다. 그녀는 순순히 마차에 오르면서도 의아한 생각이 들었다. 이유는 하나였다. 생각보다 과정이 너무 조용했기 때문에.

과거 공녀로 자원한 레이디는 후작 부인이 되기 전부터 소문이 쫙 퍼졌다. 물론 이 수상한 공녀 모집에 자원했으니 그 자체로도 충분히 흥밋거리였겠지만 지금의 자신과 비교해 보면 많이 다르지 않나. 아무리 좋은 소문 거리라도 알려져야 퍼지지. 이런 밤중에, 이토록 조용하게 떠나는데 대체 어떻게 그렇게 소문이 널리 널리 퍼졌는지 모를 일이었다.

'과거 후작 부인이랑 나랑 뭐가 다른가?'

하지만 편지에 적혀 있던 공녀의 조건은 과거나 현재나 똑같았다. 너무 간결했던 조건이라 발리아는 그 내용을 모두 기억하고 있었다. 곰곰이 되짚어 보던 그녀는 불현듯 무서운 생각이 들었다.

'……내가 설마 예비 제물은 아니겠지?'

알고 보니 수많은 레이디들이 공녀로 자원했는데, 결정적인 어떤 조건이 맞지 않아 선발되지 못했던 게 아닐까? 그리고 그들은 입막음을 하기 위해 그대로 산 제물로 바쳐지고……? 칼이 들었으면 소설 쓰냐고 비웃었을 이야기가 발리아의 머릿속을 꽉 채웠다.

그녀의 불안감이 극에 달했을 무렵이었다. 마차는 왕궁에 도착했고, 발리아는 기다리고 있던 시녀들에게 이끌렸다.

그러고는 이 상태였다.

"시침을 드실 때는 국왕 전하의 옥체나 옥안에 상처를 내시면 안 됩니다. 또한 옥체를 밀치셔도 아니 되며……."

발리아가 목욕을 하며 깨달은 게 있다면, 이 시녀들은 자신을 왕의 시침을 들 여자로 알고 있다는 거였다. 그래서 몸을 문지르는 손길이 이토록 부드러웠던 모양이다. 정확히는 알지 못해도 이게 나름대로의 위장임을 직감한 발리아는 가만히 고개만 주억거렸다. 과거 황궁에서 일하며 먹은 눈칫밥이 쓸모 있었다.

"자, 팔을 들어 보세요."

왕의 시침을 들 사람에게는 최소한의 대화만 하는 것이 궁중 법도인지라, 시녀들은 발리아에게 필요 이상의 말을 하지 않았다. 발리아에게는 잘 된 일이었다. 이렇게 유혹적인 옷은 생전 처음 입어 봐서 눈이 팽팽 돌아가고 있었으니까. 시녀들이 옷매무새를 다듬을 때까지 입을 꾹 다물고 있던 그녀는 조심스럽게 입을 열었다.

"저, 이 옷이 끝인가요? 더 입을 건 없고요?"

"네, 시침을 드셔야 하니까요. 참, 아침에 일어나면 침대 발치에 걸려 있는 옷으로 갈아입으시면 됩니다."

"아, 네……."

발리아는 떨떠름함을 감추고 고개를 끄덕였다. 드레스는 드레스인데 잠옷, 아니 조금 잘 차려 입은 속옷 같은 하얀 드레스였다. 밑단에 달린 레이스는 화사했고 가느다란 리본들도 예뻤지만 옷감이 얇고 반투명해 피부가 비친다는 게 문제였다. 하지만 어쩌겠는가. 발리아가 싫다고 해서 다른 옷을 입혀 주지도 않을 텐데.

그녀가 입을 다물자 시녀들은 능숙한 손길로 발리아를 단장시켰다. 한 듯 안 한 듯 엷은 화장을 하고 머리는 반만 그러모아 땋아 내렸다. 발리아는 보지도 못한 국왕의 취향이 대충 짐작이 갔다.

"이곳에서 기다리고 계시면 됩니다. 주의 사항은 잊지 않으셨죠?"

"네."

"그럼 물러가겠습니다."

발리아를 널찍한 침실까지 데려간 시녀들이 문을 닫았다. 홀로 남겨진 발리아는 그제야 숨을 크게 내쉬었다. 진짜 국왕이 올 거라는 생각은 들지 않았다. 그러면 언제까지 여기에 있어야 하는 걸까? 발리아는 긴장을 잠재우기 위해 괜히 침실을 돌아다녔다. 왕궁이라 그런지 아름다운 자기와 그림이 많이 장식되어 있었지만 눈에 잘 들어오진 않았다.

그때였다. 인기척이 느껴졌다. 발리아는 뒤를 돌았다. 그리고 눈을 크게 떴다. 흰 갑옷에 푸른 망토를 멋들어지게 입은 기사들이 들어왔기 때문이다. 왕국의 기사들이었다. 궁내에서 기거하는 기사들이라면 신분이 높을 텐데, 발리아는 고개를 숙여야 하나 잠깐 고민했다. 같이 들어온 시종이 입을 열지 않았더라면 발리아는 분명 꾸벅 고개를 숙였을 것이다.

"아가씨. 시간이 많지 않습니다. 이분들은 아가씨를 모시고 갈 기사들입니다."

"저를요?"

"네. 궁금한 게 많으시겠지만 저 또한 아는 게 한정적이라……. 일단

이분들이 아가씨를 안전하게 지켜 드릴 것이니 걱정 마십시오."

발리아는 고개를 끄덕였다. 시종의 말대로였다. 캐물어 봤자 그 역시 아는 게 없을 것이다. 이것은 제국의 황실에서 주관한 일이었다. 왕국의 시종이 알 리 만무했다. 그녀는 순순히 걸음을 뗐다.

이윽고 왕궁의 뒷문으로 빠져나오는 발리아의 어깨에는 기사의 푸른 망토가 숄처럼 걸쳐져 있었다.

"타시지요, 아가씨."

기사들은 예의 바르지만 과묵했다. 행선지를 물어보고 싶은 마음은 있었지만 대답해 주지 않을 게 뻔해 보였다. 발리아는 기사의 에스코트를 받아 마차에 올랐다. 마차 안에 같이 타는가 싶었는데 기사들은 각자 말에 올랐다. 넓은 마차 안에 탄 사람은 발리아 혼자였다. 그녀는 마차 좌석에 등을 기댔다. 그리고 곰곰이 생각해 보았다.

'겔 제국의 수도로 가게 되겠지.'

후작을 만나게 되든, 신전으로 가게 되든 혹은 황실로 가게 되든 결국 겔 제국이 목적지였다.

'대체 누가 나타날까.'

불안감과 일말의 기대로 가슴이 다 두근거렸다. 생각에 빠져 있던 발리아의 눈이 서서히 감겼다. 이윽고 그녀는 잠에 들었다.

발리아가 잠에서 깬 것은 어스름한 새벽이었다. 생각보다 시간이 꽤 지났다. 마차는 여전히 쉴 새 없이 달리고 있었다. 여기가 어디쯤일까. 발리아는 창문을 열었다. 시원한 바람이 훅 들어오며 발리아의 긴 머리카락을 날렸다. 창문 옆으로는 변함없이 기사들이 말을 타고 있었다. 별 생각 없이 그들을 바라보던 발리아가 이마를 찌푸렸다.

'뭔가 다른데.'

푸른색 망토와 흰색 갑옷은 여전했으며, 체격도 비슷했지만 뭔가 달랐다. 발리아는 눈썹까지 일그러뜨린 후 대체 뭐가 다른 걸까 살폈다. 시선이 그들의 검에 닿았다. 그녀의 눈동자에 빛이 돌았다. 때마침 옆에 있던 기사와 눈이 마주쳤다. 기사가 마차 가까이에 따라붙은 후 물었다.

"무슨 일이신지요, 아가씨."

"왕국 기사가 아니군요."

"예?"

발리아는 용병인 칼에게 양육되고, 후에는 약식이지만 검을 잡어 버릇하면서 검에 관련한 상식이 꽤 있는 편이었다. 그녀는 브로드 소드와 왈론 소드(심미적인 장식에 공을 들인 칼)의 손잡이를 구분할 수 있었다. 왕국의 기사들은 왈론 소드를 차고 있었으나 지금 이 기사들은 브로드 소드를 차고 있었다. 각 무기들은 서로의 보조 무기로 치환되는 경우도 없었다. 다시 말해 이 기사들은 그녀를 데리러 왔던 기사들이 아니었다.

"저는 왕국에서부터 줄곧 같이 있었습니다, 아가씨. 아마 제가 뒤쪽에 있었던 터라 못 보신 것 같습니다."

기사는 긴장하지 않고 차분히 해명했다. 이 아가씨의 왕국에 관한 일은 당대는 물론이고, 초대 왕의 탄신일까지 외워 둔 상태였다. 무엇을 물어 봐도 막힘없이 대답해 의심을 소거할 자신이 넘쳤다. 그런데 이 아가씨, 전혀 다른 이야기를 꺼낸다.

"제가 착각했나 보네요. 그런데 경. 잠깐 쉴 때, 제가 꺾어 달라고 했던 보라색 꽃을 기억하시나요? 기사분들이 다 같이 계셨잖아요."

발리아의 말에 기사는 속으로 의아해했다.

'이상하네. 휴식을 가졌다는 얘기는 못 들었는데. 강행군이라 아가씨가 노곤할 거라고만 했지.'

아마 짧은 휴식 시간이라 왕국 기사가 임의로 누락한 모양이었다. 그렇게 판단한 기사는 티 내지 않고 대답했다.

"그럼요. 저도 보았습니다. 아가씨가 좋아하셨죠. 혹시 꽃이 시들기라도 했습니까?"

발리아가 웃음을 터뜨렸다.

"무슨 말이에요. 나는 꽃을 꺾어 달라고 한 적 없는데."

"예?"

기사가 당황한 게 갑주 너머로도 느껴질 정도였다. 발리아는 빙그레 웃으면서 그를 안심시켰다.

"기사가 바뀌었다고 한들 내가 도망가진 않으니 안심하세요."

기사는 참았던 숨을 내쉬었다. 혹시 그녀가 울음을 터뜨리면 어쩌나 잔뜩 긴장했던 탓이었다. 비단 아가씨가 아니라 누구라도 호위하던 사람들이 바뀌었다고 알면 무서워하고 긴장할 수밖에 없었다.

그러나 기사의 걱정과는 달리 발리아는 아무런 투정도 내색도 없었다. 간혹 창밖으로 고개를 내밀고 바깥을 구경하다가 다시 쏙 마차 안으로 들어가는 게 전부였다.

"아가씨, 지치지는 않으십니까?"

긴 마차 여행 중 오랜만에 가지는 휴식 시간이었다. 최대한 빨리 도착하라는 명령이 있었기 때문에 휴식 시간을 최소로 잡은 탓이다. 발리아는 찌뿌둥한 몸을 이리저리 움직이다가 뒤를 돌아보았다. 아까 기사들과는 달리 연배가 있어 보이는 남자였다. 이 기사들의 리더인 모양이었다. 발리아는 고개를 저었다.

"전 괜찮아요."

"앞으로 얼마 남지 않았으니 기운 내십시오."

"네, 경도요."

발리아는 의연했다. 그도 그럴 것이 그녀는 원래 체력이 꽤 좋은 편이었다. 어릴 적에는 칼의 메이스를 가지고 붕붕 휘두르며 놀다가 벽을 부수고 혼난 적도 있었다. 기사의 눈이 살짝 벌어졌다. 어린 귀족 아가씨 같지 않다는 생각이 들었다.

"그런데 경, 아까 기사단의 주인은 국왕 전하신데 이번 기사단의 주인은 누구신가요?"

기사가 그런 생각을 하자마자 아가씨는 허를 찌르고 들어왔다. 아까 있었던 일을 이미 들어 알고 있는 기사단장, 숀은 흠흠 헛기침을 했다.

"너무 걱정하지 마십시오. 아가씨를 사지로 모시려는 게 아닙니다."

"그런가요."

다행히 이 아가씨는 더 묻지 않았다. 숀은 안도의 한숨을 내쉬며 말을 돌렸다.

"식사를 하셔야 하는데 어디서 드시겠습니까? 마차로 갖다 드릴까요?"

"저쪽에 기사분들이 모닥불을 피워 놓았는데 거기서 먹으면 안 되나요? 아, 예법에 어긋나는 건가요?"

"아닙니다. 다만 레이디께서 기사들과 함께 식사를 하는 게 어색하실 것 같아서 의중을 여쭤 본 것입니다."

용병인 칼과는 가족 같은 사이인데 기사와 식사하는 게 뭐가 대수일까. 무엇보다 발리아는 네모난 마차 안에 들어가는 시간을 최소로 하고 싶었다. 그녀가 빙긋 웃었다.

"전 괜찮답니다. 같이 들도록 해요."

기사의 걱정과는 달리 발리아는 손쉽게 기사단에 녹아들었다. 그녀는 검과 무기에 대해 꽤 아는 게 많았다. 공통점은 사람과 사람의 관계를 친근하게 만드는 데 가장 중요한 요소인 법이었다. 게다가 기사란 본래 레이디를 모시는 게 긍지인 사람들이다. 기사들은 발리아에게 친절했고, 발리아는 즐겁게 이야기를 할 수 있었다.

"대검은 사람의 목뼈를 통째로 날려 버리기에 좋다고 들었어요."

보통의 기사와 레이디가 나눌 법한 대화와는 조금 다르다는 게 특징이었지만.

"예……. 그렇습니다……."

"대검과 방패를 한 손에 각각 들려면 괴물 같은 힘이 필요하다던데, 역시 대단하시군요. 하지만 대검으로도 충분히 방어 역할을 수행해 낼 수 있는데 왜 굳이 방패까지 들었나요?"

"아, 그것이 어찌 된 연유냐면……."

기사들은 얼떨떨해하면서도 성실하게 대답했다. 무기에 대한 발리아의 지식은 깊지 않았으나 기사들과 충분히 대화가 통할 만큼은 갖추고 있었다. 기사들이 발리아에 대한 호감을 갖게 되는 것은 당연한 수순이었다. 특히 이 아가씨의 화룡점정은 뒤에 있었다.

"하하하! 아가씨는 다른 레이디들과 다르게 무기에 무척 관심이 많군요."

불쑥 끼어 든 목소리로 사람들의 시선이 쏠렸다. 발리아가 기사들과

재미나게 얘기하고, 기사단장인 숀까지 그녀의 대화에 흥미를 보이자 냉큼 발 하나를 쑥 내민 기사가 크게 웃었다.

"다른 레이디들은 늘 보석이나 레이스, 리본에만 관심을 가지지요. 장신구로 수다를 떠는 모습을 보면 간혹 멍청해 보이는 건 어쩔 수 없는 것 같습니다. 무기 같은 것엔 조금도 관심을 가지지 않으면서……. 아가씨는 그런 점에서 확실히 다르시군요. 하하하!"

발리아는 차분하게 대답했다.

"글쎄요. 레이디라고 한들 태어날 때부터 장신구를 선호하는 것은 아니랍니다. 단지 그런 걸 좋아하도록 교육을 받았을 뿐인걸요. 무기에 관심을 가지면 레이디의 소양이 아니라고 혼이 나지요. 그런데도 그것이 그녀들의 잘못일까요?"

"그건……."

"서로의 관심사가 다른 것을 '멍청하다'라고 하는 것도 옳지 않은 일 같아요. 기사는 레이디를 존중하는 걸 긍지로 여기시는 분들이잖아요. 제 왕국에서는 그랬는데, 기사분은 아닌가요?"

"아가씨의 말이 맞다. 사과드려라, 아크."

구구절절 맞는 말에 숀까지 그리 이르자 아크는 결국 사과를 건넸다. 기사단 내에서도 말을 함부로 해서 은근히 눈총을 사던 아크가 그리 되자 속이 다 시원한 기사들이 한둘이 아니었다. 아마 어딜 가도 저런 레이디는 모시지 못하겠지. 아니면, 이 왕국의 아가씨들은 모두 저런 걸까? 기사들은 그렇게 생각했다.

제국으로

늦은 밤이었다. 겔 제국 수도 성문에 갈색 마차가 한 대 도착했다. 흔히 보이는 마차와 외양이 비슷해 눈에 띄지 않았지만, 눈썰미가 좋은 자라면 하나하나 좋은 재료를 써 공들여 제작한 마차라고 알 것이다.

바퀴 소리가 거의 없는 이 마차는 수도의 포장도로를 달려 나갔다. 목적지는 겔 제국 수도에 위치한 신전이었다.

제국에 들어온 이후로는 보안을 위해 마차의 창문을 여는 게 아예 금지되었으므로, 발리아는 내내 안쪽에 얌전히 있어야 했다. 아무리 편하게 덧대었다고 해도 마차였다. 발리아는 흔들리지 않는 침대 위에서 발을 쭉 뻗고 자고 싶었다. 그녀가 지루함에 푹푹 찌들어 갈 무렵이었다.

"아가씨, 다 왔습니다."

기사의 목소리가 들렸다. 발리아는 눈을 반짝였다. 평소였다면 미지의 곳에 대한 두려움이 앞섰겠지만 지금은 몸이 온통 피곤해 오히려 잡념이 들지 않았다.

"내려도 되나요?"

마차 바깥에서도 들릴 만큼 발리아의 목소리는 기대로 가득 차 있었다. 그녀의 전담으로 하루 동안 뒤치다꺼리를 도맡아 하던 어린 기사의 낯에 미소가 슬그머니 떠올랐다. 그가 막 마차 문을 열려고 할 즈음이었다. 돌연 기사의 목소리가 날카로워졌다.

"아가씨, 제가 괜찮다고 할 때까지 나오지 마십시오."

"네?"

발리아의 반문에 답할 틈도 없이 기사는 바로 문을 닫았다. 기사들은 마차를 보호하듯 옹위했다. 기사들의 낯이 신중해졌다. 어두웠던 신전의 후원에 등불을 들고 다가오는 무리가 있었기 때문이다. 정결한 기척. 신관들이었다.

"사전에 협의가 끝난 것으로 아는데 무슨 일들입니까?"

이 기사단의 단장인 숀이 먼저 물었다. 그는 후작에게 단단히 주의를 받은 상태였다. 대신관보다 자신이 먼저 공녀를 보아야 하기 때문에, 절대 내주지 말라는.

"이 안엔 '그분'이 타고 계십니다."

"알고 있습니다."

그때 대신관이 앞서 나왔다. 기사들이 일제히 예를 갖췄다.

"대신관님을 뵙습니다."

"일어나세요. 저는 그저 마차에 타고 계실 손님께 간단히 인사를 드리고 싶은 것뿐입니다."

"후작 각하께서 먼저 보셔야 합니다."

"허허, 이런. 기사분들이 참으로 충직하군요."

예상했지만 생각보다 더 강고했다. 대신관은 난감한 눈으로 마차를 보았다. 웬만한 회유로는 얼굴 한 자락 내보여 주지 않을 것 같았기 때문이다.

신의 뜻을 이어받는 게 최우선인 대신관으로서는 혹여 마차 속의 그녀가 후작의 마음에 들지 않아 혼인이 성사되지 않을까 걱정이었다. 그리하여 약식으로나마 축복을 내려 주고 싶었는데, 기사들은 완고했다. 신관이 사사로이 축복을 내려 줄 수도 있다는 것은 고위 신관들만의 비밀이었기 때문에 이 많은 기사들 앞에서 사실을 이야기해 줄 수도 없었다.

'이것 참, 좋은 뜻인데 말해 줄 수도 없고.'

조금 있으면 후작이 도착할 것이다. 대신관은 열심히 고민하다가 목을 가다듬었다.

"흠, 발리아 아가씨."

마차 창문에 바짝 귀를 기대고 있던 발리아가 움찔했다. 바깥을 볼 수는 없었지만 돌아가는 상황이며 분위기가 심상치 않다는 건 귀동냥으로 이미 안 상태였다. 그녀가 대답을 해야 하나 말아야 하나 고민하는 사이였다.

"저는 대신관 필레몬입니다. 아가씨에게 드릴 말씀이 있으니 마차 문을 열고 나와 주십시오. 신께 감히 맹세하건대 절대 아가씨에게 해를 끼치지 않겠습니다."

'대신관?'

발리아의 눈이 동그래졌다. 대신관이면 신관들 중에서도 세 손가락에 꼽히는 고위직 신관이었다. 당연히 그 위상도 높았다. 발리아가 조금만 더 독실한 신앙심을 가지고 있었다면 홀린 듯이 나갔으리라.

[아가씨, 제가 괜찮다고 할 때까지 나오지 마십시오.]

그러나 발리아는 어린 기사의 주의를 기억하고 있었다. 결국 그녀는 마차 문을 여는 대신 덜덜 떨리는 두 손만 맞잡았다.

'신이시여. 제가 일부러 그런 게 아닌 거 보셨죠. 부디 저를 벌하지 말아 주세요.'

약간의 시간이 흘렀다. 마차 문은 미동도 없었다. 대신관의 낯빛이 어두워지고 기사들은 안도의 한숨을 내쉬었다. 차마 대신관의 몸에 손을 댈 수가 없어 속수무책이었던 것이다.

"대신관님. 이러시면 저희가 곤란합니다."

숀이 으르렁댔다. 대신관이 무어라 입을 열려고 했을 때였다.

"그렇지. 이러면 많이 곤란하지."

후원 뒤편에서 들리는 목소리에 기사들의 얼굴이 순간적으로 환해졌다. 대신관의 얼굴에 낭패가 떠오른 것과는 대조적인 반응이었다. 뚜벅뚜벅 걸어오는 발소리가 가까워졌다. 균형 있게 자리 잡은 이목구비에 선명한 붉은색 눈동자. 그림자가 일렁이는 눈빛이 정확히 대신관을 향하고 있었다.

"그렇지 않소, 대신관?"

"송구합니다, 각하."

대신관이 서둘러 한 발 물러났다. 확실히 이것은 선의를 떠나서 자신의 잘못이었다. 후작은 이 공녀 선발에 동의하며 수많은 조건을 줄줄이 내걸었는데, 그중 하나가 겔에 도착한 공녀와 가장 먼저 대면할 수 있는 건 대신관도 황제도 아닌 오직 슈텐 가르트 자신이라는 항목이었다.

"이 일에 대해서는 차후 논의를 하도록 하지."

붉은색 눈동자가 싸늘하게 대신관을 훑었다. 하대며 표정이며 모든 게 대신관을 접견하기엔 불량한 감이 있었지만 이미 책잡힌 대신관은 말없이 수긍했다.

"이 일은 신전 차원에서 확실히 보상해 드리도록 하겠습니다."

"음."

대신관이 나쁜 뜻은 없다는 것은 충분히 알고 있었다. 언제 또 나타날지 모르는 공녀가 슈텐의 마음에 들지 않을까 봐 노심초사하여 나온 거겠지. 하지만 그건 그거고 이건 이거였다. 본인의 사정이 자신과의 약속을 깬 것에 당위성을 부여할 수는 없었으니. 슈텐은 대신관에게서 시선을 떼고 마차로 다가갔다. 어린 기사는 눈치 빠르게 마차에 대고 중얼거렸다.

"이제 나와도 좋습니다. 아가씨."

슈텐의 눈이 잠깐 어린 기사를 훑었다. 이런 경우를 대비해 합을 맞춰 놓은 것인가. 어린 녀석이 제법 눈치가 있다는 생각이 들었다. 줄곧 미동도 없던 마차 문이 서서히 열렸다. 후원에 서 있던 사람들의 시선이 모두 마차 쪽으로 쏠렸다.

'헉, 세상에.'

조심스럽게 나오려던 발리아는 헉 하고 숨을 들이켰다. 생각보다 사람이 훨씬 많았다. 게다가 모두 약속이라도 한 듯 자신만 바라보고 있었으니 부담감에 질식할 지경이었다.

'이게 무슨 상황이지…….'

게다가 발리아는 단 한 번도 이렇게 많은 사람들이 자신을 쳐다보는 일을 겪어 본 적이 없었다. 기사들이야 하루를 다니면서 낯이 익었다지만 신관들은 아니었다. 게다가 저기에는 대륙을 통틀어 단 셋뿐이라는 대신관도 있었으며, 무엇보다 이 남자. 자신의 앞에서 손을 내밀고 있는 이 남자는, 대화 내용으로 추측컨대 분명…….

'가르트 후작이야.'

지금은 신관들이 들고 있는 등불의 역광으로 인해 얼굴이 잘 보이지 않았지만, 직감으로 확실히 알 수 있다. 게다가 누가 봐도 자신을 에스코트하려는 모양새였다. 발리아는 덜덜 떨리는 손을 그에게 얹었다. 그리고 마차 계단을 막 디딘 그때였다.

"헉!"

오랜 시간 마차에 앉아 있던 다리가 긴장감에 결국 풀려 버렸다. 그녀는 계단을 잘못 디뎠고, 순식간에 앞쪽으로 고꾸라졌다. 근처에 서 있던 기사들이 서둘러 손을 뻗은 그때였다.

"……."

발리아는 추락하는 와중에 자신의 허리를 힘 있게 끌어안는 손길을 느꼈다. 착각이 아니었다. 그녀는 떨어져 내렸다. 다만 떨어진 곳이 후원이 아니라 후원에 서 있던 후작의 품이라는 것이 달랐을 뿐이었다. 후원에 떨어진 것은 그녀의 어깨를 돌돌 말고 있던 푸른 망토가 전부였다.

"여행으로 인해 많이 고단한 모양이군."

머리 바로 위에서 목소리가 들려왔다. 그 와중에도 정말 듣기 좋은 목소리라는 생각이 들었다. 그러나 발리아는 차마 고개를 들어 위를 확인할 자신이 없었다. 이대로 녹아 사라졌으면 좋겠다는 생각만 몽

실몽실 머리를 채웠다. 갑자기 다리가 덜렁 들린 건 그때였다. 발리아의 눈이 동그랗게 뜨였다. 그의 손이 그녀의 허리와 허벅지를 각기 받쳐 안아 든 것이다.

"걷기도 힘든 것 같으니 내가 데려가겠소."

고작 하루짜리 여행이었다. 발리아는 그 정도로 방전될 만큼 허약하지 않았다. 하지만 지금은 부끄러움에 질식할 것 같았고 차마 '저는 건강하니 제 발로 걸어가겠어요!' 같은 당찬 대사를 외칠 수가 없었다. 그녀는 결국 얌전히 있는 쪽을 택했다. 귀까지 붉어진 발리아를 흘긋 내려다본 후작이 고개를 들었다.

"귀빈실로 안내하시오."

"각하를 안내해 드려라."

신관들이 후작을 안내했다. 후작은 발리아를 안은 채 성큼성큼 걸어갔다.

'제발 잘 되어야 할 텐데.'

대신관은 걱정 반 우려 반인 눈으로 멀어지는 두 남녀만 바라보았다.

왕국에 있던 신전과는 달리 제국의 신전은 무척이나 거대했다. 내부가 화려한 것은 아니었다. 하지만 질 좋은 대리석은 희었고 창에 빈틈없이 끼워 놓은 유리들도 고급품들이었다. 게다가 하나하나가 묘하게 경건하고 신성했다. 평소였다면 눈을 떼지 못했을 발리아였겠지만 지금은 상황이 달랐다.

"이쪽입니다, 각하."

그녀는 후작의 품에 얌전히 안겨 있었다. 얌전하다기보다 시체처럼 안겨 있다는 표현이 옳을 것이다. 발리아는 기실 숨조차 크게 쉬지 못하고 있었다.

'많이 무거우면 어쩌지?'

후원에서부터 쭉 자신을 안아 든 채로 들어왔으니 이런 걱정이 드는 것도 당연했다. 그러나 후작은 힘든 기색 하나 없이 성큼성큼 걸음을 옮겼다. 어느 정도의 시간이 흐른 후, 그들은 한 귀빈실로 들어갈 수 있었다.

"간단히 시장기를 채울 만한 요깃거리를 가져오겠습니다."

신관의 말에 후작이 고개를 끄덕였다. 신관이 문을 닫고 나가자 넓은 귀빈실엔 둘만 남게 되었다. 내릴 준비를 하고 있던 발리아는 후작이 내려 줄 기미를 보이지 않자 괜히 손가락만 꼼지락거렸다.

'왜 안 내려 주지? 내려 달라고 말할까?'

말을 걸기 어색한 게 문제지만. 다행히도 후작은 곧 발리아를 내려주었다. 그런데 내려 준 곳이 바닥이나 소파가 아닌 침대라는 점이 조금 민망했다. 어쨌든 발리아는 몸을 잔뜩 웅크리고 그가 빨리 돌아가기를 빌고 또 빌었다.

발리아는 한시라도 빨리 혼자 남겨지고 싶었다. 혼자 남겨져서 이불을 몸에 둘둘 말고 데굴데굴 구르고 싶었다. 사람이 너무 창피하면 창피함을 곱씹다가 밤을 샐 수도 있는 법이었다. 발리아는 오늘 하루를 샐 자신이 차고도 넘쳤다. 그러나 신은 야속했다.

"……."

후작은 가지 않았다. 가기는커녕 발리아의 곁에 걸터앉기까지 했다.

발리아는 차마 그의 시선을 마주할 용기가 나지 않아 작게 심호흡을 했다. 잘못이라도 저지른 듯 고개를 푹 숙이고 있던 그녀의 눈에 남성의 손이 보였다.

세상에.

정확히 자신의 몸을 향한 손이었다. 순간 발리아의 머릿속으로 오만 가지 생각이 스쳐 지나갔다. 침대라는 장소. 그리고 자신의 옷차림. 몸을 가려 주던 망토는 후원에 떨어뜨리고 온 지 오래였다. 지금 자신은 왕의 시침을 들 여자가 입는, 가슴이 푹 파인 의복을 입고 있었다. 발리아는 마른침을 삼켰다. 손이 다가오는 속도가 아주 느리게 재편성되어 그녀의 시야에 새로 그려졌다. 후작의 손이 막 살갗에 닿기 직전이었다. 발리아가 눈을 꼭 감았다.

"저, 신이 보고 계세요."

순간 멈칫했던 슈덴이 고개를 들었다. 발리아는 그 붉은색 눈동자를 처음으로 가까이서 보았다. 테두리가 옅어 매혹적인 붉은 눈동자. 어느 순간 붉은색 눈동자가 유쾌한 빛을 띠더니 곧 그가 웃음을 터뜨렸다.

"오해한 것 같은데."

"……."

"옷이 내려가 올려 주려고 했을 뿐입니다."

발리아의 얼굴이 확 달아올랐다. 이건 다 남자에 면역이 없는 탓이다. 그러니 되도 않는 오해를 하지! 스스로를 백 번도 넘게 책망한 그녀가 간신히 입을 열었다.

"저, 제 옷차림이 이러하여……, 오해했습니다."

"옷차림에 따라 사람을 달리 대할 만큼 무례하진 않습니다."

슈덴은 간단하게 대꾸했다. 그는 그녀의 피부엔 손끝 하나 닿지 않으며 흘러내린 끈을 올려 주었다.

"얼굴도 보지 않고 대화할 겁니까?"

"아……."

발리아는 그제야 얼굴을 들었다. 옷을 올려 준다는 명목으로 포장하기에도 지나치게 가까운 거리에 후작이 있었다. 순간 발리아는 모든 배경이 흑백으로 화하고 오직 후작만이 색깔을 간직하는 기이한 시각 이상에 시달렸다.

"이름은?"

발리아는 대답 없이 후작만 바라보았다. 엄밀히 말해 넋을 빼앗긴 것에 가까웠다. 과거에도 그를 보긴 했지만, 이만큼 가까이에서는 아니었다. 이렇게 잘생긴 남자는 정말 드물었다. 황실에서 일할 때 보았던 황자들도 미남인 축이었지만 이 남자와 댈 순 없었다. 비단 잘생기기만 한 것도 아니었다. 남성의 육체가 어떤 것인지를 가늠하게끔 하는 넓은 어깨와 어쩐지 단단해 보이는 손등 역시…….

그러나 후작은 발리아의 침묵을 달리 해석했다.

"레이디에게 실례를 범했군요. 내 이름은 슈……."

슈덴 가르트라고 말하려던 그가 입을 다물었다. 그에게 자신의 명성을 과하게 믿는다든지 그런 류의 거만함은 없었다. 다만 그녀 역시 왕국의 귀족임을 인지하고 있었다.

가르트 후작이 얼마 전 있던 대륙 전쟁에서 살인귀로 이름을 날린 이후, 가르트 후작의 이름은 일국의 왕족보다도 유명해졌다. 후작은 아직 자신의 신분을 밝힐 생각은 없었다. 특별한 이유는 없었다. 다만 좀 편하게 얘기를 하고 싶어서였다.

그는 얼마 전 황실에서 주최한 연회에 참석한 적이 있었다. 그곳에서 만난 왕족들은 대체로 두 가지 반응을 보였다. 벌벌 떨거나 달라붙거나. 둘 다 슈덴이 선호하는 타입은 아니었다.

"슈……, 라고 일단 알고 있으면 될 것 같습니다."

"'슈'라고요?"

"그렇습니다."

여자가 눈을 깜빡였다. 그러더니 미소를 지었다. 과거의 경험으로, 발리아는 그의 신분을 당연히 알고 있었다. 다만 그가 입에 침 한 번 안 바르고 거짓말을 능숙히 한다는 게 재밌었다. 의외로 '슈'라는 발음이 귀엽기도 했고.

"'슈'라니, 예쁜 이름이네요."

예쁘다고……. 태어나서 한 번도 그런 말을 들어본 적 없었던 후작은 말없이 그녀를 바라보았다. 눈만 깜빡이던 여자는 앗 하며 입을 열었다.

"제 이름은 발리아 딘입니다."

"레이디 딘."

대신관은 이 공녀 선발의 보상으로 재물을 적지 않게 걸었다. 후작은 당연히 그 재물을 얻기 위해 지원을 했으리라 생각했다. 신전에서 제시한 재물의 가치는 평민이라면 한 번쯤 혹하고, 웬만한 귀족들이라면 '그래도 그 정도에 딸을 사지로 몰기에는 좀…….' 이라고 생각할 딱 그 정도였다.

그렇기 때문에 작위만 간신히 있고 양심은 말아먹은 몰락 귀족이 딸을 팔았으리라 생각했는데 후작의 예상은 틀렸다. 눈앞에 있는 여자는 생각보다 더 교육을 받은 태가 났다.

"아, 저도 슈 경이라고 부르도록 할게요."

"호칭은 상관없습니다."

슈덴은 간단히 대답했다. 통성명을 하고 나니 그녀의 외양이 눈에 들어왔다. 푸른빛이 감도는 검은색 긴 머리카락에 새벽 같은 은회색 눈동자. 살갗은 희었고 물에 젖은 듯한 차분한 분위기가 물씬 피어나는 여자였다.

무엇보다 인상적이었던 것은 여자의 반응이었다. 많은 사람들 앞에서, 더군다나 낯선 타국에서, 마차에서 굴러 떨어질 뻔했는데 표정 변화가 이토록 적은 것도 요외이지 않은가. 제국 수도의 웬만한 귀부인보다 더 침착한 태도였다. 공녀를 뽑아 오겠다고 사정사정을 하더니 귀부인 후보를 선발해 온 게 아닌가 싶을 정도였다.

기실 슈덴에겐 나쁜 일이 아니었다. 가르트 후작가의 안주인이란 자리란 누리는 것만큼 짊어져야 하는 것도 적지 않았다. 필연적으로 의연해야 했고 당연히 연약하지도 않아야 했다. 그래서일까. 눈앞의 여자는 가르트 후작 부인의 휘장을 가슴에 달기에 썩 괜찮아 보였다.

"레이디 딘."

다만 슈덴은 궁금한 게 하나 있었다.

"네?"

"단도직입적으로 묻겠습니다. 왜 이 공녀 모집, 아니지. 제물 모집이 더 익숙한 명칭이겠군. 어쨌든 이 선발에 대체 왜 지원했습니까? 알다시피 이 지원으론 그대가 얻을 이득이 크게 없는데."

누군가 물으리라고 예상은 했었다. 다만 그게 후작이 될 줄은 몰랐다. 발리아는 침착하게 숨을 골랐다.

"이게 최선이었거든요."

그렇게 말하는 발리아의 표정은 어쩐지 쓸쓸했다. 부끄러워지면 꼭 감기나 했지 내내 의연하던 은회색 눈동자가 일그러지자 슈덴은 의아함을 느꼈다.

“죽을지 모르는데도 상관없었습니까?”

“살아가는 것보다 죽는 게 나은 경우도 있으니까요.”

“어린 아가씨 입에서 나올 만한 말은 아니군.”

“그리고…….”

“그리고?”

“할아버지가 자주 들려주시던 말이 있어요. 원하는 게 있으면 직접 떠나서 쟁취하라고. 자기 길은 자기가 여는 법이니까, 라고요.”

칼은 가치관이 확고한 용병이었다.

“좋은 말씀이군. 아가씨가 원하는 게 뭐길래?”

발리아가 빙긋 웃었다.

“남한테 말할 만큼 거창한 건 아니에요.”

슈덴이 그녀를 따라 피식 웃었다. 귀 끝에는 아직도 붉은 기가 남아 있으면서 대답하는 말에 머뭇거림이 없다. 그 모습이 어쩐지 인상적이다.

“레이디 딘.”

“네?”

“혹시 비혼주의자입니까?”

“아니요……? 그런 건 아니에요.”

“특별히 결혼하고 싶은 나이가 있다던가.”

“아뇨, 그것도 딱히…….”

“잘 됐군.”

슈텐은 고민을 길게 하지 않았다. 고민은 잡념만을 가져다주니 짧게 끊어 내자가 소신이라면 소신이었다. 그런 면에서 보면 두 사람은 서로 닮은 부분이 있었지만, 둘은 알 리 없었다. 그가 자리에서 일어났다.

"우리는 얼마 후 결혼할 겁니다."

"네?"

"혼자 잘 수 있는 몇 안 되는 날일 테니 푹 쉬기를."

"……네?"

자기 할 말만 끝낸 슈텐은 그녀를 덩그러니 남겨 놓고 귀빈실을 나갔다. 발리아는 멍하니 앉아 눈만 깜빡였다. 슈텐의 말을 듣자마자 이해한 것은 아니었다. 그러나 어려운 말도 아니었다.

'세상에.'

깨달음은 정말 뒤늦게 찾아왔다. 발리아의 얼굴 역시 서서히 달아올랐다. 그녀가 뺨을 감싸 쥐었다. 열이 몰려 뜨끈했다.

'내가 뭘 한 거지?'

뒤늦게 현실감이 들었다. 자신은 방금 겔 제국의 후작인 슈텐 가르트와 독대를 했다. 그것도 침대에서, 심지어 대화 내용은 결혼에 관한 것이었다. 발리아는 소리를 지르고 싶은 것을 꾹 참고 이불만 돌돌 말았다.

[우린 얼마 후 결혼할 겁니다.]

심장이 팔딱팔딱 뛴다. 도무지 진정이 되지 않았다. 원래 이렇게 쉽게 결혼을 할 수 있는 거였나?

발리아는 후작이 대단히 어려운 질문들을 줄줄 늘어놓을 거라고 예상하고 있었다. 그리고 면접도 하고, 시험도 보고, 그런 복잡한 절차를 통과해야 할 것이라고 생각하는데. 세상에.
"가르트 후작……."
중간에 사고가 몇 번 있긴 했지만 이 정도면 뭐. 모로 가도 수도로만 가면 된다고 했잖아. 발리아는 그렇게 위안하며 긴장한 마음을 풀다가 한숨을 푹 내쉬었다.
'그래도 아까 실수는 너무 창피했어.'
후작은 선의로 옷을 올려 주려고 한 건데 혼자 착각한 꼴이 되어 버렸다. 그나마 황실에서 일했던 기간이 길어 표정을 감추고 감정을 숨기는 일엔 도가 터서 다행이었다. 발리아가 조금만 미숙했더라도 창피함에 기절해 버렸으리라. 얼굴 좀 붉어진 건 약과였다. 몇 번 더 한숨을 내쉰 발리아는 무릎을 끌어안았다. 그리고 중얼거렸다.
"대체 어떻게 눈빛이 그렇지……."
태도는 정중한데 눈빛만은 정말 묘했다. 저도 모르게 그와의 스킨십이 상상될 정도로 묘한 눈동자. 탁하고 음욕에 가득 찬 눈이 아니었다. 황궁에서 일하면서 수많은 귀족들을 봤지만 그런 눈빛을 가진 남자는 절대로 없었다. 다만 포식자의 무르익은 듯 나른하면서도 퇴폐적이고, 그리고 자꾸…….
'미쳤나 봐…….'
발리아는 베개를 푹 뒤집어썼다.

귀빈실 밖에는 기사들이 슈텐을 기다리고 있었다. 가르트 기사단의 복장이 아니라 왕국 기사단의 차림을 한 그들은 어쩐지 이질적인 면이 있었다. 슈텐은 지나가는 눈길로 그들의 복장을 훑었다. 왕국의 흰색 갑옷은 지나치게 심미적인 면을 강조하여 피가 튀는 전장에선 쓸모가 없어 보였지만 산뜻한 색감의 푸른 망토는 나쁘지 않았다.

'그 여자가 걸치고 있던 것도 저런 푸른 망토였지.'

자연스럽게 발리아를 떠올리던 슈텐은 턱짓으로 귀빈실을 가리켰다.

"숀. 신전의 협조를 얻어 이 방을 지켜라."

"알겠습니다."

숀이 고개를 꾸벅 숙였다. 슈텐은 거리낄 것 없이 걸어가다 아까의 어린 기사 앞에서 잠시 멈춰 섰다. 그가 지나가는 어조로 말했다.

"로빈이었던가. 아까는 제법이더군. 너도 숀과 함께 이곳을 지켜라."

"감사합니다! 목숨을 걸고 아가씨를 지키겠습니다!"

로빈이 큰 소리로 대답했다. 지나치게 정석적인 대답에 주변 기사들이 작게 웃었지만 그는 부끄럽지 않았다. 존경하는 주군에게서 칭찬을 받았기 때문이다. 슈텐의 피식 웃었다.

"기대하지."

"옛!"

정자세로 외치는 로빈을 뒤로 하고 슈텐은 걸음을 옮겼다. 발리아는 당분간 이곳에 머물 것이다. 결혼도 하지 않은 여자를 자택으로 들이는 것은 예에 맞지 않는 일이었다. 만일 그녀가 애인이나 첩실이었다면 상관없겠지만, 그녀는 정식으로 가르트 후작 부인이 될 여자였다. 혹시 모를 구설수는 미연에 방지해야 했다. 소문이 무서워서가 아니었다. 그저 그러는 게 그녀에게 더 이득이었기 때문에. 감사 인사를 받을 필요도 없는 작은 배려였다.

[저, 신께서 보고 계세요.]

문득 아까 그 말이 떠올랐다. 그 말이 의미하는 바는 명백했다. 확실히, 이곳은 신전이었고 남녀가 교합하기에는 굉장히 부적절하며 불경하기까지 한 장소였다. 무엇보다 슈덴은 동해 있지도 않았다. 정말로 별 생각 없이 옷이 내려가 있어서 올려 주려고 한 것이었다. 오해할 만한 장소에 오해할 만한 옷차림이긴 했지만.

'재미있긴 해.'

이런 식의 거절은 처음이라 정말 신선했다. 무엇보다 공녀 선발에 지원한 이유도 자꾸 신경이 쓰였다. 슈덴이 생각한 이유는 두 가지였다. 쳇바퀴처럼 돌아가는 세상이 지루해 일탈을 꿈꿔 지원을 했거나 혹은 신앙심이 독실하거나. 그러나 여자는 어느 쪽에도 해당하지 않았다. 사실 슈덴은 아직도 그녀가 정확히 무슨 이유로 공녀 모집에 응했는지 몰랐다. 쉽게 말해 줄 것 같지 않았다. 그런 막연한 직감이 들었다.

"각하."

슈덴의 생각은 오래 이어지지 못했다. 대신관이 신관들과 함께 입구 쪽에서 자신을 기다리고 있었기 때문이다. 대신관의 낯은 복잡한 심경으로 어두웠다. 그가 걱정하는 게 무엇인지 알고 있었다.

'그녀와 결혼하지 않겠다고 할까 봐 걱정되는 거겠지.'

그러나 슈덴은 발리아에게 결혼하겠다고 이미 말한 상태였다. 슈덴은 짧은 시간 고민했다. 내일 새벽까지 입을 다물어 대신관의 속을 타들어 가게 할 것인가 아니면 지금 솔직하게 말할 것인가. 눈 깜빡할 사이 결론이 내려졌다.

"마침 잘 만났군요. 대신관. 할 말이 있습니다."

"말씀하시지요."

대신관이 긴장하는 게 다 느껴질 정도였다. 그동안 자신을 귀찮게 굴던 것에 대한 보상으로 나쁘지 않았다. 나머지는 물질로 계산할 것이다.

"가르트의 결혼식에 대신관을 초청하지요."

"예?"

대신관이 잘못 들었나 싶어 눈을 깜빡였다. 슈덴의 입꼬리가 약간 올라갔다.

"레이디 딘과 결혼하겠다는 말입니다."

후작의 한 마디에 신전은 그야말로 발칵 뒤집어졌다. 신성국의 대신전과 연결되어 있는 통신구는 꺼지는 시간이 드물게 되었으며, 신전의 표식이 크게 새겨진 마차들이 수도 없이 신전을 드나들었다. 이런 난리 속에서 홀로 고요한 사람이 있었다.

발리아였다.

첫날만 소동이 좀 있었을 뿐, 그 뒤로는 딱히 발리아가 할 일이 없었기 때문이었다. 슈덴이 붙여 주었다는 숀과 로빈은 친절했으며 이미 안면도 있어 어색하지 않았다. 그녀는 삼시 세 끼 꼬박꼬박 나오는 맛있는 식사에 감동했고 매일 따뜻한 물로 목욕을 할 수 있다는 사실에 또 감동했다. 그 모든 것의 뒤처리를 자신이 하지 않아도 된다는 사실이 가장 감동적이었다.

물론 그동안 그녀가 마냥 편히 있었느냐면 그건 또 아니었다. 발리아는 상념에 푹 잠겨 있었다. 모두 슈덴에 관련된 것들이었다.

'왜 나랑 결혼하는 걸까?'

이런 건 그나마 나았다.

'나랑 결혼하는 걸 후회하지 않을까?'

이 질문은 정말 무서워서 혼자 있을 때조차 차마 입에 올리지 못했다.

황궁에서 일할 적, 당연히 발리아는 후작 부인을 몇 번 본 적 있었다. 후작이 에리를 사랑했다고는 하나, 후작 부인 역시 아름다운 여자였다. 적발이 화려해 멀리서도 눈에 띄었다. 고위급 귀족인 그녀는 본인의 지위에 걸맞게 새하얀 레이스가 아름다운 드레스를 차려 입고 머리에는 꽃과 보석을 한가득 달고 다녔다.

발리아는 아직도 신전과 후작과 황실 사이에 무슨 거래가 있었는지 모른다. 자신이 그 대상이 되었지만 왜 이런 식으로 후작의 신부를 구했는지도 몰랐다.

'아무것도 모르면서 괜히 나서서 초 치지 말자.'

가만히 있으면 중간이라도 간다. 발리아가 과거 황실에서 일하면서 깨달은 진리였다. 다행히 그녀는 기다리는 것을 잘했다. 궁금해도 참을 줄 알았다.

'언젠간 물을 수 있는 날이 오겠지.'

그렇게 대충이나마 마음 정리를 한 발리아는 현재 접빈실에 앉아 있었다. 그녀의 앞에는 다름 아닌 대신관이 자리하고 있었다. 대신관을 이렇게 가까이서 보는 것은 처음인 발리아는 긴장하여 눈만 깜빡였다.

"아가씨."

대신관이 발리아를 호출한 것이 바로 몇 십 분 전이었다. 그녀의 뒤에는 숀이 근엄하게 자리를 지키고 있었다.

사실 대신관은 숀과 로빈을 모두 떼어 놓고 발리아와 독대하고 싶었지만 기사들은 주군의 명령을 이유로 물러서지 않았다. 그나마 로빈은 문 밖에 서 있게 한 것도 대단한 성과였다.

"다른 용건이 있는 게 아니라, 축복을 내려 드리고자 하여 불렀습니다."

"축복……, 이요?"

발리아의 눈이 살짝 벌어졌다. 무릇 신관의 축복은 다이아몬드를 가득 채운 황금 궤짝 열 개보다 귀하다고 정평이 나 있었다. 신관의 신력은 유한하며, 한 번 축복을 내리는 데에도 수많은 제물이 공납되어야 했기 때문이다.

'사실은 아니었지만.'

'신관의 축복은 귀하다'라는 말은 일종의 상술이었다. 그것도 신성국에서 짜낸. 이것이 대륙에 알려지게 된 계기는 아이러니하게도 신탁의 여자인 예리였다. 그녀는 신의 선택을 받은 여자라는 호칭에 걸맞게 내키는 대로 축복을 내렸다. 덕분에 신관의 입지는 상당히 좁아졌다.

설상가상 신성국에서 신력의 보호 및 경쟁력을 위해 거짓말을 했다는 것이 들통나면서 큰 난리도 났었다. 대외적으로 협력하는 사이였던 신전과 황실 사이에 알력 싸움이 일어난 것도 그때였다.

'하지만 아직은 아무도 몰라.'

지금은 예리가 나타나기 한참 전이다. 축복은 여전히 일생에 한 번 받을까 말까 한 것이었다. 실제로 숀은 평소답지 않게 놀란 표정이었다.

"허나 대신관님, 축복을 내리시려면……."

"알고 있습니다. 의식과 제례는 이미 끝마친 상황입니다. 필요한 공물 역시 전부 바쳤습니다. 이는 신전에서 발리아 아가씨께 드리는 결혼 선물입니다."

저거 다 거짓말인 거 아는데.

발리아는 인자하게만 보였던 대신관이 눈 하나 깜빡이지 않고 거짓말을 한다는 게 신기했다. 그도 신전의 경쟁력을 위해 어쩔 수 없이 거짓말을 하는 걸까?

"아가씨를 대신해 감사드립니다."

숀이 꾸벅 고개를 숙였다. 축복이란 그만한 가치가 있는 의식이었다. 발리아 역시 속내를 감추고 감사를 표했다.

"그런데 대신관님, 제게 어떤 축복을 내려 주시려는 건가요?"

"부군께서 아가씨에게 좀 더 미혹되기 쉽게 만드는 축복입니다."

발리아가 눈을 동그랗게 떴다. 그녀가 생각한 축복은 신체의 건강을 빌어 준다던가, 혹은 아이를 많이 낳게끔 하는 종류였다. 그런데 '미혹되기 쉬운' 축복이라니……. 뭔가 이상하다고 느낀 것은 발리아만이 아닌 모양이었다. 숀이 먼저 물었다.

"대신관님. 말씀 중에 죄송하지만 그런 종류의 축복이라면 각하께서도 아셔야 하지 않겠습니까?"

"각하께서 거부하신다면, 아가씨에게 내려질 축복은 영영 사라지는데 상관없습니까?"

"그건……."

숀이 처음으로 머뭇거렸다. 그도 그럴 것이, 축복은 만금을 내도 쉬이 구할 수 없는 귀한 것이었다. 더군다나 대신관의 축복이라니! 숀은 발리아가 후작 부인이 될 몸이라는 걸 아는 몇 안 되는 인물이었다.

혹여 그녀가 축복을 받지 못하게 된 것에 앙심을 품으면 어떡하나 하는 현실적인 고민이 들었다. 발리아는 둘의 설전을 들으며 가만히 고민에 빠져 있었다.

'혹시 과거 후작 부인도 이런 걸 받은 걸까?'

확인할 수는 없지만 의심이 드는 건 어쩔 수 없었다. 발리아는 고민할 시간을 벌기 위해 다른 것을 물었다.

"제 부군 되실 분……, 그러니까 후작께서 많이 무섭습니까?"

"어떤 의미로는 무서우신 분이죠. 여성분들의 혼을 쏙 빼놓으니 말입니다."

"……그렇군요."

대신관의 표현은 정확했다. 주군께는 목숨을 걸고 충성하는 숀마저 차마 그 표현에 반박할 수 없었다. 발리아 역시 속으로 수긍했다. 고작 그 짧은 시간에 후작에게 휘둘릴 뻔했으니. 그러자 점점 더 걱정이 되기 시작했다. 후작이 자신에게 미혹되어 잘해 준다고 한들, 그 다음은?

[그 얘기 들었니? 가르트 후작 각하가 예리 님께 푹 빠졌다더라!]

[응, 나도 들었어. 그래서 1황자 저하랑 말다툼까지 하셨다던데?]

황궁에 쫙 퍼진 소문이라 모르는 사람이 없었다. 발리아는 그제야 후작 부인의 충격을 이해했다. 이런 축복을 받아 자신을 아끼던 남자가 다른 여자를 사랑한다고 하면 대체 얼마나 끔찍한 기분이 들까. 실제로 후작 부인은 그것을 견디지 못했고, 기품 있는 모습만을 보여야 할 황실 무도회에서 그런 어마어마한 일을 터뜨리질 않았나.

'나라고 그렇게 되지 않는다는 보장은 없잖아.'

사실 발리아는 괜찮을 줄 알았다. 후작이 그렇게 멋있는 남자인지 몰랐기 때문에 가질 수 있는 자신감이었다. 하지만 직접 눈에 담은 후작은 발리아의 예상을 가볍게 깨부수는 남자였다. 무엇보다 그 눈빛……. 대체 어떻게 눈빛이 그런지 모르겠다. 그 붉은 눈동자에 자신이 담기는 순간 마음이라는 견고한 성이 함락당하는 것 같은 기이한 감상에 시달려야 했다.

"아가씨?"

발리아는 대신관의 목소리에 퍼뜩 정신을 차렸다. 그녀는 결심을 굳혔다.

"대신관님. 마음만 감사히 받겠습니다."

"……어째서인지 물어봐도 되겠습니까?"

"축복에까지 의지하여 남편에게 사랑을 받고 싶지는 않습니다. 아마 사랑에 빠진다고 한들 늘 잡념이 따라오겠지요. 만약 축복을 받지 못했다면, 남편에게 사랑을 받지도 못했겠지, 하고요."

대신관의 표정이 약간 변했다. 그가 말한 미혹은 감정적인 사랑이 아닌 육체적 미혹을 가리키는 것이었기 때문이다.

"제 남편은 그런 축복을 받지 않을 테니, 저 또한 축복을 받지 않고 있는 그대로 대하고 싶습니다. 그것이 부부의 도리잖아요."

부부의 도리……. 제 주인은 아무리 좋게 평가해도 그런 걸 성실하게 챙길 분이 아닌데. 뒤에 서 있던 숀의 표정이 오묘해졌지만, 발리아는 보지 못했다. 대신관은 가만히 그녀를 마주 보기만 했다. 곧 그가 한숨과 함께 대답했다.

"알겠습니다. 이 축복은 없던 일로 하지요."

발리아는 미안함과 고마움을 함께 느꼈다. 의도야 어쨌든 또한 실상이 어쨌든 자신에게 축복을 내려 주려는 사람은 이 대신관이 처음이었기 때문에.

"그러나 아가씨. 부족하나마 대신관의 몸, 약속했던 축복을 거두는 것 또한 신께 불경한 일이니 다른 축복을 내려 드리고 싶습니다."

"어떤 축복인가요?"

"아가씨의 행복을 바라는 축복입니다. 약속드리지요."

신관은 약속한 말과 다른 축복을 걸 수는 없었다. 일종의 제약이었다. 발리아는 고개를 끄덕였다. 대신관이 자리에서 일어났다. 따뜻한 손이 그녀의 이마에 닿았다.

"결혼을 축하드립니다. 부디 행복하시기를."

"아버지를 일찍 여의었어."

"예, 각하. 다른 친척들 역시 전무한 상황입니다."

"알 만하군."

슈덴은 서류를 넘기고 있었다. 결혼하기로 결정했으니 본격적으로 발리아에 대해서 알아 가는 중이었다. 바로 그녀의 뒷조사를 하고 관련된 정보를 수집하는 것. 평범한 만남으로 결혼을 하게 된 게 아니니, 알아 가는 방식도 평범할 수가 없었다.

발리아에 관해선 특별히 건질 만한 정보가 없었다. 그녀는 정말로 평범한 몰락 귀족이었다. 다만 눈에 띄는 점이 있었으니, 바로 그녀를 양육한 존재였다.

"용병이 키웠다고?"

"그렇습니다. 성은 없는 평민 출신의 용병인데 젊은 시절 아가씨 부친의 목숨을 살려 준 게 인연이 되었다고 합니다."

"지금은 어디에 있지?"

"왕국에서 용병 생활을 하고 있습니다."

"신전이나 황실과 접촉한 흔적은 있는가?"

"없습니다. 하지만 좀 더 자세히 조사해 봐야 정확히 알 수 있을 것 같습니다."

"사람을 붙여 놔. 신변에 무슨 일이 생기면 바로 보고하도록 하고."

"알겠습니다. 각하."

수하는 고개를 꾸벅 숙이고 조심스러운 발걸음으로 나갔다. 슈덴은 홀로 남은 집무실에서 서류를 팔랑팔랑 넘겼다. 용병이 키운 귀족 아가씨라. 무채색 종이에 빨간 점을 하나 톡 찍어 놓은 것처럼 인상적인 포인트였다.

'여러모로 신선한 배경이군.'

사실, 용병이 키웠다는 것은 대부분의 귀족들에게는 기함할 만한 일이었다. 그러나 그 대부분에 속하지 않는 귀족이 슈덴이었다. 그는 오히려 용병 양육자가 끼쳤을 영향에 대해 긍정적으로 생각하고 있었다. 적어도 그녀는 심약하지는 않으리라.

게다가 슈덴은 본래부터 처량하고 가련한 미녀를 좋아하지 않았다. 그들은 본인의 외로움을 자신에게 풀어내려고 한다. 슈덴은 다정한 성격이 아니었기에 그런 기대에 부응해 주지 못했다. 그러면 뭐, 울고불고 난리도 아니었다.

슈덴은 그런 것에 진절머리가 나 있었다. 본인의 외로움은 결국 본인의 몫이었다. 그것을 타인에게 감당시키려고 하는 순간 관계는 빠르게 부서지고 만다. 애초에 깊은 관계를 맺을 생각이 없기도 했지만.

발리아와 결혼을 하겠다고 결심한 것에는 의연해 보이는 은회색 눈동자가 한몫했다.

'그 정도면 나쁘지 않지.'

뭐 그렇게 하나하나 따지다 보니까 정말로 괜찮은 신붓감인 것 같기도 했다. 슈덴이 서류를 몇 번 더 읽고 있을 때였다. 똑똑 노크 소리가 들리더니 문이 열렸다. 집사였다.

"각하, 로건 후작께서 사람을 보내셨습니다."

"나간다고 전해."

간단히 응수한 슈덴이 서류를 서랍에 넣었다.

슈덴이 도착한 곳은 수도 시가지에 위치한 고급 술집이었다. 귀족을 대상으로 하는 이 술집은 얼마 전 새로 연 곳으로, 로건 후작이 주인이었다. 로건 후작과 슈덴은 사업 파트너였다. 국외 무역을 통해 큰 이득을 얻은 그가 슈덴을 초대하고자 직접 찾아오기까지 했다. 어차피 사업으로 인해 종종 얼굴을 볼 사이이니 와 주십사 간청하는데 초를 칠 필요는 없었다.

"각하 아니십니까."

"그동안 잘 지내셨습니까?"

슈덴을 알아본 귀족들이 서둘러 아는 척을 해 왔다. 입장한 지 얼마 되지 않아 그는 순식간에 귀족들의 중심이 되어 있었다. 슈덴은 주인인 로건 후작과 인사를 하고, 고급 와인 잔을 한 손에 들었다. 이런 곳에서 나누는 이야기는 지루했다. 그가 대화에 흥미를 보이지 않음에도 그에게 한 마디라도 걸기 위해 애타는 귀족들은 많았다. 슈덴은 적당히 수긍해 주며 주변을 살폈다.

과연 젊은 귀족들을 겨냥하여 만든 곳이라더니, 인테리어가 일반적인 무도회와는 많이 달랐다. 좀 더 퇴폐적인 느낌이라고 해야 할까. 짙은 색감의 대리석 벽은 반질거렸고 와인 장엔 고급 와인들이 꽉꽉 채워져 있었다.

무엇보다 카드 테이블들이 놓여 있다는 것이 큰 특징이었다. 귀족들이 심심풀이로 즐기는 가벼운 카드 게임을 본격적인 테마로 내세운 것 같았다. 그러다 보니 격식은 덜해졌고 자연히 술에 취한 귀족들도 많이 보였다. 그들은 게임보다는 이야기에 열중하고 있었다.

"브루스 백작의 결혼식이 세 달 뒤로 잡혔다는 사실 들으셨어요?"

"그럼요. 들었지요. 벤 자작의 여식이 신부라면서요."

"벤 자작에게 입양시키기는 했는데, 원래는 가신 기사의 딸이라고 합니다."

"백작이 고작 기사의 딸과 결혼한다고요?"

브루스 백작의 결혼 상대가 사실은 영지 기사의 딸이라는 소문은 사교계에서도 만연했다. 로맨틱하다며 찬사를 보내는 귀족들이 있는 반면, 흠을 잡는 귀족들도 적지는 않았다. 그리고 이런 고급 술집에서는 뒤쪽이 더 주류를 잡는 법이었다.

"그 신부는 그야말로 신분 상승이군요. 시골 기사의 딸에서 백작 부인이라."

"듣자 하니 브루스 백작께서 신부 되실 레이디한테 푹 빠졌다던데요."

"하긴, 그러지 않고서야 자작에게 입양까지 시키면서 결혼을 추진하셨겠어요."

"그나저나 시골에서 자랐다면 수도에서 적응하기 힘들 텐데, 어떻게 되려나요."

그나마 이런 대화들은 들을 만한 뒷담이었지만, 때로는 듣기 민망한 것들도 가끔 있었다. 주로 무리끼리 몰려다니며, 술에 일찍 취한 귀족들이었다.

"기사의 딸이라면 사실 귀족이라고 치기에도 민망한 것 아닙니까. 어떻게 압니까. 수도에서 자란 것도 아니라던데 요즘 레이디들과는 달리 여기저기서 몸을 굴렸을지."

'기사의 딸?'

슈덴의 표정이 사뭇 가라앉았지만, 왁자지껄한 소리를 내뱉는 귀공자들의 눈에는 그가 보이지 않았다.

"고대에는 처녀막 검사를 했다고 하던데 겔 제국에서도 도입해야 하는 거 아닌가 모르겠습니다."

"으하하하! 그렇게 하면 소박맞을 신부들이 한둘이 아니겠군요!"

천박한 농담으로 공감대를 형성한 공자들이 낄낄댔다. 슈덴이 술을 한 모금 마셨다. 와인의 씁쓸한 맛이 혀끝에 맴돌았다. 그가 잔을 가볍게 흔들었다. 붉은 와인이 유리 안에서 찰랑거렸다. 그가 입을 열었다.

"처녀막 검사는 한다면서."

사람들의 시선이 슈덴에게 몰렸다. 수려한 붉은 눈동자가 낄낄대던 무리를 하나하나 훑어보았다. 남자들은 순간 육식 동물의 제왕에게 압도당하는 것 같은 무력함을 느꼈다.

"왜 동정막 검사에 대한 얘기는 없는 것이오?"

"하, 하하……. 각하. 동정막이라는 게 어디 있습니까……."

"뜬구름 잡는 소리를 하기에 똑같이 뜬구름 잡는 말을 했는데 문제가 있나?"

슈덴이 싸늘하게 웃었다.
"본인들이야말로 첫날밤 신부에게 소박맞기 딱 좋겠는데 말이지."
남자들의 얼굴이 벌겋게 달아올랐다. 그러나 발끈하기에는 그의 기세가 지나치게 무서웠다. 무엇보다 그는 얼마 전 전쟁에서 무서울 정도의 성과를 내어 공작으로의 격상까지 거론되고 있는 가르트 후작이었다. 슈덴의 신분, 명성, 실력은 껄렁한 그들이 당해 내기엔 높은 벽이나 마찬가지였다.
"고급 술집에 어울리지 않는 싸구려 대화를 하는군."
"그러게 말입니다. 말씀을 좀 가려서 하세요."
"아무리 술에 취했다고 한들 귀족들이 있는 곳인데 품위 있게 굴진 못하고……."
권력자의 심기를 불편하게 한 귀공자들에게 힐난의 눈초리가 쏟아졌다. 남자들은 눈치를 보다가 슬슬 구석으로 자리를 피했다.
분위기는 금세 다시 회복되었다. 슈덴은 로건 후작을 위시한 고위 귀족들과 얼마간 이야기를 더 나누고 집으로 돌아가겠다며 술집을 나왔다.
"오셨습니까, 주인님."
마차는 미리 대기하고 있는 상태였다. 슈덴이 마차에 오르고 마부석에 앉은 마부가 물었다.
"저택으로 돌아갈까요?"
"그래."
마부는 능숙하게 말을 몰았다. 슈덴의 붉은 눈동자가 창밖을 무심하게 바라보았다. 그는 성자가 아니었다. 감정을 완전히 다스려 무로 유지하지도 못했다. 그럴 필요도 없었고. 그를 분노케 하는 사람이 현저히 적을 뿐이지, 그는 분명 분노를 느낄 줄 알았다. 아까 그가 느낀 감정은 분명 분노였다. 그런데 왜 분노했지? 말하는 게 천박하다는 이유로 분노를 느낄 만큼 그는 감정적인 남자는 아니었다.

[기사의 딸이라면 사실 귀족이라고 치기에도 민망한 것 아닙니까.]

역시 한 대 패고 왔어야 했다. 슈덴은 짜증 섞인 한숨을 내쉬었다. 그가 머리를 쓸어 넘겼다. 칼자국이 희미하게 남은 손등 위로 붉은 금발이 흐트러졌다.

“행선지를 바꾸지. 제2신전으로.”

“알겠습니다.”

가르트 후작의 문양이 위엄 있게 새겨진 마차가 방향을 틀었다.

누군가의 걱정과는 달리 발리아는 잘 지내고 있었다. 사실 그녀는 이토록 호사스러운 생활은 처음 해 봤다. 그녀는 대신관의 공식적인 손님으로, 햇볕이 잘 들어오는 귀빈실까지 홀로 차지해 여유롭게 지냈다. 신전의 특성상 호화로운 식사나 줄줄이 수발을 드는 하녀까지는 없었지만 그녀에겐 인생 최고로 여유로운 시간이었다.

오늘도 차려진 식사를 맛있게 먹은 그녀는 산책을 나갔다. 그녀의 행동반경은 딱 이 안이었다. 바깥에 나가 볼까 하는 생각조차 하지 않았다. 발리아는 원래 정적인 것을 선호하는 성격이었기 때문에. 게다가 대신전과 제1신전 다음으로 대륙에서도 손꼽히게 거대한 신전인 제2신전은 며칠을 돌아다녀도 다 구경하지 못할 만큼 넓었다.

“오늘은 사람들이 유난히 많네요.”

항상 한적하던 신전에 오늘따라 사람들이 많았다. 하나같이 고아한 차림새라 눈이 즐겁기는 했지만. 발리아의 뒤를 따르던 숀이 입을 열었다.

"각국의 왕족들께서 방문하셨다고 합니다. 게다가 오늘은 귀족들이 기도를 드리러 오는 날이기도 하지요. 날짜가 겹쳐서 이렇게 사람이 많은 모양입니다."

"그래요?"

황실에서 일했던 발리아도 알고 있었다. 겔 제국은 5년에 한 번씩 타국의 미혼 왕족들을 황궁으로 초대했다. 왕족들로 하여금 제국의 문물을 보고 경외감을 갖도록 하는 일종의 고취 작업이었다. 황실은 항상 바빴지만 그때만큼은 정말 눈코 뜰 새 없이 바빴다. 그때는 앉을 시간도 없이 일만 했는데 지금은 유유자적 같은 길에서 산책을 하고 있고. 인생은 참 알다가도 모를 일이었다.

"그런데 다들, 뭘 하고 있는 걸까요?"

발리아가 고개를 쭉 뺐었다. 넓게 펼쳐진 진열대 위에서 뭘 고르는 것 같은데 자세히는 보이지 않았다. 성물이라도 사는 걸까?

"신전의 축복을 받은 커프스 링크(셔츠 소매에 부착하는 남성용 장신구)를 고르고 있는 겁니다. 정인에게 직접 달아 주면 사랑이 깊어지고, 정인이 없을 경우 신전 후원에 있는 호수에 던지면 정인을 만날 수 있다고 하더군요. 덕분에 미혼의 귀족 아가씨들에게 인기가 아주 좋습니다. 오늘 보니 타국의 왕족들도 관심이 많으신 것 같군요."

"저는 오늘 처음 봐요. 신기하네요."

흥미가 솟은 발리아는 아가씨들이 모여 있는 진열대 쪽으로 걸어갔다. 돈을 받고 커프스 링크를 내줄 거라는 예상과는 달리 금전 거래는 이루어지지 않았다. 그녀는 눈치껏 이 커프스 링크가 무료로 제공되고 있다는 사실을 알아챘다.

'역시 부자들은 다르구나. 하긴, 기부금이 어마어마한데.'

신전은 청빈한 곳이 아니다. 축복의 대가로, 혹은 독실한 신도들이 자발적으로 기부하는 액수는 상상을 가뿐히 뛰어넘는다. 무엇보다 발리아가 걷고 있는 이 후원은 귀족 이상의 신분에게만 출입을 허용했다. 신전에서 선심을 쓰는 것처럼 보이지만, 신분이 확실한 귀족들이 도둑질을 할 리는 없으니 금전을 받지 않고 무료로 나눠 주는 것이다. 어쨌든 발리아 역시 진열대에서 눈을 떼지 못했다. 뒤쪽에서 그녀를 경호하고 있던 로빈이 권했다.

"아가씨도 해 보시는 게 어떻습니까?"

"로빈. 아가씨께 괜한 걸 권해 드리지 마라."

"주의하겠습니다!"

숀의 근엄한 질책에 로빈이 서둘러 자세를 바로 고쳤다. 발리아는 빙긋 웃었다.

"괜찮아요. 그리고 저는 신전에 기부금을 낸 적도 없는걸요."

저기서 커프스 링크를 고르고 있는 귀족들이야 기부금을 낼 수 있을 만한 재력이 있는 가문의 사람들이겠지만 자신은 아니었다. 발리아에게 기부금을 낼 만한 여유가 있을 리 만무했다. 신관이 일일이 기부금 목록을 확인하고 브로치를 내주진 않겠지만 양심이 걸렸다. 발리아가 아쉬운 시선을 떼려고 할 때였다.

"후작가에선 신전에 매년 큰 기부금을 내고 있습니다."

근엄하게 서 있던 숀의 목소리가 귓가에 꽂혔다. 발리아가 은회색 눈동자를 깜빡였다. 흘긋 로빈을 보니 그 역시 어리둥절한 표정이었다.

'그러니까……, 해 보라는 건가?'

발리아가 눈짓으로 묻자 로빈이 눈치를 보며 고개를 끄덕였다. 숀은 여전히 근엄한 낯으로 딱딱하게 고개를 들고 있었다. 그들의 눈빛 교환을 알고 있음에도 모른 척하고 있는 모습이었다. 발리아는 풋 터지려는 웃음을 참으며 걸음을 옮겼다.

"마음에 드는 걸로 고르시면 됩니다."

신관의 말에 발리아의 눈이 커프스 링크가 놓인 진열대로 향했다. 보드라운 흰색 실크에 차례로 놓인 커프스 링크들은 한눈에 보기에도 고가품은 아니었다. 하지만 꽤나 공들여 제작한 수제품임을 알 수 있었다. 거기에다가 로맨틱한 전설까지. 덕분에 레이디들은 꽤 신중하게 커프스 링크를 고르는 중이었다.

'참 귀여운 아가씨들이네. 하긴 나도 예전이었다면 열심히 골랐을 거야.'

그렇게 생각한 것과는 달리 발리아 역시 커프스 링크에서 눈을 떼지 못했다. 그녀의 눈에 들어온 것은 루비가 박힌 작은 커프스 링크였다. 루비는 귀한 보석이었지만, 크기가 발리아의 손톱 반절만 해서 가격은 그리 비싸 보이지 않았다. 무엇보다 붉은 색깔이 눈길을 사로잡았다.

'그 사람, 눈동자가 붉은색이었잖아.'

슈텐의 눈동자는 선명한 붉은색이었다. 누군가 그의 외양에서 가장 인상적인 곳을 고르라고 묻는다면 단연 눈동자를 고를 거였다. 정열적이면서도 서늘한, 두 가지의 상반된 기운을 품고 있는 그 붉은 눈.

발리아는 그의 소문이 황궁 안에서도 왜 그리 유명했는지 직접 대면하고서야 깨달았다. 한 번 보고 나면 도저히 잊을 수가 없는 그런 눈빛이었다.

'오래 고르는 것도 민폐일 테니까, 이걸로 해야지.'

발리아는 손을 뻗어 루비 커프스 링크를 잡았다. 그리고 막 집어 올린 순간이었다.

"……."

발리아보다 좀 더 성숙해 보이는 여자가 같은 커프스 링크로 손을 뻗었다. 머리와 꼭 같은 담갈색 눈동자가 발리아를 응시했다. 화려하게 꾸민 외양으로 귀한 신분임을 짐작할 수 있었지만, 발리아를 아래위로 훑는 시선에서는 뭐라고 콕 집어 말하기 힘든 거만함이 묻어나고 있었다.

"같은 걸 집어 버렸군요."

정확히 말해서는 발리아가 먼저 집은 것에 그녀가 손을 뻗은 것이다. 발리아가 은회색 눈동자를 깜빡였다.

"제가 먼저 잡은 것에 레이디가 손을 뻗으셨어요."

순간 여자의 갈색 눈동자에 불쾌함이 스쳐 지나갔다. 찰나이긴 했지만, 발리아는 황궁에서 오래 일하면서 타인의 표정이나 감정을 포착하는 데에 도가 터 있었다.

"어머, 잘못 본 것 아닌가요. 분명히 동시에 잡았는데."

우아하게 대꾸한 여자가 순간 손에 힘을 주었다. 아마 말로 주의를 돌리고 그대로 힘을 주어 빼앗으려고 한 모양이었다. 하지만 상대는 발리아였다. 단련된 남자라면 모를까, 연약한 레이디의 악력 정도는 가뿐히 이길 수 있었다.

'난 어릴 때 메이스로 집 벽도 부순 적 있는데.'

발리아는 커프스 링크를 빼앗으려는 여자의 힘이 가소로웠다. 그 증거로 발리아의 표정은 아무런 변화가 없는 반면, 여자의 얼굴은 점차 벌겋게 물들어 갔다. 여자의 손이 덜덜 떨렸지만 커프스 링크는 그 자리 그곳에 고정이라도 된 듯 꿈쩍도 하지 않았다.

"다 하셨나요?"

발리아의 차분한 물음에 여자의 얼굴이 확 달아올랐다. 한 번에 힘을 쓴 탓에 그녀의 손은 부들부들 떨리고 있었다. 여자는 애써 태연한 낯으로 물었다.

"어느, 어느 왕국의……, 레이디시죠? 제국 분이신가요?"

"신분을 물을 때는 본인의 신분을 먼저 밝히는 게 겔의 예법이랍니다."

비록 타 왕국 출신이라지만 겔 황실에서 종신 시녀로 일했던 발리아였다. 그 정도는 훤히 꿰고 있었다. 여자가 흠, 하고 목을 가다듬었다.

"내가 실례했군요. 나는 힐든 왕국의 3공주 카시아 그레이스 힐든이랍니다."

힐든 왕국이면 꽤 권세가 있는 왕국이었다. 물론 겔 제국에 댈 것은 아니었지만, 적어도 발리아의 출신 왕국보다는 국력이 있었다. 나름대로 괜찮은 왕국의 공주라 저렇듯 목에 힘이 빳빳하게 들어간 모양이었다.

"저는 리사 왕국의 발리아 딘입니다."

"리사 왕국? 아……, 그 소왕국?"

카시아가 목소리를 높였다. 명백히 깔보는 음성에 사람들의 시선이 이쪽을 향했다. 숀과 로빈의 얼굴이 구겨졌지만 타국의 공주를 제지할 수는 없었다. 적어도 그녀는 발리아에게 무력으로 상처를 입힌 것은 아니었으니. 카시아가 도도한 얼굴로 물었다.

"딘? 내가 타국의 귀족에는 무지해서 그런데, 영애. 아버지의 작위가 어떻게 되지요? 자작? 아니면 남작이신가?"

"제 부친은 기사십니다."

"기사?"

카시아가 풉 하고 웃음을 터뜨렸다.

"기사의 딸이 내게 맞서려고 든 거였군요. 흥미롭게도."

"맞서려고 한 게 아닙니다. 다만 이치에 맞는 말씀을 드린 거지요."

"아까부터 계속 이치, 이치 얘기만 하는데 좋아요. 이치대로 따져 보도록 하죠. 분명 그대는 호수에 커프스 링크를 던지고 소원을 빌 텐데, 그보다는 내가 갖는 게 더 효율적이지 않겠어요?"

"제가 왜 호수에 던질 거라고 생각하시는지요?"

"그렇잖아요? 소왕국 기사의 딸이 이 제국에 정인을 두었을 리는 없고. 아니면 어디 돈 많은 늙은 귀족의 후처로 들어가고 싶은 건가? 하긴, 소왕국 기사의 딸이라면 그 정도도 신분 상승이군요."

비아냥거림이 도를 넘었다. 숀은 당장이라도 공주의 호위 기사에게 장갑을 던져 결투를 신청하고 싶었지만, 주군인 슈덴이 가급적 조용히 있으라고 명령을 내려놓은 상태였다. 결국 그는 차선책으로 발리아를 다른 곳으로 모셔 가기로 했다. 숀이 굳은 얼굴로 막 나선 그때였다.

"여기 있었군."

짧은 한 마디가 발리아의 귓가를 울렸다. 그리 크지 않음에도 좌중을 휘어잡는, 무게감이 있는 목소리. 발리아는 홀린 듯 고개를 돌렸다. 갑옷도 투구도 입지 않았음에도 어떤 기사들보다 존재감이 뚜렷한 남자가 그녀를 향해 걸어오고 있었다.

발리아는 괜히 가슴이 뛰었다. 며칠 전에도 봤는데 왜 이렇게 반갑고 두근거리는지 모를 일이었다. 숀과 로빈이 공손히 머리를 조아리고 두어 걸음 물러섰다. 슈텐은 아주 자연스럽게 발리아의 곁에 섰다. 그의 붉은 눈동자가 대치 중인 두 손을 향했다. 그 사이에 나눠 잡혀 있는 커프스 링크.

"큰 소리가 들리던데, 무슨 일이지?"

"힐든 왕국의 공주님과 잠깐 오해가 있었어요."

"힐든의 공주?"

슈텐이 그제야 카시아에게로 시선을 옮겼다. 눈만 깜빡이고 있던 그녀가 서둘러 입을 열었다.

"다시 뵙습니다. 가르트 후작 각하."

"날 아시오?"

"어느 왕족이 각하를 모르겠습니까. 게다가 바로 얼마 전 연회 때 뵙기도 했고, 또 저와 이야기도 몇 마디 나누셨잖아요."

"그랬던가. 내가 기억력이 좋지 못해서."

슈텐이 무표정한 얼굴로 선을 그었다. 실제로 그는 카시아를 기억하지 못하고 있기도 했다. 슈텐은 어쩔 줄 몰라 하는 카시아에게서 관심을 끊고 발리아를 돌아보았다. 그녀는 이 와중에도 커프스 링크를 단단히 잡고 있었다.

"그 커프스 링크는 나를 주려고 고른 건가?"

"아, 그게……."

발리아의 뺨이 서서히 물들기 시작했다. 막연히 슈텐과 어울릴 거라고 생각은 했지 그다음에 대해선 구체적으로 계획해 놓지 않았기 때문이다. 그 와중에도 커프스 링크를 힘으로 빼앗기 위해 티 내지 않고 갖은 노력을 하고 있던 카시아가 토끼 눈을 했다.
"후, 후작 각하. 말씀 중에 외람되지만 그건 레이디가 정인에게 주는 커프스 링크입니다. 단순한 선물이 아니라……."
"정인이니 내가 받아야지."
슈텐이 발리아의 손을 잡았다. 단단한 손이 그녀의 손가락 사이사이를 파고들었다. 그가 발리아의 손을 들어 올려 손등에 짧게 입을 맞췄다. 주변에서 비명 비슷한 소리가 들린 것도 같았지만 발리아는 도통 정신을 차릴 수가 없었다. 이게 대체 무슨 상황이지. 그 와중에도 그 입맞춤이 이상하게 야릇하다는 생각이 들었다. 슈텐이 고개를 기울였다.
"그렇지 않소? 부인."
슈텐의 한 마디는 강력했다. 그 증거로 후원은 아까보다 곱절은 더 난리가 난 상태였다.
"세상에, 방금 각하께서 하신 말 들으셨어요?"
"분명 부인이라고 하셨어요. 그렇죠?"
"그럼 저 레이디가 가르트 후작 부인이신 건가요?"
사위가 온통 시끄러웠다. 발리아는 맹세코 이런 상황이 처음이었다. 뭔가 대답을 해야 한다는 생각이 들면서도 뭐라 말을 해야 하는지 감이 잡히질 않았다. 혼란한 와중에도 불안감은 들지 않았다. 긴장으로 미세하게 떨리는 제 손을 슈텐이 단단히 잡아 주고 있기 때문일까. 그녀는 빠르게 안정을 되찾았다.
그러나 카시아는 그러지 못했다.
"말도 안 돼요! 각하께서는 분명 미혼이신 것으로 알고 있는데……!"
슈텐은 태연하게 대꾸했다.

"소식이 늦은 모양이오."

늦기는 무슨. 불과 얼마 전 황실 연회에서만 해도 그는 미혼이었다. 그만큼 유명한 미혼 귀족은 없을 것이다. 이유는 간단했다. 가장 탐나는 신랑감이기 때문에. 제국의 레이디, 귀부인들은 물론이요 타국의 공주들도 눈독을 들일 정도로 매력적인 남자였다.

그런데 고작 며칠 사이에 결혼을 했다니?

심지어 부인은 자신이 방금까지 신나게 깔보던 소국 기사의 딸이라니?

'말도 안 돼!'

카시아는 혹여 자신이 선 채로 꿈을 꾸는 게 아닌가 의심하는 지경에 이르렀다. 슈텐의 신부, 즉 가르트 후작 부인이라는 여자는 평범한 옷차림을 하고 있었다. 머리 장식도 없었고 입고 있는 드레스도 부풀리지 않아 소박했다. 작은 보석 장신구 하나 없는 저 여자가 가르트 후작 부인이라고? 카시아가 발리아를 깔본 것은 이 수수한 차림새 때문이기도 했다. 물론 이런 생각을 입 밖에 낼 만큼 카시아가 바보는 아니었다.

"내가 직접 달아야 하나?"

엎친 데 덮친 격으로 가르트 후작은 커프스 링크를 보며 그렇게 말했다. 이 커프스 링크의 소유자가 명백히 발리아라는 듯이. 여기서 더 뻗대 봤자 자신만 손해였다. 아까부터 계속 힘을 줘서 당기고 있었는데 꿈쩍도 하지 않았고. 카시아는 결국 치욕과 모욕감, 당혹감으로 혼곤한 채 커프스 링크를 놓아야 했다.

"제가 양보하도록 하겠습니다, 후작 부인. 그러니까 남편……, 분께 직접 달아 드리는 건 어떨까요? 많은 공주님들과 레이디들이 기대감에 차서 보고 계시잖아요."

카시아는 그래도 힐든 왕국의 3공주였다. 어릴 적부터 사교계에서 왕족으로 군림해 온 그녀는 소위 말하는 '귀족적인 화법'을 능란하게 사용할 수 있었다. 표면적으로 우아하며 무구하게, 그러나 조금만 깊게 생각하면 숨겨 둔 악의가 드러나게끔.

카시아는 일부러 발리아를 지목하며 말했다. 고작 며칠 만에 가르트 후작이 미혼에서 기혼이 되었다는 것은 이 여자 역시 마찬가지라는 뜻이었다. 게다가 처음부터 자신에게 가르트 후작 부인이라고 밝히지 않은 것으로 보아 아직 자신의 신분에 적응이 되지 않았다는 말이 아니고 무어란 말인가.

'분명히 겁도 많고 새가슴일 거야. 소국 기사의 여식이니 뻔하지.'

그래서 일부러 많은 사람들이 보고 있다고 말했다. 뭇 레이디들의 시선이 쏠려 있다는 것을 상기시켜 주는 순간, 행동은 부자연스러워질 것이고 호흡조차 부담스러워질 것이다. 실제로 이목이 꽤 쏠려 있는 상태였기도 했고.

가르트 후작이 옆에 버티고 서 있으니 대놓고 조롱이나 모욕은 주지 못하지만 그녀가 쭈뼛거리는 모습이라도 봐야 속이 좀 풀릴 것 같았다. 조금이라도 눈치를 본다면 가르트 후작 부인이 지위에 어울리지 않게 겁이 많다고 소문도 은근히 흘릴 작정이었다.

하지만 상황은 카시아의 예상과 정반대로 흘렀다.

"마음 써 주셔서 감사합니다, 공주님."

발리아는 아무렇지 않은 낯으로 그리 웃었다. 카시아의 머릿속으로 이게 아닌데, 하는 생각이 든 순간이었다. 발리아가 슈텐을 돌아보았다.

"제가 커프스 링크를 달아 드려도 괜찮을까요?"

"얼마든지."

뺨이 약간 발그레해지긴 했지만 그 정도는 흠도 아니었다. 게다가 그 명성과 외모가 모두 완벽한 가르트 후작은 당연한 걸 묻는다는 듯이 오른쪽 팔을 내밀기까지 했다. 어느 레이디라도 꿈꿔 보았을 그림 같은 모습이었다. 그 증거로 꺅꺅대는 소리까지 들리고 있질 않나.

발리아는 그 와중에도 차분히 커프스 링크를 달아 주었다. 그의 손바닥에 손끝이 스칠 때마다 이상야릇한 기분이 드는 것만 빼고는 어려운 게 없었다. 커프스 링크를 단 그녀가 손을 떼려고 했을 때였다. 슈텐의 손이 그녀의 손을 옭아매듯 잡았다.

"산책을 하는 게 어떻겠소, 부인."

그녀는 그에게 '부인'이라고 호칭되는 게 영 익숙하지 않았다. 듣기 좋은 것과는 별개의 문제였다. 하지만 사람들의 이목이 집중되어 있는 상태였다. 발리아는 자신을 들여다보는 붉은색 눈동자를 향해 미소 지었다.

"좋아요."

그리고 발리아는 아주 잠깐 고민했다. 입가가 파르르 경련하는 카시아가 보였기 때문이다. 발리아는 과거의 경험으로 카시아가 어떤 결과를 노리고 그런 말을 했는지 알고 있었다. 정중함을 가장한 한 마디에 보이지 않는 칼이 수천 개는 꽂혀 있었다. 다행히 자신은 다친 곳이 없으니 그냥 넘어가도 좋겠지만, 자신을 보는 붉은색 눈동자가 묘했다. 무언가를 더 기다린다고 해야 할까. 발리아는 살짝 모험하는 기분으로 조심스레 덧붙였다.

"……슈."

슈텐의 붉은 눈동자가 조금 휘어졌다. 그 미미한 웃음기를 발리아는 포착할 수 있었다. 다행이다. 기분 나빠 하면 어쩌나 했는데. 마음이 한결 편해진 그녀 역시 빙그레 미소 지었다.

웅성웅성해진 것은 후원이었다. 방금 발리아가 덧붙인 '슈'가 누가 들어도 가르트 후작의 애칭이었기 때문에. 그 누가 저 가르트 후작에게 애칭을 허락받을 수 있었을까.

기실 가르트 후작의 유명세는 자국과 타국에서 조금 달랐다. 자국에서는 흠잡을 데 없는 완벽한 남자로 유명한 반면 타국에서는 전쟁터의 살인귀라는 무서운 별칭으로 회자되곤 했다. 그래서 황실 파티에서 슈텐을 처음 본 각국의 왕족들은 소문과 현실의 괴리감에 당황하곤 한다. 연회장에서 그는 더없이 완벽한 귀족이었기 때문에.

그럼에도 대륙에 파다한 살인귀라는 별칭에 대한 두려움은 여전히 남아 있었다. 실제로 그는 귀족적이고 정중한 편이었지만, 딱 꼬집어 말하기 힘든 위험함을 언뜻언뜻 보이곤 했다. 마치 천성인 것처럼. 그런 그에게 아무렇지 않게 애칭을 부르는 여자라니! 겔의 레이디들도 난리였지만 타국의 공주들은 아예 눈까지 동그랗게 뜨고 있었다.

"분명히 후작 각하께서 '부인'이라고 하셨죠?"

"대체 언제 결혼을 하셨는지……. 분명 지난 연회에 참석하실 때만 해도 미혼이셨는데."

"그러게요. 귀택하면 아버지께 여쭤 봐야겠어요."

"그나저나 저분이 가르트 후작 부인이신 걸 진작 알았다면 좋았을 텐데요. 인사라도 드렸어야 했는데."

로맨틱한 감상이 가시자 현실적인 생각이 들었다.

"우리야 몰라서 그랬다 쳐도, 카시아 공주님은……."

"아까 제 호위 기사가 귀띔해 줬는데 처음부터 카시아 공주님이 일방적으로 시비를 거셨다고 하더군요. 후작 부인께서 화라도 나셨으면 어쩌려고 그러셨담."

"괜한 자존심 세우시다가, 쯧쯧."

레이디와 공주들이 삼삼오오 나누는 얘기가 귀에 아주 잘 들어왔다. 카시아는 주먹을 꽉 쥐었다. 고운 손이 모멸감에 희게 질렸다.

이럴 때 제 왕국보다 세가 약한 왕국의 공주가 함께 있었다면 편을 들어 주었을 텐데. 카시아에겐 불행히도 이 자리에는 그녀와 비등한 모국을 가진 공주들뿐이었다. 겔 제국이 왕족들의 일정을 세울 때 각국의 세력을 반드시 고려했기 때문이다.

몇 년 전 황궁에서 있었던 사건이 발단이었다. 부유한 왕국 출신이라고 콧대가 높던 한 왕자가 소왕국의 왕자를 집요하게 괴롭힌 것이다. 괴로워하던 왕자는 결국 정원에서 자살을 기도했다. 왕자는 겨우 살아나긴 했지만. 이후로 겔 제국은 미연의 사태를 방지하고자 아예 국력이 비슷한 왕족들만을 묶어 일정을 짰다.

덕분에 오늘 함께 신전에 방문한 이들은 전부 카시아와 비슷한 규모의 왕국에서 온 공주들이었다. 그들은 굳이 카시아의 비위를 맞춰 줄 필요가 없었다. 무엇보다 그녀는 신분과 지위에 따라 사람을 골라 대해 평판이 좋지 않기도 했다.

그동안 카시아에게 직간접적으로나마 당했던 그들의 눈길이 좋지 않은 건 당연했다. 하지만 그런 관심도 머잖아 곧 거둬들여졌다. 현재 최고의 화젯거리는 단연 어디서 뚝 떨어진 것 같은 후작 부인이었다. 다른 곳도 아니고 신전에서 등장한 이 후작 부인은 향후 사교계에 어떤 식으로든 잔잔한 파문이 될 것이다.

신전의 아름다운 후원, 인적 드문 그곳에서 슈덴과 발리아는 함께 걷고 있었다.

슈덴은 발리아보다 머리 하나는 더 컸다. 보폭도 훨씬 차이가 나는 게 당연했다. 과거 발리아가 황실에서 일할 때에는 남성 기사들을 따라 걸어야 할 때가 자주 있었다. 발리아보다 체격 조건이 좋은 그들을 한참 따라가다 보면 숨이 다 차올랐다.

그런데 지금은 걷는 데에 부담이 없었다. 대신관이 내려 주었다는 행복해지는 축복이 체력이 좋아지는 축복이었나 싶었는데, 자세히 보니 함께 걷는 슈덴의 걸음이 느렸다. 제 보폭에 맞추고 있다는 것을 발리아가 늦게 알아챈 것이다.

그들이 평범한 관계, 평범한 연인들이었더라면 가슴이 두근거렸을 것이다. 하지만 발리아는 다른 생각부터 들었다.

'이렇게 여자 마음을 들었다 놨다 해 놓고.'

아까는 또 어떠하였는가. 구세주처럼 등장하더니 가감 없이 부인이라고 부르질 않나, 그렇게 사람이 많은 곳에서 손등에 입을 맞추질 않나.

'후작 부인에게도 그랬을까?'

자신에게 이랬으니 후작 부인에겐 더하면 더했지 덜하진 않았을 것이다. 후작 부인은 상당한 미녀였으니까. 게다가 대신관의 행동으로 추측하건대 사람을 미혹시키는 독특한 축복도 받은 것 같고. 분명 자신에게 했던 것보다 몇 배는 더 다정하게 굴었을 것이다. 목석이라도 홀딱 반할 만한 행동만 해 놓고 정작 본인은 다른 여자를 사랑하다니.

발리아는 괜히 잡혀 있는 손을 꼼지락댔다.

"불편한가?"

발리아가 손을 꼼지락대는 걸 불편해서라고 해석한 슈덴이 물었다.

"아뇨!"

저도 모르게 소리 높여 대답한 발리아가 헛기침을 했다.

"이렇게 손을 잡아 본 적이 처음이라 어색했어요."

"그건 어쩔 수 없겠군. 내가 처음이자 마지막일 테니 익숙해지는 수밖에."

"네? 아……, 네……."

발리아는 또 달아오르려는 뺨을 간신히 진정시켰다. 아무리 생각해도 이 남자, 정말 장난이 아니다. 훅 치고 들어오면서 아무렇지 않은 낯으로 앞만 보고 있으니까. 그 모습마저 잘생기긴 했지만. 발리아가 수려한 옆모습을 흘끔흘끔 훔쳐보는데 슈덴이 입을 열었다.

"아까는 잘 했소. 긴장을 잘 안 하는 성정 같더군."

발리아가 미소와 함께 고개를 저었다.

"긴장 잘 하는 성격이에요. 아까만 괜찮았던 거고요."

과거의 발리아는 주로 여성 황족들의 시중을 담당했고, 그러다 보니 귀족 레이디나 공주들의 시중을 들 기회도 종종 있었다. 레이디나 공주들은 생각보다 순수했다.

그들은 흔히 회자되는 것처럼 질투에 들어차 있지도 않았고 뒷담에 열렬하지도 않았다. 그녀들은 그녀들의 인생을 살기에 바빴다. 발리아를 보고 있는 대부분의 레이디들도 호기심에 지켜보았던 것이리라. 그것을 알고 있으니 주눅 들 이유가 없었다.

바로 옆에 서 있는 이 남자가 든든했던 까닭도 있지만. 그렇게 애기

할 만큼 발리아는 넉살 좋은 성격은 못 되었다.

"레이디 딘. 물어볼 게 있소."

"네. 말씀하세요."

"왜 놀라지 않지?"

"네?"

"내가 가르트 후작이라고 오늘 처음 밝힌 것 같은데."

발리아는 순간 경직했다.

"지나치게 아무렇지 않군. 누가 귀띔이라도 해 줬소?"

발리아가 입술 안쪽을 살짝 깨물었다. 미처 생각하지 못했다. 명백한 실수라는 것을 인지하자마자 머릿속으로 여러 가지 대응이 떠올랐다.

'이미 들어서 알고 있다고 할까?'

그러자니 지난 며칠간 발리아의 행동반경이며 마주치는 인물이 너무 적었다. 슈텐이 인물들을 뒷조사해 알아보다가 거짓말이 들통이라도 난다면 큰일이었다. 그녀는 그에게 의심을 사고 싶지 않았다. 슈텐이 자신을 의심하면 왠지 곱게 죽진 못할 것 같았다.

'숀과 대신관님도 직접적으로 가르트 후작이라고 말한 적은 없잖아.'

그들은 슈텐을 '후작' 또는 '각하'라고만 칭했지 '가르트 후작 각하'라고 말하지는 않았다. 본래부터 겔 제국 태생이라면 모를까, 발리아는 저 멀리 떨어진 리사 왕국의 귀족이었다. 겔의 귀족도 아니면서 호칭이나 작위만 듣고 가르트임을 알아챘다면, 그녀는 후작 부인이 아니라 점성술사가 되어 있어야 할 것이리라.

[제 부군 되실 분……, 그러니까 후작께서 많이 무섭습니까?]

후작이라는 직위를 괜히 언급했다는 생각이 들었다. 그때는 아무 생각 없이 말한 건데 이렇게 될 줄이야. 발리아는 초조해지기 시작했다.

'그냥 잘 안 놀라는 성격이라고 할까……?'

설거지하다가 접시만 깨도 깜짝 놀라는데 괜찮을까. 후작 부인이 후작 앞에서 설거지를 할 일은 젖병을 들고 전쟁터에 뛰어들 확률만큼이나 없었지만, 지금의 발리아는 그런 걸 따질 만한 경황이 없었다.

"저는 티 파티에 자주 초대받진 못했어요."

그나마 임기응변에 소질이 있는 편이라 다행이었다. 게다가 초대를 자주 받지 못했다는 것은 분명한 사실이었으니 슈덴이 혹시라도 사람을 풀어 조사한다고 해도 털어 나올 건더기도 없으리라.

"그래서……, 각하의 명성도 일찍이 접하지 못했고요."

거짓말이었다. 물론 소왕국의 티 파티에까지 슈덴의 이름이 거론되지 않는 건 맞았지만 겔 제국의 가르트 후작이 어떤 명성을 가졌으며 얼마나 높은 위치인지는 리사 왕국의 귀족들도 당연히 알았다. 하지만 발리아가 모르겠다고 잡아떼는데 어쩌겠는가. 발리아는 조심스럽게 물었다.

"……제가 좀 더 놀랐어야 하나요?"

"궁금해서 물어본 것뿐이니까 그럴 필요까진 없소. 타국 사교계에까지 퍼질 만큼 대단한 가문도 아니니까."

거짓말. 발리아는 속으로 중얼거렸다. 과거의 기억 속에서도 가르트 가문은 대단한 명성을 날렸다. 원래도 어마어마한 부로 이름이 높았는데 이번 대에 이르러서는 전쟁 공신 가문으로서의 명성까지 더해졌다.

젊은 가르트 후작. 그는 그야말로 천재적인 기사였다. 그가 참전하는 전쟁마다 겔 제국의 깃발이 휘날렸다. 적진을 쑥대밭으로 만드는 놀라운 지략과 무력. 나중에 듣기로는 공작 승격 제안까지 받았는데 후작이 모종의 이유로 거절했다고도 했다. 그래서일까. 그의 주위엔 늘 사람들이 많았다. 황실에서 연회라도 한 번 열면 붉은 금발을 중심으로 인간 원이 형성되곤 했다.

'잘 됐군.'

발리아가 어떤 생각을 하고 있는지 모르는 슈텐은 내심 그녀가 가르트 가문에 대해 잘 모르는 걸 기껍게 여기고 있었다. 지위란 양날의 검과 같아 휘두르기에 따라 본인을 해칠 수도 있었다. 가르트 후작 부인의 자리는 누구라도 탐을 낼 위치였다. 특히 사교계에서 발리아의 위치는 아주 독보적으로 변한다. 마음만 먹는다면 사교계의 최정상에도 얼마든지 군림할 수 있었다.

그도 그럴 것이 현재 겔 제국 사교계는 가르트 후작 부인 외에 마땅한 신분이 없었다. 겔 제국의 유일한 공작 부인은 발리아보다 나이가 곱절이 많은 터라 연배가 맞지 않았다. 발리아가 가르트 후작 부인이 되면 동년배 귀부인들 중에서는 단연 높은 위치가 되는 것이다. 대단히 오만하게도, 슈텐은 다른 후작가의 귀부인들은 고려 선상에 넣지도 않고 있었다. 직위는 같았으나 세력이 눈에 띄게 차이가 나기에 할 수 있는 생각이었다.

슈텐은 사교계의 권력에 대해서는 관심이 없었다. 허나 소왕국 기사의 딸이 가르트 후작의 부인이 된다고 하면 그 파장이 어마어마하리라고는 충분히 짐작할 수 있었다. 콩고물이라도 맛보자고 달라붙는 사람들은 차라리 나았다. 시기와 질투와 음모는 가히 상상 이상이었다.

'견딜 깜냥으론 보이질 않는데.'

물속에 잠긴 달처럼 조용하고 차분한 낯. 권모술수가 난무하는 사교계에서 소왕국 기사의 딸인 발리아가 잘 적응할 수 있을까?

"각하?"

슈덴이 물끄러미 자신만 보고 있는 게 부담스러웠는지, 발리아가 조심스럽게 그를 불렀다. 새벽하늘을 연상시키는 은회색 눈동자와 잘 어울리는 목소리라는 생각이 얼핏 스쳤다.

"아까는 이름을 잘만 부르더니 이번엔 왜 격식을 차리지?"

"……그야, 아깐 그럴 만한 상황이었잖아요."

그 오만한 공주 보고 들으라고 한 것도 좀 있었다. 과거에도 발리아의 부친의 신분을 들먹이며 낮잡아 보는 사람들은 한둘이 아니었다. 비웃음은 기본에 모욕은 덤이었다. 발리아는 하도 그런 일을 겪다 보니 눈물을 터뜨리지 않을 만큼 의연해졌지만, 그렇다고 기분이 상하지 않는 것은 아니었다. 공주가 바들바들 떠는 걸 보니 솔직히 쌤통이었다.

"그럴 만한 상황이라."

슈덴이 흐음 하고 턱을 기울였다. 남들이 보기엔 거의 표정 변화가 없는 그냥 똑같은 표정으로 봤겠지만 발리아는 달랐다. 그녀는 그가 재밌어한다는 것을 어렴풋이 알 수 있었다.

"그럼 그럴 상황에서만 이름을 부르고?"

"그렇지 않으면 격식에 어긋나니까……."

"격식을 따지는 성정이었소? 그러기에는 첫 만남 때 옷차림이……."

발리아의 얼굴이 홱 달아올랐다. 그때의 민망한 상황이 또 떠올랐기 때문이다. 무엇보다 슈덴에 대해 혼란스러웠다. 기억 속 그는 무뚝뚝하고 말수가 많지 않은 남자였다. 그가 입을 열지 않아도 주변에서 말을 걸기 위해 난리였으니까. 그런데 가까이서 본 슈덴은 생각과는 많이 달랐다. 평생 농담이라고는 안 해 봤을 것 같았는데. 그는 곧잘 농담조로 말을 던졌다. 신기하게도.

"루비가 취향인가?"

발리아가 눈을 깜빡이자 그가 턱짓으로 손목을 가리켰다. 발리아가 직접 달아 준 커프스 링크가 윤택하게 빛나고 있었다. 진열대 위에 있을 땐 몰랐는데 햇볕에 반사되는 루비는 꽤 진한 붉은색을 띠고 있었다.

"눈동자 색깔이 닮아서요."

"눈동자 색깔?"

예상하지 못한 말에 눈을 깜빡이던 슈덴이 피식 웃었다.

"내 눈동자를 열심히 관찰한 모양이군."

발리아는 뜨끔해서 입을 다물었다. 그의 말이 맞았다. 발리아는 정말 열심히 슈덴의 얼굴을 훔쳐보았다. 멀리서 봤을 때도 그리 잘생겼는데 가까이서 보니 도통 눈을 뗄 수가 없을 정도였다. 하루 종일 그의 얼굴만 감상해도 질리지 않을 것 같았다.

"이 커프스 링크는 감사히 받겠소."

발리아는 얌전히 고개를 끄덕였다. 엄밀히 말해 후작가의 기부금을 믿고 고른 것이었지만 그가 선물이라고 생각하고 있는데 나서서 초를 치고 싶지 않았다. 게다가 말로나마 고맙다고 하는 것에 어쩐지 설레기도 했고.

"아까 봐서 알겠지만, 오늘부터 손님은 받지 마시오. 기사들에게 말해 놓을 테니 따로 신경 쓸 건 없겠지만."

"네. 알겠어요."

발리아는 슈덴의 말에 순순히 고개를 끄덕였다. 왜 그가 그리 말하는지 이미 알고 있었기 때문이다. 과거의 경험으로 그녀는 가르트 후작 부인이라는 이름이 주는 위력에 대해 충분히 인지하고 있었다. 좋은 뜻이든 나쁜 뜻이든 얼굴이라도 한 번 보자고 달려드는 사람이 한둘이 아닐 것이다. 발리아는 솔직히 말해 그들을 잘 피해 낼 자신이 없었다. 그러니 아예 얼굴도 보지 않는 게 상책이었다.

그렇게 걷다 보니 어느새 신전 건물 입구가 보였다. 저 문을 통과해 복도를 쭉 걷다 보면 발리아가 머물고 있는 귀빈실이 나온다. 건물 입구까지 그녀를 바래다준 그가 지나가는 어조로 말했다.

"다음엔 결혼식 때 보도록 하지."

"네? ……아, 네."

그것으로 됐다는 듯이 슈덴은 망설임 없이 등을 돌려 걸어갔다. 숀이 그를 배웅하기 위해 따라나섰다. 멀어지는 뒷모습을 보며 발리아는 괜히 서운한 마음이 들었다.

'귀족의 결혼식이면 최소 세 달에서 반년일 텐데. 그동안은 쭉 보지 않겠다는 걸까?'

겔의 예법상 왕왕 있는 일이었지만 막상 슈덴이 저렇게 말하니 서운해지는 건 어쩔 수가 없었다. 그녀가 물끄러미 서 있자 로빈이 슬쩍 말을 걸었다.

"아가씨, 오늘 저녁엔 아가씨가 좋아하는 사과 쿠키가 디저트로 나온다던데 식사하러 가시는 건 어떨까요?"

발리아가 로빈을 돌아보았다. 그녀보다 두 살 어린 로빈은 항상 자신의 기분을 살뜰히 챙겨 주었다. 다소 엄격한 숀도 그녀에게는 항상 예의 바르게 대했고. 그래. 이토록 자신에게 잘해 주는 사람들이 생겼다는 것만으로도 그녀는 감사해야 옳았다. 발리아는 그늘을 털어 버리고 웃었다.

❧ ❧ ❧

슈덴은 발리아와 정식으로 결혼해 부부가 될 때까지 굳이 신경을 쓰지 않으려고 했다. 그렇게 세심하게 신경 쓰지 않아도 그는 이미 그녀에게 가르트 후작 부인이라는 자리를 약속했다. 꽤나 괜찮은 선물이 아닌가. 의식주는 신전에서 귀빈으로 대접하고 있으며, 호위는 다른 사람도 아니고 가르트 기사단의 단장이 맡고 있다. 그는 그녀에게 충분히 많은 것을 베풀고 있다고 생각하고 있었다. 사실이기도 했고.

그래서 그가 그녀를 다시 찾아오는 것은 슈덴과 대신관 사이의 계약에 어떤 문제가 생겼을 때밖에 없으리라고 생각한 참이었다. 그러나 오늘 그는 발리아를 찾아왔다. 대신관과의 계약에는 어떠한 문제도 없었고, 굳이 그녀에게 전해야 할 말도 없었다.

'불쾌했지.'

굳이 원인을 거슬러 가자면 천박한 농담을 낄낄대던 놈들 때문이었다. 그래서 발리아를 보러 왔다. 슈덴은 앞의 상황과 뒤의 결과의 연계 고리가 무엇인지 짐작이 잘 가지 않았다. 한 번도 그런 적이 없었기 때문에. 다만 발리아가 안전하리라 여겼던 신전에서도 복병이 있었던 것에 한 번 더 불쾌했다. 여기나 저기나 불쾌한 것 천지군. 슈덴은 이마를 찌푸렸다.

"손."

"예, 각하."

"명령을 번복하지."

"말씀하십시오."

"앞으로 그녀에게 까부는 것이 없도록 해라."

숀의 눈이 약간 벌어졌다. 그러나 감정을 감추는 데 능숙한 노련한 기사는 곧 복종한다.

"목숨 걸고 아가씨를 지키겠습니다."

결혼식

수도에 위치한 가르트의 저택. 대대로 주인이 사용하는 집무실에는 각 부서의 관리자 등 열댓 명의 인원이 일렬로 서 있었다. 그들은 각자 관리하는 역할이 달랐지만, 목적은 한 가지로 귀결된다. 가르트 후작가의 건재. 거대한 가문을 관리하는 데에는 적지 않은 인력이 들어갔다.

그들은 오늘 처음 서로를 보았다. 슈덴이 처음 후작으로 봉해졌을 때에는 지금과 같은 인력이 아니었다. 몇 번의 재편 끝에 이들로 구성이 된 것이다. 대부분은 서류나 인편을 통해서 정보를 교환하고 후작의 지시를 처리하던 이들인지라 이렇게 한 장소에서 나란히 서 있는 것은 슈덴이 후작으로 봉해진 이후 처음 있는 일이었다.

그들이 이렇게 모인 이유는 간단했다.

결혼식.

모름지기 귀족 가문에서 가장 큰 일을 세 가지 고르라면 가주의 봉작, 가주의 사망, 그리고 가주의 결혼이었다. 그러나 슈덴은 후작으로 봉해지자마자 자택으로도 오지 않고 곧바로 전쟁터로 나갔다. 당연히 파티 같은 것도 없었다. 전(前) 가주였던 가르트 후작의 사망은 그리 오래된 일은 아니었으나 말 그대로 사망인지라 축하연과는 성격이 달랐다. 다시 말해 이번 결혼식은 가르트 후작가에서는 실로 오랜만에 겪는 경사인 셈이었다.

"준비는?"

가르트의 유일한 주인인 후작은 말이 길지 않은 성격이었다. 그런 주인이 무엇을 묻고 있는지 즉각 알아채는 것도 수하의 능력이었다. 이런 쪽에선 가공할 만한 눈치를 지니고 있는 가르트의 총집사장은 즉각 대답했다.

"예, 각하. 결혼식 준비는 한 달 안에 끝마칠 수 있게 차곡차곡 진행 중입니다."

결혼식을 준비하라는 명령이 뚝 떨어진 게 불과 며칠 전이었다. 심지어 날짜는 한 달 안. 슈덴은 정확히 한 달 후를 결혼식 날짜로 지정했다.

사실 말도 안 되는 시간이긴 했다. 결혼식이 중요한 사안이니만큼 대부분의 귀족들은 최소 3개월, 평균적으로 반 년, 늦으면 1년을 투자해 공들여 준비를 하는 게 통상이었기 때문이다. 심지어 가르트 후작의 결혼이다. 1년 동안 준비를 한다고 해도 좀 더 여유 있게 준비해도 될 텐데, 라는 말이 나올 것이다.

하지만 후작의 말은 곧 법. 더군다나 그는 자신의 결정을 번복한 적이 거의 없었다. 날짜를 맞추면서도 어느 결혼식에도 뒤지지 않게 완벽하게 준비를 해야 한다. 온 부서에서는 숫제 목숨이라도 거는 모양새로 결혼을 준비하다가 이렇게 불려 온 것이다.

슈덴은 각 부서에서 기록하고 총집사장이 종합해 올린 서류를 훑었다. 상세히 적혀 있는 진행 과정을 살핀 슈덴이 문서를 내려놓았다.

"순조롭군."

그 한마디에 조마조마하며 서 있던 수하들의 얼굴이 밝아졌다. 슈덴은 칭찬을 남발하는 성격은 아니었으나 공치사에 인색하지 않았다. 그는 상벌이 확실한 주인이었으니까. 뿌듯함이 잔잔하게 흐르는 분위기는 슈덴의 한마디로 와장창 박살이 났다.

"결혼식 날짜를 변경한다. 일주일 안으로 당겨."

수하들은 순간 귀를 의심했다. 한 달 안에 준비하는 것도 후작가의 모든 인력들이 밤잠까지 줄여 가며 미친 듯이 일해 간신히 맞추는데 일주일? 충격에 입도 열지 못하는 수하들을 대신해 총집사장이 조심스럽게 입을 열었다.

"하지만 각하, 그렇게 하면 영지에 있는 가신들이 참석하지 못합니다."

"흐음."

슈덴이 책상을 톡톡 두드렸다. 가신들이야 참석해도 그만 안 해도 그만이었지만 이 결혼식이 자신만의 것이 아니라는 게 큰 문제였다. 가신이 참석하지 않는 결혼식은 전례가 없다. 그런 결혼식을 올렸다가는 뒤에서 얼마나 입방아를 찧을까.

슈덴은 상관없었지만, 발리아도 상관없을지는 알 수 없었다. 가뜩이나 그녀는 타국 출신이라 지지 기반이 약했다. 오늘처럼 기어오르는 것들이 없으리라 장담할 수가 없었다. 처음부터 기를 제대로 죽여 놔야 옳았다.

"로드 워프를 이용하면 되겠군."

"……예?"

물론 로드 워프를 이용하면 날짜에 맞춰 충분히 결혼식에 참석할 수 있다. 하지만 로드 워프의 사용 비용은 대단히 고가였다. 평민들은 거의 꿈도 못 꾸는 그런 액수였다.

물론 귀족들에게 부담될 정도는 아니었지만, 가르트의 영지에 있는 가신들의 숫자를 생각해 보면 기함할 만한 액수가 나온다. 게다가 가신들이 맨몸으로만 달랑 오겠는가. 배우자, 자식, 친인척, 호위, 수발들 하녀와 하인, 마부……. 머릿속으로 재빨리 계산기를 두드려 본 총집사장이 조심스럽게 만류했다.

"각하, 그렇게 하면 비용이……."

"파산할 정도인가?"

"절대 아닙니다."

총집사장이 각을 잡고 대답했다. 슈덴은 그걸로 됐다는 듯 입을 열었다.

"그럼 진행해."

"알겠습니다."

어마어마한 현금 유동이 예고되었지만 보좌관들은 놀라는 기색이 별로 없었다. 사실 총집사장도 예의상 한 번 말려 본 것뿐이었다. 그만큼 가르트의 재력은 상상을 초월했다.

그도 그럴 것이, 가르트의 선대 가주들은 재산 불리기에 유독 관심이 많았다. 많은 가문들이 명예를 먼저 쌓은 후 부를 축적했지만, 홀로 반대 노선을 탈 만큼. 지금이야 돈이 권력에 없어서는 안 되는 중요한 요소지, 불과 몇 대 전만 해도 귀족이 재산을 불리는 건 천박한 짓으로 인식되었다.

그때에도 가르트 가문은 탐닉하다시피 돈을 쓸어 모았다. 집을 사서 개축 후 되팔아 이득을 얻고 땅을 계획적으로 사서 시가지를 형성한 후 높은 임대료를 받았다. 당시에는 황금에 미친 상스러운 가문이라고 욕도 꽤 얻어먹은 걸로 안다. 그러나 가르트 가문은 꿋꿋이 덩치를 키워 나갔다.

결국 그들이 명문가로 거듭나게 된 데에는 무시무시한 자본력이 한몫했으리라. 명예보다 황금을 더 사랑한다며 가르트 가문을 경원시하던 것도 고루한 옛일이었다. 지금은 그저 압도적인 부와 명예, 그리고 권력만이 남아 있을 뿐이었다.

"모레 한 번 더 회의를 하지."

"알겠습니다. 각하."

회의가 파했다. 총집사장을 비롯한 수하들은 공손히 예를 표한 후 집무실을 나섰다. 모레에 회의를 한 번 더 하겠다는 것은 그동안 눈에 띄게 진행시켜 놓아야 한다는 뜻이었다. 그동안은 잠이라도 잘 수 있었지 일주일 동안 철야를 하게 생겼다.

"다들 힘냅시다."

"맞아요. 일주일 동안 죽었다고 생각합시다."

"기왕 모인 김에 짤막하게나마 회의를 하고 가지요."

"일층 왼쪽 복도 끝에 적당한 회의실이 있으니 그곳에서 하시면 될 겁니다."

"감사합니다. 총집사장님."

함께 생고생을 하게 되자 보좌관들 사이에서 이상한 동료 의식이 생겼다. 아마 이 결혼식이 끝나고 나면 모두의 눈 밑에 까만 그늘이 내려앉으리라. 그 전조로 보좌관들은 계단을 걸어 내려가는 게 아니라 뛰어 내려가고 있었다. 일분일초가 아까운 모양이었다.

'나중에 각하께 말씀드려 저들의 휴가를 요청해야겠군.'

총집사장은 그들이 혹여 넘어질 경우를 대비해 계단에 푹신한 카펫을 깔아 놓아야겠다고 생각했다. 주방에 잠을 쫓는 주스도 한 솥 가득 만들라고 지시하는 것은 덤이었다.

하지만 그들이 아무리 낮밤을 샌다고 해도 어쩔 수 없는 게 딱 하나 있었다.

'맞춤 드레스를 할 수가 없게 됐군.'

실력 좋고 시간 되는 디자이너는 이미 수소문해 놓았다. 고위 귀족의 결혼식은 당대 웨딩드레스의 유행과 흐름을 가늠하는 중요한 자리였다. 그래서 각 가문에서 정말 심혈을 기울여서 준비했다. 고위 귀족의 신부가 입은 웨딩드레스는 한동안 유행을 한다. 다들 독창적이면서도 아름다운 디자인을 내놓기 위해 혈안이었다.

'살롱을 탈탈 털어도 무리겠지.'

디자이너가 아무리 실력이 좋아도 일주일 안에 새로운 디자인을 뚝딱 내놓고 드레스를 재단할 수는 없었다. 아예 독창적인 모양이 아니라면 기존에 있었던 드레스를 따르는 게 관습이었다. 현재 웨딩드레스 유행은 조엔 후작 부인이 결혼식에 입었던 드레스였다. 무난하니 기본에 충실해 누구나 입을 수 있는 드레스였지만 자신만의 웨딩드레스를 선보이는 즐거움에 비할 수는 없었다.

'안주인 되실 분이 불쾌해하시면 어쩌지.'

총집사장의 이런 고민도 당연했다. 그는 물론이고 이 집안의 누구도 안주인 되실 아가씨를 만나 보지 못했다. 같은 제국의 귀족이라면 소문이라도 알음알음 주워들었을 텐데 타 왕국 아가씨인지라 그런 것도 전무했다. 가문의 고용인들에겐 그야말로 미지의 존재였다.

'내일 찾아뵈어야겠어.'

행동이 빠른 총집사장은 곧장 후작의 집무실로 돌아갔다. 그는 들어가기에 앞서 노크를 했다.

"각하. 집사장입니다. 잠시 올릴 말씀이 있습니다."

"무슨 일이지?"

"내일 예비 마님을 뵈러 가려고 합니다. 웨딩드레스로 인해 시일이 벅찬 터라 최대한 일찍 준비하는 게 좋을 듯합니다."

"디자이너는 구했나?"

"예. 디자이너와 함께 가서 드레스를 맞춰 볼 예정입니다."

"그렇게 해."

"그리고 각하, 한 가지 더 드릴 말씀이 있습니다."

"뭐지?"

"예비 마님의 가족이나 친척 분들은 없지만, 그분을 양육하셨다는 어르신은 결혼식에 초청해야 하지 않을까요?"

슈덴이 서류에서 시선을 뗐다. 거기까지는 미처 생각하지 못했다. 길러 준 정은 때론 낳아 준 정을 압도한다. 피가 섞이지 않았더라도 발리아에겐 아버지 그 이상의 존재일 수도 있었다. 붉은 눈동자가 잠시 허공에 머물렀다.

"내일 직접 의중을 여쭤 보고 초청장 발부 여부를 결정해라."

"분부대로 하겠습니다."

집사관이 꾸벅 고개를 숙였다. 더 분부할 게 없으시면 나가 보겠다는 말에 슈덴이 참 하며 고개를 들었다.

“작은 보석함을 하나 가져와.”

“즉시 대령하겠습니다.”

총집사장이 제 뒤를 따르고 있던 하인에게 눈짓을 했다. 손발이 척척 잘 맞는 고용인들은 금세 주인의 요구에 부응하는 보석함을 대령했다. 손바닥만 한 보석함을 일별한 슈덴이 무심하게 말했다.

“나가 보도록.”

총집사장과 하인들이 나갔다. 소리 없이 부드럽게 문이 닫히자 집무실은 고요해졌다. 슈덴은 검토하던 서류를 내려놓았다. 대신 커프스 링크가 달린 셔츠 소매를 바라보았다. 평생을 통틀어 유심하게 본 적이 없었던 부분이었다. 손톱 반절의 반은 될까 싶은 루비는 색깔만은 제법 선명했다.

[눈 색깔이 닮아서요.]

슈덴은 소매에서 커프스 링크를 뗐다. 그리고 집사가 가져다 놓은 보석함 안에 집어넣었다. 책상은 매일 새로운 문서가 그득그득 쌓이기 때문에 보석함을 둘 만한 적당한 장소가 아니었다. 그는 맨 마지막 서랍을 열었다.

“꽉 찼군.”

그도 그럴 것이 그는 집무실에 보석 같은 걸 보관해 본 적이 없었다. 보석을 보관하는 창고도 관리자도 따로 있었다. 슈덴의 서랍에는 주로 땅문서 같은 재산 관련 문서들만 빽빽하게 들어차 있을 뿐이었다. 혹시나 해서 열어 본 세 번째 서랍도, 두 번째 서랍도 마찬가지였다.

평소에 이런 걸 어디에 넣어 두었더라.

고가의 보석도 그에게는 그저 재물의 하나일 뿐이었다. 연회에 나갈 때 옷에 장식하는 넥타이핀이나 부토니에르도 굳이 골라 본 적이 없었다. 그런 것을 고르는 것은 고용인들의 몫이었다. 차려입은 슈트와 어울리는 것을 골라 장식한다. 슈덴이 굳이 인지를 하지 않아도 연회에 참석하면 주변인들이 알아서 안목이 높으시다고 떠들었다. 그는 그때야 오늘 제 옷에 달린 게 다이아몬드구나, 사파이어구나 하고 알 뿐이었다.

슈덴은 약간 고민하다가 가장 위쪽의 서랍을 열었다. 문서로 빽빽한 다른 서랍들과는 달리 첫 번째 서랍에는 서류가 없었다. 다만 작고 낡은 밀짚모자와 빛바랜 단검이 들어 있었다. 둘 다 가르트 후작가 하인들도 쓰지 않을 법한 지저분한 물건들이었다.

그리고 이 서랍에 항상 있던 물건들이기도 했다.

재산 관련 문서들은 나날이 증식하여 책장에까지 진출했지만, 이 첫 번째 서랍 칸에만큼은 단 한 번도 다른 물건을 들인 역사가 없었다.

[레이디가 정인에게 주는 커프스 링크입니다. 단순히 선물이 아니라.]

고민 비슷한 것이 그의 낯에 떠오르다가 사라졌다. 슈덴은 밀짚모자와 단검을 서랍 뒤쪽으로 밀어 공간을 확보했다. 그리고 보석함을 내려놓았다. 달칵, 하는 소리가 귀를 울렸다. 물끄러미 그것들을 내려다보던 슈덴이 이윽고 서랍을 밀었다. 그답지 않은 망설임이 담긴 동작이었다.

이윽고 서랍장이 닫혔다.

슈덴의 말대로였다. 다음 날부터 신전에 손님 수가 늘어나기 시작했다. 발리아가 머물고 있는 건물은 허락받은 손님만 들어올 수 있었던지라 그리 들썩이진 않았지만, 당장 한가로이 돌아다니는 신관의 숫자가 반으로 줄어든 것만 봐도 알 수 있었다. 이미 숀은 갑자기 발리아에게 들어오는 만남 요청을 응대하고자 아예 본관으로 나간 상태였다.

"아가씨, 산책을 하지 못하셔서 어쩝니까."

"난 괜찮으니까 걱정하지 말아요, 로빈."

"하지만……."

발리아가 괜찮은 것과는 달리 로빈이 오히려 전전긍긍했다. 하긴, 그녀가 꼬박꼬박 행하던 취미가 후원 산책이었는데 이렇게 막혀 버리니 신경 쓰이는 것도 당연했다. 하지만 발리아는 별로 개의치 않았다. 단순히 할 일이 없어서 산책했을 뿐이니까.

'게다가 어쩐지 기대가 되지 않아.'

어제 슈덴과 후원을 거닐었기 때문일까. 이제 결혼식 때까지 그를 볼 일은 요원했기 때문에 발리아는 홀로 후원을 산책해야 한다. 바로 엊그제까지는 그 사실이 아무렇지도 않았는데 지금은 영 기분이 나지 않았다. 꼭 케이크의 가장 맛있는 부분부터 먹어 버린 사람 같았다.

"안 되면 제가 갑주라도 구해 오겠습니다!"

"갑주요?"

"예. 얼굴까지 투구를 내리고 산책하시면 누구도 아가씨의 정체를 짐작하지 못할 것 아닙니까?"

발리아가 아하하 웃었다. 자신보다 두어 살은 어려 보이는 이 어린 기사는 농담 같은 말을 꽤나 진지하게 했다. 아마 지금도 분명 진심으로 하는 말이리라.

"나중에라도 필요해지면 부탁할게요."

"예!"

로빈이 우렁차게 대답했다. 발리아는 빙그레 웃었다. 로빈의 걱정과는 달리 그녀는 그다지 심심하지 않았다. 귀빈실이 위치한 건물 안에는 귀빈들을 위한 도서관이 있었기 때문이다. 그곳에는 적지 않은 책들이 꽂혀 있었고, 발리아는 그중 마음에 드는 책을 몇 권 빌려온 참이었다. 그녀의 오늘 계획은 하루 종일 책을 읽는 것이었다.

그래, 책을 읽는 것이었다.

"인사드립니다, 아가씨."

발리아는 멀뚱멀뚱하게 눈앞의 사람들을 바라보았다. 말끔하고 단정해 보이는 중년 남자와 세련되게 잘 꾸민 티가 나는 여자, 그리고 커다란 가방을 양 손에 들고 있는 젊은이들이 각기 서 있었다. 특히 젊은이들이 들고 있는 가방은 안에 무엇을 넣었는지 불룩했다. 발리아가 은회색 눈동자를 도로록 굴리자, 중년 남성이 공손히 인사를 했다.

"저는 가르트 후작가의 총집사장입니다."

'총집사장이라고?'

발리아의 눈이 약간 커졌다. 그녀는 표정을 갈무리하고 차분히 인사를 건넸다.

"예, 안녕하세요."

"오늘 아가씨를 직접 뵈러 온 것은 다름이 아니라, 웨딩드레스를 맞추기 위해서입니다. 아가씨의 드레스를 위해 실력이 아주 뛰어난 뷰티 살롱의 장인분과 함께 왔습니다."

"만나 뵙게 되어 가문의 영광입니다. 후작 부인. 오늘 최선을 다해 완벽한 웨딩드레스를 선보이겠습니다."

디자이너는 상기된 얼굴로 그리 말했다. 실제로 그녀는 꽤 흥분한 상태였다. 후작가의 계보에 대해서는 모르는 그녀는 가르트 후작가의 의뢰에 그저 방계의 웨딩드레스를 제작하는 것이라고만 생각했다. 그래서 갑작스레 날짜를 당겨 달라고 했을 때 솔직히 말해 불쾌했다.

처음 제시 받은 한 달이라는 날짜도 얼마나 빡빡했는가. 괜히 수도의 정상급 디자이너들이 완곡하게 거절한 게 아니다. 그들이 줄줄이 사양하지 않았다면 자신에게까지 순서가 돌아오지도 않았을 터다. 그녀는 실력은 뛰어났으나 데뷔한 지 얼마 되지 않아 유명세가 부족했으니까.

'미친 거 아냐? 일주일 안에 어떻게 웨딩드레스를 만들어 대령하라는 거야?'

하지만 가르트 가문의 힘과 명성이 얼마나 대단한가. 제아무리 날고 기는 드레스 장인이라고 한들 가르트에 뻗댔다간 그 뒤가 편안하지 못할 것이다. 저조해진 기분을 애써 감추며 마차를 탔는데 함께 탄 총집사장이 넌지시 귀띔했다.

[후작 부인이 되실 분입니다. 모쪼록 예의를 갖춰 주십시오. 후작 부인께서 웨딩드레스를 마음에 들어 하신다면 뷰티 살롱에 큰 이익이 되지 않겠습니까.]

그 말을 전해 듣는 순간 디자이너의 입이 떡 벌어졌다. 사실 그녀 정도의 장인이라면 입는 사람 역시 고아한 기품을 갖춘 귀족이길 바라는 게 당연했다. 방계가 아니라 직계. 직위는 최소 자작에서 백작 이상. 그런데 다른 누구도 아닌 가르트 후작 부인이라니! 모자람이 없다 못해 철철 넘치는 이상향이었다.

"안녕하십니까, 후작 부인. 모자란 실력이지만 성심성의껏 부인의 웨딩드레스를 맞추도록 하겠습니다."

"잘 부탁해요."

디자이너는 공손한 듯 재빠른 눈길로 발리아를 살펴보았다. 웨딩드레스는 흔히 하얀색으로 통칭되지만 파고들면 좀 더 복잡해진다. 노란 기가 감도는 따뜻한 하얀색을 고를 수도 있었고 분홍 기가 살짝 가미되어 세련되어 보이는 하얀색, 또는 백색 무결한 하얀색으로 드레스를 만들 수도 있었다. 신부의 머리 색깔, 눈동자 색깔, 피부 색깔과 체형, 그리고 취향까지 종합적으로 고려하여 만드는 복잡한 드레스인 것이다.

'피부는 무척 하얗고.'

잡티를 찾아보기 힘든 깨끗한 피부에 혈색도 건강했다. 디자이너는 머릿속으로 빠르게 저 뺨에 어떤 색깔을 발라야 가장 화사해 보일까 시뮬레이션을 돌려 보았다. 분홍색이라고 다 같은 분홍색이 아니었다. 족히 스무 가지는 넘는다.

'머릿결이 좋고, 눈동자 색도 깨끗해.'

푸른빛이 은은하게 감도는 검정 머리는 실크처럼 반짝반짝했으나 웨이브 기가 없이 일자로 뚝 떨어졌다. 허리까지 오는 저런 머리는 디자이너 입장에서 손질하기가 아주 쉬웠다. 눈동자가 말끔한 은회색인 것도 좋았다.

'호리호리한 체형이야. 키는 적당히 큰 편이고.'

뷰티 살롱에 드레스를 전시해 놓은 마네킹처럼 쭉 뻗은 키는 아니었지만, 꽤 적당한 키를 가졌다. 뼈대도 가늘어 보인다. 손목이 저렇게 희고 가느니 풍성한 꽃팔찌를 묶으면 무척 어여쁠 것이리라.

몇 번 눈짓만으로 발리아의 장점이란 장점은 모조리 긁어낸 디자이너가 손짓을 했다. 그녀의 뒤에 서 있던 조수들이 재빨리 다가와 들고 있던 가방을 열었다. 발리아가 뭐가 들었을까 궁금해했던 가방에는 온갖 옷감과 액세서리, 드레스 도안들이 꽉꽉 들어차 있었다. 조수들이 세팅을 끝내는 동안 총집사장이 먼저 입을 열었다.

"아가씨, 대단히 죄송하나 미리 양해를 구할 것이 있습니다."

오늘 아무리 값비싼 보석을 달고 풍성하게 치맛단을 부풀린다고 할지라도 이 웨딩드레스는 발리아만의 웨딩드레스가 아니었다. 총집사장은 조마조마한 마음으로 말을 이었다.

"결혼식 날짜가 촉박해져 맞춤 웨딩드레스를 하지는 못할 것 같습니다."

순간 디자이너와 조수들, 심지어 로빈까지 발리아의 눈치를 보았다. 이것은 일종의 자존심 문제였다. 본디 귀족이란 그 지위가 위로 올라갈수록 까다로운 면모를 보이기 마련이었다. 심지어 가르트 후작 부인이면 그냥 후작 부인도 아니었으니. 경우에 따라선 모욕으로 받아들일 수 있는 일이었다.

'맞춤 드레스…….'

발리아 역시 겔 제국의 웨딩드레스 관습에 대해 알고 있었다. 후작위 이상의 고위 귀족들의 웨딩드레스는 단연 귀족들의 관심의 대상이었다. 어느 신부가 아주 독특하고 아름다운 드레스를 선보였다 하면 한동안 화젯거리는 물론이요, 백작위 이하의 귀족들도 같은 형태의 웨딩드레스를 입는 것이 관례였다. 발리아 역시 그런 드레스에 대한 환상이 아예 없었다고 하면 거짓말일 것이리라. 그러나 그녀는 기분이 전혀 상하지 않았다. 이유는 한 가지였다.

"괜찮아요. 나는 타국의 귀족이잖아요. 그런 것까지 신경 쓰지 않아도 된답니다. 이 정도로도 충분해요."

그것은 투정이 아니라 그저 담담히 고하는 사실이었다. 발리아는 자신의 신분을 잘 알고 있었다. 제국 출신도 아니고 부친은 기사인 왕국의 레이디. 그 사실에 부끄러워해 본 적은 없었지만 어디 가서 떠벌릴 만한 일이 아닌 것 역시 잘 알고 있었다.

"외람되오나 아가씨, 그리 생각하지 마십시오."

총집사장의 표정은 자못 결연했다.

"각하께서는 최선을 다해 결혼식을 준비하라 이르셨습니다. 제가 총집사장의 명예를 걸고 말씀드리겠습니다. 아가씨의 결혼식은 절대 빈궁하게 치러지지 않을 겁니다. 무엇보다 각하께서는 가신들을 모두 참석시키기 위해 로드 워프를 아예 하루를 통째로 빌리셨습니다."

발리아의 눈동자가 휘둥그레졌다.

"로드 워프를……, 통째……로요?"

"그렇습니다."

마법사들이 운용하는 로드 워프는 대단히 고가였다. 물론 가르트 후작의 재산에 비하자면 새 발의 피 수준이었지만 그것은 가르트의 기준이고. 발리아와 슈덴은 생각하는 돈 단위 수가 아예 달랐다. 솔직히 말해 액수를 가늠하는 게 두려울 정도였다.

'……하지만 로드 워프까지 이용할 필요가 있나?'

결혼식 날짜까지는 한참 남았다. 정확한 시일까지는 몰랐으나 아무리 빠르게 잡아도 세 달이었다. 발리아는 가르트의 영지가 어디에 있는지는 잘 몰랐다. 하지만 아무리 제국의 대지가 드넓다 하더라도 3개월간 마차를 달려오지 못할 정도는 아니었다.

'가르트의 영지는 평지가 아니라 산 위에 있나 봐.'

그녀가 그리 납득하는 와중이었다. 끼어들 만한 적당한 타이밍을 노리고 있던 디자이너가 자연스럽게 드레스 이야기를 꺼냈다.

"후작 부인께서는 분홍빛이 감도는 하얀색이 잘 어울리실 것 같습니다. 정확한 치수를 재어 봐야 알겠지만 장점이 많은 체형이에요. 게다가 조엔 후작 부인의 드레스는 기본 형태라서 웬만한 체형도 전부 아름답게 커버가 되지요."

"내가 입을 드레스가 조엔 후작 부인의 드레스인가요?"

과거에 들어 본 적 있는 이름이었다.

"네, 물론 형태는 같다고 한들 세부적인 장식을 완전히 다르게 해 후작 부인만의 매력을 제대로 선보일 수 있게 하겠습니다."

디자이너의 다짐대로, 발리아는 이후 세 시간이 넘는 동안 꼼짝도 못하고 치수를 재고, 천을 대 보고, 가봉을 해야 했다. 발리아가 남들보다 체력이 좋아 망정이지 보통 사람이라면 분명 휘청거렸을 것이다.

"차 드십시오, 아가씨."

총집사장이 찻잔을 내밀었다. 발리아가 겨우 디자이너에게 풀려난 후였다.

"고마워요, 총집사장."

발리아는 빙긋 웃어 보이고 차를 마셨다. 아무렇지 않은 겉모습과는 달리 속으로는 솔직히 경악하고 있었다.

'원래 몇 달 전부터 이렇게 강행군으로 준비를 해야 하는 거였어?'

매일매일 이렇게 살다 보면 결혼식이 아니라 장례식을 치러야 할 것 같은데. 발리아는 차마 그렇게 말할 수 없어 말없이 차만 계속 홀짝였다. 사실 목도 꽤 마르던 참이다.

"아가씨. 여쭤 볼 게 있습니다."

"말하세요. 총집사장."

"다름이 아니고, '칼' 님을 결혼식에 초청하고 싶은데 어찌 생각하시는지요?"

생각지도 못한 칼의 이름에 발리아의 어깨가 움찔거렸다. 칼에 대해서는 아무도 모를 줄 알았다. 평민 용병을 할아버지라고 부르는 것은 사교계에서 아주 두고두고 씹어 댈 이야기였다. 그녀는 별다른 타격이 없었지만, 칼의 이름까지 구설수에 오르는 건 내키지 않았다. 발리아는 이것이 슈덴의 지시일지도 모른다는 생각으로 물었다.

"각하의 뜻인가요?"

"아닙니다. 다만 아가씨와 인연이 있으신 분이니 혹 결혼식에 초청하고 싶어 하시지 않을까 하여 각하께 여쭤 보았습니다. 각하께서는 아가씨께 직접 여쭈어 보고 아가씨의 의중에 따라 초청장 발부 여부를 결정하라 하셨습니다."

"신경 써 줘서 고마워요, 총집사장."

"별 말씀을요. 각하의 허락이 아니었으면 꺼내지도 못할 말이었는걸요. 감사하다는 말은 각하께 하시는 게 옳습니다, 아가씨."

"그런가요."

총집사장의 말과는 달리 슈덴은 대충 고개를 끄덕였을 수도 있다. 자기 기분 좋으라고 저렇게 세심하게 배려한 듯이 말한 걸 수도 있었다. 상관에게 듣기 좋은 거짓말을 하는 시종들은 황궁에서 깔리고 깔렸다. 그렇게 생각하면서도 발리아의 입가에는 미소가 떠오르고 있었다.

솔직히 말하자면 마음만이라도 고마웠으니까. 진실이야 어쨌든 그렇게 허락을 해 준 슈덴이. 하지만 발리아는 칼을 부를 생각이 전혀 없었다. 타국 기사의 딸이 가르트 후작 부인으로 들어선다는 것도 충분한 화젯거리일 텐데, 평민 용병을 조부의 자리에 앉히면 사교계가 아니라 제국이 들썩일 것이다. 그것은 후작가에까지 폐를 끼치리라.

“마음은 고맙지만, 칼은 초대하지 않는 게 좋겠어요. 칼은 시끌벅적한 자리를 무척이나 싫어하거든요. 제가 나중에 따로 편지를 보낼게요.”

“알겠습니다. 아가씨 뜻대로 하십시오.”

총집사장은 한 번 더 권하는 법이 없었다. 깔끔하게 고개를 숙이는 그를 보며 발리아는 과거 황궁을 총괄하던 시종장을 떠올렸다. 시종장만큼이나 군더더기 없는 태도가 믿음직하니 결혼한 이후로 많은 도움을 받을 수 있으리라. 발리아가 총집사장과 간간히 담소를 나누던 때였다. 디자이너가 기초 도안을 모두 마쳤다.

“3일 안에 가장 아름다운 웨딩드레스를 완성해 오겠습니다. 대신 남은 이틀 동안은 제가 함께 있으면서 드레스를 하루 종일 가봉해야 날짜에 맞출 수 있을 것 같아요.”

“이틀이면 충분합니까?”

“물론이죠. 후작 부인의 몸에 꼭 맞는 완벽한 드레스를 선보여 드리죠.”

“제가 신전에 협조를 구해 놓을 테니 그렇게 해 주십시오. 갑작스러운 요청에도 이리 응해 주시니 제가 대신 감사드리겠습니다.”

발리아는 눈을 깜빡였다. 물론 가르트 후작가의 결혼식에 공을 들여야 하는 건 당연하지만 이건 좀 의아했다. 왜 이렇게 시일이 촉박한 사람들처럼 구는 거지?

발리아는 물어보고 싶었지만 기다렸다. 외부인인 디자이너가 있는 탓이었다. 그녀는 후작가에 관해 아무것도 모르는 무지한 사람처럼 굴어 책을 잡히고 싶지 않았다. 실제로 후작가에 들어가면 어떤 대접을 받을지 몰랐지만 겉으로는 티를 내지 않아야 옳았다.

"총집사장, 물어볼 게 있어요."

발리아는 디자이너가 떠나고 나서야 입을 열었다.

"말씀하십시오. 아가씨."

"왜 이렇게 급하게 준비를 하는 건가요? 제가 겔의 결혼식에 대해선 잘 모르지만, 그래도 지나치게 바빠 보이네요."

"그렇지 않아도 말씀드리려고 했습니다. 각하께서 날짜를 최대한 빨리 앞당겨서 준비하라고 이르셨습니다."

"최대한 빨리요?"

"예."

발리아가 눈을 동그랗게 떴다.

'최대한 빨리라면, 한 달일까? 아니면 두 달?'

발리아의 예상으로는 그것이 최고로 빠른 결혼식이었다. 한 달이든 두 달이든 아주 번갯불에 콩 구워 먹는 날짜였다. 고용인들이 고생하겠네, 하는 생각이 들면서도 어쩐지 마음이 스르르 풀렸다.

'그래서 다음엔 결혼식 때 보자고 한 거구나.'

발리아는 괜히 혼자 서운해했다는 생각이 들었다.

"총집사장, 결혼 날짜가 언제쯤인가요?"

발리아는 남편이 빨리 보고 싶다고 조르는 신부처럼 보이지 않기 위해 최대한 무심하게, 관심 없는 척 물었다. 총집사장은 정중하게 대답했다.

"예, 아가씨. 닷새 후입니다."

발리아는 사레가 들렸다.

[닷새 후입니다.]

닷새. 그 말이 주는 어감은 정말 강렬했다.

발리아는 심장이 쿵쿵 뛰어 밤에도 잠을 잘 이루질 못했다. 결혼식에 처음 참석해 보는 것은 아니었다. 과거 황실 호위 시녀로 일할 때, 모시는 황족과 함께 귀족의 결혼식에 많이 참석했었다. 하지만 그때와 지금은 엄연히 달랐다. 과거의 그녀는 결혼식에서도 눈에 띄지 않는 호위 시녀였을 뿐이지만 지금의 발리아는 결혼식의 주인공이었으니까. 게다가 명색이 가르트 후작가의 결혼식이다.

'……넘어지기라도 하면 어쩌지?'

며칠 전 카시아 공주와 시비가 있을 때 정도의 규모는 괜찮았다. 하지만 그 이상은 영 적응이 되지 않았다. 당연히 결혼식에는 열 배는 넘는 하객들이 참석할 것이리라. 발리아는 많은 사람들에게 주목 받는 것에 익숙하지 않았다. 사람이 긴장을 하면 안 하던 실수도 예사로 하는 법이니, 로드를 걷다가 자빠질까 봐 걱정이 되는 것도 당연했다.

"겔 제국의 결혼식은 크게 두 가지로 나뉩니다."

그런 걱정이 꾸준한 결혼식 순서 예습으로 이어졌다. 숀은 걱정

많은 이 아가씨를 위해 결혼식에 관해 알고 있는 지식들을 가감 없이 전달했다.

"첫 번째는 주례 신관의 주관 하에 치르는 결혼식입니다. 주례 신관은 하늘과 부부를 이어주는 증인 역할을 하는 신관이죠. 신랑 신부는 가장 먼저 주례 신관에게 절을 한 번 합니다. 그리고는 하객석에 절을 한 번 하고, 마지막으로 부부가 서로에게 맞절을 하면 됩니다. 주례 신관이 하늘에 결혼 사실을 고하면 결혼식은 끝이 납니다."

발리아는 과거에 보았던 결혼식과 숀의 설명을 맞춰 보며 고개를 끄덕였다.

"그런데 숀. 겔 제국은 결혼식이 두 개로 나뉜다고 했잖아요."

"예, 그렇습니다."

"그럼 다른 한 가지는 뭔가요? 방식이 다른가요?"

"방식은 동일합니다만, 하늘에 고하는 증인을 부부 스스로 세운다는 게 다릅니다."

"부부 스스로요?"

"예. 통칭 '두 번째 결혼식'이라고 부르는데, 주례 신관을 세우지 않고 부부가 직접 하늘에 결혼한다는 사실을 고하는 방식입니다."

"그렇군요. 내가 살던 왕국에서는 그런 결혼식이 없었는데, 겔 제국에는 독특한 결혼식이 있네요."

"예. 겔 제국에는 천자이신 황제 폐하가 계시니, 그분이 다스리는 이 제국 내에서는 증인인 주례 신관을 세우지 않고도 하늘에 직접 고해 닿을 수 있다는 믿음이 있기 때문이지요."

"그러면 왜 굳이 번거롭게 주례 신관을 초청하나요? 그냥 부부가 하늘에 고하는 게 더 편리할 것 같은데."

발리아가 과거 본 결혼식들에는 대부분 주례 신관이 있었다. 귀족들의 결혼식에 숱하게 참석한 그녀였지만 주례 신관이 없는 결혼식은 딱 한 번 보았다. 발리아의 물음에 숀이 약간 난감해하다가 대답했다.

"앞의 결혼식, 즉 통상적인 주례 결혼식은 이혼이 가능하나 뒤의 결혼식은 이혼이 불가능합니다. 아예 헤어지지 않겠다고 하늘에 고하기 때문이지요."

"이혼이 가능하고 가능하지 않고의 차이였군요."

"아가씨. 노파심에 덧붙이자면 현재 두 번째 결혼식을 진행하는 귀족은 거의 없습니다. 황궁의 두 분 폐하께서도 하지 않는 결혼식이니 말입니다."

숀이 무엇을 신경 쓰는지 안 발리아는 걱정 말라는 듯 웃었다.

"괜한 생각 안 하니 걱정하지 말아요. 덕분에 좋은 지식을 알았어요."

"아닙니다. 언제든 궁금한 걸 물어보시면 성심성의껏 답해 드리겠습니다."

"고마워요, 숀."

발리아는 푹신한 소파에 몸을 묻었다. 그리고 총집사장이 전해 주고 간 결혼식 절차 설명집을 다시 펼쳐 들었다. 본래 이런 것은 가문의 가장 큰 어른이 직접 가르쳐 주는 게 원칙이었지만, 발리아에겐 그럴 사람이 없었다. 굳이 따지자면 딘 가문에서 가장 높은 사람은 발리아 본인이었으니. 이곳엔 연고가 없을 발리아를 생각해 세심하게 챙겨 준 총집사장에게 고마운 마음이 들었다.

'두 번째 결혼식이라고 부르는 거였구나.'

사실 발리아는 숀이 말한 '하늘에 직접 고하는' 결혼식을 본 적이 있었다.

바로 예리와 황태자의 결혼식이었다.

그때는 그저 신탁의 여자인 예리와의 결혼식이니 독특하게 치르나 보다 하고 혼자 납득했다. 기실 그녀에겐 그런 것으로 수다를 떨 만한 친구가 없기도 했고. 호위 시녀들은 전체적으로 조용했다. 습성이랄까.

대신 같은 황족을 보필하던 시녀들이 들떠서 떠드는 건 들었다. 이런 결혼식은 생전 처음 본다고. 그때는 이렇게 화려한 결혼식을 처음 본다는 뜻인 줄 알았는데, 두 번째 결혼식을 처음 본다는 뜻이었나 보다.

아무리 그래도 황제와 황후도 하지 않는다는 결혼식을 진행해 버리다니, 과연 대단하다 싶었다. 발리아는 시험 전날 공부를 하는 학생처럼 열심히 결혼식 순서도를 외웠다. 그녀가 대부분의 지식을 머릿속에 꾹꾹 욱여넣은 때였다.

"아가씨. 손님이 오셨습니다."

발리아에게 오는 손님들은 대부분 숀의 선에서 끊어졌다. 그러니 숀이 방문을 허락한 손님은 몇 명 없었다. 그중 가장 먼저 떠오르는 얼굴은…….

"후작 부인께 인사 올립니다."

"반가워요."

발리아의 예상대로였다. 디자이너가 방싯방싯 웃으면서 귀빈실로 입성했다. 밝은 얼굴과는 달리 눈 밑에 있는 그늘과 묘하게 찌든 피곤함은 화장으로도 도통 가려지지 않았다. 발리아는 내심 마음이 짠해졌다.

'닷새 후에 결혼식이라니.'

그녀가 들어도 놀랄 지경인데 고용인들은 더할 것이다. 게다가 웨딩드레스를 제작해야 하는 디자이너에겐 그야말로 불가능에 대한 도전일 터였다.

겔의 제국에서는 미리 만들어 둔 웨딩드레스를 입으면 불행해진다는 속설이 있었다. 그래서 뷰티 살롱에서도 전시용을 제외하고는 절대 미리 웨딩드레스를 만들어 두지 않는다. 일종의 관습이었다. 그러니 이 웨딩드레스도 주문을 받자마자 즉시 제작한 드레스일 것이리라. 아무리 장인이어도 3일 만에 드레스 한 벌을 뚝딱 만들어 내는 것은 결코 쉬운 일이 아니었다.

"차 한잔하겠어요?"

"감사히 마시겠습니다, 후작 부인."

발리아는 디자이너에게 숨 돌릴 시간을 주기 위해 차를 권했다. 마침 테이블의 찻주전자에는 머리를 맑게 해 주는 박하 찻잎이 담겨 있었다. 냉침을 한 차라 갈증을 해소하기에도 그만이었다. 디자이너는 두 손으로 발리아가 주는 찻잔을 받았다. 그리고 그대로 쭉 들이켰다. 확실히 목이 말랐던 모양이다. 한 잔을 남김없이 비운 디자이너는 한층 개운해진 얼굴로 조수들에게 눈짓을 했다.

그나마 조수들은 번갈아 가며 교대로 일한 모양인지 디자이너보다는 괜찮은 낯이었다. 조수들이 재빨리 두 손 가득 들고 온 가방을 열기 시작했다. 긴 테이블 위에 착착 일렬로 놓아지는 빛나는 보석 액세서리들과 꽃 코르사주에 발리아의 눈이 팽팽 돌아갔다.

숀이야 원체 감정 표현이 적어 딱딱한 얼굴이었다지만 로빈은 아니었다. 그는 저도 모르게 '우와' 하고 감탄했다가 숀의 눈치를 보며 헛기침을 했다. 로빈의 반응이 은근히 흡족했던 디자이너가 자신감 있는 얼굴로 말했다.

"자, 그럼 기사분들은 잠시만 나가 있어 주시겠어요?"

"아가씨. 문 앞에서 대기하고 있겠습니다."

숀과 로빈이 밖으로 나갔다. 문이 잘 닫힌 것을 확인한 디자이너는 일분일초가 아깝다는 듯이 곧바로 발리아에게 손을 뻗었다. 발리아가 입고 있던 드레스가 순식간에 테이블에 곱게 놓였다. 순식간에 속옷만 남겨 놓고 탈의하는 손길이 영 예사롭지가 않았다. 과연 장인이라는 생각이 들 정도였다.

"보셔요, 후작 부인."

디자이너가 가져온 웨딩드레스의 어깨선을 사뿐히 집어 들어 올렸다. 하늘하늘한 치맛단이 나풀나풀 떨어졌다.

"조엔 후작 부인의 벨 라인 드레스는 기본 중의 기본이지만, 기본이야말로 최고의 변형을 위한 주춧돌이죠. 어떻게 만드느냐에 따라 그 분위기가 천차만별로 달라진답니다. 자, 시착을 해 보셔야 하니 몸을 돌려 주세요."

처음 보는 조수들은 손발이 착착 맞았다. 웨딩드레스는 입는 방법이 절대 간편하지 않음에도 불구하고 발리아는 얼마 지나지 않아 드레스를 입을 수 있었다. 디자이너가 치수를 복잡하게 재어 간다 싶더니 과연 몸에 딱 맞아 편안했다.

"어쩜, 역시 제 안목이 맞았네요. 너무 잘 어울리세요."

디자이너가 먼저 호들갑을 떨었다.

"자, 거울을 한 번 보시겠어요?"

그리고 호들갑을 떨 만했다.

'와.'

발리아가 입고 있는 웨딩드레스는 기본적인 벨 라인 드레스였다. 기본 형태가 이미 정해졌기 때문에 다른 라인으로의 변경은 불가능했다. 한계가 있을 거라고 생각했는데 디자이너는 말 그대로 장인이었다. 발리아는 이렇게 예쁜 웨딩드레스는 태어나서 처음 보았다.

목과 쇄골을 덮는 반투명한 레이스가 어깨를 잇고 팔까지 쭉 뻗어나갔다. 손목 부분에 이르러 사선으로 모양이 난 흰 레이스는 그녀의 손가락들을 살짝 가린 후 예쁘게 마무리가 되어 있었다.

전체적인 콘셉트를 레이스로 잡았는지, 허리선과 치마 끝 부분에도 자수 레이스가 장식되어 있었다. 특히 허리에서부터 가슴 아래 부분까지 맵시 있게 잡아낸 주름이 무척이나 우아한 느낌을 주었다. 발리아는 팔을 뒤덮고 있는 레이스를 눈에 담으며 생각했다.

'정말 비싸겠네.'

레이스는 무늬가 정교할수록 그 가격이 하늘 높은 줄 모르고 높아졌다. 이런 레이스를 온몸에 휘감았으니 이 드레스는 굉장히 고가이리라. 발리아는 잘못 힘을 주다가 이 연약하고 섬세한 레이스를 찢어버리지 않기 위해 전전긍긍해야 했다. 물론 장인이 공들여 짠 레이스는 겉모습과 다르게 튼튼했으나 발리아의 힘은 그런 레이스도 쉽게 찢을 수 있다는 것이 문제였다.

"결혼식 당일에도 이렇게만 입으면 되나요? 아니면 코르셋이나 파니에를 착용해야 하나요?"

발리아는 매의 눈으로 드레스의 요모조모를 살피는 디자이너에게 물었다. 그렇지 않아도 그날은 잔뜩 긴장해서 숨도 잘 못 쉴 것 같은데, 코르셋으로 허리를 빳빳하게 조이면 정말 걷다가 기절할지도 몰랐다. 다행히도 디자이너는 고개를 저었다.

"지금 치마보다 풍성해지면 오히려 우스꽝스러워지기 때문에 파니에는 착용하지 않는답니다. 게다가 코르셋이라뇨. 요즘은 어떤 레이디나 귀부인도 코르셋을 차지 않아요. 아름다움을 위해 고문까지 당해야 한다면 그게 어떻게 아름다움이겠어요?"

"좋은 말이네요."

발리아가 빙그레 웃었다. 역시 장인이라 그런가. 본인이 추구하는 아름다움에 대해 참 올바르고 확고한 틀을 가지고 있다는 생각이 들었다.

같은 날, 신성국의 대신전에서는 소소한 소동이 일어났다.

"허어, 결혼식을 닷새 후로 당겼다고?"

"예. 다른 가문도 아니고 가르트 후작가가 그런다는 게 이상하지 않습니까."

겔 제국의 가르트 후작가는 어마어마한 부를 기반으로 한 권세가였다. 거기다가 이번 대의 가르트 후작의 능력은 혀를 내두를 만큼 비범했다. 덕택에 현 가르트 가문은 그야말로 날개 달린 범이나 마찬가지였다.

그런 후작이 혼인을 하기 위해 주례 신관을 초청했다. 겔 제국 수도에 위치한 제2신전에도 주례를 담당하는 신관들은 있었으나 신성국에 있는 신관들의 명성과는 차이가 많이 났다. 그들은 대부분 평민들의 결혼식의 주례를 서는 신관들이었다. 웬만한 귀족만 되어도 신성국에 직접 주례를 요청한다.

"혹시 편지가 잘못 적힌 것 아닌가?"

"그럴 리가 없습니다. 분명히 닷새 후라고 적혀 있는걸요."

"한 달 후라고 했을 때도 무슨 사정이 있는 게 아닌가 했는데, 닷새 후라니. 전례가 없는 일이잖은가."

"그렇습니다. 무슨 이유가 있는 것 같은데 당최 알 수가 없으니 원."

신관들은 머리를 맞대고 고민했다. 가르트 후작가에 결혼식 주례를 서기로 결정 난 신관 역시 고개를 갸웃했다.

"가문의 알력이 있었다기엔 신부가 리사 왕국의 귀족이라 들었습니다만……."

공녀 선발에 관한 자세한 사항은 신성국에서도 최고위급 신관들만이 공유하고 있는 비밀이었다. 그들은 아직 세상에 발리아가 공녀임을 밝히지 않았다. 결혼 주례를 서는 신관들은 나이가 지긋한 평신관들이 대부분이었으니 발리아에 대해서는 모르는 게 당연했다.

대체 이 해괴망측한 시일의 이유가 뭘까, 한참 머리를 맞대고 고민하던 신관들은 제2신전에서 날아온 다른 편지를 보고 고개를 끄덕였다.

"필레몬 대신관께서 가르트 후작가의 결혼식에 참석하시니 그런 것이군."

"예? 그럼 주례로 참석하시는 겁니까?"

"역사적으로 대신관이 주례가 아닌 하객으로 참석하는 경우는 전무하지 않습니까. 누가 그런 불경을 저지르려고 하겠습니까."

"하긴 그렇지요."

대신관은 신관들 사이에서도 최고위급으로 꼽히는 지위였다. 인품,

도덕성, 신성력, 수련, 고행 등 갖춰야 할 조건도 까다로웠다. 그런 대신관을 하객석에 모셔 놓고 하늘에 결혼 사실을 고하는 평신관이라니! 귀족으로 따지자면 평기사가 기사단장을 뒤에 놓고 전쟁터에서 선두 지휘를 하겠다는 꼴이었다.

그들은 대신관이 주례를 선 결혼식을 한 번도 본 적이 없는 사람들이었다. 비단 그들만이 아니라 많은 신관들이 그랬다. 그러니 대신관 역시 결혼식의 주례를 설 때는 '주례'라고 명확히 표기한다는 사실을 몰랐다. 대신관이 참석을 하는데 주례를 서지 않을 리가 없다는 편견 아닌 편견도 이런 오견에 한몫했다.

"필레몬 대신관님께서 이리 연락을 해 주셔서 다행입니다. 헛걸음을 할 뻔했군요."

결국 필레몬 대신관이 가르트 후작가의 결혼 주례를 서는 것이라는 의견이 기정사실화가 되었다. 그렇게 결론이 나자, 순수하게 축하하는 마음이 들었다. 기본적으로 심성이 정결한 신관들은 진심으로 후작가에 대신관이 주례를 선다는 사실에 기뻐했다.

"역사적으로 대신관님들은 제국 황제와 황후의 결혼식이 아니면 주례를 서지 않으셨잖습니까. 가르트 후작가에는 대단한 영광이겠군요."

"허허, 가르트 후작가에 복이 들려는 모양입니다."

"암요. 하객들에게도 축복이 내리겠군요."

대신관은 황제와 정후의 결혼식에만 주례를 선다. 아무리 총애 받는 애첩이라고 한들 후궁의 몸이라면 대신관은 결혼식 주례 요청에 응하지 않았다. 한 사람에게는 단 한 번의 결혼만 허용된다. 그것이 신전의 강건한 뜻이었기 때문에 황제가 두 번째 황후를 들인다고 한들 대신관의 주례를 청할 수 없었다. 그렇기에 대신관이 주례를 서는 결혼식은 일생에 한 번 볼까 말까 할 정도로 귀한 의식이었다.

"그렇다면 저는 겔 제국으로 가지 않아도 되는 겁니까?"

본래 가르트 후작가에 주례를 서기로 낙점되어 있었던 신관이 물었다. 다른 신관들이 고개를 끄덕였다. 이 일이 며칠 후 후작가의 결혼식에서 어떤 파장을 일으킬지 그 당시의 신관들은 아무도 몰랐다.

결혼식 당일.

그날은 다른 날과 달랐다. 모두가 엄숙했고, 모두가 긴장하고 있었다. 그리고 모두가 들떠 있는 날이기도 했다.

물론 발리아도 그러했냐고 물으면, 전혀 그러지 못했다. 발리아는 그저 긴장만 되어 밤에 잠들기조차 힘들었다. 눈을 감은 채로 뒤척이고, 눈을 뜨고 다시 뒤척였다. 닷새 후라는 말을 들은 이후 내내 그랬다.

이렇게 잠을 못 자도 본식에서 피부 걱정은 없을 것 같았다. 이유는 간단했다. 얼굴에 잔뜩 얹어져 있는 팩 때문이었다. 드레스의 완벽한 가봉을 위해 디자이너는 아예 귀빈실 옆에 방을 얻어 지내고 있었다. 그녀는 드레스를 가봉하고 장식을 달았다가 뜯었다가를 반복하면서 발리아의 피부에도 신경을 썼다. 그 증거로 발리아는 일주일 내내 얼굴에 온갖 과일과 채소를 갈아 얹어야 했다.

'입으로 들어간 것보다 얼굴에 올린 게 더 많은 것 같아.'

덕분에 발리아의 피부는 열여덟 인생 중 가장 반질반질한 상태였다. 처음에는 이런 종류의 사치가 어색했는데 인간은 적응의 동물이라더니 일주일 내내 이어지자 그럭저럭 익숙해진 상태였다.

어쨌든 오늘은 결혼식 당일이었다. 잠이 더 오지 않기도 했기 때문에 발리아는 계속 뒤척이기만 했던 침대에서 일어났다. 그리고 귀빈실을 쭉 둘러보았다. 신전이야 언제든 방문할 수 있겠지만, 이 귀빈실은 손님방이니 다시 오지는 못하리라. 그저 머물렀다가 떠나가는 곳임에도 나름대로 정이 든 모양이었다.

"어머, 벌써 일어나 계셨네요."

발리아를 깨우기 위해 조심스럽게 들어온 디자이너가 뒤로 손짓했다. 조수들이 신중한 손길로 웨딩드레스를 들고 들어왔다.

"제가 혼을 갈아 넣은 웨딩드레스입니다. 후작 부인께서도 보시면 아마 마음에 꼭 드실 거예요."

그 증거로 디자이너의 눈 밑 그늘은 한층 진해진 상태였다.

'장인이란 정말 대단하구나.'

발리아는 속으로 감탄했다. 그렇게 며칠 동안 밤을 새고 드레스에 정신을 쏟아 부었음에도 여전히 기력이 넘쳐 보이는 게 너무 신기했다.

"오늘 후작 부인을 가장 아름다운 신부님으로 만들어 드릴게요."

디자이너의 목소리는 비장했다. 근육을 부드럽게 풀어 주는 마사지를 받고 장미꽃이 동동 떠 있는 물로 세수를 했다. 그 이후로는 어떻게 시간이 갔는지 모르겠다. 정신없이 눈을 감으라면 눈을 감았고 팔을 들어 보라고 하면 팔을 들었다.

정교한 레이스가 뒤덮여 있는 눈부신 웨딩드레스는 물론이고, 다이아몬드 귀걸이, 가느다랗게 반짝이는 팔찌, 머리 위에는 보석으로 만들어진 화관까지 씌워졌다. 햇살을 받을 때마다 오색찬란하게 산란하는 빛이 그렇게 아름다울 수가 없었다.

몸을 꾸몄으니 얼굴도 치장해야 했다. 디자이너가 항시 데리고 다니는 조수 중 하나가 발리아의 화장을 도맡았다.

푸른빛 도는 검은 머리와 어울리는 차가운 분홍색을 뺨에 살짝 발라 발그레한 외양을 연출했다. 그녀는 오늘 가장 아름다운 신부가 될 예정이었다. 입술에도 은은한 핑크색 립스틱과 생기를 주는 펄을 발랐다. 디자이너의 조수는 눈두덩에까지 분홍색을 바르는 건 자칫 촌스러워 보일 수 있다며 옅은 밤색 아이섀도를 골라 음영을 주었다. 꼼꼼하게 아이라인을 그린 후에는 속눈썹 색깔에 맞춘 마스카라로 속눈썹을 한 올 한 올 공들여 올렸다.

"와……."

발리아는 거울을 보자마자 자그맣게 입을 벌렸다. 거울을 보고 감탄한다는 게 쑥스러운 일이긴 했지만 그럴 수밖에 없었다. 사람이 이렇게까지 변할 수가 있다는 게 신기할 정도였으니까.

과거에도 안 꾸며 본 것은 아니었지만 이렇게 본격적으로, 심지어 아름답게 성장한 것은 정말 처음이었다. 발리아가 거울에서 눈을 떼지 못하고 있자 디자이너는 호호호 웃었다. 이제 곧 정식으로 가르트 후작 부인이 될 몸이지만 지금의 발리아는 그저 막 사교계에 데뷔하려는 사랑스러운 레이디 같기만 했다. 디자이너의 입장에선 무척이나 흡족한 반응이었다.

"마음에 드세요, 후작 부인? 솔직히 제가 이런 말 하긴 그렇지만, 정말 예쁘죠?"

정말 예뻤다. 거울 속의 그녀는 본인이 봐도 눈이 다 휘둥그레지는 미녀였으니까. 하지만 예쁘다고 말하기엔 왠지 쑥스러웠던 발리아는 말을 빙글빙글 돌렸다.

"후작 각하께서 마음에 들어 하시겠군요."

"어머, 부인. 그게 무슨 말씀이세요. 여자의 화장이란 남자의 마음에 들려고 하는 게 아니랍니다. 중요한 건 화장을 하고 계시는 후작 부인 본인의 마음에 드느냐 들지 않느냐, 이것이죠."

"그런가요?"

발리아가 웃었다.

"내 마음에도 꼭 들어요. 아주 예뻐요."

미사여구는 없었지만 담백한 말에 진심이 담겨 있었다. 일주일을 내리 고생한 디자이너와 조수들이 뿌듯한 얼굴을 했다. 가르트 후작가로 청구할 대금이며 앞으로 거머쥘 명성도 좋았지만, 공들여 탄생시킨 신부가 이토록 기뻐하니 마음이 흔흔한 것도 당연했다.

"아가씨, 신부 마차가 도착했습니다."

밖에서 숀의 목소리가 들렸다. 발리아는 긴장된 마음으로 자리에서 일어섰다. 신부 마차에는 신부 홀로 타는 것이 예법이었기 때문에, 가르트 후작가에 도착할 때까지는 쭉 발리아 혼자 있어야 한다. 아마 정식으로 후작 부인이 된 후에는 상당히 바빠질 것이다. 그러나 디자이너는 발리아가 반드시 자신을 다시 불러 줄 것이라고 확신하며 고개를 숙였다.

"결혼을 축하드립니다, 후작 부인."

"고마워요. 그동안 고생 많았어요."

아무리 아름답다고 한들 고위 귀족들의 새로운 웨딩드레스 관습을 지키지 못했다. 그러니 흠을 잡을 귀족들도 수두룩할 것이다. 애초에 발리아는 타국의 귀족이었다. 우호적이지 않은 시선은 과거에도 지겹도록 겪었다.

'각오해야 해.'

숀의 에스코트를 받아 걸어 나가는 발리아의 뒷모습이 자못 결연했다.

***

겔 제국의 수도에 위치한 가르트 후작가의 고택. 고위급 귀족답게 엄정한 정문이 오늘은 닫힐 틈 없이 바빴다. 줄줄이 들어오는 마차들은 하나 같이 귀족가의 문양이 크게 아로새겨져 있었다. 식을 올리기까지 한 시간은 더 남았지만 하객 석에는 벌써부터 사람들이 들어차고 있었다.

가르트 후작의 결혼은 그 자체로도 사교계의 큰 화젯거리였다. 일주일 동안 열린 티 파티와 무도회에서는 단 한 번도 빠짐없이 가르트 후작의 결혼식이 언급됐다. 내심 그를 짝사랑하거나, 혹은 예비 사위로 점찍어 놓고 있던 귀족들의 상심도 한몫했으리라. 더군다나 후작이 결혼식 날짜를 전례 없는 수준으로 앞당기면서 결혼식에 대한 관심은 가히 폭발적으로 치솟았다.

"이렇게 빨리 결혼식을 앞당기다뇨. 대체 신부가 누구인가요?"

"어머, 못 들으셨나요? 리사 왕국 기사의 여식이 후작 부인 되실 분이라더군요."

"기사의 여식이요? 왕국의 공주가 아니고요?"

"그렇다니까요. 얼마 전엔 제2신전에서 그것 때문에 일도 있었고요."

가르트 후작 부인 될 사람이 타국 기사의 딸이라는 사실은 알 만한 귀족들은 다 알았다. 미지의 후작 부인을 알아보지 못하고 버릇없이 군 카시아 공주의 이야기는 굉장히 흥미로운 수다거리였기 때문에 이미 티타임에서는 즐겨 오르내리곤 했다.

그러나 이러한 수많은 소문 속에서도 정작 후작 부인의 이미지는 정확히 알려진 게 없어 흐릿하기만 했다. 마치 구름이나 안개에 가려진 것만 같았다.

몇몇은 아예 신전에 찾아가 만남을 요청하기까지 했지만 가르트의 기사는 완고했다. 후작 부인의 자세한 모습이 궁금하기는 했으나, 어차피 조금 있으면 해소될 의문이었다.

"그런데 어쩌다가 리사 왕국의 레이디가 후작 각하와 결혼을 하게 되신 건가요?"

많은 의문 중에서도 최대의 화두를 고르라면 바로 이것이었다. 리사 왕국은 전쟁에도 참여한 적이 없는 작은 중립국이었다. 그런데 대체 어떻게 왕국 기사의 딸이 가르트 후작과 연이 닿아 결혼을 한 걸까?

수많은 추측이 난무했지만 그중 진실에 근접한 것은 하나도 없었다. 귀족들은 빨리 이 결혼식이 시작되기를 바라며 주변을 둘러보았다. 시간이 되지 않아 아직은 신랑도, 신부도, 그리고 주례 역시 모습을 보이지 않고 있었다.

신부인 발리아는 마차를 타고 후작가로 오고 있는 중이었지만, 신랑인 슈덴은 대기실로 꾸며진 곳에서 손님을 맞고 있었다. 결혼식 전에는 신랑도 신부도 손님을 만나지 않는 것이 관례였지만, 그런 관례도 어떻게 할 수 없는 손님들이 있기 마련이었다.

"후작, 결혼을 축하하오."

"폐하께서도 축하 인사를 전해 드리라 말씀하셨소."

"감사합니다. 1황자 저하, 2황자 저하. 폐하께는 제가 직접 인사드리러 가지요."

바로 1황자 구스토와 2황자 엘반이었다. 그들은 아직 본격적인 황위 다툼을 시작하지 않았기 때문에 표면적으로는 우호 깊은 사이를 표방하고 있었다.

"신부 되실 분을 만나고 싶은데 그러지 못해서 아쉽기 그지없군요."

본래 귀족의 결혼식엔 귀족보다 높은 황족은 참석하지 않는 게 의례였다. 그래서 아무리 친분이 있다고 한들 시종을 보내 축하 말과 선물만 보내고 후일 귀족이 황궁으로 찾아가는 것이 법도였다.

그러나 이 둘은 나란히 슈덴을 찾으러 왔다.

대외적 명목은 전쟁의 주역이자 전신으로 불리는 그에게 직접 찾아와 결혼 축하를 건네는 것이 예의이기 때문이라지만, 실제로는 치열하리라 예고되는 황위 다툼에서 슈덴 가르트가 꼭 필요했기 때문이었다. 아마 황자들 본인이 갈 생각이 없었다고 한들 주변에서 등을 떠밀었을 것이다.

구스토는 직접 왔을 거고, 엘반은 등쌀에 왔겠지.

슈덴은 이런 정세를 모두 알고 있었지만 모른 척했다.

황제는 후계를 정해야 할 나이였다. 아무리 그가 천하를 호령했다고 한들 인간은 자연의 수명을 이길 수 없었다. 새 술은 새 부대에 넣고 새 왕은 새 수하를 찾는 법.

바야흐로 새로운 세상을 위해 시대는 천천히 앞으로 나아가고 있었다. 젊은 인재들이 대거 등용될 날이 멀지 않았다. 그중에서 손에 꼽을 만한 권력자라면 단연 슈덴이었다. 젊은 나이에, 가장 많은 것을 누리고 있는 귀족이었으니. 슈덴이 살가운 성격이 아니었음에도 매번 연회 초대장이 쏟아지는 이유였다.

"참, 그런데 후작. 내가 듣기로는 필레몬 대신관이 참석했다고 하던데요."

"진짜입니까, 형님? 호오, 대신관들은 황금으로 빚은 마차를 바쳐도 결혼식엔 참석하지 않는 옹고집들인데. 혹시 황금으로 쌓아 올린 고성이라도 기부한 것이오?"

"그런 건 아닙니다."

슈텐은 대신관이 이 결혼식 초청에 응하지 않을 리가 없다는 것을 알고 있었다. 이 결혼식의 근원은 결국 신탁 때문이질 않은가. 아마 슈텐이 결혼식 조건으로 신전의 대신관을 모두 참석시키라 요구해도 그들은 분명 응할 수밖에 없었을 것이다.

"하하하, 겔 제국 아가씨들의 눈물로 수도에 홍수가 나겠군요. 심지어 대신관이 주례를 서는 결혼식이라니."

"주례는 평신관이 봅니다. 대신관은 그저 하객으로 참석할 뿐이지요."

"대신관이 하객으로요?"

황자들의 눈이 동그랗게 뜨였다. 전례가 없던 일을 말하고도 슈텐은 그저 태평하기만 했다. 그가 시계를 흘긋 보았다.

"이만 신부를 맞으러 가 봐야겠군요."

"오, 우리가 새신랑을 너무 오래 붙잡아 두었군."

"다음에 황궁에 오시면 꼭 얼굴 한 번 보여 주시오."

"그러도록 하지요. 먼저 실례하겠습니다. 오늘 발걸음 해 주셔서 감사합니다."

슈텐의 태도는 군더더기 없었으나 다른 귀족들처럼 굽실거리는 태도는 아니었다. 그럼에도 1황자 구스토와 2황자 엘반 누구도 그가 건

방지다고 생각하지 않았다. 가르트 후작은 그럴 만한 힘과 실력을 지닌 남자였으니까.

"이만 환궁하실까요, 형님."

"그러자꾸나."

구스토와 엘반은 사이좋게 웃고 있었지만, 실제로 그들을 둘러싼 정세는 그리 녹록하지 못했다. 슈덴을 먼저 포섭하는 자가 황위에 한 발짝 더 가까워진다는 것은 정계에 몸을 담고 있는 귀족이라면 누구나 아는 사실이었다.

다만 가르트 후작은 어느 쪽에도 우호 표방을 하지 않았다. 그저 적당히 본분만 다했다. 1황자를 지지하는 귀족들과 2황자를 지지하는 귀족들이 골머리를 앓는 이유가 여기에 있었다.

"오늘 혼인하는 가르트 후작 부인이 어떤 사람일지 궁금하구나."

"그러게 말입니다, 형님."

구스토와 엘반의 눈이 나란히 시끌벅적한 후원을 향했다. 타국의 귀족이라는 후작 부인. 그녀는 원하든 원하지 않든 정계 귀족들에게는 새로운 변수이자 기회인 셈이었다. 벌써부터 그녀에게 쏟아질 티타임 초청장이 눈에 선했다.

신부 마차는 소위 말하는 꽃마차였다.

붉은색 꽃과 리본을 단 백마 두 마리를 필두로 하여 네 명의 들러리, 그리고 여덟 명의 호위가 옹위하며 신부의 집에서 신랑의 집까지 오는 것이다. 신부 마차가 도착하기 전까지는 모든 손님들이 도착해 있어야 예의였기 때문에, 한창 붐비던 정문은 거짓말처럼 한산해져 있었다.

그리고 그 정문에서 슈덴이 기다리고 있었다.

여성의 웨딩드레스만큼은 아니었지만, 남성의 턱시도 역시 신경 쓸 것이 많은 의복이었다. 신랑과 신부는 흰색 예복을 입는 것이 예법이었기 때문에, 슈덴이 입은 옷 역시 하얀색의 턱시도였다.

장인의 손길로 재단된 턱시도의 왼쪽 칼라에는 부토니에르(슈트의 단춧구멍에 착용하는 장식 꽃)가 꽂혀 있었다. 결혼식 예복에서 가장 중요하게 고려되는 것이 '깔끔함'이었기 때문에, 붉은 금발은 흐트러짐 없이 포마드로 넘긴 상태였다. 무엇보다 가장 큰 장식은 슈덴의 큰 키와 넓은 어깨, 단단한 근육으로 꽉 짜인 남체일 것이리라.

"도착했습니다."

슈덴과 얼마 떨어지지 않은 곳에서 신부 마차가 멈췄다. 신부를 직접 에스코트해 내리게 하는 것은 신랑의 몫이었다. 슈덴은 성큼성큼 걸어갔다. 들러리들이 마차 문을 열었다.

"……."

슈덴이 마차 안으로 손을 뻗었다. 아주 짧은 침묵이 지났다. 그의 손 위로 얌전히 올라오는 여자의 손. 결혼식이라고 해서 특별히 어떠한 감상이 드는 건 아니었다. 다만 사뿐 얹는 그 손에서 얼마 전의 기억이 떠올랐다.

그때는 덜덜 떨다가 푹 쓰러졌지.

그때 추락할 뻔한 발리아를 잡은 것은 거의 반사적인 행동이었다. 슈덴은 혹 이번에도 그녀가 쓰러지지 않을까 싶어 끌어안듯이 반대쪽 팔도 내밀었다. 그러나 걱정에도 무색하게 이번의 그녀는 넘어지지 않고 제대로 착지했다. 오히려 가슴께를 가로막는 이 손이 뭐냐는 식으로 은회색 눈을 깜빡였다. 슈덴이 헛기침을 했다.

"음, 오랜만이오."

"네. 오랜만이에요."

슈덴은 타인과의 대화에 어려움을 느껴 본 적이 없었다. 항상 상대방이 먼저 말을 걸기 위해 안달복달이었고 그게 아니더라도 그는 화술에 능란했다. 깊게 생각하지 않고 말해도 상황에 알맞은 답을 내어놓을 정도로. 그런데 지금은 조금 당황해서인가, 평소처럼 자연스럽게 말을 이어 갈 수가 없었다.

"……예쁘군."

슈덴은 그리 말하고 움찔 굳었다. 예쁘다는 말이 튀어나온 것에 스스로 당황한 탓이었다. 기실 슈덴은 한평생 여자에게 먼저 '예쁘다'라는 말을 해 본 적이 없었다. 그에게 보석을 선물 받은 여자가 직접 착용한 후 그에게 폭 안겨 '어때요, 예뻐요?'라고 물어보면 그렇다고 대답한 게 전부였다. 여자들은 그 한 마디로도 충분히 만족하기도 했고.

다행히 발리아는 슈덴의 움찔거림을 눈치채지 못한 것 같았다. 다만 자신을 빤히 바라보던 은회색 눈동자가 동그래지긴 했다. 예쁘다는 말이 그리 놀랄 말이었던가.

별 생각 없이 한 말에 저렇게 말간 반응을 보이니 뭐라고 해야 할까, 어쩐지 머쓱해지는 기분이었다. 결혼식 날에는 다양한 감정 변화를 겪는다더니 그게 남자에게도 통하는 말인 줄은 정녕코 몰랐다. 그랬다. 슈덴은 이 모든 것이 그저 결혼식 때문이라고 생각했다.

"각하도 잘생기셨어요."

그때 뚝 떨어지는 한 마디. 그렇게 솔직하며 담백한 칭찬은 드문 것이라 슈텐은 오히려 할 말이 없었다. 자신을 할 말 없게 만든 사람은 그녀가 단연 처음이었다. 이 사실을 아는지 모르는지 눈앞의 신부는 그저 빙그레 웃기만 했지만.

'……전부터 생각했지만.'

이 사람은 참 사랑스럽게 웃었다. 웃는 모습이 유난히 싱그럽다고 해야 할까. 물론 웃지 않는 모습이 예쁘지 않다는 것은 아니다. 오늘의 그녀는 누구도 반박할 수 없을 정도로 아름다운 신부였다. 슈텐이 무심결에 내뱉은 '예쁘다'는 말 역시 반쯤은 본심이었다. 슈텐은 얼마 전 발리아를 '그럭저럭 예쁘장한 편이다'라고 평가했던 건 이미 잊은 상태였다.

"늦었으니 이만 들어가지."

"네."

몹시 덥거나 추운 날, 혹은 비나 눈, 우박이 오는 날이 아니라면 대부분의 결혼식은 저택의 정원에서 치러진다. 오늘은 날씨가 맑고 따뜻했기 때문에 식장 역시 가르트의 정원에 마련된 상태였다. 평소라면 거대한 저택을 구경했을 발리아였지만 지금은 그저 긴장되어 다른 생각이 나지 않았다. 슈텐과 함께 정원으로 향하던 발리아가 한숨을 내쉬며 말했다.

"너무 긴장돼요."

"긴장할 것 없어."

"실수할까 봐 걱정돼요. 잘 해야 할 텐데."

딱히 대답을 기대하지 않은 혼잣말에 의외로 든든한 대답이 돌아왔다.

"내가 만회해 주지. 남편은 그럴 때 써먹으라고 있는 존재니까."

발리아가 풋 하고 웃었다. 떨리는 건 여전했지만 제 손을 잡고 있는 손이 더없이 믿음직스럽게 느껴졌다. 그전에는 뭐라고 해야 할까, 자신이 결혼식 도중에 실수를 하면 툭 놓아 버리고 갈 것 같았는데. 슈덴이 들었으면 눈썹을 까딱했을 생각을 아무렇지 않게 한 발리아는 다시금 각오를 다졌다. 그리고 눈을 꼭 감았다 떴다.

정원이었다.

화사한 햇살이 쏟아지고, 신랑 신부가 입장했음을 알리는 고동 소리가 울린다. 웅성거림이 뚝 멎고 자유로이 움직이던 사람들의 시선이 단상 앞을 향한다. 아무리 궁금해도 뒤를 돌아보지 않는 게 결혼식의 법도였기 때문에. 발리아로서는 다행인 일이었다. 저 많은 하객들이 일제히 자신을 바라보고 있었으면 정말 다리가 휘청했을 테니까.

슈덴과 발리아가 길게 늘어뜨려진 붉은 로드 앞에 섰다. 우렁찬 목소리가 퍼졌다.

"신랑, 신부 입장!"

우아한 곡조의 음악이 흐르고, 두 남녀가 손을 잡고 나란히 로드를 걸어 나갔다. 한 발자국 한 발자국이 떨렸지만 잡고 있는 손이 단단해 의지가 되었다. 긴장이 서서히 가라앉았다. 주례석까지는 얼마 남지 않았다.

객석에서는 귀부인들이 눈을 동그랗게 뜨고 있었다.

"세상에. 저건 조엔 후작 부인의 드레스인데요?"

"정말이네요. 당연히 새로운 드레스를 선보이실 줄 알았는데……."

어찌 된 영문인지 의아하기는 했으나, 곧 그들은 웨딩드레스의 아름다움에 마음을 빼앗겼다. 디자이너가 심혈을 기울여 제작한 듯한 드레스는 장식 하나 허투루 단 게 없었다. 괜히 디자이너가 혼을 갈았다고 말한 것이 아니었다.

"그래도……, 상당히 아름다워요."

"그러게요. 저렇게 아름다운 레이스는 처음 보는 것 같아요. 가르트의 안주인이시라면 황후 폐하에 버금갈 정도로 화려하게 치장하실 법도 한데 우아하게 꾸미셨네요."

"하지만 아무리 그래도 가르트 후작의 신부신데, 새로운 드레스를 하지 않았다니요."

"맞아요. 단 한 번도 이런 적이 없지 않았습니까. 가르트가 보통 가문도 아닌데, 쯧쯧."

발리아의 예상대로, 모두가 웨딩드레스에 대해 우호적인 반응을 보인 것은 아니었다. 하지만 레이스로 목과 팔을 전부 감싸는 저 독특하고 고상한 장식은 분명 신선한 충격이었다. 유행에 민감하며 눈썰미 좋은 귀부인들은 그리 눈독을 들였다.

다행스럽게도 발리아에게는 하객석에서 하는 말이 잘 들리지 않았다. 그녀의 귀에는 그저 소곤대는 속삭임들로만 들려 외려 걷는 데에만 집중할 수 있었다. 그러다 보니까 로드가 끝이 났다. 로드의 끝에는 주례 신관이 설 단상이 있었다. 신랑과 신부는 그 앞에 멈춰서고, 대기하던 주례가 나올 때까지 기다리면 된다.

"주례 입장!"

신랑 신부의 입장을 알릴 때처럼 우렁찬 소리가 정원을 울렸다. 그러나 아까와 다른 점이 있다면.

"이상하군요. 왜 주례 신관이 나오지 않는 걸까요?"

주례 신관이 나오지 않는다는 점이었다. 잔잔한 음악은 계속해서 연주되었으나 퍼져 가는 웅성거림을 감출 수는 없었다. 주례 신관이 나오지 않는 시간이 길어질수록 수런대는 소리는 점차 커져 갔다. 가장 앞쪽, 귀빈석에 자리하고 있던 대신관의 보좌 신관이 이마를 찌푸렸다.

"대신관님. 왜 주례 신관이 나오지 않는 걸까요?"

"허어, 무슨 일이 생긴 모양이군. 아무래도 주례 신관에게 무슨 일이 생긴 모양이야."

"혹시 신성국에서 착각을 하고 주례 신관을 보내지 않은 건 아닐까요?"

"날짜를 착각했다는 말인가?"

"그럴 수도 있지만……, 제 생각에는 혹 대신관님이 이 결혼식에 참석하신다는 전보를 주례로서 참석하신다는 말로 오인하지 않았나 싶습니다."

"그렇다면 정말로 낭패 아닌가! 자네, 어서 가서 신성국에 급보를 넣게나."

"예, 알겠습니다."

평신관이 달려 나갔다. 대신관은 조마조마했다. 무슨 일인지 대충은 짐작이 갔다. 아무래도 자신이 참석하는 것을 주례로 참석하는 것이라고 착각한 모양이었다. 대신관이 결혼식에 참석하는 일 자체가 매우 드무니 그리 착각할 만도 했다.

'어쩌면 좋을꼬.'

결혼식이 미뤄지는 거야 그리 드문 일은 아니었다. 하지만 가르트 후작은 그리 인내심이 많은 남자가 아니었다. 게다가 신의 뜻이라 하여 발리아를 신부로 밀어 넣었는데, 이렇게 우연스럽게 결혼식이 파투 날 위기에 처하니 오히려 신이 이 결혼을 막으려는 게 아니겠느냐고 가르트 후작이 우길 수도 있을 것이다.

숀과 로빈의 철통같은 방비로 인해 대신관은 발리아를 몇 번 보질 못했다. 그나마도 슈텐의 기사들이 항상 같이 있었다. 좀 더 진솔한 이야기, 예를 들면 후작이 그녀에게 어떻게 대했는지에 대해서 물어보고 후작의 의중을 가늠하고 싶었지만 숀은 결코 둘의 만남을 허락하지 않았다.

[정 두 분만 대화를 하고 싶으시다면, 대신관님. 제 시체를 밟고 가십시오.]

[맞습니다! 저희는 목숨을 걸고서라도 아가씨를 지킬 것입니다!]

누가 들으면 대신관이 예비 후작 부인을 괴롭히는지 알 것 같은 결연한 목소리였다. 아주 죽음을 불사하겠다는데 어떻게 독대를 할 수 있겠는가.

결국 대신관은 혼자 혼란에 휩싸여 있었다. 결혼에 응한 걸 보니 마음에 들긴 한 것 같은데, 그렇다고 곧바로 후작가로 데려가지 않는 걸 보니 푹 빠진 건 또 아닌 것 같고.

결혼식 날짜를 당겼다는 걸 듣고는 좀 놀랐지만, 아마 대신관인 자신을 불신하여 신부를 데려가려는 모양이라고 짐작했다.

'참으로 어려워.'

일단 시급한 건 주례 신관이 없다는 점이었다. 현재 이곳에는 필레몬 대신관 본인을 비롯하여 또 그를 보좌하는 고위 신관과 평신관들이 다수 있었으나 주례를 설 수 없었다.

이유는 간단했다.

결혼식 금패에 새겨진 신관만이 주례를 설 수 있었기 때문에.

금패는 결혼식을 증명하는 일종의 조각품이자 증명서였다. 신랑 신부의 이름, 주례를 서는 신관의 이름, 그리고 결혼 날짜를 널찍한 패에 음각으로 조각한다. 여기에 잉크를 바르고 종이로 찍어 낸 후 신랑이 한 장, 신부가 한 장, 그리고 신전이 한 장 나눠 갖는다. 제국에 제출하는 법적 결혼 증명서와는 다른 개념이었다. 이것은 신에게 고하는 결혼 증명서였다.

'무슨 일이 생겼군.'

슈덴의 표정이 서늘해졌다. 상황으로 봐서는 주례 신관에 무슨 일이 생긴 모양이었다. 다시 보니 총집사장을 비롯한 보좌관들의 얼굴이 하얗게 질려 있었다. 식이 바로 시작된지라 자신한테 고하지도 못했나 보다. 게다가 가르트 저택에는 슈덴 외의 귀족도 없다.

주례가 없는 결혼식은 결혼식이라 할 수가 없었다. 그런 결혼식은 신전에서 인정을 해 주지 않는다. 신관을 부르기가 여의찮은 장소에서 사는 사람들이 신전에서 성수를 얻어 와 가장 좋은 식기에 담아 놓고 주례를 대신한다지만 그것은 아주 가난한 평민의 경우였다. 귀족, 그것도 가르트 후작가가 그런 결혼식을 올렸다간 안 하느니만 못하는 게 된다.

사실 별로 상관은 없었다. 슈덴은 남들이 무어라 떠들든 괜찮았다. 간 크게도 제 앞에서 불경하게 혀를 놀릴 놈은 없겠지만, 만약 하나라도 그런 놈들이 있다면 늘 그랬듯이 치워 버리면 된다. 그 외의 것은 아무래도 좋았다. 뒤에서 떠드는 것 따위, 제 귀에만 들리지 않으면 신경 쓰이지 않았으니까.

'하지만.'

그의 옆에 서 있는 이 여자도 괜찮을까. 슈덴은 고개를 약간 움직여 발리아를 살펴보았다. 의연해 보인다는 첫인상답게, 그녀는 눈에 띄는 어떤 반응은 보여 주지 않고 있었다. 분홍색 입술은 꾹 다물려 있었지만 그뿐이었다.

그리고 그 은회색 눈동자.

그저 단상만 묵묵히 바라보고 있는 눈동자는 정말 그 나이답지 않아서 자꾸 시선을 빼앗겼다. 이유는 알 수 없었다. 애초에 슈덴은 자신이 느끼는 감정에 명확히 이유를 구하려고 해 본 적이 몇 번 없었으니까.

하객석은 이미 웅성댐을 넘어 수군대고 있었다. 슈덴은 청각이 대단히 뛰어난 편이었기 때문에 혼란한 와중에도 무슨 말을 하는지 모두 알아들을 수 있었다. 무표정한 낯과는 달리 머릿속은 빠르게 돌아갔다.

가장 먼저 떠오르는 방안은 역시 결혼식을 미루는 것이다.

그리고 달리 이외에 해결책이 없기도 했다. 결혼식을 다시 치르는 비용은 상관이 없었다. 하지만 문제는 발리아의 입지였다. 지금도 저렇게 떠드는데, 앞으로는 사교계에서 두고두고 입방아에 오를 것이다.

그렇다면 다른 방법은 하나였다.

슈덴이 허공을 한 번 바라보았다. 그의 신념대로, 고민은 길지 않았다. 슈덴이 잡고 있던 손에 힘을 약간 주었다. 발리아가 그에게로 시선을 옮겼다. 슈덴이 물었다.

"발리아. 혹시 나와 헤어질 생각이 있소?"

"네?"

"재촉하고 싶진 않지만 시간이 없군. 있소, 없소?"

급작스럽고 당황스러운 질문이었지만, 의외로 대답은 간단히 나왔다.

"어, 없어요."

"다행이군."

슈덴의 입가에 아주 찰나 미소가 어렸다. 강자만이 가질 수 있는 느긋함을 항시 품고 있던 붉은 눈동자는 이런 상황에서조차 여유로웠다. 그가 속삭였다.

"나도 없거든."

"……네?"

슈덴이 발리아의 손을 잡은 채로 단상을 향해 무릎을 꿇었다. 슈덴이 갑작스레 무릎을 꿇자 발리아 역시 눈치껏 무릎을 꿇었다. 슈덴이 손만 까딱여도 차를 원하는지 물을 원하는지 그것도 아니면 술을 원하는지 아는 총집사장은 과연 그 가공할 만한 눈치로 하인들에게 일렀다.

"단상을 치우게, 어서!"

"예? 예!"

손발이 척척 맞는 하인들이 단상을 얼른 치워 버렸다. 주례가 서는 단상, 그것이 치워지자 나오는 것은 두 남녀의 결혼이 적혀 있는 금패였다. 사람들의 얼굴에 '설마……?' 하는 놀라움이 퍼져 나가기 시작했다.

그래, 이것이 뜻하는 바는 단 하나였다.

"본인 슈덴 가르트는 발리아 딘을 아내로 맞이하니, 맹세합니다."

발리아의 시선이 정지했다.

"증인을 통하지 않고 하늘에 직접 고하는 바, 일생을 그녀와 함께하겠습니다."

호흡.

"삶을 통틀어 오직 그녀만을 사랑하겠으니, 맹세를 어길 경우 목숨으로 갚겠습니다."

눈빛.

모든 것이 그에게 잡혀 멈추는 느낌이었다.

웅성거림이 하객석 안에서 퍼져 나갔다. 이제는 거의 시끌벅적했다. 발리아는 그 혼란한 와중에도 슈덴에게서 도통 눈을 뗄 수 없었다.

[하늘에 고하는 증인을 부부 스스로 세운다는 게 다릅니다.]

숀의 말이 떠오름과 동시에 과거의 기억도 떠올랐다. 예리와 황태자의 결혼식. 그야말로 전 대륙의 귀족들이 모인 것 같은 무시무시한 인파. 들러리처럼 뒤쪽에 서 있던 발리아의 곁에는 다른 시녀들이 꺅꺅대며 떠들고 있었다.

[세상에! 나, 이런 결혼식은 생전 처음 봐!]

[너 예전에 가르트 후작 각하의 결혼식에도 참석했다면서? 그때도 화려하다고 소문이 자자했잖아. 두 분 전하의 결혼식과 많이 달랐니?]

[화려하긴 했지만 평범한 결혼식이었어. 그냥 딱 고리타분한 귀족들의 결혼식 있잖아. 후작 각하 얼굴이 제일 재밌었지, 뭐.]

그래, 과거의 슈덴 가르트는 분명.

'두 번째 결혼식을 하지 않았어…….'

그랬다. 이것은 그녀에게는 물론, 그에게 있어서도 처음인 결혼식이었다. 그리 깨닫는 순간 심장이 터지는 것 같았다.

입으로 뱉은 맹세는 돌이킬 수 없다.

슈덴은 금패를 향해 천천히 몸을 숙였다. 허리를 굽힌다. 이마가 바닥에 닿는다. 그리고 다시 몸을 들어 올리는 그 순간이. 시간이 잠시간 머물던 것처럼 느리게 지나간다. 물에 잉크 한 방울이 톡 떨어진 것처럼 퍼져 나갔던 소란은 이제 거대한 아우성으로 화해 있었다. 하객들의 목소리가 귓가를 파고든다. 그리 시끄러운 사위 속에서도 기묘한 고요함이 있었다.

붉은 눈동자.

발리아는 홀린 듯 그를 응시했다. 머리가 어지러웠다. 슈덴의 붉은 금발도, 수려한 옆모습도, 꾹 다물린 입술도. 남김없이 세분화되었다가 다시 꽉 맞춰지는 듯한. 그 놀라운 조화에서 발리아는 오직 한 가지 메시지만 읽을 수 있었다.

같은 맹세.

발리아가 천천히 고개를 움직였다. 금패에 선명한 그녀의 이름과 슈덴 가르트의 이름. 서약과 맹세, 시간. 그리고…….

"본인 발리아 딘은, 슈덴 가르트를 남편으로 맞이하여 맹세합니다."

온갖 상념이 머리를 들어차 오히려 다른 생각을 할 수가 없었다.

"증인을 통하지 않고 하늘에 직접 고하는 바, 일생을……, 그와 함께 하겠습니다."

그리 크지 않았으나 슈덴의 귀에는 똑똑히 들리는 목소리.

"삶을 통틀어 오직 그만을……."

금패를 바라보고 있음에도, 슈덴의 시선이 태양처럼 강렬하여 그대로 느껴질 정도였다. 어쩐지 가슴이 메여, 발리아는 잠시 호흡을 골랐다. 그녀가 느리게 말을 이었다.

"……사랑하겠으니. 맹세를 어길 경우, ……목숨으로 갚겠습니다."

발리아가 금패를 향해 허리를 굽혔다. 그리고 슈덴이 그러했던 것처럼 천천히 몸을 세웠다. 잠깐의 정적. 발리아는 금패를 바라보고 있었으나 슈덴은 여전히 그녀를 응시하고 있었다. 그 시선의 선명함. 더 피할 수가 없었다. 발리아는 마른침을 삼켰다. 그리고 천천히 슈덴을 향해 고개를 움직였다. 찰나 같은 침묵이 흘렀다. 두 시선이 공중에서 얽혔다. 그들은 서로의 시선이 어쩐지 복잡해 보인다는 생각을 했다.

그리고 서로 이유는 알 수 없었다.

"……발리아."

슈덴이 손을 내밀었다. 약간 가라앉은 목소리와 함께. 발리아는 긴 생각을 할 겨를이 없었다. 그저 곧바로 그의 손을 잡았다. 굳은살 박인 슈덴의 손이 단단하게 그녀의 손을 틀어쥐었다. 슈덴이 일어나려는 기미를 보이자, 신부 곁에 서 있던 들러리가 서둘러 다가와 발리아를 부축했다.

"신부 신랑은 하객석에 인사하십시오!"

떠들썩하던 하객석이 순식간에 조용해졌다. 슈덴과 발리아가 나란히 하객석을 향해 몸을 돌렸다. 수많은 레이디와 귀공자, 귀부인과 신사들이 두 젊은 남녀를 바라보고 있었다.

소란만 멎었을 뿐이지, 소리 없는 아우성마저 소거시킬 수는 없었다. 경악, 부러움, 동경, 혹은 놀라움. 다양한 감정의 소용돌이가 귀족들의 고아한 눈에 가득했다. 그렇다. 이것은 황제와 황후조차도 거행하지 않는 결혼식이었다.

귀족들의 생리에 대해 누구보다 잘 파악하고 있는 슈덴조차 오늘의 결혼식이 향후 사교계에 얼마나 오래도록 거론될는지 감이 잘 잡히지 않았다. 한 5년? 아니면 3년 정도? 머리로는 그런 생각을 하면서도 슈덴은 착실히 허리를 숙였다. 발리아 역시 그를 따랐다. 이렇게 많은 시선이 자신을 향해 있는 것은 처음이라 긴장됐지만 그녀의 태도는 흠잡을 곳이 없었다.

"신랑 신부는 서로에게 맞절을 하십시오!"

서로를 마주 본 후 두어 걸음 물러선 남녀가 함께 절을 했다. 오늘부로 본인의 배우자가 된 이에게 갖추는 예의였다. 비슷한 깊이로 허리를 숙이고, 비슷한 속도로 몸을 바로 했다. 마주 향한 둘의 시선이 맞닿는다. 온전히 자신을 보는 붉은 눈동자가 어쩐지 민망했다. 발리아는 모르는 척 시선을 내리깔아 그의 눈빛을 피했다. 물론, 발리아의 이 작은 노력은 곧바로 물거품이 되었다.

"신부 신랑은 맹세의 입맞춤을 하십시오!"

순간 발리아의 몸이 바짝 굳었다. 맹세의 입맞춤. 총집사장의 건네주었던 결혼 절차 설명집에도 분명 명시되어 있는 부분이었다. 사실 발리아는 이 부분 때문에 잠을 잘 이루지 못했다. 그냥 입술만 닿았다가 떼는 것쯤이야 무슨 감상이 있겠느냐만, 상대는 슈덴이었다. 나른한 듯 퇴폐적인 붉은 눈동자로 자신으로 하여금 엄한 상상을 상기시키는 남자. 손등에 닿았던 입술도 그렇게 야릇했는데 입술에 닿아야 한다니!

"발리아."

적당한 중저음의 듣기 좋은 목소리가 제 이름을 부른다. 발리아가 고개를 들었다. 긴장한 것은 오직 그녀뿐, 그는 어떤 동요도 보이지 않는 모습이었다. 지극히도 귀족적인 모습이었고, 가장 바람직한 모습이기도 했다. 발리아는 한순간 드러냈던 긴장감을 말끔히 감추면서 도도해 보일 정도로 턱을 치켜들었다. 물론 맞잡고 있던 손은 덜덜덜 떨리고 있는 중이었다.

'긴장했군.'

슈텐은 본래 타인의 기척에 민감했다. 게다가 그가 지금 신경 써야 할 단 하나의 타인이 있다면, 눈앞의 이 신부였다. 홀로 맞잡고 있는 그녀의 두 손이 미세하게 떨리는 게 보일 지경이었다.

'하긴, 분위기가 이러니.'

맹세의 키스는 결혼식의 꽃이다. 하지만 하객석에 앉아 있는 귀족들은 환호해 줄 정신도 없어 보였다. 정도의 차이만 있을 뿐, 대부분 돌처럼 굳어 있었기 때문이다. 찬물이라도 한 동이씩 부어 줘야 정신들을 차리겠군. 냉소적으로 생각하면서도 슈텐은 신부를 향해 한 발자국 다가섰다.

"……."

길게 뻗은 속눈썹이 파르르 떨렸다. 내내 의연했던 새하얀 낯이 처음으로 긴장을 드러냈다. 그마저도 곧 사라졌지만. 발리아가 이럴 때마다 슈텐은 항상 신기했다. 그녀는 수도의 내로라하는 귀부인들보다 감정을 숨기는 것에 능숙했다.

'선천적인 성격이겠지.'

발리아의 출신을 생각해 보면 선천적인 성격으로 보는 게 타당했다. 예전에 그녀 입으로 티 파티에 자주 초대받지 못했다고도 했으니까. 신부가 자꾸 감정을 숨기려고만 하는 탓일까. 슈텐은 그녀가 감정을 드러내는 모습도 좀 보고 싶었다. 그가 한 발자국 더 가까이 간 것은 그러한 이유에서였다.

슈텐의 이런 노력 아닌 노력에 보답하듯 발리아의 은회색 눈동자는 지진이 난 듯이 흔들리기 시작했다. 숫제 뒷걸음질이라도 칠 것 같았던 그녀는 상황을 파악한 듯 움직이진 않았다. 하지만 차마 시선을 똑바로 마주할 수는 없었는지 아예 꽉 감아 버리는 쪽을 택했다. 놀라울 정도로 신선한 반응이었다. 입까지 아예 꾹 다물어 버리는 게 누가 보면 물고문을 시킨다고 오해를 할 만한 모습이었다. 슈덴은 왠지 웃음이 났다. 이유는 정확히 알 수 없었다. 그가 그녀의 턱을 잡았다. 그리고 허리를 약간 굽혔다.

입술이 닿았다.

진한 키스가 아닌 가벼운 입맞춤이었다. 그럼에도 벼락 맞은 듯 굳어 있던 하객석에서 '어머!' 하는 감탄사가 터져 나왔다. 찰나의 머무름. 슈덴은 더 이상의 침입 없이 입술을 뗐다.

그림자가 거두어지자 발리아는 슬며시 눈을 떴다. 눈을 감고 있느라 제게 입 맞추는 슈덴의 모습은 하나도 보이지 않았지만 감각이 생생했다. 소설에서 본 것처럼 달콤한 초콜릿 향기가 난다든지, 귓가에 종소리가 울려 퍼진 것은 아니었다.

다만 가슴만은 쿵쾅쿵쾅 뛰었다. 맹세의 키스가 세 번이 아닌 한 번이라서 다행이었다. 얇은 피부와 피부가 또 맞닿으면 속절없이 이 고동 소리가 그에게 전해질 것이리라.

"이것으로 두 사람이 성혼하였음을 알립니다!"

힘찬 목소리가 결혼식이 끝났음을 고했다.

"신랑 신부, 퇴장!"

슈덴이 발리아에게 손을 내밀었다. 그녀는 어렵지 않게 그에게 손을 얹었다. 슈덴이 발리아의 손을 잡았다. 제 손을 낚아채서 걸을 법도 한데, 슈덴은 항상 자신을 기다려 줬다. 발리아는 그런 작은 배려에도 일일이 감동하는 자신이 조금 한심해지려고 했지만, 슈덴이 잘생겼으니 그런 것이라고 나름대로 납득했다.

"가지."

슈덴이 나지막하게 속삭였다. 발리아가 고개를 끄덕였다. 그들은 걸어 들어왔던 로드로 다시 발을 뻗었다. 결코 예상하지 못한 두 번째 결혼식에 넋이 나간 하객들이었지만, 그들은 잘 교육받은 귀족들이었다. 정숙하면서도 규칙적으로 쏟아지는 박수 소리를 뒤로 하고 슈덴과 발리아는 로드를 걸어 나갔다.

점차 멀어지는 두 부부를 보며 귀족들의 눈이 번득였다.

한동안 사교계가 바빠질 것이다. 그 중심에 서 있는 것은 물론 가르트 후작 부인이었다. 이 자리에 참석한 귀족들의 머릿속에 공통적으로 스쳐 간 생각이었다.

결혼식 날, 신랑과 신부가 곧바로 첫날밤을 치르러 들어가는 것은 아니었다.

그들은 발걸음 해 준 하객들을 대접할 의무가 있었다. 그러나 신랑과 신부가 모두 손님을 맞으러 가진 않았다. 여자가 남자의 집으로 시집왔을 때에는 신랑이, 남자가 여자의 집으로 장가를 들었을 경우에는 신부가 하객들을 대접하는 게 관례였다.

발리아는 겔 제국의 결혼식 법도에 처음으로 고마움을 느꼈다. 홀로 손님들을 접대해야 하는 슈덴에게는 미안했지만, 지금 그녀는 많은 사람들 앞에 나서는 걸 최대한 피하고 싶었다. 어쨌든 그녀의 바람대로 발리아는 홀로 저택으로 입성했다.

"처음 뵙겠습니다, 마님. 저는 가르트 후작가의 하녀장입니다."

대기하고 있던 하녀장이 공손히 예를 갖추었다. 그녀의 뒤로 시립해 있던 하인, 하녀들 역시 정중하게 허리를 굽혔다. 발리아는 잠깐 이나마 풀렸던 긴장이 다시금 살아나는 걸 느끼며 엄숙하게 허리를 폈다.

"반가워요, 하녀장."

"송구합니다, 마님. 말씀을 낮춰 주세요. 마님께서는 이제 후작 각하와 동등한 위치에 계시는 유일한 분입니다. 저뿐만 아니라 저택의 모든 고용인들에게 말씀을 낮춰 주셔야 합니다."

발리아는 고개를 끄덕였다. 그녀도 과거에 이런 경험이 있었다. 황궁에서 일할 때였다. 나이 지긋하고 연륜 있는 귀족들이야 알아서 위엄을 찾았다지만 막 입궁한 풋내기 귀족들은 발리아에게도 공대를 썼다. 물론 그들에게 나쁜 뜻이 없었다고는 안다. 오히려 존중한다는 뜻으로 자신에게 공대를 썼겠지. 하지만 시종장에게 불려 가 혼쭐이 나면 속상한 건 어쩔 수가 없었다.

"그럼 하녀장. 내 말을 놓겠네."

"예. 마님."

푸근한 인상의 하녀장이 빙긋 웃었다. 아직 어려 보이는 은회색 눈동자의 아가씨는 생각보다 더 귀족적이었다. 자고로 가르트의 안주인이라고 하면 너무 착하기만 해서도 안 된다. 아랫사람들에게 위엄을 갖출 줄도 알아야 하는 법이었다. 그런 점에서 발리아는 훌륭한 안주인이었다.

"마님. 초상화를 그릴 화가는 이미 초빙해 놓았습니다. 안쪽으로 드시지요."

발리아가 고개를 끄덕였다. 신랑이 하객들을 대접할 동안 신부는 미리 불러 놓은 화가에게 초상화를 맡겨야 한다. 그리고 이 초상화를 저택 내부의 가주 초상화실에 걸어야 비로소 결혼식이 완성된다. 평민들에게는 해당 사항이 없지만, 귀족들은 반드시 지켜야 할 법도였다.

"만나 뵙게 되어 영광입니다. 후작 부인. 아름다운 분의 존안을 그리게 되어 영광입니다."

"잘 부탁하네."

이미 준비해 놓은 방에는 화가가 도구를 늘어놓고 기다리고 있었다. 누가 봐도 '나는 자유로운 예술가요!' 하고 외치는 듯한 외양이 인상적인 남자였다. 덥수룩한 수염에 격식에 얽매이지 않은 옷차림을 하고 있음에도 발리아를 대하는 태도만은 깔끔했다. 아마도 귀족들을 대상으로 그림을 그리는 화가 같았다.

"부인. 마침 오늘은 채광이 아름답지요. 이쪽에 앉아 저를 바라봐 주십시오."

발리아는 화가의 말을 고분고분 따랐다. 창가로 쏟아지는 적당한 햇살이 그녀의 뺨을 간질였다. 이런 종류의 초상화는 처음 그려 보는 발리아는 너무 긴장한 티를 내지 않기 위해서 오히려 긴장해야 했다. 다행히 화가는 별다른 지적 없이 슥슥 그림을 그려 나갔다.

"부인께서는 눈이 참 아름다우시군요."

한참 그림 그리기에 열중하던 화가가 입을 뗀 것은 한 시간 정도가 지났을 무렵이었다.

"부인 같은 눈동자는 빛을 받는 각도에 따라 여러 느낌을 주지요. 지금은 장인이 세공한 유리구슬처럼 맑고 깨끗하나 바닥이 비치지 않는 은회색입니다."

칭찬이라고 생각하기에는 미사여구가 짙었고, 아부라고 단정하기에는 그 어조가 담백했다. 하지만 세상에는 산뜻한 어투로도 아부를 할 수 있는 사람이 제법 있는 법. 발리아는 황궁 시녀로 일할 때 그런 재능을 가진 사람들을 곧잘 보았다.

"좋게 이야기해 주니 고맙네."

그러니 이 정도 대답이 적당할 것이리라. 발리아의 뒤에 서 있던 하녀장의 얼굴에는 잔잔한 놀라움이 스쳐 갔다. 긴장해서든 오만해서든 혹은 무지해서든 화가에게 이런 종류의 칭찬을 받으면 좀 더 길거나 좀 더 짧은 답변을 내놓는 귀족들이 왕왕 있었다. 자유분방한 화가들은 그런 순간에 튀어나오는 본성을 기가 막히게 초상화에 그려 내곤 했다. 그런데 눈앞의 여자는 어떠한가. 그저 담담하고 의연한 모습. 대답에는 군더더기조차 없었다.

'언제 끝나지?'

남들이 무슨 생각을 하는지 알 리 없는 발리아는 그저 이 시간이 빨리 지나갔으면 좋겠다고 생각했다. 등받이 없는 의자에 한참 앉아 있던 허리는 저렸으며 미소를 머금고 있는 입가에도 역시 경련이 나고 있었다. 이대로 앉아 돌이 되어 버리지 않을까 걱정이 될 무렵이었다.

"다 되었습니다. 후작 부인. 앉아 계시느라 고생하셨습니다."

"자네도 수고했네."

'드디어!'

발리아는 벌떡 일어나고 싶은 걸 꾹 참고 최대한 귀부인처럼 우아하게 말했다. 결혼식 당일 그리는 초상화는 시간에 맞춰야 하는지라 간단히 그려진다. 복잡하고 화려하며 다양한 물감을 쓰는 그림은 후일 그리게 될 것이리라. 이 짧은 시간에 제한된 도구로 초상화를 뚝딱 그려 내는 것은 보통 솜씨가 아니었다.

하녀장이 종종 걸어가 화가에게서 초상화를 받았다. 하녀들이 미리 준비해 놓은 액자에 초상화를 넣고서 발리아에게 올렸다. 황금으로 테를 둘러 화려한 액자 안에는 노련한 화가가 그려 낸 발리아가 있었다.

"마님, 시간이 그리 많지 않으니 바로 가시지요."

발리아는 자세히 그림을 살피기도 전에 고개를 끄덕였다. 그녀의 말대로 시간이 꽤 지난 상태였다. 하녀장은 종종걸음으로 발리아를 안내했고, 그녀는 많이 걷지 않고서 초상화들이 나란히 걸려 있는 전시실에 도착할 수 있었다.

"이곳은……."

"역대 가르트 후작가의 가주와 마님들의 초상화를 걸어 두는 곳입니다. 마님의 자리는 이미 만들어 놓았지요."

하녀장이 그리 알려 주지 않아도, 발리아는 자신의 초상화를 어디에 걸어야 하는지 알 수 있었다. 슈덴, 이제는 그녀의 남편의 초상화가 이미 걸려 있었던 것이다. 그 액자 바로 옆 빈자리는 발리아의 초상화가 걸리기를 기다리고 있는 것처럼 보였다. 그녀는 곧장 초상화를 걸었다.

제 초상화를 살피기 전에 슈덴의 초상화로 눈길이 가는 건 어쩔 수가 없었다. 오늘과 똑같은 예복을 입은 슈덴은 초상화 속에서도 예의 그 느긋하고 조금은 퇴폐적인 눈빛을 하고 있었다. 발리아는 그림 속 붉은 눈동자를 빤히 올려다보며 생각했다.

'직접 걸었을까?'

본인의 손으로 직접 거는 게 관례라지만, 왠지 슈덴이라면 고용인을 시켜 걸어 놓게 했을 것 같았다. 발리아는 그렇게 생각하며 살며시 미소 지었다. 그리고 주변을 둘러보다가 고개를 갸웃했다.

'왜 어린 시절의 초상화가 없지?'

당장 슈텐의 윗대 가주만 하더라도 어린 시절의 초상화가 줄줄이 일렬로 전시되어 있는데 슈텐의 것은 없었다.

'여기 말고 안에 전시해 놨나?'

전시실은 규모가 매우 컸다. 아마 안에 전시해 놓은 것 같았지만, 발리아는 굳이 들어가 볼 생각은 하지 않았다.

"이쪽입니다, 마님."

하녀장은 전시실에서 나온 발리아를 욕실로 안내했다. 하녀들이 문을 열자 따뜻한 김이 훅 올라왔다. 두껍게 친 커튼과 흑단으로 제작한 파티션을 지나자 작은 홀 하나를 가득 채운 커다란 욕탕이 눈에 들어왔다. 하녀들은 능숙하게 발리아의 드레스를 벗겨 냈다. 금세 알몸이 된 발리아는 조심스럽게 욕탕으로 걸어 들어갔다.

물은 약간 뜨거울 정도로 따뜻했고 위에는 색깔 고운 보드라운 꽃잎까지 뿌려져 있었다. 발리아는 조금쯤 황송한 기분까지 느끼며 욕탕에 몸을 담갔다. 은은한 향기가 올라오며 기분이 다 나른해졌다. 종일 긴장해 있던 몸이 스르르 풀리는 느낌이었다.

'좋다…….'

얼마간 눈을 감고 있었던 것 같다. 혼자만의 시간은 길지 않았다. 하녀장을 위시한 하녀들이 너덧 들어오더니 발리아를 구석구석 씻겨 대기 시작한 것이다. 어느 한 곳 허투루 넘기지 않는다.

만족할 만큼 씻긴 하녀들은 따뜻한 물에 적신 수건을 발리아의 몸에 착착 올렸다. 근육을 부드럽게 풀어 주는 마사지를 한 후에는 향유를 적당히 발랐다.

그리하여 발리아는 한 시간이 족히 지난 후에야 풀려났다. 그 사이사이 입 안에 넣어 주는 음식들은 어떻게 먹었는지도 모르겠다. 발리아는 하녀들이 부드러운 실크 가운을 입혀 주는 동안에도 반쯤 넋이 나가 있었다.

'몸에 먼지 한 톨 없을 것 같아.'

아마 인생 최고로 청결한 상태가 아닐까 했다. 아까와는 다른 의미로 기진맥진해진 것을 아는지 모르는지 하녀장은 공손하게 발리아를 안내했다.

어느새 날이 저물어, 복도 곳곳에는 등이 켜져 있었다. 멀리 보이는 창밖은 이미 어스름했다. 그림을 그리는 동안 시간이 많이 지난 모양이었다.

'다들 돌아갔겠구나.'

그 증거로 바깥이 조용했다. 해가 질 때까지 있는 것은 신혼부부에 대한 예의가 아니었기 때문이다. 결혼식에 발걸음 해 준 답례로 그들은 융숭한 식사와 기념 선물을 대접받았을 것이다.

"이곳이 침실입니다, 마님."

발리아는 하녀장의 목소리를 듣고 시선을 옮겼다. 어느새 문 앞이었다. 첫날밤 침실에는 주인 부부만 들어가는 것이 원칙이었다. 발리아는 슈덴이 아직 안 오지 않았을까, 하면서도 가슴이 진정되지 않아 심호흡을 했다. 그녀가 천천히 문을 열었다.

"이제 옵니까."

발리아는 문을 채 닫기도 전에 움찔 놀랐다. 침대에 기대어 있던 슈덴이 일어났다. 그 역시 발리아와 똑같은 실크 가운을 입고 있는 상태였다.

"이리로."

이런 상황이 생전 처음인 발리아가 그 자리에 그대로 서 있자 슈덴이 먼저 손을 내밀었다. 발리아는 그 어느 때보다 조심스럽게 그의 손을 잡았다. 살갗에 와 닿는 그의 피부는 물기를 머금어 촉촉했다. 가까이서 보니 머리도 반쯤 젖은 게 그 역시 목욕을 하고 나온 모양이었다.

슈덴은 발리아를 침대로 이끌었다. 사실 그 외에 딱히 갈 만한 곳이 없기는 했다. 침실에는 고급 가죽 소파도 있었고 테이블과 의자도 있었지만 첫날밤을 치를 만한 곳은 아니었으니까. 머리로는 그렇게 되뇌는데 가슴은 왜 이렇게 쿵쾅대는지 모를 일이었다.

어쨌든 슈덴의 손길은 정중했고 발리아는 침대에 등을 기댈 수 있었다. 깃털을 가득 채운 듯 푹신했지만 발리아는 평소처럼 이런 것에 행복해할 여유가 없었다. 이유는 하나였다. 전전긍긍하는 자신과는 달리 느긋하게 몸을 기대고 있는 슈덴 가르트 때문에.

"초상화는 걸었습니까?"

"네? 아, 네. 걸고 왔어요."

"내일 같이 보러 가면 되겠군요."

슈덴이 여상히 말했다. 보러 가자는 그 말에 아까 의문이 떠올랐다. 어린 시절 초상화의 부재. 아마 내일 함께 보면서 볼 수 있겠지? 발리아는 그리 생각하면서 내내 궁금했던 것을 물었다.

"저, 그런데 각하."

발리아는 머뭇거리면서 입을 열었다.

"왜 갑자기……, 말을 높이세요?"

그래, 바로 슈덴의 말투였다. 그는 내내 자신에게 평대를 썼었다.

그런데 왜 갑자기 공대를 쓰는 걸까? 슈덴이 오히려 의아하다는 듯 되물었다.

"높이면 문제가 있습니까?"

"아니, 그게 아니라……."

예전엔 안 높였잖아. 발리아는 그런 뜻을 담아 눈을 도르르 굴렸다.

"결혼했으니 부부잖습니까. 한쪽만 말을 높이는 건 불공평하지."

"그럼 그전에는……."

"그전에는 내 신분이 더 높았잖습니까."

그야 그렇지만. 맞는 말이긴 했는데 그가 이리 말할 것이라고는 상상을 해 본 적이 없어 외려 할 말이 없었다. 입만 뻐끔거리는 발리아를 응시하던 슈덴이 피식 웃었다.

"그대는 내 아내입니다. 나를 모시는 게 아니라 내 옆에 서는 사람이니까."

"……."

"나 또한 말을 높이는 게 맞지 않겠습니까. 부인."

홀린 듯 그를 올려다보던 발리아가 헛, 하고 시선을 내렸다. 잠깐 잊고 있었는데, 이곳은 침대 위였고 그들은 각자 가운만 입고 있었다. 게다가 상황은 첫날밤. 잠깐 잊고 있었던 부끄러움과 민망함이 스멀스멀 올라와 오래 눈을 마주할 수가 없었다. 그러나 이러한 발리아의 상태를 슈덴은 다르게 해석했다.

"아, 공대가 불편하면 내게 평대를 해도 됩니다."

"아뇨! 공대로 해요!"

겔 제국의 가르트 후작에게 말을 놓으라니! 그게 천만 배는 더 불편했다. 저도 모르게 소리를 높인 발리아가 헛기침을 했다.

"그, 평대는 제가 아직 익숙하질 않아서……."

"부인의 뜻대로."

슈덴은 간단하게 대답했다. 그리고 또 대화가 소거되었다. 넓은 침실이 금세 적막해졌다. 발리아의 은회색 눈동자가 도로록 굴렀다. 차라리 무슨 말이라도 하고 있을 때가 나았다. 이렇게 침묵이 찾아오면 어색해서 숨도 조심해서 쉬어야 했으니까.

"발리아."

그래서 슈덴이 그리 입이 떼는 게 반가웠다. 그녀는 반가움을 굳이 감추지 않은 채 슈덴을 돌아보았다.

"결혼했으니 첫날밤은 치러야 하지 않겠습니까."

그리고 그대로 굳었다.

"평범한 결혼이라곤 말할 순 없지만."

발리아가 돌처럼 굳은 걸 아는지 모르는지 슈덴은 그저 느긋한 미소만 띠고 있었다.

"당신 외의 다른 여자는 내가 더 이상 쳐다볼 수가 없게 되었잖습니까."

"……."

대체 그 말이 왜 그렇게 색정적으로 들리는지 모를 일이었다. 아니, 그냥 그가 하는 말은 다 야하게 들리는 게 아닐까? 발리아는 자리가 잡히는 대로 의사를 불러 귀를 진찰해야겠다는 생각을 하며 천천히 호흡을 삼켰다.

"첫날밤 교육은 받았습니까?"

원래는 귀족 가문에는 부부 관계에 대해 교육해 주는 전담 하녀가 따로 있었다. 하지만 발리아에겐 제대로 된 하녀가 없었다. 수하에게

서 받은 보고서에는 아주 어릴 적 전담 하녀를 해고한 이후로는 살림 위주의 하녀를 고용했다고만 적혀 있었다. 그러니 이런 것을 따로 교육받지는 못했을 것이리라.

"그, 여기 오기 전에 잠깐 교육을 받았어요……."

"교육을? 누구한테?"

당연히 받지 않았다는 대답을 예상했는데. 슈덴의 눈이 약간 가늘어졌다. 설마 신전 쪽에서 알려 준 건가. 그럴 리가 없는데. 쏟아지는 붉은 시선을 받으며 발리아가 입을 열었다.

"제국에 오기 전에, 국왕 전하의 시침을 들 여자로 위장해서 왔거든요. 그때 시녀들에게 시침 교육을 받았어요."

'왕의 시침이라니.'

슈덴의 이마가 아주 미미하게 찡그려졌다. 발리아는 미처 알아채지 못할 정도로. 최대한 눈에 안 띄게 데리고 나오기 위해서 택한 방법이었겠지만 괜히 기분이 나빴다. 이유는 슈덴 자신도 잘 몰랐다.

"저, 각하?"

발리아가 조심스럽게 그를 불렀다. 슈덴이 눈을 깜빡였다. 맑은 은회색 눈동자가 자신을 조심스럽게 살피고 있었다. 약간 긴장한 것 같기도 하고. 눈이 커서 그런지, 겁을 잘 먹을 것 같았다.

"어떤 교육을 받았습니까?"

한 귀로 듣고 한 귀로 흘렸는데. 발리아는 기억을 더듬었다.

"일단 상처를 내면 안 되고, 또 밀어내서도 안 되고……. 또……."

"고리타분한 교육을 받았군."

슈덴이 짧게 평가했다. 왕궁의 예법이든 뭐든 알 바 아니었다. 왕 혼자만 즐기려고 하는 관계가 무슨 소용이 있단 말인가. 슈덴은 얼굴도 보지 못한 왕을 조소했다.

"발리아."

발리아가 마른침을 삼켰다. 그의 눈빛이 달라지고 있었다. 그녀가 첫 날 보았던, 색정적이고 퇴폐적이라고 생각했던 바로 그 붉은 눈동자.

"아프면 상처 내도 됩니다. 밀어도 되고."

슈덴의 눈동자가 나른한 빛을 띠었다.

"밀리진 않을 거지만."

"……."

슈덴이 발리아의 손목을 잡았다. 발리아의 얼굴이 확 달아올랐다.

가르트 후작가

슈덴의 입술이 발리아의 이마에 닿았다. 그 작은 접촉에도 온몸이 흠칫 떨린다. 둥근 이마를 지나 눈두덩, 뺨을 스치고 서서히 입술 쪽으로 향하는 그의 입맞춤에 발리아는 도저히 진정이 되지 않았다. 그러나 제게 입 맞추는 남편을 밀어낼 수도 없는 노릇이다. 발리아는 차선책으로 눈을 꼭 감고 연거푸 심호흡을 했다.

숨이 가쁘게 들어갔다 나온다. 슈덴이 턱을 조금 들었다. 은회색 눈동자는 간데없이 꼭 감겼고, 몸은 달달 떨고 있다. 거기까지는 괜찮았다. 그런데 호흡이 좀 과했다. 과다 호흡으로 실려 갈 수준이었다. 슈덴은 이마를 약간 찌푸렸다. 그는 첫날밤을 맞는 신부의 긴장을 이해했다. 하지만 저렇게 겁까지 먹을 필요는 없질 않나. 누가 보면 슈덴이 발리아의 목을 조르기라도 하려는 줄 알겠다.

"발리아."

"네……, 네?"

바들바들 떨리는 대답이 돌아왔다. 저렇게 떨면서 혀를 깨물지 않는 것도 용하다. 슈덴은 발리아의 턱을 잡았다. 그리고 엄지손가락으로 그녀의 턱을 느리게 쓰다듬기 시작했다. 과한 호흡을 진정시키는 간단한 방법 중 하나였다. 아이를 어르는 듯한 행동에 곧 쓰러지기 직전 같았던 발리아의 호흡이 천천히 안정되기 시작했다.

"그렇게 긴장할 것 없습니다."

발리아가 어느 정도 안정되는 기미를 보이자, 슈덴이 그렇게 말했다. '밀리지 않을 거다.' 반은 진심이고 반은 놀리려고 한 말에 이렇게까지 겁을 먹을 줄은 몰랐다. 슈덴을 바라보는 은회색 눈동자는 아직까지도 미약하게 떨리고 있었다.

"제가 잡아먹기라도 합니까."

"그런 게 아니라……."

발리아는 말을 더 이을 수가 없었다. 한 마디 내뱉는 그 순간에도 슈덴의 손가락은 제 뺨을 쓰다듬고 있었기 때문이다. 대체 손가락 하나가 왜 이렇게 의식이 된단 말인가. 발리아도 스스로를 이해할 수가 없었다. 확실한 건 슈덴을 도저히 똑바로 바라볼 수 없다는 것이다. 아직 제대로 시작하지도 않았는데 이 정도 반응을 보이는 자신이 창피했다.

뭐라도 변명을 해야 한다는 생각이 발리아의 머리를 꽉 채웠다.

"그, 이럴 땐 어떻게 해야 하는지, 서툴 것 같아 걱정도 되고……."

"처음인 신혼부부가 능숙할 리가 있겠습니까. 자주 하다 보면 맞춰지는 거지."

"네?"

"음?"

슈덴의 말에서 무언가 미심쩍을 발견한 발리아가 속눈썹을 들어 올렸다.

"……처음이시라고요?"

멍하니 자신을 올려다보는 은회색 눈동자에 슈덴이 고개를 갸웃했다. 본인이 한 말에 어떤 오류라도 있었나, 하고 점검하는 표정이었다. 하지만 마땅히 생각나는 게 없다. 그가 되물었다.

"내가 무슨 말실수라도 했습니까?"

"아, 아뇨. 그게 아니라 조금 의외라서……."

"어떤 게 말입니까?"

"그, 처음……, 이라고 하신 게요."

"남편 말을 안 믿는 겁니까?"

"안 믿는 게 아니라 잘 믿기지 않아서……."

잘 믿지 않다 못해 은근히 불신도 하고 있는 것 같다. 머리색과 꼭 같은 황금색 눈썹이 슬쩍 까딱였다.

"발리아."

"네?"

"남편이 경험 많은 게 좋습니까?"

그렇다고 대답을 하면 첫날밤을 미루고 당장 다른 여자를 침대에 끌어들일 것 같은 표정이었다. 발리아는 순간적으로 그런 기미를 읽었다. 그녀가 서둘러 고개를 저었다.

"아뇨! 아니에요. 그런 건 아니지만."

"아니면?"

세상 어느 여자가 자기 남자 경험 많은 걸 좋아할까. 일단 발리아는 그런 부류에 속하지 않았다. '내 남자'라는 표현이 어색하긴 했지만, 어쨌든 슈덴은 법적으로 발리아의 남자가 맞으니까 틀린 표현은 또 아니었다. 그녀는 눈동자를 도르르 굴렸다.

"……그런 쪽으로 좀 능숙해 보이셨어요."

솔직히 말하면 좀이 아니라 아주 많이. 발리아는 현명하게 뒷말은 삼켰다. 슈덴은 어이가 없다는 표정을 지었다.

"제게 화가 난 게 있으면 그냥 말씀하십시오. 그렇게 빙빙 돌려 가며 욕할 것 없습니다."

"아니에요!"

"아니면 왜 첫날밤부터 과거 의심을 하십니까. 신부에게 그런 말이나 듣는 새신랑이라니. 참 바람직하군요."

슈덴이 빈정거렸다. 발리아는 슬쩍 그의 눈치를 보았다. 호흡도 편하게 쉬지 못할 만큼 긴장했던 것은 그사이에 어느 정도 가라앉았다. 대화를 해서 그런지, 아니면 '당연하다'라고 생각했던 게 빗나가서 그런지는 몰랐다.

"……화나셨어요?"

"그런 걸로 화는 안 냅니다. 기가 차서 그렇지."

"……죄송해요."

표정 변화가 적은 발리아가 도드라진 감정을 보이는 건 재밌다. 하지만 그와는 별개로 기분이 약간 저조해지는 건 어쩔 수가 없었다. 리사 왕국에 '겔 제국의 가르트 후작이 난잡하게 논다'라고 악질적인 소문이라도 퍼졌던가. 슈덴은 입을 열었다.

"변명이나 들어 봅시다. 겔 제국엔 온 적도 없는 당신이 그런 말을 어디서 들었습니까."

발리아가 눈을 깜빡였다. 이건 누구 말을 듣고 말고 할 문제가 아니었다. 슈덴은 지나치게 잘생긴 남자였다. 그가 수많은 레이디들의 마음을 훔쳐 간 이유는 가르트 후작이라는 지위 때문만이 아니었다. 큰 키와 탄탄하게 단련된 남체, 준미한 외양에 퇴폐적인 눈빛은 가히 독보적이다. 슈덴이 필부, 아니 시골 잡배였어도 그를 탐내는 여자는 쏟아졌을 것이다.

"각하가 잘생기셨으니까 오는 여자들도 많았을 거고……."

"여자들이 오면 제가 다 받아 줘야 합니까?"

대부분 그러지 않나. 여자 경험 많은 걸 자랑으로 삼는 공자들이 적지 않았다. 한 술 더 떠 제 입으로 신나게 떠드는 경우도 꽤 있었다. 발리아가 호위 시녀가 되기 전, 일반 시녀였을 때에는 그런 음담패설에 꽤 노출되어 있었다. 그런 과거가 있어서 저도 모르게 편견을 가졌나 보다.

'생각해 보면 다 별 볼 일 없는 공자들이었지.'

발리아처럼 뒷배 없는 시녀들을 희롱하다가도 조금만 세력 있는 귀족이 등장하면 곧바로 설설 기었다. 발리아가 호위 시녀가 된 이후로는 그런 말도 붙이지 못했다. 한심하다고 생각했다. 그런 놈들과 이 남자를 동일 선상에 뒀다니, 발리아가 사과할 일이 맞았다.

"제가 오해했어요. 죄송해요."

슈덴의 표정이 조금 풀렸다. 사실 그는 대화가 이어지는 내내 발리아의 낯을 유심히 보고 있었다. 차분하고 고요한 얼굴에 간혹 떠오르는 생동감이 꽤 인상적이었기 때문이다. 재밌는 것도 있었다.

"오해가 풀리셨으면 마저 해도 됩니까."

"네? 아, 네……."

예컨대 이렇게 곧바로 붉어지는 얼굴. 잔뜩 달아오른 뺨을 하고서 대답은 또 성실히 한다. 슈덴이 피식 웃었다. 나이다운 수줍음조차 금세 감춰 버리고 귀족적인 낯을 그려내는 그녀가 이런 표정을 지을 수도 있구나, 싶어 자꾸 눈이 갔다.

그리고 입술도.

돌이켜 보면 그녀에게 키스하려다가 이렇게 길고 긴 대화를 나눈 게 아니던가. 그렇게 한 번 의식하고 나니 입을 맞추고 싶어졌다. 발리아의 분홍빛 입술은 꽤나 말랑해 보였다. 얇은 가운 너머로 느껴지는 몸도 마찬가지였다.

결혼에 딱히 의미가 없을 것 같다고 생각했는데, 막상 침대 위에 신부와 단둘이 있으니 기분이 좀 달라졌다. 저녁. 무르익은 분위기. 단단한 손이 발리아의 턱을 가볍게 쥔다. 슈덴이 그녀에게로 고개를 숙였다. 그리고 입을 맞췄다.

서늘한 입술이 따뜻한 틈을 벌린다. 말랑한 살덩이가 그대로 입 안으로 침입했다. 그의 혀가 그녀의 가지런한 치열을 더듬고, 입 안 쪽 여린 살을 건드렸다. 탐색하는 듯한 가벼운 입맞춤에 불과했지만, 그마저도 발리아의 인생 중 처음 겪는 감각이었다.

몸이 움찔움찔 떨리는 한편, 그녀의 손은 어쩔 줄 몰라 하고 있었다. 정사를 예고하는 키스여서 그런 걸까. 잔뜩 붉어진 귀만 봐도 짐작이 가능했다. 그렇다면 평범한 입맞춤에는 또 반응이 다를까.

슈덴은 턱을 가볍게 들어 올렸다. 발리아의 머리를 받쳐 베개 위로 눕히고 자세를 잡았다. 두 남녀의 하복부가 바짝 밀착한다. 비록 맨살이 바로 맞닿은 건 아니라지만, 충분히 민망한 자세였다. 심지어 그게 끝이 아니었다. 슈텐은 발리아의 다리를 잡아 들더니 그 위에 입까지 맞췄다.

'……원래 이렇게 온몸에 입을 맞추는 건가?'

알 수가 없었다. 물론 물어볼 용기도 없었다. 하지만 이런 입맞춤보다도 발리아를 긴장시켰던 것은, 다름 아닌 슈텐의 시선이었다. 문득 문득 묘하다고 느꼈던 눈빛은 본격적인 키스 후 지나치게 짙어져 있었다.

저렇게 퇴폐적인 눈을 하고서 제 몸을 천천히 훑어보는데.

발리아의 뺨이 달아오르지 않고 배길 수가 있을까. 그녀는 두 손으로 얼굴을 가렸다. 아니, 가리려고 했다. 슈텐이 그녀의 손목을 잡지 않았더라면. 발리아의 양 손목을 잡아 든 채로 그가 다시 허리를 숙였다.

"흣……."

아까처럼 긴 입맞춤은 아니었다. 다만 아까보다 더 진했을 뿐이다. 슈텐은 키스를 하다 말고 고개를 들어 올렸다. 발리아는 조금 아쉬운 마음에 눈을 떴다가 그대로 굳었다.

슈텐이 가운을 벗어 버린 것이다. 발리아의 얼굴이 순식간에 붉어졌다. 그녀는 자세히 감상할 엄두도 내지 못하고 곧장 시선을 피했다.

너무 민망해서 가슴이 터질 것 같았다. 잔상처럼 슈텐의 나체가 스쳤다.

그러니까, 그렇게 근사한 남자의 몸은 정말 처음이었다. 완벽하게 자리 잡은 근육은 탄탄해 보였고, 흠잡을 것 없이 쭉 뻗은 팔과 다리도 그랬다. 넓게 벌어진 어깨는 또 어떠한지.

틈 하나 없이 꽉 죄인 복근과 허벅지도 그랬다. 상흔이 약간 남아 있긴 했지만 옅어서 잘 보이진 않았다. 외려 그마저도 잘 어울리는 것 같다고 하면 미친 걸까. 다시 보고 싶다는 생각이 살짝 들었지만, 실제로 용기는 나지 않았다. 말로 표현이 어려울 정도로 민망했다.

귓불까지 달아오르는 와중이었다. 발리아가 어깨를 떨었다. 슈덴의 입술이 어느새 밑으로 내려가고 있었기에.

젖은 입술은 턱을 지나고 목 줄기를 천천히 훑어 내렸다. 슈덴이 쇄골을 살짝 깨물 때는 따끔하기까지 해서 발리아가 작게 신음을 흘렸다.

느슨하게 묶여 있던 가운은 어느새 흘러내린 상태였다. 슈덴은 가만히 발리아를 내려다보았다. 우아한 몸이라는 생각이 얼핏 들었다. 한 손에 쥐면 빠듯하게 잡힐 것 같은 가슴에서부터 날씬한 허리, 부드러운 곡선을 그리는 골반이 눈에 담겼다.

실크 가운을 헤집고 들어오는 입술에 발리아는 조금 부끄러워졌다. 나체를 드러내다니 처음이었다. 심장이 평소보다 배는 빠르게 두근거린다. 슈덴이 발리아의 가슴을 한 입에 삼켰다.

"으응……."

그런 촉감은 난생 처음이었다. 서로에게 그랬다. 입 안을 헤집던 부드럽고 뜨거운 혀가 유두를 핥고 굴렸다. 간지러운 가운데, 묘하게 느껴지는 찌릿한 감각이 있었다. 발리아의 유두가 금세 단단하게 변했다. 그녀의 다른 쪽 가슴은 슈덴의 손 안에서 일그러지고 있었다. 흑. 숨소리 같은 신음이 조금씩 흩어졌다.

분명 슈덴의 그 느긋하고 나른한 눈빛만 좀 떨어져도 괜찮을 거라고 생각했는데, 전혀 아니었다. 타액 섞인 질척한 소리가 어찌나 색정적으로 귓가에 스미는지.

발리아의 몸이 서서히 달아오르고 있다는 걸 슈텐은 알았다. 다만 이 정도로는 안 된다는 사실 역시 알았다.

그녀가 처음이라는 게 거짓말은 아니었지만, 슈텐에게는 배워서 머릿속에 처박아 둔 지식이 있었다. 첫날밤은 어떻게 치르는 것이며, 여자는 어떻게 안아야 하는지. 배우면서도 별로 달갑지는 않았다. 슈텐은 사실 이 후작가에서 배워야 했던 모든 것을 달가워하지 않았다.

그리고 지금도. 슈텐이 교육 받은 것들은 대략적인 개요에 불과했다. 그 사이사이 공백을 메꾸는 애무는 철저히 그의 본능이었다. 발리아가 알았으면 억울한 눈빛을 보냈을 터다. 똑같이 처음이라면서 왜 혼자 이렇게 잘 하는 거냐고.

하지만 슈텐은 원래 몸으로 하는 걸 잘 했다. 그는 비단 신체적 조건만 월등한 게 아니었다.

어쩌겠는가. 타고난 걸 못하는 척할 수도 없고.

슈텐은 고개를 조금 들어 올렸다. 그녀의 신음 섞인 숨소리며, 오르락내리락 하는 가슴이 유혹적으로 느껴졌다.

직설적으로 표현하자면, 아주 많이.

발리아가 천천히 흥분하고 있는 것과는 달리, 슈텐은 솔직히 말해 이미 준비가 끝났다. 이 신부는 경황이 없어 눈치채지 못한 것 같지만.

슈텐이 아래를 향해 내려갔다. 납작한 복부에 입을 맞출 때마다 좋은 향기가 났다. 꽃잎을 띄운 물에 목욕을 했는지 달콤한 향이 코끝에 스몄다.

그리고 마침내 둔덕. 거침없이 내려가는 입술에 발리아가 당황해서 허벅지를 모았다. 그녀가 긴장한 게 밀착한 피부로 느껴질 정도였다.

"긴장할 필요 없습니다, 발리아."

슈덴의 목소리는 아까보다 훨씬 탁했으며.

"아프게 하려는 게 아니니까."

숨기지 않은 욕망이 묻어나고 있었다. 발리아의 속눈썹이 파르르 떨릴 정도로. 슈덴이 무서운 건 아니었다. 그의 애무 곳곳에서 묻어나는 배려 때문인지.

발리아의 처음을 기억하는 남자가 그인 것처럼, 슈덴의 처음을 가지는 게 자신이어서 그런지 모르겠다.

"부인."

"……."

발리아의 몸에 힘이 조금 풀렸다. 그게 끝이었다. 말 한 마디도 없지만 허락은 허락이었다. 그 반응에 슈덴이 조금 웃었다. 재미있어서 웃은 것 같았다. 정작 발리아는 보지 못했지만.

"아, 흣!"

순간 느껴지는 감각이 얼마나 낯설었는지. 발리아가 저도 모르게 허벅지를 들썩였다. 슈덴이 두 손으로 그녀의 허벅지를 단단히 붙잡았다. 발리아가 그의 힘을 실감한 순간이었다. 슈덴이 다시 한 번 부드러운 속살을 핥았다.

"흑……!"

몸에서도 특별히 예민한 부분이 있는 것처럼, 안쪽도 마찬가지였다. 알아내는 건 어렵지 않았다. 발리아의 반응은 솔직했으니까. 혀가 클리토리스를 스칠 때마다 그녀의 허벅지에 힘이 들어갔다. 슈덴은 본격적으로 발리아의 성감대를 훑고 혀끝으로 굴렸다. 새끼손톱처럼 자그마했던 부위는 금세 부풀어 올랐다. 찌릿한 쾌감이 온몸에 퍼진다.

머리며 발끝에까지 열기가 고이는 것 같아 발리아는 정신을 차릴 수가 없었다.

"아!"

어느 순간 들썩이던 몸에 파르르 떨렸다. 약한 절정. 그와 동시에 발리아의 안쪽이 속절없이 젖어 들어갔다. 슈덴의 혀가 입구를 건드리자 그녀의 몸이 움찔거렸다. 하지만 혀로는 파고들 수 있는 깊이에 한계가 있었다. 그는 좀 더 깊숙이 입을 맞춰 애무하는 대신 손가락을 천천히 밀어 넣었다.

"응……, 흐윽……."

입구를 파고드는 손가락은 분명 그간 느껴 보지 못한 종류였다. 이 이물감이 낯설 법도 한데, 달아오른 발리아의 몸은 아니었다. 흥분해 젖은 내벽, 느리게 진퇴하는 한편 조금씩 원을 그려 길을 넓히는 손가락이 오히려 부족하게 느껴졌다. 조금 더 강한 자극이 있으면 좋겠다고. 발리아의 안쪽이 움찔거렸다.

키스를 하는 순간부터 그녀의 온몸에 신경을 기울이고 있던 슈덴은 쉬이 변화를 알아챘다. 마음 같아서는 당장이라도 안으로 파고들고 싶다. 이렇게 온몸이 달아오를 정도로 흥분한 건 또 처음이었다. 슈덴의 눈빛에서 욕망이 뚝뚝 묻어나고 있는 걸 부끄러움 많은 신부는 전혀 모르고 있었다. 당연했다. 마주칠라치면 시선을 피해 버렸으니까.

슈덴은 천천히 손가락을 빼냈다. 단단한 손에는 애액이 묻어 있었다. 발리아의 것이었다. 열이 오른 은회색 눈동자는 멍하니 그 손을 따라 움직이다가 당황했다.

"저……."

"음?"

“……손가락을 왜 입에 대세요?”

슈덴이 애액 묻은 손가락에 혀끝을 갖다 댄 것이다.

‘……묻었잖아.’

슈덴이 되물었다.

“아까도 입에 댔는데 뭐가 문제입니까?”

발리아의 얼굴이 확 붉어졌다. 슈덴은 애액에서 씁쓸한 맛이 난다고 말할까 하다가 관뒀다. 발리아가 부끄러워하다가 기절하는 건 전혀 원하지 않았다.

대신 그는 그녀의 뺨과 이마에 입을 맞췄다. 곧 들어갈 안쪽도 무척 뜨겁다고 생각했는데, 얼굴은 그보다 더 뜨거웠다. 슈덴이 촉촉 입을 맞추는 동안 눈을 감고 있던 발리아는, 그의 손에 들린 작은 유리병을 보았다.

‘……응?’

그게 뭐냐고 반사적으로 물어보려던 발리아는 혼자 입을 다물었다. 그도 그럴 것이, 슈덴이 그 작은 유리병을 열더니 그 안에 있던 미끈한 액체를 손가락에 덜어서…….

‘헉.’

끝까지 볼 수가 없었다. 발리아가 고개를 홱 옆으로 돌렸다. 서서히 가라앉던 뺨이 다시 새빨개졌다. 그녀가 기어 들어가는 목소리로 물었다.

“저, 그게 뭐예요? 향유 같은데…….”

발리아가 알고 있는 일반적인 향유보다 훨씬 미끈미끈하고 끈적끈적해 보였다. 게다가, 슈덴이 덜어 바른 부위가 아주 생각지도 못한 곳이었다. 그의 페니스.

"닿는 고통을 줄이려고 쓰는 겁니다."

"……고통이요?"

"예. 초야에는 긴장하는 경우가 많으니까."

당장 당신만 봐도.

겔의 귀족가에서는 으레 준비하는 신혼 용품이었다. 긴장하면 몸이 굳는 것은 물론 안쪽도 말라 버리니까. 첫 관계를 맺을 때 여자가 극심한 고통을 호소하는 이유는 대부분 이 때문이었다. 슈덴은 향유를 다시 덜어 발리아의 허벅지 안쪽으로 가져갔다.

발리아가 몸을 움찔거렸다. 묘하게 뜨거웠고, 조금씩 끈적였다. 기분 나쁜 미끄덩함은 아니었다. 슈덴의 말대로, 통증을 줄여 줄 것 같긴 했지만…….

'……정말 괜찮을까?'

발리아는 가슴이 쾅쾅 뛰었다. 그녀가 보고 깜짝 놀라 시선을 피한 그곳은 상상 이상이었다. 거의 제 팔뚝만 했다. 저렇게 클 줄도 몰랐고, 또 저렇게 솟아 있을 거라고도 짐작도 못했다. 정확한 크기는 보지 못했지만, 다시 확인해 볼 엄두는 나지 않았다. 발리아의 머릿속으로 별별 생각이 스쳐 지나갔다.

'그게 내 몸으로 들어온다고?'

갓난아기 크기를 감안하면 아예 불가능하지는 않을 것 같고.

'하지만 저 흉기 같은 게……?'

발리아의 얼굴이 붉어지는 동안, 슈덴은 그녀의 골반을 잡았다. 다른 쪽 손으로는 페니스를 잡았다. 살짝 들려진 발리아의 다리가 자연스럽게 슈덴의 허리에 감긴다. 입구를 맞춘 후에는 천천히 밀어 넣는다.

"아, 흣!"

금세 아파 왔다. 닫혀 있던 몸을 벌리고 침입하는 그의 크기가 너무 컸고 딱딱했다. 부드럽고 몸을 달아오르게 만들었던 애무는 전혀 아프지 않았는데! 발리아가 숨을 몰아쉬었다. 그녀의 두 손은 어느새 슈덴의 양 팔뚝을 하나씩 그러쥐고 있었다. 손톱이 파고들었지만 신경 쓸 여력도 없었다.

"……발리아."

물론 그 역시 마찬가지였다.

"힘은 좀 빼시고……."

낮은 신음이 섞인 목소리가 뜨거웠다. 애무를 하면서 어느 정도 짐작은 했지만, 생각보다 더 빈틈이 없었다. 페니스를 꽉 무는 내벽은 쉬이 안쪽 길을 내지를 않았다. 뜨겁고 빽빽한 몸은 심하게 슈덴을 조여 왔다.

당혹스러운 건, 그럼에도 이 꽉 죄는 감각이 숨이 막히게 매혹적이라는 것이다. 슈덴은 느리게, 그러나 쉬지 않고 발리아의 안으로 파고들었다. 이물감. 압박감. 그리고 고통. 발리아는 다리를 활짝 벌렸지만 압도적인 크기 앞에서 별다른 소용은 없었다. 안쪽이 얼얼해 감각마저 사라질 지경이었다.

그리고 마침내 끝. 슈덴이 천천히 진퇴를 시작했다.

"흑! 응, 흐윽……."

통증을 호소하는 신음이 터져 나왔다. 쾌감보다는 당연히 고통이 컸다. 겨우 길을 내고 들어온 페니스가 빽빽한 안쪽을 찢을 듯 밀고 들어오자 몸이 반으로 갈리는 것 같았다. 금세 은회색 눈동자에 눈물이 맺힌다.

"아읏, 흑……!"

눈물이 뺨을 타고 뚝뚝 흘렀다. 슈덴의 속도가 조금 느려졌다.

"왜 자꾸 우시지. 많이 아프십니까?"

"네, 흑. 아파요……."

"발리아."

울지 말라고 달래 주는 목소리는 다정한데, 정작 그는 호흡이 거칠어질 정도로 흥분한 상태였다. 내벽에 빼곡하게 자리한 주름이 슈덴의 물건을 미친 듯이 자극하고 있었다. 능숙한 움직임이 아닌데도 몰려드는 쾌감은 머리를 쥐어짜는 것 같다.

본능적으로 알 수 있었다. 아직 이 성감이 시작도 하지 않은 단계라는 걸. 이 희고 말랑한 몸에 더한 달콤함이 숨어 있다는 걸 모를 수가 없었다. 왜 여기에 미치는 놈들이 많은지 이해가 갈 정도였다.

하지만 자기만 좋다고 밀어붙일 거면 그게 강간이지. 슈덴은 발리아에게 몇 번 더 입을 맞췄다.

"으응……."

다행히 그녀는 그와의 키스를 좋아하는 듯했다. 긴장했던 몸이 조금씩이나마 풀렸던 것이다. 발리아는 어쩐지, 그 입맞춤에는 약속 비슷한 게 걸린 기분도 들었다. 이 남자는 자신을 아프게 하지 않을 것이다.

슈덴은 다시 허리를 움직였다. 아까보다 덜 긴장해서 그런지, 발리아는 눈물을 쏟지는 않았다. 하지만 하복부를 꽉 채우는 압박감이나 내벽에서 힘 있게 진퇴하는 페니스는 여전했다. 얼마 후, 발리아가 묵직하게 울리는 통증 가운데서 묘한 쾌감을 함께 느끼기 시작했다.

"흣!"

특히 어느 한군데에서.

수줍어하는 것과 별개로, 발리아의 몸은 대단히 솔직하게 반응했다. 슈텐은 그녀의 몸이 민감한 편이라는 걸 알 수 있었다.

느낀 것 같은 부분을 자극하면 그대로 신음을 흘렸으니까. 탄탄한 팔뚝에 콱 박혀 있던 손톱은 어느새 누그러진 상태였다. 발리아의 두 팔은 언제부터인가 슈텐의 목에 휘감겨 있었다.

그가 그녀의 성감대를 자극하는 강도가 점차 강해졌다. 발리아의 고통이 많이 줄어들수록, 그래서 걸릴 게 없어질수록 슈텐은 자제하는 게 어려워졌다. 이성이 조금씩 날아가는 것 같았다. 이상한 일이었다.

귓가를 데우는 헐떡이는 소리, 제 몸에 짓눌린 말랑하고 뽀얀 가슴과 뾰족 솟은 유두. 허리에서 자꾸 미끄러지는 두 다리마저 죄다 슈텐을 유혹하는 것처럼 느껴졌다. 습한 안쪽은 말할 것도 없었다.

순간 쏟아 붓고 싶다는 욕망이 슈텐을 집어삼킨다. 그는 자세를 조금 고쳤다. 그가 움직일 때마다 단단하게 새겨진 허벅지 근육이 꿈틀거렸다. 발리아의 골반을 두 손으로 잡은 슈텐이 움직였다. 숨 쉴 틈도 없었다.

"흑! 아, 으응!"

흥분에 손끝이 다 저릴 정도였다. 거대한 페니스가 진퇴를 반복할 때마다 허벅지 안쪽이 거칠게 부딪혔다. 침대가 끼익 하는 소리가 쉬지 않고 침실을 메웠다.

슈텐이 찔러 넣을 때마다 발리아는 꿰뚫리는 것처럼 힘들었다. 이렇게 아픈데, 아픈 와중에도 안타까운 쾌감이 자꾸 들어 멈추고 싶지 않았다. 헐떡이면서도 매달리고 싶어서. 발리아조차도 본인의 이런 생각을 이해할 수가 없었다. 아랫배에 고였던 서투른 열기가 찌릿하게 변해 머리를 마비시키는 것 같았다.

온 신경이 서로에게 집중되어 있으니 다른 건 떠올릴 겨를조차 없었다. 발리아는 이 요동치는 심장 고동 소리가 제 것인지, 슈덴의 것인지 짐작도 하지 못했다. 그녀의 이마에 땀방울이 배어났지만 그는 멈추지 않았다.

좁고 주름진 내부는 너무 빡빡해 끝까지 들어가기가 어려웠다. 그럼에도 향유는 윤활제 역할을 했고, 그 덕에 어떻게든 안으로 파고들면 그 말도 안 되는 몸이 슈덴을 꽉 물고 놔주질 않았다. 번들거리는 페니스에는 애액뿐 아니라 내벽의 연약한 살점도 조금씩 묻어 나오는 것 같았다. 어쩌면 그 역시 그녀에게 조금씩 몸을 남기고 나오는지도 몰랐다.

게다가 눈물 그렁그렁한 얼굴로 슈덴이 세상 전부인 양 매달린 모습은 대체.

"아, 흑……!"

내뱉는 신음이 뜨거웠다. 발리아를 쉬지 않고 괴롭히던 움직임이 약간 잦아든다. 페니스 끝으로 강하게 드는 사정감. 발리아의 몸이 조금 더 흔들린다 싶더니.

"하아……."

태어나서 처음으로 슈덴은 여자의 몸 안에 파정했다. 폭죽이 터지는 것처럼 그의 물건이 두근거렸다. 내내 슈덴의 물건을 물고 놔 주지 않던 안쪽에 정액이 무섭게 분출돼 내벽을 뜨겁게 적셨다.

"흐읏……."

슈덴의 목에 감겨 있던 발리아의 팔이 뚝 떨어졌다. 그에게 정신없이 잡혀 있던 안쪽이 화하다 못해 뜨거웠다. 불에 지져진 것처럼 욱신욱신했다. 분명 빼낸 것 같은데 왜 아직도 이런 이물감이 있는지. 발리아는 숨을 몰아쉬었다. 소리를 지르느라 목도 조금 아팠다.

발리아는 어느새 눈을 감고 있었다.

다음 날이었다.

발리아는 일찍 눈을 떴다.

처음 보인 것은 낯선 천장이었다. 발리아의 집보다도 훨씬 높은 천장은 크림색 대리석으로 만들어져 따뜻하고 우아한 느낌을 주었다. 불이 꺼진 샹들리에를 멍하니 올려다보다가 시선을 옆으로 약간 옮겼다. 발리아의 키보다 약간 작은 창문들에는 짙은 남색의 고급스러운 커튼이 쳐져 있었다.

늦봄. 커튼 틈새로 보이는 창밖은 아직 어둑어둑했다. 아직 새벽인 것 같았다.

그리고 옆에 잠들어 있는 슈텐. 그를 등지고 있는 터라 얼굴을 확인할 수는 없었지만 귓가에 느껴지는 낮은 호흡과 맞닿은 몸으로 인해 알 수 있었다. 발리아는 나른한 눈꺼풀을 느리게 깜빡였다. 깨어난 것과 정신을 차리는 것은 별개의 문제였다. 그렇지 않아도 이른 시간인데, 전날 밤의 관계가 지나치게 고되어 금방 일어날 수가 없었다.

시간이 약간 흐른 후에야 정신이 좀 또렷해졌다. 신경 세포들마저 하나하나 잠들어 있던 것 같은 팔다리에 조금씩 기운이 돌아왔다. 발리아는 팔을 움직이려다 말고 멈칫했다.

"……."

자신을 끌어안고 있는 팔을 뒤늦게 알아챈 탓이다. 근육으로 단단한 팔이 발리아의 허리를 인형 끌어안듯 감싸 안고 있었다. 발리아는 단 한 번도 누군가에게 이렇게 안긴 적이 없었다.

'사실 모든 걸 처음 해 보기는 하지만…….'

예를 들면 어제의 입맞춤이라든지, 옷을 벗기는 행위라든지, 그리고 그 이후의 행태도……. 거기까지 떠올려 보던 발리아는 서둘러 생각을 끊었다. 그러고 보니 지금도 옷을 다 벗고 있는 상태였다. 깨닫는 순간 뺨이 다 후끈해졌다.

발리아는 일어나서 목욕을 하고 싶었다. 복부 아래쪽은 근육이 뭉친 것처럼 뻐근했고, 무엇보다 젖은 듯한 느낌이 영 적응이 되지 않았기 때문이다. 어제 몸을 담갔던 따뜻한 욕탕이 간절히 생각났다. 입욕제를 넣어 향기가 폴폴 올라오는 뜨거운 물에 몸을 풀고 싶었다.

'……하지만 나갈 수가 없잖아.'

각자 따로 떨어져 있을 때라면 모를까, 이렇게 밀착되어 있는 데다가 팔로 자신을 끌어안고 있는데 까딱 잘못하다간 슈덴의 잠을 방해하게 될 것이다. 하지만 이대로 있기도 찝찝하고, 잠도 더 오지 않았다. 발리아는 어떻게 해야 하나, 고민하며 눈동자를 빙그르 굴렸다. 그러다가 자신도 모르게 몸을 약간 꿈틀거렸다.

슈덴이 팔을 거둬들인 것은 그때였다.

설마 깬 건가. 발리아는 잔뜩 긴장해 눈을 깜빡였다. 숨죽인 그녀의 귓가로 여전히 낮고 규칙적인 숨소리가 들려왔다. 아무래도 그는 잠든 도중에 몸을 뒤척인 모양이었다. 한평생 온 적 없는 행운이 이번에는 그녀에게도 미소를 지어 주고 있었다.

발리아는 속으로 기뻐하며 조심스레 몸을 일으켰다. 침대가 원체 고급품이라 그런지 삐걱거리는 소리가 없고 푹신했다.

침대 밑에는 흰 카펫이 깔려 있었다. 푹신한 카펫 위에 얌전히 놓여 있는 실내용 슬리퍼를 찾아 발에 꿴 발리아는 조심조심 몸을 일으켰다. 바닥에는 언제 벗겨졌는지도 모르는 실크 가운도 같이 떨어져 있었다. 가운을 걸쳐 입은 발리아는 살금살금 걸음을 옮겼다. 뒤를 돌아보면 슈덴이 깰 것 같다는 묘한 불안감에 뒤도 돌아보지 않고 문을 열고 나갔다.

기름칠을 한 문은 소리도 없이 매끄럽게 열렸다가 닫혔다. 문 옆에는 하녀 한 명이 의자에 앉아 있었다. 꾸벅꾸벅 졸고 있던 그녀는 인기척을 느끼고 고개를 들었다가 발리아를 보고 벌떡 일어섰다.

"마님. 벌써 일어나셨어요?"

확실히 지금은 귀족이 일어나기에 적합한 시간은 아니었다. 겔 제국의 사교계는 야회(夜會)가 일반적이기 때문이다. 티 파티 역시 점심과 저녁 시간의 느지막한 오후에 여는 것이 관례였다. 사교계가 이렇다 보니 귀족들이 기상하는 시간도 자연히 늦은 오전으로 미뤄진다. 발리아 역시 잘 알고 있었다.

"혹 침대가 불편하셨나요? 총집사장님께 말씀 드려 놓을까요?"

하녀가 걱정스러운 얼굴로 물었다. 발리아는 고개를 저었다.

"괜찮아. 내가 잠이 적은 편이란다."

발리아는 황궁에서 일하는 동안 맘 편히 자 본 날이 손에 꼽을 정도였다. 몇몇 히스테릭한 황족들이 찾을 때 없다는 이유로 시종들에게 매질을 하는 경우도 있었기 때문이다. 발리아는 직접 뺨을 맞은 적은 없지만, 다른 시녀가 혼쭐이 나는 것을 보면서 겁에 질렸다. 이때

체득된 버릇 때문인지 지금도 베개가 바뀌었다 하면 새벽 일찍 깨곤 했다.

"혹시 잠자리가 불편하시면 언제든 말씀해 주세요. 마님."

"그래. 목욕을 하고 싶어."

"아침 목욕은 항상 준비되어 있답니다. 가시지요, 마님."

하녀는 상냥하게 발리아를 안내했다. 그녀는 바로 어제 몸을 씻었던 욕탕으로 안내되었다. 두 번이나 동일한 곳으로 안내되는 걸 보니 이곳이 후작 부인의 전용 욕실인 모양이다. 겔의 귀족 부부는 한 침실을 공유하는 대신 욕실을 분리해서 가졌다.

"마님, 다리가 많이 뻐근하시면 마사지를 해 드릴까요?"

"……괜찮아. 혼자 있고 싶어."

"네, 마님. 파티션 뒤에 있을 테니 필요하면 부르셔요."

하녀가 얌전히 물러갔다. 그때까지 별다른 표정 변화 없이 있던 발리아가 작게 한숨을 내쉬었다. 그녀는 가운을 스르르 벗어 내렸다. 목, 쇄골, 가슴에 이리저리 난 붉은 자국들을 애써 모른 척하며 가운을 한쪽으로 밀어 놓았다.

'창피해…….'

하녀의 말투는 공손하고 예의 발랐지만 발리아는 솔직히 좀 민망했다. 최대한 티 내지 않고 잘 걸으려고 했는데 아무래도 걷는 자세가 이상했던 모양이었다. 제가 걸었던 모습을 점검해 보던 발리아가 마른세수를 했다. 이대로 먼지처럼 사라지고 싶었다.

새삼 궁의 황족들은 정말 대단하다는 생각이 들었다. 황족들의 시침은 경사방에서 따로 기록을 할 정도로 중요한 것으로 취급되었다. 특히 첫날밤의 경우에는 시종장과 시녀장이 옆에 불투명한 천을 쳐

놓고 기다리기까지 한다. 거기에 비하면 그와 그녀의 첫날밤은 훨씬 나았다.

'그래, 이 정도면 양호하지.'

발리아는 정신 차리자는 의미로 뺨을 톡톡 쳤다. 그리고 눈앞에 있는 욕탕으로 걸음을 옮겼다. 아침 목욕은 항상 준비되어 있다는 하녀의 말대로 욕탕에서는 따뜻한 김이 폴폴 올라오고 있었다. 약간 식어 있던 체온에 적당한 온도였다. 뜨거운 물에 몸을 푹 담그자 좀 살 것 같았다. 발리아는 욕탕 벽에 등을 기댔다.

하녀가 두고 간 꽃잎 바구니가 옆에 있었다. 꽃잎을 동동 띄운 호사스러운 목욕도 물론 좋았지만 지금은 그저 혼자 앉아 생각을 찬찬히 정리해 보고 싶었다. 발리아는 보드라운 꽃잎들을 의미 없이 물에 띄우며 생각에 잠겼다.

'두 번째 결혼식.'

어제, 화가 앞에 앉아 있는 동안 자꾸 그 생각이 들었다. 하지만 발리아는 의식적으로 잡념을 소거해 냈다. 뛰어난 예술가들은 눈앞에 있는 대상을 집요하게 잡아내기 때문에. 만약 발리아가 조금이라도 우울한 생각을 했다면 초상화에 꼼짝없이 담아냈을 터였다.

'하지만 지금은 괜찮아.'

어떤 생각을 하든, 어떤 표정을 짓든 자유로운 시간이었으니.

[본인 슈덴 가르트는 발리아 딘을 아내로 맞이하니, 맹세합니다.]

성대했던 결혼식. 슈덴의 목소리가 아직도 귀에 선했다. 어렴풋이 주례 쪽에 문제가 생긴 것은 알고 있었다. 하지만 결혼식을 미루면 된다는 선택지도 분명 존재했다. 그런데 왜 그는 두 번째 결혼식을 거행했을까.

귀족들의 이목 때문에?

결혼식을 망치게 되면 후작가의 명예에 먹칠을 하게 되니까?

발리아가 고개를 저었다.

'알고 있으면서 피하지 말자.'

답은 이미 알고 있었다.

슈덴이 훗날 예리를 사랑하게 되는 걸 '아직' 모르기 때문에.

발리아는 길게 숨을 내쉬었다. 사실 슈덴이 직접 예리를 사랑한다고 한 적은 한 번도 없었다. 다만 과거의 그는 떠도는 소문에 침묵했고, 1황자와 다퉜으며, 후작 부인은 황실 연회에서 눈물까지 터뜨렸다…….

모든 정황이 전부 한 가지 사실만을 가리키니 어찌 반박할까. 발리아는 말없이 대리석 벽을 톡톡 쳤다. 기분이 저조해질 때마다 황궁에서 행하던 습관이었다. 나무 벽이라면 움푹 패여 버렸겠지만 단단한 대리석이니 그럴 염려도 없었다.

'솔직히 너무한 것 같아.'

슈덴은 단순히 잘생기고 젊은 권력가가 아니었다. 그의 테두리 안에 들어와 보고서야 그 사실을 절절히 깨달았다. 그녀의 남편은 아무렇지 않게 여자의 마음을 들었다 놨다 한다. 발리아는 본인이 사랑이라는 감각에 둔한 편임을 알고 있었다. 그녀는 흔히 말하는 첫사랑도 겪어 본 적이 없었고 황궁의 날고 긴다 하는 잘생긴 기사들을 보면서도 동경은 했지만 짝사랑을 앓아 본 적이 없었다.

그래, 분명 그랬는데.

다른 여자를, 그것도 신의 선택을 받은 사람을 사랑하게 될 남자임을 알면서도. 이렇게 두근거리니 세상에. 문제가 생겨도 단단히 생긴

게 틀림없다. 할 수만 있다면 바로 얼마 전, 공녀 선발 편지를 들고 고민하던 자신에게 돌아가 충고를 하고 싶을 정도였다.

'마음 진짜 단단히 먹어. 그 남자 장난 아니야.'

하긴 그렇게 생각해도 소용은 없었다. 과거에서 돌아온 후, 도서관이란 도서관은 다 뒤지고 다녔지만 과거로 돌아온 사람에 대한 내용은 찾을 수도 없었던 것을. 발리아는 복잡한 마음에 한숨만 연거푸 내쉬었다. 장미 꽃잎을 후후 불어 보던 그녀가 멈칫했다.

"……잠시만."

잠깐 잊고 있었던 게 떠올랐다.

[삶을 통틀어 오직 그녀만을 사랑하겠으니.]

발리아의 은회색 눈동자가 동그래졌다.

[맹세를 어길 경우 목숨으로 갚겠습니다.]

물기 머금은 꽃잎이 발리아의 두 손에서 뚝뚝 떨어진다. 맹세 그 자체에만 신경을 써서 세세한 내용에 관해선 잠깐 잊고 있었다. 아니, 고작 하루라고 해도 어떻게 이걸 잊고 있었나 스스로에게 묻고 싶을 정도였다.

'그 사람은 다른 사람을 사랑하면 안 돼…….'

깨닫는 순간 숨이 턱 막혀 왔다.

같은 시각, 후작 부부의 침실이었다. 슈덴은 몸을 일으켰다. 아무것도 입지 않은 고스란히 드러난 남체. 근육으로 꽉 짜인 상반신이 그대로 드러났다. 다소 흐트러진 금발을 쓸어 넘기며 슈덴은 중얼거렸다.

"뒤도 안 돌아보고 나가는군."

심지어 나간 게 언젠데 아직도 돌아오지도 않고 있다.

사실 슈덴은 발리아가 눈을 막 떴을 때부터 깨어 있던 상태였다. 그는 타인의 기척에 굉장히 민감했다. 잠든 이와 깨어 있는 이는 그 숨소리부터 다르기도 했고. 슈덴은 발리아가 약간 뒤척인 것만으로도 잠에서 깼음을 알았다. 불편해 하는 것 같기에 팔을 거뒀는데 그대로 일어나 휙 사라진다.

화장실이라도 가나 싶었는데 아직도 돌아오지 않는 걸 보니 식사를 하거나 목욕을 하거나, 그도 아니면 산책을 하거나 셋 중 하나를 수행하고 있을 터였다. 솔직히 말해 슈덴은 궁금해하고 있었다. 침대가 아닌 곳에서 그녀는 또 예전처럼 표정을 감출까.

슈덴은 자리에서 일어났다. 가운을 막 입는데 문을 똑똑 두드리는 소리가 들렸다.

"각하. 폴입니다. 말씀드릴 게 있는데 들어가도 되겠습니까?"

"들어와."

총집사장이 문을 열고 들어왔다. 공손히 인사를 한 그가 약간 난감한 표정으로 말했다.

"각하. 숀 경께서 새로 제작을 맡긴 갑주 관련으로 중요하게 올릴 말씀이 있다고 하십니다. 방금 사람이 도착했습니다."

"오늘이 무슨 날이지?"

"예. 가르트 기사단이 연무장을 사용하는 날입니다."

슈덴의 눈빛이 미미하게 가라앉았다. 업무에 열과 성의를 다하는 것은 아니었지만 그는 적어도 책임져야 하는 일에 게으름을 피우는 성격은 아니었다. 업무를 미루면서까지 중요하게 챙겨야 할 일이 거의 없기도 했고.

다만 첫날밤, 정사의 흔적이 발리아뿐만 아니라 슈텐에게도 남아 있는 게 문제였다. 그는 그녀와 좀 더 오래 침대에 있고 싶었다. 이 얌전하고 조용한 신부는 침대 위에서야 솔직한 표정과 속내를 보여주기 때문이었다. 비밀의 문을 더듬는 기분이라고 해야 할까. 이건 흥미의 일종일까. 왜 사지 멀쩡한 귀족들이 신혼 휴가를 받아 가는 것인지 슈텐은 뒤늦게 알았다.

하지만 그렇게 생각해도 늦은 건 늦은 것이다.

"연무장으로 간다. 준비해."

"예, 각하. 바로 준비하겠습니다."

슈텐은 대대로 가르트 후작이 사용하는 욕실로 걸어갔다. 가르트 후작으로 봉해진 이후 한 번도 후회를 해 본 적이 없던 그는 처음으로 신혼 휴가를 반납한 과거를 약간 후회했다.

발리아는 침착하게 생각을 정리하고 있었다. 당연히 그녀는 슈텐이 죽는 것도 나쁜 일에 휘말리는 것도 싫었다. 과거엔 두 번째 결혼식을 하지도 않았던 그였다. 이번에 굳이 목숨을 건 맹세를 한 이유는 공녀 선발에 응한 사람이 자신이기 때문이리라. 차이점이 하나뿐이니 원인 역시 하나뿐이지 않겠는가.

슈텐에게 못할 짓을 한 것 같다.

발리아는 이유 모를 죄책감을 느꼈다. 이 대륙에는 신성력이 존재하고 후에는 신의 선택을 받은 예리도 등장한다. 허나 맹세를 어겨 신벌이 내렸다는 말은 아직까지 들어 본 적이 없었다. 하지만 '그러니 괜찮아'라고 넘어가기엔 발리아의 양심이 콕콕 찔렀다.

'……그 사람에게 잘해야겠어.'

발리아는 칼을 제외한 타인에게 이렇게 많은 감정을 쏟아 부어 본 게 처음이었다. 말도 안 되는 두근거림도, 끝없이 미안한 감정은 더욱. 그래서 막연히 '잘해야겠다'라는 것 외에는 다른 방도가 떠오르질 않았다. 아내가 남편에게 어떤 방식으로 잘해 줘야 하는지는 부차적인 문제였다. 발리아는 남편의 내조 같은 것을 한 번도 해 본 적이 없었다. 식사를 챙기거나 깨끗한 옷을 입혀 주는 건 고용인들의 몫이었다.

'사교 활동을 열심히 하면 되려나? 다른 귀부인들을 자주 만나고?'

그 외에는 딱히 떠오르는 게 없었다. 근본적인 문제는 이게 아닌 것 같은데. 몸이 영 뻐근해서인지 깊은 생각이 어려웠다. 발리아는 좀 더 깊게 생각해 보는 게 좋겠다고 판단 후 목욕을 끝냈다.

몰락 귀족으로서 반평생, 호위 시녀로서 반평생을 살아온 그녀는 홀로 씻고 마무리하는 것에 익숙했다. 하지만 욕실에는 은으로 만들어진 종, 그리고 발리아가 벗어 놓은 가운 외에는 아무것도 없었다.

발리아는 작은 종을 들어 흔들었다. 딸랑딸랑 울리는 종소리에 대기하고 있던 하녀들이 들어왔다. 하녀들의 손에는 햇볕에 보송보송하게 잘 말린 수건과 피부를 부드럽게 해 주는 장미 오일, 그리고 갈아입을 옷이 들려 있었다.

발리아는 노련한 하녀들의 시중을 받았다. 마사지를 받고, 옷을 갈아입고 나가자 언제 왔는지 하녀장이 대기하고 있었다.

"일어나셨습니까, 마님."

“아, 하녀장. 좋은 아침이군.”

“마님께서 괜찮으시다면 ‘사라’라고 불러 주십시오.”

“그럼 그러도록 하지. 사라.”

사라가 푸근하게 웃었다. 가문의 총집사장과 하녀장의 이름을 부르는 것은 주인 부부의 권한 중 하나였다. 대부분 총집사장과 하녀장은 나이가 많았기 때문에, 갓 혼인한 어린 귀족들 중에는 이름을 부르는 것에 어색해하는 경우도 종종 있었다. 물론 그게 나쁘다는 것은 아니었다. 하지만 발리아 같은 성격이 모시는 입장에선 더 편한 게 사실이었다.

“마님. 이르지만 아침 식사를 하시는 건 어떨까요?”

발리아는 고개를 끄덕였다. 아침에 일찍 일어나는 버릇 때문에 식사도 항상 일찍 해결했다. 덕분에 출출하던 차였다.

사라는 발리아를 직접 식당으로 모셔 갔다. 대부분의 귀족 가택에서 식당은 1층에 위치해 있다. 가르트의 저택 역시 마찬가지였다. 바로 어제 보았던 넓은 홀을 가로질러 고풍스럽게 꾸민 식당으로 안내되었다.

보통 귀족의 것이라고 하면 황실의 것보다는 낮춰 생각하기 마련이었다. 하지만 가르트 가문의 식당은 굉장히 화려했다. 벽에 걸린 직물 카펫엔 금사로 정교하게 수를 놓았고, 바닥은 어두운 색의 대리석을 깔아 우아한 분위기를 자아냈다. 특히 식당 정중앙에 놓인 직사각형의 널찍한 식탁은 족히 열댓 명은 앉아 사용할 수 있을 만큼 거대했다. 발리아는 가장 상석으로 안내되었다. 사라가 빼 주는 의자에 앉은 발리아가 물었다.

“각하께서는?”

"예, 마님. 각하께서는 일찍 연무장으로 가셨습니다."

"연무장?"

"예. 오늘은 일주일에 세 번 있는 기사단의 점검 날짜입니다."

'가르트 기사단을 말하는 거구나.'

겔 제국 황실에서는 귀족이 가질 수 있는 사병을 경계했다. 몇 대 전에는 아예 귀족의 기사단들을 전부 해체하는 황법을 올리기까지 했다. 하지만 귀족들의 반발은 거셌다. 백작위 이상만 되어도 그럴 듯한 기사단을 소유하고 있는 것이 대다수였기 때문이다. 황실과 귀족들의 의견 대립은 결국 기사단의 사병 수를 제한하는 것으로 일단락되었다.

다만 이 기사 수 제한에도 예외는 있었다. 국경을 수호할 의무가 있는 변방 가문과 놀라운 무력으로 개국의 공을 세운 공신 가문들이었다. 그러나 가르트는 이 둘 중 어디에도 속하지 않았다. 당연히 사병 숫자에도 제한이 있어야 마땅하지만, 가르트 기사단은 특별히 예외 취급을 받았다.

이번 대 후작인 슈텐이 후작에 봉해지기도 전, 그러니까 소후작일 때 전쟁터로 뛰어들어 혁혁한 공을 세운 덕분이었다. 겔의 보호 아래 있는 왕국 연합의 패배가 확실시된 전쟁터에서 슈텐은 기백 명이 되는 아군을 이끌고 승리를 쟁취해 냈다. 누구도 반박할 수 없는 대승이었다.

나중에는 승리의 여신이 슈텐 가르트를 사랑하는 게 아니냐는 우스갯소리까지 나올 지경이었다. 슈텐이 타국에서 '살인귀' 소리를 듣기 시작한 것도 그때부터였다.

어쨌든 운명은 겔 제국의 편이었다. 전쟁이 일단락되고, 기세도 좋게 개선한 슈텐을 치하하며 황제는 원하는 것이 무엇이든 이루어 주겠다는 파격적인 보상을 꺼냈다. 그때 슈넨은 '황공하오나 쓸 만한 기사의 숫자가 지나치게 적습니다.'라는 담백한 말로 응수했다.

그날 저녁 가르트 가문은 황제의 성지를 받았다.

가르트 기사단이 겔 제국에서도 손꼽히는 기사단으로 발돋움하게 된 첫 번째 사건이었다. 하도 유명한 일이라서 발리아 역시 알고 있을 정도였다. 황궁 기사단에서도 그 사건은 로망 내지 전설로 취급되었다. 호위 시녀라는 어정쩡한 신분 덕에 발리아는 시녀들과도, 기사들과도 거리가 있었지만 그 덕에 여러 가지 소문을 취합해 들을 수가 있었다.

'기사들이 그리 선망하던 그 남자가 내 남편이 됐네.'

그렇게 생각하니 현실감이 들지 않았다. 침대서 직접 맞닿아 있을 때는 오히려 괜찮았는데 이렇게 한 발자국 물러서서 전설과도 같은 이야기를 되뇌다 보니 외려 멀게 느껴지고 마는 것이다. 발리아가 고개를 절레절레 저을 때였다.

식당 문을 열고 들어 온 하녀들이 트레이에서 식기를 내렸다. 하얗고 반질반질한 식탁보 위로 은제 식기가 하나씩 올라갔다. 척 보기에도 일곱 개는 넘어갔다. 식이에 신경을 많이 쓰는 것은 황궁이나 귀족가나 마찬가지다. 소국에 속하는 제 왕국조차 귀족들은 식생활에 돈을 아끼지 않았다. 전 대륙을 통틀어 가장 소박하고 볼품없이 차려 먹는 귀족 식탁을 꼽으라면 역시 발리아의 식탁이었으리라.

"마님. 이른 아침 식사는 속에 부담을 줄 수 있으니 주방장이 부드러운 과일을 곁들인 요리 위주로 차려 내 보았다고 합니다."

사라의 말대로 식탁 위는 화사했다. 으깬 감자와 크림을 넣어 부드럽게 끓여 낸 수프와 설탕에 절인 사과로 속을 채운 타르트, 촉촉하게 구워 낸 과자와 잼을 바른 빵. 통통한 소시지와 노른자가 주황빛을 띠는 신선한 달걀 요리. 마실 것도 종류가 다양했다. 과일을 곱게 갈아 내어 만든 주스에 우유, 그리고 말린 허브로 우려낸 차까지 곁들여져 있었다.

“특별히 좋아하시는 음식이나 꺼리시는 재료가 있다면 언제든 말씀해 주세요. 마님.”

“신경 써 줘서 고맙네.”

“별말씀을요.”

발리아는 수프를 한 입 떠먹었다. 식감이 부드러운 감자가 입 안에서 살살 녹았다. 발리아는 감자를 삶는 데도 항상 실패했다. 지나치게 설익거나 아니면 냄비가 까맣게 그을리거나 둘 중 하나였다.

그 덕분에 발리아가 ‘맛있다’라고 느끼는 문턱은 굉장히 낮았다. 그녀는 시장에서 파는 값이 저렴한 치즈 샌드위치도 무척 맛있다고 느끼는 사람이었다. 이 편리한 입맛은 황궁에 갓 입성했을 때 무척 유용했다.

아직 주인이 배정되지 않은 시녀들은 사수 시녀들에게 텃세를 당하기 때문이다. 가장 흔한 텃세는 일부러 부족한 식사를 줘 배고픔에 시달리게 하는 것이다. 종신 시녀로 입궁했다고 한들 본바탕은 귀족이니 거친 식사는 해 본 적이 없는 점을 노린 것이다. 그때에도 발리아는 혼자서 잘 먹었다. 뭐든 자신이 만든 것보다는 맛있었으니까.

그런 고로 이 식사도 무척 맛있었다.

맛있는 식사에는 칭찬을 아끼지 않아야 하는 법이다. 발리아는 과거 호위 시녀로 일할 때, 대접 받은 식사를 잘 먹어 놓고도 괜한 트집을 잡는 귀족들을 가끔 보았다. 그게 귀족다운 까다로움이라고 생각하는 건지. 그들의 사고방식을 별로 이해하고 싶지 않았던 발리아의 눈에는 그저 꼴불견이라고밖에 보이질 않았다.

'그럴 거면 접시를 깨끗이 비우지나 말지.'

이를테면 발리아의 접시처럼. 풍족하게 차려진 식사는 족히 3인분은 넘는 양이라 발리아가 다 먹지는 못했지만, 그래도 만족스럽게 먹었다. 발리아는 입가심으로 차를 마셨다. 개운한 향기가 입안을 씻어 냈다.

"마님. 식사는 어떠셨습니까?"

"잘 먹었네. 요리사의 솜씨가 정말 좋군."

"맛있게 드셨다니 다행입니다. 주방장이 기뻐하겠군요."

요리사는 집안에 속한 고용인이다. 바깥주인보다는 안주인의 영역에 보다 가까운 셈이다. 이제 처음 모신 후작 부인이 식사를 맛있게 하셨다는데 기뻐하지 않을 요리사는 없었다.

"그런데 사라."

"예, 마님. 말씀하십시오."

"각하께서는 식사를 어떻게 하시지?"

"오늘 같은 날에는 연무장에서 해결하십니다."

"그렇구나."

명색이 가르트 후작인데 그렇게 식사를 해결하다니. 고용인들이 잘 챙겨 주겠지, 하는 생각이 들면서도 신경이 좀 쓰였다. 발리아는 오늘 맛있게 먹었던 사과 타르트를 내려다보았다. 부드럽고 바삭하게 부서지는 시트지 안에 꽉 채운 사과 필링이 무척 조화로운 맛을 자랑했다. 이 정도면 황궁 요리사 못지않은 실력이었다.

'이 저택의 요리사는 디저트가 특기인 것 같아.'

발리아는 어렴풋이 그렇게 짐작했다. 그런데 좀 의아해졌다.

'과거엔 가르트 가문의 요리사가 훌륭하다는 이야기를 못 들은 것 같은데.'

어느 가문의 주방장이 뛰어나게 훌륭하면 소문이 나기 마련이다. 티 파티나 연회를 주최할 때 내놓는 음식의 질이 무척 중요하기 때문이다. 괜히 수석 요리사의 급료가 집사와 비슷한 게 아니었다. 발리아는 과거, 다른 후작가의 요리사가 해산물 요리로 뛰어나다는 이야기는 들은 적은 있었다. 가르트에 관해선 들어 본 적 없었지만.

"사라. 각하께선 언제 귀가하시지?"

"때에 따라 다르지만 대부분 저녁 늦게 돌아오십니다."

'고되게 훈련하는구나.'

아침 일찍 나가서 저녁 늦게 돌아온다니. 연무장과 저택의 거리는 그리 멀지도 않았다. 하긴, 기사들의 로망이자 전설로 불릴 정도가 되려면 일반인들보다는 훨씬 가혹하게 수련할 터다. 발리아가 사라를 불렀다.

"사라."

"예, 마님.

"주방에 일러 사과 타르트를 새로 구워 내 각하께 갖다 드리게."

"각하께 말씀입니까?"

발리아는 호위 시녀로서 검을 잡고 쓸 줄 알아야 했다. 정식 기사들만큼은 아니지만 몸에 땀이 나도록 훈련을 해야 한다는 말과 동일했다. 고된 수련으로 몸에 힘이 쫙 빠질 때 단것을 하나 먹으면 활력이 솟았다.

자신이 아니더라도 어련히 챙겨 줄 사람들이 있겠지만, 그래도 이렇게 맛있는 사과 타르트를 먹으면 더 좋아하지 않을까? 발리아의 이런 생각에는 전날 슈덴이 보여 준 태도도 한몫했다. 그는 자신의 행동을 그리 불쾌해하지 않을 거라는 묘한 확신이 들었다.

'불쾌해도 먹지 않고 버리는 정도일 거야.'

올린 차가 마음에 들지 않아 찻잔을 깨부숴도 사람에게 매질만 하지 않으면 된다. 황궁에서 항상 숨죽이며 살아 왔던 발리아에게는 이것이 평화의 기준이었다. 사라는 발리아의 뜬금없는 말에도 토 하나 달지 않고 공손히 대답했다.

"바로 일러 놓겠습니다."

"고맙네."

발리아가 빙긋 웃었다. 담백한 공치사. 사라는 황망히 고개를 숙였다. 아랫사람, 그것도 귀족 가문 고용인에게 고맙다고 말하는 귀족은 태어나서 처음 보았다. 그것도 가르트 후작 부인이!

사라는 대화가 계속될수록 이 은회색 눈동자의 마님이 마음에 꼭 들었다. 귀족으로서의 위엄을 갖췄는데 거만하지도 않다. 거기다가 아랫사람이라고 함부로 대하지 않는다. 이 세 가지를 모두 갖춘 귀족은 생각보다 흔하지가 않았다. 겔 제국에 하나밖에 없는 공작가인 빌리엄 가의 공작 부인이라고 해도 이 정도로 완벽한 귀족일 것 같지는 않았다. 애정이 섞인 생각이었다.

역시 각하는 보는 눈이 있으신 분이다.

사라가 무슨 생각을 하는지 알 리 없는 발리아는 따뜻한 허브차를 한 잔 더 청해 홀짝홀짝 마셨을 뿐이다. 칼이 좋아하겠다는 생각을 하면서.

슈덴이 있는 연무장은 가르트 가문의 사유지가 아니었다. 모든 가문은, 설사 공신 가문이라고 할지라도 사사로이 기사 연무장을 마련할 수 없었다. 다른 것도 아니고 국법으로 제정되어 있는 사항이었다. 대신에 황실에서는 공식적인 연무장을 제공했는데, 그 크기가 매우 넓었기 때문에 수도의 기사단을 부족하지 않게 수용할 수 있었다.

여기에는 기사단 수 제한이라는 황법 또한 한몫했다. 수도에 대규모의 기사단을 둔 가문은 한 손으로도 꼽을 정도였다. 그 중에서도 가장 세력이 큰 기사단이라면 역시 기사들의 로망이자 전설로 불리는 가르트 후작이 이끄는 가르트 기사단이었다.

가르트 기사단의 수가 압도적으로 많기는 했지만, 공식 연무장은 이를 모두 수용하고도 남았기 때문에 다른 귀족 가문의 기사단 역시 함께 검술을 연마하곤 했다. 각 기사단들이 연무장을 이용할 수 있게끔 일정을 관리하는 부처가 따로 있기 때문에 충돌이 일어난 적은 없었다. 이는 철저한 기사도 정신이 함께 작용한 까닭이었다.

하지만 여러 귀족 가문이 함께 이용하다 보니 사교계와 비슷한 역할을 겸하는 건 어쩔 수 없는 일이었다. 특히 슈덴은 권력의 정점에 있는 귀족이다. 그와 연줄 한 번 맺기 위해 안달이 난 귀족 남자들이 얼마나 많았던가. 초기에는 가르트 기사단과 같은 시간으로 제 가문의 기사단 수련 시간을 배정해 달라며 관리 부처로 청탁을 하는 귀족들도 종종 있을 정도였다.

잘 되면 사업 파트너, 안 돼도 딸이나 누이와의 만남을 주선시키자.

그러나 그들의 장밋빛 꿈도 오래 가지 못했다. 슈덴은 사교 활동이

미덕인 연회에서의 만남도 그리 선호하지 않는 남자였다. 그런데 다른 곳도 아닌 연무장에서 이런 식으로 줄을 대 보려고 하다니. 떨쳐내는 것도 하루 이틀이지, 찰거머리처럼 달라붙어 하는 말이라곤 쓸데없는—지극히 슈텐의 기준에서—이야기들이니 슈텐의 기분이 수직하강을 하는 것도 당연했다.

몇 번이나 인내심의 한계를 겪은 슈텐은 결국 다가오는 귀족들을 전부 '서로의 검술 실력을 확인해 보는 연무 상대'로 지정해 버렸다. 언뜻 듣기에는 서로가 얼마만큼의 검술 실력을 가졌는지 귀족답게 겨뤄 보자로 들리지만 직접 검을 맞대 본 귀족들은 손목이 부어올라 실려 가기 바빴다.

슈텐은 정말 봐주지를 않았다. 그나마 상대의 목에 칼을 갖다 대는 야만적인 짓은 하지 않았다. 그저 압도적인 힘으로 손목에 강한 충격을 주는 정도로 끝냈다. 전쟁터가 아니니 이 정도가 적당하겠지, 라고 생각하면서. 하긴, 손목뼈가 부러지지 않게 근육만 부어오르게 하는 절묘한 공격도 고도의 검술 실력이 뒷받침되지 않고서는 불가능한 일이었다.

어쨌든 이러한 대련이 몇 번 반복되자 슈텐에게 접근하는 간 큰 놈들이 싹 없어졌다.

"각하. 병장기 보충은 모두 끝났습니다. 다만 새로 제작을 맡긴 갑주의 왼쪽 팔 부분이 부자연스럽게 움직이는 부분을 발견해 재제작을 요청했습니다. 이르면 내일, 늦어도 이틀 내로 새로운 갑주가 도착할 예정입니다."

슈텐의 곁에서 이야기를 하고 있는 것은 기사단장인 숀이었다. 그의 곁에는 종자처럼 로빈이 따라다니고 있었다. 애초에 검술보다는 행정 능력이 유달리 뛰어나 기사단에 입단하게 된 막내였다. 나이가 아직 어린 편이라 전쟁터에 데려갈 수도 없었고, 또 근 며칠 함께 발리아의 곁을 지키면서 꽤 친해진 터라 숀은 로빈을 곁에 두고 행정 쪽 일을 주로 돕게 하고 있었다.

“흐음.”

슈덴은 로빈이 내민 서류를 훑어본 후 느리게 고개를 끄덕였다. 가르트 기사단은 갑주를 새로 제작하는 대규모 정비에 들어간 터라 검토해야 할 서류가 무척 많았다.

“한 번 표본을 완벽하게 뽑아내면 기사단의 수만큼 제작하는 것에는 시간이 그리 걸리지 않지. 기존 갑주를 회수한 후 녹이면 되니 원재료를 공급하는 시간도 크게 줄 것이다.”

“예, 그리 전하도록 하겠습니다.”

로빈이 서류를 받아 들었다. 슈덴은 무표정한 얼굴로 1:1 대련에 여념이 없는 기사들을 살펴보았다. 날이 부러 무디게 만든 수련용 검을 들고 있었지만 대련을 하는 기사들의 낯은 자못 진지했다. 슈덴은 그들의 연무를 지휘하다가 천막이 쳐진 앞쪽으로 돌아왔다. 그의 옆에는 가르트 기사단의 갑주가 전시되어 있었다. 검은색 갑주와 붉은 망토. 언뜻 보면 피 칠갑을 한 듯 무시무시한 모습이었다.

“숀.”

“예, 각하.”

“갑주는 재제작에 들어갔고, 망토는?”

“망토는 별다른 말씀이 없으셔서 기존의 것을 그대로 차용하고자 했습니다.”

비단 가르트 기사단뿐만 아니라, 겔 제국의 웬만한 기사단들은 대개 붉은 망토를 채택하고 있었다. 전쟁터에서 혈흔이 묻어도 잘 티가 나지 않았기 때문이다. 슈덴은 처음 그 말을 듣고 속으로 조소를 흘렸었다.

'남의 피를 뒤집어썼으면 티를 내야지. 감추는 게 아니라.'

깔끔한 복식은 기사의 기본이다. 넓게 보면 기사도의 일부로 볼 수 있는 문제였다. 그러나 전쟁터에서만큼은 그런 게 없었다. 슈덴은 그렇게 생각했다. 기사도는 여자와 아이와 약자를 위한 것. 전쟁터는 서로를 죽이고 목을 베기 위해 혈안이 된 자들로 이루어진 공간.

약자를 위한 도리를 포식자에게 적용할 필요는 없다. 오직 죽이기만 하면 되니까. 죽이면 죽일수록, 살인을 하면 할수록 칭송받는 무차별적인 장소가 바로 전쟁터였다.

하지만 굳이 있는 복식을 바꾸는 건 귀찮아서 그냥 뒀었다. 이번에 대규모 개편을 진행하면서도 망토 색깔을 바꾸는 거추장스러운 짓까지는 하지 않으려고 했다.

그래, 그러려고 했었다.

"숀. 갑주 색깔은 기존과 동일하다고 했었지?"

"예. 그렇습니다."

슈덴이 흐음 하고 망토로 시선을 옮겼다. 깊어진 붉은 눈동자가 한동안 같은 색깔의 망토를 훑어보았다.

"망토 색깔을 푸른색으로 바꿔야겠군."

"푸른 망토 말씀이십니까?"

"그래. 붉은 망토는 피가 묻어도 티가 나지 않아 좋다고는 하지만 전쟁터에서는 반대인 게 좋지."

온몸에 피 칠갑을 한 적군에게는 쉽게 다가가기가 힘들다. 전쟁터에서 군인을 본 적이 있는가. 눈동자는 실핏줄이 터져 불그스름하며 표정은 악마와 같다. 선량한 자라도 사람을 죽이다 보면 그런 표정이 얼굴에 새겨지게 된다. 목적은 부차적인 것이다. 행위의 광폭함. 무시무시한 표정을 짓고 피를 뒤집어쓴 적군은 보기만 해도 사기가 떨어지는 효과가 있었다.

"물론 새하얀 색은 곤란하겠지만 적당히 어두운 푸른색이라면 괜찮을 것 같군."

숀이 고개를 끄덕였다.

"확실히 핏자국은 티가 나면서 이외의 불순물은 적당히 가려 주니 좋을 것 같습니다. 주군의 말씀대로 적군의 사기를 저하시키는 효과를 기대할 수도 있을 듯하니 말입니다."

전쟁은 결국 정신력의 싸움이다. 싸우기도 전에 사기를 떨어뜨리는 방법이 있다면 당장 취해야 옳았다. 실제 전쟁터에서 몇 년이나 있었던 슈덴이기에 할 수 있는 발상이었다.

"표본은 언제까지 공수 가능하지?"

"5일 안에 가능합니다."

"이행하도록."

"예, 각하."

숀은 슈덴의 명령을 곧장 수행하기 위해 천막을 떠났다. 그 옆에는 물론 로빈도 함께였다. 며칠 사이 손발이 착착 맞게 된 어린 기사는 선망하는 리더를 보며 물었다. 아까부터 궁금했던 것이었다.

"단장님, 각하께서 말씀하신 푸른색 망토가 예전에 아가씨……, 아니 마님께서 입고 오셨던 푸른 망토를 말씀하시는 게 아닐까요?"

로빈의 눈이 반짝반짝 빛났다.

“마님을 생각하셔서 말입니다.”

왕국 기사의 푸른 망토를 입고 있던 발리아는 로빈이 보기에도 대단히 인상적이었다. 슈덴이 ‘푸른 망토’라고 말하자마자 그때의 발리아가 생각나는 것도 당연했다. 숀은 무뚝뚝하게 대답했다.

“각하의 뜻을 함부로 추측하지 마라. 로빈.”

“시정하겠습니다!”

로빈이 차렷 자세로 대답했다. 몇 가지 서류를 챙기고 메모와 서명을 한 숀은 로빈에게 서류 뭉치를 건넸다.

“행정관에게 갖다 주고 와라.”

“예!”

경례를 한 로빈이 빠르게 등을 돌려 걸어갔다. 숀은 나는 듯 사라지는 로빈의 뒷모습을 보며 이마를 약간 찌푸렸다.

[아가씨……, 아니 마님께서 입고 오셨던 푸른 망토를 말씀하시는 게 아닐까요?]

사실 숀 역시 슈덴의 말을 듣는 순간 순간적으로 그 생각을 했었다. 하지만 그뿐이었다. 그 대상이 슈덴 가르트이자 존경하는 제 주군이라는 점에서 어떠한 로맨틱한 감성도 소거되는 것이 순리였다. 그저 겔 제국에서는 쉬이 입지 않는 푸른 망토가 인상에 깊게 남았던 탓이겠지.

‘주군께서는 거기서 실용적인 면만 뽑아내신 거고.’

이 생각이 훨씬 더 설득력이 있었다. 숀은 작게 한숨을 내쉬며 천막으로 되돌아가기 위해 걸음을 옮겼다.

“숀 경 아니십니까.”

그때 들려오는 목소리에 숀은 고개를 돌렸다. 낯익은 얼굴의 남자가 반가운 기색으로 종종 다가왔다.

"아이고, 절 기억하시려는지 모르겠습니다. 가르트 저택에서 일하는 놈입니다. 폴 총집사장님이 보내셔서 왔지요."

"아. 기억나는군. 무슨 일이지?"

"각하께 전해 드릴 게 있어서 왔습니다."

하인은 싱긋 웃으면서 손에 소중히 들고 있던 작은 종이 상자를 들어 올렸다. 거친 연무장과는 어울리지 않는 소담한 크기였다. 순간적으로 저게 대체 뭘까, 하는 의문이 들었지만 숀은 내색 없이 대답했다.

"마침 잘 됐군. 나도 각하께 가는 길이니 같이 가지."

"예에, 이 길은 처음이라 어쩌나 했는데 숀 경을 만나서 다행입니다."

숀과 하인은 긴 연무장을 가로질러 천막에 도착했다. 슈덴은 연무장에 직접 내려가 날카로운 눈으로 기사들의 대련을 보고 잘못된 곳을 지적해 주고 있었다. 챙챙거리는 날카로운 금속 소리에 히익 식겁하는 하인을 천막으로 올려 보낸 숀이 슈덴에게 다가갔다.

"각하, 저택에서 사람이 왔습니다."

"저택에서?"

숀의 말에 슈덴이 이마를 약간 찌푸렸다. 저택에서는 그동안 단 한 번도 연무장으로 사람을 보낸 적이 없었기 때문이다.

"지금 어디에 있지?"

"천막에서 대기하고 있습니다."

"들어가지."

"예."

슈덴과 숀이 성큼 천막으로 들어갔다. 낯익은 얼굴의 하인이 그를 알아보고 공손히 절을 했다. 슈덴은 별다른 표정 변화 없이 연무장으로 다시 시선을 옮겼다.

"무슨 일이냐."

"마님이 보내셔서 왔습니다."

붉은 눈동자가 멈칫했다. 그가 하인을 돌아보았다. 다소 사나운 목소리가 흘러나왔다.

"안주인께 무슨 일이라도 생겼나?"

"아이고, 아닙니다. 각하."

고용인들은 모시는 주인의 기분 변화에 굉장히 민감하다. 슈덴의 분위기가 약간 달라진 걸 느낀 하인은 허둥지둥 손에 들고 있던 상자를 올렸다. 아까 들고 있던 종이 상자에서 꺼낸 것이었다.

"마님께서 간식을 보내셨습니다."

"……간식이라고?"

"예."

슈덴의 기가 한 풀 꺾였다. 곱게 접힌 연갈색의 상자가 눈에 들어왔다. 각종 무기가 챙챙 소리를 내는 연무장과는 어울리지 않은 작고 깜찍한 상자에는 푸른색의 리본까지 곱게 묶여 있었다. 누가 봐도 정인에게 보내는 선물이었다.

"훈련하느라 고되실 테니 단것을 드시면 기력 보충에 좋을 거라 하셨습니다."

숀은 아차 싶은 심정이었다. 특별한 일이 없으면 연무장 출입을 불허하는 슈덴의 방식 탓에 가르트 저택의 내부인들은 슈덴이 연무장에서 어떤지 대부분 잘 모르고 있었다.

먼저 슈덴은 연무장에 참관은 하지만 직접 검을 휘두르는 경우가 거의 없었다. 그 이유는 그의 검을 받아 낼 수 있는 기사가 없었기 때문이다. 당연히 그가 땀을 뺄 일도 거의 없었다. 더구나 슈덴은 체력이 대단히 뛰어난 남자였다. 전쟁터에서조차 서늘한 눈과 싸늘한 표정으로 죽음을 선고하는 '살인귀'가 바로 이 슈덴 가르트였다.

"네가 안주인께 직접 전해 드려라. 잘 먹겠다고."

"예, 각하. 알겠습니다."

조마조마한 숀의 마음을 알고 하늘이 도움을 내렸는지, 슈덴은 간식을 되돌려 보내지 않았다. 게다가 예상외로 '잘 먹겠다'는 말까지 첨언해서 돌려보냈다.

하지만 그뿐이었다.

슈덴의 보좌관이 받아 들어 푼 작은 상자에는 요리사가 한껏 솜씨를 부린 듯한 과일 타르트가 들어 있었다. 내려다보는 슈덴의 표정이 무표정했다. 손도 아예 뻗지 않은 채였다.

'마님께 미리 귀띔이라도 해 드릴걸.'

숀은 괜히 자책을 하게 됐다. 호위하는 며칠 동안 발리아가 보통 의연한 게 아니라고 알게 된 숀이었지만 그래도 부러 신경 쓴 간식이 되돌아온 걸 보면 분명 속상해할 것이다. 그게 당연했다. 하지만…….

'주군께서는 단걸 좋아하지 않으시는데.'

수많은 전쟁터를 함께 참전한 숀 정도만 알고 있는 사실이었다. 슈덴은 담백한 음식을 선호하며 단것은 굉장히 불호했다. 수도 없이 사람을 죽이며 움직인 뒤 부족해진 당분은 사탕수수 줄기를 씹어 먹는 걸로 보충할 정도였다.

그러나 슬프게도 후작 부인께서 직접 보내셨다는 타르트는 매우 달아 보였다. 위에 하얀 슈가 파우더도 솔솔 뿌린 게 연무장 오십 바퀴를 돌고 한 조각 먹으면 딱 좋을 정도로. 숀은 저도 모르게 슈텐의 표정을 살폈다.

'그래도 후작 부인이 보내신 성의를 봐서 한 조각 정도 드시겠지.'

손도 대지 않으신다고 해도 나중에 마님이 물으시면 다 드셨다고 대답할 것이다. 숀이 그렇게 생각하는 와중이었다.

"……."

이마를 미세하게 찌푸리긴 했지만 그뿐이었다. 한 입 크기의 작은 과일 타르트들이 어느새 그의 입으로 들어갔다. 심지어 남기지도 않았다. 천막에는 기묘한 침묵이 감돌았다.

[마님을 생각하셔서 말입니다.]

로빈의 가설이 어쩐지 사실에 근접한 것 같다. 숀은 속으로 그렇게 생각했다.

발리아는 슈텐이 없는 동안 매우 부담스러운 경험을 겪고 있었다.

"마님. 정식으로 인사드립니다. 저는 총집사장 폴입니다."

나이가 지긋하여 희끗희끗한 흰 머리가 섞여 있는 총집사장 폴이 허리를 깊숙이 숙였다. 그가 인사하는 것에 맞춰 줄지어 시립해 있던 기십 명의 고용인들이 함께 절을 했다.

"인사드립니다. 마님."

"인사드립니다, 마님."

후작가 저택의 1층 홀. 예행연습이라도 했는지 수십 명의 고용인들의 목소리는 딱딱 박자가 맞았다. 발리아는 푹신한 가죽을 덧댄 소파에 앉아 그들의 인사를 받았다. 한 명씩 이름을 밝히고 담당하는 업무를 고하기에는 사람이 지나치게 많았기 때문에, 주로 중요한 담당자들이 대표로 나와 발리아에게 인사했다.

항상 저렇게 인사하는 인원 중 한 명이었다가, 이렇게 인사를 받는 입장이 되었다. 기분이 남다를 법도 하지만 발리아는 그저 어색하기만 했다. 그러나 그녀는 감정을 드러내지 않는 것에 도가 튼 사람이었다. 발리아는 적응되지 않는 부담스러움을 감추고 겉보기에는 그저 평화로운 낯으로 고개를 가볍게 끄덕이기만 했다.

'사람이 정말 많구나…….'

물론 황실의 내궁만큼은 아니었지만, 이 정도 인원이라면 귀족 가문 중에서도 꽤나 많은 수라고 어렴풋이 짐작할 수 있었다. 업무 소개를 듣고 있자면 허투루 쓰이는 곳은 없는데, 아무리 그래도 사람 수가 좀 과한 감이 있었다.

'가르트 저택이 커서 그런 걸까?'

결혼식 날에는 긴장해 있는 터라 제대로 구경도 못했지만, 얼추 보기에도 보통 큰 저택이 아니었다. 과거에도 대부호 가문으로 명성이 자자했던 후작가였으니 이해가 가는 규모였다. 집은 크면 클수록 관리가 힘든 법이었다.

그리고 그 저택의 안주인이 발리아 본인이 되었다. 여전히 어색하고, 부담스럽기는 했지만 자리를 맡은 이상 대충대충 할 수는 없었다. 나서서 뭘 하려는 건 아니지만 적어도 책임질 일은 제 선에서 깔끔하게 끝내고 싶었다. 발리아는 줄곧 그런 인생을 살았다. 경험이 지속되면 습관이 된다.

"총집사장. 폴이라고 불러도 되겠는가?"

고용인들의 인사가 끝나고, 주요 인물들만 남은 자리에서 발리아는 그리 물었다. 그대로 이름을 부른다고 한들 상관없었지만, 그녀는 그래도 과거에 호위 시녀로 일했던 경험으로 인해 아랫사람들에게 함부로 대하고 싶진 않았다.

"영광입니다, 마님."

폴이 정중한 어투로 대답했다. 발리아가 빙긋 웃었다.

"저번에 보내 준 결혼 절차 설명집은 고맙네. 덕분에 많이 도움이 됐어."

"아닙니다. 마님. 도움이 되셨다니 제가 외려 영광이지요."

고용인들의 섬세한 배려가 주인들에겐 당연시되는 경우는 아주 잦았다. 이런 식으로 기억하고 있다가 고마움을 표하는 경우는 무척 드물었다. 윗사람이 보이는 긍정적인 감정은 고용인들에게 큰 활력소다. 폴은 경력이 많고 나이가 지긋한 집사라 감정 표현은 적었으나 사라는 알았다. 저건 분명 감격한 뒷모습이다.

폴은 발리아에게 저택에 관한 간단한 설명을 했다. 말 한 마디로 총집사장의 마음을 들었다 놓은 걸 아는지 모르는지 발리아는 은회색 눈동자를 깜빡이며 폴의 설명을 들었다.

ㄷ자 모양으로 이루어진 본채 건물과, 별채 몇 개의 방 개수를 모두 합치면 백 개에 가깝다는 말을 듣고는 솔직히 많이 놀랐다. 발리아는 아직 부부 침실과 후작 부인의 욕실, 그리고 식당밖에 보질 못했다. 결혼식 때 밟았던 후원은 그저 넓었다는 기억밖에 나질 않았고.

'정말 부호 가문이기는 하구나.'

대부분의 귀족들은 영지에 성을 짓고 수도에 저택을 마련한다. 귀족들이 모여 사는 고급 주거지는 지가(地價)가 입이 떡 벌어지는 수준이었다. 그렇기 때문에 신흥 귀족들 중에는 전통적인 주거지에 집을 마련하지 못하는 경우가 종종 있었다. 수도에 고성 같은 저택을 쌓아 올린 가문은 몇 개의 개국 공신 가문이 전부였다.

가르트 후작가는 그 명성과는 달리 개국 공신 가문은 아니었다. 그럼에도 이런 곳에 떡하니 거대한 저택을 지어 놓았으니 가문의 저력이 새삼 짐작이 갔다.

저택에 관한 이야기들을 듣다 보니 서서히 올라오는 궁금증이 있었다. 아니, 사라가 처음 자신을 하녀장이라고 소개했을 때부터 의아했던 일이었다.

"사라. 궁금한 게 있네."

"예, 마님."

"겔 제국의 하녀장이란 본래 주인이 없는 저택을 지키는 관리인의 역할을 수행한다고 알고 있는데, 혹 내가 알고 있는 게 틀린 건가?"

"그것이……."

사라가 생각지 못한 질문에 말끝을 흐렸다. 궁금해하실 건 알았지만 이렇게 빨리 물어볼 줄은 몰랐기 때문이다.

기실 귀족 가문이란 어느 정도 규모만 되어도 총집사장과 하녀장을 따로 구분했다. 영지와 수도의 저택이 나뉘기 때문이다. 총집사장은 주인이 있는 곳을 따라가고, 하녀장은 주인이 없이 비어 있는 저택을 담당해 관리한다. 비어 있다고 한들 언제든 주인이 와서 편안히 쉴 수 있도록 만반의 준비를 갖춰야 하기 때문에 하녀장의 임무는 막중하다.

이러한 겔 제국 귀족의 관습으로 따지자면, 사라는 현재 가르트의 영지에 있을 성을 관리하고 있어야 함이 옳다. 이렇듯 수도 저택에 있는 것이 아니라. 발리아는 정확한 것을 지적했다. 사라가 머뭇거리자 발리아가 되물었다.

"말하기 어려운 이야기인가?"

"아닙니다, 마님."

사라의 고민은 길지 않았다.

"마님의 지적이 맞습니다. 저는 하녀장이니 본래 지금은 가르트의 영지에서 성을 관리하고 있어야 합니다. 다만……."

사라가 천천히 말을 이었다.

"각하께서 영지의 성을 반 폐쇄하라고 명하셨기 때문에 저를 비롯한 고용인들이 이곳에 올라오게 되었습니다."

이건 발리아도 정녕코 처음 듣는 얘기였다. 그녀가 이마를 약간 찌푸렸다.

"영지에 내려가면 어디서 머무시고?"

"그것이……, 각하께서는 봉작된 이후 한 번도 영지에 내려가지 않으셨습니다."

"……한 번도?"

"예, 마님."

영지에 내려가지 않았다 뿐일까. 슈덴은 성을 영원토록 고립시키고 싶어 하는 사람처럼 굴었다. 영지의 고성을 관리하는 고용인들은 모조리 수도 저택으로 불렀다. 영지에 가족이 있거나 기타 이유로 올라오지 못하는 고용인들에겐 퇴직금까지 챙겨서 내보냈다. 아주 최소한의 인원은 남겼다고 하지만, 가르트의 거대한 고성을 관리하기에는 턱없이 부족한 사람들이었다. 이대로 시간이 지나면 분명 유령성이 될 것이리라.

하지만 그 누가 주인의 심기를 거스를 수 있을까. 슈덴 가르트, 그는 자신의 명령을 거스르는 것을 결코 용납하지 않는 남자였다.

"고용인들이 유달리 많아 보인 이유도 그 때문이구나."

"예, 마님. 그렇습니다."

그제야 사람 수가 납득이 갔다. 왜 슈덴이 그런 선택을 했는지 의문이 들었다. 멀쩡한 성을 그리 만드는 것은 결코 단순한 변덕 탓이 아닐 것이리라.

'성에 안 좋은 추억이라도 있는 걸까?'

지금으로선 그 정도 추측이 다였다. 발리아는 궁금했지만 굳이 물어보고 싶은 마음은 들지 않았다. 다만 좀 신경이 쓰이긴 했다.

'생각보다 엄격한 성격 같아.'

한 가문의 전통이 담겨 있는 성을 그렇게 일방적으로 폐쇄하는데, 영지의 가신들이 쉽게 찬성했을 리가 없다. 간곡한 매달림을 들은 척도 안 하고 밀어붙이는 슈덴의 모습이 지나치게 상상이 잘 돼서 문제였다.

발리아는 불현듯 걱정이 되기 시작했다. 어딜 들어가지 말아야 하는데 들어갔다거나, 만지지 말아야 할 물건을 만져 버렸다거나. 슈덴이 화를 내면 무척 무서울 것 같았다. 발리아는 그가 화를 내는 모습은 절대로 보고 싶지 않았다.

'미리 알아 놔야겠다.'

어딜 들어가면 안 되고 뭘 만지면 안 되는지 미리 물어보는 게 낫다. 가끔 물어보는 것만으로도 성질을 내는 괴팍한 시녀가 발리아의 사수가 된 적이 있긴 했지만, 자신이 몇 번 겪은 슈덴은 그럴 성격은 아닌 듯 보였다.

'그 사람이 돌아오면 물어봐야지.'

저녁 늦게야 귀가한다고는 했지만, 겔의 제국은 부부가 한 침실 한 침대를 공유하는 것이 법도였다. 기다리면 이야기를 할 수 있는 기회는 얼마든지 있었다.

"……."

그러다 보니 저택에서 딱히 갈 만한 곳이 없었다. 서재 같은 곳을 둘러보고 싶었지만 슈텐에게 먼저 물어봐야 할 것 같고, 화실도, 무기 보관소도, 보석 보관실도, 드레스 룸도, 명화 전시실도 마찬가지였다. 그나마 역대 가주들과 배우자의 초상화가 걸린 전시실은 갈 수 있을 것 같은데 슈텐이 전날 했던 말이 마음에 걸렸다.

[내일 같이 보러 가면 되겠군.]

슈텐이 의례상 한 말이든 아니든 오늘 하루 정도는 기다려 주는 게 도리일 것 같았다.

'같이 가면 좋겠지만, 아니어도 내일 혼자 가 보면 되니까.'

발리아는 2층 작은 거실에 비치된 책이라도 읽으면서 슈텐을 기다려야겠다고 생각했다. 그때였다. 발리아가 앉아 있는 작은 거실로 하녀가 총총 들어왔다.

"마님. 연무장에 심부름 보냈던 하인이 돌아왔습니다."

발리아의 어깨가 약간 움찔거렸다. 그녀는 겉으로는 티를 내지 않고 물었다.

"지금 어디에 있지?"

"대기하고 있답니다. 이리로 부를까요?"

"그러렴."

"네, 마님."

하녀가 종종걸음으로 문 밖으로 나갔다. 곧 그녀가 하인 한 명을 데리고 들어왔다. 하인은 들어오자마자 발리아에게 공손하게 인사를 했다.

"마님을 뵙습니다."

"각하께 잘 전해 드리고 왔나?"

"예. 직접 전해 드리고 왔습니다."

"각하께서 따로 하신 말씀은?"

발리아는 아주 일말의 기대감과, 또 크게 의미를 두지 말자는 상반된 두 가지의 마음을 감춘 채 물었다.

"예, 마님. 그렇지 않아도 말씀드리려 했습니다. 각하께서 마님께 잘 먹겠다고 직접 전해 드리라고 하셨습니다. 제 귀로 똑똑히 들었습니다요."

하녀들의 얼굴에 언뜻 기쁨이 스쳐 가는 게 보였다. 주인 부부가 화목한 것은 고용인들에게도 기쁜 일이니까. 갓 혼인하신 마님이 기뻐하시리라는 기대감도 섞여 있을 것이리라. 그러나 발리아는 그저 빙긋 웃었다. 과하지도, 부족하지도 않은 잔잔한 미소였다.

"고생했군. 이만 물러가 쉬렴."

"물러가겠습니다, 마님."

하인이 물러갔다. 발리아는 반쯤 빈 찻잔에 성실하게 차를 따른 하녀에게도 나가 보아라 일렀다. 홀로 남은 그녀는 꽃잎 무늬가 양각되어 있는 찻잔을 두 손으로 그러쥐었다. 찻잔의 따스한 온기가 체온에 섞여 들었다.

'그냥 의례상으로 한 말이겠지. 괜히 들뜨지 말자.'

그러면서도 입가엔 숨길 수 없는 미소가 번진다. 사소한 말에 의미

부여하지 말자고는 생각했지만 막상 그렇게 듣고 나니까 기분이 좋아지는 건 어쩔 수가 없었다. 발리아는 괜히 슈텐이 기다려졌다. 설령 타르트를 먹지 않았다고 한들, 아랫사람들 앞에서 제 체면을 생각해 좋은 말을 해 주었다는 게 고맙고 기뻤다.

기분 좋은 일이 생기면 시간은 금방 흘러간다. 구름이 흘러가고 하늘이 붉게 젖어 들 무렵이었다. 똑똑 노크 소리가 들리더니 하녀가 들어왔다.

"마님. 각하께서 귀가하신다고 사람이 왔습니다."

발리아는 찻잔을 든 채로 눈을 깜빡였다. 저녁 늦게야 돌아온다고 들었는데, 지금은 아직 저녁 초였다. 의아함은 금세 소거된다.

'오늘은 일과가 일찍 끝났나 봐.'

기사들의 일이란 게 종종 그렇다. 수련이 길어질 수도 짧아질 수도 있다. 발리아가 찻잔을 내려놓았다.

"마중을 나가야겠구나."

"모시겠습니다. 마님."

겔 제국의 귀족 가문에서, 안주인이 바깥주인을 마중 나가는 것은 사이좋은 신혼부부나 하는 달콤한 행동이었다. 그나마도 지나치게 가문의 이득을 따져 결혼하여 서로에게 일말의 애정도 기대도 없다면 아예 나가지 않는 경우도 왕왕 있었다. 발리아 역시 이런 문화를 알고 있었다. 하지만 어차피 슈텐에게 잘하기로 결심한 몸. 기분이 좀 간질간질하긴 하지만 마중을 나가는 것도 괜찮으리라.

발리아는 계단을 걸어 내려가 일층 홀에 도착했다.

무도회를 열어도 손색이 없을 넓은 홀에는 가르트의 고용인들이 질서정연하게 서서 곧 귀가할 주인을 기다리고 있었다. 가장 앞쪽에 서 있던 폴과 사라는 내려온 발리아를 보고 예를 갖췄다. 고용인들도 마찬가지였다.

"마님."

"마님을 뵙습니다."

깍듯한 인사로 널찍한 홀이 꽉 들어찬다. 발리아는 아직도 이 수많은 인원들의 인사가 적응이 되질 않았지만, 내색하지 않고 말했다.

"각하의 마중을 하러 나왔네."

"예, 마님."

폴과 사라가 뒤로 물러섰다. 가장 앞쪽엔 안주인이 서 있어야 마땅한 법이었다. 등 뒤로 수많은 고용인들을 둔 채 발리아는 아직 열리지 않은 정문을 바라보았다. 조금 긴장한 탓인지 손끝이 차가워졌다. 발리아는 티 나지 않게 드레스 자락을 그러잡으며 정문만 바라보았다. 가슴이 가볍게 쿵쿵거렸다.

오래 걸리지 않아 정문이 열렸다.

식은 햇볕을 머금은 바람은 차갑다. 코끝으로 서늘한 바람이 스쳐 지나갔다.

평소처럼 무뚝뚝한 표정으로 걸어 들어오던 슈덴은 멈칫했다. 줄지어 시립해 있는 고용인들도, 호화롭게 꾸며진 대리석 홀도 그대로인데 한 사람이 달랐다.

발리아.

가볍게 묶은 검은색 머리에 은회색 눈동자가 차분한 그녀. 이질적이면서도 오래전부터 그 자리에 있었던 사람처럼, 그리 자연스러운 낯빛. 슈덴은 잠시 멈춰 있다가, 언제 그랬냐는 듯 성큼성큼 들어섰다. 그와 그녀의 거리가 금세 가까워진다.

슈텐이 눈에 들어온 순간부터 발리아의 가슴은 두근거리고 있었다. 턱시도를 입은 슈텐도 멋있었지만, 이렇게 경장 차림을 한 그도 멋있었기 때문이다. 남체 본연의 미를 살리려는 듯 깔끔한 디자인의 검은색 경장. 각진 어깨에는 황금색 술이 달려 있고 허리는 약간 들어가서 밑으로는 똑 떨어지는 날렵한 선. 특히 붉은빛이 도는 금발과 붉은 눈동자에는 여자를 홀리는 묘한 마성이 간직되어 있는 것 같았다.

"각하를 뵙습니다."

"마님을 뵙습니다."

발리아의 뒤에 서 있던 고용인들과, 슈텐의 뒤에 서 있던 보좌관들이 각기 고개를 숙였다. 이 드넓은 홀. 오직 슈텐과 발리아만이 서로를 바라보고 있었다. 슈텐이 먼저 입을 열었다.

"마중 나온 겁니까?"

"네. 그, 아침에 배웅을 못 해 드려서……."

당연히도 겔에는 아침에 배웅을 해야 한다는 법도가 없다. 잘 알고 있는 발리아였지만, 그저 쑥스럽고 민망해서 그리 둘러댔다. 반쯤은 저도 모르게 한 변명이었다. 슈텐이 흐음 하고 턱을 약간 기울였다.

"식사는 하셨습니까?"

"아직요. 각하는요?"

"나도 아직 하지 않았습니다. 같이 들면 되겠군."

발리아는 가만히 고개를 끄덕였다. 사실 이런 말 말고, 하고 싶은 말이 있었다. 하루 종일 기다리던 사람이 돌아왔을 때 하고 싶었던 말이.

"……저."

고민은 길지 않았다. 조심스러운 목소리.

"잘 다녀오셨어요?"

발리아는 시선을 마주치지 못하고 피하며 그리 물었다. 자신을 빤히 바라보는 붉은 눈동자가 어쩐지 부끄러웠기 때문이다.

찰나 슈덴의 입가에 미소가 어렸다. 발리아는 미처 보지 못했지만, 그녀를 제외한 모든 고용인들은 똑똑히 눈에 담은 그 짧은 미소.

"예. 잘 다녀왔습니다, 부인."

거리가 가까워서일까. 슈덴의 목소리가 지나치게 색정적으로 귓가에 감겨든다. 발리아의 귓가가 발갛게 물들었다. 알아서 시선을 피하고 있던 보좌관들과 고용인들의 입꼬리는 이미 하늘 찌를 듯 올라간 지 오래였다.

슈덴 가르트.

소후작 시절부터 전장을 누비다가 가르트 후작위에 오른 젊은 후작. 그는 어딜 보아도 평범한 남자 귀족들과 달랐다. 서늘함이 감도는 수려한 외양이 그러했으며 정중한 태도 속 가끔씩 묘하게 흘러나오는 살기가 그러했다.

가까울수록 외려 눈이 어두워진다고 하던가. 슈덴을 가장 객관적으로 파악하고 있는 것은 가르트의 식솔들도 겔 제국의 귀족들도 아닌 타국의 기사들이었다. 그를 전쟁터에서 본 적이 있는 군인들. 그 무감각한 붉은 눈. 살인을 예고하는 자가 그토록 무기질적인 눈빛을 할 수 있던가.

사람을 죽이는 것과 사람을 홀리는 것은 결국 한 끗 차이라서,

슈덴은 사교계에서 놀랍도록 인기가 좋았다. 실로 많은 레이디들이 그를 연모하고 동경했다. 가르트 후작가의 고용인들은 전장에서의 슈덴도 사교계에서의 슈덴도 알지 못한다. 다만 모시는 주인의 기이한 싸늘함에 대해서는 알고 있다. 그는 결코 다정하거나 살가운 성격이 아니었다.

그런 고로 안주인에게만 보이는 묘하게 부드러워 보이는 저 태도는 분명 놀랍고도 기꺼운 것이다. 매사 공정하지만 냉정하기가 가히 칼과 같아 외경심을 절로 불러일으키는 후작이 그렇게 웃다니! 잘 교육받은 고용인들이었지만 한껏 씰룩거리는 광대만은 어쩔 수 없었다.

정작 슈덴이 어떤 미소를 지었는지 알지 못하는 발리아는 얌전히 눈만 깜빡이고 있었다. 1층 식당. 긴 식탁 상석에 서로 마주 보고 앉은 부부의 앞으로 우아한 은제 식기들이 하나씩 놓인다.

저녁을 푸짐하게 먹는 풍습이 있는 겔 제국답게 차려지는 요리들은 무척 풍성했다. 발리아는 올라오는 모든 음식을 맛있게 먹었다. 후작가 요리사의 솜씨는 정말 훌륭했다. 특히 마음에 들었던 것은 고온에서 재빨리 볶아 낸 버섯을 곁들인 안심 스테이크였다. 발리아는 모든 요리를 굉장히 못했지만 굽고 볶는 요리는 특히나 못했기 때문이다.

"요리사가 무척 요리를 잘해요."

슈덴은 발리아의 뺨이 장밋빛으로 약간 달아오른 걸 느꼈다. 그리고 평소답지 않게 반짝이는 은회색 눈동자도. 그녀는 맛있는 걸 먹으면 기분이 좋아지는 성격인 듯했다. 그는 담백한 목소리로 말을 받아주었다.

"그렇습니까?"

"네. 대대로 있던 요리사인가요?"

슈텐이 그런 걸 알 리가 없었다. 그는 다른 귀족들과 달리 음식에 별 관심이 없었다. 요리사가 대대로 내려져 오는 건지 아니면 어느 레스토랑에서 거금을 주고 들여온 사람인지 알 게 무엇이란 말인가. 슈텐에게 음식이란 끼니를 챙기고 영양을 보충해 주는 수단에 불과했다. 슈텐이 스테이크를 썰면서 잠시 말이 없자 눈치 좋은 폴이 한 발 앞으로 나섰다.

“마님. 가문의 주방장은 특별한 일이 없는 한 대대로 자리를 물려받습니다.”

“대대로 물려받는데도 이 정도 실력이라니 대단하군.”

“주방장이 무척 기뻐할 것입니다.”

폴이 빙그레 웃었다. 안주인께 요리로 칭찬을 받다니, 가문의 주방장에겐 더할 나위 없는 영광이다. 슈텐은 말없이 발리아를 바라보았다. 미소와 함께 물을 마시던 그녀의 시선이 맞닿는다. 은회색 눈동자가 의아한 빛을 띤다.

“왜 그러세요?”

“발리아.”

“네.”

“남편이 귀가했을 때보다 지금이 더 많이 웃는 것 같습니다.”

“……네?”

“요리사를 칭찬해야겠군.”

발리아가 멍하니 눈을 깜빡였다. 한 박자 늦게 슈텐의 말을 이해한 그녀의 귓가가 불그스름해졌다. 그런 게 아니라고 말하는 발리아에게 슈텐이 적포도주가 담긴 와인 잔을 들어올렸다. 발리아는 얼굴이 발갛게 변한 채로 와인을 마셨다. 슈텐이 피식 웃었다.

폴과 사라의 입가에 동시에 미소가 스쳐 갔다. 마님이 들어오기 전, 슈텐이 미혼이었을 시절 식사 자리는 항상 딱딱했다. 슈텐은 집에서 저녁을 잘 먹지 않았다. 먹어도 연무장 또는 집무실에서 해결하기 일쑤였다. 간혹 시간이 나 식당에 앉아 코스로 요리를 차려도 묵묵히 식사를 끝낼 뿐이었다.

이렇게 화려하고, 사람이 많은데 묘하게 삭막했던 집안이 어떻게 하룻밤 만에 이만큼 바뀔 수 있을까. 사람 한 명의 힘이 이렇게 크다. 사라는 폴을 흘긋 보았다. 콧수염이 멋들어지게 난 그 역시 주인 두 분을 보며 미소를 짓고 있었다.

'……설마 나도 저런 표정이었나?'

사라는 잠시 고민했다.

슈텐이 예상한 대로, 발리아는 맛있는 걸 먹으면 기분이 좋아지는 타입이었다.

하지만 오늘 그녀가 행복했던 것은 단순히 맛있는 걸 먹어서 때문은 아니었다. 그녀는 과거와 현재를 통틀어 오늘만큼 인상적이었던 식사가 몇 번 없었다. 아주 오래전, 칼이 구워 줬던 빵이 생각났다. 종일 굶은 발리아를 위해 고사리 손으로 겨우 주물러 낸 밀가루 반죽을 가져가 간을 맞추고 화덕에 구워 줬었지.

그때 칼이 구워 줬던 빵이 생존에 대한 갈구였더라면, 오늘 슈텐과 함께 했던 저녁은 따뜻한 것에 대한 충족감이었다.

'남편이랑 같이 식사하는 건 이런 기분이구나.'

샹들리에는 밝았고 음식은 맛있었다. 그리고 가족과의 대화가 있었다. 발리아는 그것이 생소하면서도 좋았다. 대화가 있는 저녁 식탁은 그녀가 생전 몇 번 가져 보지 못한 것이었으니까. 칼은 발리아를 양육하기 위해 항상 바빴고, 발리아는 그 외에 가족이 없었다. 무엇보다 슈텐과의 대화는 뭐랄까, 연인 간의 그것이 연상되기도 해서 기분이 간질간질했다.

'잘해 주겠다고 다짐했는데.'

이래서야 슈텐이 자신에게 더 잘해 주고 있질 않은가. 그녀가 그를 신경 쓴 것보다 그가 그녀를 신경 쓴 게 배로 많았다. 자신은 기껏 해야 과일 타르트를 하인 손에 들려 보낸 정도였지.

'참, 타르트.'

잘 먹겠다는 말을 하인에게 직접 전하라고 해 준 것만으로도 기뻤지만, 은근히 더 물어보고도 싶었다. 맛있게 먹었을까? 입맛에 맞기는 했을까? 다 먹지는 않았을 텐데, 얼마나 먹었을까? 남은 건 기사들에게 나눠 주었을까?

'……물어볼까?'

발리아는 물을 마시는 척하면서 슈텐을 흘긋 훔쳐보았다. 그는 후식으로 나온 달지 않은 디저트를 먹고 있었다. 물어볼까, 말까 치열한 고민은 결국 포기로 결론이 났다.

'나중에 숀 경이나 로빈 경한테 물어보는 게 좋겠어.'

오늘은 고용인들의 인사를 받았으니 조만간 기사단의 인사도 받아야 할 것이다. 발리아는 그때 숀이나 로빈에게 물어보기로 다짐했다. 특히 로빈은 발리아가 묻는 건 무엇이든 친절하게 대답해 주니 부담도 없었다.

그녀는 디저트를 모두 먹고 입을 헹궈 냈다. 맞은편에 앉아 있던 슈덴이 물었다.

"다 드셨습니까?"

"네. 맛있는 식사였어요."

"그러면."

슈덴이 자리에서 일어났다. 그가 그녀에게로 손을 내밀었다. 발리아는 앉은 자리에서 슈덴을 올려다보다가 손을 잡고 일어났다. 산책이라도 하자는 걸까?

"초상화 전시실로 갑시다. 어제 보러 가기로 했으니."

"아……."

발리아가 눈을 깜빡였다. 사실 의례상 한 말이라고 생각하고 있었다. 초상화를 그리고 거는 게 관례지 그 이상은 의무가 아니었다. 발리아는 그가 한 번 뱉은 말은 허투루 하지 않는 성격이라는 것을 알았다. 그것이 자신과 한 사소한 약속이라고 할지라도.

슈덴과 발리아는 함께 전시실로 들어갔다.

직사각형 형태로 쭉 뻗어 있는 전시실은 와인 창고처럼 서늘한 온도를 유지하고 있었다. 기름을 먹인 물감들로 그려 낸 그림들이니 보관에도 신경을 쓰는 모양이었다. 발리아는 커다란 복도 같기도 하고 갑옷 전시실 같기도 한 긴 방을 둘러보았다.

입구와 가장 가까운 곳에는 현 가르트 후작인 슈덴과, 또 그 옆에 갓 이름을 올린 발리아의 초상화가 나란히 걸려 있었다. 흰색 턱시도를 입은 슈덴의 초상화 밑에는 슈덴이 막 후작에 봉작되었을 때의 그림만 달랑 걸려 있었다.

보통은 시집을 가거나 장가를 들면서 어릴 적 초상화를 복제해 가져가곤 하는데, 발리아는 어린 시절의 초상화가 없었다. 초상화를 그리는 비용은 꽤 고가였으니, 발리아처럼 가난한 귀족들은 종종 건너뛰곤 했다.

하지만 가르트 후작가의 슈덴은 왜 없을까.

'얌전히 앉아 있지를 못하는 천방지축이었을까?'

아무리 그래도 아기 때 그림 한 점도 없다. 발리아는 고개를 갸웃하면서 슈덴을 바라보았다. 그는 발리아가 웨딩드레스를 입고 그린 초상화를 보고 있었다. 다른 쪽에는 별로 관심이 없는 듯한 표정이었다. 발리아는 반대편으로 시선을 옮겼다. 백발에 푸른 눈을 가진 날카로운 외양의 노신사가 그려져 있었다.

'이 사람은…….'

현 가르트 후작의 반대편에 걸려 있는 사람이라면 뻔했다. 전대 가르트 후작. 그의 옆에는 온화해 보이는 인상의 노부인의 초상화도 함께 전시되어 있었다. 슈덴의 부모라고 보기에는 나이가 많아 보였다. 늘그막에 얻은 아들이라도 정도가 있는 법이니, 아마도 그의 조부모로 추측되었다. 2대를 건너뛰는 승계 방식이 드물긴 했지만 아예 없는 일도 아니었으니.

'그럴 경우엔 부모님이 백작위 정도는 수여받으셨을 텐데.'

가르트 백작에 관해선 들어 본 일이 없었다. '가르트 후작'이라는 직위는 참 유명했지만 그 외의 것은 낯선 명사나 마찬가지였다. 슈덴이 바로 옆에 있으니 물어봐도 되겠지만, 발리아는 그러지 않았다.

가족에 관련한 것은 본인이 직접 말할 때까지 묻지 않는 게 예의였다. 훌륭한 조상들을 둔 귀족 가문에서는 오히려 일부러 묻는 경우도 있다지만, 일단 발리아는 워낙 자신이 아버지의 지위로 조롱을 당한 적이 많았던 터라 부모나 집안에 관해서는 아예 먼저 묻질 않는 게 버릇이었다.

'나중에 기회가 있겠지. 꼭 물어보지 않아도 되고.'

발리아가 그렇게 생각하며 몸을 돌렸다가 움찔 놀랐다. 말이 없기에 아직까지 제 초상화를 감상하나 했던 슈덴은 의외로 그녀를 바라보며 기다리고 있었다. 언제부터 자신을 보고 있었는지 알 수 없었다.

"……다 보셨으면 부르시지 그랬어요."

"열심히 보시는 것 같기에."

슈덴이 별 것 아니라는 듯 가볍게 응수했다. 가까이 다가온 그가 물었다.

"발리아. 어제 잠자리가 불편했습니까?"

"네? 아뇨, 편했어요."

슈덴의 뜬금없는 질문에도 발리아는 차분히 대답했다. 슈덴이 흐음 하고 턱을 기울였다.

"그럼 남편에게 소박맞는 기분을 느껴 보라고 일찍 나간 건가?"

"네?"

"자고 일어났는데 신부가 없으니 말입니다."

"일부러 그런 건 아니에요. 그냥 목욕을 하고 싶어서……."

"그렇습니까. 하지만 한 번 돌아보지도 않고 매정하게 나가 버리던데."

"……설마 일어나 계셨어요?"

"예. 당신이 잠에서 깰 때부터."

발리아는 약간 당황했다. 잠들 때와 깨어 있을 때의 숨소리는 확연히 다르다. 정식 기사는 아니었지만 호위 시녀로 일하면서 그 정도는 구분할 줄 알았다. 그런데도 눈치채지 못했다는 것은 슈덴이 호흡마저도 노련히 고를 수 있다는 뜻이었다. 기상하는 순간까지 한 번 흐트러지지도 않고. 그 정도면 연습의 문제가 아니었다. 이건 그냥 타고난 거였다.

"그럼 말을 하시지 왜……."

"당신이 돌아볼 줄 알았습니다."

슈덴은 그렇게 말하면서 발리아의 허리를 끌어안았다. 예기치 못한 접촉에 그녀가 움찔 몸을 굳혔다. 하지만 슈덴은 발리아를 놓지 않았다. 그는 자연스럽게 그녀를 결혼식 초상화 앞으로 데려왔다. 두 남녀가 흰색 턱시도와 웨딩드레스를 입고 그려진 그림으로.

"자리가 부족할 줄 알았는데 딱 맞는군요."

"네?"

"음?"

"아……, 아니요. 각하가 직접 거셨군요."

"그게 의식이잖습니까. 관례기도 하고."

대수롭지 않게 대답하던 슈덴이 순간 이상함을 느꼈는지 이마를 찌푸렸다. 지척에서 자신을 올려다보는 은회색 눈동자는 여전히 감정을 드러내지 않아 산뜻했지만 방금 그녀의 목소리에는 분명 놀라움이 담겨 있었다. 슈덴은 예리하게 그것을 포착해 냈다.

"발리아."

"네."

"설마 내가 하인을 시켜 건 줄 알았습니까?"

발리아는 모른 척 시선을 돌렸다. 슈덴의 눈썹이 까딱였다.

"발리아."

"아니에요."

발리아는 일단 잡아뗐다. 슈덴이 기가 찬다는 얼굴로 물었다.

"뭐가 아니라는 겁니까?"

"각하가 의심하시는 거요."

"제가 뭘 의심했습니까?"

"제가 오해했나 봐요."

"발리아."

발리아는 일부러 슈덴에게서 얼굴을 돌렸다. 어차피 허리는 그에게 안겨 있어서 뒷걸음은 치지도 못했다. 그는 딴청을 피우는 그녀의 턱을 가볍게 잡았다. 발리아가 자연스럽게 슈덴을 마주 봤다. 그대로 입을 맞춰도 좋을 만큼 가까운 거리였다. 그가 무어라 말을 하려고 할 때였다.

"각하, 마님. 목욕물이 준비되었습니다."

때마침 이르는 하인의 말에 발리아의 얼굴에 화색이 돌았다. 누가 봐도 도피할 수 있음에 기뻐하는 얼굴이다. 슈덴은 못마땅하다는 듯이 발리아를 바라보려고 했지만, 미소를 머금은 낯과 마주하자 그럴 수도 없었다. 어쩔 수 없지, 라는 생각도 들었다. 아내한테 진심으로 화를 낼 수도 없는 일이잖은가.

어쨌든 두 사람은 2층으로 올라갔다. 계단 중앙에 위치한 작은 거실과 침실을 기준으로 해서 왼쪽에 끝에는 후작 부인의 욕실이, 오른쪽 끝에는 후작의 욕실이 마련되어 있었다. 그러니 침실 앞에서 헤어져 각자의 욕실로 향하면 된다. 그래, 분명 그랬다.

"저, 각하?"

"예. 부인."

발리아가 조심스럽게 그를 불렀다.

"……왜 이쪽으로 오세요?"

오른쪽으로 쭉 가서 자신의 욕실로 가야 할 슈덴이 발리아의 곁을 따라왔다. 왼쪽과 오른쪽의 구분이 명확해 가는 길도 겹치지 않았다. 먼저 말로 꺼내기 민망해서 그가 갈 때까지 기다리려던 발리아는 욕실 앞에 이를 때까지 가지 않는 슈덴을 보고 눈치를 봤다. 욕실 앞에 시립해 있던 하녀들이 '어머' 하고 눈을 동그랗게 뜨는 걸 보니 이상한 상상을 한 건 자신 혼자가 아닌 모양이었다.

'설마 같이 목욕하자거나, 그러진 않겠지……?'

금슬 좋은 부부 사이엔 같이 목욕을 하는 경우도 있다지만 그건 그쪽의 경우였고. 발리아는 아직 침대 위에서 벗은 남체도 똑바로 바라보지 못하는 단계였다. 오죽하면 첫날밤, 슈덴이 자꾸 시선을 피하는 발리아의 턱을 쥐어 올려 계속 키스를 했을까. 침실보다 밝은 욕탕에 같이 걸어 들어가자고 하면 발리아는 민망함과 부끄러움에 그대로 기절해 버릴 것이리라.

"그, 저, 여기는 후작 부인의 욕실인데……."

"알고 있습니다."

슈덴은 담백하게 대답하면서도 걸음을 늦추지 않았다. 아니, 발리아의 걸음 속도가 달팽이처럼 느려졌음에도 재촉하지 않고 기다려 주기까지 했다. 욕실에 가까워질수록 하녀들의 얼굴이 더 잘 보였다. 홍당무처럼 변한 낯. 아마 제 귓가도 저만큼은 붉어졌을 것이리라. 이젠 하녀들과 대화도 나눌 수 있는 거리였다. 그만큼 욕실에 가까워졌다는 뜻이기도 했다. 발리아는 더듬더듬 말했다.

"저, 각하, 제가, 아직, 이런 것에 익숙하질 않아서."

"이런 것?"

슈덴이 발리아를 돌아보았다. 그가 한쪽 손을 들어 그녀의 뺨을 가볍게 감쌌다. 슈덴의 손이 서늘하다 못해 시원하게 느껴지는 걸 보니 얼굴이 굉장히 달아오른 모양이었다. 슈덴이 발리아에게로 고개를 약간 기울였다.

"바래다준 겁니다."

"……네?"

"물론 놀리고도 싶었고."

"……."

발리아의 낯이 멍해졌다. 슈덴이 짧게 웃음을 터뜨렸다. 그가 그녀의 관자놀이에 가볍게 입을 맞췄다.

"침실에서 보도록 하지요. 부인."

슈덴은 하녀들에게 발리아를 잘 모시라는 말을 남기고 그대로 뒤돌아 걸어갔다. 발리아는 긴 다리로 성큼성큼 멀어지는 그의 뒷모습을 멍하니 바라보다가, 두 손으로 양 뺨을 감쌌다. 감정 숨기기에 노련한 그녀였지만, 이런 종류의 신체 현상만큼은 마음먹은 대로 제어를 할 수가 없었다.

화끈화끈하게 달아오른 볼이 가라앉은 건 하녀들이 발리아를 뽀득뽀득 씻기기 시작하면서였다.

"마님. 오늘은 장미 향유로 할까요, 아니면 백합 향유로 할까요? 아니면 라일락꽃을 압축해 짜낸 향유도 있답니다."

"어젠 장미 향유를 바르셨어요."

"……백합으로 해 주렴."

"네. 마님."

향유를 온몸에 바르고 마사지를 하는 의도가 너무 빤히 보여 헛웃음이 나왔다. 신혼부부이니만큼 밤이 뜨거울 거라고 상상하는 건 이해가 가지만, 그건 신혼 휴가를 받아 시간과 체력이 남아도는 경우였다.

'연무장에 다녀왔으니 힘들 텐데.'

발리아는 정식 기사 수련을 받은 적은 없었다. 하지만 기초적인 수련과 단련은 받았었다. 첫날, 두어 시간의 수련이 끝나고 기사들의 연무를 구경할 기회가 있었다. 제국 황실 기사단이니만큼 그 실력이 타의 추종을 불허할 텐데도 그들은 굵은 땀을 뚝뚝 흘리고 있었다. 기사의 수련이 그렇게 힘들고 어렵다는 것을 발리아는 그때 처음 알았다.

'……체력이 많이 좋은 것 같긴 했지만.'

자연히 전날 밤이 연상되고 만다. 발리아는 잠깐 잊고 있었던 키스마크에 대해서도 생각해 냈다. 오늘 아침에도 선명했으니 아직 남아 있을 것이다. 어쩐지 제 몸을 주무르는 하녀들의 얼굴이 발갛게 보인다 싶었다. 새삼 창피해졌지만 티를 내면 천 배는 더 창피해질 것이다. 발리아는 모른 척 눈을 감았다. 달콤한 백합 향기가 코에 스며들었다.

"안녕히 주무십시오, 마님."

발리아는 하녀들의 인사를 받으며 침실로 들어섰다. 슈텐은 아직 오지 않은 모양이었다. 그녀는 닫힌 문 앞에 선 채로 잠시 고민에 빠졌다.

왠지 어색했다.

전날 밤의 슈텐처럼 침대에 앉아 있을까 싶다가도, 그가 침실에 들어섰을 때 무슨 표정을 지어야 할지 몰라 선뜻 걸음이 떨어지지 않았다. 슈덴의 붉은색 눈동자에는 묘한 퇴폐미가 감추어져 있다. 그래서일까. 그는 조금만 나른한 표정을 지어도 공기가 뒤바뀌는 것 같은 팽팽한 긴장감을 안겨 주었다. 발리아는 그런 눈빛도 표정도 가지지 못했다.

그녀가 이러지도 저러지도 못하고 문 앞에 서 있을 때였다.

"발리아."

귓가에 스며드는 목소리.

"왜 여기에 서 있습니까."

언제 들어왔지. 후작 부부의 침실 문은 관리를 잘 한 것인지 매번 소리도 없이 조용히 열리고 닫힌다. 목욕을 막 끝낸 그에게서 좋은 냄새가 났다. 갑작스러운 등장에 발리아가 할 말을 잃고 눈을 깜빡였다. 대답 없이 문 앞에 덩그러니 서 있는 아내와, 빈 침대를 번갈아 보던 슈덴이 흐음 하고 그녀에게 손을 뻗었다.

"안아서 침대까지 데려다 달라고 하는 겁니까."

"네? 아뇨, 아니에요."

발리아가 화들짝 놀랐다. 슈덴이 피식 웃었다. 그가 그녀에게 손을 내밀었다. 슈덴은 항상 자신을 홱 끌고 가는 법이 없었다. 발리아는 사소한 슈덴의 배려가 늘 고마웠다. 그녀가 그의 손을 살며시 잡았다. 검을 잡는 사람의 손은 굳은살이 박여 단단하다. 발리아는 그의 손에서 오랜 싸움의 흔적을 어렴풋이 읽을 수 있었다.

"그대는 내가 말할 때마다 지나치게 놀라는 것 같습니다. 아까도 그렇고."

"……각하께서 놀랄 말만 하시잖아요."

함께 침대에 앉는 건 언제나 두근거린다. 깃털을 채워 넣어 폭신한 베개와 쿠션이 등을 편안하게 감싸 준다. 발리아는 제 옆에 남편이 있다는 게 좋았고, 그 남편이 슈덴이라는 것도 좋았다.

매번 느끼지만 그는 여자를 홀리는 남자였다. 반쯤 젖은 붉은 금발도, 물기를 머금어 약간 붉어진 눈가도. 그리고 탄탄한 가슴 근육이 은근히 드러나는 실크 가운까지. 게다가 성격 역시. 막연히 예상했던 것처럼 싸늘하지가 않았다. 슈덴은 발리아에게 농담도 자주 했고, 생각보다 많이 웃었다.

슈덴의 그런 모습이 좋다면 발리아 역시 노력해야 한다. 그가 화를 내지 않도록. 알아 둘 것은 알아 두고 조심해야 할 것은 미리 조심해야 마땅했다. 속으로 할 말을 한 번 정리한 그녀가 입을 열려고 한 때였다.

"발리아."

"네?"

"그러고 보니 왜 어제오늘 나를 '각하'라고 부릅니까?"

"네?"

"처음엔 그렇게 부르지 않았잖습니까."

생각지 못한 질문에 발리아가 눈을 깜빡였다.

"그야……, 그땐 각하가 '슈'라고 부르라고 하셨잖아요."

"그럼 지금도 이름을 부르십시오."

"네?"

"아내가 남편을 '각하'라고 부르는 경우는 없잖습니까. '가르트 후'라고 부르는 것보다 더 딱딱하군."

그건 그랬다. 위계질서가 확실한 황궁이 아니고서야, 겔 제국의 귀족 부부들은 서로를 이름으로 불렀다. 아니면 성과 작위를 붙여 함께 부르거나. 이를 테면 '가르트 후'라든지. 후자는 서로가 남남도 못한 사이일 경우에나 쓰이는 호명이었다. 발리아도 알고는 있었다. 하지만…….

"'슈'라고 불러도 되나요?"

발리아는 슈덴이 자신에게 처음으로 알려 준 이 이름이 더 좋았다. 왠지 특별한 사람이 된 것도 같고. 조심스러운 물음에 슈덴은 가볍게 고개를 끄덕였다. 발리아의 낯에 화색이 돌았다.

"그럼, 슈. 물어보고 싶은 게 있어요."

"말씀하십시오."

흔쾌한 수락이었다. 슈덴은 사실 어느 정도 예상하고 있는 질문이 있었다.

'타르트.'

슈덴은 발리아가 타르트에 관해서 물어볼 것이라 예상했다. 저녁 식사를 끝내고 전시실에서 같이 초상화를 보는 동안 묻질 않았으니 지금이 물어보기에 최적기다. 보내 준 타르트를 다 먹었다고 곧이곧대로 이야기할까, 아니면 다르게 이야기를 해 볼까.

어느 쪽이든 발리아가 보일 반응이 잘 예상이 가질 않았다. 기뻐할지, 아니면 평소처럼 잔잔한 미소를 머금고 '다행이네요.' 하고 담백하게 대답할지. 슈덴이 그리 생각하며 발리아를 바라보았다.

"저택에."

"저택?"

"네. 제가 혹시 출입하면 안 되는 곳이라든지, 만지면 안 되는 물건이 있나요?"

슈덴은 잠시 침묵했다. 드러내는 감정이 적어 예상이 어려운 사람이긴 했지만, 이렇게 전혀 다른 것을 물을 거라곤 미처 예측도 하지 못했다.

"없습니다."

발리아가 눈을 동그랗게 떴다.

"한두 군데라도 들어가지 못할 곳이 있을 줄 알았어요."

"저택의 안주인이 못 가는 곳이 있는 게 말이 됩니까. 무기 보관실은 날카로운 무기가 많아 조심해야겠지만."

"……네."

황궁은 들어갈 수 있는 곳보다 들어갈 수 없는 곳이 더욱 많았다. 물론 이곳은 귀족의 저택이니 그만큼 엄격하진 않겠지만, 발리아는 후작의 집무실이라든지, 아니면 전시실의 안쪽이라든지 어느 한군데는 출입하지 말라고 말할 줄 알았다. 그녀가 말없이 있자 슈덴이 이마를 약간 찌푸렸다.

"내가 없는 사이에 누가 무슨 말이라도 했습니까?"

자신이 연무장에 간 사이에 고용인들이 텃세라도 부렸냐는 듯한 말이었다. 신분 차이가 많이 나는 결혼식을 올렸을 때, 기존의 고용인들이 새로 온 배우자에게 텃세를 부리고 몰래 괴롭히는 경우가 종종 있었으니까.

발리아는 서둘러 고개를 저었다. 폴과 사라를 위시한 모든 고용인은 그녀에게 아주 친절하고 공손했다.

"그게 아니라 걱정이 돼서 그랬어요. 다들 저한테 정말 잘해 주기도 하고요."

"혹시라도 주제를 모르는 놈이 있으면 바로 말하십시오. 감싸 줄 필요 없으니까."

"네, 걱정하지 마세요."

발리아는 안심하라는 뜻을 담아 미소를 지었다. 슈텐의 굳었던 낯이 풀렸다. 첫날 보기에도 의연했던 은회색 눈동자다. 알아서 잘 하겠지. 그에게 거짓말을 할 것 같진 않았다.

"궁금한 건 더 없습니까."

"아, 하나 있어요."

이번엔 타르트 이야기겠군. 슈텐은 그녀와 시선을 맞췄다.

"혼인 후 입궁은 언제인가요? 제국 공작 이하 수도 백작 이상의 귀족들은 결혼하면 부부가 함께 황제 폐하를 알현해야 하잖아요."

"……결혼식 후 일주일 안에 입궁하면 됩니다. 폴이 이미 그대의 웨딩드레스와 같은 치수로 예복을 고쳐 놓았을 거고. 황실 법도에 관한 책도 구해 놓았을 겁니다."

"그렇군요. 신경 써 줘서 고마워요."

발리아가 미소를 지었다. 슈텐은 물끄러미 그녀를 바라보았다. 발리아는 그가 자신을 빤히 바라보자 눈을 깜빡였다. 은회색 눈동자에 의아함이 짙어졌지만 타르트에 관한 이야기는 끝끝내 나오지 않았다.

다 먹었다고 말하면 뭐라고 할지 반응이 궁금했는데.

아무래도 이 신부는 말할 생각이 없는 모양이었다. 별로 궁금하지 않은 건가. 하긴, 보통의 귀족들이 다 그랬다. 보내고 난 후에까진 신경 쓰지 않는다. 슈텐은 고개를 갸웃하며 자신을 응시하는 발리아에게 몸을 숙였다. 원하는 반응을 볼 수 없으니 다른 반응을 보는 수밖에 없었다.

그는 그녀에게 그대로 키스했다.

예기치 않은 입맞춤. 발리아는 조금 당황했지만, 거부하지는 않았다.

슈덴이 미리 짐작했듯이, 발리아는 그와의 키스가 좋았다. 특유의 촉감도 그랬으며 무엇보다 두근거렸다. 꼭 연인들의 애정 표현처럼 느껴져서. 아직은 익숙지가 않아 몸은 괜히 움찔거리지만.

슈덴이 턱을 조금 기울였다. 가늘게 뜬 눈 사이로 발리아가 얼핏 보였다. 내심 궁금했다. 이렇게 평범하게 입을 맞출 때의 그녀는 어떤 얼굴을 하고 있을지.

발리아는 눈을 꼭 감은 채로 키스를 받고 있었다. 특별한 건 없었지만, 자신에게 집중하고 있는 흰 얼굴을 보니 기시감이 들었다. 어제의 정사.

안 되겠군.

발리아가 순수하게 키스를 받아도 슈덴이 썩어 빠져서 제대로 감상을 할 수가 없다.

"발리아."

그래서 슈덴은 턱을 살짝 들어 올렸다. 그가 물었다.

"혹시 오늘 주치의를 불렀습니까?"

"주치의요?"

아침에는 조금 걷기 힘들었지만, 나중엔 괜찮아졌다. 그 외엔 불편한 곳도 없었고.

"아니요, 안 불렀어요. 그건 왜 물으세요?"

"몸이 괜찮으신 모양이군."

"네, 괜찮……."

큰 고민 없이 대답하려던 발리아는 한 박자 늦게 알았다. 슈덴의 말뜻을.

발리아의 뺨에 발갛게 홍조가 떠올랐다. 슈덴은 슬쩍 웃었다. 그는 살면서 누군가의 얼굴을 붉히는 것에 재미를 느낀 적이 없었다. 이 아내에게만 조금 달랐다. 기사의 딸이라면서, 수많은 귀족들 앞에서는 그리 어른스럽고 차분하다가. 왜 이런 쪽에서는 또 이만큼이나 부끄러워하는지. 이 간극이 신선했고 재밌었다.

슈텐은 발리아의 가운 허리띠를 잡아 당겼다. 솜씨 좋은 하녀들은 조금만 힘주어 당겨도 풀리게끔 리본을 절묘하게 묶어 놓았다. 리본이 풀어지면서 앞섶이 벌어진다. 발리아의 가슴도 바로 드러났다.

오늘 욕탕에서 발견하고, 발리아가 민망해했던 키스 마크들도 함께. 아침과는 달리 부끄러워할 틈은 없었다. 발리아는 어느새 눕혀진 상태였다. 그녀를 눕힌 베개에 팔꿈치를 짚은 슈텐이 그대로 고개를 숙였다. 틈을 가르고 들어온 그가 혀뿌리를 강하게 옭아맸다.

"응……."

부드러운 입술 사이로 나지막한 신음이 새어 나온다. 슈텐은 발리아에게 만족할 만큼 키스를 쏟아 붓고 난 후에야 고개를 들었다. 입맞춤이 깊었던 탓일까. 그녀의 호흡이 그새 가빠져 있었다. 슈텐은 굳은살 박인 손으로 발리아의 몸을 다정하게 어루만졌다. 그러나 그의 손길에서 묻어나는 건 짙은 욕망이어서. 발리아의 눈동자가 약간 떨렸다.

고작 이틀 차. 슈텐의 애무는 여전히 부끄러웠다. 하지만 솔직히 좋았다. 슈텐은 발리아의 온몸을 키스할 곳처럼 여기는 것 같았다. 목은 물론이고 가슴, 배꼽 근처는 기본이다. 팔과 손등에 허리. 허벅지 안쪽. 그리고 종아리와 발끝까지.

어떤 부분은 간지럽기만 했지만 어떤 부분은 묘하게 발리아를 자극시켰다. 그리고 슈텐은 무서울 정도로 금세 그런 부분들을 알아채 자극하곤 했다. 발리아가 가장 심하게 반응한 곳은 다름 아닌 귓불이었다.

"흐읏……."

어깨가 파르르 떨렸다. 발리아는 귓불이 이렇게까지 예민한 곳인 줄 전혀 몰랐다. 타액으로 젖은 입술이 귀를 애무하는 소리가 얼마나 야하던지. 힘이 다 빠질 지경이었다. 발리아는 허벅지를 오므렸다. 안쪽이 이상하게 당겨왔고, 조금 간지럽기도 한 것 같았다.

조금씩 헐떡이는 발리아를 보며, 슈텐은 침대 헤드로 손을 뻗었다. 초야에 사용했던 향유 병이 그곳에 있었다. 엄밀히 말해 오늘은 첫날밤은 아니지만. 어제 아파했으니 오늘도 어떨지 모른다. 신경 써서 나쁠 건 없지. 슈텐은 홧홧하고 매끄러운 액체를 손가락에 발랐다. 그리고 발리아의 질구 쪽으로 파고들었다.

"아……."

발리아의 내벽은 지나칠 정도로 뜨거웠다. 슈텐은 체온이 서늘한 편이라 더 그렇게 느껴졌다. 뜨겁고, 말캉하고, 그러면서도 잔주름으로 빽빽하고. 이 좁은 곳을 향유를 발라 넓혀 놔야 삽입할 때도 그나마 고통이 덜할 터였다.

한 개로 시작했던 손가락은 어느새 두 개, 세 개로까지 늘어났다. 손가락이 깊숙이 들어올 때마다 발리아의 허벅지 안쪽이 자꾸 떨렸다. 옅게 새어 나오는 신음도 함께. 그녀에게는 생리적인 반응이었겠지만 슈텐에게는 또 지나치게 자극적이었다. 그가 거추장스러운 가운을 벗어 바닥으로 던졌다.

첫날밤에도 그랬듯이, 그는 본인의 페니스에도 향유를 발랐다. 애무로 몸이 녹진하게 풀어졌던 와중에도, 발리아는 조금 긴장했다. 주치의를 부를 정도는 아니었지만 그래도 아프기는 아팠던 것이다.

'원래 처음이 아픈 경우가 많다고 했으니까, 오늘은 어제만큼 안 아플 거야.'

발리아는 스스로를 다독이며 몸에 힘을 뺐다. 초야 때 생긴 슈텐에 관한 믿음도 크게 작용했다. 그는 그녀가 아픈 티를 내면 바로 안아주었다. 귀찮아하는 기색도 없고 마뜩잖아하는 기색도 없이. 달래 주듯 내려앉는 입맞춤이 얼마나 달콤했는지.

질구를 문지르던 페니스가 천천히 들어오기 시작했다.

"......흑."

좁은 곳을 파고드는 압박감은 여전히 묵직했다. 안쪽이 그대로 채워지는 것 같았다. 슈텐이 발리아를 바라보았다. 어느새 짙어진 붉은 눈동자가 그녀의 반응을 살피고 있었다. 발리아는 고개를 도리도리 저었다.

"......안, 응. 아파요."

그게 발리아가 말했던 제대로 된 마지막 문장이었다.

"흣! 아, 흐윽!"

슈텐의 허리가 움직일 때마다 발리아의 가슴이 야한 모양새로 출렁거렸다. 그는 그녀의 허리를 잡고 쉴 새 없이 쳐올렸다. 쉽게 길을 내주지 않으면서, 또 한 번 깊숙이 파고들면 물고 잘 놓아주지도 않는 뜨겁고 습한 점막. 오돌토돌 불규칙적으로 일어난 돌기들이 페니스를 온갖 방식으로 죄고 압박하며 자극했다.

게다가 오늘은 아프지도 않다니.

발리아는 미처 알지 못했지만, '아프다'라는 그녀의 말은 슈텐에겐 최후의 빗장이나 마찬가지였다. 첫날밤 그렇게 흥분했음에도 비교적 곱게 끝낸 것만 봐도 알 수 있었다. 그런 걸 스스로 풀어 던져 버려 주었으니, 슈덴은 전날보다 배는 격렬하게 발리아를 탐했다.

발리아는 슈덴의 목에 팔을 감고 헐떡였다. 크고 딱딱한 페니스가 주름진 내벽을 거침없이 파고든다. 끝이 빠지기 직전까지 빼냈다가 뿌리 끝까지 밀어 넣는데 그 힘이 발리아가 감당할 수 있는 수준이 아니었다.

심지어 그는 그녀의 성감대를 정확히 알고 있었다. 슈덴이 그곳을 몇 번이나 무자비하게 찌르자 발리아는 목이 아플 정도로 헐떡댔다. 지금까지와는 전혀 다른 농도 짙은 쾌감이 발리아의 발끝을 오그라들게 만들었다. 몸이 이상할 정도로 달아올라 도망쳐 버리고 싶을 정도였다.

"슈, 흣! 아, 그만……."

"……그만?"

발리아가 눈물이 그렁그렁한 채로 고개를 얕게 끄덕였다. 그 와중에도 그의 허리짓은 멎지를 않아 발리아는 흑 하고 숨을 삼켜야 했다. 슈덴이 그녀의 손목을 잡았다. 거친 추삽질이 조금 느려져 발리아가 겨우 한숨 내돌렸을 때였다.

"아!"

슈덴이 퍽 소리가 날 만큼 삽입했다.

"들어가기만 해도 이렇게."

퍽.

"물고."

퍽.

"놔주시질 않는데."

퍼억.

어떻게 놔 드리냐고.

신음 섞인 탁한 목소리에 귓가가 다 녹을 것 같았다. 한 마디 한 마디에 호흡이 턱 막히고 눈앞이 핑 돌았다. 발리아의 눈꼬리에서 흘러내리는 눈물을 슈덴이 입술로 닦아 냈다. 그게 그녀가 가졌던 마지막 '휴식'이었다.

"응! 아, 흐읏……!"

슈덴이 힘주어 진퇴를 반복할수록 머리가 어질어질해졌다. 흔들리는 몸은 버거운데 정작 살이 부딪히는 하복부에서는 짜릿한 감각이 튀어 올랐다. 발끝을 오므려도 등줄기를 타고 오르는 이 감각을 어떻게 할 수가 없었다.

"아!"

그리고 어느 순간. 슈덴이 사정하기 직전이었다. 페니스를 물고 있던 발리아의 질내가 강하게 경련했다. 순간 심하게 물고 비틀어 대는 듯한 자극에 슈덴이 신음을 토했다. 예고가 없었으니 참을 새도 없었다. 그렇지 않아도 몰려들어 있던 정액이 그대로 방출되었다.

"흑……, 흐……."

발리아의 허벅지가 사정없이 후들거렸다. 은회색 눈동자에는 어느새 눈물이 주르륵 흐르고 있었다. 생전 처음 겪어 보는 절정에 온몸이 바르르 떨렸다. 초야 때, 알 듯 말 듯 했던 쾌감이 쉬지 않고 몰아치더니 한순간 눈앞을 아득하게 만들었다.

하나하나 예민하게 곤두서 발리아를 괴롭게 만들었던 오르가즘은 오래 유지되지는 않았다. 붕 떴던 몸이 서서히 가라앉는 게 보였다. 슈덴이 물었다.

"이제 좀 괜찮으십니까."

"네……."

"아프신 건 아니고?"

발리아는 살짝 붉어진 뺨으로 고개를 도리도리 저었다. 아픈 건 아니었다.

"저, 음. 향유 효과가 좋은 것 같아요. 당분간은 계속……, 써도 되나요?"

초야도 그렇고, 오늘도 그렇고. 긴장했던 것만큼 몸이 찢어지게 아프진 않았다. 발리아는 이게 다 향유 덕분이라고 믿었다.

"부인이 좋으시다면야 계속 사용해도 상관없지만."

슈덴은 어느새 발리아의 귓불을 만지작거리고 있었다.

"제가 보니까 더 안 써도 될 것 같습니다."

"네? ……왜요?"

부끄러운 와중에도 궁금했다. 의문 어린 은회색 눈동자와 대면한 슈덴이 대답했다.

"잘 젖으시던데."

'헉.'

당황해 눈만 깜빡이던 것도 잠시다. 뭔가 이상했다. 발리아는, 적어도 제 몸을 만지는 남자의 욕망 유무 정도는 구분할 수 있었다. 아니, 슈덴이라서 알 수 있는 것도 같았다. 그는 그녀를 향한 욕망을 굳이 감추지를 않았으니까.

마치 지금처럼.

분명 방금 전에 했는데. 왜 발리아의 허리 아래를 쓰다듬는 손길은 이렇게 진득한지. 허벅지를 건드리고 둔부를 쥐어 보는 손이 꼭 애무처럼 느껴져 민망했다. 발리아의 의문은 오래가지 않았다. 언제 다시 일어난 건지 모를 단단한 물건이 허벅지를 통해 느껴졌기 때문이다.

'한 번 하면 끝인 게 아니었어?'

그런데 이건 왜……. 발리아가 어쩔 줄 몰라 하는 사이였다.

그가 그녀에게 다시 키스했다.

스며드는 감정

신성국에 위치한 대신전. 모든 신전의 어머니 같은 존재이며 건물 그 자체로도 경외감을 불러일으키는 아름다운 성전이다. 오늘 아침, 겔 제국을 떠나 이곳으로 돌아온 필레몬은 제 앞에서 낯빛이 꺼멓게 죽어 있는 평신관을 바라보았다. 가르트 가문의 주례를 담당하기로 예정되어 있던 평신관이었다.

"입이 몇 개라도 드릴 말씀이 없습니다, 대신관님."

"어째서 일이 이 지경이 된 게야. 결혼식 금패에 이름이 올라 있는 게 자네인 걸 알고 있지 않았나."

"그것이……, 대신관님이 잠시 머무셨던 2신전에서도 금패를 제작할 수 있으니 새로 제작해서 가신 줄 알았습니다."

필레몬이 한숨을 내쉬었다. 대신관이 결혼 주례를 서는 일이 세기에 몇 번 있을까 말까 할 정도로 적은 탓에 이런 행정 착오가 생겼다.

사실 필레몬 자신이라도 '대신관이 결혼식에 참석한다.'라고 들으면 주례 신관으로 참석하는 거라고 생각했을 터였다. 한 사람의 잘못이 아니었다. 좀 더 상세히 전하지 못한 제 과오도 분명 있었다.

"제가 다 책임지겠습니다."

"됐네, 이 사람아. 이미 벌어진 일을 어찌 책임진단 말인가."

어쨌든 가르트 후작가에서는 정식으로 항의를 해 오진 않았다. 물론 그렇다고 해서 입 싹 닫고 넘어가는 것도 도리가 아니었기 때문에, 필레몬은 직접 가서 사과를 할 참이었다. 대신관은 아무에게나 고개를 숙이질 않는다지만 지금은 그런 체면을 따질 상황이 아니었다.

"후작가에는 내가 말을 잘 해 놓겠네. 앞으론 이런 일이 없도록 신중에 신중을 기하게."

"감사합니다, 감사합니다. 대신관님."

평신관이 연거푸 절을 했다. 그의 뒤에 줄지어 서서 안절부절못하고 있던 평신관들이 안도의 한숨을 내쉬었다. 바로 엊그제만 해도 대신관의 축복을 받으니 후작가에 복이 들 것이라며 진심으로 기뻐하던 그들이었다. 일이 이렇게 될 줄은 정말 몰랐다.

'지나치게 착한 것이 문제지, 쯧쯧.'

필레몬은 그들의 악의 없음을 잘 알고 있기 때문에 따로 처벌할 생각이 없었다. 또한 가르트 후작도 그리 기분 나빠 하지 않았고. 결혼식 당일, 하객으로 참석해 융숭한 대접을 받았던 필레몬은 슈텐과 몇 마디 나눌 기회가 있었다. 그때엔 신전의 실수 때문에 조마조마해서 사과부터 했는데 의외로 슈텐은 담백하게 '전쟁터가 아닌 곳에서의 첫 실수는 넘어가는 게 맞다'라고 응수했을 뿐이었다.

가르트 후작의 반응이 그러했으니 훗날 가택에 직접 방문해 진심으로 사과하면 분명 좋게 해결될 것이다.

"어찌 그러십니까, 필레몬 대신관."

그렇게 마무리하려는데 목소리 하나가 들려왔다.

"잘못했으면 마땅히 치죄해야 뉘우치지요. 신께서 친히 가르쳐 주신 섭리 아닙니까."

"……메르실 대신관."

문을 열고 들어오는 또 다른 대신관, 메르실에게 평신관들이 고개를 숙였다. 하지만 메르실은 시선 한 자락 주지 않고 필레몬의 앞까지 걸어왔다.

"오랜만에 뵙습니다. 필레몬 대신관."

"예, 오랜만입니다. 메르실 대신관. 그나저나 방금 하신 말씀은……."

"말 그대로입니다. 필레몬 대신관. 이는 분명 신전의 실수이니 마땅히 보상해야 도리에 맞지요. 또 실수를 저지른 자를 엄히 벌해야 하지요."

"메르실 대신관."

필레몬의 목소리가 약간 착잡해졌다.

"어떤 벌을 생각하고 계신 겁니까?"

"글쎄요. 신전의 명예를 훼손한 죄가 크니 파문을 시키는 건 어떨까요?"

평신관의 얼굴이 새하얗게 질렸다. 파문은 신관으로서는 사형 선고, 아니 그 이상으로 두려운 벌이었다. 신관들은 차라리 죽으면 죽었지, 파문을 당하고 싶어 하지 않는다. 신의 뜻을 이어받던 사람이 신에게 버려진 지옥으로 떨어지게 된다니. 필레몬의 얼굴이 약간 굳었다. 눈을 내리깔고 그의 얼굴을 살피고 있던 메르실이 자비롭게 웃었다.

"하지만 필레몬 대신관께서 이리 아량이 넓으시니 넘어가겠습니다."

"……고마운 처사군요. 아량은 신관의 기본 중 하나이니 신께서도 크게 기뻐하실 겁니다."

"별말씀을 다 하시는군요. 저보다는 필레몬 대신관의 아량이 더 큰 것을요. 이런 중대사까지 하마터면 그대로 넘어갈 뻔했잖습니까."

메르실이 은근히 꼬집었지만 필레몬은 내색하지 않고 평신관들을 바라보았다.

"모두들 메르실 대신관께 인사드리고 나가보게."

"예, 예에."

"감사합니다."

"감사합니다, 메르실 대신관님."

허둥지둥 감사 인사를 표한 평신관들이 밖으로 나갔다. 메르실은 손짓으로 대신관들을 호위하는 성기사들까지 전부 내보냈다. 조용해진 접빈실. 먼저 입을 뗀 이는 메르실이었다.

"이번 결혼식이 이리 잘 성사된 것은 필레몬 대신관의 공이 큽니다."

"아닙니다. 공녀……, 아니 이젠 가르트 후작 부인이라고 칭해야 옳겠군요. 후작 부인과 후작 각하가 인연이 있기에 잘 된 것이겠지요."

메르실이 말도 안 되는 말을 들었다는 것처럼 웃음을 터뜨렸다. 즐거워서 웃는 게 아니라 가소로워서 웃는 웃음이었다.

"소왕국 기사의 딸과 제국의 당당한 후작이 어찌 인연이 있겠습니까? 겸양도 과하면 독입니다. 필레몬 대신관."

발리아를 깎아내리는 말에 필레몬의 눈빛이 약간 가라앉았다. 직접 대면해 본, 은회색 눈동자가 인상적인 그 아가씨는 단순히 '소왕국 기사의 딸'이라고 폄훼당할 만한 사람이 아니었다. 하지만 필레몬은 침묵을 택했다. 현명한 대처였다.

"참, 그러고 보니 필레몬 대신관."

필레몬이 대답이 없자 메르실이 다시 입을 뗐다.

"육체의 미혹을 불러일으키는 축복은 내렸습니까? 혹 잊은 건 아니겠지요?"

"기억하고 있습니다. 메르실 대신관이 직접 낸 의견이었지요."

"예. 제가 직접 가서 내렸으면 더 정확했을 텐데, 하필이면 힐든 왕국에서 초청을 하는 바람에……."

메르실이 쯧 하고 낮게 혀를 찼다.

"힐든의 왕비가 독실한 신자가 아니었다면 가지도 않았을 겁니다. 고작 공주가 아프다고 대신관을 초청하다니, 원. 겸사겸사 신전 개축에 관련된 일도 진행시키고 왔지만 불유쾌한 건 어쩔 수 없군요."

"메르실 대신관이 덕을 쌓은 것이지요. 너무 불쾌해하지 마십시오."

"맞습니다. 덕분에 신전 개축엔 무리가 없을 테니까요."

메르실은 약간 거만해 보일 정도로 어깨를 으쓱했다.

"아까 하던 이야기나 이어 봅시다. 축복은 잘 내렸습니까? 혹시 공녀가 후작의 마음에 들지 않을 경우를 대비한 대비책 말입니다."

필레몬은 천천히 고개를 끄덕였다. 그제야 메르실의 얼굴에 만족감이 퍼져 나갔다.

"잘 하셨습니다. 필레몬 대신관은 그런 종류의 축복을 내키지 않아 한다는 걸 알지만, 언제 부서질지 모르는 미약한 관계를 어떻게든 이어 놓기 위해선 꼭 필요한 절차였습니다."

"알고 있습니다. 전에도 그리 말씀하지 않으셨습니까."

필레몬은 처음부터 '육체적 미혹'이라는 축복이 마음에 들지 않았다. 시적인 낱말들로 포장한 이 축복의 본뜻은 일종의 최음제나 다름없었다. 신이 직접 안배하여 내리신 경건한 신성력을 한낱 육체적 관계를 위해 사용하다니! 필레몬에겐 불경이나 다름없는 축복이었지만, 메르실은 반드시 수행해야 한다는 입장이었다.

[배경도 내세울 것 없는 여자가 후작의 사랑을 어떻게 받겠습니까?]

[하지만…….]

[필레몬 대신관이 계속 거부한다면 오히려 공녀의 불행을 초래하는 결과를 낳게 될 겁니다. 아무리 제물의 역할만 수행할 공녀라지만, 필레몬 대신관은 정녕 그걸 원하시는 겁니까?]

[…….]

당연히 필레몬은 타인의 불행을 원하지 않는다. 신의 선택을 받아 공녀가 되었다지만 그게 인간으로서의 행복도 포기해야 한다는 뜻은 아니었으니까. 메르실은 필레몬이 양심의 가책이라도 느끼고 있다고 생각하는 모양이었다. 메르실이 달래듯 말했다.

"신의 뜻입니다."

"숙지하고 있습니다."

"최소로 잡아서 2년이기도 하고요."

"예. 그토록 명확했던 신탁은 드물었으니까요."

진짜를 위한 가짜, 가짜를 위한 진짜.

"우리가 찾은 그 공녀가 신께서 원하시는 진짜 공녀이길 목숨을 다해 바라고 있습니다."

"저 또한 그렇습니다, 메르실 대신관."

"그러시면 됐습니다. 쉬십시오."

메르실이 나갔다. 문 밖으로 그의 뒤를 따르는 성기사들의 갑주 소리가 잘그락 잘그락 들렸다. 발걸음 소리가 멀어질 때까지 기다리던 필레몬은 복도가 완전히 한적해지고서야 등받이에 등을 기댔다.

'발리아 딘.'

햇살을 머금은 깨끗한 은회색 눈동자. 낯선 타국에 의지할 사람도 없이 '제물'이 되기를 선택한 여자. 미리 알아본 그녀의 배경은 차라리 그것이 호사로 보일 정도로 기구했다.

'행복하시기를 빌어 드렸지.'

가까이서 본 대신관은 알았다. 가르트 후작은 공녀를 훨씬 더 생각하고 있었다. 자신의 테두리 안에 들어온 사람이라고 생각해서인지, 아니면 다른 이유에서인지. 가르트 후작은 서늘한 남자였다. 이득 없이는 움직이질 않는. 그런 그가 두 번째 결혼식을 거행했다. 공녀는 후작만큼이나 감정 표현이 적은 여자라 정확히 알 수 없었지만, 분명 꺼리지는 않았을 거였다.

'신께서 무엇을 내리려고 하시는 걸까.'

조건은 명확한데 결과가 희미하다. 하지만 신관은 신의 의지를 잇는 사람들. 천사를 내리든 악마를 내리든 결국은 신의 뜻이다.

'행복하실 겁니다.'

필레몬은 정말 온 마음을 다해 공녀가 행복하기를 빌었다.

비록 그녀가 제물이 되는 운명을 피할 수 없더라도.

❧❧❧

새벽이 어김없이 찾아오는 시간. 발리아가 어렴풋이 눈을 떴다. 사위가 흐렸다. 기상할 때마다 흠칫 놀라는 높고 고급스러운 천장이 대번 눈에 들어온다. 그리고 등 뒤로 느껴지는 구름 같은 푹신함. 발리아는 아주 느리게 눈을 깜빡였다.

'피곤해.'

채 풀리지 않은 피로 탓에 몸이 물 먹은 듯 무거웠다. 겔 제국에 온 이후로 잠을 푹 잔 날이 손에 꼽았다. 과거에도 황궁에서 잠을 잘 자지 못한 걸 보면 일종의 버릇이었다. 베개가 바뀌면 일주일은 뜬눈으로 밤을 보내던 발리아가, 부부 침실에서 이만큼이라도 자게 된 것은 잠들기 직전 체력을 많이 소모하기 때문이었다.

이유는 하나였다. 긴 관계. 일이 끝나고 나면 물에 잠긴 꽃처럼 나른해진다. 그래서 늘 발리아는 베개에 뺨을 파묻고 숨을 골랐다. 동그란 어깨가 점차 진정되면 단단한 팔이 그녀를 끌어안는다. 습관처럼. 슈덴은 발리아가 잠들 때까지 그녀를 안고 있었다. 아니, 어쩌면 잠든 후에도 계속 안고 있었을지도 몰랐다.

'잠자리 후의 버릇 같은 걸까.'

발리아는 안긴 품이 어색하다고 생각하면서도 벗어나려고 하지는 않았다. 그도 그럴 것이, 탄탄한 근육으로 꽉 짜인 남체와 자신을 안정감 있게 감싸는 팔은 무척이나 유혹적이었기 때문이다. 게다가 이마에 얼핏 닿는 입술까지도.

제국의 어느 여자가 그를 거부할 수 있을까. 발리아는 본인이 이런 유혹에 약하다는 사실을 처음 알았다. 누군가에게 안겨서 자는 것도 난생 처음인 주제에 꽃에 매혹당한 나비처럼 스르르 잠에 들어 버리니.

'그러고 보니…….'

살갗에 맞닿아 느껴져야 할 온기가 느껴지지 않았다. 꿈속에 잠긴 듯 몽롱했던 정신이 서서히 돌아온다. 발리아가 시선을 약간 움직였다.

옆자리는 비어 있었다.

'……벌써 나갔나?'

이렇게 일찍? 오늘은 기사단 연무도 없는 날이다. 발리아는 이마를 약간 찌푸리고 고개를 옆으로 틀었다. 그리고 멈칫했다.

커튼을 반쯤 걷어 낸 창가에 그가 서 있었다.

붉은 금발. 쭉 뻗은 키와 넓은 어깨. 실크 가운을 걸치고 있는 뒷모습. 슈덴은 팔짱을 낀 느긋한 자세로 창밖을 바라보고 있었다.

'뭘 보고 있는 걸까?'

의문이 들자 잔여처럼 남아 있던 잠기운이 스르르 증발한다. 발리아는 한층 또렷해진 시선으로 소리 없이 몸을 일으켰다. 그리고 양모 카펫 위에 떨어져 있던 실크 가운을 주워 입었다. 그녀가 막 허리에 달린 리본을 묶었을 때였다.

"일어나셨습니까."

슈덴의 목소리가 들려왔다. 발리아는 고개를 들었다. 언제 몸을 돌렸는지, 그가 그녀를 응시하고 있었다. 발리아가 옅게 웃었다. 슈덴도 약간 웃은 것 같다. 그가 발리아 쪽으로 걸어왔다. 애초에 멀지 않은 창문 쪽에 서 있었던 터라 금세 거리가 가까워졌다.

"일찍 일어나셨네요."

"부인이야말로."

가볍게 대답한 슈덴이 물었다.

"그렇게 조금 자면 피곤하지 않습니까."

"잠이 없는 편이라서 괜찮아요."

"잠이 없기는."

슈덴이 고개를 기울였다.

"푹 잔 사람의 눈이 아니잖습니까. 신전에서도 내내 이렇더니."

발리아는 눈을 깜빡였다. 잠이 없다고 둘러대면 다들 그러려니 넘어갔다. 황궁 사람들은 말할 것도 없었고, 시간을 되돌아온 이후의 칼조차도 깜빡 속아 넘어갔다. 그는 책임감 있는 양육자였지만 어린 소녀의 수면 시간이 지나치게 짧다는 것을 파악할 만큼 섬세한 성격은 아니었던 탓이다.

"베개가 바뀌면 잠을 잘 못 자는 편이에요. 금방 익숙해질 거예요."

그래서 이렇게 되물어 보는 사람은 과거와 현재를 통틀어 슈덴이 처음이었다. 발리아는 생소하고 생경한 가운데에서도 차분히 대답했다. 하지만 슈덴은 별로 납득한 눈치가 아니었다.

"정말입니까?"

"네."

"흐음."

"……진짜예요."

"알겠습니다."

슈덴이 담백하게 고개를 끄덕였다.

"더 주무시라 해도 그러지 않을 것 같으니."

슈덴이 잠시 창밖을 내다보더니 물었다.

"아침이나 같이 하시겠습니까."

발리아가 고개를 끄덕였다. 그녀는 슈텐과 함께하는 식사가 즐거웠다. 그 역시 싫거나 꺼리는 기색은 아니었다. 그럼 된 것이다. 은회색 눈동자에 스쳐 간 기대감에 슈텐은 피식 웃었다. 고작 아침 식사를 같이 하자는 말에 이렇게 좋아하는 사람도 드물 것이다.

아침 식사는 저녁에 비해 간소했다. 부드럽게 익혀 낸 오믈렛과 버터를 바른 핫케이크, 우유를 넣은 홍차 등 주로 간단히 먹을 수 있으며 소화에 좋은 부드러운 음식들 위주로 차려졌다. 주방장이 솜씨를 다해 내놓은 요리와 식사 도중 대화를 나눌 수 있는 사람이 있다. 오고 간 대화가 많지는 않아도 사이사이 침묵이 편안했다. 발리아는 그것으로도 충분히 좋았다.

"저, 슈."

"예. 발리아."

"오늘은 황궁에서 저녁을 드시고 오나요?"

오늘은 슈텐이 황궁으로 가는 날이었다. 그는 여러 중임을 맡고 있는 남자였으니 당연한 일정이었다. 사소한 문제가 있다면, 발리아의 과거 기억으론 황궁에 온 귀족이나 신료들은 저녁 시간을 넘기고서야 귀가하는 경우가 대다수였다는 것이다. 그런 기억을 되살려 한 질문에 슈텐은 약간의 침묵 후 입을 열었다.

"늦지 않게 귀택할 것 같습니다."

"네? 하지만 황궁에 가시니 일이 많으실 텐데……."

"함께 저녁을 먹지 못할 정도로 과로한 업무는 거의 없습니다."

발리아의 낯빛이 밝아졌다. 슈텐이 저렇게 말하는 걸 보니 과거에 저녁까지 황궁에서 먹고 가던 귀족들은 어쩌다가 추가 근무를 하게 된 사람들이었나 보다. 해당 귀족이 알았다면 억울함에 파들파들 떨었을 생각이었지만 발리아가 알 리 없었다. 그녀는 그저 오늘 하루를 고대하며 욕실로 향했다. 그를 배웅할 수도 있을 것 같다는 생각을 하면서.

"각하께서는?"

"방금 전에 출타하셨답니다."

문제가 있다면 발리아의 몸이 아직도 피로하다는 거였다. 슈텐의 말대로 잠을 잘 못 자니, 욕탕에서 꾸벅꾸벅 졸고 말았다. 발리아는 그를 배웅하지 못한 게 조금 아쉬웠지만 티를 내지는 않았다. 애초에 겔 제국에는 배우자를 배웅하는 법도 자체가 없다. 발리아는 아쉬움을 감추고 하녀가 내오는 차를 마셨다.

"마님."

찻잔이 거의 비어 갈 즈음이었다. 사라가 종종걸음으로 들어와 고개를 숙였다.

"대신전에서 편지가 왔습니다."

"대신전에서?"

"예, 여기 있습니다."

발리아는 사라에게서 편지를 받아 들었다. 신전의 인장이 찍힌 편지였다. 윗부분을 페이퍼 나이프로 잘라 내자 과연 신전에서 쓸 법한 정갈한 색감의 편지지가 나왔다. 편지에는 결혼식 날 있었던 실수에 대해서 직접 찾아와 사과하고 싶다는 말이 정중한 문장으로 적혀 있었다.

'역시, 실수가 있었구나.'

주례 신관에 관한 실수라니. 어지간해서는 있지 않는 일이라 고용인들조차 당황해 우왕좌왕했던 게 보였다. 하긴, 결혼식 시간이 코앞인데 주례 신관은 오지 않고 그렇다고 임의로 미룰 수도 없고 얼마나 난감했을까. 어떻게 매듭이라도 지은 게 다행이었다.

'그나저나.'

발리아는 편지를 다시 접으면서 생각에 잠겼다.

'왜 아무 얘기가 없는 걸까? 아직도.'

과거와는 달라도 너무 달랐다. 예전 후작 부인은 결혼하기 전부터 소문의 중심이었다. 그에 반해 발리아는 이미 결혼까지 끝냈거늘 아무런 풍문도 없었다. 발리아는 도무지 자신과 과거 후작 부인의 차이를 짐작할 수가 없었다.

'무슨 이유가 있을 것 같은데.'

이유 없는 결과는 없는 법이다. 변화가 생기려면 차이가 있어야 하고.

'왜 과거에는 그렇게 유명해졌을까?'

이 질문에는 즉답이 함께 떠올랐다. 어떤 행위를 의도적으로 한다는 것은 곧 그로 인해 이득을 얻을 수 있다는 기대감이 있기 때문이다. 다시 말해, 과거 후작 부인이 공녀로 자원한 일이 널리 퍼지면 누군가가 이득을 본다는 뜻이었다.

'신전일까?'

가장 먼저 떠오른 것은 역시 신전이었다. 이 공녀 선발과 가장 밀접한 관계에 있는 것은 아무래도 신전이었으니까.

'중요한 일인지 아닌지는 모르겠지만.'

대충이나마 생각을 정리해 두면 좋을 것 같았다. 이렇게 주먹구구식으로 생각해 보는 게 아니라 종이에 직접 필기하며.

'그 전에 만나 보는 게 좋겠지.'

발리아는 곱게 접은 편지지를 다시 봉투 안에 집어넣었다. 겉봉투 발신인 란에는 '대신전'이라고 기입되어 있었는데, 정작 뜯어보니 필레몬 대신관이 발신인 이름으로 적혀 있었다. 발리아가 신전에서 묵으면서 면역이 되어 있지 않았더라면 이름을 확인한 순간 덜덜덜 떨었을 거물이었다.

"사라."

"예, 마님. 분부하실 일이 있으신지요."

발리아가 곧바로 답장을 쓸 수도 있겠지만, 편지의 수신인이 '후작부부'로 정확히 지칭되어 있었기 때문에 슈덴에게도 보여 주는 게 마땅했다. 그녀가 사라에게 편지 봉투를 건넸다.

"보관해 놓았다가 각하께서 돌아오시면 보여 드리게."

"알겠습니다. 마님."

사라가 공손히 편지를 받아 들었다. 생각을 오래 하느라 갈증이 난 발리아는 차를 한 잔 더 마셨다. 평화로운 오전이었고 잔잔한 티타임이었다. 티 푸드까지 모두 먹은 발리아는 자리에서 일어났다. 그녀도 안주인으로서 해야 하는 일들이 있었다.

"사라, 저택을 둘러보고 싶군."

"바로 모시겠습니다."

먼저 이 가르트 저택을 살펴보는 일이었다. 구석구석 꼼꼼히 알 필요까지는 없어도 대략적인 구성과 위치 정도는 알아 두어야 옳았다.

"이곳은 무도회 홀이 있는 별채랍니다."

발리아가 처음 간 곳은 본채와 가까운 별채였다. 겔 제국의 귀족 저택에는 정형화된 건축 양식이 존재했다. 중요하게 다뤄지는 것이 바로 별채였다. 겔의 귀족들은 직계 식솔이 생활하는 본채와 사교 활동을 위한 별채를 따로 구분해 놓곤 했다.

'정말 화려하네.'

가르트 저택의 연회용 홀은 용도에 충분히 부합하고 있었다. 무도회를 열기에 손색이 없는 넓은 크기의 홀에 높게 달린 크리스털 샹들리에는 휘황찬란했다. 발리아의 기억이 틀리지 않는다면 티 파티 역시 이 건물에서 열게 될 것이다.

'그런데 자주 이용하진 않았나 봐.'

하늘빛이 도는 대리석으로 바닥과 벽을 채워 넣어 고급스러움이 남다르긴 했으나 사람의 손길이 자주 닿지 않은 티가 났다. 흠잡을 일은 아니었다. 사용하지 않는 별채까지 깨끗하게 관리하는 것은 사실상 힘든 일이니까. 황궁에서도 종종 있는 일이었다.

'그래도 잘 치워 놓으면 정말 괜찮을 것 같아.'

여럿이 달라붙어 깨끗이 청소를 한 후 싱싱한 꽃들로 여기저기를 장식하면 귀족들의 까다로운 심미안도 손쉽게 만족시킬 수 있을 것 같았다.

그렇게 사교 별채에 대한 평가를 마친 발리아는 그 외의 별채들도 하나씩 둘러보았다. 다양한 용도로 쓰이는 별채들에는 적지 않은 고용인들이 있었다. 그들은 발리아를 보면 하던 일도 멈추고 공손히 허리를 숙였다.

다섯 개가 넘는 별채를 하나씩 눈에 담은 발리아는 빙 둘러 본채로 다시 돌아왔다. 1층과 2층은 지난 이틀 동안 봐서 알고 있었다. 발리아는 미지의 3층과 4층이 궁금했다.

"3층에는 집무실과 서재가 있습니다."

"그래?"

"예. 왼쪽이 각하의 집무실이고 오른쪽이 마님의 집무실이에요. 그리고 중간에 커다란 서재가 두 집무실을 이어 주고 있답니다."

"2층과 비슷한 구조구나."

"그렇습니다, 마님."

발리아는 이 넓은 한 층이 모두 서재라는 말에 호기심이 들었다. 후작 부인에게 배정된 집무실도 궁금했다. 하지만 일단은 저택 본채를 모두 둘러보겠다고 마음먹은 바, 그녀는 4층까지 올라갔다.

'4층엔 공실(空室)이 많구나. 전시실이나 보관실도 많고.'

그리고 가르트 후작 저택답게 모두 화려했다. 가구나 기둥의 호화로움은 부부 침실이나 욕탕, 식당에서까지 숱하게 봐서 놀랍지도 않았다. 반나절을 졸졸졸 돌아다니던 발리아는 훗날 상세히 살펴볼 것을 기약하며 1층으로 내려왔다. 어느새 점심을 먹을 시간도 훌쩍 넘겼다.

'정말 대단한 부호 가문이네. 괜히 하는 말들이 아니었어.'

벽에 달린 장식 하나 사소한 것이 없었다. 발리아는 이 저택의 한 층만 뜯어내 팔아도 수도에 있는 번듯한 저택 몇 채를 장만할 수 있을 거라고 확신했다.

'저택이 이 정도인데.'

대부분의 귀족들은 본가인 성을 더 화려하고 웅장하게 꾸며 놓는다. 통상적인 관례니 가르트 후작가 역시 다르지 않을 것이다. 어쩌면 기둥마다 보석을 박아 넣고 벽에는 자수가 섬세한 태피스트리를 모조리 둘렀을지도 모를 일이었다.

'못 보는 건 좀 아쉽네.'

가르트의 고성도 고아하고 중후한 멋을 자랑하고 있었을 텐데. 발리아는 약간의 아쉬움이 들었다. 볼 것 많다는 미술관의 전시 기간이 끝나 더 이상 관람하지 못하게 된 정도의 아쉬움이었다.

점심시간이 많이 지체된 터라, 간단히 과일과 과자로 허기를 채웠다. 따뜻한 차를 한 잔 마신 후에는 산책을 나간다. 발리아는 아름답게 꾸며져 있는 정원과 드넓게 쭉 뻗은 후원 중 어느 쪽으로 산책을 나갈지 잠시 고민했다.

'정원은 보통 부부가 함께 거닐잖아.'

겔 제국에서 귀족 부부가 사이좋게 정원을 함께 산책하는 모습은 일종의 정형화된 로망이었다. 요컨대 레이디 앞에 한쪽 무릎을 꿇고 있는 기사처럼. 발리아가 혼자 걷기에는 후원이 더 나을 것 같았다.

"후원으로 가자. 전부는 말고 하녀 한 명만 따라오렴."

"예, 마님."

사람이 줄줄 따라오는 것은 그다지 편한 일은 아니었다. 오죽했으면 천방지축 황족 중에서는 시녀들이 졸졸 따라오는 게 귀찮다며 몰래 도망을 가는 사람도 있겠는가. 발리아는 그 정도까지는 아니었지만, 그래도 뒤에 사람을 생선 엮듯 달고 다니고 싶지는 않았다. 고용인들은 공손하게 발리아의 말에 복종했다.

적당히 식은 바람이 발리아의 흰 낯에 와 닿는다. 그녀는 아까보다 생기 있어진 표정으로 걸음을 옮겼다. 후원은 정원보다 배는 넓었기 때문에 걸어서 끝까지 보려면 꽤 시간이 걸릴 것이다.

하늘이 조금 흐렸지만 발리아와 하녀 누구도 미처 알아채지 못했다.

앞선 시각, 제국의 정점인 황궁.

이곳에서는 오늘 귀족 소회의가 예정되어 있었다. 일주일에 한 번 열리는 이 회의는 주요 귀족들에게만 참석이 허락된다. 그리고 여기에서 한 달에 한 번 열리는 대회의에서 다룰 안건들을 미리 선정한다. 그렇기 때문에 이 귀족 소회의에 참석할 권한이 있다는 것은 그 자체만으로도 대단한 자랑거리였다. 슈덴은 그 중에서도 단연 눈에 띄는 남자였다.

"가르트 후작 각하."

소회의가 잠시 중단된 때였다. 문서를 훑어보고 있던 슈덴이 고개를 들었다. 익숙한 낯의 중년 남자가 허리를 꾸벅 숙였다. 황제의 전속 시종장이었다. 슈덴이 눈짓으로 무슨 일이냐고 묻자 시종장이 공손하게 대답했다.

"각하, 황제 폐하께서 알현실로 모시고 오라 명하셨습니다."

"가지."

황제가 직접 직속 시종장을 보냈으니 대충은 짐작하고 있었다. 슈덴은 군더더기 없는 태도로 문서를 내려놓았다. 사실 그는 황제가 부른 용건을 대충 짐작하고 있었다.

"폐하. 슈덴 가르트 후작을 모셔 왔습니다."

"들라 하라."

안쪽에서 윤허하는 말이 떨어졌다. 웅장한 문 앞에 서 있던 기사들이 문을 열었다. 슈덴이 안쪽으로 들어갔다. 자주 방문했던 터라 익숙한 알현실이었다. 황제는 언제나 그렇듯 옥좌에 앉아 근엄한 얼굴을 하고 있었다. 슈덴은 곧장 황제에게 예법대로 인사를 올렸다.

"신, 슈덴 가르트. 황제 폐하께 인사 올립니다."

"일어나게."

"황공하옵니다."

슈덴이 몸을 일으켰다. 황제가 곧장 질문을 했다.

"가르트 후. 결혼식은 잘 치렀나?"

"예. 시종장 편으로 보내 주신 선물은 잘 받았습니다."

"아직 풀어 보지도 못했겠지. 짐이 등극한 이래 결혼식 후 이렇게 빨리 대면한 귀족은 후가 처음이니 말일세."

슈덴은 태연히 대꾸했다.

"제 얼굴이 지겨우십니까."

"허허, 그럴 리가 있겠는가. 신혼 휴가도 청하지 않고 일을 하니 말일세. 후야말로 제국 귀족들의 귀감이 아니겠는가."

사실 슈덴은 신혼 휴가를 신청하지 않은 것을 조금쯤 후회하고 있었다. 하지만 황제 앞에서 그리 이야기할 이유는 없었다. 그는 그저 담백하게 대답했다.

"나라의 녹봉을 받아먹는 자로서 당연한 일입니다."

"후는 참 아까운 인재야. 공작으로 격상되어도 손색이 없을 터인데 말이지."

황제의 말은 반은 농담이고 반은 진담이었다. 오래전 공작 가문 하나가 모종의 이유로 멸문을 당하고, 현 겔 제국에는 공작 가문이 하나밖에 없었다. 등극 초기라면 모를까, 황제의 나이가 이미 중년을 훨씬 넘어섰는데 공작위급 가문이 하나밖에 없다는 것은 그리 좋은 그림이 아니었다.

"후도 알다시피 겔 제국의 황법에는 대공이 하나, 공작이 둘, 후작은 네 가문에까지 수여할 수 있도록 규정되어 있질 않은가. 대공이야

특수한 경우니 예외로 둔다고 한들 공작 가문까지 하나밖에 없는 것은 다른 왕국들 보기에도 영 면이 서질 않지."

기왕 공작 작위를 줄 거면 공도 많이 세우고 딴 맘을 먹을 생각도 전혀 안 하는 가르트 가문에게 수여하고 싶은 게 황제의 생각이었다. 하지만 슈텐은 그 제안에 선뜻 동의를 한 적이 없었다.

"아직은 명예에 큰 욕심이 없습니다."

공작이 된다고 특별히 받는 것도 없는데. 그저 책임질 일들이 더 늘어날 뿐이었다. 굳이 공작으로 승격되지 않아도 이미 공작만큼의 부와 명예를 누리는 슈텐으로서는 별달리 흥미가 돋지 않는 제안이었다.

"겸양이 지나치군, 후. 그대만큼 수많은 영예를 가슴에 단 귀족이 또 어디에 있는가."

전쟁에서 세운 공이 뛰어나 황제가 하사한 훈장만 수십 개에 이르렀다. 황제가 슈텐을 신임하는 데에는 다 이유가 있었다. 대륙 전쟁은 아직도 완전히 소거되지 않았다. 제국은 안정되었다고 하나 다른 왕국들 간에는 아직도 스산한 경계의 기운이 감돌고 있었다. 슈텐은 어떤 의미로든 겔 제국에 없어서는 안 되는 존재였다.

"과찬이십니다."

그리고 이 담백한 태도도 꽤나 마음에 들지 않는가. 황제는 너털웃음을 터뜨렸다.

"오늘 짐이 후를 부른 이유는 후작 부인이 궁금해서네."

예상했던 대로였다. 어젯밤 발리아가 침대에서 물었던 부부 입궁이었다.

"예, 그렇지 않아도 준비하고 있었습니다."

"좋군. 시종장. 가까운 일정이 어떻게 되지?"

"예, 폐하. 3일 후 오전 일정이 통째로 비어 있습니다."

황제는 흡족한 얼굴로 슈덴을 바라보았다.

"3일 후 후작 부인과 함께 입궁하게. 자세한 일정은 시종장이 일러줄 것이니."

"명 받들겠습니다."

"오늘은 이만 퇴궁해도 좋네. 회의실에는 짐이 시종장을 보내 알려놓지. 명색이 새신랑이 일에 붙잡혀 있으면 새색시가 너무 가엽지 않겠는가."

소회의는 저녁 직전까지 이루어지는 게 통상이었지만, 황제가 직접 퇴궁해도 좋다는데 굳이 남아 있을 필요는 없었다. 오늘은 별로 중요하게 다룰 만한 안건도 없었고. 귀족 회의에서 다뤄지는 내용은 황제에게 먼저 오르는 법이니, 이미 알고 부른 것이리라.

"그럼 물러가 보겠습니다."

슈덴은 군더더기 없는 인사를 올리고 알현실에서 나왔다. 황궁의 잘 닦인 거대한 유리창 너머로 보이는 하늘은 아직도 밝았다.

'평소보다 이르게 돌아가는군.'

슈덴이 애초에 예상했던 시간은 딱 저녁 즈음이었다. 지금 귀가한다면 저녁을 조금 이르게 먹어야 할 것이다.

'같이 저택이나 둘러봐도 좋겠지.'

"각하, 저택으로 사람을 보낼까요?"

슈덴을 기다리고 있던 가문의 마부가 물었다.

"지금 사람을 보내나 마차가 도착하는 시간이나 비슷할 것 같군."

"예, 그럼 사람을 보내지 않고 곧바로 출발하겠습니다."

마부가 말고삐를 들었다. 이윽고 마차 바퀴가 굴러가기 시작했다.

슈덴은 잠시 발리아를 생각했다. 일찍 온 자신을 보고 어떤 반응을 보일까. 웃음을 터뜨릴지, 아니면 은회색 눈동자를 동그랗게 뜰 수도 있을 것이다.

"아무 반응 없을 수도 있겠지만."

그렇게 중얼거린 슈덴이 짧게 웃었다. 그냥 하는 말이 아니었다. 그는 그렇게 차분한 사람은 생전 처음 보았다. 그것도 그 나이에. 오직 새벽 같은 고요함. 웃음에도 무표정에도 늘 한 줌씩 깃들어 있는 잔잔함은 어디에서 기원했을까.

슈덴이 발리아에 대한 생각에 잠긴 사이 마차는 성실히 달렸다. 잘 닦인 도로 위로 빗방울이 톡톡 떨어지기 시작한 것은 가르트 저택의 지붕이 보일 무렵이었다.

이윽고 가르트 저택에 도착할 즈음에는 빗방울이 꽤 촘촘해졌다. 슈덴은 곧장 저택으로 들어갔다. 그가 평소보다 이른 시간에, 그것도 아무런 기별 없이 불쑥 들어서자 고용인들이 놀라서 고개를 숙였다.

"각하를 뵙습니다."

"각하를 뵙습니다."

슈덴은 그들에게 시선을 주는 대신 스륵 홀을 훑었다. 예상했던 대로 발리아는 없었다.

"오셨습니까, 각하. 사람을 미리 보내 주지 않으시고요."

대신에 이야기를 전해 들은 폴과 사라만이 재빨리 나와 인사를 했다. 슈덴이 물었다.

"안주인은?"

"마님께서는 아까 후원으로 산책을 나가셨습니다."

"언제 나가셨지?"

"20여 분 정도 되었습니다."
"우산은 가져가셨느냐?"
슈텐이 그렇게 묻는 것과 동시에 하녀 한 명이 헐레벌떡 뛰어 들어왔다. 머리와 어깨가 홀딱 젖어 있었다. 그녀가 발리아를 모시고 나간 하녀라는 것을 알아 본 사라의 얼굴이 창백해졌다.
"마님께서는?"
"그, 헉, 갑자기 비가 쏟아지는 바람에, 후원 그네 나무쪽에서 비를 피하고 계십니다. 제게 우산을 가지고 오라고 하셨……."
"우산을 가져와라."
슈텐이 서늘한 목소리로 명령했다. 하인이 서둘러 우산을 내밀었다. 우산을 받아 든 슈텐은 곧장 밖으로 나갔다. 후원으로 향하는 걸음이었다.
"뭐 하고 있느냐! 빨리 따라오질 않고!"
"예, 총집사장님!"
뒤도 돌아보지 않고 나가는 슈텐을 멍청하게 바라보던 하인들에게 폴이 소리쳤다. 보송한 수건과 마른 숄을 챙긴 그들이 성큼 멀어진 주인의 뒤를 황급히 좇았다.

산책을 하는 도중에 갑자기 소나기가 쏟아지는 것은 흔한 일은 아니었다. 발리아의 코끝에 빗방울이 톡 하고 떨어진다 싶더니 이윽고 주룩주룩 쏟아져 내렸다.
"마님. 소나기가 오려는 모양입니다. 어쩌지요? 미리 비 가릴 것을 챙기지 못한 제 불찰입니다."

"괜찮으니 저택에 가서 우산을 가져와."

"예? 마님 혼자 두고요?"

"가르트 저택의 후원에서 날 해칠 사람이 어디 있겠니. 이렇게 말할 시간에 우산을 가져오는 게 낫겠구나."

"하지만……, 알겠습니다. 마님. 제가 금방 달려갔다 올 테니 이 나무 밑에 계셔요."

마침 발리아의 근처에는 그네가 묶여 있는 커다란 나무가 있었다. 비를 완전히 피하지는 못하더라도 어느 정도 가려 주는 역할은 했다. 발리아는 아직 젖지 않은 나무에 등을 기댔다. 비가 내려서인지 바람이 한층 차가웠다.

'모자가 달린 숄을 두르고 나올 걸 그랬나.'

그나마 사라가 찬 바람 조심하시라며 둘러 준 얇은 숄이 있기에 망정이었다. 발리아는 두르고 있던 숄의 리본을 단단히 조였다. 아이들이 가지고 노는 인형처럼 머리 위로 올려 쓸까 하다가 우스운 꼴이 될 것 같아서 그만뒀다.

"비가 많이 오네."

발리아가 중얼거렸다. 가지가 무성하고 잎이 우거진 큰 나무 밑에 숨어 있는데도 빗방울이 뺨을 타고 흘렀다. 적요함 속 쉴 새 없는 빗소리. 발리아는 눈동자를 빙그르르 굴렸다. 가만히 서 있으려니 다리가 아팠다. 그래도 맨바닥에 앉으면 옷이 더러워질 것 같아서 아이처럼 쪼그리고 앉아 무릎을 끌어안았다. 그녀가 무릎 위에 턱을 묻었다.

'예전엔 이 정도 비는 그냥 맞고 다녔는데.'

황실에서 일하는 사람들이 다 그렇다. 귀한 몸에 비 한 방울 묻을까 싶어 전전긍긍하는 것은 황족의 경우였다. 호위 시녀에 불과했던 발리아는 그저 묵묵히 비를 맞았다. 좀 춥기는 했지만 불만을 가진 적은 없었다. 그들은 황족이었고 발리아는 몰락 귀족이었으니까. 그나마 '시녀'이기 때문에 하녀들보다는 좋은 취급을 받았다. 불만이 있을 리가 없었다.

'그래도…….'

발리아는 턱을 묻은 채로 눈을 감았다.

비를 하염없이 맞고 있는 날이면 떠오르는 기억이 있었다. 과거, 어느 여름날이었다.

잘 기억나지 않는 이유로 했던 외출, 예상하지 못한 소나기가 쏟아졌다. 되돌아가기도, 계속 걷기에도 애매한 거리였다. 발리아는 어쩔 줄 몰라 하다가 결국 집으로 돌아왔다.

어린 뺨을 아프게 훑는 빗줄기 속을 홀로 걷던 그때. 타성처럼 굳어 데리러 와 줄 사람이 없다는 사실에도 굳이 슬퍼해 본 적 없는 그녀가 어쩔 수 없이 서러워지던 빗속.

비는 머지않아 그쳤지만, 그날의 기억은 마음 깊숙한 곳에 숨어 있다가 가끔씩 가시처럼 튀어나와 발리아의 마음을 찔러 댔다.

누군가 우산을 가지고 나와 주기를 간절히 바라던 그때.

"발리아."

뺨을 타고 흐르던 빗방울이 뚝 멎는다.

"얼굴이 젖었습니다."

서늘한 손이 그녀의 뺨을 쓸어 냈다.

"춥지 않습니까."

누군가가 데리러 와 주기를 그토록 바라던 어떤 때.

"……슈."

그래, 그런 때가 있었다.

"데리러 왔습니다, 발리아."

붉은 눈동자가 자신을 바라보고 있었다.

비가 오는 저녁. 드넓은 귀족가의 후원. 오래 손대지 않은 그네가 묶여 있는 커다란 나무. 그 밑에서 서로를 마주보고 있는 두 젊은 남녀.

둘 사이에 대화는 오고 가지 않았으나 서로에게 시선은 고정되어 있다.

쉽게 오지 않는 로맨틱한 상황이다. 게다가 그 두 남녀는 갓 혼인한 주인 부부였다. 요즘 들어 광대 관리가 잘 되지 않는 고용인들은 표정 관리에 힘썼다.

그렇지 않아도 서늘하기 그지없는 후작 각하께서 새로 오신 마님께만은 태도가 묘하게 다른데 오늘은 이런 달콤한 분위기까지! 하늘마저 두 분의 사랑을 원하는 게 틀림없었다. 개중 감수성 풍부한 고용인 몇은 눈물까지 글썽이고 있었다.

그때 사라가 아주 작은 목소리로 속삭였다.

"어쩔까요, 폴."

"그러게 말입니다."

폴이 사라만큼 작게 대답했다.

폴과 사라. 고용인들 중 최고봉인 이 둘은 다른 고용인들처럼 마냥 흐뭇해하고 있을 수가 없었다. 물론 주인 부부의 연인과도 같은 분위기는 좋다. 기쁘고 행복하다. 하지만 그들의 표정은 자못 심각했다. 이유는 하나였다.

"마님께서 감기에 걸리시면 어쩌죠?"

바로 귀하신 마님이 오한이라도 들까 봐.

일전에 디자이너가 매의 눈으로 훑었듯이, 발리아는 여린 체구였다. 뼈대가 가는 것은 말할 것도 없고, 따로 단련을 하지 않아 근육도 별로 없어 보였다. 그나마 키가 있어서 아주 말라 보이지는 않지만 연약해 보인다는 사실은 여전했다.

"저리 여리신 분인데……."

"비도 오래 맞으셨는데 말입니다."

발리아가 메이스를 갖고 놀다가 벽을 깨부순 사실을 아는 사람은 적어도 이 가르트 후작가에는 없었다. 사람은 외양에 쉽게 현혹되는 지라, 폴과 사라는 극심한 수심에 휩싸여 있었다.

"일단 주방에 따뜻한 스튜를 끓여 놓으라고 해야겠습니다."

목욕물 준비도 미리 지시했다. 이 모든 것은 아주 작은 목소리로 진행되었다. 이렇게 만반의 준비를 갖춘 후 다시 주인 부부를 바라보았다.

슈덴은 겔 제국 최고의 기사다. 키도 훤칠했으며 몸에 붙은 근육도 단단했다. 유려한 겉모습뿐 아니라 내실도 단단히 다져져 있어서 잔병치레를 한 적도 없었다. 자연히 폴과 사라의 걱정은 발리아에게로 집중되었다. 대부분의 귀족들은 체력이 약했다. 레이디들은 더 약한 경우가 부지기수였다. 발리아처럼 비를 맞는다면 절반은 감기에 걸릴 것이다.

"하지만 지금 끼어들기엔 좀……, 그렇지 않습니까?"

"……그렇지요?"

좀 그렇다 못해 아주 눈치가 없어 보일 게 뻔했다. 고용인, 그것도 고위급 고용인들에게 '눈치 없다'라는 말은 악몽과도 같았다. 이것이 폴과 사라가 발리아의 걱정에 발을 동동 구르면서도 쉬이 다가가지 못하는 이유였다.

노련한 총집사장과 능숙한 하녀장. 그들이 생에 다시없을 격렬한 고민을 하고 있는 걸 모르는 발리아는 눈앞의 남자에게서 시선을 떼지 못하고 있었다.

'데리러 와 줬다고.'

심장이 두근거렸다. 데리러 왔다는, 그 흔한 말 한 마디에 이렇게까지 동요하는 자신이 이상했다. 말로 표현하기 힘든 감정이 심장을 꽉 쥔다. 포근하면서도, 이상하게 아린.

발리아가 말없이 있자 슈덴이 표정을 약간 찌푸렸다. 그는 그녀의 표정이 평소와 다르다는 사실을 포착했다. 딱 꼬집어 말하기는 힘든데, 잘못 건드렸다간 울어 버릴 것 같은 느낌이었다.

"무슨 일 있으셨습니까."

그냥 비만 맞은 게 아니었나. 황궁에 다녀온 사이 무슨 일이 있었던 건가. 간이 배 밖으로 나온 녀석이 텃세라도 부린 건가. 애초에 후작부인이 비를 맞게 된 것도 아랫것들의 관리 소홀이었다. 깐깐한 귀족이라면 벌써 경을 치고도 남을 일이다. 슈덴의 낯빛이 심상치 않게 변하자 발리아가 서둘러 입을 열었다.

"아무 일 없었어요. 그냥."

그냥 옛날 생각이 났다. 아무도 데리러 와 주지 않던 비 오는 날을 회상하는데, 마침 당신이 데리러 와 줬다. 그래서 기분이 이상했다. 이야기는 이런데 막상 입 밖으로 꺼내려니 망설여졌다.

'내키지가 않아.'

발리아는 자신의 이야기를 남에게 잘 하지 않았다. 과거, 그녀가 갓 입궁했을 때였다. 나이 비슷하고 처지 비슷한 시중인들은 서로를 친구 삼아 과거에 있었던 이야기들을 털어 놓았다. 그때까지만 해도 훈훈한 미담이었다. 그러나 황궁 시중인들 사이에 진정한 친구란 없는 법. 친구를 믿고 했던 이야기가 나중에는 약점이 되는 경우를 발리아는 종종 보았다. 비록 직접 당하지는 않았지만, 보고 들은 게 많아 발리아는 남에게 과거 이야기를 하는 것을 많이 꺼렸다. 어차피 약점밖에 더 될 이야기 아닌가.

'괜히 안 좋은 얘기를 할 필요는 없겠지.'

슈덴이 자신에게 잘해 주는 것은 안다. 그녀는 그의 배려, 행동, 눈빛, 입맞춤에 자주 두근거렸다. 그러니 발리아도 좋은 이야기만 해 주고 싶었다. 그녀 나름의 배려였다.

발리아는 자신을 주의 깊게 살피는 붉은색 눈동자를 보았다.

"그냥, 데리러 와 주셔서 기뻤어요."

아마 슈덴에겐 별거 아닌 마중이었을 것이다. 큰 의미를 두지 않는 편이 현명하다고 생각하면서도, 기쁘고 행복한 건 어쩔 수가 없었다.

"오실 거라고 생각을 못 해서 조금 놀라기도 했고……. 그게 다예요. 정말 아무 일도 없었어요."

슈덴의 낯빛이 약간 풀렸다. 두근거리는 한편, 혹 그가 솔직하게 말하지 않는다며 화를 낼까 싶어 조마조마하던 발리아도 그제야 안심하고 웃었다.

"그런데 일찍 오셨네요. 저녁 즈음에 오신다고 하셨잖아요."

"부인이 기다리실까 봐 저어돼서."

슈덴은 가볍게 대답했다. 어쨌든 딴 데 안 들리고 곧바로 귀택한 것은 발리아 때문이었으니까 거짓말은 아니었다. 입궁에 관한 이야기는 저녁 식사를 먹으며 해도 충분하겠지. 그렇게 판단을 끝낸 슈덴이 손을 내밀었다.

"잡으십시오."

"네? 네."

발리아가 슈덴의 손을 잡았다. 그가 그녀의 팔과 허리를 받쳐 잡아 일으켰다. 슈덴의 손길은 단단하면서도 세심하여 그녀는 힘들이지 않고 자리에서 일어날 수 있었다. 똑바로 일어서자 슈덴의 어깨가 약간 젖은 게 눈에 들어왔다.

"어깨가 젖으셨어요."

"이 정도는 상관없습니다."

"감기 걸려요."

"부인이야말로."

가볍게 대꾸한 슈덴이 손짓을 했다. 뒤에서 표정과 기척을 함께 간수하느라 고행하고 있던 고용인들이 서둘러 달려왔다. 특히 폴과 사라의 표정이 나라를 구한 듯 밝았다. 있는지도 몰랐던 고용인들의 등장에 발리아는 조금 놀랐다.

'언제부터 서 있었지?'

발리아는 항상 타인의 기척에 민감했다. 시녀로서의 감과 기사로서의 감이 합쳐진 게 몸에 체득이 된 것이다. 그런데 이번에는 맹세코 전혀 눈치채지 못하고 있었다.

'하긴, 정신없이 보고 있었으니까…….'

새삼 창피해졌다. 눈을 떼지 못하는 자신을 보며 그는 무슨 생각을 했을까.

'……하지만 어쩔 수 없잖아.'

어떤 여자라도 마찬가지일 것이다. 남편이 빗속을 뚫고 우산을 직접 가지고 왔는데 어떻게 쉽게 시선을 돌릴 수 있을까. 게다가 슈덴이 어디 보통 남자인가. 첫눈에 반한다는 뻔한 수식어를 무리 없이 소화해 낼 정도로 수려한 외모의 소유자였다. 그러니 자신은 지극히 정상적인 것이다. 발리아는 그렇게 합리화를 했다. 그러지 않고서는 얼굴이 많이 붉어졌을 것이리라.

"마님. 괜찮으세요?"

"많이 젖으셨어요. 춥진 않으셔요?"

발리아는 침착한 데 반해 고용인들이 발을 동동 굴렀다. 그래도 하녀장인 사라는 신중하고 조심스럽게 발리아의 젖은 머리와 얼굴을 닦아 냈다. 올이 풍성해 부드럽고 보송보송한 수건으로 물기를 훔쳐 내고, 깨끗한 숄을 어깨에 새로 걸쳤다.

애초에 계절이 계절인지라 비가 와도 날은 그리 춥지 않았다. 새 숄로 갈아입자 금세 온기가 몰려들었다. 숄의 리본을 묶어 준 사라가 여쭈었다.

"마님. 마차를 대령할까요?"

"괜찮아. 걸을 수 있단다."

"하지만……."

일반적인 아가씨들이 연약하긴 하지만 그건 레이디들이고. 발리아에겐 해당 사항이 없는 일이었다. 하지만 겉모습만은 일반적인 아가씨들보다도 여려 보이는 게 그들의 마님인지라 사라는 걱정 어린 표정을 지우지 못했다.

"발리아."

슈텐 역시 그사이 외투를 갈아입은 상태였다. 그가 발리아에게로 성큼성큼 걸어왔다. 마차 탈 것을 권하던 사라와 하녀들이 한 발자국 뒤로 물러섰다.

그나마 슈텐의 표정은 평소와 다를 바 없었다. 안절부절못하고 있는 고용인들과는 대조적인 낯이었다. 그래도 남편이니까, 자신이 괜찮다는 것을 알고 있는 모양이었다.

그래, 발리아가 그렇게 생각한 순간이었다.

"……."

다리가 훅 들렸다. 눈 깜짝할 사이에 슈텐이 발리아를 안아 든 것이다. 그녀는 엉겁결에 그의 목에 팔을 감았다.

"슈?"

"예."

"저 걸어서 갈 수 있어요."

"비를 오래 맞았잖습니까."

발리아는 '그래도 남편이니까 괜찮은 걸 알고 있나 봐'라고 했던 생각을 정정했다.

"하지만 이러면 우산을……."

"제가 들고 가겠습니다, 마님."

폴이 아주 시기적절하게 등장했다. 언제 챙겨 온 것인지 커다란 우산을 익숙하게 들고 있는 폼이 예사롭지 않았다. 과거 발리아가 황궁에서 일할 때 숱하게 들고 다녔던 챙이 앞쪽으로 넓게 펴진 우산이었다. 황족이나 고위 귀족은 우산조차 직접 들지 않기 때문이다. 폴이 우산을 들고 슈텐의 등 뒤에 섰다.

발리아가 할 말을 잃고 꼼지락대자 슈텐이 물었다.

"안기는 게 불편하면 업어 드리면 됩니까?"

"아뇨, 아니에요."

발리아는 결국 얌전히 안기는 것을 택했다. 기실 그녀의 남편은 단련된 기사답게 힘도 무척 강했다. 안정감 있는 자세에 발리아의 긴장되었던 몸이 조금씩 풀렸다.

"발리아."

짧지 않은 침묵을 깨고 슈텐이 그녀의 이름을 불렀다.

"후원에 지붕을 덮어야겠습니다."

"네?"

"하늘을 막을 수는 없으니 말입니다."

발리아는 슈텐이 농담을 한다고 생각했다. 그녀가 빙그레 웃었다.

"그러지 않으셔도 돼요. 갑자기 비가 쏟아질 줄 몰랐어요."

"그러게 왜 하녀 한 명만 데려가신 겁니까."

"뒤에 사람이 많이 따라다니는 게 익숙하지 않아서 그랬어요."

물론 슈텐도 뒤에 사람이 졸졸 따라다니는 건 귀찮았다. 그래서 호위도 없이 다닌 적이 잦았다. 하지만 그건 이 세상에 자신을 해칠 수 있는 놈이 없는 걸 알기 때문에 가능한 일이었다.

'하지만 이 사람은 아니잖아.'

용병이 키웠다는 건 알지만 검술을 배웠다는 보고는 없었다. 게다가 그녀는 척 보기에도 연약해 보이는, 보통의 귀족 레이디였다. 물론 가르트 후작저에서 감히 후작 부인을 해칠 놈은 없겠지만, 만사에 신중을 기해 나쁠 것은 없었다. 특히 후원은 정원보다는 보안에 상대적으로 취약했다.

'쓸데없이 넓어 가지고.'

가르트 저택의 후원은 다른 귀족 저택의 그것보다 몇 배는 더 넓었다. 제국 유일 공작 가문인 빌리엄 공작저보다 넓을 정도이니, 말 다한 셈이다.

'늙은이 욕심만 커서.'

선대 가르트 후작이 확장시킨 드넓은 후원. 숲을 조성한 것도 아닌데 이만큼 넓게 차지한 후원은 그저 과시용이었다. 천박함은 멀리 있지 않았다. 일상적인 혐오감이 피부를 거슬러 올라왔다. 처음 후작으로 봉작되었을 때는 이 후원을 다 불 질러 버리고 싶었다. 시간이 없어서 미루다 보니까 어느새 이 날이 되었다. 그나마도 발리아가 산책에 취미가 있는 것 같으니 내키지도 않게 됐고.

"발리아. 기사를 한 명 붙여 줄 테니 동행하십시오. 하녀 여럿보다는 안전 면에서도 나을 테니까."

"네, 알겠어요."

발리아가 얌전히 고개를 끄덕였다. 비를 맞아 차갑게 식어 있던 그녀의 체온은 금세 따뜻해져 안고 있는 슈덴의 품까지 데웠다.

'이상하군.'

아까는 왜 그렇게 철렁했을까. 나무 밑에 앉아서 턱을 묻고 있는 발리아를 본 순간이었다. 비에 젖은 사람을 처음 보는 것도 아니었다. 군대에선 일상이었다. 전쟁터에선 더 했다. 비를 맞는다고 호들갑을 떠는 것은 귀족이나 황족들이었다. 다치거나 죽는 것도 아니면서 난리 법석은 있는 대로 피웠다. 슈덴은 귀하신 몸들의 엄살을 비웃는 냉소적인 경향이 있었다.

'이 사람은 오히려 차분했지.'

그저 물끄러미 자신을 응시하기만 했던 은회색 눈동자. 보는 사람의 심장조차 덜컹 내려앉게 하는 표정을 지어 놓고, 아무 일 없다는 것처럼 미소 짓는 그 새벽 같은 낯.

'말을 안 하니.'

슈덴은 발리아의 나이답지 않은 잔잔함을, 감정을 감추는 면모를 싫어하지 않았다. 아니, 오히려 후작 부인으로선 적격이라고 합격점을 주기까지 했다. 발리아는 그저 고요한 것만이 아니었다. 그 나이답게 웃을 줄도 알았고 뺨을 붉히는 적도 많았다. 그 정도면 충분하다고 생각할 때는 언제고 지금은 좀 아쉽게 느껴지니 본인이 생각하기에도 모순이었다.

슈덴은 발리아의 이마에 입술을 붙였다. 그녀는 약간 움찔하는 것 같았지만 밀어내지는 않았다.

그 시각, 저택에서는 아예 문을 열어 놓고 주인 부부의 귀환을 고대하고 있었다. 귀환이라고 말하니 거창한 감이 있었지만, 상황이 상황인지라 그렇게 불렀다. 주인이 귀택할 때는 고용인들이 시립한 후 인사를 하는 게 원칙이었다. 아까는 경황이 없어서 인사도 제대로 못 했지만 지금은 아니었다.

그들은 우산을 들고 나간 바깥주인과, 우산을 들고 나가지 못한 안주인이 평온히 돌아오시기를 손꼽아 기다렸다.

"두 분이 돌아오신다."

앞쪽에 있던 누군가가 작게 속삭였다. 바늘 하나 떨어지는 소리까지 들릴 정도로 고요했던지라 모두의 귓가에 잘 파고들었다. 그들은 인사 할 준비를 하며 각을 잡았다. 문 앞에 깔아둔 러그가 부드럽게 밟히는 소리가 들린다.

"각하를 뵙습니다."

"마님을 뵙습니다."

고용인들의 인사에는 한 치의 오차도 없었다. 그리고 고개를 약간 들었다. 미리 합을 맞춰 연습을 해 각도가 한결 같았다. 평소와는 다르게 발리아를 안고 들어온 슈덴을 보고 눈을 동그랗게 떴지만, 그들은 고위 귀족가의 고용인들이었다. 광대는 씰룩대도 표정만은 한없이 공손하다.

"각하, 마님. 목욕물을 준비해 놓았습니다."

평소라면 저녁 식사를 먹고 잠들기 직전에야 목욕을 하겠지만, 오늘은 달랐다. 발리아는 쫄딱 젖었고 슈덴 역시 비를 맞았다. 덜덜 떨지는 않아도 차가운 빗속에 제법 오래 있었던 터라 따뜻한 물에 몸을 담그고 싶었던 발리아는 반색했다.

"슈, 목욕을 하고 저녁을 먹을까요?"

"부인 좋으실 대로."

발리아는 슈덴이 그렇게 말할 때마다 은근히 행복했다. '부인'이라는 호칭에 들뜨는 건지, 아니면 다른 이유 때문인 건지. 어쨌든 그녀의 입가에 미소가 번지는 건 자연 수순이었다.

"그럼 내려 주세요."

이곳은 1층 홀. 후작 부인의 욕실은 2층에 있었다. 내려 달라는 말을 하며 왜 그렇게 웃는지. 보통 여자들은 안아 달라는 말을 하며 빙긋빙긋 웃지 않는가. 슈덴의 눈썹이 약간 까딱였다.

"싫습니다."

"네?"

"어차피 2층까지 가야 하지 않습니까."

"하지만 계단이 있는데……."

"발리아."

슈덴이 그녀를 들어 올려 시선을 맞췄다.

"당신 남편이 침대에서 그렇게 약했습니까?"

"그건……."

"그건?"

발리아가 입을 꾹 다물었다. 약했냐고? 천만에. 발리아가 보기엔 슈덴은 며칠 밤낮을 침대에서 함께 보낼 수 있는 대단한 체력의 남자였다. 그리고 이런 상상은 사실에 가까웠다. 슈덴이 신혼 휴가를 반납하지 않았더라면 실제로 그랬을 것이다. 그녀의 새하얀 뺨에 홍조가 어리는 걸 본 슈덴이 만족한 듯 계단으로 걸음을 옮겼다.

'왜 이렇게 가볍지.'

피골이 상접한 외양도 아닌데 자꾸 그런 감상이 들었다. 기분 탓일까. 뼈와 피와 살로 이루어진 것은 마찬가지일 텐데. 이 여자는 지나치게 가벼웠다. 몸은 말랑하고 체구는 여리니 더 그렇게 느껴졌다. 어디론가 날아가 버린다고 해도 납득이 갈 정도로.

발리아를 잡고 있는 팔에 힘이 조금 들어갔다.

물론 발리아는 알지 못했다.

"저, 슈. 여기서 내려 주셔도 돼요."

그녀로서는 욕실 입구가 최후의 보루였다. 농담에라도 안까지 데려다주겠다고 그러면 온 힘을 다해서 막을 것 같은 표정이었다. 이미 욕실 문 앞을 지키고 있던 하녀들을 뺨을 붉히며 고개를 푹 숙이고 있었다. 조금만 더 안고 있어도 저들의 홍조가 아내에게 옮겨 올 것이리라. 그 모습도 재밌겠지만.

그가 그녀를 내려 주었다. 발리아가 사뿐 바닥에 내려섰다. 이대로 데리고 들어가면 어쩌지 했는데 내려 줘서 다행이었다. 발리아는 쐐기를 박듯이 말했다.

“이따가 봐요, 슈.”

그러니까 지금은 보지 말자는 의미다. 발리아의 한 마디에 담긴 뜻을 충분히 파악한 슈덴이 웃었다.

발리아는 눈동자를 빙그르르 굴렸다. 그리고 약간의 머뭇거림을 담아 말했다.

“아까 데리러 와 주셔서 감사해요.”

목소리에 진심이 짙었다. 슈덴은 약간 머쓱해졌다. 정말 별거 아니었기 때문이다. 말을 타고 이박 삼일을 달린 것도 아니고 고작 저택의 후원이었는데. 하지만 호의를 가득 담아 바라보는 은회색 눈동자는 솔직히 그리 나쁘지 않았다.

“고마우면 갚으시면 되잖습니까.”

딱히 보답을 바라고 한 일은 아니었지만—그러기엔 너무 사소했으니—슈덴은 발리아를 놀리는 게 꽤 재밌었다.

사실 바라는 것도 어느 정도 있었다. 예를 들면 입맞춤이라든지. 그것도 아니면 침대 위에서 시선을 피하지 않는다든지. 슈덴에겐 작은 바람이 있었으니, 발리아가 침대 위에서 제 눈을 피하지 않았으면

했다. 그야말로 작은 바람. 강요할 만한 건 아니고, 소원이라고 말하기엔 지나치게 사소하고.

어쨌든 슈덴은 발리아가 보일 반응이 기대가 됐다. 잠시 눈을 깜빡이던 그녀가 입술을 움직였다.

"그러면……, 다음엔 제가 데리러 갈게요."

머리를 한 대 맞은 느낌이었다.

"제가 비를 맞고 있으면 데리러 오신단 말입니까?"

"비 오는 날에 데리러 오는 사람이 있으면 좋잖아요."

가르트 후작이 밖에서 비 맞을 일은 드물다 못해 없다시피 했지만, 은회색 눈동자는 기대감 비슷한 것으로 반짝반짝 빛나고 있었다. 슈덴은 피식 웃었다. 그가 허리를 약간 굽혔다. 그리고 이마 위에 가볍게 입을 맞췄다.

"기대하겠습니다, 부인."

발리아의 뺨이 약간 붉어졌다. 그러면서도 바라보는 낯빛엔 미소가 번지니 슈덴의 표정도 자연스럽게 부드러워졌다. 발리아는 한결 편해진 분위기로 욕실로 들어갔다. 문 앞에 시립해 있던 네 명의 하녀 중 두 명이 발리아를 따라 들어갔다. 나머지 둘은 문 앞을 지키는 역할이었다. 그들이 공손하게 허리를 숙였다.

슈덴은 닫힌 문에 시선을 한 번 던지고 반대편에 나 있는 후작의 욕실로 걸어갔다. 그가 막 욕실로 들어갈 무렵이었다.

"각하."

사라가 종종 다가오고 있었다. 그녀의 손에는 편지가 하나 들려 있었다.

"무슨 일이지?"

"오늘 오전에 대신전에서 편지를 발송해 왔습니다."

사라는 오전에, 발리아가 전해 놓은 편지를 두 손으로 올렸다. 페이퍼 나이프로 이미 끝이 잘린 편지였다. 뒤집어 보니 수신인이 '후작 부부'로 되어 있었다. 슈텐은 편지를 성의 없이 펼쳐 들었다. 내용을 쭉 훑은 그가 물었다.

"안주인께서는 확인하셨느냐."

"예, 마님께서 먼저 읽어 보신 후 각하가 귀택하시면 올리라 말씀하셨습니다."

슈텐은 편지를 사라에게 도로 건네주었다. 저택에 손님을 초대하는 것은 안주인의 영역이었다. 허락까지 맡아야 하는 것은 아니지만, 형식적으로나마 의견을 물어보는 게 겔의 관례였다.

"침실에 갖다 놓아라."

"알겠습니다, 각하."

사라가 읍한 후 물러났다. 슈텐은 김이 올라오는 욕탕으로 들어서면서 생각에 잠겼다. 사실 주례 신관이 오지 않은 것은 명백한 신전의 실수였다.

슈텐은 타인의 실수에 절대 관대하지 않았다. 물질적 보상은 당연히 넉넉히 받아 냈고 정신적 보상에 서면 사과에, 아무튼 뜯어낼 수 있는 건 다 뜯어냈다.

그런데 슈텐은 신전에 사과 요청을 하지 않았다. 결혼식 날 약식으로 사과하는 필레몬 대신관에게 괜찮다고까지 말했다.

슈텐답지 않은 처사였다.

기실 그는 독실한 신자가 아니었다. 슈텐은 오히려 최근 신전의 행보에 악감정 비슷한 것까지 품고 있었다. 그도 그럴 것이, 얼마 전만 해도 신전 쪽에서 그의 인내심에 무자비한 공격을 가했기 때문이다. 매일 편지를 보내는 것은 기본이었고 심지어 필레몬 대신관은 이틀에 한 번씩 꼬박꼬박 찾아왔다.

필레몬 대신관은 예의 바르게 굴었으나 그는 부차적인 문제였다. 방문 횟수가 지나치게 잦은 것을 도저히 용납할 수가 없었다. 아랫것들이 감히 대신관의 발걸음을 막을 수 있을 리가 없었다. 슈덴이야 귀찮아한다지만, 본디 대신관이란 왕조차 버선발로 뛰어나와 반기는 귀한 손님이었다.

타 귀족들한테 그러듯이 장갑을 던질 수도 없고, 그렇다고 감옥에 가둘 수는 더더욱 없는 이 성스러운 대신관. 그의 집착 어린 방문에 슈덴은 머리가 다 지끈거렸었다.

그게 얼마 전 일이었는데.

왜 지금은 기분이 나쁘지 않은 것인가. 악감정이 없다 못해 별다른 사감조차 들지 않았다. 이유가 뭘까, 생각해 보자마자 곧바로 떠오르는 목소리가 있었다.

[다음엔 제가 데리러 갈게요.]

슈덴은 제 손 위에 얌전히 올라오던 여성의 손을 떠올렸다. 빛을 받는 각도에 따라 다른 빛을 내는 은회색 눈동자도. 손바닥을 내려다보던 슈덴이 손을 꽉 쥐었다. 발리아를 생각하면 마음이 편해지면서도 한편으로는 복잡해서 이상했다. 종잡을 수 없는 제 심리가 이상할 정도로 낯설었다.

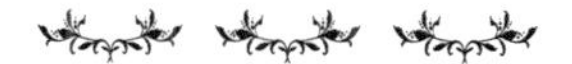

저녁 식탁에 올라온 음식 중 발리아가 가장 마음에 들어 했던 것은 스튜였다. 진한 닭고기 육수에 갖가지 뿌리채소를 한 입 크기로 손질해 넣고, 갖은 양념을 한 후 푹 끓여 내 맛도 좋았고 몸도 따뜻해졌기 때문이다.

발리아는 저녁 식사 시간에 유독 즐거워 보인다. 비단 고용인들만 그리 생각하는 건 아니었다. 슈덴도 비슷하게 생각했다. 그녀는 자주 웃었다. 발리아가 온 이후로 저녁 식탁이 많이 밝아졌다는 것은, 당사자인 발리아만 몰랐다.

식사는 일찍 끝났다. 평소보다 이른 식사를 마치면서, 발리아는 생각에 잠겼다. 고민의 기원은 방금 저녁 식탁이었다.

슈덴이 후식에는 묘하게 손을 덜 뻗는 것 같았기 때문이었다.

귀족가의 식탁쯤 되면 디저트도 한두 종류로 끝나지 않는다. 신선한 과일부터 시작해서 볶은 견과, 아이스크림, 셔벗, 케이크, 달지 않은 푸딩 등 갖가지 종류의 후식들이 보기 좋게 깔린다. 그런데 슈덴이 손대는 것은 주로 달지 않은 디저트 종류였다. 아니, 정확히 말해 조금이라도 단 후식엔 손조차 대지 않았다.

'설마 단걸 좋아하지 않는 걸까?'

후식을 아예 안 먹지는 않으니 주방장도 미처 몰랐을 것이다. 발리아 역시 정말 우연히 가지게 된 의문이었으니. 그냥 그가 디저트를 먹는 걸 보다 보니 타르트 생각이 나서, 살짝살짝 훔쳐보았다. 그러다가 '혹시?' 하는 의문을 가졌다. 디저트는 원체 양이 적은 음식이라 티도 잘 나지 않으니까. 발리아도 한 번 보고는 확신할 수가 없었다.

'하지만 내일 숀이 온다고 들었는데.'

발리아가 관찰해서 알아내는 것보다 숀을 만나서 은근슬쩍 물어보는 게 더 빨랐다. 그녀가 아쉬움에 젖어 있는 사이, 몸은 어느새 침실에 당도해 있었다. 안녕히 주무시라는 하녀의 인사를 듣고 나서야 정신을 차린 발리아는 눈을 깜빡였다.

'아직 밤도 아닌데.'

그냥 습관처럼 침실로 온 모양이었다. 옷은 또 언제 가운으로 갈아입혔는지. 발리아는 무심결에 그렇게 생각하다가 약간 창피해졌다. 침실로 오는 습관이라니. 건전하게 들리지만은 않았다.

슈덴은 집무실로 올라갔다. 몇 가지 서류를 처리하고 침실로 온다고 했다. 생각에 푹 잠긴 와중에도 그 얘기는 들었었다. 고개도 끄덕였던 것 같다. 발리아는 작게 한숨을 내쉬며 침대 쪽으로 걸어갔다. 다시 나가기도 애매했다.

"이건……."

발리아는 팔을 뻗었다. 테이블에 놓인 은쟁반 위에 익숙한 편지가 보였다. 발리아가 편지를 집어 들었다. 그러고 보니 낮에 슈덴이 돌아오면 보여 주라고 했던 말이 떠올랐다.

"봤을지 모르겠네."

발리아가 편지를 든 채로 침대로 갔다. 어차피 조금 있으면 슈덴이 돌아오니, 직접 보여 주고 물어볼 요량이었다. 침대 헤드에 등을 기댄 발리아가 아이처럼 쿠션을 끌어안았다.

'손님을 초대한다고…….'

엄밀히 말해 초대가 아닌 사과를 하러 오는 손님이기는 했으나, 발리아에게는 꽤 의미가 있는 손님이었다. 그녀가 가르트 가문으로 들어오고 처음으로 맞는 공식적인 손님이었으니까.

'일을 맡았으니 잘해야 할 텐데.'

발리아는 귀부인으로서의 삶을 살아 본 적이 없었다. 그래서 많이 걱정됐다. 필레몬 대신관과는 그저 티타임 정도만 즐기면 될 테니까 상관없었지만, 그를 도화선으로 앞으로 참석해야 할 수많은 티 파티와 무도회가 떠올랐다.

'잘할 수 있을까?'

맛있는 저녁 식사가 나오고, 따뜻한 물로 언제든 목욕할 수 있는 삶은 당연히 좋았다. 하지만 평생 그렇게 놀고먹을 수는 없었다. 이 세상엔 놀고먹기만 하는 사람이 생각보다 많이 없었다. 황제도 일하고 황녀도 일한다. 발리아도 가르트 후작 부인이 되었으니 그에 걸맞게 살아야 했다. 이런 조바심에는 과거의 기억도 한몫했다. 과거의 삶은 증명하는 나날의 연속이었다. 시녀로서의 증명, 기사로서의 증명. 쓸모가 있다는 증명.

"발리아?"

그때 들려온 목소리에 발리아는 어깨를 움찔 떨었다. 고개를 들었다가 더 깜짝 놀랐다.

"……슈."

언제 왔는지, 슈덴이 몸을 숙이고 자신을 지척에서 내려다보고 있었기 때문이다. 조금만 가까워지면 코끝이 맞닿을 거리였다. 멍하니 눈만 깜빡이던 발리아가 몸을 조금 뒤로 물렸다. 그래도 그 며칠 동안 익숙해진 모양이었다. 뺨이 많이 뜨겁지 않았다.

"언제 오셨어요?"

"방금 전에 왔습니다."

슈덴은 태연하게 그녀의 앞에 앉았다. 발리아는 그제야 자신이 어린 아이처럼 쿠션을 끌어안고 있었다는 사실을 자각하고는 슬쩍 쿠션을 옆으로 밀어 놓았다. 슈덴의 붉은 눈이 쿠션을 따라 움직이는 걸 보았지만 발리아는 애써 모른 척했다.

"무슨 생각을 하고 계셨습니까. 들어와도 모르시던데."

"아……."

발리아는 옆에 놓아두었던 편지를 집었다.

"슈. 혹시 이 편지를 읽으셨나요?"

"예. 아까 확인했습니다."

"어떻게 할까요? 응한다는 답장을 쓸까요?"

"굳이 저택에 오라고 할 필요 있습니까?"

담담하다 못해, 대상에 대한 귀찮음마저 희미하게 묻어나는 목소리에 발리아가 눈을 동그랗게 떴다.

"하지만 대신관님이신 걸요. 모든 귀족들이 선망해 마지않는 분이시라고요."

발리아가 말하는 그 '모든 귀족'에 슈덴은 포함되지 않았지만 그는 굳이 그걸 지적하지 않았다. 다만 슈덴은 그녀의 의중을 물었다.

"대신관을 초대하고 싶으십니까?"

"초대해서 나쁠 건 없는 분이시니까요. 혹시 싫으시다면 고사하고요."

"싫지는 않습니다."

싫은 건 아니고 귀찮았다. 슈덴은 그 차이를 명확히 인식하고 있었다. 그냥 귀찮다. 발리아가 신경을 쓰는 것도 마뜩잖았고. 그놈의 사과라는 것도 얼마나 쓸데없이 느껴지는지. 보통의 귀족들이었다면 대신관이 저택을 방문했다는 사실만으로도 가문의 영광이니 좋다고 답장을 썼겠지만 슈덴은 아니었다. 하지만 발리아가 원하는 것 같은데 굳이 초를 치고 싶지는 않았다.
“부인 뜻대로 하십시오.”
발리아의 표정이 환해졌다.
“그럼 내일 바로 방문 요청에 응하는 답장을 보내도록 할게요.”
발리아가 필레몬 대신관을 환영하는 데에는 여러 가지 이유가 있었다. 첫 번째로 그녀는 필레몬에게 별다른 악의가 없었고, 두 번째는 슈덴이 생각한 대로 가르트 가문에 이롭기 때문이었다. 그녀는 얼마 전 다짐했던 대로 슈덴에게 잘해 주고 싶었다. 그런데 자신이 잘해 줄 수 있는 게 몇 가지 없었다. 슈덴은 이미 많은 걸 가진 남자였으니까.
‘손님 초대도 안주인의 몫이니까.’
잘해 내면 슈덴에게 득이지 실은 아니었다. 그리고 필레몬은 자신이 조금 실수를 한다고 해도 괜찮다며 자애로이 웃을 이미지였다. 발리아가 필레몬의 방문을 기꺼워하는 것에는 이런 생각들이 깔려 있었다.
물론 슈덴은 몰랐다. 그저 발리아가 빙긋빙긋 웃으니 자신도 모르는 사이에 필레몬과 친분을 쌓았나, 하고 추론만 하는 정도였다.
“발리아.”
“네?”
“필레몬 대신관은 이전에도 몇 번 이 저택에 들른 적 있으니 크게 신경 쓰지 않아도 됩니다.”
슈덴은 다른 귀족들이 들었으면 눈을 휘둥그레 떴을 말을 아무렇지 않게 했다. 실제로 그는 필레몬의 방문에 별다른 의미를 부여해 본 적이 없었다. 발리아는 좀 놀랐다가도 ‘역시 가르트 가문은 내가 생각한 것보다 더 세력 있는 귀족 가문이었구나.’ 하며 납득했다.

"그럼 다행이에요. 고용인들이 대신관의 접대에 어느 정도 알고 익숙하다는 뜻이니까. 폴과 사라가 잘 도와주겠지요."

실제로 발리아가 저택에 입성한 후 그 둘의 도움을 정말 많이 받았다. 공손하면서도 일 잘 하는 총집사장과 하녀장을 둔 복은 그리 흔한 것이 아니었다.

"발리아."

"네."

"여긴 침대인데."

"네?"

"다른 사람 이야기만 계속 할 겁니까."

머릿속으로는 다른 '남자'라고 완성해 놓고 일말의 자존심이 내뱉기 바로 직전에 바꾸었다. 슈덴이 생각해도 특정 직업을 가진 사람을 성별로 구분 지어 호칭하는 것은 굉장히 무례한 일이었기 때문이다. 그리고 발리아는 슈덴이 하는 말의 의미를 금세 알아들었다.

"그게, 이건 일이고……."

"다른 일도 있잖습니까."

침대에서 할 일이란 그리 많지 않다. 모른 척하기에는 슈덴의 시선이 지나치게 집요했다. 발리아는 도무지 알 수가 없었다. 그냥 시선인데, 빤히 바라보는 것뿐인데 왜 이렇게 귀가 빨개지는 것인가.

'……눈빛 때문일까.'

발리아는 자주, 이 붉은 눈동자에게 빨려 드는 것 같은 기이한 감상에 시달렸다. 멀리서 볼 때는 오히려 괜찮았다. 군중의 중심에 있을 때의 그는 뭐라고 정확히 정의 내릴 수 없는 무료한 눈빛을 하고 있었다. 서늘하고, 무감각한. 그런데 왜 가까이서 볼 때에는 이렇게 되

퇴폐적으로 보이는 걸까. 그렇게 마주하고 있다 보면 몸에 힘도 조금씩 풀린다.

슈덴이 발리아의 턱을 잡았다. 그리고 몸을 약간 숙였다. 분홍빛 입술이 저항 없이 열린다. 그의 혀가 입 안으로 파고든다. 치열을 훑고, 입 안 쪽의 여린 살을 낱낱이 맛보고 깊숙한 곳까지 망설임 없이 침입하는 말캉한 살덩이. 그가 예민한 곳을 훑을 때마다 발리아의 몸이 움찔움찔 떨렸다.

슈덴의 손이 발리아의 가운 리본을 잡아 풀었다. 부드러운 실크 가운이 스르르 흘러내리고, 흰 여체가 고스란히 드러난다. 슈덴의 단단한 손이 그녀의 등을 감쌌다. 날개 뼈가 느껴지는 매끄러운 피부. 발리아의 가장 깊숙한 곳까지 맛본 그가 턱을 조금 기울였다.

뺨, 턱, 목을 따라 내려간 입술이 이윽고 가슴에 닿았다. 작게 그러쥔 손이 붉게 물들어 있을 정점을 가리고 있었다. 일부러 막은 건 아니고 어쩌다 보니 그런 자세가 된 것 같았다.

"발리아."

평소 그녀를 호명하는 목소리와는 분명히 달랐다. 그보다 좀 더 열망으로 진득한. 발리아는 그의 눈동자를 빤히 바라볼 자신이 없었다. 잠자리에서만은 유독 퇴폐적으로 변하는 붉은 눈빛. 발리아가 시선을 피하자 슈덴이 그녀의 턱을 쥐었다. 그리고 다시 길게 키스한다. 쏟아지는 입맞춤. 흰 손가락이 그의 어깨를 그러쥔다. 슈덴은 그녀의 손끝에도 입을 맞췄다. 이상했다. 이런 것까지 예뻐 보이는 게 흔한 일인가. 갈증과도 비슷한 욕망이 끓어오른다.

슈덴이 가운을 벗었다.

발리아를 그렇게 부끄럽게 만드는 이 근사한 남체. 입이 약간 벌어지고 귓가가 뜨거워졌다. 발리아는 저도 모르게 두 손을 모아 얼굴을 가렸다.

가뜩이나 그 묘한 눈빛을 마주할 자신도 없는 발리아였다. 슈덴이 이렇게 홱 벗어 버리기까지 하면, 도무지 어떻게 바라봐야 하는지 알 수가 없었다. 어떡하지. 의외로 자주 농담을 던지는 편인 슈덴이다. 또 어떤 짓궂은 농담을 할지 몰랐다.

진짜 못 보겠어. 발리아는 얼굴을 가리고 조심스러운 목소리로 말했다.

"저, 하셔도 돼요."

발리아가 뭘 하나 싶어 지켜보고 있던 슈덴은 기가 찼다.

"그 상태로 말입니까?"

"안 되진 않잖아요……?"

틀린 말은 아니지만 이건 아무래도 좀 아니질 않은가. 조금 늦게 벗었어야 했나. 바닥에 던진 가운을 다시 주워 입기라도 해야 하나. 자연스럽게 흘러가는 생각에 문득 의아해하고 만다. 자신이 이런 생각을 하게 만드는 발리아가 신기했다.

"부인."

"……네?"

"뭐가 그렇게 부끄러우신 겁니까?"

"중간에……, 막 벗으시잖아요."

"나중에 벗는 건 괜찮으시고?"

"……."

돌아오는 대답은 없었다. 하지만 그 정도로도 대충 파악은 갔다. 발리아는 본격적인 정사에 들어가기 전에 슈덴이 벗어 버리는 게 굉장히 부끄러운 모양이다. 초야 때는 정신이 없어서 어영부영 넘어간 모양이고.

알았으니 됐다.

슈텐은 여전히 얼굴을 가리고 있는 발리아의 손등에 쪽 입을 맞췄다. 그가 침대에서 일어나는 것 같았다. 이윽고, 발리아는 침실의 불이 꺼졌음을 알았다. 그녀가 조심스럽게 손을 뗐다.

"슈? 불 끄신 거예요?"

발리아가 조심스럽게 슈텐을 불렀다. 돌아오는 대답은 없는데 사방이 깜깜해 보이는 게 없었다. 심지어 숨소리 하나 들리지 않는다. 점차 당황스러워졌다. 발리아가 어두운 허공을 더듬을 때였다. 그녀의 손이 붙잡히더니, 등 뒤에서부터 끌어안는 몸이 느껴졌다.

"슈? 흣……."

발리아의 어깨가 살짝 떨렸다. 입술이 목과 어깨를 잇는 부분을 지분거렸기 때문이다. 발리아의 허리를 껴안은 단단한 손이 그녀의 가슴을 야하게 주물렀다. 뾰족 선 유두를 잡고 굴리는 손가락. 아무것도 보이지 않아서, 다른 감각이 더 선명하게 살아났다.

침대 위로 무게가 실린다. 발리아는 슈텐이 제 몸을 끌어안고 앉았음을 알 수 있었다. 등 뒤로 느껴지는 가슴 근육도 그랬고, 엉덩이 쪽에서도 확연히 느껴지는 특유의 거대한 단단함. 얼굴 붉힐 겨를도 없었다. 슈텐의 손이 따뜻한 배를 더듬어 내려가더니, 이윽고 허벅지 안쪽을 파고들었다.

"으응……."

열은 신음이 새어 나왔다. 따뜻하니 촉촉한 틈을 파고든 손가락이 클리토리스를 찾아 문질렀다. 순간 타고 오르는 짜릿함. 쉬지 않고 건

드리고 쓰다듬는 손가락에 작은 성감대가 금세 부어오른다. 간질간질 고이는 열기에 괴로워질 정도였다.

발리아는 신음과 함께 무릎을 모았다. 하지만 슈덴의 손은 이미 그 깊은 곳에 묻혀 있는데. 그의 손가락은 통통하고 말랑한 속살을 놓아줄 기미를 보이질 않았다.

"흣……."

어쩌면 슈덴의 말이 맞을지도 모르겠다. 향유는 이제 없어도 될 것 같다고 했던. 발리아는 이 애무만으로도 이미 아랫배가 뜨거웠다. 흘러나오는 애액으로 젖어 안쪽이 녹진녹진했다.

발리아의 몸이 준비가 되었다고, 슈덴은 금세 알았다.

그는 그녀의 어깨와 허벅지를 감싸 안은 후 그대로 눕혔다. 슈덴의 젖은 손가락에 발리아의 긴 머리카락이 조금 감겼다. 발리아는 누운 채로 손만 뻗어 어두운 허공을 더듬었다. 슈덴을 찾는 것이다. 잘 보이지를 않아서.

"여기에."

그는 허리를 숙인 후 그녀의 팔을 잡아 주었다. 날씬한 팔이 슈덴의 목에 감기고, 다리 또한 그의 허리에 감겼다. 짙은 어둠. 바로 앞에 있는 상대가 겨우 보일 정도였지만. 슈덴이 무릎을 약간 세웠다. 젖어 부드러운 속살에 닿는 페니스가 선명하게 느껴졌다.

곧 그가 그대로 삽입했다.

"흑! 으응! 하윽!"

이 어두컴컴한 침실에서 발리아가 의존하고 있는 것은 오직 촉각과 청각이 전부라서. 빠듯하게 채워진 하복부를 슈덴은 사정없이 밀어붙였다. 평소보다 훨씬 예민해진 그녀의 몸이 바르르 떨렸다.

슈텐이 진퇴를 반복할 때마다 단단한 페니스가 민감한 점막들을 남김없이 자극했다. 눈앞이 아득해지는 쾌감에 발리아의 입가에서 자꾸만 신음이 터졌다. 보이는 건 없는데 귀에 얽히는 소리와 자극은 얼마나 야하게 들리던지.

두 남녀의 살갗이 비벼지는 적나라한 소리와, 끝까지 쳐올렸을 때의 그 은밀한 소리. 머리가 다 어질어질 울릴 정도였다.

"아, 흐읏!"

다시금 터져 나오는 열락. 발리아의 허리가 곧추세워졌다. 페니스가 빠져나갈 때마다 내벽도 압박감 때문에 함께 딸려 나가 버릴 것만 같았다.

어느 순간이었다.

흑! 발리아의 허벅지가 세게 죄어들었다. 거의 동시에 절정을 느꼈던 처음과는 달리, 이제 발리아가 오르가즘에 당도하는 시간이 더 빨라졌다. 그녀는 슈텐의 어깨를 그러쥐고 몸을 떨었다. 주름진 안쪽이 심하게 요동쳤다. 슈텐이 탁한 신음소리를 흘렸다. 움직이지 않고 가만히 있어도 사정해 버릴 것처럼 자극이 심했다.

잠자리의 횟수를 더해 갈수록, 슈텐은 어렴풋했던 부분을 확실히 알아가고 있었다. 가령 발리아가 어디를 자극하면 심하게 느끼는지. 그녀가 오르가즘을 느낀다면 그 후에 얼마나 쉬게 둬야 하는지. 바로 다시 삽입을 해도 되는지.

또 그때 제 물건을 꽉 물고 경련하는 내벽은, 대체 왜 그렇게 머리를 아득하게 만드는지.

"흐읏, 슈……."

발리아의 등을 껴안은 팔에 힘이 들어갔다. 그를 그런 애칭으로 부르는 사람이 처음이고 그를 이렇게 갖는 여자도 처음이다. 슈덴의 목에 매달리듯 팔을 감고 발리아는 울 듯이 헐떡였다. 머리로는 달래주고 싶은데 허리 아래가 말을 잘 듣지 않는다. 신음 섞인 흐느낌이 숨이 막히게 달콤하게 들렸다.

슈덴의 페니스는 정말로 발리아를 뚫어 버릴 것처럼 거칠게 삽입되었다가 빠듯하게 빠져나갔다. 거대하고 뜨거운 막대기에 꿰이면 이런 기분일까? 이 남자도 제 몸이 이렇게 뜨겁게 느껴질까? 발리아의 허리가 거짓말처럼 휘었다. 그녀의 속눈썹에는 벌써 눈물이 젖어 있었다. 불이 켜져 있었다면, 슈덴이 입술로나마 닦아 주었겠지.

다만 지금은 아무것도 보이지 않을 만큼 어두워서. 오직 감촉과 소리만이 선명한 이 밤의 침실. 슈덴이 뱉는 낮은 신음이 지나치게 색정적으로 들려, 발리아의 몸 안 쪽이 꽉 죄여들었다. 순간 그가 숨을 들이켰다.

"……발리아. 힘 좀."

이름 한 마디가 왜 그렇게 색정적으로 들리는지. 페니스를 품고 있던 미끈한 질내에서 쉽게 힘이 빠지지 않았다. 안 그래도 빠듯한데. 당장이라도 사정해 버릴 것 같은 건 부차적인 일이다. 터질 것 같이 부풀어 오른 페니스를 조이는 내벽이 아찔하다.

"아, 슈! 흐윽!"

슈덴의 손이 발리아의 가슴을 일그러뜨리듯이 쥐었다. 부풀어 오른 유두를 잡고 굴리는 손끝이 전보다 훨씬 거칠게 느껴졌다. 머리가 뜨거웠다. 발리아의 몸 안에서 터지듯 흘렀던 애액은, 이젠 슈덴의 허벅지에까지 튈 정도였다. 질척이는 듯한 찌걱거리는 소리는 쉬지 않고 들려, 발리아의 발끝마저 오싹하게 만들었다.

서로의 머릿속에 온통 서로만이 있을 수밖에 없는 이 침대 위. 발리아는 벌써 몇 번째인지 세지도 못하는 절정에 오르며 신음처럼 슈덴의 이름을 불렀다.

다음 날이었다.

가르트 후작저에는 손님이 찾아와 있었다.

"만나 뵙게 되어 영광입니다, 가르트 후작 부인."

바로 황제가 직접 보낸 직속 시녀장이었다. 폴과 연배가 비슷해 보이는 그녀는 예전에 황궁에서 발리아가 본 적 있는 사람이었다. 조금 깐깐하기는 해도 이유 없는 성질을 부리는 악덕 상사는 아니었던지라 발리아의 기억 속에 좋게 남아 있는 사람이기도 했다.

발리아가 빙그레 웃었다.

"황제 폐하께서 직접 자네를 보내 주시다니. 은혜가 하해와 같다고 전해 주게."

"여부가 있겠습니까. 폐하께서도 입궁 날짜가 미루어지게 되어서 무척 아쉬워하고 계신답니다."

당초 3일 후로 예정되었던 입궁 날짜는 며칠 뒤로 더 미뤄졌다. 흔히 있는 일이었기 때문에 발리아는 별로 개의치 않았다. 하지만 그사이에 시녀장을 보내 준 황제의 의도는 간파가 되었다.

신부가 외국인인 경우도 흔한 것은 아니었지만, 입궁 날짜가 잡혔다고 황제가 친히 직속 시녀장을 보내 주는 경우는 정말 드물었다. 두 가지 뜻이었다. 그만큼 가르트 후작을 아끼고 있는 총애의 표시이자,

또 다른 쪽으로는 미리 후작 부인에 대해 알아보겠다는. 발리아가 하는 모든 말과 행동은 황제에게 전해질 것이리라.

그렇다고 시녀장의 눈치를 볼 필요까지는 없었지만 오만하게 굴 필요도 없었다. 애초에 발리아는 '오만함'이라는 단어와 거리가 먼 사람이기도 했고.

가장 중요한 건 새로 크게 배울 사항이 없다는 사실이었다.

"후작 부인께서는 이미 황실 예법을 완벽히 숙지하고 계시는군요."

시녀장은 사실 타국 출신 귀족이라고 해서 어느 정도 걱정을 하고 찾아왔다. 대륙은 공용어를 쓰지만 황실 예법 같은 고급 예절에서는 각국마다 차이가 심한 편이었기 때문이다.

"겔의 예법도 전부 알고 계시고, 현 황실 계보도 모두 외우고 계시다니요. 뭇 귀족들의 귀감입니다."

시녀장의 말에는 아부가 반, 진심이 반이었다. 시녀로 일해 보았던 발리아는 그저 담백하게 미소만 지었다.

"예법서와 황실 계보를 미리 읽은 것이 도움이 되었나 보군."

실은 과거 황궁 호위 시녀로 있으면서 외운 것이지만. 시녀장이 솔직하게 감탄했다.

"보통은 책만으로 그렇게 익히기 힘드신데, 정말 대단하십니다."

"칭찬이 후하군. 고맙네."

발리아의 태도는 흠잡을 데가 없었다. 정말로 더 가르칠 게 없었던 시녀장은 발리아와 몇 마디 담소를 나눈 후 궁으로 돌아갔다.

"마님, 차 한잔하시겠어요?"

"그래."

시녀장이 있는 동안 얌전히 서 있던 사라가 차를 따라 주었다. 말린 과일과 허브를 넣고 우려낸 달콤한 향기가 응접실에 가득 퍼졌다. 발리아는 잘 우린 차를 한 모금 마셨다. 오전 내내 수업 아닌 수업을 하느라 비어 있던 뱃속이 따뜻해진다.

발리아가 차와 함께 먹는 다과를 좋아한다는 것을 눈치 빠르게 파악한 사라 덕에 트레이에는 다양한 간식들이 풍성하게 올라와 있었다. 발리아는 아몬드를 넣어 구워 낸 고소한 과자를 집어 먹으면서 물었다.

"각하께서는?"

"아까 간단히 드실 만한 것을 올렸습니다."

오늘 슈덴은 외출하지 않았다. 그렇다고 그가 쉬는 것은 아니었다. 오전 일찍 이미 슈덴의 보좌관들이 저택을 찾아와 있었다. 발리아가 보기에는 보좌관들이 들고 온 서류 두께가 무척 두꺼웠는데, 그는 아침 식사를 할 시간은 있다고 했다. 발리아도 슈덴과 함께 식사를 하는 게 좋았기 때문에 그러려니 납득했다.

그리고 지금 집무실에서 다섯 시간째.

원래라면 발리아도 저녁 전까지 시녀장에게 황실 예법에 대한 교육을 받을 예정이었다. 하지만 배울 게 없고, 가르칠 게 없는데 있어 봤자 시간 낭비. 갑작스럽게 생긴 자유 시간에 발리아는 예복을 시착해 보기로 했다.

"마님, 불편한 곳은 없으신가요?"

"몸에 딱 맞아."

폴이 웨딩드레스의 치수에 맞춰 미리 고쳐 놓았다더니 정말 꽉 끼거나 들뜨는 부분이 없었다. 예복은 평범한 형태의 드레스였는데, 단아하고 정갈해 보이는 것이 주목적이었다. 화려한 멋은 찾을 수가 없어서 무도회 드레스에 비하면 다소 심심하기도 했다.

예복에 어울리는 머리 장식을 고르고, 새로 맞춘 구두를 길들이기 위해 신은 채로 방을 두어 바퀴 돌았다. 그러고 나니 사라가 들고 온 것이 있었다. 척 보기에도 화려해 보이는 작은 보석함이었다. 흰 장갑까지 낀 사라가 조심스럽게 뚜껑을 열었다.

"가르트 후작 부인이 대대로 착용하시던 브로치랍니다."

발리아가 눈을 깜빡였다. 알 굵은 다이아몬드와 귀한 루비가 아낌없이 사용된 브로치는 보석을 잘 모르는 발리아의 눈에도 그야말로 초고가로 보였다. 가르트 가문의 휘장 모양으로 세공한 보석은 커팅이 섬세하여 다각도로 빛이 났다.

발리아는 문득 궁금해졌다.

"가르트 후작 부인'만' 착용할 수 있는 브로치인 건가?"

"네, 마님. 오직 후작 부인만 착용하실 수 있어요. 상징적인 요소가 강해, 공적인 자리에만 주로 착용한다고 하셨고요. 착용한 날짜도 장부로 기록해 놓는답니다."

"……착용한 날짜까지?"

보통 귀한 게 아닌 모양이었다. 발리아는 새삼 저 반짝반짝 빛나는 브로치의 가치를 알고 조금 당혹했다. 잃어버릴까 봐 겁이 날 정도였다. 발리아는 꼭 필요한 자리를 제외하고는 저 브로치를 멀리해야겠다고 속으로 다짐했다. 잃어버려도 집에서 잃어버리는 게 낫지, 밖에서 저 귀한 걸 잃어버렸다가는 살고 싶지 않아질 것 같았다.

"보석함은 가져다 놓으렴."

"네, 마님."

하녀가 보석함을 가져다 놓고, 시착해 본 예복과 머리 장식, 구두도 올려 보냈다. 거기까지 끝내고 나자 발리아는 정말 할 일이 없었다. 원래라면 갓 결혼한 신부도 할 일이 많았다. 저택의 내부 예산을 살피고 여러 가지 인수인계를 받아야 했다. 문제가 있다면 가르트 집안엔 새로 온 신부에게 인수인계를 해 줄 집안 어른이 없다는 것이고 내부 예산 장부 작성도 덜 끝났다는 점이었다.

'하긴, 결혼을 닷새 만에 했으니까.'

빨라도 며칠 후에야 내부 예산 장부를 받아 볼 수 있을 것이다. 거기까지 생각을 마치니 정말로 시간이 텅 비었다. 누군가는 지루해할지도 모를 이 시간에 발리아는 고대하는 것이 있어서 혼자 즐거웠다. 그녀는 작은 기대를 하고 있었다.

'타르트.'

슈텐은 일주일에 3일만 연무장에 나가지만, 기사들도 그런 것은 아니었다. 그들은 5일을 수련하고 하루를 쉰다. 숀은 기사단장이었기 때문에 다른 기사들과 똑같은 형태로 스케줄이 짜였다. 아침 수련이었기 때문에 조금 있으면 숀이 저택을 방문할 것이다. 그는 엄밀히 말해 슈텐의 보좌관은 아니었지만 간혹 회의를 할 일이 있다고 했다.

'잠깐 얘기하는 정도는 괜찮겠지. 어차피 차 한 잔은 마시고 올라갈 테고.'

발리아는 가슴이 두근거렸다. 과연 슈텐이 자신이 보낸 타르트를 먹었을까. 먹지 않고 버렸을까. 조금쯤 웃었을까. 아니면 무표정한 얼굴로 내다 버리라고 했을까.

'음……, 아냐. 마지막 건 취소하자.'

화내지만 않으면 된다고 생각할 땐 언제고, 며칠 사이에 또 기준이 바뀌었다. 사람 마음이란 게 이렇게 간사하다. 마음은 혼자만 간직할 수 있는 거라 다행이었다.

발리아가 이렇게 상상에 빠져 있을 때였다.

“마님. 숀 경이 오셨어요.”

숀이 오면 미리 알리라고 한 덕분에 하녀가 총총 다가와 알렸다.

“모시고 오렴. 차도 내오고.”

“네, 마님.”

얼마 있지 않아 하녀가 숀을 데리고 왔다. 간만에 재회하는 기사는 귀부인이 된 아가씨에게 꾸벅 고개를 숙였다.

“오랜만에 뵙습니다. 후작 부인.”

그새 호칭이 바뀌었다. 발리아는 어색해 하지 않고 웃었다.

“오랜만이에요, 숀 경.”

레이디와 기사는 특수한 관계였다. 그들은 신분의 고하에 관계없이 서로 공대를 했다. 서로를 존중하는 의미에서였다. 이미 결혼한 귀부인도 다를 것이 없었다. 레이디나 기사가 오등작의 귀족 작위를 받았을 경우에만 이 관습이 적용되지 않는다.

그래서 백작 부인이 자작에게는 하오체를 쓰면서 자작의 아들인 젊은 기사에게는 공대를 쓰는 웃지 못할 상황도 종종 있었다. 공작의 아들이라고 해도 기사라면 남작의 딸에게도 공대를 써야 한다. 좀 이상하긴 했지만 어쨌든 겔의 예법이었다. 발리아는 마땅히 따랐다.

차가 나올 때까지 일상적인 이야기를 두런두런 나누던 발리아는 은근슬쩍 말을 돌렸다.

“그런데 경, 각하께서 며칠 전에 타르트를 받으셨을 때 옆에 있었나요?”

“예. 제가 저택의 하인을 직접 막사까지 데려갔었습니다.”

발리아가 저도 모르게 반색하다가 헛기침을 했다.

"각하께서 혹시 타르트를 받고 싫어하셨나요? 내다 버리라고 하셨다든가……."

"절대 아닙니다, 후작 부인."

숀이 각을 잡고 대답했다. 발리아는 밝아지려는 표정을 애써 감췄다. 그녀는 최대한 담담하게 보이려 노력하며 고개를 끄덕였다.

"선물로 들어온 걸 내치실 분은 아니죠."

'그것도 절대 아닙니다.'

숀은 차마 그렇게 대답하지 못했다.

귀족 레이디들이 직접 요리를 하는 경우는 거의 없지만, 마음을 표현하고자 할 때 직접 과자를 구워 내는 경우는 가끔 있었다.

예쁘게 구워진 케이크나 쿠키들은 앙증맞게 포장되어 가르트 기사단의 천막으로 전해졌다. 초기에는 종자들이 슈델에게 어느 가문의 어느 영애가 보내신 디저트다, 하고 고했다. 귀족이 손수 보낸 음식을 아랫선에서 처리하는 건 불경이었기 때문이다. 슈델은 그럴 때마다 붉은 눈동자로 종자를 한 번, 그리고 들고 온 디저트를 한 번 바라보았다. 말없는 그 시선을 이해하지 못하는 종자는 가르트 기사단에 없었다.

그런 일이 워낙 잦다 보니 이젠 3단 케이크를 받아도 아랫사람들이 알아서 해결하곤 했다. 주로 기사들의 당분 보충용으로 순식간에 사라지는 운명이었다.

그런 사실을 알지 못하는 레이디들은 자주 간식을 보냈다. 물론 숀에게는 나쁜 일이 아니었다. 최고급 재료만 써서 공들여 구워 낸 간식은 기사들의 당분 보충용으로는 아주 호사스러웠으니까. 나서서 알려 줄 만큼 친분이 있지도 않았다.

예외가 있다면 발리아였다. 주군의 유일한 신부이며, 짧은 시간이었지만 자신이 직접 모셨던 아가씨. 숀이 조금만 더 살가운 성격이었더라면 발리아를 '아가씨' 내지는 '마님'이라고 친근하게 불렀을 것이다. 실제로 로빈은 '마님'과 '후작 부인'과 '아가씨'를 혼용해서 사용하고 있었다.

"사실 각하께서는 단걸 좋아하시지 않습니다."

무뚝뚝한 성정이래도 정보는 알려 줄 수 있다. 상처를 받으면 어쩌나 약간 걱정했는데 발리아의 표정엔 별다른 실망감이 떠오르지 않았다. 그녀는 그저 고개를 끄덕였다.

"그렇군요……. 알려 줘서 고마워요."

"실망하지 마십시오. 정말로 단걸 좋아하지 않으십니다. 아는 사람도 적고요."

"그런가요? 그런데 저한테 알려 줘도 경은 괜찮은 건가요?"

"예. 각하께서 입 다물라고 하신 적은 없으니까요. 나중에 각하께 직접 여쭈어 보셔도 상관없습니다. 책임을 져야 한다면 제가 다 지겠습니다."

발리아가 풋 하고 웃었다. 이 근엄한 기사단장은 사소한 것에도 목숨을 거는 경향이 있었다. 의도치 않은 웃음 덕분에 기분이 좀 풀렸다. 애초에 화가 나거나 실망한 것도 아니었으니까. 그런 것에 상처받기에는 발리아는 험한 과거를 살았다.

"그럼 경."

그녀는 다른 궁금한 것을 물었다.

"남은 타르트는 기사들이 나눠 드셨나요?"

숀은 대답하기 전에 앞서 잠시 고민했다.

'아닙니다. 혼자 다 드셨습니다.'

어떻게 해야 이 말을 예의 바르게 전할 수 있을까. 그런데 도저히 마땅한 말이 떠오르지 않았다. 그냥 혼자 다 드신 걸 혼자 다 드셨다고 하지 뭐라고 표현한단 말인가. 결국 숀은 자신을 기대 반, 걱정 반으로 바라보는 발리아에게 솔직하게 말했다.

"각하께서 전부 다 드셨습니다."

"……네?"

[단걸 좋아하지 않으십니다.]

그런 다음엔.

[전부 다 드셨습니다.]

앞의 말과 뒤의 말의 모순이 대단했다. 발리아는 도무지 두 말을 쉬이 연결할 수가 없었다. 발리아가 보낸 것은 평범한 과일 타르트였다. 황제가 친히 하사한, 금을 갈아 만든 보양식도 아니었다. 가르트의 주방장이 힘껏 솜씨를 부렸다고 한들 변하지 않는 사실이다. 발리아는 다시 물었다.

"방금 단건 좋아하지 않으신다고 했잖아요."

"정말입니다. 후작 부인. 각하께서는 단걸 좋아하지 않으십니다."

"그럼……."

"하지만 후작 부인께서 보내신 타르트를 다 드신 것도 사실입니다."

발리아는 말없이 차를 한 모금 마셨다. 숀이 거짓말을 한다고 생각하진 않았다. 이 무뚝뚝한 기사가 거짓말을 할 리도 없었고, 굳이 제게 거짓을 고해 얻는 이득도 없었기 때문이다. 타당한 추론이었다.

'정말 다 먹었나? 단걸 싫어하는데도?'

그러면 나오는 결론은 하나다.

'내가 보내서?'

자신이 보냈다는 이유로 싫어하는 음식을 남김없이 먹어 버린 남자라니. 정작 자신에게는 한 마디 말도 없더니 실상이 이랬다. 이 상황에 설레지 않을 여자가 어디 있을까. 일단 발리아는 심장이 괴로울 정도로 두근거렸다. 손이 앞에 없었으면 손으로 얼굴을 감싸고 데굴데굴 굴렀을지도 모른다.

'……이러니까 전 후작 부인이 사랑에 빠지지.'

발리아는 슈덴이 자신에게 잘해 주는 이유를 '부인이기 때문에'라고 생각했다. 그는 정말로 좋은 남편이었고 훌륭한 남자였다. 그러니 똑같은 행동이 아니더라도, 이런 배려는 과거에도 있었을 것이다. 심지어 전 후작 부인은 훗날 등장할 예리의 존재도 몰랐을 텐데. 반하지 않으면 목석인 수준이다.

예리.

그 이름이 떠오르자 발리아의 상승하던 기분이 급격하게 하강했다. 요즘 들어 꿀에 젖은 듯 다디단 생활을 영위하느라 잠시 잊고 있었다.

'괜찮다고 생각했는데.'

처음의 결심은 어디로 가 버렸을까. 발리아는 분명 공녀 모집에 자원하기 전 스스로에게 확신을 갖고 있었다. 사랑에 빠지지 않을 자신이 있을 거라고.

그런데 지금도 그렇게 확고하게 다짐할 수 있느냐고 물으면, 답은 '아니오'였다. 발리아는 스스로의 감정을 종잡을 수가 없었다. 아니, 알면서 애써 모르는 척 하는 것 같기도 하고.

"오해하지 마십시오, 후작 부인."

발리아의 표정이 미묘하게 가라앉은 걸 본 숀이 덧붙였다. 그는 그녀의 눈빛이 침잠한 이유가 타르트 때문이라고 짐작했다.

"괜한 말씀 올리는 게 아니라 정말로 각하께서는 단걸 불호하십니다. 하지만 아는 이가 현저히 적으니 괜히 자책하지 않으셔도 됩니다."

발리아는 숀을 바라보며 빙그레 웃었다. 그의 추측은 빗나갔지만 그래도 위로와 걱정이 담겨 있어서 고마웠다. 검밖에 모를 것 같은, 실제로 그러한 무뚝뚝한 기사단장의 말에는 진심이 짙었다. 발리아는 자신을 걱정해 주는 사람의 존재에 기뻤다.

"신경 써 줘서 고마워요, 경. 자책하지 않을 테니 걱정하지 말아요. 곤란했을 수도 있는데 대답해 줘서 고마워요."

"아닙니다. 후작 부인."

숀은 로빈만큼 친근하지는 않았지만 그렇다고 불편하지도 않았다. 발리아는 미소와 함께 다른 용건도 꺼냈다.

"그럼 경. 하나만 더 물어봐도 실례가 되지 않을까요?"

"제가 아는 선에서는 성심성의껏 답해 드리겠습니다."

"보통 기사들은 연무 중간중간 당분을 보충해야 하잖아요. 그럴 때 각하께서는 주로 뭘 드시나요?"

극한 훈련 이후에 당을 보충하는 것은 꼭 필요한 일이었다. 발리아는 과거 호위 시녀로 일하면서 연무도 했던지라 이 필요성에 대해서 인지하고 있었다. 아무리 단것을 싫어하는 슈덴이라고 해도 훈련을 하고 나면 당을 섭취할 것이리라. 그는 가르트 기사단의 주인이었으니까. 발리아는 그런 쪽에라도 신경을 써 주고 싶었다.

"각하께서는 따로 수련을 하지 않으십니다."

"그러시군요."

발리아는 약간 시무룩해졌다. 이번에는 그녀의 감정 변화를 미처 눈치채지 못한 숀은 진지하게 말을 이었다.

"예. 세상에서 그분의 검을 받아 낼 수 있는 기사는 결코 없으니까요."

자부심이 담겨 있는 목소리였다. 완벽한 주군을 모시고 있다는 긍지와 보람.

'하긴.'

발리아 역시 저도 모르게 고개를 끄덕이고 있었다. 슈덴의 진가는 전쟁에서 특히나 빛을 발한다. 그는 단 한 번도 패배를 해 본 적 없는 남자로 유명했다. 이전에도 그랬으며 이후에도 그랬다. 그야말로 전설에나 나올 법한 무패의 기사. 군인. 늘 엄격하고 근엄한 기사단장이 자랑스러워 할 만한 주군이었다. 발리아는 새삼 제 남편의 위용을 되새겼다.

"그럼……, 각하께 당분간 간식을 보내지 않는 게 좋겠어요."

숀은 그 말에 쉽게 고개를 끄덕일 수 없었다. 분명 그의 주군은 단 음식을 싫어한다. 소문이 아니라 직접 눈으로 확인해서 확실하다. 그런데 왜 '예. 현명한 선택이십니다.'라는 말이 나오지 않는 것인가?

"경."

숀이 고뇌하는 사이 발리아는 재차 입을 열었다. 이번 참에 물어보고 싶었던 것들을 슬쩍슬쩍 물어볼 작정이었다.

"각하께서 특별히 좋아하시는 음식이 있나요?"

"식이에 특별한 선호가 없으신 터라 거기까지는 잘 모르겠습니다. 죄송합니다."

숀은 솔직하게 대답했다. 발리아는 빙긋 미소 지었다.

"아니에요. 여러 가지를 알려 줘서 고마워요. 경."

남에게 물어보는 것도 한계가 있다. 발리아는 슈덴에게 직접 물어볼 몇 가지를 머리에 담아 놓았다. 귀부인과 기사의 첫 티타임은 그렇게 좋은 분위기로 파했다.

차를 모두 마신 숀은 3층의 후작 집무실로 올라갔다. 앞에서 대기하고 있던 하인이 안에 고했고, 출입 허락이 떨어져 안으로 들어갔다. 집무실 안에는 슈덴을 위시하여 각 보좌관들이 문서를 보고하고 있었다. 숀이 인사했다.

"후작 각하를 뵙습니다."

다섯 시간째 보고를 계속 받는데도 슈덴의 얼굴에는 지친 기색이 없었다. 그는 시계를 흘긋 보고 숀에게 말했다.

"수련이 길어졌나."

"아닙니다. 후작 부인께서 차를 대접해 주셔서 티타임을 갖고 왔습니다."

"안주인께서?"

"예."

"별일은 없었나."

티타임은 별일이 아니었다. 귀부인이 휘하 가문 기사 단장과 티타임을 갖는 것은 흔한 일이었으니까. 그러나 티타임 중간에 혹 잘못된 게 있으면 지금 고해야 했다.

'잘못된 건 없었지. 주군께서 불호하시는 걸 알려 드린 것뿐이니까. 마님의 반응도 괜찮았고.'

"예. 통상적인 안부 말씀만 물으셨습니다."

숀의 말이 거짓말은 아니었다. 슈덴이 고개를 끄덕였다. 잠시 멈췄던 보고 회의가 재개되었다. 숀은 모든 업무가 끝날 때까지 슈덴에게 입도 벙긋하지 않았다. 감춘 게 아니라 할 필요가 없다고 생각했기 때문에.

숀은 그렇게 잘못된 판단을 내렸다.

며칠 후였다.

발리아의 생각보다 이르게 내부 비용 문서 작성이 끝났다. 그녀는 정중히 고하는 폴을 따라서 3층의 후작 부인 집무실로 올라갔다.

겔 제국의 귀족들은 특이 사항이 없는 한 귀족 부부의 집무실의 규모를 동일하게 하고 인테리어도 비슷한 걸로 채택했다. 이러한 관습 덕에 후작 부인의 집무실도 여느 집무실과 비슷했다. 넓은 집무실의 한쪽 벽면에는 문서가 빼곡한 책장이 놓여 있었고, 빈 곳에는 아름다운 정물화와 풍경화들이 걸려 있었다. 발리아는 이 고풍스러운 집무실이 마음에 꼭 들었다.

조금은 황송하게까지 느껴지는 의자에 앉았다. 집무실에서 으레 나는 오래 된 종이 냄새가 이 집무실의 역사를 말해 주는 것 같았다. 발리아가 눈을 빙그르르 굴릴 때였다. 하인들이 줄줄이 집무실로 들어왔다. 각자 손에는 문서를 빼곡하게 안은 채였다.

"이게 다 뭐지?"

책상 위에 착착 놓이는 문서를 보고 발리아가 물었다. 폴이 공손히 대답했다.

"예, 마님. 가르트 가문의 재산 목록 총괄입니다."

'이게 전부?'

발리아의 눈이 동그래졌다. 물론 건물 한 채만 해도 문서 한 장으로 끝나지 않는다. 최소 두어 장. 많으면 너덧 장. 그러나 이런 부피를 감안하고서라도 책상 위에 쌓이는 문서의 양이 심상치 않았다. 이걸로도 모자라 하인들은 작은 금고까지 낑낑대며 들고 왔다.

"이건……, 뭐지?"

발리아는 중간에 '또'라고 할 뻔한 걸 겨우 참고 물었다.

"이 금고 안에 있는 것은 비밀문서입니다. 오직 각하와 마님만이 보실 수 있지요."

'비밀문서인데 나도 볼 수 있다고? 원래 그런가?'

발리아는 겔의 황궁 예법, 황실 계보에는 능했지만 귀족 부부들이 재산 문서를 어떻게 관리하는지에 대해서는 잘 몰랐다. 일단 그녀는 금고를 열어 보기로 했다.

폴이 건넨 열쇠는 보석함 안에 들어 있었다. 척 보기에도 대단한 비밀들이 들어 있을 것 같은 느낌이었다. 발리아는 조금 떨리는 손으로 열쇠를 집어 금고를 열었다.

철컥. 잠금장치가 돌아가는 소리와 함께 금고 문이 열렸다. 비밀문서라더니 폴을 위시한 모든 고용인들이 뒤로 돌아서 있었다. 발리아는 가장 왼쪽에 있는 문서를 집어 들었다. 한 가문의 안주인이 되었으니 읽어는 봐야 할 것 같았기 때문이다.

'세상에.'

그녀가 헉 하고 숨을 들이켰다.

'이 상단이 가르트 가문 거였다고?'

발리아가 집어든 문서에는 낯익은 상단의 소유 권리가 증명되어 있었다. 이게 대체 뭐지. 발리아는 과거에도 이 상단의 소유주가 가르트 후작이라는 걸 들어 본 적이 없었다. 발리아의 심장이 쿵쾅거렸다. 바들바들 떨리는 손으로 문서를 돌려놓고 두 번째를 꺼냈다. 그녀는 아까만큼 숨을 크게 들이켜지는 않았지만 동공이 떨리는 건 어쩔 수가 없었다.

'……재계의 비밀을 본 것 같아.'

발리아는 조심스러운 손으로 문서를 제자리에 두었다. 그리 작지도 않은 금고를 빽빽하게 채우고 있는 문서들은 하나같이 상단, 은행, 광산들의 소유 증명서였다. 발리아는 문서를 다시 넣어 놓았다. 그리고 금고를 걸어 잠갔다. 철컥 하는 소리와 함께 잠금장치가 원래대로 돌아갔다. 열쇠까지 보석함에 곱게 넣어 둔 발리아가 말했다.

"금고와 열쇠는 다시 갖다 놓으렴."

발리아는 하인들이 들고 나가는 금고와 보석함을 보며 차를 한 잔 마셨다.

'막연히 생각한 것 이상이구나.'

가르트 가문은 원래 대부호 가문으로 유명했다. 애초에 개국 공신도 아닌 가르트 가문이 어떻게 이만한 권력을 가질 수 있게 되었는가. 수많은 공훈과 공적 밑에는 말도 안 되는 재력이 뒷받침하고 있었던 것이다.

"이 문서들은 뭐지? 특별한 건가?"

발리아는 기존 재산 문서들과 구분되어 있는 문서들을 보고 폴에게 물었다.

"마님이 혼인하면서 가져오신 재산 목록입니다."

'내가 재산을 가져왔다고?'

발리아의 이마가 아주 미미하게 찌푸려졌다.

'난 재산이 없는데?'

발리아가 가지고 있는 재산이라고는 부친이 남긴 집 한 채, 그리고 얼마간의 연금이 전부였다. 물론 발리아의 입장에서는 한없이 큰돈이었지만, 어지간한 귀족들은 코웃음을 칠 금액이었다. 그나마도 발리아는 그 재산을 가져오지 않았다. 그것은 칼에게 주고 싶었다. 자신을 위해 많은 것을 희생한 할아버지에게.

'그럼 이게 다 뭘까.'

물론 가르트 가문에 댈 바는 아니었지만, 언뜻 봐도 두께가 제법이었다.

'외국 재산이라서 그런가?'

문서가 복잡해지면서 두께도 두꺼워졌을 수도 있다. 발리아가 서류를 들어 펼쳤다가 미간을 확 찡그렸다. 그녀의 안색을 살피고 있던 폴이 당황해서 물었다.

"혹 몸이 좋지 않으십니까, 마님?"

"아니네."

태연하게 대답한 발리아는 찬찬히 그러나 꼼꼼히 문서를 살폈다. 리사 왕국의 집 한 채가 아니었다. 서류에 적힌 것은 겔 수도에 위치한 건물들의 소유 증명 내역이었다. 땅값 비싼 수도에 저택 한 채 마련하려면 많은 대금을 내야 했다. 심지어 한 채도 아니라니!

발리아는 혹여 이 건물 증명 문서들이 사기가 아닌가 싶어 꼼꼼히 살펴보았다. 그녀의 노력에도 무색하게 문서들은 어딜 봐도 진짜였다. 아니면 정밀한 위조문서거나. 감별해 낼 능력이 없는 발리아는 반쯤

혼미해져서 문서들을 뒤적였다. 저택으로도 기함할 일인데 토지 양도 문서까지 있었다.

발리아의 눈이 동그래졌다.

'……필레몬?'

양도자의 서명에 익숙한 이름이 있었다. 필레몬. 대신관.

신전에 귀의하는 순간 속세의 성과 이름을 버리게 된다. 가문에 속해 있는 것이 아니라 신에게 속해 있는 것이기 때문에 인세의 성은 부여받지 않고, 대신 이름만 새로 부여받는다. 그래서 대신관이라고 할지라도 서명할 때에는 이름만 쓰게 되는 것이 원칙이다. 발리아가 아는 필레몬은 한 명밖에 없었다.

'설마 대신관님이 주신 건가?'

이 정도면 번듯한 귀족 가문의 여식이 가져갈 만한 지참금이었다. 아니, 번듯하다는 것도 좀 부족한 감이 있었다. 어안이 벙벙한 건 여전했지만 그럭저럭 이해가 갔다. 신전 쪽에서 마련해 준 지참금인 모양이었다.

'오시면 여쭤 봐야겠어.'

발리아는 훗날을 기약하며 문서들을 덮었다.

이후로는 가르트 가문의 공적인 재산 목록을 확인하고, 내부 예산 장부를 점검해 보았다. 그녀의 눈길을 끌었던 것은 '처리 승인'이라고 서명이 되어 있는 문서였다. 날짜가 바로 며칠 전 것이라 더 궁금했다.

"이건 무슨 서류지?"

"아, 이 문서는 각하의 내부 예산으로 처리할 예산안입니다."

"각하의 내부 예산이라고? 혹 내가 보면 안 되는 문서인가?"

"아닙니다. 마님께서 보시지 못할 문서가 어디 있겠습니까. 다만 이건 각하께서 이미 사비로 진행하라며 승인 도장을 찍으신 터라……."

발리아가 고개를 갸웃했다. 순수한 호기심이 들었다. 겔의 귀족들은 부부가 동일한 금액의 사비를 갖는다. 저택 내부의 일을 처리할 내부 예산은 제한 금액이었다.

자신에게 배정된 사비로는 무엇을 하든 자유였다. 보통은 취미 활동에 쓴다. 발리아는 슈덴의 취미가 궁금했다. 돈을 쓰는 것은 그쪽에 취향이 있다는 뜻이니까. 술이라든지, 책이라든지. 그도 아니면 사냥에 돈을 썼을 수도 있다. 발리아의 예상과는 다르게 문서에 적혀 있는 것은 자재들이었다. 어디 별채가 낡아 보수 공사라도 해야 하나. 하지만 그 경우에도 통상적으로는 내부 예산을 쓸 텐데. 발리아는 폴에게 물었다.

"폴. 이건 어디에 쓰이는 건지 자네는 알고 있나?"

"예. 각하께서 후원을 재설계하신다고 하셨습니다."

"후원을?"

"비를 피할 수 있게 하신다며 후원에 지붕을 덮으신다고……."

"……."

슈덴이 그런 결정을 내린 것이 어째서인지 모를 고용인은 적어도 이 집무실에 아무도 없었다. 발리아가 민망함에 헛기침을 했다. 눈치 빠른 고용인들은 알아서 분주해졌다.

며칠 뒤, 연무장이었다.

가르트 기사단은 주어진 수련의 양을 소화해 내느라 구슬땀을 흘리고 있었다. 최고 중 최고라고 일컬어지는 기사단답게 수련도 극한이었다. 슈덴은 언제나처럼 서늘한 무표정으로 그들을 둘러보다가 막사 쪽으로 되돌아갔다.

"각하. 일전에 제작을 맡긴 갑옷 표본이 도착했습니다."

행정직을 담당하는 기사가 고했다. 슈덴은 새롭게 제작된 갑옷을 받아 보았다.

"저번에 문제가 되었던 왼쪽 팔 부분을 새로 제작했습니다. 꺾어지는 부분을 한군데 더 추가해서 움직임이 훨씬 자유로운 게 큰 장점입니다."

"꺾이는 부분이 많은 게 무작정 좋은 건 아니지. 적이 찔러 올 부분이 늘었다는 뜻이기도 하다."

"예, 그 부분을 보완하기 위해서……."

기사는 상세히 보고를 올렸다. 보고를 취합해 최종 시안을 고르는 것은 슈덴의 몫이었다. 기사가 꾸벅 고개를 숙이고 막사에서 물러났을 때였다.

외부 인물이 숀과 함께 막사로 올라왔다. 기사는 호위 대상과 동료가 아니라면 등을 보이지 않는 게 원칙이었기 때문에 먼저 계단을 올라온 것은 남자였다.

처음 보는 얼굴의 남자는 품에 상자 하나를 소중히 안고 있었다. 척 보기에도 기사는 아닌 듯한 남자는 슈덴을 보자마자 황급히 예를 갖춰 인사했다.

"슈덴 가르트 후작 각하께 인사 올립니다."

슈덴의 시선이 남자가 안고 있는 상자로 향했다. 짙은 체리색의 단단한 원목으로 만들어진 상자는 연무장에는 어울리지 않은 물건이라는 점에서 어떤 기시감을 불러 일으켰다. 슈덴이 자연스럽게 손을 내밀었다. 눈치 빠른 남자는 서둘러 들고 있던 상자를 두 손으로 올렸다. 숀이 미처 남자에 대한 소개를 하기도 전이었다.

"여, 여기 있습니다."

슈덴이 상자를 받아 들었다. 뒤쪽은 경첩으로 이어져 있는 상자라 딸깍 열기만 하면 됐다. 슈덴이 예의 그 무표정한 얼굴로 상자를 열었다.

"……."

상자 안에 들어 있는 것은 푸른색 천이었다. 슈덴이 한 손으로 그것을 집어 올렸다. 막연히 천이라고 생각했는데 스르륵 떨어지는 형태는 다름 아닌 망토였다. 의문과 추측은 한 몸처럼 빨랐다. 슈덴은 그제야 이 낯선 남자가 저택에서 일하는 하인이 아닌 것을 알았다.

"어디에서 왔지."

남자를 소개할 타이밍을 놓친 숀이 대신 대답했다.

"군용 망토를 제작한 디자이너 랜스입니다. 저번에 말씀하신 망토 표본을 공수해 왔습니다.

"저택에서 온 게 아니군."

슈덴이 무덤덤하게 대꾸했다. 랜스는 긴장한 와중에도 표정이 어리둥절해졌고 숀은 낯빛이 약간 변했다. 여기서 주군이 말한 '저택'의 의미와 그 진정한 의미를 파악하지 못하면 함께 전쟁터를 누볐던 기사단장이라고 할 수 없었다.

"이대로 진행하지."

슈덴은 간단히 허락했다. 옆에 서 있던 기사가 눈치껏 상자를 받아

들었다. 슈덴이 랜스에게 나가도 좋다고 막 손짓을 한 참이었다.

"차, 참. 각하! 한 가지 더 여쭤 볼 게 있습니다!"

랜스가 허겁지겁 옆구리에 끼고 있던 책을 꺼내 펼쳤다. 슈덴의 시선이 자연스럽게 그쪽으로 향했다. 책은 책인데 평범한 책이 아니었다. 여러 가지 색실들이 동그랗게 말려서 하나씩 차례로 붙어 있었고, 그 위에는 실 색깔의 이름이 작게 적혀 있었다. 랜스가 기어 들어가는 목소리로 물었다.

"기, 기사단의 문양은 어떤 색깔의 실로 하, 하시려는지요?"

슈덴이 서늘히 되물었다.

"그런 사소한 것까지 내가 결정해야 하나?"

"그, 그게 아무래도 직접 결정하시는 게 좋으실 것 같아서……."

랜스가 벌벌 떨었다. 말 한 마디로 여린 디자이너의 심장을 오들오들 떨게 한 슈덴이 표본 책을 훑어보았다. 그는 고민 없이 한 색깔을 짚었다.

"이 색깔로."

슈덴이 고른 색실을 본 랜스가 열정적으로 고개를 끄덕였다.

"은회색 말씀이시군요. 푸른 망토와 아주 어울릴 것입니다. 과연 각하께서는 그 안목이 태양빛을 반사하는 호수의 물비늘처럼 청명하시고……."

"물러가라."

"예."

이상한 시적 표현까지 동원해 슈덴의 안목을 칭찬하던 랜스가 찍소리도 못하고 물러갔다. 숀은 턱짓으로 근처에 서 있던 기사에게 랜스를 데려다줄 것을 지시했다. 랜스가 내려가고, 숀은 잠시 그 자리에

서서 생각을 정리했다. 그의 감이 그냥 지나쳐서는 안 되는 일이니 슈덴에게 곱게 실토할 것을 호소하고 있었다.

군인의 직감은 무섭다. 숀은 곧장 말을 올렸다.

"각하. 말씀드릴 게 있습니다."

슈덴은 그사이 올라온 서류를 보고 있었다. 그가 얼굴도 들지 않고 말했다.

"무슨 일이지."

"일전에 후작 부인과 티타임에 있었던 일입니다."

슈덴이 멈칫했다. 그가 시선을 들어 올렸다.

"보고해라."

발리아가 숀과 티타임을 가진 것은 이미 알고 있었다. 별일이 없었다는 말까지 들었었다. 그런데 숀이 굳이 다시 이 이야기를 꺼내는 것은 분명 이유가 있었다.

"후작 부인께서 얼마 전 보내신 타르트가 어떻게 되었는지 궁금해하셨습니다."

"음."

슈덴이 고개를 끄덕였다. 타르트에 대해서 잊은 줄 알았는데 숀에게 물어보았을 줄이야. 아마 앞에 있는 게 숀이 아니라 발리아였다면 슈덴은 조금쯤 웃었을 것이다. 그는 숀의 성격을 알고 있었다. 보고에 군더더기가 없으니 분명 다 먹었다고 그대로 고했을 것이다.

"그래서 제가 후작 부인께 각하께서 단걸 좋아하지 않으신다고 말씀을 드렸……."

"뭐?"

슈덴이 반문했다. 생각지 못한 거친 반응에 숀이 마른침을 꿀꺽 삼켰다. 그는 한순간 전장에라도 온 것 같은 이상한 착각에 휩싸였다.
"자세히 말해 봐."
"예."
숀은 일단 각을 잡았다. 그것은 기사이자 군인으로서의 생존 본능이었다.
"며칠 전에 후작 부인께서 각하가 타르트를 얼마만큼 드셨는지에 대해 궁금해하시기에 본 대로 답변을 드리고……."
본 대로라면 다 먹었다고 답변했을 것이다. 그건 괜찮았다. 슈텐의 눈빛이 아주 약간 누그러졌다. 하지만 숀은 그게 더 당황스러웠다. 느낌상 뒤의 말을 했다가는 최소 주군의 분노를 받을 것 같다는 불길한 예감이 든 것이다.
하지만 숀이 누구인가.
그는 가르트 기사단의 단장이었다. 숀은 기사단의 주인인 슈텐에게 진실만을 고할 의무가 있었다. 전쟁에서 실수를 했을 때에도 무릎을 꿇고 담담히 잘못을 고했는데, 왜 지금은 그게 힘든지 모르겠다.
"그다음에 후작 부인께 각하가 단걸 좋아하지 않으신다고……."
숀이 말끝을 흐렸다. 잠시간의 침묵이 흘렀다. 슈텐의 눈빛은 여전히 숀에게 고정되어 있었다. 냉기가 풀풀 날리는 것 같기도 했다. 숀이 저도 모르게 마른침을 삼켰을 때였다. 슈텐이 낮은 목소리로 말했다.
"숀."
"예, 각하."
"앞으로는 안주인 하시는 일에 쓸데없는 사견을 덧붙이지 마라."
본 그대로만 고해. 그 싸늘한 눈빛을 알아듣지 못할 기사는 이 막사

안에 없었다. 특히나 숀은 뼈저리게 알아들었다.

"목숨을 걸고 명을 받들겠습니다."

"일주일간 근신해라."

"관대한 처분 감사드립니다."

근처에 서 있던 기사들은 도통 어디가 관대한 처분이고 왜 갑자기 숀이 저런 벌을 받게 되는지 몰랐다. 상세한 이야기를 유추해 내기엔 나눈 대화가 단편적이었다. 하지만 한 가지는 알 수 있었다. 새로 오셨다는 후작 부인께 쓸데없는 이야기를 하면 안 되는구나!

"물러가라."

"예."

숀이 절도 있게 밖으로 나갔다. 쥐 죽은 듯 고요해진 막사에서 슈덴은 다시 문서로 시선을 내렸다. 이상하게 글자가 눈에 잘 들어오지 않았다.

'문제가 있었으면 숀이 먼저 고했겠지.'

발리아의 반응이 무난했기 때문에 숀은 굳이 언급하지 않은 것이다. 하지만 슈덴은 알고 있었다. 발리아는 속에 있는 말을 잘 하지 않는 사람이었다. 숀과 티타임을 가진 게 언젠데 그 며칠간 타르트에 관해선 일절 언급하지 않은 것만 봐도 알 수 있다. 발리아가 슈덴을 대하는 태도는 전과 같았다. 자주 웃고, 뺨도 많이 붉히고.

발리아의 태도가 이러하니 슈덴이 먼저 말을 꺼내는 것도 우스웠다. 뭐라고 말을 꺼내야 하는지도 감이 잡히지 않는 것이 큰 난제였다. 아내한테 식성에 관한 변명을 하는 남편? 죽으면 죽었지 그런 유치한 짓을 할 수는 없었다.

'덜 자란 아이도 아니고.'

모양도 빠지는 건 기본에 우습기까지 하다. 난생 처음 겪는 이상한 고난에 슈덴은 이마를 찌푸렸다.

이게 대체 무슨 기분인지. 굳이 표현하자면 전쟁터에서 예상치 못한 곳에 매복해 있는 적을 맞닥뜨렸을 때의 느낌과 비슷했다. 슈덴이 머리를 대충 쓸어 넘겼다.

붉은 눈동자가 급격히 가라앉았다.

요즘의 발리아는 전보다 분주했다. 당장 내일 모레는 입궁이고, 며칠 후에는 필레몬 대신관의 저택 방문이 예정되었기 때문이다. 하지만 발리아는 저녁 시간을 전후한 앞뒤는 반드시 비워 놓았다. 슈덴을 마중 나가고, 함께하는 저녁이 무척 기꺼웠기 때문이다.

슈덴 역시 아직까지는 한 번도 저녁 식사 시간을 넘겨서 들어온 적이 없었다. 처리해야 할 문서가 있더라도 저녁 식사 이후로 미뤘다. 덕택에 결혼한 이래 부부의 저녁 식사는 항상 함께였다.

요즘 들어 부쩍 요리사가 음식에 힘을 주는 것 같다고 느끼는 것은 발리아만이 아니었다. 평화로운 식사 시간이자 고용인들이 헤벌쭉 웃는 시간이 끝나고 난 뒤였다.

"……."

발리아는 서재에서 내부 예산 문서를 읽고 있었다. 며칠 간 게으름 피우지 않고 꾸준히 봤는데도 아직도 볼 게 남아 있었다. 이 정도면 작은 왕국의 한 해 치 예산 수준이 아닐까, 하고 발리아는 홀로 짐작하고 있었다. 금액마다 넘치는 공이 개국 공신의 공을 뺨쳤다.

'그런데 이건 정말로 처리가 되는 걸까?'

요 며칠 발리아가 유독 유심히 본 문서는 하나였다. 후원을 덮는 지붕 예산안. 오늘 낮에 받아 본 예상 상세 금액은 발리아의 상상을 가뿐히 뛰어넘었다.

'물론 나랑은 단위가 다른 사람이겠지만…….'

문서를 사각사각 넘기던 발리아가 고개를 약간 들었다. 그녀는 바로 앞에 마주 앉아 있는 남자를 슬쩍 보았다. 짙은 적금발과 꼭 같은 빛깔의 속눈썹 사이로 얼핏 보이는 붉은 눈동자. 한숨이 나올 정도로 잘생긴, 서늘하며 퇴폐적인 분위기가 인상적인 미남자.

슈덴이었다.

왜 그들이 서로의 집무실을 비워 두고 서재에 있는 테이블에 나란히 있게 되었는가. 이는 모두 발리아의 말 한 마디에서 기인했다. 그녀는 아직 보지 못한 서류들이 남아 있었고, 잠들기 전까지 이 문서들을 다 확인하고 싶었다. 어차피 슈덴도 처리해야 할 일들이 있다고 했으니 각자 집무실에서 일하고 침실에서 보면 되지 않겠는가. 그런 생각으로 꺼낸 말에 슈덴은 아주 간단하게 대답했다.

[같이 일해도 상관없습니까?]

사실 발리아는, 그 말을 들으면서도 '서로 집무실에서 각자 일을 하자'라고 알아들었다. 그런데 알고 보니 그녀만 그렇게 알아들은 것이었다. 발리아가 고개를 끄덕이고 얼마 있지 않아 서재 테이블에는 각자가 확인해야 할 문서와 필기구, 따뜻한 차까지 준비되었다. 그야말로 눈 깜빡할 사이였다.

'……좋기는 하지만.'

솔직히 그랬다. 발리아는 슈덴과 이렇게 가까이에 있을 때마다 늘

설렜다. 침대에서는 심장이 터질 것 같은데, 이 정도 거리는 적당히 심장만 쾅쾅 뛰니 합격점이었다. 발리아가 속눈썹을 내리깔고 몰래몰래 슈텐을 훔쳐볼 때였다.

"발리아."

서류에 여전히 시선이 붙박여 있던 슈텐의 입술이 움직였다.

"제 얼굴에 뭐가 묻었습니까."

발리아는 살금살금 걸어가다가 들킨 도둑이 된 듯 움찔했다. 나름대로 조심히 훔쳐봤다고 생각했는데 보인 모양이었다. 차마 훔쳐보고 있었다고 곧이곧대로 말할 수 없었던 발리아는 구명줄을 붙들 듯이 문서를 내밀었다. 다행인지 불행인지 그녀에게는 바로 둘러댈 만한 정당한 용건이 있었다.

"슈. 이 문서 말이에요."

슈텐이 문서를 읽다 말고 고개를 들었다. 그는 그녀가 내민 문서를 곧바로 알아보았다. 바로 며칠 전 바깥쪽 내부 예산으로 승인을 한 문서였다. 문제점이라도 있는 건가. 슈텐이 발리아를 바라보았다.

"서류에 문제라도 있습니까?"

"아뇨, 문제는 없어요. 그게 아니라……, 꼭 지붕을 덮지 않아도 될 것 같아서요."

발리아는 그렇게 말하면서도 약간 걱정이 되었다. 너무 주제 넘는 게 아닐까, 하는 걱정이 들 수밖에 없었다. 혹 슈텐이 불쾌해하는 기미가 보이면 곧바로 사과를 하려고 준비하는데, 의외의 말이 떨어진다.

"비를 맞으셨잖습니까."

"……그건 실수였어요. 이젠 산책을 나갈 때마다 사라가 항상 우산을 챙기는걸요. 비를 맞는다고 죽는 것도 아니고요."

슈덴은 잠시 말없이 그녀를 응시했다. 자신이 평소 하던 생각과 비슷하게 말하는 귀족은 처음 봤다. 물론 어조는 훨씬 부드러웠지만. 슈덴이 피식 웃었다.

"부인 뜻대로 하십시오."

"네? 정말요?"

"예. 시공에 들어간 건 아니니까 반려하면 됩니다."

발리아의 얼굴이 밝아졌다. 그녀가 들고 있던 문서에 취소 서명을 기입하는 모습을 보면서 슈덴은 고개를 약간 갸웃했다.

'기뻐하는 기준을 잘 모르겠군.'

사람의 마음은 원래 알기 어렵다지만, 슈덴은 유독 발리아의 마음을 파악하기가 쉽지 않았다. 자신을 보면 웃는다. 함께 저녁을 먹을 때 기뻐한다. 집에 늦지 않게 돌아와도 표정이 밝아진다. 여기까지는 그나마 일관성이 있었다. 그런데 발리아를 위해 돈을 썼더니 좋아하지 않는다. 오히려 반려하자고 한다.

누구나 본인의 명예를 위해 돈을 쓰는 것을 좋아한다. 성별의 문제가 아니었다. 그건 그냥 사람의 문제였다.

'물어보는 기준도 모르겠고.'

저런 내탕금 관련 문제는 잘만 물어보면서, 왜 그보다 사소하고 소소한 문제는 물어보지 않는 것인가. 가령 타르트라든지. 숀에게 들었던 말이라든지. 사실 슈덴은 귀택한 순간부터 도대체 그 말을 어떻게 꺼내야 하는지 계속 감을 잡지 못하고 있었다.

"저, 슈."

"예. 발리아."

"물어보고 싶은 게 있어요."

"말씀하십시오."

슈덴이 발리아를 바라보았다. 그는 사실 그녀가 이제 뭘 물어본다고 해도 '일 때문이겠거니' 하고 생각하고 있었다. 지금의 발리아는 그저 일을 열심히 배우려는 작은 병아리 같았다.

"타르트 말이에요."

생각지도 못한 단어였다.

"혹시 단 음식……, 싫어하시나요?"

슈덴은 잠시 침묵했다.

훅 치고 들어온다는 게 이런 걸까. 슈덴은 진심으로 궁금해지기 시작했다. 발리아를 양육했다는 용병이 그녀에게 전술이라도 가르친 게 아닌가 하는 의문이었다. 슈덴의 침묵을 달리 해석했는지 발리아가 조심스럽게 입을 열었다.

"혹시 제가 기분 상하는 질문을 했다면 죄송해요."

"사과하실 필요는 없습니다. 그런 건 아니니까."

사과할 일은 아니다. 슈덴이 발리아에게 하는 말은 대부분 진실에 가까웠다. 그는 고작 질문 하나에 기분이 나쁠 소심한 성격이 아니었다.

"싫어하지 않습니다."

"정말요?"

"예."

그저 개인적인 기억 때문에 꺼리고 있는 것일 뿐. 아니, 발리아가 이렇게 묻지 않았더라면 슈덴은 '단것'이라는 맛의 종류를 자신이 의도적으로 기피하고 있다는 사실도 몰랐을 것이다. 그는 살아오면서 어떤 것에 크게 의미를 두어 본 적이 없었다. 의미를 두고 싶지도 않았다. 그러기에는 세상의 어떤 것도 사소한 것들뿐이었으니까.

다만 눈앞의 여자.

발리아가 물음으로써 그런 사소한 것에 대한 개인적인 호불호를 구분하고 대답했다. 말하면서도 그는 자신이 이해가 되지 않았다. 왜 이렇게 신경이 쓰이는 거지. 별로 대단치도 않은 사실임에도 발리아가 상처를 받는다고 생각하니 곧이곧대로 말하기가 꺼려졌다.

"하지만 단걸 잘 드시지 않던데……."

"당신이 보내 준 타르트는 전부 먹었습니다."

숀 녀석이 제대로 말하지 않았습니까. 슈덴은 그렇게 물어볼 뻔한 것을 간신히 참았다. 그가 생각해도 지금 이 상황에 부하 기사의 말을 들먹이는 것은 굉장히 없어 보이는 행동이었다.

"그게 아니라 식사하실 때 보니까……."

"식사를 할 때?"

슈덴이 눈썹을 약간 까딱였다. 이번엔 어떤 녀석이 그녀에게 제 식사 취향의 호불호를 알렸단 말인가. 대체 제 아내에게 쓸데없는 사견을 덧붙이는 놈들이 왜 이렇게 많단 말인가.

"누가 그런 말을 한 겁니까."

그걸 물어볼 줄은 몰랐던 발리아는 대답할 말을 찾지 못하고 눈만 깜빡였다. 슈덴의 눈빛이 조금 더 가라앉았다.

"폴입니까."

"아뇨, 아니에요. 제가 식사 도중 도중에 보다가 알게 된 거예요."

"식사 도중 도중?"

발리아의 말에서 간과할 수 없는 이야기를 들었다. 슈덴의 입가에 어느새 장난기 섞인 미소가 떠오르기 시작했다.

"그러니까 부인께서 직접 제가 식사하는 모습을 관찰하셨다는 말씀입니까."

"그게……."

"제가 단걸 싫어할까 봐."

"그러니까……."

발리아가 말끝을 흐렸다. 식사 도중 당신이 달콤한 디저트를 먹는지 아닌지 궁금해서 훔쳐보았다는 말을 어떻게 포장해야 한단 말인가. 숀이 얼마 전 했던 고민을 그대로 답습하는 발리아의 뺨에 홍조가 밀물처럼 번져 나가기 시작했다.

'왜 얘기가 이렇게 됐지?'

사실 발리아는 요 근래 타이밍을 재고 있었다. 단걸 싫어하시느냐, 좋아하는 음식은 어떤 것이냐 등등. 의식하지 않았으면 자연스럽게 나왔을 질문인데 한 번 의식하니까 오히려 말하기가 어려웠다. 다짐만 며칠째였는데 드디어 물어봤다. 이것저것 물어보던 참에 하나 더 턱 얹는다고 해도 슈덴이 깊게 생각하지 않을 거라는 나름대로의 계산 하에서였다.

그런데 어쩌다 보니까 식사 도중에 슈덴을 훔쳐본 것까지 털어놓고 있다. 발리아는 제 입을 찰싹찰싹 때리고 싶다는 욕망을 간신히 억눌렀다. 여기가 침실이라면 이불이라도 확 뒤집어썼을 텐데 서재라서 그럴 수도 없었다. 그녀는 열심히 슈덴의 시선을 외면하느라 붉은 눈동자에 떠오른 웃음기를 미처 보지 못했다.

슈덴은 자리에서 일어났다.

원목 테이블을 빙 둘러 발리아의 근처에 앉은 슈덴이 피식 웃었다.

피부가 유달리 하얘서인지, 그녀는 한 번 붉어지면 귀 끝까지 쉽게 달아오르곤 했다.

"발리아."

"네……."

발리아가 아주 작은 목소리로 대답했다. 여전히 그의 시선은 피한 채였다.

"평생 제 얼굴 안 보려 하시는 것 같군."

"아뇨, 그건 아닌데……."

발리아는 너무 연인처럼 군 게 창피했다. 아니, 차라리 당당하게 본 거라면 말도 안 하지 몰래 훔쳐본 걸 들킨 게 너무 부끄러웠다. 그때였다.

슈덴이 발리아의 부드러운 귓불에 입을 맞췄다. 발리아가 움찔 몸을 떨었다. 그가 귓불을 가볍게 깨물었다. 침대 위가 아닌 다른 곳에서 이만한 스킨십을 한 것은 처음인 발리아가 화들짝 놀라서 슈덴을 돌아보았다.

"슈?"

자그맣게 벌어진 발리아의 입에 그가 그대로 키스했다. 약간 벌려진 입술 안으로 부드러운 살덩이가 곧장 침입한다. 은회색 눈동자가 동그랗게 뜨인 것도 잠시, 곧 눈이 감겼다.

입안, 치열, 목구멍까지 샅샅이 훑은 혀가 뿌리까지 옭아맸다. 예고 없이 쏟아지는 키스에 발리아의 호흡이 점차 가빠지기 시작했다. 그녀가 조금씩 밀려나자 슈덴이 발리아의 머리를 받치듯 잡았다. 긴 검은색 머리카락이 그의 손에 감겨들었다.

아마 이곳이 서재고, 소파임을 슈덴은 잠시 잊은 모양이다. 아니,

알면서 하는 걸까? 발리아는 도통 알 수가 없었다.

슈덴은 발리아의 드레스를 벗길 생각까지는 없었다. 그는 드레스 위에 있는 가슴을 한 손으로 크게 감싸 잡았다. 직접 살이 닿는 게 아닌데도 묘하게 흥분됐다.

그래도 드레스가 조금만 더 얇았으면 좋았을 텐데. 이 말캉한 촉감과 단단히 섰을 정점을 입에 대지 못하는 게 아쉬웠다. 슈덴의 다른 손은 어느새 치마 안쪽으로 파고들고 있었다.

치맛자락을 들치고, 속옷 사이로 손이 침입한다.

발리아는 제 허벅지를 쓰다듬는 단단한 손을 느꼈다. 그녀가 허리를 조금 곧추세웠을 때다. 얇은 속옷을 슈덴이 끌어내렸다. 부드럽고 탱탱한 살덩이를 만지던 그의 손이 미끄러지듯 앞으로 향했다.

발리아는 평범하게 침대에서 관계를 가질 때도, 슈덴이 만지는 부분을 보지 못했다. 그의 손이 움직이는 모습은 하나같이 너무 야했고, 너무 색정적이었으며, 너무 적나라했다. 그쪽으론 차마 시선도 두지 못하고 가쁜 숨만 내쉬었던 것이다.

그런데 이번은 조금 달랐다. 드레스의 치맛자락이 아예 차단막을 두르고 있는 걸 알고 있어서, 발리아도 밑을 볼 용기가 어느 정도 생겼다. 정확히 말하자면, 시선을 내려도 눈에 들어오는 게 없음을 알기에 생기는 희미한 용기였다.

발리아의 시야를 차단하는 드레스. 그 안에서 일어나는 촉감은 너무 생생하게 그녀를 자극했다. 눈에는 보이지 않는 슈덴의 손이 얼마나 뜨겁게 느껴지는지.

너무 야해.

발리아가 그렇게 생각하는 순간이었다. 애액이 울컥 토해진다. 안을 헤집는 긴 손가락에 그대로 쏟아졌다.

슈텐이 속살을 헤집자 찌걱대는 소리가 났다. 그의 손끝이 주름진 점막을 긁어내릴 때마다 발리아는 신음을 참으며 입술을 깨물었다. 어두운 침실도, 익숙한 침대도 아니라는 점이 묘하게 그녀를 흥분시켰다.

눈가가 조금 흐려진 때였다. 발리아는 슈텐이 바지 버클을 풀었음을 알았다. 아직도 크기가 적응이 안 되어 잘 쳐다도 못 보는 그의 페니스는 그녀를 잡아먹을 듯 딱딱하게 서 있었다.

두 남녀의 끝과 끝이 맞닿았다. 곧 침입할 거대한 물건에 발리아가 숨을 조금 삼켰을 때였다. 슈텐이 단숨에 뿌리까지 삽입했다.

"……흐윽!"

순간 허리가 끊어질 것 같았다. 단단하게 기립한 물건이 갑작스레 몸을 벌려 버리는데. 숨 돌릴 틈도 없었다. 슈텐이 짓쳐 올리듯 움직이기 시작했다. 허리를 타고 오르는 짜릿함에 발리아는 정신을 차리기가 힘들었다.

"아!"

쫀득한 점막이 예민하게 일어나 슈텐의 물건을 남김없이 잡고 물었다. 잔물처럼 흐르던 오싹함이 거대한 파도가 되는 것은 순식간이었다. 지금 흔들리는 게 자신의 몸인지, 아니면 슈텐인지 알 수가 없었다.

"응! 흑……."

발리아는 달뜬 신음을 간신히 참았다. 침실과 서재는 방음의 정도가 달랐다. 이 안에서 들리는 소리가 바깥에 다 들릴지도 몰랐다. 입술을 꼭 깨물고 참아도 약하게 새어 나오는 소리를 막을 수는 없었다.

더군다나 성기와 성기가 맞부딪히면서 나는 적나라하고 거친 소리는 발리아가 막을 수 있는 것도 아니었다.

침대에 비해 좁은 소파. 운신의 폭이 제한된 그곳에서 발리아는 흐느끼며 슈덴에게 매달렸다. 가느다란 다리가 흔들렸고, 그의 목에 감은 팔도 마찬가지였다. 내벽을 꿰뚫듯 거칠게 찔러대는 페니스. 온몸에 오른 열기가 자꾸만 발끝을 오므라들게 만들었다. 숨이 턱턱 막혔지만, 슈덴의 진퇴는 거칠어지기만 했다.

"흐윽……."

결국 발리아는 슈덴의 가슴을 밀어냈다. 자신을 심하게 몰아붙이는 이 감각을 밀어내고 싶어서였다. 하지만 소용은 없었다. 되레 슈덴이 발리아의 손을 단단히 붙잡아 버린 것이다. 아이가 인형을 꼭 끌어안듯 발리아도 그의 품에 완전히 안겨 버렸다.

"슈, 흣……, 아!"

아예 밀착된 질구와 페니스. 그리고 한층 거칠게 찔러 대는 슈덴. 페니스에 가득 묻었던 애액이 어느새 골을 타고 흐르고 있었다. 울음이 터져 버릴 것 같았다. 온몸이 쾌감으로 뜨거운데 한편으로는 오싹오싹했다.

"아읏, 흑!"

신음을 참아야 한다는 생각은 이미 사라진 지 오래였다. 교성을 토해 내는 발리아의 목소리가 점점 높아졌다. 슈덴은 그게 좋았다. 발리아의 신음소리가 좋았으니까.

아니, 듣기 좋을 뿐더러 중독성이 있는 것처럼 느껴졌다.

이상했다. 옮겨 오는 건 그래봤자 체온인데 대체 왜 이렇게. 슈덴의 팔뚝에 맺혔던 땀방울이 근육을 타고 쭉 미끄러졌다. 이미 활짝 벌려진 발리아의 몸이었지만 아직도 부족했다. 슈덴은 더 깊숙이 그녀를 파고들고 싶었다. 종일 탐해도 모자랄 것 같은 이 달콤한 몸.

안고 있어도 계속 안고 싶어지는 이상한 갈증이 슈덴을 집어삼켰다. 절정을 느낀 그녀의 안쪽이 심하게 경련하며 조일 때마다 그런 갈증은 더해졌다. 사정감을 참으며 추삽질을 하는데도 한계가 있었다. 슈덴이 발리아의 허리를 잡고 세게 움직였다. 그녀의 허리가 휘는 게 느껴졌다. 달달 떠는 몸을 슈덴은 놓아주질 않았다. 발리아는 경련하면서도 그의 품에서 벗어날 수가 없었다.

"흣……."

거의 동시였다. 서로의 입에서 신음이 터졌다. 정액이 발리아의 가장 깊숙한 안쪽에 분출돼 흘렀다. 사정없이 끼익대던 소파가 그제야 조용해졌다. 금세 고요해진 서재.

슈덴은 축 늘어진 발리아를 품 안에 껴안고 여운을 느꼈다. 잠시간 서로의 호흡이 얽혔다. 그녀의 몸은 이렇게 따뜻하고 부드러워 잠시라도 벗어나고 싶질 않은데.

그렇게 생각을 하는 동시에 페니스가 다시 커지기 시작한다.

발리아의 얼굴이 다른 의미로 붉어졌다. 슈덴의 신체 변화를 바로 알아차린 것이다. 민망해 하면서도 아무 말 못하는 게 재밌었다. 슈덴이 시험 삼아 허리를 조금 움직여 보자 허벅지가 바로 움찔거린다.

"응……."

마음 같아서는 여기서 이대로 더 하고 싶었지만.

슈덴은 피식 웃으며 페니스를 빼냈다. 애액 섞인 정액이 그대로 딸려 넘쳐흐른다. 그는 대충 갈무리를 하고, 발리아의 몸도 정리해 주었다. 속옷은 애액으로 벌써 다 젖어 입으나마나 한 것 같아서 치마만 내려 주었다.

발리아는 어리둥절한 얼굴이었다. 더 할 줄 알았는데 안 해서. 슈덴은 그녀의 입술에 가볍게 입을 맞췄다.

그가 지금 잠깐이나마 인내하는 건 이 입술 때문이었다. 신음 소리를 참느라 어지간히 깨물었는지 잇자국이 흐리게 나 있었다. 더 깨물다가는 상처가 날 게 분명했다.

'응?'

슈덴이 허리를 굽혀 서류를 챙기는 걸 발리아는 의아하게 보았다. 그 서류에는 후작 부인의 것도 포함되어 있어 고개를 갸웃하게 만들었다.

"저, 그 서류는 왜……. 집무실로 가시려고요?"

"침실로 갑니다."

"침실…… 요?"

"예."

그게 무슨 뜻인지 모를 리가 있나. 발리아가 입을 살짝 벌렸다. 뺨에 홍조가 살짝 어렸다.

사실, 초야를 제외하고는 단 한 번도 '한 번'으로 끝내지 않은 슈덴이라 많이 민망하지는 않았다. 하지만 조금 걱정되는 게 있었다.

"……슈. 먼저 가 계시면 안 될까요?"

"음?"

"그게, 흐를 것 같아서……. 천천히 걸으려고……."

발리아는 얼굴이 붉어진 채로 떠듬떠듬 말했다. 속옷은 축축하게 젖어 다시 입고 싶지 않았다. 드레스 안에 아무것도 입지 않고 침실까지 가는 건 그렇다 쳐도, 슈덴이 사정한 정액이 허벅지를 타고 흘러내릴 것 같았다.

'세상에, 이런 걱정을 하는 것도 민망해…….'

말로 하는 건 더 창피했고. 발리아는 또 슬슬 달아오르는 얼굴을 가렸다. 그러던 순간이었다. 어깨 쪽을 감싸는 듯한 팔이 느껴지더니 금세 몸이 덜렁 들렸다. 발리아는 깜짝 놀라 슈덴의 목에 팔을 감았다.

"이러면 걱정하시는 일은 없겠군요."

"네? 아니……."

"아니면 여기서 마저 해도 좋습니다, 저는."

"아뇨!"

발리아는 어쩔 줄 몰라 하다가 결국 슈덴의 가슴에 얼굴을 묻었다. 대체 이해가 가지 않았다. 분명히 서로가 처음이라고 했잖아. 근데 왜 이 남자는 이렇게 여유롭고 자신은 아직도 이렇게 부끄러운 거지? 알 수가 없었다.

슈덴이 발리아를 안아든 채 서재 문 쪽으로 향했을 때였다. 특별히 입을 열지도 않았는데 바로 문이 열렸다. 아주 아무렇지 않게 인사를 하는 고용인들의 목소리.

한층 품으로 파고드는 발리아를 슈덴은 기꺼이 꼭 안아 주었다.

해가 뜨기도 전인 이른 새벽, 발리아는 버릇처럼 잠에서 깼다.

적다 못해 지나치게 짧은 수면 시간 탓에 기상할 때마다 몸이 찌뿌둥했다. 발리아는 움직일 생각도 하지 못하고 느리게 눈을 깜빡였다. 의식은 깊게 가라앉지 못하는데 몸은 피로가 누적되어 잠기운에서 쉽게 깨지 못하니 모순이었다.

'언제까지 이렇게 일찍 깰까…….'

몸은 피곤한데 깊게 잠이 들지 못하니 체력이 축난다. 그나마 지금은 사교 활동을 하지도 않아서 이 정도였다. 발리아는 억지로라도 더 자봐야겠다고 생각하다가 문득 생각을 멈췄다. 이마에 닿아 오는 옅은 숨결을 인지한 탓이었다. 둥근 이마로 강인한 턱이 살짝 맞닿는다.

'……그러고 보니까.'

오늘도 발리아는 안긴 채 잠에 들었다.

'결혼한 이후로 매일 이랬지.'

발리아는 슈덴에게 안긴 채 잠이 들었고, 안긴 채로 잠에서 깼다. 언제 깨든 그녀는 그의 품 안이었다. 발리아가 뒤척이지 않는 것도 아닌데 놓아주지 않는 걸 보니 슈덴의 잠버릇인 듯했다.

단단한 근육으로 뒤덮인 남체에 안겨 자는 날이 올 거라고는 과거에도 현재에도 상상하지 못했다. 발리아가 막연히 예상했던 슈덴과의 결혼 생활은 이보다 훨씬 더 딱딱하고 애정이라곤 찾을 수도 없는 그런 생활이었다.

솔직한 말로 행복했다.

그럴 수밖에 없었다. 슈덴은 좋은 남편이었다. 늘 자신과 저녁을 함께해 주었고, 비가 오는 날 데리러 와 주었다. 각방까지도 각오했었는데 발리아는 한 번도 혼자 잠든 적도 혼자 깨어난 적도 없었다. 오히려 슈덴을 침대에 혼자 두고 나오는 게 발리아면 발리아였지.

'내가 이렇게 적응이 빨랐나.'

남의 품에 안겨 자는 건 과거와 현재를 통틀어 처음인데 그새 적응했다. 발리아는 단 한 번도 슈덴에게 안겨 자는 게 불편하다고 생각해 본 적이 없었다. 발리아는 이 사소하다면 사소한 사실이 좋았다. 심장이 두근두근 뛰어 슈덴이 깰까 봐 걱정이 될 정도였다.

'모르겠어.'

미래가 어떻게 될지 모른다고 해도 현재는 정말 바랄 것 없이 행복했다. 발리아는 그의 가슴 위에 얹어져 있는 제 손을 가만히 바라보았다. 잠든 와중에 어쩌다 보니 손이 올라간 모양이었다. 조금 부끄럽긴 했지만 굳이 거두고 싶진 않았다. 발리아는 가만히 슈덴의 고동 소리에 귀를 기울였다. 그의 심장 소리는 발리아의 것과 비교했을 때 더 느렸다. 이게 정상일 것이다. 그녀는 현재 제 심장이 지나칠 정도로 빠르게 고동치고 있다는 것을 자각하고 있었다.

'이상하지.'

발리아는 서서히 이 말도 안 되게 두근대는 감정의 원인을 찾아가고 있었다. 단순히 슈덴이 멋있고 잘생겨서? 눈빛이 퇴폐적이고, 색정적이어서? 발리아는 두근거려 본 적이 거의 없었지만, 그렇다고 마냥 둔감하지는 않았다.

[당신이 보내 준 타르트는 전부 먹었습니다.]

누군가에게 특별한 사람이 된다는 것. 그렇게 들리는 말. 조심스러울 수밖에 없는 그녀가 몸이 붕 뜨는 것 같은 착각이 들게 하는 감정들. 두려울 정도로 빠르게 뛰는 심장.

……발리아는 사랑이 어떤 것인지 모르지 않았다.

그래서 두려웠다.

발리아는 미래를 알고 있었고 후에 슈덴이 누구를 사랑하는지도 알고 있었다. 알고 있으면서 공녀로 자원한 것은 발리아 자신이었다. 그녀는 훗날이 어떻게 된다고 한들 누군가를 원망할 수도 후회할 수도 없었다. 뼈저리게 알고 있으면서도, 이 다디단 꿀 같은 행복에 마냥 푹 젖어 있고 싶어서 그게 더 무서웠다.
그럼에도 지금은.
발리아는 아주 조금 용기를 내서 목을 약간 뻗었다. 바로 앞에 있던 슈텐의 목울대에 가볍게 입을 맞춘다. 그동안 그에게 단 한 번도 먼저 입을 맞춰 본 적이 없었던 발리아는 그 짧은 입맞춤에도 심장이 쿵쿵 뛰었다. 그녀는 다시 눈을 감았다. 안긴 몸이 편안하고 나른한 행복감이 감돌았다. 평소와 달리 일어나고 싶지가 않았다.
따뜻한 침대. 푹신한 이불. 적당한 온도. 그리고 심장을 두근거리게 하는 이 남자. 모든 게 설레고 좋았다.
이윽고 발리아는 다시 잠에 들었다.
이토록 편안한 잠은 가르트 후작가에 온 이후 처음이었다.

발리아의 맥박이 느려지고, 호흡마저 수면 밑으로 깊게 가라앉았다. 그녀가 완전히 잠에 빠지자 잠기운조차 없는 붉은 눈동자가 모습을 드러냈다. 슈텐은 손을 들어 목울대를 만지작거렸다. 방금 발리아가 입을 맞췄던 바로 그곳이었다.
기사이자 군인인 슈텐에게 있어 목이란 생명과 직결되는 곳이다. 목울대에 닿아 오는 호흡이 약간 달라졌을 때 그는 이미 잠에서 깨어 있었다. 입을 맞춘 게 발리아가 아니었더라면 그는 곧장 어깨를 잡아 눌렀을 것이다. 일종의 생존 본능이었다.
슈텐은 얌전히 제 품에 안겨 자는 여자를 내려다보았다. 길고 곧은 검은색 머리카락. 흘러내린 가닥들이 밤하늘처럼 베개 위로 흩어져 있었다. 슈텐은 말없이 발리아의 이마를 쓸었다. 머리색과 대비되는 하얀 피부가 손바닥에 감긴다. 규칙적인 호흡이 그녀가 처음으로 깊게 잠들었음을 방증했다.

'그동안 잠을 너무 적게 자긴 했지.'

슈텐은 은근히 그것이 신경이 쓰였다. 기실 그의 아내는 잠을 너무 적게 잤다. 전시의 군인이라고 해도 믿을 정도의 짧은 수면 시간. 그렇다고 숙면을 취하는 것도 아니었으니 자꾸 신경이 쓰였다.

낮에 따로 오수를 가진다는 보고도 없었다. 저택에만 있느라 행동반경이 좁다고 한들 지나치게 잠을 적게 자는 것이다. 이 부적절한 수면 시간이 며칠만 더 이어졌다면 슈텐은 가문의 주치의를 불렀을 것이다.

그런데 오늘은 슈텐의 목에 입을 맞추고 잠에 들었다.

슈텐은 물끄러미 발리아를 응시했다. 닫힌 눈. 평소 그가 좋아하는 새벽하늘 같은 은회색 눈동자는 얇은 눈꺼풀 안에 꼭꼭 숨어 있었다. 대신해서 긴 속눈썹과 미동 없는 뺨을 보았다. 이렇게 보면 그녀는 영락없는 귀족 아가씨였다. 손끝이 우아하고 피부가 고왔다.

그러나 그녀는 사소한 습관에서 여타 귀족들과 달랐다.

[데리러 와 주셔서 감사해요.]

데려다줘서 고맙다가 아닌, 데리러 와 줘서 고맙다는 말.

사소하다면 사소한 차이였지만, 슈텐은 그 말을 기억해 두었다.

이렇게 하나씩, 슈텐의 신경을 건드리는 아주 사소한 것들은 끝도 없이 많았다. 그 모든 것의 공통점이라면 발리아가 출처라는 점이었다.

평범한 사람이었으면 그냥 지나쳤을 것이다. 기억할 가치도 없는 것이라고 머리에서 금세 지워 버렸을지도 모른다. 하지만 그런 말을 한 사람이 슈덴의 '아내'였기 때문에 한 번쯤 더 생각해 볼 가치가 있었다.

균열은 틈에서 시작된다. 사람에게 균열을 불러일으킬 만한 틈이란 보통 '상처'를 일컬었다. 물론 슈덴은 타인의 상처에 신경을 써 본 적이 없다. 그는 어릴 적에 애정을 받지 못했다며 사랑을 갈구하는 여자들을 지겨워했다.

'기사의 딸이니 더했겠지.'

빈궁과 불행은 아주 가까운 거리에 있었다. 따지고 보면 발리아가 슈덴의 신부가 된 것도 가난함이 절대적인 이유 아니었던가. 제대로 된 귀족 가문에서라면, 아니 정신이 똑바로 박힌 부모라면 고작 재화 얼마에 딸을 산 제물로 바치려고 들지는 않는다.

조금만 되짚어 봐도 그녀가 얼마만 한 고난을 등에 짊어지고 살아왔는지 계산이 나왔다.

'아직까진 아무런 말도 하지 않지만.'

발리아는 신중한 성격이었다. 그녀를 알게 된 지 얼마 되지 않았지만 충분히 알 수 있는 사실이었다. 이 은회색 눈동자의 신부는 단 한 번도 과거 이야기를 꺼낸 적이 없었다. 그늘이랄 만한 것도 보인 적이 없었다. 그저 새벽같이 고요했다.

'익숙해지면 변할까.'

아직은 자신이 낯설기 때문에 기대려고 하지 않는 걸 수도 있었다. 어느 정도 시간이 지나고, 자신의 입지가 단단해지면 어떻게 태도가 변할지 몰랐다. 슈덴은 약간 궁금해졌다. 발리아가 과거에 있었던 힘든 일을 말하며 기대려고 한다면 자신은 어떤 반응을 보일지.

'경멸하게 될지도 모르겠군.'

다른 사람에게는 늘 그랬다. 그러니까 발리아도 그래야 맞았다. 그런데 이상하게 확신이 어려웠다. 다른 사람이라면 뒤도 돌아보지 않았겠지만 그녀는 기묘하게 달랐다. 아내여서 그런 걸까. 첫 만남이 범상치 않아서 그런 걸까.

……아니면 현재의 그가 그녀를 생각보다 더 마음에 들어 하고 있어서일 수도 있었다.

'그게 예외는 되지 않겠지만.'

슈텐은 언제나 한결같았다. 남부의 작은 어촌에서 살다가, 가르트 후작가로 강제로 끌려온 이후로 항상. 슈텐은 상처가 있다며 감상에 푹 빠지는 걸 경멸했다. 극단적으로 말하면 혐오까지 했다. 자기 연민을 증오했으며, 허우적대는 사람은 한심하게 생각했다. 죽을 것 같다고 떠드는 놈 치고 진짜로 죽은 녀석은 없었다. 슈텐이 인생을 살면서 겪은 진리였다.

[악마 같은 새끼.]

사람을 죽이고도 살아가는 사람이 있다.

[네가 원한 게 아니라고? 그러면 결과가 달라져? 결국 너 때문에 다 죽었는데!]

살아가야 하는 사람이 있다.

[그 잘난 가문의 마지막 직계라더니 너 하나 데려가겠다고 마을 사람들 전부를 죽였어. 네가 다 죽인 거야. 우리 어머니도, 내 아버지도!]

등에 진 죄가 무거워서 다른 이의 상처에까지 가혹할 수밖에 없는 사람이.

[……레오.]

[레오라고 부르지 마! 네 조부가 악마라면 넌 악마 새끼야. 늙고 어리고의 차이일 뿐이라고. 쓰레기 같은 놈. 똑똑히 기억해.]

슈덴은 경멸에 가득 차 있던 보라색 눈동자를 떠올렸다. 그토록 처절했던 어린 소년과 꼭 그만큼 어렸던 자신. 눈물로 흠뻑 젖어 저주를 퍼부어 대던 그 앳된 낯. 슈덴의 손등에선 피가 흘렀고 피 묻은 칼은 소년이 휘둘렀던 것이다.

[내가 네 심장을 뽑아 씹어 삼킬 때까지 살아남아. 슈덴 가르트 소후작.]

잠시 주저하던 손이 발리아의 손 위로 올라간다. 그녀의 손을 전부 덮는 손등, 그 위로 희미한 칼자국. 그가 지그시 발리아의 손을 눌렀다. 가느다란 손 너머로 제 심장 고동 소리가 희미하게 느껴졌다. 슈덴은 말없이 발리아의 이마 위에 입술을 묻었다. 이윽고 그가 눈을 감았다.

첫 사교계

아침부터 가르트 후작가는 정신이 없었다. 엄밀히 표현하자면 고용인들이 정신이 없는 것이었다. 특히 발리아의 치장을 돕는 하녀들이 잔뜩 긴장해 있었다. 그도 그럴 것이 오늘은 후작 부부가 입궁하는 날이었기 때문이다.

다들 정신이 없는 와중에 가장 침착한 사람을 고르라면 역시 발리아였다. 그녀는 예복을 입은 후 주름이 간 곳은 없는지 점검하고 장신구 몇 개를 대보았다.

"그 보석 핀은 빼렴."

예복과 어울리지 않게 화려하게 들뜨는 장식들은 모조리 배제했다. 오늘의 발리아는 그저 단아하고 정갈하기만 하면 됐다. 따로 디자이너를 부르지 않은 이유도 이 때문이었다. 간혹 첫 입궁에 지나치게 긴장한 나머지 지나치게 화려하게 성장하는 귀족들이 종종 있었지만 좋은 선택은 아니었다.

황궁에는 수많은 눈이 있는 터라 과한 치장은 오히려 빈축을 사 버리기 때문이다. 혼인 후 첫 입궁은 오직 제국의 주인인 황제에게 인사를 올리는 것만이 목적이었다. 데뷔탕트도 아니니 눈에 띄게 꾸밀 필요가 없었다.

모든 치장을 끝내고 난 뒤에 사라가 보석 보관실에서 가져온 브로치를 신중하게 꺼내 들었다. 얼마 전에 보고 발리아가 식겁했던 후작 부인의 브로치였다. 사라는 조심스럽게 브로치를 발리아의 왼쪽 가슴에 달았다.

최고급 보석이라는 것을 증명하듯 브로치는 조금만 움직여도 사람의 눈을 현혹시키는 빛을 쏟아 냈다. 바라보기만 할 때에도 존재감이 대단했는데 직접 옷 위에 다니까 그야말로 이목을 집중시켰다. 발리아는 자칫 가르트 가문의 보화를 잃어버릴까 싶어 걱정이 들었다.

"마님, 정말 아름다운 브로치예요."

"맞아요. 이렇게 화려한 보석은 처음 봐요."

물론 발리아만 그렇게 걱정하는 것 같았다. 하녀들은 그저 감탄해 재잘대기만 했다. 발리아는 이 아름답고 값비싼 브로치를 잃어버리는 불상사를 예방하기 위해 오늘 하루 종일 긴장해 있을 생각이었다.

"마님, 불편하신 곳은 없으시고요?"

"없단다. 이제 나가도록 하자."

"모시겠습니다."

첫 입궁. 과거에도 발리아는 황제를 눈앞에서 직접 면면으로 대면한 적은 없었다. 그녀가 모시는 것은 여성 황족이었고, 황제는 황궁의 시중인들 중에서도 최고위층만이 접견하는 귀하신 몸이었기 때문이다. 긴장이 되지 않는 건 아니었지만, 결혼식 때만큼 심장이 쾅쾅 뛰지는 않았다. 발리아는 그 이유를 알고 있었다.

"슈."

"오셨습니까. 발리아."

단단한 팔과 손. 붉은빛이 감도는 금발과 언뜻 핏빛으로도 보이는 붉은 눈동자. 발리아는 슈덴에게 팔짱을 끼는 것만으로도 충분히 의지가 되었다. 발리아가 웃었다.

실로 오랜만에 보는 겔의 황궁은 변한 것 없이 웅장하고 고풍스러웠다. 특히 황궁은 황제의 본궁에 가까워질수록 그 화려함이 압도적이었다. 특히 황제가 있는 알현실은 더더욱 화려했다. 발리아도 알현실에 들어와 보는 것은 처음이었다.

"지고하신 황제 폐하께 인사 올립니다."

"황제 폐하께 인사 올립니다."

그리고 황제를 직접 보는 것도 처음이었다. 말년이 꽤 비참했기 때문에 병자의 행색을 하고 있을 줄 알았는데, 지금의 황제는 아주 정정해 보였다. 황제의 의장만 아니었더라면 어느 귀족가의 평범한 노신사로 보일 법한 얼굴이었다.

"일어나게. 가르트 후작, 가르트 후작 부인."

"황공하옵니다."

"예의는 그쯤이면 됐네. 앉아서 이야기하도록 하지."

황제가 슈덴과 발리아에게 자리를 권했다. 황궁은 황궁인지라 자리에 앉는 것조차 시녀의 도움을 받았다. 발리아는 의자에 얌전히 착석했다. 슈덴과 발리아가 각기 차를 한잔할 때까지 기다리던 황제는 그들이 찻잔을 내려놓자 슈덴에게 몇 가지 질문을 했다. 의례적인 안부였다.

"그럼 가르트 후작 부인."

사실 황제가 관심을 가진 쪽은 슈덴이 아니라 발리아였다. 시종일관 얌전히 있던 은회색 눈동자의 어린 귀부인이 고개를 들었다. 열여덟이라고 했던가. 슈덴 가르트보다 두 살이 어리다.

"하문하십시오, 폐하."

"겔에서의 생활은 어떠한가?"

"폐하의 은덕으로 평안합니다."

발리아의 대답에는 군더더기가 없었다. 시녀장에게 이미 들어 그녀의 황실 예법이 완벽하다는 것을 알고 있었지만 직접 보니 또 달랐다.

"후작 부인이 평안하다니 짐 또한 기쁘군."

"성은이 하해와 같습니다, 폐하."

빈틈없는 대답에 황제가 음, 하고 고개를 끄덕였다.

"그나저나 결혼식에 대해서는 들었네. 아주 떠들썩한 결혼식이었지. 짐이 직접 보지 못한 게 아쉬워."

진한 아쉬움이 묻어 나오는 말에 발리아는 속으로 대답했다.

'몇 년 후면 보실 수 있을 테니 아쉬워하지 마세요.'

예리와 구스토는 두 번째 결혼식을 올린다. 그들은 황족인 터라 황제가 참석이 가능했다. 당시에도 황제는 그들의 결혼식에 참석했었다. 본인의 자그마한 소원이 몇 년 후 이루어진다는 것은 꿈에도 모를 황제는 덕담을 이어 나갔다.

"비록 처음은 평범하지 않았지만, 그대는 이제 어엿한 겔 제국 가르트 후작가의 안주인이야. 고위 귀족이라는 사실을 항시 인지하고 다니게."

"명심하겠습니다. 폐하."

"그대는 타국 출신임에도 황실 예법이 아주 훌륭하군. 아, 곡해하진 말게. 짐이 후작 부인의 모국을 무시하는 것은 결코 아니니까."

"오해하지 않습니다."

발리아는 말을 늘여서 하는 것에는 소질이 없었다. 아부하는 것도 능력이고 화법이 능숙한 것도 능력이다. 발리아는 그런 능력을 갖지 못했기 때문에 군더더기 없는 예법을 체득하느라 애썼다. 대답이 짧다고 시비 거는 사람은 황궁에 없었기 때문이다. 발리아 나름대로의 생존 방칙이었다. 그것이 그대로 굳어 버려 지금에까지 이어지고 있었다.

'묘하게 닮았군.'

황제는 그런 발리아를 보며 속으로 고개를 끄덕였다. 말하면 말할수록 가르트 후작과 닮은 것 같다. 귀족적인 태도, 황실 예법, 모든 게 완벽한데 말수가 무척 적었다. 그렇다고 흠잡을 데가 없으니 거슬릴 곳이 없다.

'과연 신탁의 대상이라는 건가.'

물론 신전에서는 황궁에도 엄청난 양의 공물을 바쳤다. 꼭 공물이 아니더라도 대신관이 신의 뜻을 걸고 하는 부탁은 황제 입장에서도 쉽게 거절하기 힘든 것이었다.

'귀족 부부가 불타는 사랑만 할 수 있는 건 아니지.'

실제로 많은 귀족들이 정략혼을 한다. 귀족 세계에서 연애결혼이란 말은 통속 소설에나 나오는 개념이었다. 선 결혼 후 연애. 결혼해서 정이 들면 좋고 사랑에 빠지면 더 좋고. 하지만 모든 남녀가 만난다고 사랑에 빠지는 것은 아니었다. 그래서 귀족들 사이에서는 서로 존중만 하는 사이여도 모범적인 부부라고 평가 받았다.

'그럭저럭 좋은 사이인가 보군.'

황제는 슈덴의 성격을 잘 알고 있었다. 그는 귀족들의 중심이자 재계를 쥐고 있는 가르트 가문의 주인이라 늘 주변에 사람들이 들끓었다. 하지만 슈덴은 결코 타인에게 정을 주지 않는 서늘한 성정이었다. 귀족이라기보다는 군인에 어울리는 싸늘함. 그것이 슈덴의 본질이었다.

'그런 가르트 후작이 저 정도로 챙겨 주고 있으니 그 정도면 충분하지.'

외국에서 온, 신탁으로 뽑혀 온 공녀라고 해서 크게 기대를 하지 않았는데 의외로 사이가 좋아 보였다. 아마 가르트 후작 부인이 지나치게 집착하거나 구속하려고 들지 않으면 그럭저럭 평화로운 결혼 생활이 이어질 것 같았다. 황제의 이런 생각은 바로 몇 십 분 후에 뒤집혔다.

"후작과 잠시 이야기를 할 것이 있네. 동부 왕국 연합에서 사절이 왔도다."

티타임이 마무리될 즈음이었다. 발리아는 당황하는 기색도 없이 예의 바르게 대답했다.

"그럼 저는 먼저 자리를 피하도록 하겠습니다."

"즐거운 시간이었네, 가르트 후작 부인."

"황공하옵니다. 귀한 시간 내주셔서 감사합니다. 폐하."

황제는 흡족한 미소로 알현실에 시립해 있던 시녀장을 불러 발리아를 모시고 나가게끔 했다.

"물러가 보겠습니다. 폐하."

발리아가 예를 갖추어 인사를 했다. 흠잡을 데 없는 낯으로 고개를 든 그녀에게 슈덴이 말했다.

"금방 가겠습니다, 부인."

"네, 천천히 오세요."

발리아가 알현실 밖으로 물러갈 때까지 슈덴의 붉은 눈동자는 그녀에게 고정되어 있었다. 황제는 정말 별 생각 없이 가르트 후작을 보다가 알게 된 사실에 흥미를 느꼈다.

'호오?'

발리아가 완전히 나가고, 알현실의 문이 닫혔다. 황제는 지나가는 어조로 물었다.

"후가 부인에게는 아주 살갑군."

"부부의 화목을 강조하신 것은 폐하십니다."

의례적인 화목함이 아닌 것 같은데. 하지만 세심하게 판단하기에는 본 시간이 짧았다. 황제는 너털웃음을 터뜨리며 다른 이야기를 꺼냈다.

"후가 이리 아내에게 다정하니 레이디들이 그리 후에게 목을 맨 이유도 알 것 같아. 후도 기억하고 있지? 결혼하기 전에는 수많은 레이디들이 자네를 연모한 사실을 말이야. 후작 부인은 타국 출신이라 이런 소문에 대해서는 잘 모를 것 같은데, 알고 있는가?"

"쓸데없는 소문에 귀를 기울이는 성정이 아닙니다."

슈텐은 무표정한 얼굴로 대꾸하면서도 조금 신경이 쓰이기 시작했다. 그는 과거에 분명 교제한 여자들이 있긴 있었다. 많지는 않았지만 그렇다고 적은 수도 아니었다.

슈텐은 냉소적이었다. 남녀의 사랑을 이해하지 못하는 사고방식은 물론, 도대체 어디에서 그만한 애정을 느끼는지도 몰랐다. 그래서 교제를 몇 번 해 보았다. 한때의 흥미였다. 깊은 관계까지 간 적은 없었지만, 어쨌든 자로 잰 듯 깨끗한 소문도 아니었다.

'그런 것에 신경 쓰진 않을 텐데.'

그렇게 생각하면서 신경이 쏠리니 이해할 수 없는 일이었다. 슈텐의 기분이 약간 저조해졌지만 황제는 미처 눈치채지 못했다. 애초에 황제는 슈텐의 기분을 긁으려 그런 말을 꺼낸 게 아니었다. 슈텐이 발리아에 대해서 이렇게 신경을 쓰고 있다는 사실을 짐작이나마 하는 사람은 제국을 통틀어 숀 하나뿐이리라.

아직까지 흥미의 단계인 황제는 이런 감정 변화를 알지 못하고 용건을 꺼냈다.

"가르트 후. 며칠 전 동부 왕국 연합에서 사절이 왔네."

슈텐이 황제를 응시했다.

"덕분에 그대들의 알현도 며칠 뒤로 미루었지. 알다시피 요즘 그들은 쉽게 좌시할 수 있는 존재는 아니니까 말이야."

황제의 말대로였다. 요즘 들어 겔에게 있어 가장 골치 아픈 곳을 뽑으라고 한다면 단연 동쪽 왕국 연합이었다. 대륙에 단 하나 있는 겔 제국은 땅의 중앙을 넓게 차지하고 있었다. 노른자 땅을 쏙쏙 차지한 겔은 그 국력이 상상 이상이었다.

여타 왕국들은 감히 겔에게 도전할 생각을 하지 않았다. 최근에야 슬슬 기어오르는 게 동부 왕국 연합이었다.

"몇 십 년 전만 해도 그러지 않았는데 요즘 들어 날뛰는 게 포악한 범처럼 굴더군."

"실제로 범이 있잖습니까."

슈덴이 심드렁하게 대꾸했다.

"동부 왕국 연합의 레오 카누트 자작을 말하는 것인가?"

"벌써 자작 작위를 받았습니까?"

"후도 알다시피 대단한 남자이니 말일세."

슈덴이 무심히 고개를 끄덕였다.

"애초에 동, 서, 북의 왕국 연합은 각기 힘이 비등비등하지 않았습니까. 동부 연합이 근래 급격히 힘을 키운 것은 레오 카누트 그자의 공이 큽니다."

"짐의 의견도 후와 같도다."

동부 왕국 연합이 북부 왕국의 반을 흡수한 것이 얼마 전 일이었다. 대단히 큰 전쟁이었고, 사상자도 어마어마했다. 아직도 국지전은 이어지고 있었으니 전쟁은 완전히 소거된 것이 아니었다.

"북부의 질 좋은 광석들을 차지하게 되었으니 그 기세가 더 올라갈 것입니다."

"쯧쯧. 북부 녀석들은 판단을 잘못했어. 몇 십 년을 우세했던 전쟁이라 하여 끝도 그리 된다는 법은 없거늘."

북부 연합과 동부 연합의 전쟁은 10여 년을 이어졌다. 처음에는 북부가 조금이나마 더 우세했다. 그렇다고 단숨에 승기를 잡을 정도는 또 아니었다.

긴 전쟁, 많은 죽음. 죽이고 파괴하는 일에도 돈이 들었다. 그리고 많은 돈이 몰려들었다. 북부 왕국 연합과 동부 왕국 연합뿐 아니라 대륙 각 나라에서 용병과 기사들이 찾아들었다. 의미 없는 소모전. 국력이 축나고 땅이 고갈되는 전쟁. 끝이 보이지 않는 전쟁에서 매듭을 짓게 된 자가 있었으니 그가 바로 레오 카누트였다.

"동부 연합에서 서면으로 먼저 제시한 조건이 있다네."

"어떤 것입니까?"

"서면상으로는 겔 제국과 북부 왕국들이 맺은 방위 조약의 해지를 원하더군."

모든 북부 왕국이 북부 왕국 연합에 속한 것은 아니었다. 개중 몇몇 나라는 속국 형식으로 겔 제국에게 공물을 바치는 대신 방위 조약을 맺었다. 이 조약이 있는 한 동부 연합 왕국은 북부를 완전히 집어삼킬 수 없었다. 또한 지리적인 요건 때문에 서부 왕국 연합과 전쟁을 벌이는 데에도 어려움이 있었다.

"그들의 요구를 들어줄 생각이십니까?"

"그럴 리가 있겠는가? 다만 짐은 궁금한 것이지. 그들도 되지 않을 협상이라 뻔히 알고 있을 텐데 사절단 구성원이 범상치가 않아."

슈덴의 붉은 눈동자가 황제를 바라보았다. 대충 대답이 짐작이 갔다.

"후도 짐작한 것 같군. 그래, 레오 카누트일세. 그자가 동부 연합 왕국의 사절단으로 오겠다고 하더군."

"전쟁터에서 검만 잡던 놈이 사절단으로 오겠다니 배짱이 대단하군요."

슈덴이 흐음 하고 고개를 들었다.

"신에게 굳이 그 말씀을 하신 이유가 있으신 것 같습니다."

"후의 짐작이 맞네."

황제가 고개를 끄덕였다.

“레오 카누트가 후를 협상자로 요구하더군. 아직 확답은 보내지 않았네. 후의 의견을 들어 보고 싶군.”

슈덴이 턱을 약간 기울였다. 붉은빛 도는 금발이 햇빛을 받아 눈부시게 산란한다.

[내가 네 심장을 뽑아 씹어 삼킬 때까지 살아남아. 슈덴 가르트 소후작.]

“폐하.”

그의 입꼬리가 약간 올라갔다. 그러면서도 눈빛은 위험하게 짙어져 언뜻 핏빛으로 비칠 정도였다.

“소신이 맡겠습니다.”

알현실을 나서자 시녀장이 발리아에게 권했다.

“가르트 후작 부인, 정원을 둘러보시겠어요?”

“괜찮네. 바깥 분이 언제 나오실지 모르니 길이 엇갈리는 건 피하고 싶군.”

“그러면 접빈실로 가셔서 차라도 한잔하시는 건 어떨까요?”

“부탁하지.”

발리아는 시녀장을 따라 찬찬히 걸음을 옮겼다. 한 걸음 걸을 때마다 브로치를 한 번 보고 두 걸음 걸을 때마다 다시 브로치를 흘깃 보았다. 고정 장치가 견고한 걸 알지만 원체 값비싼 걸 달아 놨더니 자꾸 신경이 그쪽으로 갔다.

'그나저나 가르트 후작 부인만 착용할 수 있었다면.'

슈텐의 모친은 착용하지 못했다는 말이었다. 발리아는 아직 슈텐에게 가계에 대한 이야기를 들은 적이 없다. 아마 그녀가 먼저 묻지 않는 한 그가 먼저 이야기를 꺼내는 일은 없을 것이다. 그것은 발리아의 감이었다.

'그렇다고 들쑤시는 것도 내키지 않고.'

궁금하기는 했지만 침묵하는 것을 파헤치고 싶지는 않았다. 발리아는 그게 사람에 대한 예의라고 생각했다.

"이쪽입니다, 후작 부인."

생각에 잠긴 사이 그녀는 접빈실이 있는 건물로 들어섰다. 딸린 방만 스무 개가 넘는 화려하고 거대한 건물이었다. 그 모두를 아우르는 큰 홀에 막 발을 들인 참이었다. 시간이 시간인지라 다른 귀족들은 없었고, 시중인들만 바쁘게 걸어 다니고 있었다.

"저, 잠시만요."

그때 발리아를 부르는 목소리가 아니었더라면 그녀는 그대로 접빈실로 들어갔을 것이다. 자신과 비슷한 연배로 들리는 여성의 부름에 발리아가 고개를 돌렸다. 젊은 귀부인이 그녀 쪽으로 다가오고 있었다. 발리아가 눈을 깜빡이자 그녀가 다소곳하게 인사했다.

"저는 조엔 후작 부인이랍니다. 가르트 후작 부인이신가요?"

"네, 맞아요."

"어머."

금발을 깔끔하게 틀어 올린 조엔 후작 부인은 발리아와 몇 살 차이 나지 않아 보였다. 그녀는 호감으로 가득한 표정으로 눈을 반짝반짝 빛내고 있었다. 사교계에서는, 특히 고위 귀족들 중에서는 찾아보기 힘든 순수한 호감이었다.

“괜찮으시다면 저와 차라도 같이 한잔하시지 않겠어요?”

“저라도 괜찮으시다면요.”

조엔 후작 부인의 얼굴이 환해졌다. 그녀들의 곁에 각기 시립해 있던 시녀들이 발 빠르게 접빈실을 준비하고 차를 준비했다. 진하고 달콤한 향기가 나는 홍차와 황궁의 품격에 어울리는 화려한 과자들이 어여쁘게 차려졌다.

“그날 결혼식에 참석했었답니다. 정말 아름다운 결혼식이었어요.”

“감사해요.”

발리아가 부드럽게 웃었다. 그녀는 과거 호위 시녀로 지냈던 경험 탓에 귀족들의 표정을 살피는 것에 능했다. 발리아가 담백한 어조로 말했다.

“조엔 후작 부인의 드레스가 아름다워서 그 디자인으로 했답니다.”

실제로는 시간이 매우 촉박해 골랐다지만 몇 명이 입을 다물면 영원히 모를 일이었다.

“어머, 칭찬이 과분하세요.”

조엔 후작 부인이 소녀처럼 기뻐했다. 그녀의 뺨이 발갛게 물들었다. 발리아가 어느 정도 짐작한 대로, 조엔 후작 부인은 발리아가 결혼식에 자신의 웨딩드레스를 채택한 것으로 인해 지대한 호감을 가지게 된 모양이었다.

“하지만 가르트 후작 부인의 웨딩드레스는 정말 아름다웠어요.”

“좋게 봐 주셔서 감사해요.”

“정말이에요. 아직 가르트 후작 부인께서 정식으로 데뷔탕트를 치르지 않으셔서 그렇지만, 티 파티에서 잊을 만하면 나오는 이야기인

걸요. 정말 아름다운 레이스 장식이었다고요."

"그런가요?"

"그럼요. 여태까지는 다들 레이스를 리본에 조금 붙이거나 아니면 소매, 치맛자락에만 달았잖아요."

'그러고 보니…….'

발리아가 과거 제국에 입성했을 무렵이었다. 그때엔 아름답고 정교한 레이스 장식들이 이름이 높았다. 발리아가 시녀가 되고도 한참은 더 유행을 탔다. 특히 꽃무늬가 들어간 얇고 촘촘한 레이스 장식을 선보인 디자이너는 선풍적인 인기를 구가했다.

'아마 플뢰르 레이스였지?'

큰 성공을 거둔 디자이너는 레이스에 아예 자신의 이름을 넣어 고가에 판매해 고급화 전략에 성공했다. 잔재처럼 간혹 남아 있던 코르셋을 절대 쓰지 않고 신체를 기형적으로 억압하는 모든 장식 도구들을 배제한 터라 큰 인기를 끌었던 게 기억이 났다.

'그럼 아직 레이스 장식이 유행하기 전이구나.'

발리아는 새삼 제 웨딩드레스를 담당했던 디자이너의 뛰어난 안목에 감탄했다. 후작 부인이 되었으니 반드시 치러야 하는 데뷔탕트에 그녀의 도움을 받는 게 좋을 것 같았다.

"가르트 후작 부인. 나중에 제 저택으로 초대해도 괜찮을까요? 함께 꼭 담소를 나누고 싶어요."

"그럼요. 저야 영광이죠."

동부 연합 왕국 사절단과의 입국 일정에 대해서 듣고, 추후 스케줄을 조정한 슈덴은 막 접견실에서 나왔다. 문 앞에 대기하고 있던 시종이 눈치 빠르게 입을 열었다.

"각하. 가르트 후작 부인께서는 귀빈실에 계십니다."

"안내해라."

"이쪽입니다."

황제의 알현실이 있는 건물과 접빈실이 있는 건물은 멀지 않았다. 같은 본궁에 속해 있기 때문이었다. 오래지 않아 슈덴은 접빈실 홀에 도착할 수 있었다. 발리아가 쉬고 있다는 접빈실로 걸음을 옮기던 때였다.

"가르트 후작 각하 아니십니까?"

아는 척을 해 오는 목소리가 있었다. 슈덴이 시선을 옮겼다. 아는 얼굴이 있었다.

"마샤르 백작이군."

"제 이름을 기억해 주시다니 영광입니다. 결혼식에서 뵙고 처음 뵙습니다."

마샤르 백작이 손을 싹싹 비비며 굽실거렸다. 물론 슈덴은 마샤르 백작의 얼굴과 이름만 기억할 뿐 다른 것에는 조금도 관심이 없었다. 그의 관심은 오직 발리아가 있을 접빈실에 쏠려 있었다. 그런데 마샤르 백작은 아닌 모양이었다. 슈덴이 물었다.

"내게 용건이라도 있소?"

"용건이라니요. 그런 거창한 이야기가 아니라 그저 말씀이나 좀 나누고자 합니다."

마샤르 백작은 슈덴에게 줄을 대기 위해 모여드는 날파리 중 하나였다. 하지만 연회장에서 말을 붙이는 것에는 번번이 실패하고 말았다. 슈덴의 곁에는 항상 사람이 많았기 때문이다. 그런데 누구의 방해도 없는 곳에서 슈덴을 만나게 되다니! 마샤르 백작은 이 기회를 놓치고 싶지 않았다.

"각하께서 괜찮으시다면 황궁 밖에서 술이나 한 잔 받으며 이야기를 나누고 싶습니다. 제가 아주 좋은 곳을 하나 알고 있지요."

마샤르 백작의 어조는 은근했다. 누구라도 순수한 목적의 '술이나 한 잔'이 아님을 알 수 있을 정도였다. 슈덴이 무표정한 얼굴로 대꾸했다.

"내가 결혼했다는 것을 백작은 잊고 있는 모양이오. 그리고 내 기억이 틀리지 않았다면, 마샤르 백작 역시 기혼자 아니었던가."

비록 이혼 경력이 다섯 번에 여성 편력이 심해 뒷소문이 안 좋다고 한들 현재 마샤르 백작은 기혼자였다. 슈덴이 그것을 꼬집자 마샤르 백작이 얼른 손을 내저었다.

"제가 어찌 각하께서 결혼하신 사실을 잊고 있겠습니까?"

마샤르 백작이 능글맞게 웃었다.

"하지만 각하, 여자와 달리 남자의 욕망은 지극히 본능적인 것이 아니겠습니까."

"지극히 본능적이라. 재미있는 이야기군."

슈덴이 흥미를 보였다. 마샤르 백작의 눈이 번쩍 뜨였다. 그가 침을 튀기며 열변했다.

"그럼요. 낮에 이야기할 만한 건 아니지만, 남편이 경험이 많으면 아내에게도 좋은 것 아닙니까. 아내를 만족시켜야 하니까요. 이게 다 서로 좋자고 하는 일 아니겠습니까? 신체 건강한 남자가 그런 곳에 가는 것은 전혀 흉이 아닙니다."

"음."

슈덴이 느긋하게 고개를 끄덕였다.

"마샤르 백작의 말대로라면 아내 역시 경험이 많아야겠소."

"예? 가, 각하, 그게 무슨 말씀이신지……."

"그렇지 않소? 남편을 만족시키려면 아내도 배운 게 많아야 할 테니."

"그것이……."

마샤르 백작은 할 말을 찾지 못하고 말을 더듬거렸다.

"게다가 남자가 그렇게 욕망을 못 참는다니. 그 말대로라면 고위직에는 여성 귀족만 오를 수 있도록 해야 제국의 발전과 안녕에 이바지하겠군. 그대가 직접 황제 폐하께 건의해 보는 것은 어떻소."

"그, 그건 좀 아닌……."

"뭐가 아니오?"

슈덴이 한쪽 입꼬리를 끌어 올렸다.

"본인 말의 모순이 대단하다고 생각하지 않소? 마샤르 백작. 쓸데없는 말 때문에 시간을 지나치게 잡아먹어 불쾌하기까지 하군."

마샤르 백작의 얼굴이 창백해졌다. 그는 인사를 남기고 허둥지둥 사라졌다. 슈덴이 이마를 약간 찌푸렸다. 저렇게 아부를 떠는 놈들은 대부분 가르트 가문이 소유주로 있는 사업체와 손을 잡고 사업을 시작하려는 놈들이었다. 꿈도 크군. 슈덴은 보좌관에게 시킬 일을 한 가지 더 머리에 넣어 두며 말했다.

"이만 가지."

"예, 모시겠습니다, 각하."

조용히 시립해 있던 시종이 다시 그를 안내했다. 바로 근처가 접빈실이었던 터라 금세 도착할 수 있었다. 이미 이야기를 전달 받은 시녀는 문 앞에 서 있다가 바로 문을 열었다.

"발리아."

슈텐이 온다는 말을 방금 들은 듯 발리아는 막 자리에서 일어나려는 자세였다. 슈텐은 성큼성큼 다가가 그녀에게 손을 내밀었다. 발리아가 그의 손 위에 사뿐 손을 얹었다. 몇 번이나 반복한 듯 익숙한 행동이었다.

"오셨어요?"

"예. 오래 기다리셨습니까."

"아뇨."

짧은 대화를 나누는 와중에도 서로에게 시선이 붙박여 있다. 눈앞에서 벌어진 광경에 조엔 후작 부인은 눈을 깜박였다.

사실 조엔 후작 부인은 가르트 후작에게서 시선을 떼지 못하는 레이디들은 수도 없이 봤다. 웬만큼 잘생긴 남자여야지. 게다가 여자의 심장을 잡아먹을 것 같은 그 눈빛은 또 어떠한가. 미추에 객관적인 조엔 후작 부인은 레이디들의 마음을 충분히 이해하고 있었다. 그래서 발리아가 가르트 후작에게 시선을 떼지 못하는 것은 이해했다.

'그런데 반대 상황은…….'

가르트 후작이 여자한테 시선을 고정한 건 정말 처음 봤다. 연회에서 제법 그를 보았던 조엔 후작 부인이었지만 정녕코 처음이었다.

'고정한 게 아니라 아예 시선을 떼지 못하는 것 같은데.'

발리아는 미소를 머금은 채로 먼저 시선을 돌렸다. 그 와중에도 슈텐의 시선은 발리아에게 향해 있었다. 조엔 후작 부인이 조금만 더 지체가 낮았더라면 눈을 동그랗게 떴으리라.

"그럼 이만 가 보도록 할게요. 오늘 즐거운 시간 보냈어요, 조엔 후작 부인."

"네? 아, 네. 저도 즐거웠어요. 가르트 후작 부인."

예법대로 슈덴과 마주 목례한 조엔 후작 부인은 접빈실 밖으로 나가는 두 남녀를 눈으로 쫓았다. 이윽고 그들이 완전히 나가자 조엔 후작 부인이 습관적으로 "어머."라고 중얼거렸다.

'저런 표정도 지을 수 있는 남자였구나.'

사실 5일 만에 결혼이라는 전례 없는 결혼식을 치르게 되자 여기저기서 말이 나왔다. 그중 가장 자극적인 것은 혼전 임신을 해 버려서 급하게 결혼한다는 소문이었다.

'아니야, 절대 아니야.'

조엔 후작 부인이 고개를 저었다. 비단 자신만 그렇게 생각하진 않을 터다. 방금 가르트 후작의 눈빛과 표정을 본 사람이라면 누구나 그렇게 생각할 것이다.

'연회에 한 번 동반으로 참석만 해도 그런 소문은 다 사라지겠는걸.'

조엔 후작 부인은 발리아의 느낌이 좋았다. 잠깐 만나 보고 그 사람의 전체를 알 순 없지만 첫인상은 대체로 명확한 법이었다.

'사교계를 즐기진 않을 것 같은 인상이었는데.'

차분한 웃음과 눈빛. 잔잔한 낯에 얌전한 목소리. 물론 외양과 성격이 항상 일치하는 것은 아니다. 하지만 기막힌 반전이 아닌 이상 정적인 활동을 더 선호할 것 같은 느낌이 들었다. 사교계가 부담스러울 수 있으니 일단은 약속한 대로 둘만의 오순도순 티타임을 가져 보는 게 우선이었다.

'집에 가자마자 바로 초대장을 작성해야겠어.'

조엔 후작 부인은 주먹을 불끈 쥐었다. 발리아의 샤프롱(젊은 여자가 사교계에 데뷔할 때 뒤에서 보살펴 주는, 주로 나이가 많은 귀부인)이라도 된 느낌 탓에 가슴이 두근거렸다. 깍쟁이들만 가득한 이 수도에서 마음에 쏙 드는 친구가 생길 것 같은 막연한 예감이 들었다.

슈덴은 발리아를 지켜보고 있었다.

"……."

뚫어질 것 같은 그 시선에 디자이너의 손길이 괜히 조심스러워졌다. 그녀의 반응은 차라리 양호했다. 디자이너를 항시 따라다니는 조수들은 누군가 왁 소리를 지르면 그대로 기절할 만큼 긴장한 상태였다. 제 머리를 땋아 내리는 조수들의 손이 달달달 떨리는 걸 본 발리아가 고개를 돌렸다.

"슈."

"음?"

"거기서 계속 지켜보실 건가요?"

한쪽 뺨을 손등에 기댄 채 있던 슈덴이 디자이너에게 물었다.

"다른 남편들은 이러지 않는가?"

디자이너는 즉각 대답했다.

"아닙니다. 뷰티 살롱에는 직접 함께 오시는 귀족 부부들도 많이 계시지요."

물론 그들 중 어떤 남자도 저렇게 아내를 뚫어져라 쳐다보지는 않지만. 디자이너는 현명하게 뒷말을 삼켰다. 슈덴이 발리아에게로 시선을 옮겼다.

"그렇다고 하는군요."

그러니까 상관없다는 거지. 발리아는 콧잔등을 찡그리다가 결국 웃음을 터뜨렸다. 부드러워진 가르트 후작의 표정이나 격 없는 후작 부인의 태도는 고용인들에겐 이젠 꽤나 익숙한 것이었지만 외부인들에겐 절대 아니었다. 특히 뷰티 살롱을 운영하며 이쪽 소문에는 꽤 발이 넓은 디자이너는 순간 자신의 시력이 잘못된 줄 알았다.

"오늘은 이쯤하지."

"예, 후작 부인."

디자이너는 즉각 대답했다. 아무리 생각해도 지금은 눈치 있게 빠져야 할 타이밍이다. 조수들의 손도 덜덜 떨리는 게 계속 있다가는 실수라도 저지를 참이었다. 재빠르면서도 세심하게 마무리를 하던 디자이너는 참 하면서 입을 열었다.

"후작 부인, 아직 목걸이를 고르지 못하였는데……."

"내가 고를 테니 이만 가 보게. 후에 다시 부르지."

"예, 언제든 불러만 주십시오."

디자이너는 조수들과 함께 물러났다. 주인의 심기 변화에 관해서는 귀신같이 아는 하녀들 역시 썰물처럼 방을 빠져나가고, 남은 것은 슈덴과 발리아뿐이었다. 그녀가 가볍게 타박했다.

"슈, 거기서 계속 지켜보시면 어떡해요."

"다른 부부들도 그렇다고 했잖습니까."

"보통 남편들은 아내가 치장을 준비하는 모습을 그렇게 보진 않잖아요."

"다들 눈이 삐었군."

발리아가 어쩔 수 없다는 듯이 웃었다. 사실 그녀는 슈덴이 자신을 오래도록 바라보는 게 좋았다.

그 붉은 눈동자가 본인에게 고정되어 있는 걸 싫어할 여자가 이 제국에 있을까. 발리아는 두근두근 가볍게 뛰는 심장을 의식하며 시선을 돌렸다. 디자이너는 떠났고 그녀는 목걸이를 골라야 했으니까.

화장대 위에는 여러 보석 목걸이들이 보기 좋게 올라와 있었다. 전부 보석 보관실에서 선별해 온 것들로, 디자이너가 이미 몇 가지를 추려 놓은 상태였다. 발리아는 그중 에메랄드 목걸이를 골라 목에 걸었다. 원래는 하녀가 걸어 줘야 하지만 이 방에는 슈덴과 발리아 둘뿐이다. 딸깍 하는 금속 소리가 작게 울린다.

발리아는 거울에 비친 제 모습을 점검했다. 오늘의 그녀는 산뜻한 크림색 드레스를 입고, 어울리는 화장을 했다. 보석 보관실에서 가져온 에메랄드 목걸이를 제외한 귀걸이나 팔찌들도 다 수수한 것들을 골랐다. 여러 귀부인들이 참석하는 티 파티가 아니라 일부러 이렇게 치장한 것이다. '화려하게 꾸밀 필요 없다'는 발리아의 요청을 디자이너는 정확히 수용했다. 미적 감각은 덤이었다.

'다음에는 전속 디자이너 자리를 제안해 봐야지.'

비록 오늘은 한 남자가 뚫어지게 바라보고 있어서 별다른 대화도 하지 못했지만. 발리아는 고개를 옆으로 틀었다. 자신을 보고 있는 붉은 눈동자가 바로 들어온다.

'내가 볼 때마다 돌아봐 주는 건가?'

슈덴의 시선이 언제나 발리아에게 향해 있다고 아는 것은 고용인들뿐이었다. 서로 마주 보다가도 발리아는 항상 고개를 먼저 돌려 버렸다.

저택에서 혼자 이 사실을 모르는 발리아는 그저 눈이 마주쳤다고만 생각했다. 빙긋 웃은 그녀가 다시 거울로 시선을 돌렸을 때였다.

"발리아."

"네?"

"그 목걸이, 입궁할 때 했던 것과 좀 다른 것 같습니다."

"아, 이건 저택 보석 보관실에 있던 거예요. 입궁할 때 하고 간 건 폴이 준비해 놓았던 장신구고요."

"폴이?"

"네. 폴이 이것저것 마련해 놨었어요."

지참금 명목이던 재산도 얼마 전에야 알게 된 발리아다. 기본적인 걸 챙길 정신도 없었는데, 폴이 준비성이 좋았다. 발리아가 입을 기본적인 실내 드레스는 물론, 실용성 좋은 장신구들도 보석함 하나 가득 마련해 놓은 것이다. 덕분에 발리아는 입궁할 때 유용하게 착용할 수 있었다.

"흐음."

슈텐이 앉아 있던 소파에서 일어났다. 성큼성큼 걸어온 그가 발리아의 등 뒤에서 멈춰 섰다. 서늘한 손이 가느다란 목을 쥐듯이 쓰다듬었다.

갑작스러운 접촉에 발리아의 몸이 움찔거렸을 때였다. 딸깍. 금속 이음매가 작게 소리를 내더니 뚝, 하고 바닥으로 떨어진다. 에메랄드 목걸이가 대리석 바닥을 구르는 소리가 둔탁했다. 발리아가 눈을 깜빡였다. 이게 무슨 상황이지?

'목걸이가 마음에 안 들었나?'

아무리 그래도 말도 없이 풀어 버리는 건 좀 이상한데. 발리아는 의문을 품으면서도 일단 목걸이를 줍기 위해 손을 뻗었다. 그 손이 가볍게 잡혔다. 눈 깜짝할 사이였다. 발리아를 인형처럼 가볍게 일으킨 슈덴이 그대로 끌어안았다. 그녀는 금세 그에게 등 뒤에서부터 폭 안긴 자세가 되었다.

"주울 필요 없습니다."

"네?"

"오래된 보석이잖습니까."

"아……, 그런가요?"

발리아는 그렇게 대답하면서도 의아했다.

'오래된 게 무슨 상관이지?'

보석이 오래됐다고 흠을 잡는 사람은 없었다. 물론 디자인이 다소 구식인 면이 있을지는 몰라도 겔 제국에서 보석의 가치를 판단하는 중요한 요소는 크기와 커팅이었다. 가르트의 보관실에 있는 보석들은 단연 최고였다. 하나같이 알은 아기 주먹만 하고 커팅은 섬세해 다각도에서 빛을 산란시켰으니까.

'뭔가 이상한데.'

발리아가 그렇게 생각할 만큼 슈덴의 설명 아닌 설명은 빈약했다. 슈덴도 알고 있어서일까. 그는 그녀를 품 안에 가둔 채로 별다른 말이 없었다. 묘한 정적이 흘렀다. 그리고 바닥에서 구르는 최고급 품질의 에메랄드 목걸이.

침묵이 길어질수록 분위기도 이상해질 텐데. 발리아는 자신을 안고 있는 슈덴의 품에서 빠져나왔다. 슈덴은 순순히 그녀를 놓아주었다. 발리아가 몸을 돌려 슈덴과 눈을 마주쳤다.

"슈, 제 보석함에는 티 파티에 하고 갈 만한 보석이 없어요."

사교계에는 걸맞은 격식이 있다. 귀부인인 발리아는 마땅한 보석을 가지고 있어야 했다. 저택의 보관실에는 화려한 보석들이 즐비했지만, 폴이 마련해 놓은 보석함에는 소박하며 정갈한 장신구들밖에 없었다.

슈덴이 말을 삼키는 성정이 아니라는 걸 발리아는 이미 알고 있었다. 마땅한 이유가 있겠지.

"새 보석을 선물 받고 싶어요. 어려울까요?"

슈덴은 잠시간 말이 없었다. 그저 은회색 눈동자를 들여다보는 붉은 눈빛. 침묵은 길지 않았다.

"부인이 원하신다면."

발리아가 빙그레 웃었다. 그녀를 응시하던 슈덴의 입매에도 부드러운 미소가 피어올랐다.

"어떤 보석을 좋아하십니까. 루비, 사파이어, 그도 아니면 다이아몬드?"

슈덴은 과거 짧게 만나 보던 여자들이 선물로 선호하던 보석들을 토대로 하나씩 말했다. 발리아는 은회색 눈동자를 깜빡이다가 대답했다.

"당신 안목을 믿을게요."

"가장 어려운 주문이군요."

짧게 웃은 슈덴이 그녀의 손끝에 가볍게 입을 맞췄다.

"며칠 들어오지 못할 겁니다."

동부 연합의 사절단의 방문 문제로 황궁이 바빴다. 슈덴은 협상자로서 이 일에 가장 관여를 많이 하게 된 귀족이었다. 최대한 발리아와 함께 저녁을 먹고 싶었지만 일이 이렇게 됐으니 어쩔 수 없었다. 발리아는 서운한 기색도 없이 고개를 끄덕였다.

"네. 식사 잘 챙겨 드세요."

"부인께서도."

깔끔한 반응이었다. 가끔 슈덴은 그런 생각을 했다. 발리아가 서운한 기색을 내비쳤으면 어땠을까, 하고. 예전에는 그런 사람들이 귀찮지 않았던가. 그런데 지금은…….

슈덴은 자신을 응시하는 발리아에게 고개를 숙였다. 평소와는 달리 붉은색으로 칠한 그녀의 입술에서는 달콤한 꽃향기가 났다. 그 입술에 그대로 키스하려던 슈덴이었으나 발리아가 가슴을 밀어내 저지당했다.

"입술 화장 지워져요."

"다시 바르면 되잖습니까."

"안 돼요. 디자이너는 이미 귀가했는걸요."

"하녀들은?"

"이렇게 은은하게 발라 내는 건 장인이라 가능한 거란 말이에요."

이런. 슈덴은 결국 발리아의 손등에 입을 맞춰야 했다.

겔 제국 최대의 보석 경매장. 실속 있는 보석에서부터 값지고 귀한 보물들까지 다양하게 취급하는 이 경매장에서는 으레 경매장들이 그렇듯 귀빈들을 따로 관리했다. 주로 겔 제국의 고위급 귀족들이나 외국의 왕족들, 또는 내로라하는 거상들이었다.

오늘은 귀빈들을 위한 특별한 경매가 따로 열리는 날이었다. 경매장 가장 안쪽에 준비된 귀빈용 홀에는 붉은 벨벳을 씌운 고급스러운 안락의자들이 널찍한 간격을 사이에 두고 설치되어 있었다. 자리는 몇몇을 제외하고는 거의 만석이었다.

경매가 시작되면 중간에 들어오지 못하는 게 규칙이었기 때문에, 문은 거의 반쯤 닫혀 있었다. 보석이 전시될 무대와는 달리 귀빈들이 앉아 있는 홀은 다소 조명이 어둡게 처리되어 있었다. 이 홀에 마지막으로 입장한 것은 키가 큰 남자였다.

"이쪽입니다, 각하."

남자는 다른 손님들과는 달리 특별석으로 안내되었다. 낮은 계단을 올라가, 객석이 설치된 홀보다 조금 더 높은 곳에 위치한 곳이었다. 특별석으로 안내될 정도면 상당한 신분이나 세력을 가졌다는 뜻이라 뒤쪽에 앉아 있던 몇몇 손님들은 호기심을 보였다.

귀빈들의 경매는 가면을 쓰고 입장하는 것이 원칙이다. 그래서 마지막으로 입장한 이 남자 또한 가면을 쓰고 있었다. 물론 이 가면은 장식적인 면이 강했기 때문에 뒤집어쓴다고 해서 신분을 완전히 은폐할 수 있는 것은 아니었다. 그저 일종의 암묵적인 규칙이었다. 이곳에서는 서로의 신분을 추측해도 입 밖으로 내지는 않는다.

무엇보다 경매장의 홀이 어두웠기 때문에 늦게 입장한 남자의 정체를 제대로 파악하기는 쉽지 않았다. 두런두런 작은 대화가 간혹 이어지는 사이 경매가 시작됐다.

"예, 낙찰되었습니다!"

남자의 존재감은 경매가 시작하고부터 훌쩍 뛰기 시작했다. 경매사가 낙찰을 선언하는 시간이 유독 짧은 보석들은 하나같이 귀빈석에 앉은 남자가 입찰한 것들이었다. 보통은 몇몇이 합이 붙어 조금씩 가격을 올리는 것이 일반적인데, 남자는 첫 입찰부터 가격을 훌쩍 올려 버렸다. 기가 질려 합조차 붙지 못하고 낙찰된 보석들이 태반이었다.

"제 생각인진 모르겠지만, 아까부터 계속 여성용 장신구만 사시는 것 같지 않나요?"

"저만 그렇게 생각하는 게 아니었군요."

남자가 모든 보석을 쓸어 가는 것은 아니었다. 여성용 장신구만 모조리 쓸어 가는 것이다. 이를 테면 목걸이, 귀걸이, 팔찌로 이루어진 세트들. 나오는 여성용 보석마다 전부 눈 깜빡할 사이에 낙찰되고 마니 사람들은 여성용 장신구가 나올 때마다 이번에는 저 위쪽 귀빈실에서 얼마를 부를까에 더 관심을 가졌다.

"오늘의 마지막 여성용 장신구를 소개합니다."

경매사가 굳이 '여성용'이라는 말을 붙인 것은 분명 같은 생각을 했기 때문이리라. 어쨌든 마지막이라는 말에 홀의 시선이 집중되었다. 경매사가 손을 까딱이자 붉은 벨벳 천이 스르륵 벗겨지고, 유리 전시대가 드러난다.

"밤하늘의 별자리처럼 빛나는 관, 아름다운 다이아몬드 티아라입니다."

커다란 다이아몬드가 중앙에 박힌 화려한 티아라가 모습을 보였다. 엄지와 검지를 동그랗게 이어 붙인 크기의 다이아몬드를 중심으로 하여 손톱만 한 다이아몬드들이 유려한 곡선을 그려 내고 있는 이 티아라는 그야말로 밤하늘의 별자리처럼 눈이 부셨다.

사람들이 티아라를 감상하는 짧은 시간이었다. 습관적으로 귀빈석을 흘긋 바라보았던 경매사의 두 눈이 부릅떠졌다. 그가 입 안쪽을 깨물어 보았다. 아프다. 그럼 꿈이 아니다. 눈을 꾹 감았다 뜬 경매사가 경매봉을 세 번 두드렸다. 쩌렁쩌렁한 외침이 홀을 메운다.

"즉시 낙찰입니다!"

즉시 낙찰. 그 말이 주는 파급력은 실로 어마어마했다. 그것은 최고 입찰가를 뜻하는 황금색 입찰 패를 들었다는 이야기였다.

"……즉시 낙찰요?"

"지금 티아라를 즉시 낙찰한 건가요?"

순식간에 경매장이 시끄러워졌다. 겔 제국의 경매는 첫 입찰가와 함께 최고 입찰가가 미리 제시됐다. 최고 입찰가를 부르면 더 이상의 경매 진행 없이 곧바로 낙찰을 받을 수 있었다. 그러나 이 최고 입찰가로 낙찰되는 경우는 거의 없었다. 통상적으로 첫 입찰가의 백배를 훌쩍 뛰어넘었기 때문이다.

여성용 보석 외에는 더 이상 관심이 없는 것인지, 특별석에 앉아 있던 화제의 그 남자가 계단을 밟고 내려왔다. 뒤쪽에 앉아 있던 귀빈들은 체신도 버리고 흘긋흘긋 뒤돌아보았다. 도우미의 정중한 안내에 따라 밖으로 나간 남자는 문이 채 닫히기도 전에 가면부터 벗어 내렸다. 은근히 훔쳐보던 사람들의 눈이 커졌다.

"가르트 후작……?"

누군가 멍하니 중얼거렸다. 저도 모르게 나온 말인 듯했다. 무엇보다 저 붉은 금발. 홀 안과는 달리 밖은 밝았기 때문에 세세한 머리색을 확인한 귀빈들도 꽤 있었다. 홀 내에서는 떠들지 않는 게 암묵적인 원칙이었고 귀빈들은 우아한 성정으로 떠들진 않았지만 충격까지 사라지는 건 아니었다.

"……세상에."

가르트 후작이 여성용 장신구를 모조리 구매해 갔다. 그만한 보석을 선물 받을 여자라면 한 명밖에 없었다. 분명히.

"초대에 감사드려요. 조엔 후작 부인."

"저야말로 초대에 응해 주셔서 감사한걸요. 가르트 후작 부인."

고위 귀족과 갖는 첫 티타임. 약간 경직되어 있던 발리아는 오래지 않아 긴장을 풀었다. 차는 향긋했고 과자는 달콤했으며, 별채에는 싱싱한 장미꽃이 가득했다.

무엇보다 마음에 들었던 것은 조엔 후작 부인이었다. 재기발랄하면서도 기품을 갖추고 있는 그녀는 발리아에게 짙은 호감을 표했다.

"저도 후작 부인치고는 어린 나이였지만, 발리아만큼은 아니에요."

"그런가요? 조엔 후작 부인은……."

"어머, 또 그러신다. 이름으로 불러 달라니까요."

"미안해요, 디아나. 익숙하지가 않아서."

"사과의 뜻으로 다음에 또 티타임에 와 주겠다고 약속해요."

"그럼요. 저야 영광이죠."

어색한 것은 초반이었을 뿐, 연령대 비슷한 이 두 후작 부인들은 급속도로 친해졌다. 특히 디아나는 종일 즐거웠다. 처음 받았던 인상대로, 발리아는 정말 그녀의 마음에 쏙 드는 사람이었다. 차분하고 단정한데 잔잔한 미소까지 늘 머금고 있으니 호감을 느끼지 않으려야 않을 수가 없었다.

"발리아. 사교계에 슬슬 얼굴을 보여야 하지 않겠어요? 다들 가르트 후작 부인에 대해 궁금증이 아주 많답니다."

"티 파티를 말씀하시는 거라면 조금 더 이따가 열려고 해요. 연회는 아직 부담스럽고요."

많은 귀족들에게 초대장을 보낼 수 있는 연회와는 달리 티 파티는 인원이 제한된다. 발리아는 겔에서 데뷔를 가진 적도 없는 타국의 귀족이었기 때문에, 당연히 인맥이라고 부를 것도 없었다. 이럴 때에는 샤프롱이나 가문의 높은 어른의 도움을 받아야 하지만 발리아는 둘 다 없었다. 이런 경우에는 보통 고위 귀족이나 황실에서 주최하는 연회에 참석한 후 인맥을 쌓고 티 파티를 주최하는 게 일반적이다.

"그러시면 발리아."

디아나가 눈을 반짝반짝 빛냈다.

"조엔 후작가의 티 파티에 초청을 해도 괜찮을까요? 소박하긴 해도 몇몇 분들을 초대해 정기적으로 시간을 갖곤 하거든요."

디아나는 스스럼없이 말하고 있다지만, 귀부인들의 정기적인 티 파티는 첫 시작부터 인원이 고정된 게 대다수였다. 특히 후작 가문 정도의 티 파티는 중간에 끼어들기가 무척이나 어려웠다. 과거의 경험으로 이런 사교계 풍습을 잘 알고 있는 발리아가 놀라 되물었다.

"제가 참석해도 괜찮을까요?"

"어머, 물론이죠! 발리아가 참석해 주신다면 무척 기쁠 것 같아요."

은회색 눈동자를 깜빡이던 발리아는 곧 미소와 함께 감사를 표했다. 디아나는 달빛처럼 차분한 분위기 속에서도 어딘지 모르게 사랑스러운 그녀에게 차를 한 잔 더 권했다. 문득 남편인 조엔 후작이 예전에 했던 말이 떠올랐다.

'가르트 후작이 사람 보는 눈이 심상치 않다고 했었지.'

전쟁터에서 기사 배치하는 안목이 뛰어나다더니 그래서 신부도 이렇게 잘 골라 왔나 보다. 머릿속에서는 이미 발리아의 예비 샤프롱인 디아나는 그렇게 생각하며 생긋생긋 웃었다. 이 수도 사교계에서 신분과 나이가 비슷하며 성격까지 마음에 꼭 드는 친구를 만나기란 하늘의 별 따기만큼이나 어려웠기 때문에 디아나의 호의도 당연했다.

"오늘 즐거운 시간이었어요. 디아나."

"저도요, 발리아. 조심해서 가요."

즐거웠던 티타임이 끝나고, 디아나는 발리아를 직접 마차 앞까지 배웅해 주었다. 가르트 가문의 문양이 조각된 마차 앞에는 듬직한 체구의 기사가 기다리고 있었다. 솔직히 말하자면 디아나는 저 기사를 처음 보고 심하게 당황했다.

'가르트 기사단장을 호위로 붙이다니.'

가르트의 기사단장, 숀. 가르트 기사단의 무용담은 제국 전체에 파다했다. 그 유명한 무력 집합소의 단장이 직접 호위를 하다니! 발리아가 황실 연회에라도 참석했다면 이해라도 하겠는데 여기는 그냥 일개 후작가였다. 사람이 많이 참석하는 티 파티도 아닌 1:1의 소박한 티타임이었고.

"티 파티에는 가르트 후작이 직접 호위로 오는 게 아닐까 몰라."

혼자 중얼거린 디아나가 "말도 안 되지." 하면서 웃었다. 아무리 생각해도 실없는 생각이었기 때문이다. 곧 그녀는 티 파티의 초청장을 새로 작성하기 위해 집무실로 들어갔다.

"가르트 후작 부인을 뵙습니다."

"왔는가. 앉게."

디자이너가 자리에 착석하자 하녀가 차를 새로 내어 왔다. 잘 말린 로즈마리의 향긋함이 따뜻한 김을 따라 폴폴 올라온다. 발리아는 디자이너가 차를 몇 모금 마실 때까지 기다리다가 입을 열었다.

"오늘 내가 그대를 부른 것은 긴히 할 제안이 있어서네."

"편히 말씀하셔요. 후작 부인."

"그대를 내 전속 디자이너로 삼고 싶어서 불렀네."

"네?"

예의 바른 태도로 앉아 있던 디자이너가 퍼뜩 고개를 들었다. 반쯤 비어 있던 찻물이 찰랑 흔들렸다. 그 모습이 디자이너의 놀란 심경을 대변하는 것 같아서 발리아는 살며시 미소를 지었다. 그녀가 이렇게 놀라는 것도 당연했다. 보통 고위 귀족들은 전속 디자이너 역시 다섯 손가락에 꼽히는 유명한 의상실의 디자이너를 고른다. 눈앞의 이 디자이너는 아직 그 정도의 명성은 없었다.

"자세한 조건은 총집사장이 설명해 줄 것이네. 다만 그대의 의중을 듣고 싶군. 내 제안이 어떤가?"

"저야……, 저야 당연히 제안에 응하도록 하겠습니다. 가르트 후작 부인의 전속 디자이너가 된다니 이만한 영광이 또 있으려고요."

"다행이군. 앞으로 잘 부탁하네."

"플뢰르 뷰티 살롱의 명예를 걸고 성심성의껏 아름다운 드레스를 만들도록 하겠습니다."

'신기하네.'

발리아가 이 디자이너의 이름을 들은 것은 불과 몇 시간 전이었다. 과거 그 유명했던 '플뢰르 레이스'의 디자이너가 이 사람이었다니. 그녀의 레이스가 수놓인 손수건을 갖는 게 소원이었던 아가씨들이 얼마나 많았던가. 며칠 전부터 그녀를 전속 디자이너로 삼으려고 마음먹고 있었던 발리아로서는 놀라운 우연이었다.

플뢰르는 플뢰르대로 들숨 날숨을 반복하고 있는 중이었다. 심장이 하늘까지 튀어나올 것 같았는데 앞에 앉아 있는 후작 부인의 말투가 담담해서 외려 자신마저 침착해지고 있었다. 가르트 안주인의 전속 디자이너라니. 보통 놀랄 일이 아닌데도.

"후작 부인, 실례를 무릅쓰고 꼭 한 가지 여쭙고 싶은 게 있어요."

"말하게."

"어째서 저를 전속 디자이너로 삼으려고 하신 것인가요?"

플뢰르는 우아한 감성과 뛰어난 실력을 인정받은 디자이너이긴 했지만, 그녀의 위에는 소위 말하는 정상급 디자이너들이 분명히 존재했다. 물론 그들은 한 달 만에 웨딩드레스를 만들어 달라는 의뢰를 거절하기는 했다. 하지만 그때에는 그 웨딩드레스가 가르트 후작 부인이 입을 드레스라는 것을 아무도 알지 못했다. 슈덴이 가급적 조용하게 준비하기를 원했기 때문이다.

하지만 지금의 발리아는 당당한 가르트 후작 부인이었다. 그녀가 원한다면 당장이라도 정상급 디자이너들의 뷰티 살롱을 탈탈 털 수도 있었다. 그게 가르트의 권력이었고 세력이었으니까. 플뢰르의 의문은 당연했다. 발리아가 빙긋 웃었다.

"일단 나는 그대의 생각과 예술관이 마음에 들고."

발리아는 웨딩드레스를 맞추는 며칠 동안 플뢰르 때문에 불편했던 적이 없었다. 당연한 말을 당연하게 해 주는 예술가. 플뢰르는 그런 디자이너였다.

"무엇보다 그대의 레이스는 무척 예뻤어."

"……."

"이 정도면 납득할 만한 이유가 되겠는가?"

"……여부가 있을까요. 저를 택하신 걸 후회하지 않으시도록 매사 최선을 다하겠습니다."

플뢰르는 곧장 의욕에 가득 차서 스케치할 것들을 꺼냈다. 밀물처럼 몰려온 감동에 예술혼까지 덤으로 섞여 쏟아지는 것 같았다. 플뢰르가 한참 발리아에게 취향을 물으며 디자인 스케치에 여념이 없을 때였다.

"실례합니다. 마님."

폴이 응접실로 들어왔다. 꾸벅 고개를 숙인 그가 정중하게 말했다.

"잠시 나와 보셔야 할 것 같습니다."

"무슨 일이지?"

"각하께서 선물을 보내셨습니다."

"……선물을 보내셨다고?"

"예. 보석을 보내셨는데 지금 막 도착했습니다."

'보석이라면…….'

며칠 전에 슈덴에게 보석을 선물해 달라고 했던 게 생각났다. 이렇게 빨리 보낼 줄은 몰랐는데. 플뢰르가 호기심과 직업 정신이 반반씩 깃든 눈으로 물었다.

"후작 부인. 저도 같이 보아도 될까요? 첫 티 파티에 각하께서 선물하신 보석을 하고 가시면 더욱 아름다운 드레스가 나올 것 같아요."

발리아가 고개를 끄덕였다. 당시에는 어색해지려는 분위기를 타파하고자 말한 것이지만, 정작 선물이 왔다니까 기대가 되는 게 사실이었다. 슈덴이 무엇을 보냈을까. 그가 조금이라도 고민을 했을까? 발리아가 폴의 안내에 따라 막 들어섰을 때였다. 안쪽에서 분주하게 보석들을 진열하던 하녀들이 상기된 얼굴로 물러섰다. 사라가 들뜬 얼굴로 말했다.

"마님, 보석이 방금 도착한 터라 급하게 진열했습니다."

안내하는 손길을 따라 발리아의 시선이 움직였다. 여러 개를 빈틈없이 붙여 크게 넓힌 탁자 위에는 고급스러운 보석함들이 진열되어 있었다. 급하게 진열을 했다는 말과는 달리 보석함들은 보기 좋게 놓여 있었다. 탁자를 훑어 본 발리아가 물었다.

"사라."

"예, 마님."

"음……. 각하께서 보내신 게 이 중 어떤 거지?"

탁자 위에 빼곡하게 진열된 보석들 중 도통 어떤 것이 슈덴이 보냈다는 건지 모르겠다. 애초에 왜 다른 보석들까지 꺼내서 같이 진열한 거지? 발리아의 질문에 사라가 환하게 웃었다.

"전부 다 각하께서 보내신 거예요. 마님."

"……전부?"

"예! 여기부터 여기까지 모두 보내셨답니다."

"……."

은회색 눈동자가 당황으로 흔들렸다. 슈덴이 보냈다는 보석을 보고 티 파티 드레스의 콘셉트를 잡으려던 플뢰르의 눈도 같이 흔들렸다.

숀은 슈덴의 명령을 받아 발리아의 호위를 맡고 있었다. 보통의 기사들은 호위 대상이 외출할 경우에만 따라다니지만 숀은 고지식했다.

귀부인의 호위를 명 받은 몸, 발리아가 저택에 있어도 호위해야 마땅하다는 게 숀의 생각이었다.

"오셨습니까. 숀 경."

그런 이유로 숀은 오늘도 가르트 저택에 방문했다. 며칠간 이어지는 이 기사 단장의 방문에 익숙해진 폴은 인사를 했다.

"후작 부인께서는 어디에 계시지?"

"마님께서는 보석 보관실에 계십니다."

"보석 보관실?"

숀은 그동안 나름대로 시간을 계산해서 저택을 방문했다. 발리아가 점심 식사를 끝내고 차를 한 잔 마신 후의 시간으로. 칼에 잰 듯 준수하는 시간은 아니었지만 얼추 맞기는 했다. 근 며칠간 이어진 일정이 오늘은 조금 다르다. 숀의 낯빛에 스쳐 가는 의문을 읽은 폴이 만면에 웃음을 머금었다.

"실은 각하께서 마님께 보석을 잔뜩 선물하셨지요. 아마 감상하고 계신 것 같습니다."

"그렇군. 안내해 주게."

가르트 저택의 보석 보관실은 4층에 위치하고 있었다. 보관실에는 발리아 혼자 들어가 있는 것인지 문 앞에 하녀 두 명과 하인 한 명이 각각 지키고 있었다. 그들의 인사를 뒤로 한 숀이 보석 보관실 안으로 들어갔다.

보관실은 넓고 밝았으며 서늘하고 조용했다. 보석 보관실에 들어와 보는 것은 처음인 숀이었지만 호기심보다는 의무를 행하는 게 우선이었다.

안쪽으로 들어가자 앉아 있는 발리아의 뒷모습이 눈에 들어왔다.

비스듬히 앉아 있던 터라 발리아의 옆얼굴도 확인할 수 있었다. 기뻐하고 있을 거라는 숀의 막연한 예상과는 달리 그녀의 낯은 찌푸려져 있었다. 숀은 의아함을 품고 인기척을 냈다.

"후작 부인."

"아, 숀 경. 왔어요?"

"예. 여기 있겠습니다."

아예 종일 이곳에 계실 생각이었는지 멀찍한 곳에 자신이 앉을 의자도 마련되어 있었다. 숀은 발리아의 심각한 낯이 신경 쓰였지만 조용히 의자에 착석했다. 보석 보관실을 감돌던 침묵이 깨진 것은 한참 후였다.

"숀 경."

"예, 후작 부인."

"각하를 모신 지 얼마나 됐나요?"

"각하께서 소후작으로 봉해지신 시절부터 함께 있었습니다."

"그렇군요."

발리아가 천천히 고개를 끄덕였다. 무언가를 되짚어 보는 듯 말이 없던 그녀가 다시 입을 연 것은 시간이 조금 흐른 후였다. 머뭇거리는 말투였다.

"숀 경. 각하께서 오래된 보석을 싫어하시나요?"

발리아가 묻고도 이상한 말이었다. 숀 역시 약간 당황한 표정이었다. 발리아는 잠시 고민하다가 내내 품고 있었던 의문을 털어놓았다.

"아니면, 보석 보관실에 있는 보석을 꺼리시나요?"

"……갑자기 왜 그런 의문을 품으셨는지 여쭈어도 되겠습니까?"

"각하께서 보석을 선물해 주셨어요. 그런데 그게 좀……, 지나치게 많아요."

하나 같이 귀한 것들인데 그 양도 어마어마했다. 다른 감정보다 먼저 든 것이 의문이었다. 왜 이렇게까지? 그냥 넘어갈 수도 있는 문제이긴 했지만, 며칠 전 에메랄드 목걸이를 바닥에 버리듯 하던 슈텐의 모습이 자꾸 겹쳐졌다. 무언가 있는 것 같은데 무엇인지 짐작이 가지 않는다. 발리아의 이러한 의문을 모두 전해들은 숀의 낯빛이 약간 가라앉았다.

"이유가 있으신 것 같은데 잘 모르겠어요. 내가 보석 보관실에 있는 보석을 착용하는 게 싫으신 건가 싶기도 하고……."

"아닙니다, 후작 부인. 그런 이유가 아닐 겁니다."

발리아가 고개를 들었다. 숀의 낯빛이 어딘지 모르게 복잡해 보인다면 착각일까?

"짐작 가는 게 있나요?"

"실은……, 전(前) 가르트 후작님의 취미가 보석 감상이셨기 때문입니다."

그게 왜? 발리아의 의문 가득한 표정에 숀은 천천히 말을 이었다.

"사실 각하께서는 전 후작님과 사이가 굉장히 좋지 않으셨습니다."

"그러셨군요."

그렇게 대답하면서도 발리아는 납득을 하지 못한 낯이었다. 그도 그럴 것이, 고작 사이가 좋지 않았다는 것이 앞의 일을 설명하는 이유가 되기에는 부족한 감이 넘쳤기 때문이다. 발리아는 잠깐 고민했다. 이대로 넘어갈 것인가, 말 것인가.

"숀 경."

고민은 그리 길지 않았다. 솔직히 말해 궁금하기도 했다.

"좀 더 자세히 들려줄 수 있겠어요?"

"그것이……."

"말하기 곤란한가요?"

발리아의 고민이 짧았듯 숀의 고민도 길지 않았다. 그는 오랫동안 슈텐을 주군으로 모셨던 기사였던지라 알고 있었다. 발리아, 이 은회색 눈동자의 귀부인은 제 주군에게 특별한 존재였다. 명목상의 아내이기 때문이라는 설명으로는 부족했다. 숀은 그 미묘한 감정선을 잡아낼 정도로 섬세하지는 못했지만, 알아채지 못할 정도로 바보는 또 아니었다.

"아닙니다, 후작 부인."

자신이 알고 있는 것을 이분이 알게 된다고 해서 주군이 경을 치진 않을 거라는 묘한 확신이 들기도 했다. 아니, 오히려 말씀드리지 않고 숨겼다고 또 근신을 명하시진 않을까. 지금 당장은 아니더라도 가까운 훗날에. 그건 순전히 기사로서의 감이었다.

"제가 아는 선에서 말씀드리겠습니다."

그리고 본디 기사란 모시는 레이디와 귀부인에게 솔직한 것이 미덕인 법. 숀은 여러 의미로 고지식한 남자였다.

황궁은 요즘 들어 눈코 뜰 새 없이 바빴다. 동부 연합 사절단의 방문에 대비해 수많은 귀족들이 귀가도 하지 못한 채 며칠째 외궁에서 살다시피 하고 있었기 때문이다.

슈텐도 그 귀족들 중 하나였다. 임시 개인 집무실까지 제공받아 일을 진행시키던 슈덴은 방금 전 새로운 문서를 받았다. 레오 카누트. 이번 동부 연합 사절단의 주축이자 전쟁터의 범. 그의 개인적인 신상에 관한 보고서였다.

"미친놈."

문서를 읽어 내려가던 슈덴이 짧게 중얼거렸다. 옆에 서 있던 시종이 움찔했지만 노련하니 못 들은 척 했다. 슈덴은 태연히 문서를 넘겼다. 지지 기반도 없던 놈이 어떻게 그렇게 빨리 자작으로 봉해졌나 싶었는데 아주 미친놈처럼 전쟁터에서 적군을 베어 내고 다녔다. 얼핏 보면 슈덴이 소후작일 시절 죽였던 사람의 수와도 비슷해 보일 정도였다. 그들은 이상한 곳에서 종종 닮은 구석을 보이곤 했다.

'그럴 수밖에 없겠지.'

인정하긴 싫어도 변하지 않는 사실이다. 그들은 몸에 있는 피를 모조리 빼 버리지 않는 이상, 변하지 않는 혈연 관계였으니까.

[레오! 슈덴!]

남쪽이었다. 바람은 짜고 햇볕은 뜨거운 가난한 어촌. 물이 너무 맑아 물고기조차 없었던 에메랄드빛 바다. 근처 들판에 가득 피는 해바라기의 씨앗을 모아 기름을 짜며 근근이 살아가던 마을 사람들. 슈덴은 아직도 기억하고 있었다. 도도도 달려오던 어린 아이. 해바라기 들판의 두 소년.

[왜 자꾸 쫓아 와. 어린 게.]

[형들이잖아! 동생이랑 놀아 달란 말이야!]

아이가 두 손을 꽉 쥐었다. 레오가 귀찮은 표정으로 말했다.

[내가 왜 네 형이야?]

[엄마가 같잖아?]

[아버지는 다르거든?]

[하지만 눈동자 색깔이 똑같잖아.]

머리색은 각각 달랐지만, 눈동자만은 그들 모두가 선명한 붉은색이었다. 이 핏빛 홍채는 어머니에게서 물려받은 것이다. 그들이 형제라는 것을 알려 주는 가장 극단적인 징표.

[그리고 엄마가 형들이랑 놀라고 그랬단 말이야.]

[아, 진짜. 귀찮게…….]

남부 시골의 작은 어촌. 아이는 슈덴과 레오를 형이라고 부르면서 곧잘 따라다녔다. 어차피 한 집에 사는 사이. 나중엔 떼 놓는 것도 귀찮아서 같이 놀았던 것 같다. 아이의 말대로, 그들은 같은 어머니를 두었으니까. 비록 아버지는 각각 다르더라도.

[난 형들이 너무 좋아!]

그들의 아버지는 매번 바뀌었지만, 그들의 형제는 서로뿐이었다. 아이의 아홉 번째 생일날, 직접 만든 밀짚모자와 용돈을 탈탈 털어 산 단검을 선물할 그런 형제. 그 밀짚모자가 낡아 가고, 단검 날이 무뎌질 정도로 함께 뛰어 놀았던 형제들.

[슈덴. 아까 그 사람들한테 왜 안 간다고 했어? 후작가로 가면 귀족이 되는 거잖아?]

[내 말이. 귀족이 되는 게 이런 구석 어촌에서 사는 것보다 훨씬 낫잖아.]

[근데 레오, 아까 슈덴이 떠날지도 모른다니까 막 울었잖아.]

[안 울었어!]

그래서 슈덴은 갑작스레 찾아온 후작가의 사람들을 따라가지 않았다. 따라갈 생각도 없었다. 슈덴은 해바라기가 가득한 이 어촌 마을이 좋았고, 사람들이 좋았으며, 형제들이 좋았다.

[난 형들이랑 항상 행복하면 좋겠어.]

물질적으론 부족해도 감정적으론 부족하지 않았다. 그래서 아이들은 행복했다. 어렸던 날의 평화. 달콤한 만큼 쉽게 녹아 피투성이가 되어 버린, 한때의 안온함.

[비록 창녀의 자식이지만, 반쪽은 가르트의 핏줄이니. 아쉽지만 아쉬운 대로 쓸 만은 하겠지.]

슈덴은 말없이 죽은 동생을 내려다보았다. 보이는 상은 선명한데 머리가 받아들이기를 거부한다. 왜. 왜 전부 피를 흘리고 있는 거지. 왜 아무도 숨을 쉬지 않는 거지. 왜 전부 죽어 버린 거고, 그리고 왜.

……왜 나는 살아 있는 거지.

[울지 않는 건 네 아비보다 낫구나. 슈덴 가르트. 하지만 짐승 새끼도 서열은 알고 있는 법이지. 네가 내 말을 듣지 않았기 때문에 이 버러지들이 전부 죽은 게 아니겠느냐?]

귀에 독약을 흘려 넣는 것 같았다. 너 때문에 죽었다는 그 비정한 말. 소리를 지르고 싶은데, 비명을 토해 내고 싶은데, 목 안 쪽에서부터 꾹꾹 막힌 듯 아무것도 나오지가 않는다. 산 채로 몸이 썰려도 이보단 덜 고통스럽지 않을까. 슈덴은 결국 이를 악물었다. 힘껏 깨문 입술에서 피가 배어 나왔지만 통증을 느낄 겨를도 없었다.

[레오라고 했던가? 그 아이는 운이 좋더군. 아직 살아 있단 말이지.]

그 순간 정신이 퍼뜩 들었다. 아직 죽지 않은 형제. 절망 속 한 줌 남은 희망. 그러나 슈덴의 턱을 잡아 올리는 주름진 손은 그마저도 으깨 버리려는 듯 잔인하기만 했다.

[하나 남은 녀석마저 잃고 싶은 건 아니겠지? 네 욕심 때문에 이렇게 어린 동생이 죽어 버렸는데 말이다.]

슈덴의 몸에서 힘이 빠져나간다. 어린 소년의 품 안에는 그보다 어린 동생이 죽어 있었다. 흩날리는 겨울바람처럼 차게 식어 가는 몸.

[하나 남은 버러지도 죽여 버리길 원한다면 언제든 도망가고 반항하거라. 짐승을 길들이는 데에는 매질이 효과적인 법이지. 슈덴 가르트.]

상처를 짓누르고 짓누르면 언젠간 통증에 익숙해지는 날이 온다. 슈덴은 더 이상 어린 소년이 아니었다. 스스로에게 무감각해진 만큼 타인에게도 무감각해지기는 했지만.

"각하. 오늘 저녁 식사는 어디서 하시겠습니까? 어제처럼 집무실로 가져올까요?"

"퇴궁해야겠다."

"예? 하지만……."

대충이나마 슈덴이 처리해야 할 문서의 양을 알고 있는 시종이 눈을 동그랗게 떴다. 그러나 슈덴은 이미 자리에서 일어난 상태였다. 그가 문 쪽으로 성큼성큼 걸어가며 말했다.

"내일 다시 입궁하도록 하지."

"예? 예……."

시종은 금세 멀어지는 슈덴을 멍하니 지켜보다가 서둘러 따라갔다. 그러면서도 의문이었다. 황궁과 가장 가까운 곳이 고위 귀족들의 주거지이기는 했지만, 앞마당 다니듯 짧은 거리는 결코 아니었다. 일이 많은 귀족들은 종종 별궁에서 숙식을 해결하곤 했다. 가르트 후작 역시 며칠째 이곳에 있지 않았던가.

"……황궁에서 묵으시는 게 편하지 않으신가?"

시종은 고개를 갸웃하며 서류를 챙겼다.

발리아는 느리게 호흡했다.

"……그러니까, 전 후작님이 마을 사람들을 전부 죽이신 거네요."

"예. 저도 그 외의 것은 자세히 모릅니다. 하지만 전 후작님께서 각하를 데려오시기 위해 그런 참극을 벌이셨던 것은 확실합니다."

숀도 다 알지는 못했다. 그가 알고 있는 것이라고는 슈텐의 친부가 가문에 환멸을 느껴 도주를 감행했던 점, 그리고 슈텐의 친모가 귀족이 아니라는 점이 전부였다. 그리고 가르트 후작이 슈텐을 데려오기 위해 마을 사람들을 모두 죽여 버렸다는 것까지.

"……왜 그렇게까지 해서 굳이 각하를 데려오려고 한 건가요?"

"각하의 부친께서는 전 후작님의 막내아들이셨죠. 위에 계셨던 다른 아드님들이 갑자기 변고를 당하시는 바람에 남는 직계가 각하밖에 없었습니다."

"방계는 용납하지 못하는 성격이셨군요."

"그렇습니다."

숀은 어렸던 슈텐이 처음 이 저택에 오고 바로 붙여진 기사였다. 전 가르트 후작이 슈텐을 보호 겸 감시하라고 붙인 어린 기사였기 때문에 슈텐의 과거에 대해서 들을 기회가 많았다. 주로 전 가르트 후작이 슈텐을 협박할 때 말하던 것을 주워들은 것이다. 한정적이긴 했지만, 그래도 모르는 것보다는 나았다.

"……혹 제 이야기에 놀라셨다면 미리 사과드리겠습니다."

"아니에요. 놀라지 않았으니 안심해요, 경."

발리아는 황궁에 살면서 수많은 비정함을 목도했다. 덕분이라고 해야 할지, 이 정도 이야기를 듣고 놀라지 않을 정도로 단단해졌다. 다만 발리아는 슈덴이 신경 쓰였다. 그는 강한 남자였다. 멀리서 볼 때도 그랬고 가까이서 볼 때도 그랬다. 그런 견고함을 만들어 내기 위해서 얼마나 많은 인내를 거쳐야 했을까.

"마님. 각하께서는 오늘도 궁에 계실 것 같습니다."

"……그런가."

퇴궁을 하면 미리 알리는 사람이 와야 하는데 오늘도 오지 않았다. 발리아는 며칠째 크게 의식하지 않았던 빈자리를 새삼 느꼈다. 슈덴의 과거에 대해 들어서일까. 옆에 있어 주고 싶은데 그러지 못할 때, 사람은 외로워한다.

"마님. 티아라가 화려하니 뒤쪽으론 아무 장식 없이 땋아 내리기만 하셔도 충분히 아름다우실 것 같아요."

"맞아요. 마님 머리카락은 밤처럼 아름다우시니까요."

발리아는 하녀들이 재잘대는 소리를 들으며 머리 위에 올린 티아라를 만져 보았다. 중앙에 커다란 다이아몬드가 박혀 있고 그 주변을 따라 작은 다이아몬드들이 섬세한 곡선을 자아내고 있는 아름다운 관. 보석에 대해 섬세한 안목을 갖추지 못한 발리아였지만 이게 많은 보석들 사이에서도 단연 귀한 것임은 알 수 있었다.

거울에 티아라를 막 비추어 보았을 때였다. 은회색 눈동자가 동그래졌다.

"슈?"

슈덴이 거울에 비쳤다. 거울 너머로 눈이 마주친 발리아가 얼른 뒤를 돌아보았다.

"언제 오셨어요?"

"방금 왔습니다."

슈덴이 발리아에게로 가까이 걸어왔다. 오랜만에 귀택한 바깥주인을 향해 예의 바르게 허리를 굽히고 있던 하녀들은 눈치를 보다가 슬슬 밖으로 나갔다. 어느새 단둘만 남게 된 침실. 슈덴은 여전히 그대로였다. 그 며칠 만에 변하면 얼마나 변했을까 싶지만.

"선물은 마음에 드십니까."

"너무 많이 보내셔서 놀랐어요."

"감상은 그게 끝이고?"

발리아가 작게 웃었다. 그러면서도 마음 한쪽이 아팠다. 슈덴이 어떤 심정으로 자신에게 보석을 선물했는지 어렴풋이 알아 버렸기 때문이다. 상처는 쉽게 전염되어 마음을 쓰리게 한다. 안타까운 것과는 별개로 발리아는 먼저 이 이야기를 꺼낼 생각은 없었다.

'불쾌할 거야.'

발리아는 위로를 잘 할 줄 몰랐다. 어설프게 상흔을 건드리고 싶지도 않았다. 그녀가 그의 이야기를 들은 것은 혹시라도 밟을지 모를 역린을 피하기 위해서. 그렇다고 이 강건한 남자가 먼저 어릴 적의 상처를 꺼낼 리도 없었다. 그건 약점이니까. 그리하여 그들은 평생 서로의 상처에 대해 이야기하지 않아 평생 서로에게 위로받지 못하리라.

그래도.

발리아는 슈덴의 손을 잡았다. 흉터가 희미한 남자의 손등이 흰 손에 감겨들었다.

"슈, 선물 고마워요."

주변에 스며드는 다정한 말에 상처가 완화되는 경우가 잦았다. 발리아는 자신의 말이 슈덴의 심장 부근까지 스며들 수 있을 거라는 생각은 않았다. 그런 기대는 하지도 않았다. 그래도 그에게 좋은 말, 다정한 말만 해 주고 싶었다.

"그런데 티아라는 처음이라서 어색해요. 괜찮은가요?"

"예쁩니다. 발리아."

눈을 깜빡인 발리아가 머리 위에 쓰고 있던 티아라를 벗었다. 검은 머리카락이 사르르 흩어졌다. 그녀가 슈덴의 머리 위로 손을 뻗었다. 붉은 금발, 그 위에 순식간에 다이아몬드 티아라가 씌워진다. 발리아가 장난스럽게 웃었다.

"당신도 예뻐요, 슈."

이 여자가 지금 뭘 하나 싶어 가만히 있었던 슈덴은 어이가 없어졌다. 눈빛이 미묘하게 가라앉아 있는 것 같아서 살펴보고 있었는데. 제 머리 위에 이런 걸 씌울 생각을 한 사람은 평생을 통틀어 발리아가 처음이자 마지막일 것이리라. 하지만 빙긋빙긋 웃는 그녀의 모습은 정말로, 나쁘지가 않았다.

"남편에게 그런 말을 하는 아내는 발리아가 유일할 겁니다."

"다들 눈이 삐었나 봐요."

슈덴이 티아라를 내려놓으며 피식 웃었다. 만류하는 기색을 보이는 시종을 뒤로 하고 온 이유가 여기에 있었다. 발리아를 보면 어딘가 비어 있던 마음이 꽉 채워지는 것 같은, 말로 표현하기 힘든 충족감이 들었다. 하루 종일 이 은회색 눈동자만 들여다보라고 해도 그럴 수 있을 것 같은.

"참, 슈. 내일 대신관님이 오시잖아요."

"예, 발리아."

하지만 그의 마음이 꼭 그녀의 마음과 연결되는 건 아니었다. 오랜만에 재회하는 건데 일 이야기를 빼먹지 않는 이 아내를 보라. 슈덴은 자신이 입궁한 지 일주일도 채 되지 않았다는 사실은 굳이 함께 떠올리지 않았다.

"따로 전하실 말씀이 있나요? 아니면 특별히 듣고 싶은 사과라든지……."

"없습니다. 차만 대충 대접하고 그냥 보내도 됩니다."

"네? 하지만 그건 불경이잖아요."

발리아가 눈이 동그래져서 되물었다. 슈덴이 짧게 웃었다. 그는 대답하는 대신 그녀의 손을 잡았다. 그리고 가느다란 손가락 하나하나에 입을 맞췄다. 슈덴은 순식간에 분위기가 뒤바뀌는 남자였다. 그렇지 않고서야 제 손끝이 이렇게 파르르 떨릴 리가 없었다. 나른하면서도 야릇한 감촉에 발리아가 마른침을 삼켰다.

"발리아."

슈덴이 그녀의 손을 입에 묻은 채 고개를 들었다. 붉은 눈동자에 떠오른 갈증이 선명해 발리아가 저도 모르게 뒷걸음질 쳤다. 슈덴이 그녀의 허리를 끌어안았다. 바짝 닿아 오는 남체가 단단하다. 턱을 잡는 손길. 분홍빛 입술을 쓸어 보는 엄지손가락. 슈덴이 속삭였다.

"여긴 신이 보고 있지도 않은데 무슨 상관입니까."

침대까지의 거리는 멀지 않았다.

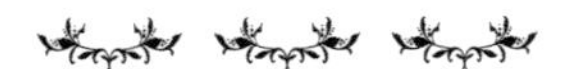

"오랜만에 뵙습니다. 가르트 후작 부인."

간만에 보는 필레몬은 늘 그렇듯 인자한 낯이었다. 발리아는 그를 볼 때마다 칼이 생각나곤 했다. 이상하지. 인상도 다르고 표정도 다른데. 대신관을 보고 용병을 떠올리는 것은 전 대륙을 통틀어 발리아가 유일할 것이다.

"방문을 환영합니다. 필레몬 대신관님. 그리고……."

은회색 눈동자가 필레몬의 옆을 향했다. 필레몬보다는 조금 연배가 어려 보이는, 중년의 남자가 서 있었다. 발리아가 차분히 그의 이름을 호명했다.

"메르실 대신관님."

"헉."

발리아의 뒤에서 누군가가 숨 들이켜는 소리를 냈다. 아마도 하인일 것이리라. 딱히 흠을 잡고 싶지는 않았다. 사실 저 반응이 정당했기 때문에. 필레몬이 헛기침을 했다.

"갑작스레 일행이 늘게 되었습니다. 연락이 늦어 죄송합니다."

대신관이 한 명 더 동행하게 되었다는 전보를 받은 것이 불과 몇십 분 전이었다. 갑작스러운 소식이었다. 그동안 필레몬의 잦은 저택 방문으로 나름대로 면역이 되어 있던 고용인들조차 당황할 정도로. 물론 그중에서 제일 손을 떨고 있는 사람은 발리아였다. 티는 내지 않았지만.

"괜찮아요. 안쪽으로 들어가시죠."

겔의 귀족들은 손님에게 차를 접대할 때 일반적으로 본채가 아닌 별채를 이용한다. 필레몬이 방문하든 말든 그냥 집무실이나 응접실에서 맞이하고 했던 슈덴과는 달리 발리아는 격식대로 별채에 자리를 마련해 놓았다.

가르트의 건물은 어떤 것이든 호화로웠다. 일정한 간격을 두고 벽에 걸린 값비싼 그림과 우아한 빛을 내리는 샹들리에. 폴의 지시 하에 고용인들이 열심히 닦아 낸 대리석 내벽은 반질반질 윤이 났고 기둥마다 싱싱한 야생화들이 장식되어 있었다. 티 테이블은 이 홀의 중앙에 놓여 있다. 발리아가 자리를 권한 후 함께 착석했을 때였다.

"후작 각하께서는 보이지 않으시는군요."

첫 만남부터 줄곧 인사조차 없었던 메르실이 입을 뗐다. 희미한 불쾌감이 드러나는 목소리였다. 발리아는 드레스 자락 밑으로 숨기고 있던 손가락을 꼼지락거렸다. 심하게 긴장됐지만, 감정 숨기기는 그녀가 가장 잘 하는 일이었다.

"후작 각하께서는 황궁 일이 바빠지신 터라 함께하지 못했습니다. 두 대신관님께서 양해해 주시길 바랄게요."

"사과하러 온 입장인데 어찌 그런 걸 따지겠습니까. 괜찮습니다."

인자하게 웃는 필레몬과 달리 메르실은 조금의 웃음기도 없었다. 발리아는 의례상으로도 괜찮다는 말을 꺼내지 않는 그를 슬쩍 살폈다.

'메르실 대신관이라…….'

인자한 할아버지 같은 느낌을 주는 필레몬과는 달리, 메르실은 수완가라는 느낌이 더 강했다. 좋게 말하면 직관적이니 예리해 보였고, 나쁘게 말하면 눈빛이 날카로워 신랄해 보였다. 녹록지 않을 것 같다고 발리아가 생각한 순간이었다.

"티타임인데 사람 수가 너무 많군요."

뚝 떨어지는 말. 티타임에서 객이 무언가를 지적하는 것은 경우에 따라서는 굉장한 결례였다. 고용인들의 분위기가 얼음장이 되는 게 등 뒤로 느껴질 정도였다. 필레몬조차 당황한 것 같았으니. 오직 발리아만이 여전히 미소를 유지하고 있었다. 그녀가 가볍게 턱짓했다.

"모두 물러가 있거라."

사라가 고개를 숙이고 즉각 고용인들과 함께 물러났다. 발리아의 등 뒤를 지키고 있는 것은 오직 숀뿐이었다. 메르실이 눈을 가늘게 떴다.

"자네는?"

왜 나가지 않느냐는 무언의 축객령에 숀이 묵묵히 대답했다.

"저는 후작 각하의 명을 수행 중입니다."

"명이라면?"

"후작 부인을 호위하는 것입니다."

"이 티타임에서 후작 부인을 해칠 사람이 어디 있다고?"

"저는 주군의 명령을 따를 뿐입니다."

메르실은 대답 없이 숀을 응시했다. 숀 역시 그 눈빛을 피하지 않았다. 생각지도 못한 두 사람의 대치에 필레몬이 중재에 나섰다.

"메르실 대신관. 이 기사는 신전에서도 줄곧 후작 부인을 호위하던 기사였으니 그렇게 경계하지 않아도 됩니다."

게다가 어차피 오늘은 주례 신관의 혼선에 대해서 사과를 하러 온 것이 아닌가. 다른 사람이 듣지 말아야 할 정도로 중대한 이야기, 예를 들면 공녀나 신탁에 관한 것은 이야기하지도 않을 텐데. 메르실이 흥미롭다는 듯 고개를 살짝 기울였다.

"호오, 그렇다면 '공녀'에 대해서도 알고 있겠군요."

"메르실 대신관! 그 이야기는……."

"저도 알고 있습니다."

필레몬의 당황한 음성을 가로막은 것이 근엄한 목소리였다. 숀의 두 눈동자가 메르실을 정확히 내려다보고 있었다.

"그러니 '공녀'에 관한 이야기 때문에 저를 물리려고 하시는 거라면 편히 말씀하셔도 됩니다."

"……과연. 후작 각하께서 귀띔해 주셨나 보군요."

이미 알고 있다는 그 말에 메르실이 한 발 물러섰다. 당황한 것은 발리아였다. 그녀는 숀이 '공녀'에 대해서 알고 있을 거라곤 생각하지 못했다. 그도 그럴 것이 리사 왕국에서 겔 제국으로 오는 동안은 물론이고, 후에 신전에서 자신을 호위할 때에도 단 한 번 공녀에 대한 것을 입에 올리지 않았기 때문이다.

'알고 있었구나…….'

슈덴이 말해 준 걸까? 다른 기사들도 알고 있었을까? 뭐라고 말했을까? 궁금함이 몽글몽글 피어올랐지만 물어보기에 좋은 상황은 아니었다.

"어찌 되었든 후작 각하께서 계시지 않는다니 안타깝군요. 저는 오늘 각하께 약속된 성물을 드리려고 온 것인데 말입니다. 혹시 후작 부인께 따로 일러두신 말씀이 있으신지요."

"아니요. 따로 들은 말은 없습니다."

"혹시나 했는데 역시나군요."

메르실이 입 꼬리를 늘어뜨리며 웃었다. 그가 성물 이야기를 꺼낸 것도 이 때문이다. 메르실이 은근하게 말했다.

"하긴, 후작 부인과의 혼인을 수락한 것 역시 이 성물을 갖기 위해서였으니 말입니다."

"메르실 대신관. 말씀이 과하십니다."

필레몬이 결국 이마를 찡그렸다. 대신관이란 기본적으로 동등한 존재였다. 그래서 서로의 언행에 대해서는 간섭하지 않는 것이 암묵적인 규칙이었지만, 메르실의 말이 점점 과해지고 있었다. 후작 부인에게 조롱을 하라고 가만히 있었던 게 아니었다.

"우리가 사과하러 온 입장인 걸 잊지 않았으면 합니다."

"……제가 잠시 본분을 잊고 있었군요."

메르실은 제지하는 필레몬이 마뜩잖았다. 하지만 필레몬은 자신보다 나이가 많은 대신관이다. 다른 사람이 보고 있는 앞에서 그의 말을 무시하는 것은 결국 대신관이라는 명성 자체에 흠집을 내는 일이었다.

"제 언행이 불쾌했다면 사과드리겠습니다. 후작 부인."

발리아는 곧바로 대답하지 않았다. 다만 조용한 그 눈빛. 우롱 섞인 말을 들었음에도 별다른 표정 변화를 내비치지 않던 그녀가 차분히 대답했다.

"사과를 받아들이지요. 대신관."

'호오?'

메르실의 낯빛에 의외라는 감정이 스쳐 지나갔다. 대신관 정도의 지위가 사과를 하면 받는 쪽이 오히려 면구스러워 한다. 괜찮다거나, 사과하지 않아도 된다거나 등의 반응이 일반적인 것이다. 그러나 발리아는 사과를 받음으로써 불쾌했음을 숨기지 않았다.

필레몬은 필레몬대로 속으로 한숨을 내쉬고 있었다. 메르실이 발리아를 탐탁지 않게 생각하고 있는 건 알고 있었지만 정도가 심했다. 사실 이유야 대충 짐작이 갔다. 메르실은 대신관이라는 지위에 대한 자긍심이 굉장히 큰 남자였다. 그렇기에 신에게 바칠 제물이나 다름없는 '공녀'가 감히 대신관과 동등하게 앉아 있으니 불쾌한 것이다.

아마 메르실이 막연히 생각하고 있던 발리아의 모습은 육체의 미혹이라는 축복으로 후작의 관심을 간신히 붙잡고 있는 불안한 위치였을 것이다. 의지할 곳이라고는 오직 신전밖에 없는. 이런 식의, 가르트 기사단장의 호위를 자연스럽게 받는 고귀한 모습이 아니라.

발리아에게 우호적인 자신이나, '공녀'에게 긍정적인 반응을 보였던 바이나나 대신관과는 달리 메르실은 이미 그렇게 선을 그어 버린 것이다.

"각하께서 황궁에 계신다고 들었는데, 일이 이렇게 되었으니 제가 직접 입궁해 전해 드려야겠습니다. 말씀드렸다시피 굉장히 귀한 성물이라 타인의 손에 맡기는 것은 영 내키지가 않는군요."

메르실은 찻잔을 비우자마자 그리 말했다. '타인의 손'이라고 말하는 것조차 후작 부인에 대한 예의가 아니었다. 발리아는 메르실의 말에 담긴 교묘한 무례를 알고 있었지만 그저 가볍게 고개를 끄덕였다.

"숀 경."

"예. 후작 부인."

"대신관님을 각하께 모셔다 드리고 오세요."

"목숨으로 명을 받들겠습니다."

발리아의 명을 받잡는 태도가 굉장히 신속하다. 아까는 죽어도 안 나갈 것 같은 결연한 모습으로 제 축객령에 불복종했으면서? 말도 안 되는 태세 변환에 메르실의 눈동자에 불쾌감이 스며들었지만, 숀은 못 본 척 정중히 말했다.

"가시지요. 메르실 대신관님."

결국 메르실은 기이한 불쾌감을 안고 별채 밖으로 안내되었다. 순식간에 둘만 남게 된 별채에는 햇빛 같은 침묵이 흘렀다. 먼저 입을 연 것은 필레몬이었다.

"격조 있는 홀입니다. 사실 바이나나 대신관도 꼭 한 번 후작 부인을 뵙고자 했으나 건강이 좋지 못해 고사하게 되었습니다. 함께 티타임에 참석하셨으면 좋았을 텐데, 많이 아쉬워하셨지요."

"저런, 어서 쾌차하셔야 할 텐데요."

"음……. 이 차도 굉장히 훌륭하군요. 신전에서는 항상 맑은 허브 차를 마시는데, 이렇게 말린 과일을 함께 넣어 우려낸 차에는 진한 풍미가 있군요."

"입에 맞으시다니, 차를 낸 아이에게 상을 줘야겠네요."

"아, 그러고 보니 아까 오면서 본 정원 역시 무척 우아하게 가꿔져 있고……."

필레몬이 칭찬할 때마다 발리아는 그저 담백하니 무난하게 대답했다. 티타임에 참석한 객이 할 수 있는 모든 찬사를 다 꺼내 놓은 필레몬은 더 이상 칭찬할 만한 게 떠오르지 않자 결국 한숨을 내쉬었다.

"죄송합니다. 후작 부인. 메르실 대신관의 언사에 대해서는 제가 대신 사과드리겠습니다."

사과하러 왔는데 또 사과할 일이 생겼다. 그나마 본래 있었던 주례 신관 건은 행정 착오라는 이유라도 있었지 메르실이 보인 무례는 과하기 그지없었다.

"대신관님이 사과하실 일은 아니에요."

"허나 신을 모시는 같은 동료로서 마땅히 흠을 책임져야 합니다. 말로 용서를 구할 무례가 아니었으니 원하시는 게 있으면 말씀해 주십시오. 제가 할 수 있는 선에서 성의껏 준비하겠습니다."

"대신관님이 제게 무례를 저지르신 게 아니시잖아요."

"정 그러시다면 본래 사과하려던 일의 연장선이라고 생각해 주시지요. 그래야 제 마음이 편할 것 같습니다."

발리아는 고민에 빠졌다. 아까 메르실의 말에 기분이 상한 건 당연했다. 아무리 대신관이라고 해도 밑도 끝도 없이 무례한 태도를 보이는 사람이 좋을 리가 있나. 메르실 때문에 필레몬에게 물질적인 것을 요구할 생각은 없었다. 그렇다면…….

"필레몬 대신관님."

"예. 후작 부인."

"신탁에 관해서 듣고 싶습니다. 다른 보상은 필요 없고요. 다만 이 질문에 대한 답으로 모든 사과를 대신할게요."

"……허어, 신탁 말씀이십니까."

생각지도 못한 요청에 필레몬이 당황하는 것이 눈에 보였다. 하지만 신탁에 대해 한 번 쯤은 꼭 물어보고 싶었던 발리아는 그저 눈만 깜빡이며 대답을 기다리고 있었다. 그녀는 왜 아직도 자신이 과거로 돌아왔는지 몰랐다.

'신께서 나를 위해 시간을 움직여 주셨을 리는 없고.'

그런 거창한 생각은 하지도 않았다. 다만 신의 제물이라던 '공녀'가 되었으니, 신탁의 거대한 모퉁이 한구석에 조금이나마 얽혀 있지 않을까 하는 막연한 생각은 항시 갖고 있었다. 그러니 실마리를 얻을 수 있는 기회를 놓치고 싶지 않았다. 필레몬이 고민하는 시간이 길어지자 발리아가 진지한 목소리로 속닥였다.

"대신관님. 전 어차피 신의 제물이 되기로 했으니, 훗날 몸이 갈기갈기 찢기는 운명이라는 비밀을 말씀해 주셔도 도망가지 못할 거예요."

"……그런 무서운 비밀은 없습니다. 후작 부인."

헛웃음을 지은 필레몬이 다시금 심각해졌다. 그는 차를 한 모금 마셨다. 한참을 고민하는 것 같은 필레몬이 이윽고 결심했는지, 찻잔을 내려놓았다.

"……먼저, 공녀 선발을 한 대외적인 이유에 대해서는 알고 계실 겁니다."

"네. 기현상을 달래기 위해서라고 들었어요."

공녀 선발을 위한 대외적인 이유는 하나였다. 기현상. 남쪽 하늘에 오로라가 펼쳐지고 발이 세 개 달린 까마귀가 태어난다. 기현상을 달래기 위해 황실에서는 제물을 뽑는다고 했다. 발리아도 여기까지는 알고 있었다.

"기현상은 사실입니다. 그러나 대내적인 이유는 신탁 때문입니다."

"신탁이라면, 어떤 신탁인가요?"

필레몬이 잠시 머뭇거렸다. 발리아는 재촉하지 않고 기다렸다. 타인에게 신탁에 대해 상세히 설명하는 게 어떤 부담감인지 짐작은 하고 있기 때문이었다. 그나마 자신이 공녀라는 점이 상당 부분 죄책감을 탕감해 주고 있을 것이다.

"……신께서 신의 대리자를 이 땅에 내리시나니, 그 땅에 발 붙어 힘을 쓰게 하기 위해 매개체를 천자의 땅, 즉 겔 제국으로 부르기를 원하셨습니다."

필레몬의 말에서 간과할 수 없는 단어가 나왔다. 신의 대리자.

"대리자가 사람인지, 성물인지, 그도 아니면 또 다른 것을 의미하시는지는 저희도 알 수 없습니다. 다만 신의 말씀에 따라 매개체, 공녀를 찾게 되었고……."

필레몬이 다소 무거워진 목소리로 발리아를 응시했다.

"응하신 것이 발리아 딘. 바로 후작 부인이십니다."

발리아는 멍하니 눈을 깜빡였다. 필레몬은 신의 대리자가 무엇인지 모르지만, 그녀는 신의 대리자가 무엇을 뜻하는지 알고 있었다.

신에게 선택받은 사람. 성녀로 추앙받았던, 예리.

'……세상에.'

발리아의 몸에 소름이 오스스 돋았다. 단순히 기현상을 달래기 위해 뽑았다던 공녀가 실은 예리를 위한 일종의 제물이었다니. 앞에 필레몬이 없었더라면 두 팔을 꽉 끌어안았을지도 몰랐다.

별채 바깥에서는 소소한 소동이 벌어지고 있었다.

이유는 두 가지였다. 첫 번째는 메르실의 급작스러운 퇴장이었다. 티타임이 채 파하지도 않았는데도 대신관이 굳은 얼굴로 나왔다. 그러더니 곧장 제 마차로 향한다. 대기하고 있던 폴에게도 시선 한 자락 없이. 이것만 해도 충분히 혼란스러운 상황인데, 마님의 호위를 맡고 있어야 할 숀까지 뒤따라 나왔다.

"숀 경, 갑자기 왜……."

"연무장에 사람을 보내 로빈을 불러 오게. 후작 부인의 호위가 비는군."

설명은 더 없었다. 숀은 성큼성큼 메르실의 뒤를 쫓았다. 폴은 황망한 얼굴로 멀어지는 그들을 바라보았다. 총집사장은 안주인 계신 곳을 함부로 비울 수는 없는 노릇이기에, 대신해서 하인 하나가 눈치껏 그들을 따라갔다.

“……그래서, 두 분이 같은 마차를 타고 함께 떠나셨다고?”

“예. 대신관님이 타고 오신 신전의 마차였습니다.”

“마차의 행선지는?”

“알 수 없었습니다. 대신관님도 기사 단장님도 아무 말씀도 없었던 지라…….”

“으음…….”

하인의 보고를 들은 폴의 낯에 걱정이 어렸다. 주최한 티타임이 파하지도 않았는데 객이 먼저 떠나는 일은 거의 없었다. 더군다나 대신관이. 폴은 이 일로 혹시 마님이 마음의 상처라도 받으실까 봐 굉장히 염려가 되었다.

‘대체 무슨 일이 있었던 거지?’

가공할 눈치의 소유자인 폴은 숀의 분위기가 평소와 달리 묘하게 험악하다는 것을 눈치채고 있었다. 숀은 말수가 적고 근엄하긴 했으나, 적어도 저택 내에서 그렇게 눈빛을 번득인 적이 없었다.

‘게다가 아까는 분명…….’

찰나였지만 폴은 분명히 봤다. 숀이 메르실의 뒤통수를 향해 이를 으득거린 것을.

‘대신관이 고용인들의 수가 많음을 지적했다고 하였지.’

메르실의 무례함에 대해서는 이미 전해 들어 알고 있었다. 하지만 숀이 고작 그것 때문에 그렇게 날을 세웠을 리는 없다. 티타임 도중에 분명 일이 또 있었던 게 틀림없었다.

‘숀 경이 대신관에게 장갑을 던지실지도 모르겠군. 사교계에서 두고두고 회자되긴 하겠어.’

어마어마한 생각을 하면서 폴은 눈 하나 깜짝이지 않았다. 그는 다른 것에 더 신경을 쓰고 있었다.

'마님이 놀라시지만 않으면 되지.'

숀이 메르실에게 장갑을 던지든 성기사와 치고 박고 싸우든 상관없다. 폴은 말릴 생각이 전혀 없었다. 애초에 마님께 무례하게 군 대신관이 잘못한 것이질 않나. 폴은 사람들이 기본적으로 가지고 있는 '대신관에 대한 어려움과 존경심'이 많이 희석되어 있었다.

그도 그럴 것이, 필레몬은 지나치게 자주 가르트 저택을 방문했다. 대신관에게 갖고 있던 막연한 어려움이 없어지고 나니 메르실이 나타났다. 그런데 그가 마님의 티타임에서 무례하게 굴었다. 더 볼 것도 없지. 폴은 그동안 '대신관'에게 쌓아 놓았던 존경심을 고스란히 내려놓았다. 그는 우선순위가 아주 명확한 총집사장이었다.

"총집사장님, 로빈 경이 방금 당도하셨습니다."

"벌써 오셨단 말인가?"

"예. 하녀장님이 본채 정문으로 나가셨답니다."

하인의 말을 들으며 폴이 벽에 걸린 시계를 흘긋 보았다.

'연무장으로 사람을 보낸 지 얼마 되지 않았는데?'

폴의 의문은 곧 사라의 의문이었다. 로빈을 맞으러 본채의 정문으로 나온 사라는 의아한 표정이었다. 이제 막 도착하여 헉헉대고 있는 어린 기사. 그리고 그 뒤에서 더 거칠게 숨을 몰아쉬는 두 필의 말.

"로빈 경?"

사라가 조심스럽게 호명하자 로빈이 간신히 고개를 들었다.

"흐억, 하녀장, 오랜, 헉, 만입니다."

"일단 숨부터 돌리시지요."

사라는 근처에 서 있던 하인에게 눈짓을 했다. 하인이 눈치 빠르게 마실 물을 대령했다. 짧게 감사를 표한 로빈이 물을 그대로 쭉 들이켰다. 아무리 막내라고 해도 가르트 기사단의 소속인지라, 로빈은 그사이에 호흡을 그럭저럭 안정시켰다.

"추태를 보였습니다. 제가 있던 곳과 군마장의 거리가 멀어서 급히 뛴다고……."

"군마장이요?"

"예."

사라는 그제야 로빈이 타고 온 말들이 군마라는 것을 알았다. 그녀는 조금 혼란스러워졌다. 군마 두 마리라니. 전시 상황에서나 쓰는 게 아닌가?

"마님께서는 어디 계십니까?"

"별채에 대신관님과 함께 티타임을 가지고 계십니다. 이쪽으로 가시죠."

"예? 대신관님이요?"

찬 바람을 맞아 붉게 달아올라 있던 로빈의 얼굴이 순간 싹 굳었다. 그는 2신전에서 숀과 함께 발리아를 호위하면서 대신관과 사사건건 부딪혔던 나날을 기억하고 있었다. 심지어 한 번은 기어이 자신을 떼어 놓기까지 했는데! 덕택에 로빈의 머릿속에서 대신관의 이미지는 거의 파탄에 가까울 수준으로 변모해 있었다.

"오셨습니까, 로빈 경."

"오랜만입니다. 총집사장."

"마님께 이미 말씀드려 놓았습니다. 바로 들어가시면 됩니다. 대신관님이 함께 계시니 각별히 주의해 주십시오."

폴이 말한 주의란 당연히 행동거지에 대한 주의였다. 그러나 로빈은 전혀 다르게 받아들였다. 그가 주먹을 불끈 쥐었다.

"제 목숨을 바쳐 마님을 호위할 테니 걱정하지 마십시오!"

"예? 예."

폴이 떨떠름하게 대답했다. 로빈은 심호흡을 한 번 했다. 허리를 쭉 피고 각을 잡은 그가 별채 안으로 들어섰다. 비장하기 그지없는 뒷모습에 고개를 갸웃하는 것도 잠시였다. 폴이 사라에게 물었다.

"대체 로빈 경이 어찌 이렇게 빨리 오신 겁니까? 연무장으로 사람을 보낸 게 고작 몇 십 분 전인데……."

"아까 보았는데, 군마를 타고 오셨더라고요."

"예? 군마를 말입니까?"

"네. 그것도 두 마리를 번갈아 가면서요. 고삐가 엮여 있었어요."

폴이 할 말을 잃고 눈만 끔뻑였다. 대체 어떻게 그렇게 빨리 왔나 했더니. 군마 두 필이라면 납득이 가는 속도였다. 하지만…….

"사라. 군마는 황실의 재산이라고 하여 기사단장이라고 해도 사사로이 쓸 수 없는 것으로 아는데, 숀 경에게 혹 문제가 생기면……."

군마는 기본적으로 겔 황실의 소유다. 그래서 종마의 국외 유출을 막기 위해 관리가 아주 엄격했다. 전시 상황이 아니라면 무조건 선 보고 후 사용이 원칙이었다. 예외가 있다면 슈텐을 포함한 주요 기사단의 소유주인 고위 귀족 몇몇이 전부였다. 기사단장에게는 부여되기 어려운 권한이었다.

아무리 숀이라고 해도 오늘 같은 상황을 미리 예견할 수는 없었을 텐데, 상부에 미리 보고를 했을 것 같지는 않았다. 숀이나 로빈이 군법으로 처벌을 받으면 어떡하나 하는 걱정이 드는 게 당연했다. 마님의 첫 티타임인데 자꾸 안 좋은 일만 생기는 것 같아, 주변에 시립해 있던 고용인들의 표정도 어두워지려던 즈음이었다.

"저도 그게 걱정이 되어서 모시고 오는 길에 여쭤 보았답니다."

사라 역시 군마의 엄중한 관리에 대해서 알고 있었다. 그녀가 염려스레 물어본 말에 로빈은 활짝 웃으며 대답했다.

[마님과 관련된 일이면 괜찮습니다. 예외 보고로 이미 분류되어 있으니까요. 돌아가서 보고만 제대로 하면 됩니다.]

"예외 보고로 이미 분류가 되어 있다고요?"

"네. 로빈 경이 그렇게 말씀하셨어요."

사라가 푸근하게 웃었다. 대외적으로는 '가르트 기사 단장의 임의적 판단으로 군마의 사용이 불가피할 때 예외 보고로 인정한다.'라고 통고되어 있지만 그것은 문서상일 뿐. 로빈은 '마님과 관련된 일에 한해서는'이라고 친절하게 설명해 주었다.

그리고 누가 지시를 했는지에 대해서도 넌지시.

"마님을 위해 그런 지시를 내리셨을 분은 오직 한 분이시잖아요."

말하지도 않아도 안다. 고용인들은 저마다 입술에 힘을 꾹 주었다. 그렇지 않으면 실실 웃음이 새어 나올 것 같았기 때문이다. 마님의 첫 티타임인데 자꾸 변수가 생겨 조금씩 번져 있던 우울함은 씻은 듯 사라진 지 오래였다.

황궁에는 동부 연합 왕국의 사절단을 받기 위한 준비로 많은 귀족들이 머물고 있었다. 슈덴 역시 관련 업무를 처리하느라 황궁에 기거하고 있는 참이었다. 그에게 주어진 개인 집무실에 개인적인 손님이 온 것은 오랜만이었다.

대신관의 정복을 정갈히 차려 입은 중년 남자. 신탁이 내려왔다던 초반에 슈덴도 만나 본 적 있는 사람이었다. 그 이후로는 쭉 필레몬이 방문했지만.

"그래서, 이 성물을 가져다주기 위해 직접 방문하셨단 말입니까. 메르실 대신관."

"그렇습니다. 가르트 후작 각하."

"수고로운 일을 하셨군."

가볍게 대꾸한 슈덴이 탁자 위에 놓인 성물을 바라보았다. 손가락 한 마디만 한 황금색 구슬의 주변에는 신비로운 금빛이 안개처럼 은은히 감돌고 있었다. 척 보기에도 예사로운 물건이 아니었다. 슈덴은 이 성물의 용도를 알고 있었다. 체내에 쌓인 어떤 저주도 말끔하게 정화시켜 버리는, 그야말로 성력의 결정체였다.

"신탁에 응해야 이 성물을 주겠다고 했지요. 내가 제안한 그 엄청난 양의 황금을 거부하고 말입니다."

사실 슈덴이 이 성물을 갖기 위해 들였던 물밑 공작은 생각보다 대단했다. 그러나 여타 성물들과 달리 이 성물은 대신전의 직속 관리 하에 있었다. 가르트의 저력으로도 손쉽게 빼 올 수 있는 수준이 아니었던 것이다. 물론 시간이 더 지났다면 결국은 슈덴의 수중으로 들어오긴 했을 테지만. 그사이에 신탁이 떨어진 게 문제였다.

"섭섭해하지 마십시오, 각하. 아시다시피 신관이란 신의 말씀을 최우선으로 여기는 사람들이니 말입니다."

메르실은 슈덴이 결혼을 수락한 이유가 이 성물 때문이라고 굳게 믿고 있었다. 슈덴이 신탁을 받아들인 직접적인 이유가 황제의 계속되는 부탁과 필레몬의 꾸준한 방문이 성가셔서라는 것은 꿈에도 몰랐다. 슈덴이 성물을 갖기 위해 제시한 어마어마한 황금을 생각하면 충분히 할 수 있는 오해였다.

"각하."

슈덴이 성물을 물끄러미 보는 사이, 메르실이 은근히 떠보았다.

"각하께서는 무척 강건해 보이시는데, 어찌 이런 성물을 구하려고 하신 겁니까?"

"귀한 것이라고 하니 탐이 났을 뿐입니다."

"고상한 취미를 가지셨군요."

"별 말씀을."

슈덴이 짧게 대답했다. 개인적인 호기심을 충족시키는 데 실패한 메르실은 공연히 차를 한 모금 마셨다. 찻잔을 내려놓은 그가 지나가는 목소리로 축객을 요청했다.

"그나저나 기사가 저리 지키고 있는 것은 익숙지 않군요."

대상은 당연히도 숀. 슈덴의 시선이 흘긋 문 쪽을 향했다. 숀이 문 앞에서 부동의 자세를 취하고 있었다. 발리아의 호위를 명 받은 그가 왜 여기까지 따라왔는지에 대해선 짐작 가는 게 없었다. 다만 그녀에게 무슨 일이 생긴 거라면 숀이 미리 말했을 터, 슈덴은 잠시 후에 직접 물어볼 생각이었다.

"나가 있어라, 숀."

"존명."

숀이 꾸벅 고개를 숙였다. 그는 처음과 같은 각 잡힌 자세로 집무실을 나섰다. 메르실은 그제야 앓던 이가 빠진 것처럼 속이 다 시원했다.

가르트 저택에서부터 마차, 황궁에 이르기까지 아주 지긋지긋하던 참이었으니까.

"오늘 티타임에 참석하셨다고 전해 들었는데 어째서 여기까지 오신 겁니까?"

"아시다시피 귀하디귀한 성물이지 않습니까. 두고 오기에는 불안했습니다."

"가르트 저택의 보안을 너무 쉽게 보시는군."

"저는 외부인이 아니라 내부인을 걱정하는 것입니다."

"대신관은 가문의 고용인들의 충절을 의심하는 것이 무례인 걸 모르시는 모양입니다. 아니면, 오늘 고용인들이 서툴기라도 했습니까?"

"그럴 리가 있겠습니까. 하지만 가르트의 저택에는 '고용인'들만 있는 것은 아니지요."

내내 느긋하던 슈덴의 얼굴이 미세하게 굳었다. 고용인들이 아닌 가르트의 구성원. 보통은 혈족을 이야기하나 가르트 저택에는 슈덴 외의 가르트가 없었다. 단 한 명을 빼고는.

귀족적인 돌려 말하기는 고위급 신관인 메르실도 충분히 구사할 수 있었다. 알아들은 게 분명해 보이는 슈덴이 말없이 소파에 기대고 있던 등을 뗐다.

"메르실 대신관. 내가 실수를 할까 저어되어 그런데."

알 듯 말 듯 서려 있던 무료한 기색이 사라진 붉은 눈동자.

"한 가지 물어도 되겠습니까."

실수라는 단어에 의아해하면서도 메르실은 고개를 끄덕였다.

"말씀하십시오."

"방금 대신관의 말씀은 오해의 소지가 많군요. 설마 가르트의 기사를 의심하는 겁니까."

"각하를 오래 따른 기사를 의심할 리가 있겠습니까?"

천연덕스럽게 대꾸한 메르실의 목소리가 약간 낮아졌다.

"저는 '공녀'를 이야기하는 것입니다."

"……."

필레몬이 짐작한 대로, 메르실은 발리아의 위치가 공고한 게 마음에 들지 않았다. 그녀는 제물이다. 제물이기 전에는 고작해야 기사의 딸이었다. 귀족도 아닌 준귀족. 운이 좋아 공녀가 되어 가르트의 안주인이라는 광영을 누리게 된 주제에.

'축복의 효과가 어느 정도인지는 모르지만, 그래 봤자 몸 정이겠지.'

지금은 슈덴이 발리아에게 별다른 의심을 가지지 않는다. 메르실의 눈에도 빤히 보였다. 그 이유는 당연히 짐작하고 있었다. 분명히 후작부인이 신전에서 데려온 공녀이기 때문일 것이리라. 신전 사람들은 기본적으로 정결한 성품을 추구한다. 그러니 공녀 역시 그렇다고 지레짐작하고 있는 것이 틀림없었다.

하지만 슈덴은 알아야 한다. 공녀는 신관이 아니다. 신전에서 수행하지도 않았다. 그저 소왕국 기사의 딸이었다가 정말로 운 좋게 가르트의 안주인이 된 여자.

'물론 이혼을 하는 것은 곤란하지만, 이렇듯 신관의 이미지를 빌려 이득을 꾀하는 것도 두고 볼 수는 없지. 공녀는 어찌 됐든 제물일 뿐이야.'

메르실은 슈덴에게 적당히 이야기를 하려고 했다. 기실 대신관의 말이란 아주 그럴 듯한 설득력을 가진다. 슈덴은 다른 귀족들과는 달리 굽실거리지는 않았지만 어쨌든 대신관에게 갖춰야 할 예우는 갖췄다. 슈덴이 필레몬한테 어떻게 대하는지 들어 본 적 없는 메르실로서는 마땅한 추론이었다.

'그러니 조금 불쾌해도…….'

"대신관, 착각을 하고 계신 것 같은데."

"……예?"

그동안 한 번도 들어본 적 없는 싸늘한 목소리였다. 메르실이 당황함에 반문하는 사이, 슈덴의 시선이 서늘하게 그를 훑는다. 최소한의 온기조차 사라진 붉은 눈동자는 목을 물어뜯기 직전의 짐승 같았다.

"착각이라니 무슨……?"

대신관에게는 절대 쓰지 않을, 무례한 표현에 불쾌해할 겨를도 없었다. 귀족적인 정중함과 예의를 거둬 낸 슈덴은 그저 숨이 막힐 정도로 위협적일 뿐이었다.

"대신관이 말한 공녀는 이제 가르트의 안주인입니다. 대신관이 왈가왈부할 수 있는 존재가 아니란 말입니다."

"각하, 저는 그저……."

"설마 내 아내에게도 이렇게 대하지는 않으셨겠지."

"……."

예고도 없이 뚝 떨어지는 말에 메르실은 순간 할 말을 잃었다.

메르실은 다른 대신관들과는 달랐다. 본인의 위치를 잘 알았고, 휘두르는 것에 망설임이 없었다. 기존 대신관들의 행보와는 다른 모습이었다. 대대로 대신관들은 꼭 필요할 때를 제외하고는 신전에만 머물렀다. 신전의 권력화를 경계한 것이 이유다.

신관의 성력은 신이 존재한다는 뚜렷한 증거. 믿음을 강제하지 않아도 신도들은 많았다. 많은 귀족들 역시 신을 믿었다. 제국의 황제도 그들을 존중했고, 일국의 왕과도 독대를 할 수 있었다. 메르실은 이런 지위를 기회 적절하게 활용했다.

덕분에 수확은 많다. 그가 방문한 나라마다 새로운 신전이 건축되었고, 귀족들은 메르실과의 만남을 위해 더 많은 기부금을 냈다. 메르실이 일 년간 만난 귀족 수는 필레몬 대신관과 바이나나 대신관이 평생 만난 귀족 수보다 많을 정도였다.

신전이 유례없는 호황을 누린 것도 결과적으로는 메르실의 덕이었다. 그는 당당했다. 자신은 신의 명예를 드높이고 있으니까. 이 대신관의 앞을 거칠 것은 아무도 없었다. 메르실은 단 한 번도 말문이 막혀 본 적이 없었다.

지금 이 상황만 빼고.

"……."

붉은 눈동자. 눈빛만으로 목을 죄어 오는 것 같은 싸늘함. 목줄 없는 맹수를 맞닥뜨린 듯이 숨이 막혔다. 메르실은 마른침을 삼켰다. 쉽사리 입을 뗄 수가 없었다. 공녀에게도 이리 대했느냐고? 이보다 더 심하게 대했다. 그러나 자신이 아니라 누구라도 이 상황에서 곧이곧대로 고할 수는 없으리라. 슈덴의 턱에 힘이 들어갔다.

'무슨 일이 있었군.'

입만 달싹거리는 모습만 봐도 충분히 짐작이 갔다. 슈덴은 당장이라도 이 오만한 대신관의 멱살을 낚아채고 싶었다. 그녀에게, 발리아에게 무슨 말을 했느냐고 실토할 때까지 뼈를 으스러뜨리고 싶은 마음이 목 끝까지 차오른다. 본인도 이해하기 힘든 분노에 슈덴은 느리게 눈을 감았다가 떴다.

"메르실 대신관."

감정은 순식간에 정제된다. 슈덴은 그런 귀족의 삶을 살았다. 죽은 마을 사람들을 등지고 끌려왔을 때부터, 쭉. 다만 짙어진 눈빛만은 여전해 흡사 핏빛처럼도 보였다.

"나는 연회장보다 전쟁터에서 보낸 시간이 더 깁니다."

붉은빛 감도는 금발이 조금씩 흔들린다. 뭇 여성들의 마음을 홀리는 이 수려한 외양. 단단한 몸에 배어 있는 귀족적인 태도. 그 모든 것을 아우르던 정중함이 간데없다. 메르실은 반사적으로 한 가지 별칭을 떠올렸다. 전장에서 늘 슈덴을 따라다니던 수식어, 살인귀.

"모욕을 받아도 상대에 따라 웃으며 넘기는 고상한 귀족들과는 다르다는 이야기입니다. 손에 좋지 않은 버릇이 들었는지 칼이 먼저 나가더군요. 전장에서는 피를 뒤집어쓰는 게 일상이어서 그랬는지는 몰라도."

"……."

"내 아내가 모욕을 받았을 때도 마찬가지겠지."

메르실이 마른침을 삼켰다. 그의 입술은 이미 바싹바싹 말라 있었다.

"……신관을 살해한 영혼은 신께 버림받습니다. 아무리 불쾌하셨다고 한들 그런 언사는 불경하니……."

"신께 버림받아?"

슈덴의 입 꼬리가 약간 올라간다. 냉소적인 웃음이 피어난다. 신은 이미 예전에 그를 버렸다.

"메르실 대신관. 나는 지옥이 무섭지 않습니다."

"……."

사죄 아니면 목숨. 슈덴은 둘 중에 하나를 선택하기를 강요하고 있었다. 귀족들의 으름장이 아니었다. 메르실은 확신할 수 있었다. 그의 말은 거짓이 아니었다. 영역을 침범당한 맹수가 으르렁거리듯, 이 후작은 목을 물어뜯겠다고 경고하고 있는 것이다. 한시도 떨어지지 않는 붉은 눈동자. 대치는 길지 않았다. 메르실은 천천히 고개를 숙였다.

"……제 언행이 불쾌하셨다면, 사과드리겠습니다."

슈덴의 눈빛이 조금 누그러진다. 메르실에게서 시선을 거둔 그가 등받이에 등을 기댔다.

"대신관의 사과는 안주인께도 전해 드리지요."

"……알겠습니다."

졸지에 발리아에게까지 고개를 숙인 꼴이 됐다. 하지만 불쾌감을 느낄 겨를은 없었다.

"성물에 대한 용건은 끝났으니, 이만 돌아가 보겠습니다."

"뜻대로 하십시오."

슈덴은 탁자에 있는 종을 흔들었다. 집무실 밖에서 대기하고 있던 시종이 들어온다.

"대신관께서 가신다 하시니 모셔라."

"예. 가시지요, 대신관님."

메르실은 느리게 자리에서 일어났다. 그는 일어나고 나서야 등이 축축하게 젖어 있음을 깨달았다. 신관이 된 이후로 처음 받아 보는 협박. 고귀한 대신관의 정복이 저 젊은 후작에게는 방패조차 되지 못했다. 그 사실이 메르실에게 뼈저리게 충격적이었다.

바깥에 나가자 기다리고 있던 신관이 종종걸음으로 다가왔다. 신관은 메르실을 보더니 다소 놀란 눈치로 작게 물었다.

"대신관님, 낯빛이 안 좋으신데 혹 편찮으십니까?"

들어가기 전만 해도 멀쩡했던 얼굴이 영 창백한 것이 심상치가 않았다. 게다가 다리까지 풀린 듯이 조금씩 비틀거리기까지 하고. 메르실은 기운이 쭉 빠진 목소리로 말했다.

"신전으로 돌아가자. 오한이 든 것 같구나."

"예? 예, 알겠습니다."

원래 메르실은 슈텐에게 성물을 전해 준 후 황제를 알현할 계획이었다. 하지만 지금 상태로 황제를 만나 봤자 대화도 제대로 못할 게 뻔했다. 메르실은 신관의 부축까지 받으며 느리게 걸음을 옮겼다. 노골적인 협박도 충격적이었지만 작금의 상황도 이해가 가지 않았다.

가르트 후작의 정부. 메르실이 예상한 공녀의 위치는 딱 이 정도였다. 그녀는 신의 대리자를 위한 제물일 뿐. 짐승이나 곡물과 다를 바 없으니까. 그나마 자아를 갖고 행동하는 인간이라는 점이 걸렸다. 메르실이 '육체의 미혹'이라는 축복을 선사하자고 주장한 이유가 이 때문이었다.

필레몬에게는 '배려'라고 설명하고 설득했던 이 축복은 실상 공녀의 목줄이었다. 다른 대신관들에게는 물론 비밀에 부쳤다. 고지식한 그들은 이해하지 못할 뿐더러 반대까지 할 테니까. 이 정도 약점은 쥐고 있어야 마땅했다. 메르실의 계획은 완벽했다. 아니, 완벽한 줄 알았다.

흠잡을 데 없이 고귀해 보이는 공녀의 모습은 차라리 양호했다. 슈텐 가르트. 이 젊은 후작이 보여 준 모습은 메르실로서는 받아들이기 어려울 정도로 충격적이었다.

그도 그럴 것이, 그가 보기에 슈텐은 꼭…….

메르실이 고개를 휘저었다. 언제나 당당했던 대신관. 그는 그렇게 초라하게 퇴장했다.

***

"부르셨습니까, 각하."

집무실에 들어온 숀이 고개를 숙였다. 슈덴의 명에 따라 바깥에서 기다리던 그는 메르실의 해쓱해진 낯을 보았다. 고작 그사이에 백 살은 더 먹은 얼굴이었다. 대신관의 신성한 정복에 가려진 다리가 왠지 비틀거리고 있을 것만 같았다.

"숀."

분명 주군께서 하신 일이겠지. 채 갈무리되지 않은 난폭한 분위기가 슈덴에게서 조금씩 묻어 나오고 있었다.

"오늘 티타임에서 안주인과 같이 있었나?"

"예. 전에 분부하신 대로 후작 부인의 호위를 수행하고 있었습니다."

"티타임에서 무슨 일이 있었는지 상세히 고해."

숀은 즉각 감을 잡았다. 티타임. 그리고 핼쑥해져 퇴장한 메르실. 그렇다면 주군께서 원하고 계실 정보는 하나였다.

"메르실 대신관님이 총 다섯 번 후작 부인께 무례를 저질렀습니다."

다섯 번이나? 명확하며 신속한 보고에 슈덴의 표정이 썩어 들어갔다.

***

로빈은 별채에 입장한 내내 눈을 활활 불태우고 있었다. 그의 머릿속에 있는 대신관의 이미지가 그만큼 땅을 파고 들어가고 있었던 탓이다.

'마님께 어떤 무례를 저지를지도 몰라.'

로빈에게 있어서 필레몬 대신관은 악의 축 비슷한 것이었다. 티타임이 이어지는 내내 눈에 불을 켜고 있던 로빈은 시간이 지날수록 조금씩 의아해졌다. 필레몬이 발리아에게 더없이 친절한 까닭이었다. 대신관의 표본이라고 할 수 있는 자애로운 미소는 로빈이 봐도 거짓이 아니었다. 여기에는 편안해 보이는 발리아의 태도도 한몫했다. 아무리 경계하며 봐도 둘의 사이는 꽤 좋아 보였다.

'되게 다정하시네. 원래 티타임은 다 이런가?'

사실 로빈은 사교계에 대해서 잘 몰랐다. 레이디를 호위하며 연회에 입장? 내 레이디에게 모욕을 준 상대에게 장갑을 던지는 것? 전부 꿈만 꿔 봤다. 이유는 하나였다. 시간이 없어서.

레이디를 모시려면 일단 만남부터 가져야 하는데, 그럴 시간조차 귀했다. 가르트 기사단에 입단하기 위해서는 그만큼 엄청난 노력을 해야 했다. 입단한 이후에도 마찬가지였다. 동료들이 전부 괴물 같으니 도태되지 않기 위해 스스로 더 단련해야 했다. 특히 로빈은 기사단 중에서도 막내인지라 더욱 그랬다.

가르트 가문에 방계가 거의 없는 것도 문제라면 문제였다. 기사단의 호위를 요청할 만한 마땅한 영애도 귀부인도 없다는 사실은 입단한 후에나 알게 됐다. 다른 가문의 레이디를 만나는 것은 막내 기사에겐 아직 요원한 일이었다.

그래서 로빈에겐 마님이 참 특별한 존재였다. 가르트 기사단에 입단하는 로망, 레이디를 모시는 로망. 이 둘을 유일하게 충족시켜 주는 존재였기 때문이다. 상대가 대신관이긴 했지만 어쨌든 티타임이니 사교계라고 볼 수도 있고.

깨끗하게 치워진 별채. 곳곳에 놓인 싱싱한 야생화들. 향긋한 차와 나긋한 시간. 대신관을 향해 이글이글 불타던 경계와 은근한 적대는 시간이 지날수록 중화되었다.

"벌써 마지막이군요. 대화가 즐거워 시간 가는 줄을 몰랐습니다."

고용인이 내온 디저트를 보며 필레몬이 말했다. 꽃잎만 남겨 두고 손질한 깨끗한 생화가 케이크 위에 소담히 얹어져 있다. 티타임의 마지막 디저트임을 알리는 것이다. 이 디저트까지 먹고 난 후 티타임을 파하는 것이 사교계의 관습이었다.

반쯤 비어 있던 찻잔은 비우고 따뜻한 차를 새로 붓는다. 그 위에도 마찬가지로 손질한 생화를 하나 띄운다. 마지막 차림을 마치고 고용인들이 공손히 물러났다. 발리아가 입을 열었다.

"대신관님, 여쭤 보고 싶은 게 있어요."

"말씀하십시오. 후작 부인."

발리아는 필레몬을 만나면 꼭 물어봐야겠다고 생각한 것이 있었다. 다름 아닌 지참금이었다. 그녀는 생각도 하지 못했던.

"지참금에 대한 문서를 봤어요. 대신관님께서 준비해 주신 건가요?"

필레몬이 흠흠 헛기침을 했다. 그는 괜히 차를 한 모금 마셨다.

"별 건 아닙니다. 그저 결혼하시는 분이니 혼수나 좀 마련해 드리고자 한 것이지요."

은근히 쑥스러워하는 모습에 발리아의 마음이 따뜻해졌다. 그녀는 필레몬을 따라 찻잔을 들어 올렸다. 산뜻한 향이 코끝에 스민다.

"하지만 너무 많이 해 주셨어요. 과분할 정도였는걸요."

"과분하다니요. 전혀 그렇지 않습니다. 적당한 정도이질 않습니까."

필레몬은 후작 영애가 결혼할 때의 수준으로 지참금을 준비했다. 물론 일반적인 기준보다 넉넉하게 마련하기는 했다. 그렇지만 과분하다고 할 정도는 또 아니었다.

발리아는 발리아대로 의아했다. 그녀가 받은 것은 일반적인 지참금 수준이 아니라 웬만한 귀족가에서 유산을 반 뚝 떼어 낸 수준이었다. 겸양이 아니라 실제 받은 게 그랬다. 둘은 대화를 이어가다가 지참금 목록에 대해서 이야기하기까지에 이르렀다. 곁에서 듣던 로빈은 속으로 '우와' 하고 감탄했다. 마님이 과분하다 말하시더니 정말로 장난이 아니었다.

필레몬이 웃음을 터뜨린 것은 목록을 다 듣고 난 후였다.

"후작 부인. 외람되오나 말씀하신 지참금 중에 제 기억에 없는 게 몇 가지 있군요."

"네?"

발리아가 어리둥절해 했다. 필레몬이 온화한 얼굴로 하나씩 짚어 주었다. 남부의 옥토(沃土), 수도의 저택들. 확실히 지참금으로는 지나치게 과분한 재산들.

"이것들은 이전에, 신전 차원에서 각하께 양도했었던 것들입니다."

"……각하에게요?"

"예."

필레몬이 흐뭇하게 웃었다. 슈덴에게 양도했던 재산들이, 발리아의 지참금 목록으로 다시 가 있다. 이런 일을 할 수 있는 사람은 한 명밖에 없었다. 슈덴 가르트.

"각하께서 후작 부인을 많이 생각하시나 봅니다."

"아……."

생각지도 못한 말이었다. 발리아는 당황해서 눈만 깜빡였다. 메르실이 어떤 말을 하든 차분했던 그녀가 처음으로 어쩔 줄 몰라 하고 있었다.

'이제야 좀 그 나이대로 보이시는군.'

필레몬은 흐뭇한 한편 짓궂은 생각도 들었다. 할아버지가 손녀를 놀리는 것처럼. 필레몬은 로빈에게로 시선을 옮겼다. 소년티가 드문드문 묻어나는 앳된 기사는 신전에서 본 일이 있어 낯이 익었다.

"경. 경의 생각은 어떠한가?"

"예?"

"후작 각하가 후작 부인을 많이 생각하시는 것 같지 않은가?"

얼떨결에 지목당한 로빈에게 은회색 눈동자가 향한다. 로빈은 발리아의 얼굴에 은은하게 깔린 홍조를 눈치 빠르게 알아챘다. 여기서 대신관의 의견에 수긍한다면 마님이 더 부끄러워하실 테다. 하지만 아니요? 하고 대답하는 것도 굉장히 난감하질 않나. 각하가 마님을 많이 생각하시는 거야 당연한 사실인 건 차치하고서라도.

'뭐라고 대답해야 하지?'

숀이었다면, '호위 기사가 의견을 개진할 자리는 아니라고 생각합니다.'라고 근엄하게 쳐냈을 것이다. 그러나 아쉽게도 로빈은 이런 쪽의 경험이 굉장히 적었다. 어린 기사는 일생일대의 혼란에 빠졌다.

"각하께서 마님을, 그러니까……."

대답 잘 해야 해. 근데 뭐라고 해야 잘 한 거지? 로빈의 동공이 사정없이 흔들린다. 발리아가 호위 기사에게 짓궂은 질문을 하셨다며 막 그를 구출해 주려던 때였다.

"내가 안주인께 어쨌다고?"

별채를 울리는 낮익은 목소리. 셋의 시선이 동시에 한 곳을 향한다. 뚜벅뚜벅 걸어오는 길고 탄탄한 다리. 발리아의 눈이 동그래졌다.

"내가 너무 늦었습니까. 필레몬 대신관."

"아닙니다. 저택을 떠나기 전에 얼굴을 뵈니 좋군요. 가르트 후작 각하."

발리아와 시선이 마주친 슈덴이 옅게 웃는다. 그가 자연스럽게 그녀의 곁으로 향한다. 슈덴의 뒤를 따르고 있던 숀은 로빈에게 눈짓을 했다. 그 자리에 굳어 있던 어린 기사는 재빨리 숀의 등 뒤로 움직였다.

'휴우.'

살았다. 로빈은 속으로 안도의 한숨을 내쉬었다.

슈덴의 자리는 발리아의 바로 곁이었다. 그는 착석하자마자 테이블 아래에 있는 그녀의 손부터 찾아 잡았다. 갑작스러운 스킨십. 허벅지 위에 얌전히 얹어져 있던 발리아의 손이 움찔 떨렸다. 은회색 눈동자가 당황하여 슈덴을 응시했지만, 정작 그는 아주 태연한 얼굴이었다. 오히려 한 술 더 떠 깍지까지 껴 단단히 잡아 버렸다.

"마지막 디저트를 드시고 계셨군요."

슈덴은 발리아의 손을 잡은 채로 입을 열었다. 필레몬이 웃음을 담아 대답했다.

"예. 아주 훌륭한 티타임이었습니다."

"입맛에 맞으셨다니 다행입니다."

사교적이고 일상적인 대화. 발리아는 새삼 슈덴이 대단하다고 생각했다. 필레몬과 이야기를 무리 없이 이어 가면서도, 제 손이 움찔거리는 부분은 기가 막히게 찾아 달래듯 쓰다듬었기 때문이다. 발리아는 자유로운 한쪽 손으로 찻잔을 들어 올렸다. 기분이 간질거렸다. 오랫동안 무기를 잡아 단단한 손이, 자신을 만질 때는 이렇게 부드럽다는 사실은 항상 그녀를 두근거리게 한다.

티타임은 더 길게 이어지지는 않았다. 비록 슈덴이 마지막에 입장하기는 했지만, 그는 딱히 필레몬에게 용건이 있어 보이지는 않았기 때문이다. 형식적인 안부 인사가 몇 번 오가고, 필레몬의 원래 목적이었던 '사과'까지 진행된 것으로 티타임은 끝을 맺었다.

"오늘 즐거운 시간이었습니다. 가르트 후작 부인."

"그렇게 말씀해 주시니 기쁘네요. 조심해서 가세요."

발리아가 빙긋 웃는다. 마주 미소를 돌려 준 필레몬은 시선을 옮겼다. 슈덴이 발리아의 곁에 서 있었다.

"각하, 그럼 이만."

"살펴 가시길."

발리아가 보고 있으니 인사를 하는 게 틀림없었다. 그동안은 가든 말든 신경도 안 썼는데. 필레몬은 속으로 웃음을 삼켰다.

'참 오랜만에 배웅 인사를 받아 보는군.'

특히 슈덴에게는. 이 젊고 잘생긴 후작은 그동안 자신을 굉장히 탐탁지 않아 했다. 이틀에 한 번씩 저택을 방문해 공녀와의 혼인을 수락해 달라 매달렸으니 귀찮을 법도 하지만. 그렇다고 대신관을 그렇게 푸대접하는 귀족은 대륙을 통틀어 슈덴 가르트밖에 없을 것이다. 늘 총집사장과 하녀장의 배웅만 받다가, 주인 부부의 인사를 받으니 감회가 다 새로울 지경이었다.

필레몬을 태운 신전의 마차가 떠났다. 연신 시계를 보며 쩔쩔대던 보좌관이 슈덴에게 다가왔다.

"각하. 해가 완전히 지기 전에 출발하셔야 환궁 시간을 맞출 수 있습니다만……."

보좌관의 말을 들은 슈덴이 하늘을 보았다. 노을이 구름을 물들이기 시작하는 초저녁. 정원을 수놓은 수정구들에 하나둘씩 불이 들어온다. 저녁 식사까지는 공백이 있는 시간.

"말을 준비시켜 놓아라."

"예! 알겠습니다."

보좌관이 고개를 꾸벅 숙이고 얼른 물러났다. 슈덴은 발리아를 돌아보았다. 그녀는 환궁이라는 말에 고개를 갸웃하던 참이었다. 일이 끝나서 온 줄 알았는데, 아니었나?

"발리아."

"네?"

슈덴이 손을 내민다. 발리아는 눈을 깜빡이면서도 익숙하게 그 위에 손을 얹는다. 그의 입가에 미소가 조금 어린다. 슈덴은 그녀의 손을 잡은 채 걸음을 옮겼다. 정원 쪽이었다. 그들이 이렇게 종종 산책하곤 했다. 하지만 오늘은……. 동동 발을 구르던 보좌관을 떠올린 발리아가 물었다.

"슈. 환궁하려면 지금 가 보셔야 되지 않아요?"

"같이 산책할 시간은 됩니다."

그런가? 슈덴의 느긋한 낯을 보니 또 그런 것 같기도 하고. 발리아는 의아함을 접고 그와 함께 걷기 시작했다.

가르트의 정원은 아름답게 가꿔져 있었다. 잘 정돈된 포석. 대리석으로 조각한 분수. 가장 시선을 끄는 것은 등불을 대신하는 수정구들이었다. 마력을 주입해 빛을 내는 이 수정구들은 상당한 고가였다. 이토록 많은 수정구를 정원에 장식한 귀족가는 겔 제국을 통틀어 가르트 후작가가 유일할 것이리라. 달빛을 닮은 희고 부드러운 빛이 은은하게 내려앉았다.

"발리아."

그들이 어느 정도 걸었을 무렵이었다. 고용인들은 알아서 저 멀리 떨어진 채로 따라오는 중이었다.

"오늘 티타임에서, 메르실 대신관이 중간에 나갔다고 들었는데."

갑작스러운 말에 발리아는 조금 긴장했다. 그녀가 가르트 후작 부인이 되고 처음으로 저택에서 주관한 티타임이었다. 일반적인 티타임과는 여러 가지가 다르긴 했지만, 중간에 손님이 퇴장한 것은 확실히 좋지 않게 비춰질 일이었다. 슈덴이 화를 낼 것 같진 않지만, 걱정이 되는 건 어쩔 수 없었다.

"앞으론 그런 객에게 차를 내주지 않아도 됩니다."

그런데 슈덴이 꺼낸 말이 상상과는 전혀 달라서. 발리아는 살짝 당황했다.

"네? 하지만 이미 오신 분에게……."

"쫓아내십시오."

"네?"

발리아는 잘못 들었나 싶어 되물었다. 티타임에 참석한 손님을 쫓아낸다는 건 평생 들어본 일이 없었다. 농담이라도 하나 싶었는데, 슈덴의 낯빛은 그저 태연하기만 했다. 누가 봐도 진심이다.

"하지만 그러면 가르트 가문의 평판이 나빠질 거예요."

"상관없습니다."

"제 티 파티에 아무도 오지 않을 수도 있는걸요."

"가르트의 영지에는 가신들이 많습니다. 귀부인들도 많고."

뭣하면 자신에게만 초대장을 줘도 괜찮지 않겠는가. 물론 그 말은 삼켰다. 슈덴이 생각해도 좀 유치했기 때문에.

"영지의 가신들을 전부 수도로 부르시려고요?"

"안 됩니까?"

"안 될 건 없지만……, 비용이 아주 많이 들 텐데요."

"당신 남편이 그 정도는 됩니다."

세상천지 티 파티에 손님이 없다고 영지의 귀부인과 가신들을 부르는 경우는 없다. 그런 발상을 하는 귀족이 아예 없을 것이다. 이런 걸 아무렇지 않게 이야기하는 남편은 슈덴이 유일하지 않을까. 발리아는 어쩐지 웃음이 나왔다.

"정말 그래도 되나요?"

"부인만 원하신다면."

발리아가 결국 웃음을 터뜨렸다. 그녀를 보는 붉은 눈동자가 부드러워진다. 그러다 보니 문득 떠오르는 게 있었다. 꽤 오랫동안 그녀에게 키스를 하지 못했다.

슈덴은 생각이 나는 즉시 발리아의 허리를 감싸 안았다. 턱을 부드럽게 쥐는 손길. 슈덴은 멀찍이 따라오고 있을 고용인들을 전혀 신경 쓰지 않고 있었다. 하지만 발리아는 좀 달랐다.

"고용인들이 보는데……."

"고용인들?"

슈덴이 고개를 들었다. 그의 시선을 받은 폴은 가공할 눈치로 재빨리 헛기침을 했다. 고용인들이 금세 요리조리 시선을 피한다. 뭐 이 정도면 된 것 같은데. 문제는 발리아도 시선을 슬쩍슬쩍 피하는 거였다. 슈덴이 피식 웃었다. 그가 발리아의 허리를 안아 가볍게 들어 올린다.

"슈?"

갑자기 들려 올라간 발리아가 깜짝 놀라 그의 목에 팔을 감았다. 그녀를 안아 올린 채 반 바퀴 움직인 슈덴이 다시 곱게 내려놓는다. 순식간에 뒤바뀐 위치. 발리아는 얼떨떨한 눈으로 그를 응시했다. 슈덴이 고용인들을 아예 등지고 선 것이다.

"이러면 안 보이겠군."

슈덴의 말대로였다. 그는 발리아보다 머리 하나는 더 컸다. 단련되어 쭉 벌어진 어깨와 넓고 탄탄한 등. 각도만 잘 맞추면 발리아도, 고용인들도 서로를 볼 수 없게 된다. 발리아는 이런 식으로도 시야를 가릴 수 있다고는 생각도 못 했다.

"아직도 보입니까?"

보인다고 하면 고용인들을 정원에서 아예 전부 물려 버릴 것 같다. 발리아는 고개를 저었다.

"……안 보여요."

작지만 확실한 대답. 슈덴의 입매에 만족스러운 미소가 어린다. 그는 다시 발리아의 턱을 잡아 올렸다. 분홍빛 입술. 슈덴은 그대로 그녀에게 키스했다. 손쉽게 벌려지는 입술. 그 틈새로 혀가 파고든다. 몸이 파르르 떨려 온다. 뒤섞이는 호흡. 저릿해지는 손끝.

슈덴의 입맞춤에 녹이 녹아내릴 것 같았던 발리아는 천천히 눈을 떴다. 가장 먼저 보이는 것은 머리카락을 꼭 닮은 황금색 속눈썹이었다. 퇴폐적인 분위기가 물씬 나는 붉은 눈동자만큼은 아니더라도, 슈덴의 감은 눈에도 뭐라 꼬집어 말하기 힘든 매력이 있었다. 발리아는 종종 잠든 그의 얼굴에서 시선을 떼지 못하곤 했다.

발리아는 시선을 오랫동안 유지하고 있을 수가 없었다. 힘이 풀린 눈꺼풀이 스르르 감기려고 했다. 깊게 쏟아지는 키스에 머리가 다 어지러웠다. 그녀가 눈을 감기 직전이었다. 슈덴의 어깨 너머로 포착된 것이 있었다. 바로 보좌관이었다.

폴의 지시대로 시선은 열심히 피하고 있는데, 손발은 조급한 듯 가만두질 못하는 모습이 퍽 눈에 띈다. 이러지도 저러지도 못하고 발을 동동거리는 게 안타까울 지경이었다.

'……그러고 보니.'

해가 지기 전에 출발해야 한댔는데. 정원이 밝아 미처 눈치채지 못했다. 수정구 위의 하늘은 꽤 어두워진 상태였다. 슈덴의 키스는 몸이 달아오를 정도로 좋았지만, 그의 일정에 방해가 되는 건 싫었다. 발리아는 그의 가슴을 가볍게 밀어냈다. 슈덴이 턱을 약간 들어올린다. 입술이 반쯤 섞인 거리.

"슈. 환궁하셔야 할 것 같아요."

한 마디 할 때마다 예민한 살갗이 그대로 스쳐 여전히 키스를 하는 것 같다. 발리아는 슈덴에게 폭 안긴 채로 말했다.

"보좌관이 안절부절못하고 있어요. 시간도 많이 늦었고요."

슈덴은 그제야 하늘을 보았다. 발리아의 말대로, 어느새 많이 어두워져 있었다. 지금 출발하지 않으면 아슬아슬할 것 같긴 하다. 슈덴은 한 번 더 가볍게 키스한 후에 그녀를 놓아주었다.

가르트의 정원이 워낙 넓은 터라, 말을 대기해 놓은 쪽으로 가기 위해서는 조금 걸어야 했다. 슈텐은 발리아의 보폭에 맞춰 걸음을 옮기며 생각에 잠겼다. 사실 그는 신경이 쓰이는 게 하나 있었다.

[각하께서 성물 때문에 공녀와의 결혼을 수락했다고 하셨습니다.]

숀의 보고. 슈텐은 그 말을 듣는 순간 지금이라도 가서 메르실의 멱을 따 버릴까 하는 충동에 휩싸였다. 오만하게 굴어 봤자 얼마나 오만했을까 했는데, 이건 그가 상상한 그 이상이었다. 무엇보다 신경이 쓰이는 건 발리아였다. 숀은 그저 차분하셨다고 보고했지만 슈텐은 믿지 않았다. 그녀는 감정을 잘 드러내지 않는 사람이다.

그렇기 때문에 굳이 귀택을 했다. 발리아를 직접 보기 위해서. 그런데 발리아는 생각한 것보다 괜찮아 보였다. 언제나처럼 차분하고 고요한 은회색 눈동자. 그리고 평소처럼 자주 짓는 미소.

괜찮아 보인다.

괜찮아 보였다.

그러니 그냥 넘어가면 된다. 슈텐은 이제껏 타인에게 무관심했다. 상처가 있다며 징징거리는 자는 경멸했다. 습관이 굳으면 진심이 된다. 그의 냉정함은 어느새 타성이 되어 있었다. 발리아에게만은 항상 다른 모습을 보여 주었으니, 괜찮은 걸 안 지금은 그냥 넘어가면 된다. 이제껏 그렇게 살아왔으니까. 그래. 그러면 되는데.

"발리아."

왜 이 사람한테만은 이렇게 되는 건지.

"메르실 대신관의 이야기는 신경 쓰지 마십시오."

"네?"

"성물 때문에 결혼을 수락했다는 말 말입니다. 헛소리니까."

왜 발리아에게 굳이 이 말을 하는 걸까. 슈텐은 스스로가 잘 이해가 가지 않았다. 그녀는 확실히 괜찮아 보였는데. 무엇보다 그가 결혼을 수락한 가장 큰 이유도 그다지 낭만적이진 못하다. 필레몬의 잦은 매달림이 귀찮아서였으니까.

"각하. 이제 정말 가 보셔야 합니다. 지금 출발해도 시간이……."

보좌관이 조심스럽게 재촉한다. 확실히 시간이 많이 지체되기는 했다. 슈텐은 보좌관이 대령해 놓은 말 위에 올랐다. 그는 출발하기 전 발리아를 보고 짧게 웃었다. 그녀도 미소를 지었던 것 같다. 고용인들은 고개를 숙이며 후작을 배웅한다.

발리아는 멀어지는 슈텐을 지켜보았다. 흑마를 탄 그는 금세 정문 너머로 사라졌다. 그녀는 바로 들어가지 않았다. 슈텐이 사라진 곳을 물끄러미 보는 시선. 그에게 차마 꺼내지 못한 한 마디가 입 안을 맴돌았다.

……내게 그 말을 해 주기 위해 저택까지 와 준 거였냐고.

이상하게 마음이 울렁였다. 자신은 그를 사랑하지 않는다. 사랑할 수가 없다. 그녀는 슈텐이 누구를 만나고 누구를 사랑하게 되는지는 알고 있다. 과거 가르트 후작 부인의 모습이 얼마나 비참했던가. 그래. 발리아는 비참해지지 않기 위해 슈텐을 사랑하지 않을 것이다. 그렇게 다짐했었는데.

왜 자꾸 가슴이 저려 올까. 이제껏 부드럽게 감싸고 있는 줄로만 안 어떤 감정은 어느새 심장을 꽉 죄고 있었다. 왜 당신은 내게 그렇게 잘해 주는 건지. 슈텐은 평생 모를 것이다. 발리아를 아프게 만드는 것은 다름 아닌 그의 다정함이라는 것을.

다른 사람을 사랑하게 될 남자. 알면서도 걸어 들어온 것은 발리아였다. 그 사실은 변하지 않는다. 발리아는 눈을 감았다.

그녀는 그를 좋아한다.

하지만 사랑하고 싶지는 않았다…….

발리아의 전속 디자이너, 플뢰르는 근래 들어 걱정이 하나 있었다.

'요즘 들어 후작 부인의 표정이 영 밝지 않으셔.'

발리아는 피어나는 꽃처럼 발랄한 인상은 아니다. 하지만 달빛처럼 고요한 미소를 늘 머금고 있곤 했다. 담담하고 우아하니 눈길을 끌던 낯이 요즘은 조금 달랐다.

'계속 다른 생각을 하시는 것 같고…….'

무슨 생각을 하시는지는 알 수 없다. 다만 플뢰르는 조금씩 걱정이 되었다. 왜 저렇게 처연해 보이시지. 가끔씩 보이는 우울함이 잦아질까 봐 염려스러워진다.

그러나 플뢰르는 프로였다. 처연해 보이는 사람에게 굳이 환하게 웃으라고 할 필요는 없다. 슬픔조차 아름다움으로 승화할 자신이 플뢰르에게는 넘치도록 있었다. 그녀는 드레스 색깔부터 세심하게 골랐다. 발리아는 피부가 하얗고 눈동자가 깨끗한 터라 밝은색도 잘 어울릴 터지만, 지금은 화사함보다는 우아함을 강조하는 것이 훨씬 나으리라.

최종적으로 선택된 것은 고급스러운 분위기를 물씬 풍기는 남색 드레스였다. 옷감의 색감이 어두운 대신, 목선을 넓게 파 쇄골을 시원하게 드러냈다. 허리선은 일반적인 드레스보다 조금 높게 잡은 후, 작은 다이아몬드들로 장식한 레이스 띠를 둘러놓았다. 고상하고 차분한 느낌을 자아내면서 마냥 무거워 보이지만은 않는 드레스였다.

"후작 부인. 혹 맞지 않거나 불편한 부분은 없으신가요?"

플뢰르가 고른 드레스는 발리아와 꼭 맞춘 듯 어울렸다. 디아나가 초청장을 보낸 조엔 후작가의 티 파티가 당장 내일이었다. 플뢰르는 발리아가 걸칠 장신구들을 골랐다. 그리고 내일 저택을 방문할 시간을 기약하며 돌아갔다.

"마님. 내일 착용하실 보석들은 금고 바깥 보관실에 미리 꺼내 놓겠습니다."

"그러도록 하게. 쉬고 싶군."

"예. 물러가겠습니다."

사라는 하녀들과 함께 고개를 숙이고 물러났다. 후작 부부의 침실 문이 매끄럽게 닫힌다. 1층으로 내려가는 사라의 표정이 영 밝지가 않았다. 그녀는 사실 걱정을 하고 있었다. 마님께서 요즘 들어 묘하게 기운이 없어 보이셨기 때문에.

"폴. 각하께서 언제쯤 귀택하실까요?"

"글쎄요. 황궁의 일이 바쁘셔서……. 저번에 보좌관에게 듣자 하니 동부 사절단의 방문 준비가 막바지라고 하더군요."

"그럼 내일도 오시긴 힘들겠군요."

"그렇지요."

폴은 그렇게 말하며 2층 계단을 흘긋 보았다. 그 역시 마님이 요즘 들어 평소와는 다르시다는 것을 눈치챈 상태였다. 그들이 괜히 고용인들 중 가장 높은 자리에 있는 게 아니다.

"폴. 오늘 저녁 식사에도 달콤한 디저트를 많이 올리라고 해야겠어요."

"예. 요리사에게 그리 전하지요."

귀족 가문의 고용인들은 주인의 심리 변화에 민감하다. 마님이 어디 아프신 건 아니다. 그저 묘하게 가라앉아 있다. 이건 각하께 고하기도 뭐한 탓에, 폴과 사라만 안절부절못하고 있었다.

폴과 사라가 걱정의 눈빛을 보내는 그 시간, 발리아는 침대에 폭 파묻혀 있었다. 햇볕에 잘 말린 폭신한 침구. 발리아는 느리게 눈을 깜빡였다. 이 널찍한 침대는 슈덴과 둘이 누워도 한참 남을 정도였다.

슈덴.

발리아는 물끄러미 빈 옆자리를 바라보았다. 그녀의 지금 상황은, 비가 쏟아지는 것을 알면서도 걸을 수밖에 없는 상황이었다. 발리아는 들고 있던 우산을 맹신했다. 비가 쏟아져도 막을 수 있을 거라고 여겼다.

기껏 해야 옷자락을 적시기나 했던 빗방울이 언제부터 폭우로 변해 있었을까. 무섭도록 쏟아지는 빗줄기. 흠뻑 젖을 걸 알면서도, 어찌할 수가 없는.

한때는 미래를 알고 있다는 것을 기껍게 여겼다. 발리아는 자신의 운명이 어떻게 흘러가는지 안다. 피해야 할 것을 피할 수 있게 되었다. 지금 발리아가 피해야 하는 건 슈덴, 그녀의 남편이었다. 슬프게도.

발리아는 평생 사랑을 모르고 살다가 죽었다. 과거에도 그랬으니 이번에도 그럴 자신이 있었다. 발리아의 유일한 장점이기도 했다. 사랑을 모른다는 것. 그래서 슈덴이 다른 여자를 사랑해도 괜찮을 거라고 생각했다. 그 옆에서 그저 잔잔한 먹그림처럼 있을 수 있다고 자신했다. 그런 자신조차 없었다면 공녀 모집에 응하지도 못했으리라.

'……무서워.'

무섭다는 게 맞는 표현일 것이다. 다른 사람을 사랑하게 될 남자. 그런 남편을 사랑하게 되는 것은 얼마나 비극인가. 발리아는 도무지 이 상황을 어떻게 해야 하는지 짐작할 수조차 없었다. 당신을 사랑하지 않았다면 좋았을 거라고 눈물을 뚝뚝 흘리던 과거의 후작 부인. 그녀의 모습이 자꾸만 머리를 아프게 찔러 왔다.

디아나의 티 파티에 초대받은 귀부인들은 잔뜩 들떠 있었다. 그 유명한 가르트 후작 부인이 처음으로 사교계에 얼굴을 내비친다니! 사교계에서 직접적인 활동도 시작하지 않았는데 이만한 유명세를 가지는 건 결코 쉬운 일이 아니었다.

덕분에 오늘 디아나의 티 파티는 그 어느 때보다 활기가 넘쳤다. 날씨가 흐린 탓에 정원에서의 티 파티는 하지 못하게 됐지만, 그 정도는 아무런 감점 요소가 되지 못했다. 일찍 도착한 귀부인들은 이야기를 도란도란 나누고 있었다. 화두의 중심은 단연 발리아였다.

"정말 기대돼요."

"그러게 말이에요. 어떤 분일까요?"

"가르트 후작 각하가 푹 빠져 있다던데요."

"어머, 저도 들었어요. 경매장 보석을 전부 사 가셨다고 하더라고요."

가르트 후작 부인. 발리아에게 주목할 점이 얼마나 많았던가. 가르트 후작의 신부라는 점만 해도 이미 많은 사람들이 호기심을 가졌다. 거기서 그치는 게 아니었다. 예고가 없었던 '두 번째 결혼식'은 물론, 그 슈텐 가르트가 경매장에서 여성용 보석을 싹쓸이해 갔다는 사실은 거의 충격이나 마찬가지였다.

발리아가 도착한 것은 시간이 조금 흐른 후였다. 티 파티의 주최자인 디아나는 직접 발리아를 마중하러 나왔다. 가르트 후작 가문의 문양이 새겨진 마차. 발리아는 호위 기사로 따라 온 숀의 에스코트를 받아 내렸다. 디아나는 이번에도 역시, 하면서 속으로 생각했다.

'가르트 기사 단장이 호위로 왔다는 사실을 알면 다들 얼마나 놀랄까?'

디아나는 발리아에 대해 이것저것 묻는 귀부인들에게 그저 "직접 만나 보시면 알 거예요."라고 말하고 웃었을 뿐이다. 그녀는 아무것도 이야기하지 않았다. 슈텐이 종일 발리아에게서 시선을 떼지 못한 것도, 숀이 직접 호위로 왔다는 사실도. 발리아의 이야기를 떠들고 싶지 않기도 했지만, 궁극적인 목표는 다른 것에 있었다.

'나만 놀랄 순 없지.'

무릇 사람이란 같은 사실도 전해 듣는 것보다 직접 목격할 때 더 충격적으로 받아들인다. 소싯적에 꽤나 장난꾸러기였던 디아나는 이런 소소한 장난을 계획하고 있었다. 한 가지 아쉬운 것은 이 자리에 슈텐 가르트가 없다는 것이다. 그 후작이 아내에게서 눈을 떼지 못하는 모습을 보면 다들 제 시력을 믿지 못할 텐데.

"어서 와요. 발리아."

이런저런 즐거운 상상을 하면서 디아나는 인사를 했다. 발리아가 빙긋 웃었다.

"초대해 주셔서 감사해요."

"저야말로 와 주셔서 감사한 걸요. 자, 별채로 들어가실까요? 모두들 기다리고 있어요."

"제가 늦었나요?"

"어머, 아니에요. 오늘따라 다들 일찍 오셨어요."

이유는 물론 발리아 때문이지만 디아나는 굳이 그 이야기까지는 하지 않았다. 처음으로 티 파티에 참석하는 발리아가 긴장하지 않게 배려한 것이다.

발리아는 앞서 가는 디아나를 따라 별채에 들어섰다. 수런수런 들리던 목소리가 뚝 끊겼다. 동그란 티 테이블에 앉아 있던 귀부인들의 시선이 일제히 발리아를 향했다. 디아나는 미소와 함께 자리를 권했다. 발리아의 이름표는 디아나의 바로 옆자리에 마련되어 있었다. 하녀의 시중을 받아 착석한 발리아는 고개를 들었다.

"오늘부터 우리 티타임에 함께 참석하시기로 한 가르트 후작 부인이에요."

발리아가 긴장했던 것도 무색하게, 그녀를 바라보는 귀부인들의 표정은 무척 좋았다. 짙은 호기심과 완연한 호감. 수많은 귀족들이 참석하는 연회나 무도회와는 달리, 멤버가 고정되어 있는 소규모의 티 파티라 가능한 호의였다. 고위 귀족의 정기적인 티 파티 초청장이 그리 귀한 이유가 여기에 있었다. 이들은 향후 사교계에서 발리아의 든든한 우군이 되어 줄 것이리라.

"오늘 무척 아름다우세요. 가르트 후작 부인."

"저도 처음 들어오실 때부터 눈여겨보고 있었어요. 전속 디자이너의 작품인가요?"

"저번 웨딩드레스 때도 느꼈지만, 레이스 장식이 정말 아름다워요."

호감을 갖고 있으면 말도 부드럽게 나온다. 게다가 발리아는 현 겔제국 귀족의 실세라고 볼 수 있는 가르트 후작의 아내가 아니던가. 대화는 물 흐르듯 흘러갔다.

귀부인들은 발리아가 곤란해할 주제, 가령 기사의 딸이 어쩌다가 가르트 후작과 결혼했냐는 등의 무례한 질문은 절대 하지 않았다. 대신 그녀의 드레스와 레이스 장식을 칭찬했다. 게다가 발리아의 피부 위에서 빛나고 있는 다이아몬드 장식들은 분명…….

"가르트 후작 각하가 부인께 선물하려고 경매장의 보석을 모조리 입찰했다고 하셨던데요."

"맞아요. 사교계에 소문이 자자하잖아요."

"제 조카가 경매장에 참석했다가 눈만 동그래져서 돌아왔대요."

귀부인들이 호호호 웃었다. 발리아는 작은 미소를 지으며 차를 마셨다. 차분해 보이는 겉모습과는 달리 그녀는 솔직히 놀라고 있었다. 슈덴이 보석을 경매장에서 사 왔다는 이야기를 오늘 여기서 처음 들은 탓이다.

그는 그런 이야기를 하지 않았다. 보석상에서 구입해도 놀랄 양이었는데, 모조리 경매장에서 입찰 받은 거라면 대체 얼마나 들었을까? 발리아는 그 금액을 도통 짐작할 수가 없었다.

"참, 그 이야기 들으셨나요? 얼마 뒤에 황실 연회가 열린다 하더랍니다."

황실 연회라는 말에 옆자리에 있던 귀부인이 되물었다.

"황실 연회가 열리나요? 저는 금시초문이네요."

"동부 왕국 연합 사절단이 방문하잖아요. 사절단의 방문에는 항상 황실에서 연회를 주최했으니, 이번에도 그럴 거라고 바깥 분이 그러더군요."

"어머. 그럼 거의 확실하겠네요."

디아나의 눈이 반짝 뜨였다. 황실에서 주최하는 연회라면 황족들은 물론이요 고위 귀족들도 대거 참여한다. 발리아의 첫 연회 데뷔로 손색이 없었다. 디아나와 같은 생각을 한 귀부인이 말했다.

"가르트 후작 부인도 그때 처음 연회에 나오시겠네요. 각하와 함께 참석하시겠지요?"

발리아가 고개를 저었다. 그녀가 슈덴을 만나지 못한 게 벌써 며칠째인지 모른다.

"지금은 잘 모르겠네요. 바쁘신 분이시라서요."

"아……. 하긴, 그렇지요. 워낙 중임을 많이 맡고 계시니까요."

"그래도 두 분이 함께 참석하시면 좋을 텐데. 첫 연회에 부부 동반이라니. 너무 로맨틱하잖아요."

"맞아요. 한번 말씀이라도 꺼내 보세요."

"알겠어요."

그렇게 웃는 것과는 달리, 발리아는 슈덴에게 함께 참석하자고 이야기를 꺼낼 생각이 없었다. 그가 자신에게 다정한 것은 안다. 그런데 그 다정함이 오히려 발리아를 흔들고 있었다.

그녀는 결코 슈덴을 사랑하지 않을 것이다. 그 다짐을 지키기 위해 발리아는 최대한 슈덴에게서 멀어질 생각이었다. 그러다 보면 언젠간 괜찮아지는 날이 오겠지. 당신을 그저 좋아하는 것에 머무를 수 있겠지. 지금처럼.

티 파티는 순조롭게 이어졌다. 중간에 소나기가 쏟아지기는 했지만,

원래 날씨가 흐려 다들 예상하고 있었다. 오히려 운치 있는 빗소리 덕에 별채의 분위기가 고즈넉해진다. 비가 그친 무렵이었다. 티 파티의 마지막을 예고하는 생화를 장식한 디저트가 나왔다.

"벌써 마지막이네요. 다음 티 파티 때는 정원에 자리를 마련하도록 할게요. 여러분께 정원의 아름다운 장미를 보여 드리지 못해서 유감이에요."

디아나는 정원에서의 다음을 기약하며 그렇게 말했다. 즐거운 티 파티였다는 대답이 쏟아졌다. 발리아 역시 즐거운 시간을 보냈기 때문에 기꺼이 그렇게 말했다. 그때였다. 하녀 한 명이 종종걸음으로 다가왔다.

"마님. 잠시 드릴 말씀이 있습니다."

하녀는 디아나의 귓가에 대고 작게 용건을 전했다. 디아나의 표정이 약간 변했다.

"이런, 여러분. 갑자기 일이 생겨서 티 파티를 조금 이르게 파해야 할 것 같아요. 괜찮을까요?"

"무슨 일이신가요?"

"별일은 아니랍니다. 다들 바래다드릴게요."

디아나는 빙긋 웃었다. 갑작스러운 티 파티 종료에 귀부인들은 얼떨떨한 표정이었다. 나쁜 일이라기엔 디아나의 표정이 구김 없이 맑았지만. 아니, 오히려 슬쩍 웃고 있었다. 디아나는 발리아를 비롯한 귀부인들과 함께 별채 바깥으로 나갔다. 귀부인들이 타고 온 마차는 같은 곳에서 대기하고 있었다. 담소를 나누며 마차가 있는 쪽으로 이동하던 귀부인들이 순간 멈칫했다.

비 갠 후였다.

가르트 후작의 문양이 새겨진 마차. 그 검은 벽에 기대 팔짱을 끼고 있는 한 남자. 그가 누군지 적어도 이 티 파티에 참석한 귀부인들 중에는 모르는 사람이 없었다.

"……가르트 후작?"

누군가 그렇게 중얼거린 것과 동시에 모두의 시선이 한곳을 향했다. 디아나의 곁에서 사뿐사뿐 걷고 있던 발리아. 이런 상황을 예상치 못한 건 매한가지인지, 은회색 눈을 동그랗게 뜨고 있었다. 혼자만 태평히 웃고 있던 디아나가 발리아의 등을 살짝 밀었다.

"각하께서 데리러 오셨대요."

"……절 데리러 오셨다고요?"

"그럼요. 어서 가 보세요."

세상에. 그 가르트 후작이 직접 부인을 데리러 오다니. 그 어떤 고위 귀족도 이런 적이 없었는데. 디아나에게 등이 떠밀린 발리아는 머뭇거리며 슈덴에게 걸어갔다. 그와 그녀의 거리는 멀지 않았다. 발리아를 발견한 그가 성큼성큼 걸어온다. 가까워지는 붉은 눈동자. 먼저 입을 연 것은 발리아였다. 그의 어깨가 약간 젖어 있었다.

"비가 많이 왔는데……."

"발리아."

서늘한 손이 그녀의 손을 잡아온다. 처음 만났을 순간부터 언제나 단단했던 이 손. 그리고 이 붉은 눈동자. 발리아는 슈덴과 눈이 마주쳐서 웃었다. 그도 조금 웃는다. 이상하지. 괜히 눈물이 나올 것 같은데 그 이유를 도무지 모르겠다. 그저 붉은빛 감도는 이 짙은 황금색 머리카락.

"그래서 데리러 온 겁니다. 비가 오니까."

"……."

발리아는 아무 말도 할 수 없었다. 그의 모든 것이 새삼스럽게 다가오는 이 비 내렸던 정원. 당신이 그렇게 함부로 웃지 않았으면 좋겠어. 함부로 다정하지 않았으면 좋겠어. 함부로 사랑스럽지 않았으면 좋겠어.

함부로 내 마음을…….

'그렇구나…….'

아주 불현듯 깨닫고 만다.

"……슈."

이렇게 함부로 사랑에 빠졌을 줄이야.

커다란 붓이 그녀의 세계에 써 내려간다. 결국 눈앞의 이 남자를 사랑하고 말았다고.

귀족들 i

발리아의 눈동자가 조금씩 일렁였다. 이 선명한 감정의 자각. 당신을 사랑한다는 것, 내가 이것을 알게 됐다는 것. 사랑에 젖은 마음이 그녀에게 속삭인다. 사실 이미 알고 있지 않았느냐고. 너는 결국 이 남자를 사랑해 버릴 거라는 걸.

그녀는 그에게서 시선을 떼지 못했다. 이 마음이 향하는 곳이 붉은 저녁처럼 선명해 눈을 돌릴 수가 없었다. 처음으로 사랑을 깨닫는 순간은 이토록 기쁘면서도 애틋했다. 눈물이 날 것 같았지만, 한편으로는 웃어 주고 싶었다. 슈덴, 자신을 데리러 온 그에게.

"……저번에 제가 데리러 가겠다고 했는데."

그래서 발리아는 가만히 웃었다. 흠뻑 젖은 마음으로 미소를 지었다.

"이번에도 당신이 오네요. 슈."

비가 올 때마다 그가 와 주는 게 기쁘다. 그 습한 대기를 뒤로 하고 이 앞에 와 준 슈덴의 모습에 가슴이 아플 정도로 행복했다. 슈덴이 발리아에게 말했다.

"그러면 다음에 비가 오면 부인을 기다리고 있으면 되겠습니까."

"네."

이 사람은 이런 기분을 알고 있을까. 만약 모른다면, 언젠간 그에게 이 벅찬 마음을 전해 줄 수 있을까.

"그땐 제가 데리러 갈게요, 슈."

슈덴이 피식 웃었다.

"기대하고 있겠습니다. 부인."

두 남녀의 미소가 부드럽게 섞인다. 슈덴은 발리아를 에스코트해 함께 마차로 올랐다. 입을 다물지 못한 것은 귀부인들이었다. 옹기종기 모여 병풍처럼 슈덴과 발리아를 구경하던 그녀들은 마차가 완전히 떠날 때까지 아무 말도 못하고 있었다.

"자, 그럼 여러분. 다음 티 파티를 기약하도록 하죠. 오늘 티 파티에 참석해 주셔서 감사했어요."

디아나는 즐거운 목소리로 귀부인들을 배웅했다. 생각보다 더한 가르트 후작의 모습에, 적잖이 놀란 귀부인들을 보니 그녀가 다 뿌듯했던 것이다. 디아나는 떠나는 마차들을 보며 중얼거렸다.

"그날 궁에서 발리아를 만난 건 행운인 게 틀림없어."

좋은 친구가 생긴 것도 기쁜데, 뜻밖의 소소한 즐거움까지 생겼다. 이 고상한 수도 사교계에서 언제 저런 낯빛들을 구경하겠는가. 평생 가도 보지 못할 것이다. 디아나는 장난꾸러기처럼 웃으며 본채를 향해 걸음을 옮겼다.

저택을 향해 달려가는 가르트의 마차 안이었다.

"발리아. 티 파티에서 무슨 일이라도 있었습니까."

"아니요? 아무 일도 없었어요."

'아무 일 없는 표정이 아니었는데.'

사실 슈덴은, 발리아의 손을 잡는 순간부터 그녀의 표정을 살피고 있었다. 차분한 낯에 스쳤던 어떤 복잡한 감정을 본 것이다. 발리아는 물에 잠긴 달처럼 고요하게 웃기는 하나, 미소 자체에 그늘이 있는 것은 아니었다. 그런데 방금은 평소와 조금 달랐다. 자세히 확인하기도 전에 흰 낯 아래로 꼭꼭 숨겨 버린 어떤 감정의 편린.

슈덴은 발리아가 신경 쓰였다. 기실 수도의 사교계는 처음으로 참석하는 귀족들에겐 결코 만만한 곳이 아니다. 사교계는 사교계만의 규칙이 있다. 물론 가르트 후작 부인이라는 위치는 견고한 방패막이겠지만, 우아한 헐뜯음까지 완벽히 차단해 줄 수는 없다. 금쪽같은 딸이 데뷔탕트에서 수모를 당해 밤새 울어도, 상대를 찾아가 뺨을 올려붙일 수 없는 게 바로 이 거대한 사교계였다.

물론 슈덴은 아니었지만. 그는 발리아에게 건방지게 구는 귀족을 가만히 둘 생각이 전혀 없는 남자였다.

"같이 참석한 귀부인들은?"

"다들 저한테 친절했어요. 덕분에 즐거웠고요."

"그렇습니까."

그렇게 말하며 빙그레 웃는 모습이 거짓으로 느껴지진 않았다. 슈덴은 발리아의 손등을 가볍게 쥐었다. 이렇게 순순히 그녀의 말에 대답하면서도, 머릿속으로는 다른 명령을 내릴 생각을 하고 있었다.

'숀에게 로빈과 번갈아 가면서 호위를 하라고 일러야겠군.'

숀이라면 말하지 않아도 슈덴의 뜻을 짐작할 것이다. 발리아에게 무례를 범하는 놈을 어떻게 대해야 하는지 로빈에게 잘 가르쳐 놓겠지. 또 보고는 어떤 방식으로 해야 하는지도. 이런 슈덴의 생각을 알 리 없는 발리아는 다른 것을 물었다.

"그런데 슈, 이렇게 오셔도 되나요? 사절단 문제로 계속 바쁘셨잖아요."

"거의 막바지라 괜찮습니다. 황실 연회 준비는 제 소관이 아니니 상관없고."

'황실 연회…….'

그 말을 듣는 순간 티 파티에서의 이야기가 떠올랐다. 발리아가 참석할 첫 연회이니 부부 동반으로 오면 더 로맨틱할 거라고 했지. 슈덴에게 말이라도 한 번 꺼내 보라고 귀부인들은 등을 떠밀었다.

'그때만 해도 말 꺼내지 않겠다고 생각했었는데. 거리를 두려고 했었지.'

고작 그 잠깐 사이에 마음이 변했다. 발리아는 슈덴과 함께 있고 싶었다. 같이 연회에 참석하고 싶기도 했다.

"슈."

"예, 발리아."

"황실 연회에 참석하실 건가요?"

"첫날은 아무래도 그렇겠지요."

귀찮긴 하지만. 슈덴은 뒷말은 속으로 삼켰다. 황실에서 주관하는 연회이니만큼 첫날에는 황족들을 비롯해 많은 주요 인사들이 참석한다.

게다가 그 녀석도 참석하지 않는가. 동부 왕국 연합 사절단의 주축이자 제게 개인적인 용무가 있을, 레오 카누트.

'그때 이후로 처음 보게 되는군.'

서로 그토록 많은 피를 뒤집어썼으면서, 정작 그들은 한 번도 전장에서 마주치지 못했다. 슈텐은 레오의 인내심이 드디어 고갈이 났음을 눈치챈 상태였다. 그러지 않고서는 귀족이라는 족속에 강한 증오심을 가지고 있는 그가 자작 작위를 받을 리가 없었다. 모든 것은 슈텐 가르트, 자신을 만나기 위한 전초전일 뿐.

"슈, 그러면 말이에요."

머뭇거리는 목소리가 들린다. 슈텐은 곧장 시선을 옮겼다. 발리아가 조심스럽게 눈을 깜빡이고 있었다.

"첫날 연회에 같이 입장해도 될까요?"

"음?"

"혹시 다른 분들과 약속이 되어 있으시면 다음으로 미루고요."

생각지 못한 말에 슈텐이 이마를 약간 찌푸렸다. 그는 당연히 발리아와 함께 입장할 계획이었다. 고작 소규모의 티 파티에도 숀을 딸려 보내는 마당에, 이런 거대한 황실 연회에 그녀 혼자 보낼 리가. 그런 가정 자체가 아예 없었다.

"다른 약속은 없습니다."

"그러시면……."

"부인의 첫 연회 데뷔인데 옆에 제가 있어야지 않겠습니까."

발리아의 얼굴이 환하게 피어오른다. 언제부터일까. 그녀가 기뻐하는 모습을 보면 저도 모르게 웃고 있다. 다만 그는 붉어지는 귓가를 보면 장난도 조금 치고 싶었다.

"발리아."

슈덴이 눈썹을 덮는 금발을 손끝으로 가볍게 쓸어 넘겼다. 발리아는 절로 슈덴에게 시선을 빼앗겼다. 감정을 자각하지 못했을 때도 그는 정말 잘생긴 남자였다. 목을 약간 덮는 붉은색 금발도, 시선을 잡고 놓아주지 않는 퇴폐적인 붉은색 눈동자도. 이 수려한 이목구비. 그는 항시 여유로우면서도 어딘가 위험한 분위기를 풍기는 남자였다.

"저는 당연히 같이 갈 생각이었는데, 부인은 아니셨나 보군요."

"네? 그게 아니라……."

젤의 사교계는 부부의 동반 입장이 그리 일반적이지 않다. 그보다는 추종자를 거느리고 입장하거나, 혹은 교분이 있는 귀족끼리 모여 들어오는 게 대다수였다. 이런 분위기 때문에 결혼한 부부라고 한들 따로 입장하는 경우가 더 잦았다. 발리아는 과거의 경험으로 이런 관습을 알고 있었고, 젤의 귀족인 슈덴 역시 당연히 알고 있었다.

다만 그는 그녀에게 장난을 치는 게 재밌었다. 슈덴은 당혹감을 물씬 풍기는 은회색 눈동자를 보았다. 발리아가 이렇게 다양한 감정을 보여 줄 때마다, 그는 이상하게 기분이 좋았다. 물론 좋은 건 그뿐만이 아니었지만.

그날 저녁이었다. 발리아는 저택에 돌아오자마자 화장을 지우고 목욕을 했다. 달콤한 향기를 내는 향유를 바르고, 몸을 풀어 주는 마사지를 받았다. 시원하면서도 나른한 기분에 막 눈을 감았을 때였다. 욕실 밖에 있던 하녀가 총총 들어왔다.

"마님, 각하께서 바깥에서 기다리고 계십니다."

"응?"

발리아는 욕실에 있는 모래시계를 보았다. 아직 시간이 별로 지나지 않았는데. 의아해 하면서도 발리아는 하녀들에게 어서 마무리 할 것을 지시했다. 그리고 얼마 후, 발리아는 간편한 실내용 드레스로 갈아입고 밖으로 나왔다. 바깥에서는 슈덴이 기다리고 있었다.

"슈. 일찍 나오셨네요."

"같이 할 일이 많지 않습니까."

"할 일이요?"

발리아는 반사적으로 내정 문서를 떠올렸다. 슈덴이 저택에 오래 들어오지 못해 저택 내정에 관련 일은 상대적으로 느리게 처리되고 있었다. 대부분은 발리아가 처리했지만, 가끔 슈덴에게 알려 주고 동의를 구해야 하는 것도 있었다.

"일을 먼저 하고 저녁을 먹어도 되겠습니까?"

"네. 얼마 안 걸릴 테니까 그렇게 해요."

발리아가 빙긋 웃었다. 그녀가 무슨 생각으로 쉽게 대답을 했는지 뻔히 보이는 슈덴은 피식 웃었다. 그녀는 '일'이라고 하면 정말로 업무를 생각한다. 세상엔 그 일만 있는 게 아닌데. 발리아의 손을 잡은 슈덴은 긴 복도를 걸었다. 그리고 2층 중심에 위치한 후작 부부의 침실 앞에서 멈춰 섰다. 발리아가 의문을 품은 순간이었다. 슈덴이 뒤따르던 하녀에게 말했다.

"저녁은 세 시간 후에 침실로 올려 보내라."

"알겠습니다. 각하."

공손히 대답하는 하녀들의 얼굴이 발갛게 물들어 있다. 순식간에 침실 안에 들어선 발리아는 눈을 깜빡였다. 그녀는 그제야 슈덴이 말한 '같이 할 일'이 어떤 것인지 깨달았다. 그리 아는 순간 그가 턱을 가볍게 누른다.

"슈, 잠시만……."

말은 끝까지 이어지지 못했다. 살짝 벌어진 입술 틈으로 그가 침입한다. 다정하니 연인들의 것과 비슷했던 평소의 키스와는 확연히 다르다. 숨 가쁘게 옭아매는 입맞춤이 길어졌다.

등줄기를 쓸어내리는 슈덴의 손길에서 진득한 욕망이 느껴졌다. 뒤로 조금씩 밀려나던 발리아는 소파에 다리가 걸려 그대로 넘어졌다. 슈덴은 그대로 드레스의 리본을 잡아 풀었다. 말랑한 피부가 고스란히 드러나고, 슈덴은 다시 고개를 숙였다.

"흐읏……."

그의 입술이 긴 목에 입을 맞추고 도드라진 쇄골에도 잠시 머무른다. 슈덴은 지나가는 모든 곳에 붉은 자국을 새겼다. 발리아의 가슴이 오르내렸다. 몸이 달아오르고 있었다. 입가에 맴도는 가느다란 신음소리.

그녀는 슈덴의 어깨를 잡고 있었지만, 두 손에 영 힘이 들어가지 않았다. 슈덴이 지나는 곳마다 불이 붙은 것처럼 화끈했다. 은회색 눈동자가 아슴아슴하게 흐려진다.

"발리아."

제 이름을 부르는 슈덴의 목소리가 숨이 막힐 정도로 유혹적이다. 단단한 남체가 부드러운 피부 위로 고스란히 닿아 온다. 곧 그가 고개를 들었다.

반쯤 드러난 가슴이 흰 곡선을 그렸다. 슈덴은 저 살덩이의 야들야들함을 잘 알고 있다. 말랑하고 부드럽고, 유두는 조금만 천천히 만져도 딱딱하게 선다.

당신 몸이 가지고 있는 감촉이 얼마나 이율배반적인지 당신은 알까.

페니스는 벌써 우뚝 일어나 있었다. 핏줄이 불거져 딱딱해진 물건에 속옷이 팽팽하게 걸려 잘 내려가질 않았다. 발리아는 여느 때처럼 시선을 피하고 있었다.

이렇게 정사를 가질 때면 늘 보게 되는 그녀의 옆얼굴. 좋았다. 부끄러움이 은은하게 담긴 홍조도.

이미 젖어 번들거리는 허벅지 안쪽도 물론. 발리아의 속옷은 이미 소파 밑에 떨어져 있었다.

슈덴이 클리토리스를 손가락으로 만지자마자 발리아의 허벅지가 훅 튕겨 올랐다. 슈덴은 능숙하게 두 손으로 허벅지를 붙잡고 얼굴을 파묻었다.

"흐읏……."

이 작은 부위는 종종 발리아를 참을 수 없게 만들었다. 물고 굴리는 간단한 애무만으로도 벌써 밑이 흥건해졌다. 이렇게 애무를 하면서 그녀의 반응을 보는 것도 즐겁긴 하겠지만.

슈덴의 페니스도 벌써 젖어 가고 있질 않은가. 그는 그녀 안쪽 외의 다른 곳에서 정액을 흘리고 싶지 않았다. 슈덴이 고개를 들었다. 그리고 그녀의 몸을 뒤집었다.

"슈?"

나풀나풀한 치맛자락은 엉덩이까지 걷어 올린 상태였다. 슈덴의 손가락이 틈을 더듬다가 질구를 파고들었다. 처음부터 세 개를 넣어서인지 빽빽하게 느껴졌다. 젖은 틈에서 궤적을 크게 그리자 발리아가 신음을 뱉었다.

"슈, 이대로, 흣……. 해요?"

"싫으십니까?"

"그게……."

"저번에는 좋아하셨잖습니까. 몇 번 느끼셨더라?"

발리아의 귀가 확 달아올랐다. 그녀가 소파에 얼굴을 푹 묻고 중얼거렸다.

"그런 말씀 좀, 응……. 하지 마세요……."

슈덴이 픽 웃었다.

"원하신다면."

발리아의 안쪽은 애액을 녹녹하게 토해내고 있었다. 민망해하는 게 거짓말 같지는 않은데. 그녀의 몸은 아이러니하게 솔직하다. 내벽을 휘젓는 손가락은 어느새 세 개로 늘어난 상태였다.

만족할 만큼 질구를 풀어낸 후에는 발리아의 아랫배에 쿠션 하나를 끼워 넣었다. 그리고 엉덩이를 높게 쳐들게끔 했다. 슈덴이 페니스를 잡았다. 애액 묻은 귀두를 입구에서 슬슬 문지르자 발리아가 움찔거렸다.

슈덴이 천천히 밀어 넣었다. 속도는 느린데 좁은 길을 무자비하게 채우는 크기는 여전했다. 해일에 무너지는 모래사장처럼 내벽은 굵고 단단한 페니스에 고스란히 휩쓸렸다. 발리아가 고개를 들고 가쁜 호흡을 그러 쉬었다.

"아! 응, 흑!"

부드러웠던 삽입은 처음이 전부였다. 굵은 페니스는 금세 난폭해져 안쪽을 쳐올렸다. 퍽퍽 소리가 음란하게 울렸다. 추삽질이 얼마나 거칠었는지, 애액으로 흥건한 페니스가 나올 때마다 점막이 딸려 나오지 않을까 걱정이 될 정도였다. 성감대를 사정없이 찔러 대는 쾌감이 너무 짙었다. 금세 발리아의 신음에 흐느낌이 섞였다.

"흣……, 아응!"

희고 동그란 엉덩이는 불거진 페니스가 퍽 밀어 넣을 때마다 잔물결처럼 떨리는 게 고작이었지만, 슈덴의 눈에는 감탕질하는 것처럼 적나라하게 느껴졌다. 자꾸만 단단해지는 물건이 발리아의 몸을 숨이 막히게 쳐올렸다.

"흐윽!"

소파는 침대의 시트처럼 그러쥘 수가 없었다. 대신 해 꽉 쥐고 있는 흰 손등이 하얗게 도드라졌다. 강하게 드는 압박감, 엉망으로 흔들리는 엉덩이. 아주 깊숙한 곳까지 들어오는 굵은 페니스. 어떤 것이든 발리아가 당할 수 있는 게 아니었다. 게다가 이 자세는 너무…….

평소보다 배는 거친 추삽질에 엉망으로 튄 애액은 붉은 속살에도 묻었다. 안쪽이 이렇게 흥건한데 여전히 페니스를 받아 내는 게 버거웠다.

"아, 으흑……!"

그 버겁도록 잔인한 페니스가 발리아를 눈앞이 하얘질 정도로 몰아붙였다. 퍽. 퍽. 퍽. 순간이었다. 발리아는 심한 절정을 느꼈다. 안쪽이 세차게 수축하며 경련했지만 허리짓은 멎지를 않았다. 아주 잠깐 느려진 걸 제외하면 외려 더 거칠게 그녀를 괴롭혔다.

"응, 제발……, 흑!"

부풀어 오른 성감대가 페니스의 거센 자극에 훨씬 더 예민하게 반응했다. 발리아가 덜덜 떨면서 저도 모르게 엉덩이를 빼내려고 했지만 소용없었다. 거의 붙잡힌 것이나 다름없이 그녀는 허리를 몇 번이나 뒤로 휘었다.

발리아의 목이 쉴 정도가 되어서야 슈덴은 안쪽에 사정했다. 아쉬운 주인의 마음을 대변하듯 페니스는 완전히 죽지도 않았다.

아직 세 시간이 지나려면 한참 남았다.

"슈……."

발리아는 침대에 누워 슈덴을 올려다보았다. 그녀의 옷은 어느새 다 벗겨진 상태였다. 실내용 드레스는 소파와 침대 사이에 아무렇지 않게 떨어져 있었다. 그 열이 오른 사랑스러운 몸. 슈덴이 하나씩 입을 맞췄다. 제 품 안에 있는 그녀가 괜찮아 보여 다행이라는 생각이 들었다. 정사의 열기에 밀려 오래 지속되지는 못한 생각이었다.

저택은 다시 예전으로 돌아왔다. 발리아가 슈덴과 함께 돌아온 날 이후였다. 폴과 사라는 누구보다 먼저 마님의 안색을 살피고 안심했다. 미묘하게 가라앉아 있던 분위기가 사라져 있었다.

"마님, 이 예산 문제는 이대로 처리할까요?"

"그래."

발리아는 '진짜 일'을 하고 있었다. 폴에게 예산 관련 문서를 결재해 넘겨주고, 다른 자질구레한 일들을 처리했다. 슈덴은 저택에 없었다. 연무장으로 간 것이다. 빈 서명 칸에 이름을 기입하던 발리아는 제 이름 뒤에 달린 '가르트'의 성을 가만히 바라보았다.

'시간은 아직 있어.'

발리아가 슈덴을 사랑한다고 한들 반드시 비참해지는 것은 아니다. 그녀가 울며불며 매달리는 게 아닌 이상 당장 달라지는 것은 없었다. 예리가 오려면 아직 시간이 남았고, 슈덴은 여전히 자신에게 다정했으니까. 그래. 변한 것은 없었다. 젖은 것은 다만 발리아, 그녀의 마음이었을 뿐.

'……그리고 사랑하지 말라고는 안 했잖아.'

발리아가 용기를 낼 수 있는 근원은 바로 이것이었다. 그들은 결혼하면서 '사랑하지 말 것'이라는 조건을 건 적이 없었다. 그저 미래를 아는 발리아가 홀로 머뭇거렸을 뿐이다. 그러나 사랑에 빠진 것을 깨달은 지금, 발리아는 슈덴에게 조금씩이나마 마음을 표현하고 싶었다.

'나한텐 잘해 주기도 하고…….'

발리아는 과거의 슈덴을 모른다. 어쩌면 그는 예전의 후작 부인에게도 이렇게 잘해 줬을 수도 있다. 그래도 발리아는 더 이상 비교하지 않기로 마음먹었다.

'우린 두 번째 결혼식을 올렸으니까.'

그것만으로도 과거와는 달라진 것이다. 어쩌면 미래도 조금씩 바뀔 수도 있을 거라고. 발리아는 그렇게 생각하기로 했다. 다른 것까지 변화시키진 못하더라도, 제 옆에 있는 이 남자만은 조금이나마 변하게 할 수 있지 않을까. 그러모은 용기였다. 어쨌든 과거에는 '두 번째 결혼식'을 올리지 않았으니까.

문득 필레몬이 내려 주었던 축복이 떠올랐다. 행복을 바라는 축복. 불행에서 벗어나기 급급했지, 행복이라는 것에 대해서는 곰곰이 생각해 본 적이 없었다. 그녀에게 행복이 온다면 어떤 모습을 하고 있을까. 기왕이면 그의 고백이 좋을 텐데.

'……너무 속물적인가.'

발리아는 펜을 빙그르르 돌렸다. 사실 궁금했다.

아내라는 이유로 슈덴은 발리아에게 이렇게까지 잘해 준다. 그는 사랑하는 여자에게는 과연 어떤 표정을 지을까. 무슨 말을 속삭이고, 어떤 눈빛을 보낼까. 이 작은 궁금증은 조그마한 웅덩이처럼 발리아의 가슴 한구석에 오목하게 고였다.

가르트 저택이 평온해진 것과는 반대로, 사교계 전반은 들썩이고 있었다. 그 가르트 후작 부인이 사교계에 처음으로 얼굴을 내비쳤다. 그나마도 소규모의 인원에게만 초대장이 발부되는 디아나의 티 파티에만.

덕분에 바빠진 것은 같은 티 파티 멤버인 귀부인들이었다. 그녀들은 연회나 무도회에 참석할 때마다 항상 비슷한 질문을 받았다. 모두 소문의 가르트 후작 부인에 관한 것이었다. 물론 이 호기심에 속 시원하게 대답해 주는 귀부인은 없었다. 소수만 참여하는 모임의 품격을 높이기 위해서는, 적당한 침묵이 마땅한 법이었으니까.

다만 귀부인들은 한 가지 이야기만은 슬쩍 흘렸다.

"가르트 후작 각하께서 부인을 데리러 오셨더라고요."

"세상에, 가르트 후작 각하가 직접 오셨다고요?"

"네. 그렇다니까요."

반응은 가히 폭발적이었다. 사교계에서 한가락 한다는 귀족치고 이 소문을 모르는 사람은 없었다. 발리아를 둘러싼 귀족들은 입맛을 다시는 중이었다. 가르트 후작. 1황자 구스토와 2황자 엘반 중 누구도 지지하지 않고 중립을 표방하는 귀족. 그러면서도 쥐고 있는 권력은 막강해 다들 비빌 구석만 노리고 있었다.

그러던 차에 나타난 것이 발리아, 바로 가르트 후작 부인이었다. 알려진 것이라고는 리사 왕국의 귀족이자 기사의 딸이라는 점이 전부인. 몇몇 고위 귀족들은 발리아에 대해서 알아보기 위해 리사 왕국에 사람을 풀었지만, 돌아오는 소득은 없었다. 슈덴이 이미 손을 써 놓았기 때문이다. 결국 발리아에 대한 것은 완전히 백지였다. 그럼에도 그냥 넘길 수가 없는 것이 사교계에 자꾸만 나도는 소문이 심상치 않았다.

두 번째 결혼식, 경매장 싹쓸이, 심지어 티 파티에 데리러 오기까지…….

지금 상황에서는 가르트 후작가에 초대장을 보내지 않는 게 멍청한 행동이었다. 통상적으로 초대장은 일괄적인 종이에 일괄적인 내용을 써서 보낸다. 하지만 가르트 후작 부인에게 보내는 것은 달랐다. 질 좋고 두꺼운 종이에는 값비싼 향수 한 방울과 금가루를 뿌렸고, 내용조차도 특별하게 써서 보냈다. 덕분에 바빠진 것은 초대장을 나르는 인부들이었다.

"사라, 이게 다 초대장인가?"

"네. 마님. 오늘 오전까지 받은 것들이랍니다."

발리아는 고개를 갸웃했다. 요즘 들어 초대장의 양이 부쩍 늘어났기 때문이다. 물론 이전에도 가르트 후작 부인에게로 오는 초대장은 많았지만 이 정도는 아니었다. 족히 두 배는 되어 보였으니까.

'디아나의 티 파티에 참석해서 그런가?'

그것 말고는 딱히 짐작 가는 게 없었다. 발리아는 고급스럽게 빛나는 초대장들을 몇 장 살펴보다가 내려놓았다. 사라가 물었다.

"마님. 이번에도 전부 꽃을 보낼까요?"

"그러렴."

겔 제국 사교계에서는, 초대장을 수락하지 않을 때 꽃 한 송이를 포장해 보낸다. 완곡하면서도 우아한 거절 방법이었다. 하녀들은 능숙한 솜씨로 꽃송이에 리본을 묶었다. 풍성한 꽃다발을 몇 개는 만들고도 남을 양이었다.

발리아는 아직까지 다른 티 파티에 참석할 생각이 없었다. 곧 있으면 열릴 황실 연회까지는 이 정도의 사교 활동만 유지할 생각이었다.

다른 티 파티에 참석하지 않는 대신, 발리아는 디아나의 티 파티만은 꼬박꼬박 참석했다. 담소를 나누는 게 즐겁기도 했지만, 무엇보다 들을 수 있는 이야기가 많았다. 귀부인들은 발리아에게 사교계의 정보를 쉴 새 없이 물어다 주는 것에 보람을 느끼는 것 같았다.

"들으셨어요? 요즘 레이디들 사이에서 귀여운 유행이 생겼다고 하더라고요. 정인에게 과자를 구워 준다고 했던가?"

귀부인의 호들갑에 발리아는 고개를 갸웃했다. 요즘 따라 들려오는 소문들의 내용이 비슷했기 때문이다. 발리아는 오늘 티 파티에서만 정인이라는 단어를 세 번은 들었다.

"어머, 저도 들었어요. 젊은 연인들 사이서 인기라면서요?"

연인이라는 말은 네 번.

"요즘 젊은 귀족들은 사랑 표현에 적극적이잖아요. 로맨틱한 거죠."

사랑이라는 말은 일곱 번.

'요즘은 사랑 이야기들뿐이네.'

발리아는 겔의 사교계가 참 사랑이 넘치는 곳이라고 생각했다. 그러면서도 조금씩 귀가 가는 건 어쩔 수 없었다. 왜 귀부인들이 발리아 앞에서 그런 이야기들만 앞다투어 하는지 디아나는 잘 알고 있었다. 그녀는 속으로 웃음만 삼켰다.

“그러고 보니 벌써 황실 연회가 코앞이네요.”

“다른 티 파티에서도 다들 황실 연회 이야기뿐이에요. 하도 많은 귀족들이 참여하다 보니까, 의상실이 그렇게 바빠졌대요.”

“맞아요. 벌써 정상급 디자이너들 의상실은 주문 예약이 다 마감됐다고 들었어요. 웃돈을 준대도 거절한다지 뭐예요? 24시간 재봉틀을 놀려도 안 될 정도라니, 말 다 한 거죠.”

“이만한 규모의 황실 연회는 오랜만이잖아요. 다들 기대하고 있는 거죠.”

귀부인들의 말을 들으며 발리아는 제 전속 디자이너를 떠올렸다. 플뢰르는 얼마 전부터 며칠에 한 번씩 가르트 저택을 방문했다. 나날이 짙어지는 눈 밑 그늘은 함께였다. 발리아의 첫 연회이니만큼 전속 디자이너인 플뢰르는 드레스에 굉장히 신경을 쓰고 있었다. 발리아가 티 파티 때문에 저택을 비우는 날에도 마찬가지였다. 그런 날에조차 플뢰르는 쉬지 않고 사라와 함께 발리아에게 어울리는 보석을 살핀다고 들었다.

황실 연회에 대한 이야기는 곧 입장에 관한 이야기로 흘러갔다. 혹 선약이 없으면 함께 입장하시지 않겠느냐는 한 귀부인의 말에 발리아는 미안한 표정을 지었다.

“죄송해요. 이미 선약이 잡혀 버렸답니다.”

“어머어머, 아니에요.”

“그럼요. 바깥분과 입장하시는 게 더 로맨틱하잖아요.”

‘……왜 다들 좋아하는 것 같지? 내 착각인가?’

뺨을 붉히는 귀부인들을 보면서 발리아는 눈을 깜빡였다.

그날, 저택이었다. 발리아는 무거운 드레스를 벗고, 가벼운 가운을 걸친 채 생각에 잠겨 있었다.

'과자를 직접 구워서 선물한다고?'

차분히 차를 마시고 있었지만, 사실 발리아는 귀부인들의 수다에 열심히 귀를 기울이고 있었다. 어린 레이디들이 호감 있는 사람에게 과자를 선물하는 일은 전에도 종종 있었다. 대대적으로 유행이 된 것이 이때였다.

이후에는 겔의 귀공자들은 선물의 답례로 직접 사냥한 동물의 가죽을 레이디들에게 바치는 관습도 생겼다. 유행이 커지다 보니 나중엔 아예 과자를 선물하는 날과 가죽을 선물하는 날도 각각 정해지곤 했다. 전자는 레이디가 마음을 표할 때, 후자는 귀공자가 마음을 표할 때였다. 반대의 경우도 물론 있었다.

아직까지는 유행에 불과한 이 깜찍한 마음 표시에 발리아는 은근히 관심이 갔다.

'좀 덜 달게 구우면……, 괜찮지 않을까?'

발리아는 숀이 말했던 것을 기억하고 있었다. 슈덴은 단것을 별로 좋아하지 않는다. 대신 견과류를 넣고 구우면 고소할 테니까 괜찮지 않을까. 첫사랑에 빠진 소녀처럼 두근거리던 심장은 그리 오래 가지 못했다. 현실적인 문제가 떠오른 것이다.

'할아버지가 어디 가서 요리는 하지 말라고 했는데…….'

칼은 자상한 편이었지만, 요리에 한해서는 칼 같은 사람이었다. 발리아가 요리를 하면 세 가지 문제가 동시에 생기기 때문이다. 아까운 재료를 버리게 되는 문제, 맛보는 사람이 괴로운 문제, 그리고 마지막으로 발리아가 의기소침해지는 문제. 그나마 빵을 먹을 수 있는 수준으로 굽게 되기까지도 얼마나 많은 시간이 걸렸던가.

"……역시 안 되겠지."

발리아가 중얼거렸다. 칼은 어디서든 절대 요리는 하지 말라고 잊을 만하면 말했다. 친손녀처럼 키운 발리아를 위한 진심 어린 충고였다.

'차라리 나중에 동물을 사냥해 가죽을 줄까.'

과자를 구워 주는 것보단 그게 더 나을 것 같은데. 본인의 요리 솜씨를 누구보다 잘 알고 있는 그녀는 작게 한숨만 내쉬었다.

❧ ❧ ❧

며칠 뒤 저녁, 각자의 집무실에 일하는 시간이었다. 발리아보다 먼저 일을 끝낸 슈덴은 곧장 집무실에서 나왔다. 그의 발걸음이 향하는 것은 후작 부인의 집무실이었다. 그녀의 집무실은 자신의 집무실 맞은편에 위치하고 있었다. 끝과 끝에 있었던 터라, 발리아를 보러 가기 위해서는 계단이 연결 된 중앙 부분을 지나야 했다. 슈덴이 뚜벅뚜벅 걸어 계단을 지나가던 때였다.

"각하를 뵙습니다."

"각하를 뵙습니다."

막 올라오고 있던 고용인들이 슈덴을 발견하고 인사를 했다. 그는 별 생각 없이 시선을 옮겼다. 고용인들은 은제 뚜껑을 덮은 식기들을 여러 개 들고 있었다. 슈덴은 보통 집무실에서 차를 제외한 다과는 전혀 하지 않기 때문에, 어렵지 않게 자신의 것이 아님을 눈치챌 수 있었다.

"안주인께 가져가느냐?"

"예, 각하."

"찻잔을 하나 더 내와라. 나도 같이 들 예정이니."

발리아는 티타임의 한가로운 분위기를 좋아했다. 그래서 슈덴도 그녀의 앞에서는 평소 즐기지 않는 단 디저트들을 꽤 입에 넣었다. 그런데 오늘은 고용인들이 가져온 양이 평소보다 좀 많다. 저녁이 충분치 않았나. 스쳐 지나가려는 슈덴은 무언가 이상함을 느꼈다. 쟁반을 들고 있는 고용인들이 이상하게 안절부절못하고 있었기 때문이다.

'무슨 일이지.'

슈덴은 타인의 기척에 민감하다. 그는 혹시나 하며 고용인들이 들고 있는 은제 식기를 향해 손을 뻗었다. 들고 있던 고용인의 손이 잔뜩 움츠러들었다. 이 식기에 무언가 있음을 직감한 슈덴이 곧장 뚜껑을 들어 올렸다.

"……."

식기 위에는 이상한 모양의 밀가루 덩어리들이 올라 있었다. 슈덴은 한 박자 늦게야 이것이 사람이 먹는 과자임을 알았다.

이제껏 이런 걸 발리아에게 갖다 주고 있었나? 음식을 엉망으로 만들어 대접하는 것은 귀족가에서 조롱의 의미로 흔히 사용되었다. 슈덴의 목소리가 싸늘하게 가라앉는다.

"안주인께 이런 걸 올리고 있었나."

"아니, 아닙니다. 그게 아니라 각하……."

"전부 목이 잘리고 싶어서 환장을 했나 보군."

“아닙니다!”

고용인들이 사색이 되어 무릎을 꿇는다. 아니라고 싹싹 빌면서도 누구 하나 속 시원히 대답하는 사람은 없었다. 슈덴은 곧장 1층으로 내려갔다. 순식간에 그의 앞에 호출된 총집사장과 하녀장에게 문제의 과자가 대령되었다.

“설명해라. 대답 여부에 따라서 너희라도 목을 보전하기 힘들 것이다.”

폴과 사라의 낯빛이 약간 창백해졌다. 그들은 어찌하면 좋으냐는 눈빛을 교환했다. 결국 입을 연 것은 폴이었다.

“각하. 그 과자는……, 마님께서 만드신 겁니다.”

“뭐?”

발리아가? 생각지도 못한 대답에 슈덴의 이마가 확 찌푸려졌다. 폴은 주저주저하면서 말을 이었다.

“요즘 사교계에서 레이디가 정인에게 과자를 직접 구워 선물하는 게 유행이 되어……. 마님께서 만들어 보셨으나 결과가 신통치 않아 몰래 집무실로 가져오라고 하셨습니다.”

발리아가 과자를 구운 것은 슈덴이 돌아오기 전이었다. 오늘 그가 조금 늦는다는 말을 전해 듣고 망설이다가 주방으로 향한 것이다. 그런데 발리아가 과자를 막 꺼낸 순간 슈덴이 돌아온다는 전령이 왔다.

결국 발리아는 과자를 한 김 식혀 맛볼 틈도 없이 급하게 주방을 빠져나왔다. 그녀는 나오면서 폴에게 말했다. 이 과자를 이따가 슈덴 몰래 제 집무실에 가져오라고. 누가 봐도 거하게 망쳤지만 발리아는 먹을 것을 잘 버리지 못하는 성격이었다. 집무실에 가져 놓았다가 두고두고 먹어 버릴 생각이었다.

"……."

폴의 설명을 들은 슈덴은 과자를 하나 집었다. 한 곳은 타고 한 곳은 설익은 이런 과자는 그 역시 처음 보는 것이었다. 과자를 돌려 보던 슈덴은 그대로 입 안으로 가져갔다. 그가 느리게 씹을 때마다 고용인들의 피가 바싹바싹 말라 갔다. 슈덴은 묵묵히 과자를 삼켰다.

"전부."

"……."

"전부 내 집무실에 가져다 놓아라."

"……예? 예. 알겠습니다."

고용인들이 서둘러 과자들을 챙겼다. 슈덴은 자리에서 일어났다. 그는 "안주인께는 함구해라."라고 말한 후 3층 계단으로 올라갔다.

다음 날, 슈덴의 집무실이었다.

보좌관은 서류를 새로 가지고 온 참이었다. 그동안 슈덴이 동부 왕국 연합 사절단의 일로 쭉 황궁에 기거했던지라, 보고를 하고 결재를 받아야 할 서류의 두께가 제법 두툼했다. 월말이 되어 처리해야 할 문서 양이 늘어난 것도 있었다.

"이게 전부인가?"

"예. 각하. 별첨 자료가 있는 경우에는 따로 표시해 두었습니다."

슈덴이 흐음 하고 문서를 넘겼다. 그의 책상에는 이미 문서가 꽤 쌓여 있었다. 오늘은 상단 쪽 일도 함께 보고 받는 날이라 더 그랬다. 서류를 둘 곳이 없으니 아예 결재를 전부 해서 바로 주는 게 나을 것 같았다.

"일단 앉지."

"감사합니다."

보좌관은 탁자 쪽에 마련된 소파에 앉았다. 집무실 안에 대기하고 있던 하인이 차를 내왔다. 차를 마시던 보좌관은 탁자에 놓인 색색의 덩어리들을 보았다. 자세히 보니 차와 함께 먹는 과자 같았다.

'이게 뭐지. 먹으라고 갖다 놓으신 건가.'

그것은 전날 슈덴이 가져온 발리아의 과자였다. 실상은 책상에 자리가 없어 임시로 그쪽에 갖다 둔 것이지만 보좌관이 알 리가 없었다. 그는 호기심이 들어 손을 뻗었다. 금테를 두른 그릇에 손끝이 막 닿은 순간이었다.

"그건 손대지 마."

"아……. 죄송합니다."

서늘한 목소리에 보좌관이 움찔 놀라 손을 거둬들였다.

'모양은 저래도 아주 값비싼 과자인가? 그런데 각하는 아무리 값비싸도 먹으라고 하실 분이지 혼자 드실 분이 아닌데.'

슈덴이 손도 못 대게 할 정도면 대체 얼마나 맛있는 걸까. 보좌관은 입맛만 다시다가 집무실을 떠났다.

"숀 경. 각하께서 집무실에서 잠시 기다리라고 하셨습니다."

"알겠네."

마찬가지로 슈덴에게 보고할 일이 있었던 숀은 집무실 안으로 들어갔다. 그는 이전에도 종종 집무실에서 홀로 대기하곤 했다. 숀은 익숙하게 집무실에 들어가, 오른쪽에 위치한 소파에 착석했다. 하인이 마찬가지로 차를 두고 나갔다. 숀은 찻잔에는 손도 대지 않았다. 그저 머릿속으로 주군께 말씀드릴 사항을 다시 점검해 보는데, 문득 눈에 들어오는 게 있었다.

'이게 뭐지?'

아주 기묘한 형태의 밀가루 덩어리였다. 숀은 평소에는 집무실에서 차나 다과를 받아도 입에도 대지 않았다. 그 나름대로의 행동 규칙이었다. 주군께 업무를 보고하러 와서 태평하게 음식이나 씹지 말자는. 그런데 생전 처음 보는 이상한 모양이 눈길을 끌었다. 숀은 고개를 갸웃하다가 하나를 집어 보았다. 촉감은 확실히 과자가 맞았다. 이리저리 돌려 보던 숀은 시험 삼아 과자를 한 번 먹어 보았다. 약간의 시간이 흘렀다.

'……독약을 탔나?'

숀은 조용히 찻잔을 들어 올렸다. 슈덴과 함께 전장에 있었던 시간이 그리도 긴데, 이런 맛은 정녕코 처음이었다. 숀은 왜 주군의 집무실에 이런 게 있는지 모르겠다고 생각하며 차 한 잔을 그대로 비웠다.

"카누트 자작님."

별들이 빛나는 밤이었다. 쏟아지는 달빛 아래서 노숙을 하고 있는 일행이 있었다. 바로 동부 왕국 연합의 사절단이었다. 그들은 겔의 수도를 앞두고 마지막 노숙을 하고 있었다. 동부 왕국의 소속이자 레오의 부하 기사가 고한다.

"내일이면 겔의 수도에 도착하게 됩니다."

"이제야 도착인가."

레오가 눈썹을 까딱였다. 로드 워프를 사용했으면 시간이 훨씬 단축되었을 텐데, 그들은 로드 워프를 이용하지 않았다. 국왕의 뜻이었다.

국왕은 겔 제국을 개미 뒷다리만큼도 신뢰하지 않았다.

[자네가 로드 워프를 사용할 때 저쪽에서 마법을 끊어 버리면 어쩌는가. 자넨 그대로 육체와 영혼이 분리되어 죽고 마는 걸세.]

로드 워프는 마법사들이 운용한다. 출발하는 곳의 마법사와 도착하는 곳의 마법사가 같이 힘을 운용해야 한다. 그래서 나라와 나라를 잇는 로드 워프는 각기 국적이 다른 경우가 대부분이었다.

신관은 국적을 버리나 마법사는 그렇지 않다. 뛰어난 마법사들은 각 국가의 중요한 인재로 등용된다. 국왕은 레오를 경계한 겔 제국에서 야비한 수법을 쓸 것을 염려했다. 레오가 로드 워프에 몸을 싣자마자 겔 제국에 속한 마법사가 힘을 끊어 버릴지도 모른다고 생각한 것이다.

레오가 생각하기에는 아무리 그래도 그런 극단적인 방법을 사용하진 않을 것 같은데, 국왕은 결사반대를 했다. 그만큼 레오는 중요했다. 북부와의 전쟁에서 동부가 기어이 승기를 잡은 것도 레오라는 걸출한 범이 있기에 가능한 일이었으니까. 그는 동부의 영웅이었다. 왕이 하도 반대를 해 대니 결국 레오는 이 먼 길을 로드 워프 없이 여행해 와야 했다.

'뭐, 그 정도는 양보해야겠지.'

애초에 레오가 겔 제국으로 직접 가겠다고 했을 때도 반대에 반대를 하던 국왕이다. 레오는 그토록 거부하던 계승 작위를 받겠다는 뜻까지 밝히고서야 사절단의 대표로 합류할 수 있었다. 그 전까지 레오는 전장에서의 지휘권을 위한 단승 작위 외에는 아무것도 받지 않았다.

"그래, 그 녀석이 결혼을 했다고?"

레오는 육포를 뜯으며 물었다. '그 녀석'이 누구를 지칭하는지 익히 알고 있는 부하 기사는 "예에." 하고 고개를 끄덕였다.

"그런데 자작님. 지금은 그렇게 말씀하셔도 되는데, 겔에 입성한 후에도 그리 호칭하시면 절대 안 됩니다. 몇 번 말씀드렸지만 가르트 후작은 겔 제국 귀족 중에서도 공작보다 더한 권력과 실권을 누리고 있고, 또 뛰어난 공훈으로 기사들의 존경과 경외심을……."

"그래그래. 알겠다고."

레오는 대강대강 대답하며 육포를 씹어 삼켰다. 식사 시중을 들던 기사는 신속하게 약도 대령했다. 연갈색의 탕약에서는 쓴 냄새가 올라오고 있었다. 레오는 기사가 내민 약을 주저도 없이 들이켰다.

"자작님. 설탕에 절인 과일이 있는데 입가심으로……."

"필요 없어. 물이나 가져 와."

'왜 자작님은 항상 단걸 안 먹는 걸까?'

종자는 오래된 의문을 곱씹으면서도 물을 가져왔다. 저렇게 쓴 약을 먹으면 보통 단것으로 입가심을 하기 마련인데, 레오는 그냥 물 한 잔으로 입을 헹구고 말았다. 컵을 내려놓은 레오가 눈썹을 까딱였다. 기사가 자신을 빤히 보고 있었기 때문이다.

"매번 꼬박꼬박 약을 먹으니 환자를 모신다고 생각하겠어."

"아닙니다! 그런 생각 하지 않았습니다!"

"거울은?"

"여기 가지고 왔습니다."

레오는 기사가 내민 거울을 받아 들었다. 손바닥만 한 거울에 제 얼굴이 비친다. 레오는 천천히 눈을 감았다가 떴다. 보라색이 희미하게 감돌던 눈동자에 선명한 붉은빛이 덧씌워지고 있었다. 언제 봐도 적응이 되지 않는 모습이다. 레오는 몇 번 더 눈을 깜빡였다. 그의 눈동자는 어느새 완연한 붉은색이 되어 있었다.

"그렇게 뚫어져라 쳐다보지 마."

"죄송합니다."

얼른 고개를 숙였던 기사가 조심스럽게 물었다.

"그런데 자작님, 그 약 언제까지 드셔야 합니까?"

"글쎄다. 아마 평생 먹지 않을까."

"그 약 일반적인 보약이 아니지 않습니까? 제가 듣기로는 마법사들이 만들어 낸 약이라고 들었습니다만."

"네 말이 맞아."

"그러면 몸에 해로운 거 아닙니까?"

"좋지는 않겠지."

"그럼 왜 그걸 드시는 겁니까?"

레오는 미간을 찌푸렸다.

"……끔찍하니까."

"예? 잘 못 들었습니다?"

"가서 일이나 보라고!"

"알겠습니다!"

빠르게 도망가는 기사를 보면서 레오가 혀를 찼다. 그가 중얼거렸다.

"망할."

붉은 눈동자가 일그러진다. 기사의 말이 맞다. 마법사들이 만들어 낸 이 약은 레오의 수명을 조금씩 깎아 먹고 있었다. 상관은 없었다. 아주 오래전부터 자신이 살날은 정해져 있었으니까. 전(前) 가르트 후작이 억지로 약을 먹였을 때부터, 쭉.

보라색 눈동자는 그때 갖게 된 것이다. 전 가르트 후작은 레오의 붉은 눈동자를 마뜩잖아했다. 슈덴과 지나치게 닮았다는 것이 이유였다. 가르트 후작은 레오를 볼 때마다 소후작의 몸에 창녀의 피가 흐른다는 사실을 자각하는 것 같았다.

'얼마 남지 않았지.'

독은 쓰기는 쉬워도 풀기는 어렵다. 특히 전 가르트 후작이 썼던 이 독은 이름조차 제대로 알 수 없었다. 레오는 알음알음 알아보았지만, 의사들은 하나 같이 고개를 내저을 뿐이었다. 확실한 것은 레오의 죽음이 그리 머지않았다는 사실뿐. 이 사실을 아는 사람은 적었다. 국왕조차도 몰랐다.

일국의 왕이니만큼 독에 대해 자세히 설명을 하고 도움을 요청하면 원조를 얻을 수 있겠지만, 레오는 함구했다. 아는 의사조차 적은 독이다. 국왕이 알게 되면 출처에 대해서도 알게 될 지도 모른다는 생각이 들었기 때문이다. 레오는 그런 것을 원하지 않는다.

"……슈덴 가르트."

한숨 같은 목소리가 흘러나왔다. 죽은 동생과의 약속. 머리가 지끈거렸다. 레오는 익숙한 두통을 느끼며 눈을 감았다. 붉은색 덧씌워진 보라색 눈동자가 어둠 속으로 잠겼다.

황궁의 가장 드넓은 홀이 개방되며, 수많은 귀족들이 속속들이 입궁하는 날. 동부 왕국 연합 사절단의 방문을 환영하여 열리는 황실 연회는 실로 규모가 거대했다. 한동안 바쁘기 그지없었던 수도의 유명의상실들은 오늘도 각 귀족가에서 온 고용인들로 붐비고 있었다. 물론 고용인을 의상실로 직접 보낼 필요가 없는 귀족들도 종종 있었다.

"자, 가르트 후작 부인."

마지막 주름까지 모두 잡은 플뢰르는 손을 거뒀다. 그녀의 팔에는 온갖 비단 리본과 레이스가 예술적으로 휘감겨 있었다.

"다 되었답니다. 거울을 한 번 보시겠어요?"

얌전히 앉아 기다리던 발리아가 눈을 떴다. 그녀는 사라의 시중을 받아 자리에서 일어났다. 발리아가 움직일 때마다 비단이 사각거리는 소리를 냈다. 그녀는 전신 거울 앞에서 멈춰 섰다. 잘 닦인 거울에 발리아의 모습이 고스란히 비쳤다.

귀 위에서부터 화관처럼 굵게 땋아 내린 머리카락이 목덜미에 이르러 솜씨 좋게 마무리되어 있었다. 허리까지 내려오는 긴 머리였음에도 손길이 야무져 흠잡을 곳이 없었다. 땋은 머리 위에는 하늘색 꽃이 다이아몬드와 함께 장식되어 있었다. 플뢰르의 선택이었다.

플뢰르는 오늘 황실 연회가 발리아에게 있어서 공식적인 데뷔나 마찬가지라는 것을 알고 있었다. 처음으로 참석하는 연회이자 무도회. 겔 제국의 레이디들은 데뷔탕트에서 대부분 산뜻하고 사랑스럽게 꾸민다. 발리아 역시 이에 따라야 마땅하겠지만, 간과할 수 없는 것이 그녀의 지위였다.

사랑스러우면서도 화려할 것. 두 가지를 모두 잡기 위해 플뢰르는 드레스부터 다시 스케치했다. 그녀가 눈 밑에 그늘을 드리우면서 완성한 것은 연한 봄꽃처럼 화사한 색감의 분홍색 드레스였다.

쇄골과 가슴은 천으로 모두 덮었다. 대신 둥근 어깨를 반쯤 드러냈으며, 목 아래 장식부터는 그야말로 혼을 갈아 넣었다. 플뢰르 특유의 화려하고 정교한 레이스가 장미 넝쿨을 그리며 수놓아져 있었고, 우아한 장미꽃마다 다이아몬드들이 무수하게 박혀 있었다. 웬만한 눈썰미를 가진 귀족이라면 이 드레스가 굉장한 고가품임을 쉽게 짐작할 수 있으리라.

무엇보다 시선을 끄는 것이 치마였다. 하늘하늘한 튤(면사포와 드레스에 많이 쓰이는 가볍고 얇은 망사 천)을 아낌없이 사용하여 한껏 부풀린 치맛단은, 작은 움직임에도 봄바람이 부는 것처럼 살랑거렸다. 허리에는 좀 더 짙은 빛깔의 굵은 리본을 묶어 놓아 들떠 보이지 않게끔 했다. 데뷔에 걸맞은 산뜻함과 후작 부인다운 화려함을 모두 갖춘 드레스였다.

"구두는 최대한 편한 것으로 준비했지만, 너무 오래 춤을 추면 뒤축이 아프실 거예요. 꼭 중간중간 쉬어 주세요."

"알겠네."

발리아는 분홍빛 새틴과 금박을 넣어 만든 구두를 신고 있었다. 처음 상자를 연 하녀가 탄성을 작게 내지를 만큼 우아한 디자인이기도 했다. 드레스 자락에 가려 잘 보이지 않는 구두마저 이렇게 훌륭하다. 플뢰르가 자신이 입을 것에 얼마나 공을 들였는지 짐작할 수 있는 부분이었다.

'애초에 살롱의 주인이 직접 저택까지 온 것만 해도…….'

전속 디자이너라고 해도 오늘 같은 날은 휘하의 디자이너들을 보내는 게 일반적이다. 성수기라는 말이 괜히 있는 것이 아니다. 수도의 유명한 살롱들은 물론이고 유명세가 덜한 곳들도 마찬가지였다. 그런 관습을 플뢰르는 가뿐히 때려치우고 온 것이다.

'가르트의 이름이 정말 대단하긴 한가 봐.'

발리아가 새삼 가르트의 명성에 대해서 되새기고 있을 때였다. 플뢰르가 물었다.

"후작 부인. 드레스는 마음에 드시나요?"

디자이너라면 통상적으로 하는 질문이긴 했지만, 플뢰르는 늘 이 질문을 할 때마다 은근히 긴장됐다. 어떤 디자이너라도 마찬가지일 것이다. 귀족들은 까다로운 심미안을 가지고 있어서, 칭찬에도 인색한 경우가 대다수였기 때문이다. 거울 너머로 비치는 은회색 눈동자의 귀부인은 빙긋 웃었다.

"그대가 만든 드레스는 언제나 예뻤지."

플뢰르가 "어머." 하며 저도 모르게 입을 가렸다. 디자이너 생활을 짧지 않게 한 그녀였지만, 이런 귀족은 정녕코 처음이었다.

'정말 훅 치고 들어오는 분이시라니까.'

담백하니 진심이 담긴 칭찬을 싫어하는 사람은 없다. 플뢰르는 그동안 남자들에게 받았던 적지 않은 연서들을 떠올렸다. 그런 시시한 편지들 열 장보다 발리아의 말 한마디가 더 가슴을 두근거리게 한다.

'그래서 저 가르트 후작도 매번 오는 거겠지.'

플뢰르는 슬쩍 눈을 돌려 옆을 훔쳐보았다. 방 한 쪽에 마련된 소파에는 슈덴이 앉아 있었다. 그가 찾아온 것은 한 시간 전이었다. 발리아가 막 드레스를 다 입고, 머리를 만지기 시작했을 때였다.

물론 플뢰르는 이제 놀라지도 않았다. 처음에야 손을 덜덜 떨었지, 반복 앞에는 장사 없는 법이니까. 플뢰르는 슈덴이 빤히 바라보고 있어도 태연히 붓을 놀릴 수 있는 경지에 이른 상태였다. 대단하다고 생각되는 것은 발리아였다. 저렇게 시선을 받으면서도 그녀는 별로 개의치 않은 모습이었다.

'하긴 저렇게 잘생긴 남자가 지켜봐 주는 게 로망인 경우도 많으니까…….'

외양 하나는 정말 숨 막히게 완벽한 남자였다. 평소에도 시선을 떼기 힘들 정도로 수려한 외모인데, 연회에 가는 오늘은 더했다. 귀족적인 분위기를 강조하는 남색 슈트를 차려 입은 덕에 오늘의 가르트 후작은 귀공자 같은 느낌이 은근히 묻어났다.

넓게 벌어진 어깨 끝에서 각을 잡고 떨어지는 선과 날렵하게 들어간 허리 부분. 소매에는 다이아몬드로 제작된 커프스 링크가 달려 있었다. 그러나 그보다 눈이 가는 것은 힘줄이 약간 도드라진 손이었다. 희미한 상흔이 남아 있으나 눈여겨보지 않으면 모르는 유려한 손. 여성의 손을 한 번에 쥐고도 남을 이 손에 시선을 빼앗기는 레이디들도 적지 않았다.

"가르트 후작 각하. 후작 부인의 준비가 모두 끝났답니다."

"이제 끝인가?"

"예, 후작 각하."

그 손으로 뺨을 괴고 있는 남자는 이 방에서 홀로 불만을 가지고 있는 참이기도 했다.

"티아라는?"

"예?"

뜬금없는 말에 플뢰르가 눈을 깜빡였다. 그러나 그도 잠시, 금세 슈덴이 말하는 티아라가 무엇인지 깨달았다. 플뢰르도 본 일이 있으니까.

가르트 후작이 후작 부인에게 선물했던 다이아몬드 티아라는 한 번 보면 쉽게 잊기 힘들 만큼 아름다운 보석이었다. 그러나 데뷔탕트나 마찬가지인 오늘 연회에서 착용하기에는 지나치게 화려한 게 문제였다.

장신구 하나까지도 완벽함을 추구하는 플뢰르는 티아라를 과감히 배제하고 장식을 골랐다. 발리아에게는 설명을 하고 동의까지 이미 구한 일이었다. 당연히 이게 문제될 거라고 생각해 본 적이 없었다. 그런데 그 이야기를 다른 사람도 아니고 가르트 후작이 꺼냈다.

만일 슈덴의 이런 모습에 면역이 없는 디자이너였다면 어버버 했겠지만, 플뢰르는 아니었다. 지난 몇 달간 발리아의 전속 디자이너로 지내면서 충분히 적응한 상태였다.

"후작 각하, 오늘 연회가 후작 부인의 데뷔탕트나 마찬가지여서 티아라는 착용하시지 않았답니다. 아무래도 첫 데뷔에 착용하기에는 호화로운 감이 있어서……."

"호화로워?"

슈덴에게 변명 아닌 변명을 하면서도 플뢰르는 머릿속으로 새로운 드레스를 구상했다. 모르긴 몰라도 아주 빠른 시일 내에 티아라와 꼭 어울리는 화려한 드레스를 완성해야 할 것 같았다. 그것은 일종의 직감이었다.

"발리아."

슈덴은 발리아에게 걸어가 손을 내밀었다. 그녀는 늘 그렇듯 얌전히 손을 잡아 왔다. 오늘 발리아는 무척 아름다웠다. 차림도 차림이지만 낯빛이 그러했다. 입가에 머무는 미소는 사랑스러웠고 은회색 눈동자에는 기대감이 담겨 있었다. 슈덴은 항시 발리아의 낯을 살피는 제 모습이 참 의아했다. 처음엔 감정을 잘 드러내지 않는 모습에 흥미를 느꼈다.

그러나 지금도 같은 이유로 그녀에게서 눈을 떼지 못하는 거냐고 물으면, 그렇다고 곧바로 대답할 수가 없었다.

"슈."

다만 이 은회색 눈동자. 마음 한쪽에 햇볕이 머무는 것 같은 잔잔함. 슈덴은 미소 짓는 흰 낯을 바라보았다. 발리아는 흰색 비단 위에 놓여 있는 꽃을 하나 집었다. 오늘 발리아의 머리를 장식하기 위해 고용인들이 엄선해서 준비한 값비싼 꽃들이었다.

"선물이에요."

발리아는 슈덴의 가슴에 꽃을 꽂아 주었다. 슈덴은 시선을 내려 왼쪽 가슴을 보았다. 비어 있던 슈트 포켓에 하늘색 꽃이 꽂혀 있었다. 발리아의 머리에 장식된 것과 같은 꽃이었다. 슈덴이 피식 웃었다.

"평생 가보로 모셔야겠군요."

발리아의 뺨에 옅은 홍조가 떠오른다. 슈덴은 그녀의 손등 위에 입을 맞췄다. 공들여 치장한 날에는 입술 화장이 망가지니 키스하지 말라던 말을 기억하고 있었기 때문이다.

"각하, 마님. 황궁으로 출발하실 시간입니다."

때마침 폴이 고해 왔다. 가르트의 문양이 새겨진 마차는 이미 준비시켜 놓았으리라. 발리아는 슈덴의 손을 잡고 걸음을 옮겼다. 그녀는 살갗이 반쯤 비치는 레이스 장갑을 끼고 있었다. 플뢰르가 준비한 회심의 역작이었다. 기존의 흰 비단 장갑과는 전혀 다른 디자인이었지만, 발리아는 꺼리는 기색 없이 순순히 장갑을 받아 꼈다. 그도 그럴 것이 발리아가 입궁할 즈음에는 귀부인들이며 레이디들이 너나 할 것 없이 레이스 장갑만 꼈기 때문이다. 겔 사교계의 유행을 선도했던 플뢰르의 능력은 지금 생각해도 참 대단하게 느껴졌다.

'그나저나 황실 연회니까 황족들도 만나게 되겠지.'

저번 부부 동반 입궁 때에는 황제만 볼 수 있었지만, 오늘은 아니었다. 마차에 오르는 발리아의 머릿속으로 몇몇 얼굴들이 스쳐 지나갔다.

황실은 이번 연회를 맞아 대연회홀을 개방했다. 수도의 웬만한 귀족들은 물론, 지방에 있는 귀족들까지 적지 않게 참석한 탓에 홀은 북적이고 있었다. 금빛으로 마감한 벽과 우아한 비취색 기둥. 곳곳에는 붉은 장미가 장식되어 있었고 샹들리에에서는 화려한 빛이 흐드러지고 있었다.

"저분이시군요."

한 귀부인이 소곤거렸다.

"네, 저분이 가르트 후작 부인이시래요."

수십 쌍의 눈동자가 한 쪽을 흘끔거렸다. 오늘 황실 연회에서 최고의 화제 인물을 뽑는다면 단연 가르트 후작 부인이었다. 가르트 가문은 작위 상으로는 후작 가문이지만, 겔 제국 유일 공작가인 빌리엄 가문보다 더하면 더했지 결코 덜하지 않았다. 어마어마한 부는 몇 대 전부터 가르트의 튼튼한 기초였고, 이번 대 후작인 슈덴이 쌓은 공훈들은 날개나 마찬가지였다. 이런 후작가의 안주인이라니! 눈독을 들이지 않으면 바보인 셈이었다.

게다가 발리아는 사교계에 본격적으로 모습을 드러내지 않았다. 보내는 티 파티 초청장마다 꽃으로 화답하는 것이다. 물론 이것이 발리아의 유명세를 누그러뜨리는 요인이 되지는 못했다. 오히려 신비주의적인 이미지와 합쳐져 강한 호기심을 자아냈다.

"두 분이 아까 입장하실 때 보셨나요?"

"봤다마다요. 함께 입장하실 거라고 생각도 못 했는데 말이죠."

"저는 어느 정도 예상했답니다. 원체 소문이 자자하시잖아요."

"맞아요. 오늘 입으신 것도 그렇고요."

발리아의 머리에 장식된 꽃과 슈텐의 포켓에 꽂힌 꽃이 같은 것임을 알아보지 못한 귀족은 거의 없었다. 연인 같은 느낌이 물씬 풍기는 모습을 슬쩍 훔쳐보던 레이디들은 점차 발리아의 화사한 드레스에 마음을 빼앗겼다.

"저런 드레스는 처음 보는 것 같아요. 어디서 맞추신 걸까요?"

"전속 디자이너의 작품이라고 알고 있어요. '플뢰르'라고 들어 봤어요?"

"플뢰르라고요?"

전속 디자이너마저도 기존 겔 수도의 정상급 디자이너가 아니다. 만약 발리아가 많은 귀족들을 단골손님으로 보유한 디자이너에게 드레스를 의뢰했다면, 알음알음 소문이 퍼졌을 것이다. 그러나 플뢰르에게 가장 중요한 손님은 발리아였다. 플뢰르는 가르트 후작 부인에 대해 은근히 물어보는 귀족들에게 적당히 둘러대기만 했다.

'다들 발리아한테서 눈을 못 떼네.'

이 황실 연회에서 발리아로 인해 즐거운 사람이 있다면 단연 디아나였다. 그녀는 일찌감치 입장해 안면이 있는 귀족들과 담소를 나누고 있었다. 디아나와 대화를 나누는 귀족들 역시 발리아에게 관심을 보였지만, 디아나는 일부러 모르는 척 말을 돌렸다. 그녀는 최대한 발리아에게 늦게 말을 걸 예정이었다. 기껏 부부 동반으로 입장했는데, 귀족들이 자신을 다리 삼아 말을 걸어 대면 정신이 없지 않겠는가.

'놀라는 모습을 보는 것도 재밌을 거고.'

슈덴이 발리아에게서 얼마나 시선을 못 떼는지 보면 모두 정신을 못 차릴 테니까. 디아나가 장난꾸러기처럼 웃었다. 그녀의 소망 아닌 소망은 오래지 않아 실현되었다.

"후작 각하께서 오늘 조금 다르신 것 같지 않습니까……?"

"……그러게요. 저만 그렇게 보이나 했어요."

디아나의 예상대로였다. 귀족들은 점점 자신의 눈을 의심하기 시작했다. 그도 그럴 것이, 슈덴의 시선이 발리아에게 고정되어 있었기 때문이다. 돌아볼 때마다 그는 그녀를 응시하고 있었다. 발리아도 물론 슈덴을 자주 바라보았지만, 그녀는 연회장도 종종 둘러보곤 했다.

그때조차 슈덴은 발리아를 보고 있었다. 꼭 눈을 떼지 못하는 것처럼.

눈을 의심하는 귀족들 중에는 슈덴을 남몰래 짝사랑했던 레이디들도 있었다. 가르트 후작이 어떤 남자였는가. 그 퇴폐적이면서도 수려한 외양에 말도 안 되는 권력까지.

실로 수많은 여성들이 그를 연모했었으나 누구도 슈덴에게서 고백을 받아 보지 못했다. 짧게나마 그와 만남을 가질 수 있었던 여자들조차 마찬가지였다. 그녀들의 회상을 닥닥 그러모아도 지금 슈덴이 발리아에게 보이는 미소의 반절도 찾을 수 없었다.

오늘 어떻게든 가르트 후작 부인과 면을 터 놔야 한다. 홀에 있는 귀족들의 머릿속에 스쳐 지나간 생각이었다. 그런데 과연 누가 먼저 말을 걸 것인가.

겔 사교계에는 암묵적인 규칙이 있었다. 연회에 방금 입장한 귀족에게 품계가 낮은 귀족이 먼저 말을 거는 것은 품위 없는 짓으로 인식되었다. 가르트 후작 부부에게 당장 말을 걸 수 있는 귀족은 빌리엄 공작 부부뿐이었다. 그러나 빌리엄 공작은 사업 차 수도를 떠나 있었고, 빌리엄 공작 부인은 건강 때문에 연회에 불참했다. 많은 귀족들이 적당한 시간이 지나기만을 기다리며 곁눈질을 할 때였다.

"오랜만에 보는군요. 가르트 후작."

"결혼식 이후론 처음이지 않습니까? 형님."

의외의 인물들이 슈덴에게 말을 걸었다. 슬쩍슬쩍 보던 귀족들의 눈이 동그래졌지만, 정작 인사를 받은 슈덴은 태연한 낯이었다.

"제 귀가 많이 나빠졌나 보군요. 두 분이 입장하시는데 나팔 소리를 듣지 못했으니 말입니다."

"하하하, 안심하시오. 후작의 귀는 멀쩡하니."

"맞소. 형님이 나팔을 불지 말라고 하셨지. 괜히 연회의 흥을 깨기 싫다고 하시면서 말이오."

"그러셨습니까."

슈덴이 무심하게 고개를 끄덕인다. 발리아는 제 앞에 선 두 남자를 보았다. 범상치 않은 신분인 듯, 옷차림이 귀했고 따르는 시종들도 각각 셋이었다. 황실 연회에서 개인적인 시종을 대동할 수 있는 것은 오직 황족뿐. 그리고 나팔 소리 역시. 눈앞의 이 남자들은 황족이었다.

"어쨌든 오랜만에 뵙습니다. 1황자 저하, 2황자 저하."

슈덴의 인사를 받은 두 황자가 발리아에게로 시선을 옮겼다. 연회에서는 신분 높은 자가 먼저 말을 걸지 않으면 인사도 건네지 못하는 것이 원칙이었기 때문에, 그녀는 그때까지 얌전히 서 있었다.

“가르트 후작 부인이시군.”

“이리 얼굴을 보게 되니 반갑소.”

발리아는 가볍게 고개를 숙였다. 시종과 나팔 소리 같은 게 아니더라도, 발리아는 이미 이들을 알고 있었다.

“만나 뵙게 되어 영광입니다. 1황자 저하, 2황자 저하.”

하나는 예리의 남편이었고, 하나는 예리를 죽인 남자였다. 또한 자신을 죽인 남자이기도 했다.

1황자 구스토와 2황자 엘반.

발리아는 두 황자를 바라보았다. 이때만 해도 그들의 사이는 그리 나쁘지 않아 보였다. 그러나 발리아는 미래를 알고 있었다. 가장 유력한 황위 계승자 두 명. 이들의 관계는 예리가 온 이후, 정확히는 예리가 한 명을 선택하면서부터 급격히 무너져 내린다.

엘반은 구스토를 증오했다. 감정적인 문제에 정치적인 문제도 섞였으리라고 발리아는 막연히 추측하고 있었다. 황위 싸움에서 패배한 쪽은 엘반이었으니까. 구스토는 치열한 황위 쟁탈전에서 승리한 후 황태자가 되었다.

엘반은 바로 눈엣가시가 되었다. 황위 다툼에서 패배한 황족의 말로는 뻔했다. 황실에서 이복 동기란 제거하는 것이 일반적이었으니까. 구스토가 그대로 황제가 되었다면 엘반은 분명 죽었을 것이리라.

‘그러니까 반란을 일으킨 거겠지.’

발리아는 엘반이 일으킨 반란의 자세한 사정까지는 모른다. 당연했다. 그때 발리아는 예리의 궁에 있었으니까. 호위 시녀였던 그녀가 알 수 있는 정보는 제한적이었다. 예리의 궁에서 목숨을 잃은 수많은 시종, 시녀들도 마찬가지였다. 그들은 자신들이 왜 죽는지 무엇 때문에 죽게 되는지 이유도 모른 채로 유명을 달리했다.

그나마 다른 게 발리아였다. 그녀는 조금 더 알고 있었다. 왜 예리가 죽어야 했는지. 그녀의 곁에 최후까지 남았던 게 바로 발리아, 자신이었기 때문이다.

'다시 만나면 무서울 줄 알았어.'

제 배에 칼을 꽂은 남자와 대면했는데, 발리아는 예상했던 것만큼 긴장되지는 않았다. 지금의 엘반과 그때의 엘반은 그만큼 딴사람 같았다.

"가르트 후작 부인, 늦었지만 결혼을 축하드리오. 두 번째 결혼식을 올렸다고 하더군."

"감사합니다. 2황자 저하."

"황자인 게 아쉬웠던 건 태어나서 처음이었지. 엘반과 함께 선물만 보냈는데 가르트 후작 부인의 마음에 드셨을지 모르겠소."

"두 분 저하께서 보내 주신 선물은 잘 받아 보았습니다. 신경 써 주셔서 감사합니다."

발리아는 차분히 대답했다. 그녀의 모습에서 은근히 슈텐이 겹쳐 보이는 건 구스토 혼자만이 아닐 것이다. 예의는 지키되 살가움을 꾸며 내지는 않는 반응이 묘하게 닮았다. 이런 사람이 포섭하기 가장 까다로운 법이다.

'이쪽도 쉽지는 않겠군.'

예상외로 험준한 산이기는 했으나 포기할 수 없는 것은 변함이 없다.

'가르트 후작이 아까부터 저렇게 쳐다보고 있잖아.'

그 짧은 대화를 나누는 내내 슈텐은 발리아를 보고 있었다. 그는 굳이 그 시선을 감추려고 하지도 않았다. 덕분에 구스토도 발리아에게는 말을 신중하게 골라서 꺼내게 됐다. 아마 엘반도 마찬가지일 것이리라. 구스토는 어떻게 해야 발리아의 환심을 살 수 있을까 생각하며 화제를 돌렸다.

"참, 가르트 후작. 이번 사절단의 의전을 로건 후작이 맡기로 했다던데 진짜요?"

"맞습니다. 황제 폐하께서 후작위급 인사가 의전을 맡을 것을 명하셨지요."

구스토가 고개를 갸웃했다. 외국에서 온 사절단의 의전을 맡는 것은 귀족으로서 굉장히 명예로운 일이다. 더군다나 동부 왕국 연합 사절단은 황제의 객의 수준으로 대접받는 귀빈이었다.

"이번 사절단을 맞을 준비에 가르트 후작이 가장 공을 많이 들인 것으로 아는데 어찌 의전을 양보하셨단 말이오?"

"그러게 말이오. 통상적으로 총책임자가 의전까지 도맡지 않소?"

슈텐은 태연하게 대꾸했다.

"그날 사적인 용건이 있어서 어쩔 수 없었습니다."

사적인 용건? 그것도 황제의 객을 배웅하는 의전보다 더 중요한? 구스토와 엘반은 각기 아리송한 표정을 지었지만, 슈텐은 별다른 설명을 덧붙이지 않았다. 어차피 설명도 할 수 없는 일이다. 레오와 자신의 관계에 대해서.

"1황자 저하 아니십니까."

"2황자 저하를 뵙습니다. 나팔 소리를 듣지 못해 결례를 저질렀군요."

그들의 주변으로 귀족들이 조금씩 몰리기 시작했다. 황족인 그들이 가르트 후작 부부에게 직접 말을 걸었다. 무릇 황족이란 어떤 귀족보다도 고귀한 존재인 법. 겔 사교계의 원칙으로 보자면 실권이 아무리 한미한 황자라고 해도 공작에게 먼저 말을 걸 수 있었다. 그러나 이 상황은 그런 평면적인 시각으로 볼 문제가 아니었다. 구스토와 엘반은 현 황실에서 가장 유력한 황위 계승자 두 명이었기 때문이다.

1황자와 2황자는 엎치락뒤치락하며 세력 싸움을 반복하고 있었다. 그들이 이미 각기 포섭한 귀족들의 수는 결코 적지 않았다. 그러나 이 황실 연회에서 구스토와 엘반이 가장 먼저 말을 건 것은 가르트 후작과 그의 부인이었다. 이것이 암시하는 바는 분명했다. 슈덴이 정치적 중립을 표방하고 있다는 것을 모르는 귀족은 적어도 이 연회에 없었다.

"결혼식 이후로 처음 뵙습니다. 가르트 후작 각하."

"아버지께 말씀 많이 들었습니다. 저는 콘스타티 백작가의……."

"저번 연무장에서 한 번 뵈었던……."

두 황자들과 친분이 있는 귀족들은 은근슬쩍 슈덴에게 말을 걸었다. 보통은 귀족과의 친분을 교분 삼아 황족과 면을 트려고 하는 게 일반적이지만, 지금은 전혀 반대의 상황이었다. 그럼에도 누구 하나 문제 삼는 사람이 없었다. 다들 슈덴에게 한마디 걸기 위해 혈안이었다.

그나마 발리아에게는 대놓고 말을 걸지 못했다. 아마 그녀가 혼자 있었더라면 좀 달랐을 것이다. 그러나 지금 발리아의 곁에는 슈덴이 떡하니 자리하고 있다. 그의 시선이 스칠 때마다 어쩐지 후작 부인에게 함부로 말을 걸면 안 될 것 같은 기묘한 위압감이 느껴졌다.

덕분에 발리아는 북적대는 귀족들 사이에서도 조금 편하게 있을 수 있었다. 그녀는 새삼스레 슈덴이 어떤 남자인지를 다시 되새겼다.

'예전에도 느꼈지만 정말…….'

귀족의 중심. 재계의 정점. 전쟁의 주역. 온갖 휘황찬란한 수식어를 갖다 붙여도 부족한 가르트 후작이 바로 제 남편이었다.

문득 과거 황실 연회에서 보았던 슈덴이 생각났다. 그때의 슈덴은 참 무표정한 얼굴이었는데. 멀리서 흘끔흘끔 관찰했던 발리아는 그의 눈동자에서 무료한 기색을 읽을 수 있었다. 그때 발리아는 알았다. 말 한 번 섞어 보기는커녕 가까이서 본 적도 없는 저 가르트 후작은 연회를 좋아하지 않는다.

'지금도 그러고 있겠지?'

발리아는 별 생각 없이 시선을 옮겼다. 딱히 이유는 없었다. 그저 슈덴이 보고 싶었기 때문이다.

'……응?'

옆모습을 볼 수 있겠다 막연히 생각한 것과는 달리, 발리아의 눈에 담긴 것은 슈덴의 붉은 눈동자였다.

언제부터 자신을 보고 있었는지 모르겠다. 발리아는 제 얼굴에 뭐가 묻었나 싶어 고개를 갸웃했다. 때마침 슈덴에게 쏠리던 대화가 황자들에게로 잠시 몰리고 있었다. 발리아는 작은 목소리로 물었다.

"슈, 제 얼굴에 뭐가 묻었나요?"

"음?"

슈덴이 발리아의 낯을 살폈다. 둥글고 부드러운 뺨과 반짝이는 입술은 입장할 때 그 모습 그대로였다.

"아무것도 묻지 않았습니다. 발리아."

슈덴은 그렇게 대답하며 발리아의 손을 잡았다. 자연스러운 행동이었다. 은근히 이 부부를 훔쳐보고 있던 귀족 몇몇만 눈을 동그랗게 떴을 뿐이다.

"아까 절 보고 계시길래, 뭐가 묻은 줄 알았어요."

"예뻐서 봤습니다."

"……네?"

발리아가 눈을 깜빡였다. 농담을 하나 싶었는데 정작 슈덴은 태연한 표정이었다. 그가 먼저 '예쁘다'고 말을 꺼낸 여자는 발리아가 처음이었다. 그것도 몇 번이나. 슈덴은 여자의 미추를 평가하는 데 취미가 없는 남자였다. 시력은 정상인을 웃돌아 얼굴 구별은 했지만 입 밖으로 굳이 꺼내는 불필요한 짓은 거의 한 적 없었다. 슈덴으로서는 기념비적인 언행들이었지만 발리아가 알 리 없었다.

"오늘 디자이너가 신경을 많이 썼어요."

"그렇습니까."

"네. 몇 주 전부터 계속 드레스를 만들었거든요."

슈덴은 발리아의 뺨이 약간 상기된 것을 알고 피식 웃었다. 드레스가 예쁘다고 하는 게 아닌데.

그는 빨리 이 황실 연회가 파하기를 기다리고 있었다. 연회에 별다른 흥미를 느끼지 않는 성정인 것은 차치하고서라도, 그녀에게 입을 맞추고 싶었다. 분홍빛 입술을 머금고 말캉한 혀를 옭아매고 싶었다. 그 욕망을 내리누르는 이유가 발리아 때문이었다.

[입술 화장 지워져요.]

왜 키스를 하면 지워진다는 걸까. 명색이 귀족이 쓰는 물건인데 대체 왜 그렇게 내구력이 약한지 모를 일이다. 살다 살다 화장품의 성능이 거슬리는 날이 올 거라고는 상상도 못 했다. 디자이너를 불러서 가장 비싼 걸로 바꾸라고 해야겠다.

'아니면 디자이너를 데리고 다니라고 해도 되겠군.'

그러면 발리아가 언제든 입술 화장을 고칠 수 있으니 상관없을 테니까. 슈덴이 머릿속으로 무슨 생각을 하고 있는지 모르는 귀족들은 다시 슬금슬금 그에게 말을 걸기 시작했다.

"가르트 후작 부인."

그때 들려오는 목소리에 발리아가 고개를 옮겼다. 짙은 녹안이 대번 눈에 들어온다. 발리아는 당황한 감정을 감추고 차분함을 가장했다.

"2황자 저하."

엘반이 어느새 제 근처에 와 있었다. 그는 호의가 넘치는 얼굴이었지만, 발리아는 몇 년 후의 눈빛도 똑똑히 기억하고 있었다. 자신에게 칼을 꽂아 넣을 때의 그 짙은 녹안.

"어깨에 꽃잎이 떨어지셨소."

연분홍색 드레스에 떨어진 하늘색 꽃잎. 엘반은 신사다운 태도로 그녀의 어깨로 손을 뻗어 꽃잎을 떼어 주었다. 발리아는 저도 모르게 움찔 손을 떨었다.

"......감사합니다."

"이 정도로 감사 인사를 하실 필요는 없지 않겠소?"

엘반은 발리아의 움찔거림을 몰랐다. 그저 예의 바른 미소만을 지어 보였을 뿐이다. 가르트 후작 부인. 슈덴의 지지를 얻기 위해서라도 그녀에게 호감을 사는 것은 무척 중요한 일이었다. 엘반이 이 작은 매너를 핑계로 본격적으로 말을 붙여 보려고 했을 때였다.

"부인."

슈덴이 발리아의 허리를 가볍게 끌어안았다. 근처에 서 있던 귀족들이 흡 하고 숨을 들이켜든 말든 그는 신경도 쓰지 않고 말했다.

"휴게실로 잠시 갑시다."

'휴게실?'

의외의 말이었지만 발리아는 일단 고개를 끄덕였다.

"잠시 실례하지요. 두 분 저하."

슈덴은 그대로 문 밖으로 향했다. 발리아의 허리를 끌어안은 손은 여전했다. 귀족들은 깔끔하다 못해 노련하게 자리를 벗어나는 가르트 후작의 모습을 아쉬운 눈길로 지켜보았다.

"휴게실로 안내해라."

"예. 가르트 후작 각하. 이쪽으로 오십시오."

휴게실은 대연회홀의 근처에 마련되어 있었다. 황궁의 휴게실은 크기에 따라 1인실, 2인실, 다인실로 나뉜다. 아직 본격적인 연회가 시작되기도 전인지라, 많은 휴게실이 비어 한산했다. 시종은 그중 2인실로 슈덴과 발리아를 안내했다.

발리아는 상앗빛 소파에 앉았다. 등받이가 없는 소파는 서넛이 앉을 수 있을 정도로 길었지만, 드레스 자락이 넓게 퍼지는지라 슈덴은 반대편에 마련된 자리에 앉았다. 그가 물었다.

"발리아. 몸이 좋지 않으십니까."

"몸이요? 아니요, 괜찮아요."

엘반 때문에 조금 놀라기는 했지만 그뿐이었다. 아직 발이 아프지도 않았다. 괜찮다는 대답에 붉은 눈동자가 발리아를 응시한다.

"2황자가 어깨를 건드렸을 때 손을 떨던데."

"……저하가 갑자기 손을 뻗으셔서 조금 놀란 것뿐이에요."

"그러십니까."

발리아는 의아했다. 그녀는 아주 조금 움찔거렸을 뿐이다. 손을 별로 크게 떨지도 않았고. 코앞에 있었던 엘반도 모르는 눈치였는데.

"슈, 혹시 그것 때문에 나오자고 하신 거예요?"

"그게 아니면 나올 이유가 뭐가 있습니까."

슈덴은 간단하게 대답했다. 발리아는 새삼 그가 자신을 많이 신경 쓰고 있다는 것을 깨달았다. 겔 제국 최고의 기사라고 하니 남들보다 기척에 민감하겠지만, 그렇다고 이렇게 배려해서 휴게실까지 데려와 줄 줄이야.

"그럼 조금만 쉬다가 갈게요. 먼저 가 계세요."

부부가 나란히 휴게실에 가겠다고 대연회홀을 벗어났다. 자리를 비우는 시간이 길어지면 별말이 다 나올 것이다. 특히 저속한 농담이 주를 이룰 게 불 보듯 뻔했다.

슈덴은 발리아가 무엇을 걱정하는지 알고 있었다. 그렇게 떠드는 놈들 입을 다 꿰매 버리면 된다는 게 그의 평소 생각이었지만, 발리아는 또 자신과 다를 것이리라.

"시종에게 앞에 있으라고 할 테니 무슨 일이 있으면 부르십시오."

"알겠어요, 슈."

슈덴이 휴게실에서 나가고, 홀로 남은 발리아는 구두를 벗었다. 발에 꼭 맞기는 했으나 오래 신고 있으면 발이 아플 것 같았으니까. 우아한 구두 위에 아이처럼 발을 얹은 발리아는 생각에 잠겼다.

'2황자…….'

구스토가 황태자로 확정된 후, 엘반은 몸을 납작 엎드렸다. 어쩌면 죽을 날만 받아 놓고 기다리는 심정이었을지도 모른다. 황제의 건강이 심상치 않아졌다는 소문이 내궁에 돌았다. 엘반의 죽음도 그리 멀지 않은 일이 되었다며 다들 수군거렸다.

황제의 권력은 황태자 구스토에게로 서서히 승계됐다. 당시 황태자비로 봉해졌던 예리 역시 황후와 비슷한 대접을 받기 시작했다. 시대가 변하는 날. 반란이 일어난 것은 그 무수한 어느 밤 중 하나였다.

황궁 곳곳에 불이 났었다. 예리가 기거하는 황태자비궁의 문이 봉쇄당하고, 수많은 시종과 시녀들이 검을 맞고 죽었다. 황태자비인 예리는 궁의 가장 안쪽에 있었고, 그곳에 발리아 역시 같이 있었다.

발리아가 마지막으로 모셨던 황족이 바로 예리였기에.

신탁을 두르고 황궁 호수에서 나타나 황태자비로 봉해진 성녀. 그녀는 신관의 이름을 미들 네임으로, 겔 황실의 이름을 성으로 쓸 수 있는 유일한 사람이었다. 예리는 자신의 원래 성이라던 '차'를 버리고 긴 이름을 부여받았다. 예리 파이안 라겔뢰프. 이 존귀한 여자의 호위 시녀 중 한 명이 바로 발리아였다.

그러니 발리아는 예리를 지켜야 했다.

[그러게 나를 선택하지 그랬어, 예리. 그러면 이런 일도 없었을 텐데.]

황태자비궁의 중심부. 엘반은 기어이 그곳까지 침입했다. 그의 뒤에는 철갑을 입은 기사들이 시종과 시녀들을 닥치는 대로 죽이고 있었다. 시중인들이 피를 토하며 죽어 갈 때마다 예리의 얼굴에서 핏기가 사라졌다.

[구스토……, 구스토는?]

[내 잘난 형님?]

엘반이 픽 웃었다. 그가 손짓을 하자 뒤에 있던 기사가 자루를 내밀었다. 엘반은 망설임 없이 자루 안에 있는 것을 꺼냈다. 예리의 옆에서 있던 시녀가 비명을 질렀다. 엘반은 구스토의 목을 들고 있었다.

[넌 언제나 희망이 과했어, 예리.]

예리를 조롱하는 녹안이 번들거렸다. 엘반이 검을 들어 올렸다. 호위 시녀들의 피가 묻어 있는 검이었다. 그중에는 발리아의 피도 물론 있었다. 철갑으로 무장한 기사들에게 호위 시녀들은 상대가 되지 못했다. 당장 수부터 밀렸다. 거의 마지막으로 발리아를 베어 낸 엘반이 즐겁다는 듯 웃었다.

[네 호위 시녀들은 참 충성심이 강하고 말이야. 이 중에 하나라더니 진짠가 봐.]

엘반은 예리의 발치로 구스토의 목을 던졌다. 예리는 덜덜 떨면서 주저앉았다. 발리아는 이 모든 걸 쓰러진 채로 보았다. 소리는 그즈음하여 들리지 않게 되었다. 흐려진 의식 속에서 발리아가 마지막으로 본 것은 예리의 가슴을 관통한 엘반의 검이었다.

'그리고 눈을 뜨니까 내 방이었어. 거짓말처럼.'

사실은 이 모든 게 꿈이 아닐까, 혹은 겪었던 일들이 꿈이 아닐까 했던 고민은 이미 예전에 끝냈다. 발리아는 분명 과거로 돌아온 것이다. 의심할 수 없는 사실이었다.

'정말 끔찍했는데…….'

사실 발리아는 엘반이 잘 이해가 가지 않았다. 비록 사랑에 있어 패배자가 되었다고는 하나, 엘반은 예리에게 정말로 공을 들여 구애했다. 그 정성만은 구스토에게 결코 뒤지지 않았다. 성녀와 결혼하게 되어 얻는 정치적인 이점들을 감안해도 마찬가지였다. 엘반은 예리를 진실로 사랑하는 것처럼 보였다. 그래서 더 그가 이상했다. 어떻게 사랑했던 여자를 죽일 수 있을까?

'마음을 받아 주지 않았다고?'

발리아는 고개를 저었다. 본인의 사랑을 받아 주지 않았다고 사람을 죽이다니. 그런 건 결코 사랑도 로맨틱한 광기도 아니었다. 그저 폭력일 뿐이었다. 어쩌면 예리가 엘반이 아닌 구스토를 택한 것은 이런 폭력성을 미리 알아봐서일지도 몰랐다.

생각을 정리한 발리아는 벗고 있던 구두를 다시 신었다. 슈덴이 휴게실에 데려다줘서 다행이라는 생각이 들었다. 엘반이 계속 말을 걸면 이렇게 차분히 생각을 정리하기는 어려웠을 테니까. 그녀가 밖으로 나가자 시종이 고개를 숙였다.

"대연회홀로 돌아가야겠네."

"모시겠습니다. 가르트 후작 부인."

발리아는 시종의 안내에 따라 장엄한 복도를 걸었다. 본 연회가 시작한 것인지, 복도에는 귀족이 거의 없었다. 시종과 시녀들만이 바쁘게 걸어가고 있었을 뿐이다. 발리아가 웬 귀족 남자에게 시선을 빼앗긴 것은 대연회홀 문 바로 앞에서였다.

정확히 말하자면 남자의 왼쪽 가슴에 달린 황금색 인장에 눈길이 간 것이다. 황제의 객이라는 표식. 웬만큼 중요한 손님이 아니고서는 달기 힘든 표식에 발리아의 눈이 살짝 커졌다. 그때 남자가 시선을 느낀 듯 고개를 돌렸다. 붉은색 눈동자가 은회색 눈동자에게 닿는다.

"……."

시선이 아주 잠깐 섞였을 뿐인데, 발리아를 안내하던 시종이 재빨리 한 발 앞으로 나섰다. 그 역시 남자의 가슴에 단 인장이 어떤 것임을 안 것이다.

"이 분은 가르트 후작 부인이십니다."

"……가르트?"

남자가 낮게 중얼거린다. 그는 자신을 소개할 생각은 하지도 않고 발리아를 빤히 응시했다. 붙박인 시선이 길어진다. 부담을 느낀 발리아가 이마를 약간 찡그렸다. 남자는 그제야 아, 하고 입을 열었다.

"저는 동부 연합 왕국 사절단인 레오 카누트 자작입니다."

'레오 카누트라고?'

발리아는 약간 놀랐다. 레오 카누트는 이번 사절단의 대표이자 동부 왕국 연합의 전쟁 영웅으로 유명한 자였다. 과거에도 슈덴과 관련해 들어본 적 있었다.

"만나서 반갑군요. 가르트 후작 부인."

"아, 네. 반갑습니다. 카누트 자작."

의례적인 인사를 받은 레오는 발리아에게 불쑥 손을 내밀었다. 그녀는 제 앞에 내밀어진 남자의 손을 보며 눈을 깜빡였다. 에스코트를 신청하는 모습은 아니었다. 그럼 팔씨름이라도 하자는 건가? 시종이 서둘러 설명했다.

"가르트 후작 부인. 동부 왕국에서는 귀족끼리 만났을 때도 악수를 하는 것이 기본적인 인사법이라고 합니다."

"......제가 잘 몰라서 실수를 할 뻔했군요."

황금색 인장을 가슴에 단 경우, 겔의 귀족들은 신분 고하에 관계없이 마땅한 예의를 갖춰 대해야 했다. 후작 부인인 발리아가 자작인 레오에게 공대를 하는 것도 같은 이유에서였다. 발리아는 조금 머뭇거리며 레오에게 손을 내밀었다. 그의 입꼬리가 약간 올라갔다. 레오가 발리아의 손을 막 붙잡기 직전이었다.

"남의 아내한테 지금 뭐 하는 짓이지?"

레오의 손이 멈칫한다. 발리아는 반사적으로 고개를 돌렸다. 레오는 그보다 느리게 시선을 들었다. 붉은 금발이 곧바로 눈에 들어온다. 그리고 자신과 꼭 닮은 눈동자도. 성큼성큼 걸어온 슈덴은 레오에게 잡히기 직전이었던 발리아의 손부터 쥐었다. 그녀의 부드러운 손이 한 손에 바로 잡힌다.

슈덴은 작은 만족감을 느끼며 레오에게로 시선을 옮겼다. 발리아를 향할 때의 미소는 어느새 지워진 지 오래였다.

"겔에서는 겔의 예법을 따르라고 듣지 않았습니까? 레오 카누트 자작."

두 쌍의 붉은 눈동자가 허공에서 부딪힌다.

"겔의 예법이라. 그러고 보니 그런 걸 들은 기억이 나는군요."

천연스레 대꾸한 레오는 여태 내밀고 있던 손을 거둬들였다. 홀로 손을 덩그러니 뻗고 있는 꼴이었지만, 민망한 기색은 없었다. 그보다 더 중요한 용건이 이렇게 제 앞에 나타났으니까. 그것도 생각지도 못한 때에.

"일깨워 주셔서 감사합니다. 소후작."

예사로이 말을 이은 레오가 반 박자 늦게 호칭을 정정했다.

"아니, 이제는 가르트 후작이었나?"

의도가 다분한 말을 던지며 그는 슈덴을 천천히 훑어 내렸다. 붉은 빛 감도는 짙은 금발은 여전했으나 분위기는 어릴 적과 사뭇 달랐다. 레오는 자신도 꼭 저만큼 변했을 거라고 생각했다. 그만큼 많은 시간이 흐르질 않았던가.

'8년 만인가.'

어쩌면 그보다 더 되었는지도 모른다. 슈덴의 시선이 약간 움직였다. 그사이 무슨 짓을 했는지 레오의 보라색 눈동자가 붉게 변해 있었다. 실로 오랜만에 만나는 씨 다른 형제.

그러나 레오의 눈빛에서 혈육의 따스한 정 같은 건 느낄 수 없었다. 애초에 그런 건 기대조차 하지 않았다. 오히려 슈덴은 저런 눈빛이 더 익숙한 남자였다. 자신을 혐오하고 적대하는 사무친 시선.

슈덴이 소후작으로 봉해진 후, 가장 먼저 익숙해진 것이 바로 저런 눈빛이었다. 그는 전쟁터에서 수도 없이 사람을 베었다. 뜨거운 피를 뒤집어쓰고도 무표정한 슈덴에게 쏟아지는 저주는 비슷비슷했다. 가슴이 뚫리고 두개골이 으스러지면서도 기어이 악담을 퍼붓던 놈들이 얼마나 많았던가. 살인귀라는 말에 감흥을 잃은 것도 벌써 몇 년 전이다.

물론 레오의 표정은 전쟁터의 그들과는 조금 달랐다. 죽여야 할 원수 보듯 하는 것은 비슷했으나, 조금만 깊숙이 파고들어 가면 짙은 동족 혐오가 드러났다. 이 드넓은 대륙에 유일한 그의 동족이 레오였기 때문이다. 그들은 같은 어머니 밑에서 태어나 같은 남자에게 짐승처럼 끌려왔었다.

본질은 변하지 않는다. 슈덴이 가르트 후작이 되었다고 한들 마찬가지였다. 애초에 그는 사교계보다 전쟁터에서 보낸 시간이 더 길었던 남자였다. 그는 누구보다 자신을 향한 살의 감지에 능했다. 이번에 제 목을 물어뜯으려고 하는 것은 동족이었다.

맹수가 으르렁거리듯 레오를 향한 붉은 눈동자가 짙게 가라앉았을 때였다.

"……슈?"

어둡게 일렁이던 눈빛이 불현듯 갈무리된다. 생각지도 못한 변화에 레오의 눈이 조금 가늘어졌다.

"왜 그러세요?"

슈덴은 곧바로 목소리가 들린 쪽으로 시선을 옮겼다. 요동치려는 분위기를 읽은 은회색 눈동자가 조심스러운 기색을 띠고 있다. 슈덴은 평소처럼 '별일 아니다'라고 말하려다가 주저했다. 제게 명백한 살의를 가지고 있는 놈이 바로 눈앞에 있는 게 문제였다. 아내의 목소리를 한 자락이라도 덜 들려주고 싶은 게 그의 속마음이었다.

"가르트 후작 각하, 후작 부인."

발리아의 곁에서 안절부절못하고 있던 시종은 틈을 타 얼른 입을 열었다.

"조금 있으면 황제 폐하께서 연회에 입장하실 시간입니다. 슬슬 대연회홀로 들어가는 게 어떠하실지……."

시종의 말에는 과장이 있었다. 슈덴은 그렇게 오랜 시간을 두고 발리아를 찾으러 나온 게 아니었다. 지금 바로 대연회홀로 돌아가도 황제는 30분 후에나 입장하리라. 시종은 그저 두 남자의 심상치 않은 기류를 감지하고 둘을 떼어 놓으려고 한 것이다. 슈덴은 별말 없이 고개를 끄덕였다.

"황제 폐하보다 늦게 들어갈 수는 없지. 홀로 갑시다, 부인."

"네. 들어가요."

얌전히 대답한 발리아는 레오를 향해 고개를 살짝 숙였다. 그때까지 슈덴에게 고정되어 있던 시선이 그녀에게 돌아간다. 그는 의외로 예법대로 마주 목례를 했다.

"발리아."

"네?"

"혹시 아까 그 녀석이."

"그 녀석이요?"

이런. 실수로 속에서 굴리던 호칭을 그대로 사용했다.

"카누트 자작 말입니다."

"아, 네."

"그가 당신에게 별말은 하지 않았습니까?"

"별말은 안 했어요. 만나서 반갑다고 하시고, 그러더니 불쑥 손을 내밀고……, 참. 시종이 처음 절 '가르트 후작 부인'이라고 소개하니까 빤히 보기는 하셨어요."

역시. 레오는 동부 왕국 연합의 전쟁 영웅이다. 단순히 실력이 뛰어난 용병이나 기사로 활동한 게 아니라 아예 군대의 지휘관까지 맡았다고 보고를 들었다. 무력은 물론이거니와 지략도 필요한 자리다.

'겔의 예법을 몰랐다는 건 핑계지.'

레오가 발리아에게 악수를 청한 것은, 그저 그녀가 가르트 후작 부인이었기 때문이다. 정확히는 슈덴 자신의 아내이기 때문에. 슈덴은 제 손 안에서 팔딱팔딱 뛰는 작은 맥박을 느꼈다. 조금만 힘을 줘도 손쉽게 끊어 낼 수 있을 것 같은 이 여린 박동. 제 심장을 뽑아 버리겠다는 형제 앞에 이렇게 가냘픈 아내가 홀로 있었다고 생각하니 모골이 송연해졌다.

"앞으론 카누트 자작을 보면……."

피하라고 할까. 도망가라고 할까. 마음 같아선 레오가 황궁에 머무는 동안은 입궁도 하지 말라고 말하고 싶은 심정이었다. 그러나 슈덴은 적당히 타협했다.

"길게 말 섞지 마십시오."

"네, 그럴게요."

발리아는 별다른 되물음도 없이 순순히 고개를 끄덕였다. 레오가 슈덴과 별달리 사이가 좋지 않다는 것은 방금 전 일만으로도 충분히 유추할 수 있었다. 과거에도 레오 카누트의 이름을 짧게나마 들어 보았던 발리아는 굳이 그와 길게 말을 나누고 싶진 않았다.

"슈, 이따가 황제 폐하께서 입장하신 후에 말이에요."

"예, 발리아."

"조엔 후작 부인과 함께 있으려고 해요."

"그녀하고만?"

"티 파티 멤버들도 같이요. 다들 좋으신 분이니까 걱정하지 않으셔도 돼요."

"늦게까지 계실 생각입니까."

"아뇨, 야회(夜會)가 시작되기 전엔 집에 돌아가고 싶어요. 괜찮을까요?"

"부인 좋으실 대로. 시간 맞춰 모시러 가지요."

부부는 대연회홀 어디쯤에 자리하고 있을지 말을 맞췄다. 발리아는 웃었고, 슈덴은 미소를 머금은 은회색 눈동자를 응시했다.

시종이 아까 것보다 더 조악한 변명을 내놨어도 슈덴은 모른 척 따랐을 것이다. 지금 그의 곁에 그녀가 있었기 때문이다. 발리아. 이 여자에게만은 결코 제 본질을 드러내고 싶지 않았다. 수많은 목숨을 앗아가 원죄가 그득그득한 그 끔찍한 밑바탕을 알게 되면, 그녀가 다시는 제 눈을 똑바로 바라봐 주지 않을 것 같았다.

동부 사절단이 입장한 후, 연회는 본격적인 막을 올렸다. 황제는 친히 대연회홀에 입장해 사절단의 방문을 축하했다.

"겔 제국의 주인으로서, 동부 연합 사절단의 방문을 기꺼이 반기는 바이네."

"황공하옵니다, 황제 폐하."

"국경을 이웃하였으니 가까운 사이가 아닌가. 편히 지내다 가게."

"국왕 전하께서도 폐하의 말씀에 기뻐하실 겁니다."

사절단의 대표는 레오였지만, 석상에 오른 것은 다른 동부 귀족이었다. 그런 일이나 하려고 레오가 이 먼 길을 온 것이 아니기 때문이다. 자리를 지키던 황제가 본궁으로 돌아간 후에는 레오도 일찌감치 자리를 떠 버렸다.

그럼에도 대연회홀은 활기로 가득 차 있었다. 굳이 레오가 아니어도 함께 온 동부 왕국 사절단에는 중요한 귀족들이 많았다. 타국 귀족과 연을 쌓을 기회는 흔치 않았다. 게다가 이 연회에는 겔의 황족이며 제국의 주요 인사들도 대거 참여하고 있지 않은가. 거대한 홀은 수많은 귀족들로 북적였고 시종들은 그 사이로 솜씨 좋게 잔을 날랐다.

참석한 귀족들은 수백 명에 이르렀지만 그 중에서도 확연히 주목을 받는 인물들은 있는 법이다. 가르트 후작 부인, 발리아는 당연히 그중 하나였다.

명색이 황실 연회에서 부부가 종일 함께 있을 수는 없는 노릇이었기에, 현재 그녀는 디아나를 비롯한 안면 있는 티 파티 멤버들과 같이 있는 참이었다. 발리아가 멤버들과 간단한 인사를 나누기가 무섭게 귀족들이 몰려들어 작은 원을 그렸다.

"가르트 후작 부인의 말씀은 많이 들었답니다."

"일전에 웨딩드레스가 눈이 부셨다는 말씀을 꼭 전해 드리고 싶었는데, 오늘 입으신 드레스는 더욱 아름다우셔서 뭐부터 말씀을 드려야 할지 모르겠어요."

"레이스를 사용한 장갑인가요? 정말 독특하고 아름다워요."

"이야기를 들은 적 있어요. 요즘 급부상하는 플뢰르 뷰티 살롱의 레이스이지요?"

입으로는 달콤한 말을 꺼내면서 눈으로는 쉴 새 없이 발리아를 재고 있다. 사교계란 원래 이런 곳이다. 데뷔탕트나 마찬가지이니만큼 오늘 발리아의 행동거지에 따라 그녀의 첫인상이 잡힐 것이다.

"좋게 봐 주시니 감사하네요. 디자이너가 참신한 디자인을 선호한답니다."

오만하게 보일 생각은 없었지만 그렇다고 만만하게 보일 이유도 없었다. 발리아는 과거의 경험을 자로 삼아 적당히 웃고 차분하게 대답했다. 은근히 그녀가 말실수라도 하나 흘리기를 기대하고 있던 몇몇 귀족들은 속으로 실망하기도 했다.

"여기 계셨군요. 조엔 후작 부인."

도도한 목소리가 끼어 든 것은 그 즈음이었다. 원 중앙까지 걸어 들어와 누군가를 아는 척하는 레이디는 흔치 않았다. 그녀를 알아본 디아나의 눈동자가 약간 커졌다. 곧 디아나가 우아하게 인사했다.

"오랜만이군요. 빌리엄 공작 영애. 수도로 돌아오셨다는 말은 들었는데, 오늘 연회에 참석하신 줄은 몰랐어요."

"대연회홀이 워낙 넓으니 말이죠. 건강해 보이시니 기쁘네요. 조엔 후작 부인. 그런데……."

빌리엄 공작 영애가 발리아를 흘긋 보았다.

"가르트 후작 부인이 연회에 참석하셨다고 들었는데, 어디에 계시죠?"

속이 빤히 보이는 말이었다. 귀부인과 레이디들이 만든 작은 원은 발리아와 디아나를 중심으로 이루어져 있었다. 고위 귀족의 여식들은 어린 나이부터 사교계에 수도 없이 드나든다.

하물며 공작 영애가 아니던가. 그녀가 가르트 후작 부인이 누구임을 추측하는 것은 숨 쉬기보다 쉬운 일이었다.

일부러 하는 모르는 척. 사교계에서는 흔한 텃세였다. 기선 제압으로도 즐겨 사용되었다. 물론 발리아는 빌리엄 공작 영애의 이런 행동이 낯설지가 않았다. 과거 호위 시녀로 일하면서 종종 본 적이 있기 때문이다.

"영지에서 오랜만에 돌아와서 아직 수도 사교계에 적응하지 못하신 모양이에요. 빌리엄 공작 영애."

디아나는 웃으면서 말했다. 표면적인 미소를 두르고 있었지만, 담긴 말은 완곡한 비난이었다. 빌리엄 공작 영애는 이마를 미세하게 찌푸렸다. 디아나가 이렇게 말하는 것은 처음 들어 보기 때문이었다.

'가르트 후작 부인과 친분을 만들었다더니.'

카니에 빌리엄. 제국 유일 공작가의 여식이라는 든든한 배경을 등에 업은 그녀는 바야흐로 겔 사교계의 중심이었다. 조모의 병환이 깊어진 탓에 잠시 영지에 내려갔다 왔지만, 그 자리는 늘 굳건할 것으로 생각했다.

슈덴 가르트가 갑작스레 결혼을 했다는 말만 듣지 않았다면.

가르트 후작은 다른 후작들과 다르다. 그는 4명의 후작 중 유일하게 '각하'라는 호칭을 쓸 수 있는 남자였다. 카니에의 아버지인 빌리엄 공작의 호칭과 같았다. 재력으로 따지면 공작가보다도 한 수 위였다. 그만한 권력을 지닌 가문의 안주인이라니? 영지에서 부랴부랴 돌아오니 마침 황실 연회가 코앞이었다. 카니에는 추종자들과 함께 입장한 이래 쭉 가르트 후작 부인을 살피고 있었다.

카니에가 불쾌해하는 게 빤히 보였지만, 디아나는 꾸며 낸 웃음을 지우지 않았다. 사실 디아나는 카니에를 별로 좋아하지 않았다.

'성격이 잘 안 맞아.'

디아나는 수도에서 태어나기는 했으나, 어린 시절의 대부분을 영지에서 보냈다. 고운 백사장을 낀 에메랄드빛 바닷가는 장난기 가득한 소녀가 자라기에 안성맞춤인 곳이었다. 결혼하면서 영지의 솜씨 좋은 요리사를 데려간 덕에 지금도 조엔 후작가의 해산물 요리는 기가 막히다고 소문이 자자했다.

지금이야 조엔 후작가 안주인 노릇을 하느라 수도에서 기거한다지만, 어린 시절의 성격이 어딜 가는 게 아니었다. 시원시원하고 유쾌한 것을 좋아하는 디아나와 사교계에서 군림하며 추종자에게 둘러싸이는 것을 즐기는 카니에는 상성이 잘 맞지 않았다. 공작 영애인 그녀와 부딪히기 싫어서 최대한 피해 왔지만, 이렇게 등장하자마자 발리아를 깎아 내리겠다는데 넘어갈 생각은 없었다.

'난 발리아의 샤프롱이야.'

비록 샤프롱을 하기에는 지나치게 젊은 나이에 당사자인 발리아조차 모르는 샤프롱이지만. 조엔 후작 부인이라는 고상한 낯 아래 어릴 적 남동생을 백사장에 거꾸로 파묻었던 투지가 빛났다.

"……제가 여행길이 고단했답니다. 아량으로 이해해 주시기를."

결국 먼저 굽힌 것은 카니에였다. 지금 이 곳에는 보는 눈이 많았다.

카니에는 곧 그려 낸 듯한 미소를 지으며 발리아를 보았다. 어찌 됐든 겔 제국 출신이자, 조엔 후작 부인으로서 사교계에서 확고한 입지가 있는 디아나보다는 오늘이 첫 연회라는 발리아가 심적으로 더 만만하게 느껴졌다.

"귀부인께서 가르트 후작 부인이신가요?"

〈다음 권에 계속〉